COLLECTION FOLIO

Paolo Rumiz

La légende des montagnes qui naviguent

Traduit de l'italien
par Béatrice Vierne

Arthaud

Titre original :
LA LEGGENDA DEI MONTI NAVIGANTI

Paolo Rumiz, né à Trieste en 1947, est le plus grand écrivain-voyageur italien. Spécialiste reconnu de l'Europe des Balkans et de l'Est, il a suivi la chute du communisme et couvert les conflits en ex-Yougoslavie et en Afghanistan pour *La Repubblica*. Il est l'auteur d'une quinzaine de livres, tous des best-sellers, traduits dans plus d'une dizaine de pays.

Aux jardiniers de Dieu,
restés à bord de l'arche de Noé

De l'Atlantique à la Chine

Si un coq saluait le soleil depuis le Péloponnèse, de montagne en montagne son cri strident, éveillant d'autres bêtes à plumes, pourrait parcourir des distances inimaginables, enregistrant sur le plan acoustique toutes les ondulations du terrain. Patrick Leigh Fermor, un des plus grands écrivains voyageurs du XXe siècle, le démontre dans un mémorable essai de géographie visionnaire. Le chant se propagerait dans toutes les directions, survolant archipels et montagnes, bras de mer et vallées, jusqu'aux portes des océans. Une des lignes directrices de cette répercussion sonore serait très certainement les Alpes et les Apennins, ce « S » majuscule qui indique, sans aucune solution de continuité, le cœur du monde euro-méditerranéen. Le cocorico des coqs grecs serait répété par leurs frères le long de la dorsale chahutée des Alpes dinariques, à pic sur l'Albanie, le Monténégro et la Dalmatie, puis par ceux des Alpes orientales, sur la ligne de partage des eaux du Bassin danubien, pour atteindre ensuite les basses-cours de Nice et poursuivre son chemin, au prix d'une spectaculaire pirouette, vers les villages en amont de Gênes, avant de descendre, à cheval entre deux mers, jusqu'au seuil de la Sicile, toute rougeoyante de volcans.

C'est cette fabuleuse épine dorsale que je me propose de vous raconter à l'occasion d'une traversée en zigzag de huit mille kilomètres, soit la distance de l'Atlantique à la Chine. Je vais tenter de vous faire savoir ce qui se passe à l'intérieur de l'arche, de la montagne authentique, celle qui reste toujours loin des projecteurs, de ce radeau battu par les tempêtes auquel se cramponne un équipage de petits grands héros de la Résistance aux agressions de la mondialisation. Un voyage à travers six nations dans la partie alpine et d'une intimité tout italienne dans celle qui a trait aux Apennins.

Parti pour m'échapper du monde, j'ai fini, au contraire, par en trouver un autre : à ma grande surprise, mon voyage s'est transformé en révélation d'un univers vivant et secret. Je l'ai décrit avec rage et émerveillement. Émerveillé par la beauté fabuleuse du paysage humain et naturel, mis en rage par le pouvoir qui n'en tient aucun compte.

Comme tout vaisseau, quand la mer est grosse, la montagne peut être une insupportable couveuse de vengeances, jalousies et autres enfermements. Mais elle peut être aussi un parfait lieu de refuge pour des hommes extraordinaires, des gens capables de s'opposer à la monoculture démente du monde contemporain.

Contre ces « jardiniers de Dieu » – ces bons génies, à la fois gardiens de leurs microcosmes et garants de l'équilibre environnemental –, on ne compte plus les instances qui se sont déchaînées, avec le résultat suivant : la montagne – bien qu'elle soit l'épine dorsale physique de mon pays – a totalement disparu de la vie politique et, à l'instar de la Résistance comme par hasard, de l'imaginaire de mon pays, où les Alpes et par-dessus tout les Apennins restent des univers subalternes, privés d'estime de soi et de représentation politique.

Aujourd'hui que mon voyage est fini, je sais que derrière chaque inondation, chaque sécheresse, chaque situation d'urgence climatique, il n'y a pas seulement l'effet de serre, mais la guerre systématique que le pouvoir livre aux régions les plus vitales, celles qui sont capables de maintenir en vie le territoire et d'empêcher sa dévastation finale.

Ce voyage a été mené à bien à un moment très précis de l'histoire, entre le printemps 2003 et l'été 2006, à une époque où les travaux du tunnel ferroviaire du Saint-Gothard et ceux du percement des Apennins, entre Bologne et Florence, n'étaient pas encore terminés. Il tient en outre la chronique de rencontres avec des personnages qui ont depuis tiré leur révérence : les derniers et émouvants poilus de la Grande Guerre, des alpinistes de stature mondiale comme Walter Bonatti, des écrivains, comme Ryszard Kapuściński et Mario Rigoni Stern, des hommes politiques tels que Jörg Haider, précurseur des populismes européens.

Au fil des kilomètres, le récit change, prend du rythme et de la profondeur, devient plus italien, plus partisan. Les zigzags superficiels du début, éclatés par des divagations dans l'espace et des discontinuités dans le temps, acquièrent une unité, descendent au niveau du périscope et le registre des lieux devient une recherche des personnes.

Dans les Apennins, parcourus à bord d'un merveilleux véhicule utilitaire de l'après-guerre, le même qu'avait déjà utilisé Nicolas Bouvier lors de son périple historique en direction de l'Inde, raconté dans *L'Usage du monde*, mon voyage plonge définitivement en immersion, évitant les lieux consacrés par le Baedeker. Les Alpes, chaîne de montagnes dominatrice, perdent leur primauté, elles servent, en quelque sorte, d'ouverture à la chevauchée finale entre les deux mers, au fond de l'âme du pays.

En approchant du grand phare de l'Aspromonte, il se trouve que l'exploration parmi les montagnes révèle un monde de plus en plus féminin, mystérieux, et se transforme en rencontre avec les dieux en exil. Des dieux partisans, eux aussi, contraints à la clandestinité par l'épanchement de la laideur, l'ignorance et la vulgarité.

Loin des endroits où règnent le mensonge et le vacarme, j'ai parfois franchi un seuil invisible et découvert des lieux de l'esprit : des ermitages, des sources, des sanctuaires, des bois millénaires, parfois de simples toponymes. Par-dessus tout, des petites vallées orientées, telles des antennes paraboliques, vers un silence planétaire.

Dans ces lieux-là, la parole – le *logos* – paraît retrouver un sens et se régénérer comme dans une caisse de résonance. Ici, la pensée connaît une expansion naturelle et c'est naturellement qu'elle rencontre le Sacré, ne serait-ce qu'à travers le besoin physique de passer par-dessus les contreforts qui lui ferment l'horizon.

Il me plaît de penser que de tels lieux contiennent les codes cryptés – illisibles et barbares – de la résistance à l'anéantissement, les mémoires orales extrêmement anciennes des origines de la vie. Il est probable que, sans ces refuges invisibles, la montagne se serait désertifiée depuis bien longtemps.

Ce n'est pas par hasard, je crois, que dans les labyrinthes de la Cappadoce, miraculeux jardin blotti au cœur de l'Anatolie, les gens ont nourri pendant des siècles des moines et des anachorètes enracinés dans leurs églises rupestres, afin qu'ils garantissent la continuité du monde par leurs prières.

Chérissant, comme je le fais, l'illusion que c'est

grâce à de tels endroits que le monde évitera la catastrophe, il m'a semblé juste de ne pas tout à fait les dévoiler. Dans certains cas, je me suis limité à ne fournir que de vagues traces topographiques. Dans d'autres, j'ai lancé le lecteur sur une fausse piste, brouillé les cartes, quand je ne me suis pas entièrement tu.

Je ne précise pas, par exemple, où habite un forestier qui dialogue avec les sources, ni où vit un berger capable de tresser, en utilisant une plante semblable au raphia, des vêtements de pluie identiques à ceux de l'homme du Similaun. À chacun son voyage, à chacun son dialogue avec la carte du pays.

Que les politiciens descendent donc de leurs hélicoptères et apprennent à marcher ; ou bien l'Europe deviendra bientôt une terre de rapaces et ce n'est pas une banlieue en ébullition que nous aurons, mais mille. Les périphéries maltraitées se vengent, et la montagne est une périphérie. J'ai cherché à voir ici l'autre face de la Lune : l'Italie du bon accord, ouverte et solidaire.

Derrière la métaphore des montagnes qui surgissent de la mer et naviguent comme une grande armada, j'ai vu poindre parfois l'image d'une Italie aux contours légendaires. Ce qui explique le choix de ce titre étrange, *La légende des montagnes qui naviguent*, lequel, même traduit en français, compose sans le vouloir un parfait hendécasyllabe, vers de prédilection de la poésie italienne.

Bonne lecture, donc, amis de langue française. Pour moi, ce livre est une sorte de restitution que je vous fais. Car la France a marqué mon apprentissage de voyageur et en même temps mon initiation à la montagne, avec les aquarelles de Samivel et les photos en noir et blanc de Pierre Tairraz. J'avais seize ans quand mon père, exaspéré par les fugues aussi incessantes qu'imprudentes de son fils sur les parois rocheuses autour de Trieste, voulut me dégoûter des Alpes et chargea un guide de me ramener à la raison en m'entraînant dans une ascension franchement pénible.

C'était à Chamonix et, comme cela se trouvait, le guide en question s'appelait Gaston Rébuffat, une star avec qui je partis escalader, excusez du peu, la fissure Mummery au Grépon. Tout se passa si merveilleusement que Gaston me dédia *Étoiles et tempêtes* et que j'échappai tout à fait au contrôle de mon père pour me lancer ensuite, du côté des Dolomites, dans le sillage d'un autre grand de l'alpinisme français, Georges Livanos. Ce n'est que plus tard que je me suis rendu compte que cette affinité montagnarde, favorisée par l'air raréfié des hauteurs, s'était manifestée parce que nous étions tous trois gens de mer. Eux, Marseillais, avec le mistral dans leur ADN. Moi, Triestin, fils de ce vent qu'on appelle la *bora*.

LES ALPES

1

De la mer à la Drave

Des îles comme des cachalots noirs

Si, par une soirée d'été en Dalmatie, on entend un chant de montagnard sortir d'un voilier à l'ancre, il n'y a pas de doute : c'est un bateau triestin. Peuple étrange qui confond baies et vallées, îles et sommets, tavernes de culs-de-sac et refuges de montagne. En chantant ainsi, les équipages insouciants de ces voiliers soulignent cette vision anarchique de l'espace. Au besoin, ils choisissent avec soin des baies et des criques à l'écart, susceptibles de résonner comme des amphithéâtres ; ils sondent à l'oreille la mer de l'endroit, afin de construire une géographie des espaces conviviaux, des lieux possédant une bonne acoustique – une caisse de résonance rocheuse, scellée par un maquis – où l'humidité à fleur d'eau porte le moindre murmure trois fois plus loin que sur la terre ferme.

La va zigando
per le montagne
rom-bon-bon
Latte fresco

latte fresco
a chi ne vol
(S'en va clapir / dans les montagnes / ram-plan-plan
Lait frais / lait frais / pour qui en veut)

Et c'est encore ce qui se passe ce soir-là, quand la *Calemba* atteint le fond de la baie de San Giorgio dans l'île de Veglia – en croate, la baie de Sveti Juraj dans l'île de Krk. Une nuit immobile et sans lune venait tout juste de tomber, une de ces nuits où l'on entend les oblades sauter hors de l'eau. San Giorgio est un endroit spécial, il suffit de trois voix pour y faire une chorale. Virgilio, debout sous la grand-voile, chantait en baryton. Grand et torréfié par le soleil, il ressemblait à Basile, le saint de la Cappadoce. Il lui ressemblait, avec sa barbe et ses cheveux rejetés en arrière, à la façon d'une icône byzantine. Silvano, le skipper, suivait en tant que second baryton, assis sur la cambuse, avec deux cents litres de malvoisie, et sur son profil d'officier austro-hongrois s'épanouissait la grimace joyeuse du brigand qui vient d'attaquer la diligence. Moi, j'assurais la basse, tout en cuisinant des spaghettis à l'intérieur du bateau.

C'était notre dernière nuit en mer, le voyage touchait à sa fin. Nous avions marqué le territoire, en y semant nos chansons. Dans l'archipel tout entier : à Murter et Smokvica, sur l'île Grande Incoronata (Kornat), et dans la baie de Telascica, où d'autres bateaux au mouillage nous avaient adressé des applaudissements et même expédié un petit cadeau sous forme de vin, voyageant par canot pneumatique. Et ensuite à Premuda, Ulbo (Olib), San Cristoforo di Arbe (Rab), San Gregorio (Sveti Grgur) et Prvic. Un long sillage acoustique qui remontait l'Adriatique jusqu'aux îles les plus lointaines.

Sufia'l vento in notte orrenda
Sorge l'alba insanguinata
Giunta l'ora che t'aspetta
sulla ponta del cortel
(Le vent souffle dans la nuit effrayante / L'aube ensanglantée point
Voici l'heure qui t'attend / sur la pointe du couteau)

Vers une heure du matin, l'orage nous réveilla. Venant du nord, s'abattait un *neverin*, une tempête de neige, qui semait des rafales de vent de travers. Une amarre s'était rompue, à bord régnait un remue-ménage monstre pour manœuvrer en toute hâte et jeter l'ancre plus au fond. Pas question de dormir, cette nuit-là. Trop de vent. À trois heures, nous prîmes le large ; autant naviguer dans l'obscurité et terminer le voyage avant l'heure. On y voyait bien, les éclairs illuminaient les îles, noires comme des dos de cachalot.

Notre destination se situait au nord-ouest : un sommet massif, presque carré, impossible à confondre avec un autre, comme le Sinaï au fond de la mer Rouge. C'était le Montemaggiore, l'Ucka pour les Croates, le premier récif de la terre ferme. Dans le roulis, la *Calemba* mit le cap vers le fond de la baie du Quarnaro (Kvarner), mère de toutes tempêtes, puis, pliant sous le vent d'est, s'engouffra par la Srednja Vrata, la « porte du milieu », entre Veglia (Krk) et Cherso (Cres). *Vrata* est un terme typiquement montagnard, en serbo-croate il désigne aussi une gorge entre deux montagnes.

Tout à coup, dans la bourrasque, tout devint clair. Les comptes étaient bons, nos chœurs de montagnards chantés en mer devenaient une cosmogonie, la perception d'une genèse. Mais, évidemment ! Nous étions en train de naviguer sur les Alpes ! Qu'était la Dalmatie, sinon un système de vallées remplies d'eau salée, de prairies d'algues, de bancs de poissons gras et d'épaves ? L'historien français, Fernand Braudel, avait raison : la Méditerranée était, en effet, une « mer de montagnards », un espace peuplé de bergers devenus capitaines de vaisseau. Et nous chantions dans l'orage, avec notre bouteille de malvoisie, tandis que les Alpes devenaient Caucase, Ararat et arche de Noé :

Xe rivada la baba del latte
con patate con fagioli
l'insalata la ricciolina
bella la xe, la xe, la xe…
E con patate, et con fagioli
Coi giovani belli l'amore si fa.
(Voilà la laitière qui arrive / avec des patates et des haricots et de la salade frisée / elle est belle, belle, belle…
Et avec des patates et des haricots / Avec les beaux garçons, on fait l'amour.)

À l'aube, nous arrivâmes dans la rade d'Abbazia (Opatija). C'était l'heure magique où les pianos-bars fermaient, où les strip-teaseuses allaient dormir et où les bateaux de pêche rentraient en douce. Virgilio enferma la grand-voile dans sa housse, Silvano prépara le café. Étant tous deux alpinistes, ils m'avaient appris à grimper, quarante ans auparavant, dans les Dolomites. De temps à autre, nous allions encore nous dégourdir les membres le long des parois du Val Rosandra, à deux pas de Trieste. Nous avions tous les trois découvert la navigation sur le tard : et pourtant, il nous paraissait tout naturel de nous retrouver ici, à vagabonder dans l'archipel du vent.

Sans doute était-ce une question de génétique.

Trieste est le seul endroit d'Italie d'où l'on peut voir les Alpes de l'autre côté de l'eau. Certains soirs, on peut assister sur les quais au départ des ferries à destination du Bosphore et le rouge vif du drapeau turc bat sur un fond de Dolomites enneigées. Chez moi, la mer et la montagne se touchent, comme les coulisses d'un théâtre, et tout le monde en tire les conséquences. Même les ours. Quand le mistral pousse vers la terre ferme des odeurs de nourriture venues de l'archipel, ils descendent, affamés, jusqu'à la côte entre l'Istrie et la muraille du Velebit. Ensuite, ils ne s'arrêtent même pas : ils continuent à la nage en direction de Veglia (Krk) et massacrent les brebis. Un jour, dans la baie de Buccari (Bakar), les pêcheurs ont pris par les cornes un cerf qui nageait et l'ont tiré jusqu'au rivage.

Nous étions là, aux antipodes de Rimini, au fond de la Méditerranée, à l'ancre sous un escarpement de mille mètres tapissé de maquis, en train d'attendre le soleil dans un climat surréaliste de *Montagne magique*, entre des auberges habsbourgeoises un peu rétro et des kiosques post-communistes un peu naïfs. Abbazia (Opatija), c'était Vienne, l'Europe centrale à l'état pur, avec les enseignes rose fuchsia de l'hôtel Bellevue, le vieux casino fin de siècle, la rotonde envahie de petits crabes rouge sombre, les bars peuplés de grandes femmes dalmates qui s'ennuyaient et de petits hommes austro-hongrois en rut.

À cette heure, la brise venant de la mer et celle tombant de la montagne composaient, en s'équilibrant, un cocktail particulier, à base de figues, cyclamens, vignes de malvoisie, résine de sapin, romarin, saveurs sucrées-salées et musc. L'odeur des tavernes s'attardait dans l'air, elle aussi : légumes verts poêlés avec de l'ail, poissons gras grillés et viande de mouton. Mon odorat tout entier me disait que dans chaque anfractuosité de la côte, dans chaque port du rivage, la mer centrale et l'Europe centrale se côtoyaient. C'étaient précisément l'heure et le moment voulus pour se lancer à l'abordage de la longue échine de l'Italie.

Une fois sur le plancher des vaches, le mal de terre nous confirma cette impression d'embarquement. Le quai tanguait. Je me rappelai que bien des années auparavant, à Trieste, alors que je rentrais à la voile vers la Piazza Grande avec Carlo Sciarrelli, le constructeur de bateaux, sous le phare de la Vittoria un train s'était porté à notre hauteur. Ralentissant, le convoi avait pris notre vitesse et le bruit de roulement porté par la *bora* s'était fondu dans celui de la mer. L'eau, le fer et le bois avaient composé une telle symphonie et l'illusion d'une exécution d'ensemble avait été si parfaite que mon vieil ami s'était exclamé : « *Te vedi, no semo noi che'ndemo ; xe la montagna che naviga.* » (Tu vois, ce n'est pas nous qui avançons, c'est la montagne qui navigue.)

Carlo était fils de cheminot, il avait lui-même été mécanicien de locomotive, et le souvenir de cet engin à vapeur faisait naître chez lui des récits extraordinaires. Il gonflait les joues, soufflait, fendait l'air de ses mains, écarquillait les yeux, emplissait ses poumons, afin d'imiter la cage thoracique de la machine, débordant de feu et de vapeur. Il mimait la mise en mouvement, la puissance, la voracité, la gueule grande ouverte pour dévorer le charbon. Souvent, montrant de la main les nervures de ses prototypes en bois, il évoquait la locomotive occupée à franchir le Semmering, le dernier col alpin avant Vienne. « Il n'y a que là, se souvenait-il, que j'ai ressenti l'exaltation d'une régate. » Aucun natif de la mer Tyrrhénienne n'aurait dit une chose pareille.

La *Calemba* fut briquée en vitesse, nos sacs empilés sur le quai. Nous étions aussi excités qu'une expédition au camp de base. À l'est, le soleil sortait de la longue vague de montagnes dinariques, qui s'allongeait à perte de vue vers l'Albanie et l'Épire. Là-haut se dressait le premier sommet des Alpes : un peu au sud de Fiume (autrement dit Rijeka), à mille cinq cents mètres au-dessus du niveau de la mer. Je me dis : nous nous embarquons pour des aventures, même si ce sont des aventures de terre. « S'embarquer » est un parfait verbe d'action pour quiconque s'obstine à naviguer dans un pays qui a oublié ce qu'il était. L'Italie.

Ce mont, qui sortait à peine de la dorsale boisée, avait nom Risnjak – en italien, *Monte delle Linci*, ou mont des Lynx – et personne ou presque ne savait que c'était le « grand commencement ». Moi-même, je n'en savais rien, quand je l'avais cherché pour la première fois. Et pourtant, il était clairement indiqué dans l'*Enciclopedia delle Alpi*, l'encyclopédie des Alpes, de l'Institut géographique De Agostini, volume I, édition de 1975, page 119. Mais c'est comme ça ; les Italiens ne connaissent pas la géographie. Il n'y a pas jusqu'aux plus cultivés qui ne s'imaginent que les Alpes commencent ailleurs : en Slovénie, sur le Monte Nevoso (Snežnik), source mythique du Timave (Reka), fleuve souterrain que l'on prenait jadis pour la porte des Enfers.

C'était le fascisme qui avait brouillé les cartes. En effet, c'était sur le Monte Nevoso que passait la frontière du premier après-guerre, et comme à l'époque les Alpes avaient été recrutées moins pour produire des fromages d'alpage que pour servir de sentinelles à la nation, la carte physique et la carte politique devaient forcément coïncider. Le Duce fit donc planter au sommet de la montagne des bornes kilométriques, des drapeaux et des faisceaux de licteurs, puis il lança aux Slaves « barbares » le cri de guerre « *Eja, eja, alalà !* » et il ordonna à ses fidèles de faire l'ascension du Monte

Nevoso, afin de montrer ce que valait la lignée italique. C'était le temps où l'hyperbole était reine et les fidèles en question, revenus à Trieste après avoir conquis la montagne la plus facile des Alpes, racontèrent, les yeux brillants, aux journaux de l'époque leur ascension marquée par « un effort colossal ». Ainsi commença la grande embrouille et les Alpes s'y perdirent sans doute elles-mêmes.

À la recherche du « grand commencement »

C'était l'été 2003, une chaleur à crever. J'avais pour guide Vieri Pilepic, un natif de Fiume, qui connaît ces cimes boisées mieux qu'une martre. La voiture passa devant la petite église de Volosca, avec ses deux clochers à bulbe, le stade de Kantrida, les quartiers prolétaires de Fiume, l'odeur des ruelles, les bars aux effluves de café turc, le théâtre de la communauté italienne qui a survécu, et de là, devant la Rijecica, l'Eneo de l'Antiquité, le cours d'eau qui donne son nom à Rijeka-Fiume et fend le petit val rocheux qui servit un temps de frontière entre l'Italie et la Yougoslavie ; le pont qui l'enjambe fut un lieu d'antagonismes et de contrebande, de guerres et d'amours furibondes.

La montagne se dressait toujours au-dessus de nous. Elle menait, loin au-dessus de la baie du Quarnaro (Kvarner), vers le sanctuaire du Tersatto, où les marins qui avaient échappé au *neverin* accrochaient leurs ex-voto, ou bien vers le Grobnik, l'esplanade où, à ce que l'on racontait, les Croates – de tout temps fascinés par le dieu Mars – avaient vaincu les Turcs. « Fiume est une ville parfaite, me dit Vieri en souriant. Le matin tu peux escalader les Alpes, et le soir *te pol tociar i pie in mar* [tu peux tremper tes pieds dans la mer]. »

Encore une baie, le quartier de Kostrena, puis le fiord de Buccari (Bakar). Nous prîmes un sentier qui descendait, avec des gradins de pierre cachés au milieu des lentisques. Au fond, une petite crique isolée et deux vieilles remises de pêcheurs. Une eau grecque, vert bouteille, avec une source sous-marine qui venait faire onduler la surface. La dernière mer, le dernier bain, un plongeon qui me fit l'effet d'un baptême, avant une longue abstinence qui ne paraissait devoir finir que sur la Côte d'Azur.

Sur la plage, nous ouvrîmes la carte des Alpes et découvrîmes qu'il n'existait pas un seul point, en mer Méditerranée, où la ligne de partage des eaux avec une autre mer fût plus voisine. Seize kilomètres seulement pour rejoindre le versant danubien. Il paraissait impossible que l'eau de pluie qui tombait là-haut, à pic sur l'Adriatique, pût descendre jusque dans la mer Noire. Seize kilomètres, beaucoup moins qu'à Trieste, où le changement de versant est pourtant extrêmement proche.

C'était là-haut, à l'aplomb de la mer, que commençaient les Alpes. Dans un endroit qui avait nom Vrata, le terme qu'utilisent aussi les Dalmates pour désigner un détroit entre deux îles. Nous montâmes à pied et au cours de ces seize kilomètres – soit à peine plus de deux milles austro-hongroises – nous eûmes l'impression de passer de la Grèce à la Bohême. En bas, des tavernes servant des calamars grillés et du malvoisie. En haut, des auberges offrant du goulasch d'ours. Deux mondes séparés par un féroce escarpement, où l'hiver la *bora* atteint les deux cents kilomètres à l'heure et se déverse sur la mer comme une masse liquide, arctique, pesante. Un terrain difficile où parfois les trains – entre Fiume et Zagreb – glissent en raison de l'inclinaison excessive. Cette pente résumait toute la barbare différence existant, en Méditerranée, entre la côte et l'arrière-pays pastoral. De Zadar jusqu'en bas, tout le monde sait à quoi s'en tenir : en 1991, la guerre qui a détruit la Yougoslavie est toujours venue des montagnes, des habitants trop nerveux des Alpes dinariques, ces montagnes de la lune. Cette dénivellation était à l'origine de toutes les batailles.

Le commencement des Alpes ne figurait dans aucun guide. Et, *a fortiori*, la route pour y arriver en partant de la mer. Aussi était-ce à nous d'en établir le tracé, à vue de nez. La voie la plus directe montait le long de pentes envahies d'arbustes épineux qui avaient jadis été des vignes. « Ici, on produisait un grand vin du genre marsala », me dit Vieri. Et il me montra un petit escalier qui rejoignait notre route, taillé au milieu des terrasses tapissées de maquis : la via Carolina, créée par Napoléon, grandiose et oubliée.

Ce ne fut pas un départ, mais un décollage à la verticale, sur une surface rugueuse et privée d'eau, le long d'une étendue de pierrailles éblouissante, surchargée d'odeurs, qu'on aurait pu croire brûlée à l'acide sulfurique. Nous montâmes avec lenteur, à contre-jour, dans une chaleur turque, mais avec le plaisir clandestin d'une aventure à deux pas de chez nous, absolument seuls sur une route jalonnée d'antiques bornes. Un peu plus bas, des milliers de voitures rôtissaient à la queue leu leu en direction de la Dalmatie. Et des millions de cigales stridulaient dans le romarin.

Il nous suffit de monter un peu pour avoir une vue à vol d'oiseau. Nous avions devant nous la mer dans laquelle s'était achevée la croisière des Argonautes. À l'horizon, les îles de Cherso (Cres) et Lussino (Lošinj), qu'on appelle les Apsyrtides, parce qu'elles sont nées des membres d'Apsyrte, le frère de Médée, qu'elle avait tué et dépecé en s'enfuyant sur la mer avec Jason, afin de ralentir la poursuite du roi de Colchide à qui son amant venait de dérober la Toison d'or. Plus près de la côte, Veglia (Krk) et Arbe (Rab), dites les Électrides, parce que c'était là qu'arrivait l'ambre de l'embouchure de la Vistule et qu'en grec « ambre » se dit *elektron*. Le terrain est calciné, c'est presque le désert de Libye. Pas la moindre *konoba* – auberge –, pas un bar, pas même une buvette. Ici, avec le vent qui souffle, les bateaux ne sont même pas à l'abri sur la terre ferme. Les pêcheurs les suspendent à des piquets, comme les chaloupes d'un transatlantique.

Nous-mêmes n'étions pas sur une montagne, mais sur le flanc d'un gigantesque navire. En contrebas, superbe dans le mistral, un voilier allait s'infiltrer entre Sveti Grgur et Goli Otok, les deux îles de l'horreur, où Tito avait incarcéré des milliers de dissidents. Au sud-ouest, du côté du Velebit, le précipice était deux fois plus profond que du côté de Buccari. L'automne précédent, j'avais bivouaqué là-haut, à mille six cents mètres d'altitude, dans une espèce de belvédère dément qui avait nom Rossijevo Sklonista. Je n'avais pas fermé l'œil, car la *bora* fendait les bois comme une lame et le terrain grouillait de loirs en folie. Mais l'insomnie ne m'avait nullement contrarié : au-dessous de moi, je voyais l'archipel dont les petits phares clignotaient, plongé dans un lac noir de silence. Au-dessus, des milliards d'étoiles.

Pilepic marchait vite. Là-haut tout était puissant : le roc, l'odeur de sauge, la température, la sensation de se cacher dans une terre de partisans. Nous étions seuls et impossibles à repérer, poursuivis par le soleil à travers un paysage lunaire. Toute la côte orientale de la mer Adriatique regorge de petits défilés rocheux, de balcons naturels, de pics d'où l'on ne voit rien d'autre que la pierre, la mer et le ciel. La vallée la plus septentrionale, la dernière de toutes, est celle que je préfère : la Rosandra, à deux pas de Trieste. Une blessure karstique emplie de vent, dans laquelle presque rien n'a changé au cours des deux derniers millénaires. Un havre où c'est un luxe que de se réfugier, où la vie paraît trouver le petit coin idoine pour reprendre son souffle.

À six cents mètres, tout changea. Des prairies, des vaches, des tilleuls, les premiers sapins, les premières remises à bois sur la route, les premières petites maisons coiffées d'un toit très pentu pour évacuer la neige. Au-delà du hameau de Benkovac, passage d'un premier col, à neuf cents mètres d'altitude. La mer disparut à la hauteur d'un crucifix en bois, au bord de la route, puis nous arrivâmes à Fuzine, le village où l'on servait le célèbre goulasch de gibier dans une sauce aux myrtilles. C'était là le « grand commencement », notre col de Vrata qui, en serbo-croate, signifie « porte », et c'est en effet un seuil qui vous ouvre l'univers danubien.

Mais aussitôt commencèrent les problèmes. Dans ce labyrinthe de bois, digne des Carpates, où diable se trouvait Vrata ? Il y avait un bourg de ce nom, quelques maisons alignées le long de la route menant à Delnice et à Zagreb. Il aurait pu suffire, mais nous ne voulûmes pas nous en contenter. Nous tenions à connaître l'endroit exact, afin de pouvoir dire : « C'est là que ça commence. »

Où était précisément le col ? De l'autre côté du passage sous la voie ferrée ? À côté de la dernière maison, au-dessus du petit lac ? Ou alors après l'hôtellerie du Landravec, autrement dit « du flâneur » ? Dans le hameau de Belo Selo, une vieille vêtue de noir fauchait l'herbe devant chez elle. Nous la questionnâmes : « Madame, où commencent les Alpes ? »

Marija – c'était son nom – nous contempla, perplexe. On ne lui avait jamais dit que quoi que ce fût commençait ou finissait dans son village. De part et d'autre de la route, il n'y avait que des montagnes. Elle sourit et nous envoya chez son amie Draga, occupée à travailler dans son potager un peu plus bas.

Draga en savait encore moins : « Essayez donc la maîtresse d'école, Stanka Loncaric, au numéro 12. » Josip, qui était maçon, offrit de nous accompagner. Désormais, tout le village s'était mobilisé.

Au numéro 12, Stanka n'était pas là. Ce fut sa mère Lubja qui nous ouvrit et qui tout à coup s'inquiéta à la vue des fouineurs que nous étions. « Qu'est-ce qu'ils veulent ces deux-là ? », demanda-t-elle à Josip. Puis elle comprit, elle indiqua une autre maison un peu plus bas, vers le petit lac. C'était là que se trouvait sa fille.

« Qu'est-ce qu'on fait ? » demanda mon compagnon de route. Laisser tomber ? Non, jamais. À présent, le village entier nous observait.

Nous fonçâmes d'un pas décidé sur Stanka qui nous accueillit aussi courtoisement que possible, consulta des encyclopédies et des vieilles cartes, mais sans aucun résultat. « Je vais demander à mon collègue géographe, finit-elle par dire, Miroslav Grgut. »

Nous ne pouvions plus renoncer. Désormais, c'était une affaire personnelle entre nous et les Alpes. Nous prîmes la direction du parc du Gorski Kotar, un peu plus haut, au-delà du velours vert d'une forêt de peupliers.

Marijan Pintar, le responsable des lieux, écarta les bras. « Que voulez-vous, moi, je m'occupe de donner à manger aux touristes. Mais attendez, reprit-il, voici l'homme qu'il vous faut. » Et il nous emmena presque de force auprès d'un monsieur distingué qui sirotait un café. Un capitaine de navire. L'aventure devenait sérieuse.

Présentations. Capitaine Ivo Rudenjak, de Raguse. Un type qui aimait raconter. Il tourna autour du pot, nous expliquant que la Dalmatie était une contrée unique au monde. Il nous dressa une liste minutieuse de ses mérites. La salinité, les marées, le paysage, les vents, la flore, les côtes, l'histoire, les gens, la musique.

Nous attendions avec confiance la révélation finale.

Mais, arrivé aux Alpes, le capitaine Rudenjak sécha lamentablement, lui aussi, et dut passer le témoin : « Nikola Stražičić, ici présent, professeur de géographie à l'université de Zagreb, va vous aider. »

Nouveau détour inutile. « Je suis un géographe marin », annonça pompeusement le professeur pour se justifier. Désormais, la chose était claire. Les Croates ne savaient pas qu'ils appartenaient à une nation alpine, donc nous fûmes obligés de le leur expliquer.

Je m'adressai avec autorité à Tatjana Petranović, la blonde directrice du service commercial du parc : « Écoutez, les Alpes commencent ici même, c'est nous autres, Italiens, qui vous le disons : il est aberrant qu'il n'y ait pas un mot à ce sujet sur votre dépliant. » Je tirai de mon sac la carte topographique, je montrai du doigt la courbe de niveau la plus haute sur la route qui menait du village de Vrata à Delnice et je lui déclarai : « Voilà, vous avez ici le point précis. Installez-y une borne, faites quelque chose. »

Madame Petranović écouta bouche bée ma péroraison passionnée. La fierté nationale croate, d'ordinaire si prompte à s'accrocher au moindre prétexte permettant de tenir les Balkans à distance, venait d'être prise à contre-pied, et par un Italien, s'il vous plaît.

« Zagreb devrait interdire à la Slovénie de faire des gorges chaudes avec son histoire de Monte Nevoso », expliquai-je, perfide. Vieri me regardait, goguenard, j'étais enfin satisfait. Mission accomplie. La forêt ondoyait sous le vent comme les mâts d'une flotte mouillant dans une rade – ormes, sycomores, sapins immenses dont certains mesuraient une soixantaine de mètres. Le soir nous surprit dans une incroyable clairière, jonchée de crottes d'ours, de sangliers, de martres. Quelqu'un avait signalé la présence d'un lynx. Sous les premières étoiles, le portable lui-même s'était endormi.

Les fantassins de l'armée perdue

Mai 2005. Brouillard, silence, pas un chat sur les terrasses du cimetière militaire de Redipuglia. En bas, sur l'esplanade, les deux obusiers, comme deux lézards noirs, et le sarcophage du duc d'Aoste, qui ne mourut pas dans les tranchées, mais qui voulut être inhumé là, lui aussi, pour commander l'armée perdue.

Il règne une atmosphère de neige sur le Carso (Karst) et, quatre-vingt-dix ans après le commencement de la Grande Guerre, on dirait que les fantassins de l'armée perdue sont morts depuis des millions d'années.

« Saluez-les pour moi », m'avait dit Carlo Orelli, chevalier de l'ordre de Vittorio Veneto et dernier témoin encore en vie du 24 mai 1915. Puis, en me regardant droit dans les yeux, il avait murmuré :

« Les pauvres gars, même morts on les a recrutés… on les a alignés là-bas, dans cet endroit où il y a le grand escalier… Il s'appelle comment déjà ?

— Redipuglia », avais-je répondu.

C'est là que je suis, maintenant, une rose jaune à la main, pour exaucer son vœu. Je suis venu, même si lui est parti plus vite que moi rejoindre ses camarades du front. Sa machine à mémoire vient tout juste de se coincer dans le silence, à cent dix ans, dans un appartement de la Garbatella, à Rome.

Je monte avec à mes côtés cette voix de l'au-delà qui me raconte, qui m'accompagne vers la ligne d'ombre, au milieu des charmes fouettés par le vent.

« J'avais vingt ans. Je suis parti de Naples par le train militaire. Trente-deuxième régiment d'infanterie, brigade Siena. Trois cent trente hommes. Une journée superbe. Le train roulait vers le front, mais personne ne s'imaginait ce que c'était que ce front. On espérait tous une guerre rapide. On est arrivés à Sagrado, dans les maisons abandonnées, il y avait des monceaux de linge tout propre… Nous avons tout pris. Il y avait aussi du sucre que nous avons pris. Des blocs de sucre gros comme des grenades. »

Orelli était petit et rapide, comme tous ceux qui vivent longtemps. « Papa, ne te lève pas », suppliait sa fille Maria, mais il bondissait sur ses pieds à tout bout de champ. Au moment où j'allais repartir, il avait décroché du mur une grande photo de son bataillon, me nommant un par un ses compagnons d'armes.

Encore sa voix, je ne comprends pas comment elle peut sonner de façon aussi nette. « On nous a envoyés au *Trincerone delle Frasche* (la grande tranchée des Branches), celle d'Ungaretti. On l'appelait comme ça, parce qu'il y avait beaucoup d'arbres, ce qui était rare dans le Carso, où on voyait surtout de la pierre nue. Il y avait une petite villa, c'était sans doute une propriété. »

Arrive un groupe scolaire, venu d'un lycée de Rome. Les jeunes déambulent mollement, le froc en berne, indifférents. Ils grignotent des chips, tapotent sur leurs portables, leur champ visuel ne va pas au-delà d'un mètre. Ils ne savent pas marcher, ils trébuchent, ils ne voient pas l'écriteau « Présent » qui se répète des milliers de fois, de tombe en tombe. Un bref instant, les fantassins de Redipuglia paraissent répondre à un appel grotesque, à l'occasion duquel les vivants sont absents et les morts plus vivants que jamais. Les enseignants feignent de ne pas se rendre compte, ils me font une peine infinie.

« Entre eux et nous, il n'y avait que des barbelés. Les Autrichiens avaient de belles tranchées fermées, ils pouvaient s'abriter dans des casemates et ils tiraient sur nous par-dessus des petits guichets. Nous, en revanche, on était dans des trous à ciel ouvert, obligés de donner l'assaut à l'arme blanche. Des assauts continus, de l'aube à la tombée de la nuit. Qu'il fasse soleil ou qu'il tonne. »

Au-dessus de Redipuglia, un monument flambant neuf sort des broussailles. Le gouvernement de Ljubljana l'a placé juste en face du grand frère italien, ex-envahisseur fasciste, à la mémoire de « ses » propres victimes de la guerre de 1915-1918. Pour les Slovènes, la guerre de l'Isonzo n'est plus maudite. Bien au contraire. Elle est devenue la première guerre sainte des Slaves contre les étrangers, entre les Alpes et l'Adriatique. L'Isonzo est à présent le *limes*, le seuil, transformé en frontière ethnique, juste au moment où la Yougoslavie a cessé d'exister et où l'Union européenne efface le dernier vestige du rideau de fer. Au-dessus de Trieste et de Gorizia, les mots écrits en pierre « NAS TITO » sont maintenant de nouveau visibles, paradoxaux et débarrassés de toute végétation, sur l'ex-no man's land.

Orelli, encore une fois, m'appelle depuis la préhistoire. « Ils nous ont détruits. On était trop exposés. Après les premiers assauts, sur trois cent trente que nous étions, il n'en restait plus que vingt-trois. Une hécatombe. Une grenade a décapité un de mes camarades à un mètre de moi. C'était monstrueux, une grenade toutes les minutes, toutes les secondes. Même la nuit. Certains de nous perdaient le contrôle, se sauvaient, ce qui faisait d'eux des cibles idéales... Il y en a un qui s'est faufilé dans une vieille canalisation, mais ses jambes sont restées dehors. Un boulet de canon en a emporté une et il n'a plus bougé. »

Sur le front de l'Isonzo, c'est à ce moment-là que commença la séparation des souvenirs et non pas avec les barbelés communistes de la guerre froide, qui firent de Gorizia une espèce de Berlin en miniature. Elle commença lorsque, face au fascisme naissant, les Slovènes revisitèrent la bataille de Caporetto pour en faire leur première victoire nationale et lorsque Mussolini militarisa les cimetières de guerre pour italianiser les nouveaux territoires.

« Je ne suis plus retourné dans le Carso. Jamais. Je n'ai pas voulu. Rien à faire. Assez. Trop de morts. Tout près de là, il y a un cimetière avec des milliers de gamins. C'est Redipuglia, non ? Que voulez-vous, l'après-midi ma mémoire flanche un peu. Tôt le matin, c'est mieux, j'ai l'esprit plus reposé. Mais le meilleur moment, c'est quand je me réveille pendant la nuit... »

Quand je dépose la rose au sommet du cimetière, le ciel se dégage en direction du Monte Nero (Krn). La paroi sud de la pyramide est parsemée de neige. Sur la droite, au-delà du plateau des tranchées, la forêt de Tarnova forme une longue vague boisée, qui fait presque penser à l'Atlantique. Les Alpes sont basses, mais neigeuses, à la limite séparant deux climats forts. Depuis le Monte Nanos, qui pointe vers le sud-est comme la proue d'un navire, on peut apercevoir le soir, au même instant, les deux extrémités de l'horizon, le violet pastel de la Pannonie et le rouge sang de la Méditerranée.

Je vais vers la vallée des Cinq Cents. Elle contenait un hôpital italien de première ligne et son cimetière voisin. Son nom lui vient du nombre de squelettes trouvés au fond. Un froid de loup descend de la forêt de Tarnova en direction de Monfalcone, « abattoir de la jeunesse ». À proximité, deux postes de garde reconstruits par l'office du tourisme, la tente servant de popote pour les visiteurs, une dizaine de jeunes garçons, en uniformes autrichiens et italiens, tâchant de faire revivre la vie dans les tranchées. Ils se déplacent comme des poupées de chiffon.

La tranchée des Branches n'est pas loin.

« Mes camarades étaient en majeure partie des Calabrais. On ne comprenait rien à ce qu'ils disaient. Courageux et analphabètes. C'était moi qui écrivais leurs lettres à leurs familles. »

Je claque des dents au fond de la tranchée, je suis prisonnier de l'inversion thermique qui, dans les creux, prend au piège l'air froid plus lourd. Il y a un monsieur distingué, en uniforme gris d'officier autrichien de la Grande Guerre. Il participe à la reconstitution historique, un portable se déclenche dans sa poche et fait retentir la *Marche de Radetzky*. Il précise qu'on voit constamment surgir des tranchées de nouveaux objets : gourdes, gibernes, bissacs et même des lettres. Tout cela vient à peine d'être récupéré, mais l'odeur – de boue, d'excréments – est encore celle du Neandertal. Du temps des mammouths et des rhinocéros laineux.

Orelli refuse de s'en aller. « Ah, vous ne pouvez pas savoir à quel point l'Italie était arriérée dans ce temps-là… Les Autrichiens étaient riches. Les soldats avaient tout ce qu'ils voulaient, même du chocolat. On s'en est aperçu quand on a pris une de leurs tranchées. On a trouvé une telle quantité de tout ce qu'il peut y avoir de meilleur qu'on a eu peur d'être tombés dans un piège, on croyait que tout ça était empoisonné. Alors on en a d'abord fait manger aux prisonniers. »

La cuisine du camp sert de la soupe chaude, le long du sentier en lacets de la vallée descend une petite bande, les hommes se mettent en rang, ils attaquent les chants de protestation des fantassins qu'on envoyait à la mort : *E ti morosa ciavete che mi son già ciavà* (Et toi mon amoureuse, va te faire foutre car, moi, je suis déjà foutu), composé par les soldats du Trentin enrôlés sous l'uniforme autrichien. Puis le plus terrible : *Gorizia, tu sei maledetta* (Gorizia, tu es maudite). La Grande Guerre fut le dernier conflit qui laissa des chants et des légendes. Aujourd'hui, il est impensable que l'Irak donne à la postérité une œuvre comparable à *La Leggenda del Piave*.

« Sous les bombes, je répétais les comptines que j'avais apprises tout petit. Celles qu'on n'oublie jamais. Il y en avait une qui disait : "La servante du curé a accouché / elle a pondu un enfant de chœur tout pelé / qui est le portrait tout craché du curé." Je l'ai apprise à six ans, et maintenant voyez un peu quel âge j'ai et faites le compte... »

Trieste fut autrichienne jusqu'en 1918 et ensuite, pour ma famille, le Carso ne fut plus qu'un grondement lointain, en direction de Monfalcone. Mon grand-père n'a jamais vu le Carso pendant la guerre. À Vienne, les Triestins étaient mal vus ; ils parlaient italien et pouvaient donc fraterniser avec l'ennemi. De ce fait, ils étaient déployés en Galicie, sur le front glacial au-delà des Carpates, où ils essuyaient le feu des canons du tzar de Russie. Mon grand-père, lui aussi, avait été envoyé en Galicie, non sans raison :

son frère, ex-député au Parlement viennois, avait déserté pour passer dans le camp italien. Mon aïeul ne subit pas de représailles, mais il fut étroitement surveillé. « *Lauf ! Lauf !* » (cours vite), lui criait le sergent-major, originaire d'Olomouc en Bohême, pour l'inciter à se dépêcher d'accomplir son travail à l'arrière. Et lui courait et riait, riait et courait, comme le soldat Chvéïk. En bon Triestin, il ne parvenait pas à prendre quoi que ce fût au sérieux, même la guerre.

Le fantassin Carlo Orelli n'avait pas peur de mourir. Même à cent dix ans. « Nous sommes tous obligés de déménager, disait-il, pour finir chacun de nous doit changer de domicile. » Et il ricanait : « Vous voyez, quand j'en parle, mes filles s'inquiètent. Mais moi, je leur dis : "Laissez tomber, n'allez donc pas vous faire de mouron, ce n'est pas encore le moment…" »

Pendant notre entretien, il ne s'était mis en colère qu'une seule fois. En pensant au roi.

« Au cours des assauts, nous n'avions qu'un mot à la bouche "*Savoia !*". La Savoie, vous comprenez ? Nous, on criait leur nom, mais, eux, ils n'ont pas été brillants avec le fascisme… Et ils ne le sont toujours pas… Nom d'une pipe, si vous saviez tout ce que j'ai encore à dire. Je n'ai pas le temps de tout raconter… J'ai vu une deuxième guerre mondiale, le fascisme avec ses discours sur la grandeur de la nation… Les gens étaient subjugués, mais, moi, j'étais socialiste, je lisais *L'Avanti!*, je savais bien que c'était du pipeau. »

Je pars pour Gorizia, l'obscurité m'engloutit, sur la route quelques auberges, des casernes de la police des frontières. Il y a un passage de clandestins – il s'agirait de prostituées, à ce qu'on dit – et les Slovènes participent à des patrouilles mixtes avec les Italiens.

« Tu vas à Gorizia ? Pour quoi faire ? me demande un client au bar. Gorizia, tu parles d'un mouroir, c'est d'un ennui, il ne s'y passe rien. Il faut être maboul pour habiter là. »

Cette rengaine, je la connais par cœur. Pour les Triestins, Gorizia c'est la Vénétie Julienne, pour les gens du Frioul, c'est le Frioul, pour les Slovènes, c'est tout simplement à eux. Personne ne sait, au fond, à qui appartient Gorizia. Pour l'avoir, nous avons déchaîné six offensives ; et maintenant les touristes ne s'y arrêtent plus, même pas le temps d'un coup d'œil. Ils vont directement à Nova Gorica, la ville jumelle inventée par Tito, afin de défier le capitalisme. Là, c'est sûr que c'est un endroit vivant, assure-t-on à tout bout de champ. La jeunesse. Le casino, les strip-teaseuses, de la musique jusqu'à l'aube. Un beau non-lieu où on se fait plumer, parfait pour les Italiens.

Sainte. Maudite. Plus italienne que nature. Slave. Délice. Enfer. Autel. Cité des roses. Couronne d'épines. Chaque fois que j'y vais, je me demande ce qu'est vraiment Gorizia, inondée de rhétorique, étranglée pendant un demi-siècle par une frontière absurde, lieu-symbole conquis au prix d'atroces souffrances, puis disparu pour ainsi dire de la géographie du pays. Comme cela se trouve, en 1918, la vérité s'est fait connaître : le comté de Gorizia était presque entièrement slovène, et en outre communiste. Aussi, à peine conquise, la province de Gorizia fut tout d'abord effacée des cartes administratives, puis réduite à un moignon entre Udine et Trieste, afin d'occulter la présence slave.

Un jour, à Gorizia, il m'arriva d'assister à une messe des anciens combattants de la *Decima Mas* fasciste, qui se sont battus jusqu'au dernier sur ces montagnes contre l'avance des partisans. L'un d'entre eux reconnut qu'il n'avait découvert qu'en 1945 qu'on parlait slovène dans cette région. « Nous n'en savions rien », m'assura-t-il. « Mais comment est-ce possible ? », me dis-je. La majeure partie des noms de la Grande Guerre ne parlaient-ils pas d'eux-mêmes ? Des endroits appelés Kolovrat, Zagora, Podgora, ça ne leur suffisait pas pour comprendre ?

Au-delà de la gorge de l'Isonzo, au milieu des montagnes, de l'autre côté du front qui n'existe plus, Caporetto, c'est déjà l'Orient. Une terre de sombres récits : des jeunes filles enlevées par les Turcs, des amants malheureux, le chamois blanc et maudit aux cornes d'or, les Titans, et une unique période heureuse, celle du mythique roi Matjas. Le musée de la Grande Guerre n'est que le dernier maillon d'une sinistre chaîne d'événements. L'exposition photographique est d'une crudité exemplaire. Des visages barbus de moudjahidine, des mutilations, les regards fiévreux des soldats dans la neige. D'énormes canons tirés à bras d'hommes à travers les prairies, des milliers de blessés attendant le train, des Italiens décimés par les gaz. Un peu de vérité, sur une frontière noyée sous la rhétorique, les mausolées et les monuments célébrant la victoire.

« Le 29 juillet quand mûrissait le grain / est née une fillette, une rose à la main / ... les fillettes, ça ne sait pas faire l'amour / mais nous les gars on le leur faisait sentir / le soir après le dîner quand on s'en va dormir ! »

Une autre voix qui me revient : celle du bersaglier Delfino Borroni, né en 1898, originaire de Turago Bordone, à Pavie. Je viens tout juste de le rencontrer dans la maison de retraite San Giuseppe di Càstano Primo, entre Milan et Varese, où il m'a chanté tout haut, aussi aveugle qu'Homère, la chanson du long convoi qui l'avait emmené jusqu'à la frontière, un jour de mai 1917. Il était assis dans son fauteuil roulant, dehors il pleuvait des fleurs d'acacia, c'était une journée limpide. Sur les Alpes de Lombardie brillait la dernière neige, mais le récit du vieillard m'entraînait vers l'est, vers les montagnes de Caporetto.

« Sur le Monte Maio, la tranchée des Autrichiens était si proche qu'on entendait leurs voix. Au début, certains d'entre eux sortaient la nuit, grimpaient dans les arbres et se fichaient de nous en criant "Cocorico". »

Au-dessus de la vallée, du côté du Monte Nero, la foudre crépite comme une batterie antiaérienne. Vers la crête, on dirait qu'un géant est en train de déplacer une armoire sur le pavage d'un grenier. Des coups, des grincements, des grondements. La cime est comme un aimant criblé de fer. Il ne s'agit pas de minerais, mais d'armes de la Grande Guerre. Un gigantesque cimetière rouillé. Ça fait quatre-vingt-dix ans qu'on emporte les morceaux et il y en a encore pour quatre-vingt-dix autres années. Et, au-dessus de toute cette ferraille, les fréquents orages alimentent encore la légende.

Cismon, Pasubio, Campo Mulon, Valsugana. Je me repasse le film de mon entretien avec Borroni et la pellicule file sans bavures vers une journée d'octobre où un train part pour un lieu éloigné qui a nom Caporetto, sur l'Isonzo, et qu'il faut rejoindre en toute hâte.

Borroni se rappelle le torrent, la petite colline devant le village, la Valazza, le Val Polenta, le Monte Nero qui jette son ombre immense, leur arrivée la nuit du 23 à marche forcée, chaque homme portant quatre chargeurs, deux biscuits et deux boîtes de singe. Il pleut et un vent glacé souffle, le bataillon occupe deux petites bâtisses sur la colline. Elles regorgent de châtaignes, les soldats allument un feu, les font griller.

« Moi, j'en ai mangé trop, j'ai dû aller me soulager

au milieu des taillis. Et, juste à ce moment-là, j'ai entendu le commandant hurler : "Où est le quatrième peloton ? Voilà l'ennemi ! Filez en bas, vous allez nous faire voir !" Et puis on a vu un fourmillement de troupes, un nuage d'hommes en gris, les Allemands qui arrivaient de Caporetto. Là, à cent cinquante mètres. »

Je m'assois dans la prairie pour regarder les grandes manœuvres des nuages sur le Monte Nero et le Kolovrat. À présent, ce sont des coups pesants, redoublés par l'écho, du côté du Monte Canin. Les notes de la rencontre en Lombardie, ces souvenirs de l'ancien combattant, attrapés par la queue, trouvent une parfaite confirmation dans la topographie. Presque rien n'a changé. C'est si peu de chose, quatre-vingt-dix ans.

Vingt-quatre octobre, sur le coup de midi : le sergent de fer envoie de nouveau Borroni en éclaireur. La mission est dangereuse, la position étant entourée. Delfino proteste, mais sort quand même, il s'accroupit entre deux Allemands morts, devine une ombre en mouvement, voit deux vieux Allemands, le menton mangé de barbe sous la jugulaire. Et là, mon vieux bonhomme se met à raconter au présent. Nous étions au plus fort des opérations.

« Je murmure à mes gars : "Les voilà qui arrivent !" Mais de la tranchée, on me répond : "Commeeennt ?" Je répète, cette fois pas de réponse. En silence, je vois les Allemands passer en se traînant, l'un derrière l'autre. Et ce n'est qu'alors que nous parvient le hurlement de notre commandant : "Sauve qui peut !" Et aussitôt c'est la fuite, sous le feu des mitrailleuses ennemies. »

Quand arrive le moment de la déroute, mon bersaglier me déverse pêle-mêle les détails, les noms, les dates, les odeurs, les goûts, les chansons, les bruits, les jurons, la pluie, la boue, la faim, la peur. Borroni n'était pas seulement un homme qui se rappelait. Il était le souvenir personnifié. Cet événement mythique l'habitait, l'emplissait, devenait métrique, odyssée. Sa voix courait plus vite que ma main qui prenait des notes.

« Le soir du 25, le major arrive à cheval, il pleuvait toujours, il nous ordonne de tenir le dernier carrefour avant Cividale, désormais les Allemands se répandent, il y a une épouvantable fusillade, les autres n'utilisent ni fusils ni grenades, uniquement des mitrailleuses. C'est là que notre capitaine laisse sa peau, monsieur Umberto Rosana qu'il s'appelait, il était de Rome. Cicolella, un Sarde, qui m'avait joué un tour de cochon et à qui je ne parlais plus depuis des semaines, est blessé à la jambe. Il me tend une main, me dit "pardonne-moi", je le prends sur mes épaules, mais les Allemands sont partout, ils me font prisonnier. Je suis désarmé, un des leurs hurle, je ne sais pas s'il veut me tirer dessus ou m'embrocher, mais un autre le calme et m'accompagne au milieu des platanes, avec les autres Italiens. »

On pourrait croire que c'est fini, mais au contraire c'est le temps de la faim qui commence ; il n'y a rien à manger derrière les lignes allemandes victorieuses.

« Je cherchais toujours à m'évader, mieux valait mourir d'un coup de fusil que de crever la dalle. Ils me reprenaient et je me sauvais encore une fois. Jusqu'au jour où j'ai trouvé un paysan qui traversait la campagne avec une carriole de fumier, je lui ai demandé du pain et il a répondu que, pour moi, il n'en avait pas. Mais alors sa femme est sortie, elle a braillé : "Salaud !" Et elle m'a donné un beau morceau de polenta avec au milieu un trou plein de jus rouge avec des haricots. Mais, à présent, c'était octobre 1918, le front était en morceaux, la cavalerie italienne arrivait de partout sur la plaine, en silence. Je suis sorti à découvert, les mains en l'air, j'ai hurlé que j'étais italien, qu'il ne fallait pas me tirer dessus. Tout autour, les dernières poches de résistance canardaient, puis on hissait le drapeau blanc. C'était fini. Fini ! Ça paraissait impossible. »

Allez donc les comprendre, les ours

Je remonte l'Isonzo à bicyclette jusqu'à Caporetto, dans une cuvette verdoyante, pleine de ruches. Les Slovènes sont fous des abeilles, ils les emportent avec eux, installant leurs petites maisons colorées sur des remorques. Ils les déplacent en fonction de la floraison. Et comme il y a, en Slovénie, beaucoup d'ours (la plus forte densité d'Europe), il est fatal que les susdits fassent des gueuletons légendaires. En raison de leur goinfrerie, ils ont été rebaptisés *medved*, d'après le mot slave *med*, qui signifie justement « miel ». À l'auberge Lavrencic, il y a un type qui voyage dans un vieil autobus, reconverti en ruche. Une nuit, me raconte-t-il, alors qu'il dormait sous un tilleul, un ours est entré dans le vieux bus en question. Il mime la scène d'une manière gondolante. Le remue-ménage, le véhicule qui brinquebale, le chapardeur qui ressort par la porte d'un air furtif, en se pourléchant les moustaches, rayonnant de souveraine béatitude, poursuivi par un nuage d'insectes furibonds.

Ici, les plantigrades descendent dans la vallée pour aller se gaver de miel jusque dans les jardins et ils choisissent avec soin les meilleurs miels, ceux qui ne sont pas traités aux fongicides. Des images d'ours ornent la partie ensoleillée des ruches, les ex-voto des églises, les menus des auberges et même les livres qui abondent en légendes sur leur gourmandise insatiable et anarchique. Ils font peur aux maires, aux curés et surtout à la toute-puissante Alliance paysanne slovène, un parti qui a son rôle à jouer dans n'importe quel gouvernement. Ils sont si nombreux, ces ours – entre quatre et six cents – que Ljubljana les fait abattre par dizaines à intervalles réguliers. Plus qu'une véritable chasse à l'ours (réservée aux touristes italiens et allemands), c'est un massacre comme on n'en voyait même pas du temps du maréchal Tito. Pour l'État Slovène, c'est une bonne affaire : de dix à cinquante mille euros par tête, selon la grosseur du trophée. D'autres ours sont vendus aux pays voisins, où il n'en existe plus l'ombre d'un depuis les boucheries du début du XXe siècle.

En 2002, Vida, l'ourse la plus vagabonde des Alpes, parcourut des milliers de kilomètres et ne fut arrêtée (au prix de quelques contusions) que par sa collision avec une voiture, de nuit, sur l'autoroute du Brenner. Importée de Slovénie, avec quelques cousins, afin de repeupler les parcs naturels du Trentin, elle se mit, dès son arrivée dans son nouveau territoire, à faire le diable à quatre, elle sema les zoologues, berna les radars des gardes-chasses, franchit l'Adige à la nage, frôla la frontière autrichienne, traversa indemne l'autoroute la plus fréquentée des Alpes, et gambada des bois du Val Pusteria aux gorges des Dolomites, dans les environs de Belluno.

Arrivée là, après avoir plus abondamment rempli les pages de la presse écrite italienne qu'une princesse polonaise et alimenté la légende de son retour dans ses forêts natales d'Europe de l'Est, elle bifurqua vers l'ouest, contre toute attente, prenant au dépourvu les observateurs humains. Jusqu'au jour de printemps où elle rencontra, à une heure quinze du matin, à la hauteur d'Ora, les pleins phares de monsieur Michael Funes M., cinquante ans, de nationalité allemande, voyageant en direction de l'Autriche à bord de sa Mercedes. Ce fut l'affaire d'un instant : le choc, la patte cassée, le bip du collier émetteur s'éteignant sur le moniteur, ce qui déclencha les secours. Ensuite l'anesthésie, le bandage, la remise en liberté semi-secrète dans une vallée à l'ouest de l'Adamello.

Le personnel du parc la guettait depuis des jours au bord de l'autoroute. Elle l'avait déjà traversée une fois au mois de mai, peut-être le miracle allait-il se répéter. À la hauteur d'Ora, il y avait aussi un passage souterrain et la position signalée par le collier émetteur faisait espérer qu'elle allait justement s'y engouffrer. Mais les ours ne vont jamais où on le décide, ce sont eux qui choisissent leur route. Ce sont des animaux solitaires et individualistes. Et ils ont un radar interne qui les guide. En plus de quoi, Vida n'a pas tenu compte du parcours le plus logique, elle a franchi la barrière au point le plus bas et elle a tenté l'aventure pour se réveiller quinze heures plus tard, en pleine montagne – boiteuse et bourrée de calmants – et traîner, dépaysée, dans une clairière qu'elle ne connaissait pas.

Tous les déplacements de Vida témoignaient d'un besoin irrépressible de liberté et d'une rébellion contre les barrières des hommes. La fugue a duré quatre mois, mais elle n'a même pas ébouriffé son poil fauve aux reflets acajou. Au mois de mai, à peine lâchée sur le massif de la Brenta, la voilà déjà qui parcourt six ou sept cents kilomètres en une seule semaine. Elle dort le jour, se déplace la nuit, franchit le Val Venosta, la Passiria, l'Isarco, l'autoroute du Brenner, le Val Pusteria. Elle fouille dans les petites fermes de Valgardena, passe le Piz Boé, effleure Cortina. Puis une halte de deux mois dans les monts d'Agordo laisse entrevoir une installation définitive.

Mais pas du tout. Vida repart de plus belle, rapide comme le vent : elle traverse les Pale di San Martino, franchit le col du Passo Rolle, descend en direction de Predazzo, on la signale en plein centre de Castello di Fiemme.

Allez donc les comprendre, les ours. Ils font ce qui leur plaît. Ceux de Slovénie, qui forment une véritable armée, fuient spontanément le surpeuplement en émigrant en Italie, où l'abandon des alpages crée des conditions idéales pour leur survie. Dans les années 1980, un ours est arrivé aux portes de Trieste, il a exterminé tout un poulailler, puis il a fini, au comble de la terreur, dans la mer. D'autres, comme nous l'avons vu, franchissent à la nage le golfe de Fiume et font ensuite irruption dans les îles croates, à deux pas des campings bondés de touristes. Quant aux environs de Tarvisio et à la Carinthie, ils sont pleins, eux aussi, d'adultes fraîchement arrivés de Slovénie. Dans la région de Pordenone, l'ours Franz est d'ores et déjà une légende : tous les ans, à Pâques, il descend dans la vallée et repart avec une brebis.

Personne n'est capable de dire si Vida, l'ourse acajou, a couvert autant de terrain pour se sauver, pour retourner d'où elle venait ou seulement pour assouvir l'incroyable curiosité qui distingue son espèce. Ces plantigrades, à ce qu'il paraît, n'ont pas besoin d'être déplacés de force. Ils bougent de leur propre gré, animés par une fièvre exploratrice dont on n'a pas encore mesuré la portée. Avec le plus grand mépris pour les obstacles et aussi pour les passages que l'homme met sur leur chemin. Au sud de Ljubljana, on a creusé, exprès pour eux, un gigantesque tunnel sous l'autoroute, mais les ours, têtus, s'obstinent à passer trois cents mètres plus loin, au péril de leur toison.

Peut-être ce choix d'une vie nomade n'est-il qu'une

rébellion. L'ours est un animal « culturel » : il doit explorer le terrain avant de choisir où il va s'établir. Si on veut le contraindre, il peut avoir d'étranges réactions. Il faut laisser à l'homme et à l'animal le temps de s'accepter l'un l'autre. En plus de quoi, le gros bestiau brun est un grand prédateur, il se dresse au sommet de la pyramide écologique ; il vit de baies, d'insectes, de miel, de racines, mais de temps à autre il se rappelle qu'il est aussi un carnivore. Et que sa mère lui a appris à prendre sa nourriture et non pas à la recevoir d'autrui. Donc, si vous donnez de la nourriture à un ours, il peut arriver qu'à ses yeux vous ne soyez qu'une simple partie de l'emballage qui la contient. Le papier du bonbon.

Un plat d'escargots à Lilliput

Après Caporetto, l'odeur humide des Alpes devient plus forte ; de mon vélo, je vois les paysans qui fauchent en toute hâte, avant la pluie. Je croise des cyclistes, des voitures avec des deltaplanes et des canoës sur le toit. Tout clame à quel point le plein air est familier aux montagnards slaves. Au-delà de Plezzo (Bovec), un cimetière austro-hongrois : cinq cent quarante-six croix alignées, sans aucun nom, et un obélisque en granit simplement marqué de la croix noire, section de Salzbourg. À peine le temps d'une prière et voici déjà le Val Trenta, porte du Triglav, en italien *il Tricorno*. Je pédale sous un ciel chargé d'électricité, je frôle des touristes avec de gros souliers, des sacs à dos énormes et des visages d'un autre temps. Triglav signifie « la montagne à trois têtes » et les Slovènes y vont au moins une fois dans leur vie. Dans le plus grand sérieux, comme des musulmans en pèlerinage à La Mecque. Cette montagne est le symbole de leur diversité slave, un peu scandinave, un peu alpine.

La pluie commence, en même temps que la véritable montée. Des parois grises me surplombent, cette montagne est d'une sévérité glaciale. Mille mètres plus haut, c'est le col Vrsic, un nom qui sonne comme un distillat de fatigue. La vallée se rétrécit, le vacarme de l'Isonzo l'emplit tout entière. Un asphalte translucide, des bûchers, une auberge. La maison d'Anton Tožbar, guide et chasseur, à qui un ours a arraché la mâchoire inférieure et la langue d'un seul coup de patte.

Coup de tonnerre, des filles en bikini sortent du fleuve en courant. Je boirais bien une autre bière, mais il ne faut pas, j'ai encore vingt-cinq virages à prendre. Je vais si lentement et la circulation est si clairsemée que je distingue le moindre insecte sur la chaussée. Une araignée me coupe la route, une mouche me survole, elle fait un bruit d'avion à réaction à dix mille mètres d'altitude, puis un papillon jaune se pose sur mon maillot orange. À chaque lacet, tout change, le virage à droite m'ouvre la vue sur le Tricorno, à gauche, il m'annonce le Javovec, autre géant des Alpes Juliennes, où combattit en 1916 Erwin Rommel, avant de devenir le Renard du désert.

À mille deux cents mètres d'altitude, le soleil revient, l'asphalte trempé commence à fumer. Puis tout s'ouvre, un grand faux plat à mi-côte mène à la ligne de partage des eaux en direction du Danube. Et c'est le col, avec le refuge Ticarjev au bord de la route : des saucisses et de la bière, enfin. Ici, on avait coutume de commander « une bière à cornes », l'étiquette verte avec le chamois blanc du Tricorno. La population slovène se restaure, alignée sur des bancs. J'ai à côté de moi une grosse blonde avec deux enfants, des pelotons de cyclistes, une paire de vieux en culottes courtes avec des bâtons télescopiques, des couples de pratiquants du deltaplane. L'Italie est on ne peut plus éloignée.

Je plonge vers Kranjska Gora. Virages sur des pavés, mon vélo vibre de partout, il se remet à pleuvoir, on se croirait sur la route du Paris-Roubaix. Les montagnes disparaissent dans les nuages, à mesure que je descends la chaleur augmente, puis la grande échappée se termine au milieu de prairies qui fument comme un bain turc. Tout ce que je peux voir autour de moi prend soin de me dire que la Slovénie n'appartient pas aux Balkans, que de nos jours la plus petite des nations alpines ne lorgne plus vers le sud-est, mais vers l'Europe qui compte. Bannières étoilées de l'Union européenne dans tous les coins, géraniums aux fenêtres, pistes cyclables, propreté hospitalière, banques et magasins illuminés comme des arbres de Noël. Tout est extraordinairement ordinaire, comme en Autriche. Et pourtant, ce n'est pas l'Autriche. C'est autre chose. Le besoin exagéré de lui ressembler.

Un hôtel de Radovljica, la capitale alpine des ruches et du miel. Les clients me dévisagent pour comprendre d'où je viens. Je n'ai pas de plaque d'immatriculation, je me rends compte que je suis une espèce d'apatride. Un monsieur bien vêtu regarde ma bicyclette boueuse, me demande quel trajet je viens de faire. Il est agent théâtral et travaille à Ljubljana.

« Vous en avez de la chance d'être italien. »

Je lui réponds que je ne comprends pas, je me dis que ces mots cachent sans doute un piège.

« Au moins, les gens savent où se trouve l'Italie sur la mappemonde. »

D'accord, j'y suis. Je vois poindre un syndrome que j'ai déjà côtoyé ailleurs, en Belgique et en Bohême. La peur de disparaître des petits peuples.

« Vous, vous téléphonez à Londres pour proposer

un spectacle à Milan. Personne ne vous demande où est Milan. Pas vrai ? »

En effet.

« Alors que, moi, il m'arrive d'appeler pour proposer un spectacle en Slovénie et, à l'autre bout du fil, je devine un silence embarrassé. Ils ne savent même pas où est mon pays.

— Et vous faites quoi, alors ?

— Il m'arrive de dire, au nord-est de l'Italie. »

Je lui rappelle perfidement que du temps de la Yougoslavie c'était plus facile. Tout le monde savait où la situer sur la carte de l'Europe.

Il encaisse. « Ça, je ne peux pas vous donner tort. Nous avons voulu notre bicyclette, alors à nous de pédaler. Mais on a intérêt à apprendre vite. »

Je le salue, un peu confus de ma perfidie.

Aux portes de Ljubljana, la police de la route me colle une amende parce que je n'ai pas de feux de position et que je ne porte pas de casque. Tout autour, des foules d'autochtones circulent sur deux roues, exactement dans les mêmes conditions que moi, mais ce n'est pas la peine de le faire remarquer. « Ce sont les règlements européens », me précisent, dédaigneux, les agents dans ce qui voudrait passer pour de l'anglais, afin de bien me montrer, et à moi seul, l'Italien, que la Slovénie est en Europe et qu'elle y entre en première de la classe. Ils faisaient la même chose du temps de Tito : ils appliquaient les règlements du communisme, version slovène, avec une rigueur presque comique, mais dont ils réservaient l'exclusivité aux étrangers.

La police de Ljubljana est la plus inutilement sévère d'Europe. Un jour, à l'aéroport de Brnik, deux agents sadiques m'ont obligé à brûler dans leur détecteur de métaux tout un tas de pellicules ultrasensibles déjà impressionnées, qui dans n'importe quel autre aéroport – même celui plus que draconien de Tel Aviv – auraient été contrôlées à la main. J'ai haï ces gens non seulement pour le tort irréparable qu'ils me faisaient, mais aussi parce qu'ils répudiaient justement ce que j'aimais le plus dans le caractère slave : cette attitude conciliante envers la vie que le langage de tous les jours résume par l'expression « *Nema problema* ». Depuis ce jour, j'ai fui les vols slovènes. Avec les pays qu'on aime, on se paie parfois le luxe de ces petites représailles inutiles.

La capitale est plongée dans le brouillard, elle paraît posée au fond de la grande mer pannonique, à laquelle elle est reliée par la haute vallée de la Save. Construite au bord d'un marais assaini, enfermée dans une cuvette cernée de montagnes, elle exhale son humidité au premier signe de froid, puis, pendant des semaines, elle tient prisonnière une banquise de brume, même quand le soleil resplendit aux alentours. Dans cette grisaille, elle se transforme en une sorte de Prague miniature, avec ses sculptures baroques, ses ponts ornés de statues de saint Nepomuk, ses auberges enfumées à la Bohumil Hrabal et sa rivière – la Ljubljanica – qui serpente au-dessous du château comme la Vltava (Moldau) au-dessous de la colline du Hradcany.

C'est à cette rivière qu'en 1991, au cours d'un mois de décembre enneigé, j'ai confié un petit bateau en papier sur lequel j'avais écrit une pensée contre la guerre. Après le conflit en Croatie, je ne voulais pas que la peste prît racine en Bosnie, je me figurais que tout n'avait pas encore été décidé. J'ai donc écrit sur mon papier une lettre en anglais, je l'ai baptisée *Mir*, paix, je l'ai déposée avec soin au fil du courant et je l'ai vue disparaître dans la nuit entre les vieilles maisons autrichiennes, les lampions de Noël et les saules ployés vers la Ljubljanica. J'ai rêvé pendant des jours que ce message navigateur, s'étant jeté dans la Save, était arrivé à Belgrade, sous le pont Brankov, au confluent du Danube. Sans doute a-t-il plutôt fini dans l'engrenage de je ne sais quelle centrale électrique avant même de quitter la Slovénie.

Avec la Save, qui l'effleure au nord, Ljubljana ne paraît pas entretenir des rapports vraiment intimes : on dirait qu'elle renie la grande rivière slave qui coule jusqu'au cœur des Balkans et qu'elle se replie vers les Alpes pour singer l'*Austria felix*. Elle fait comme les Allemands de Bolzano, qui évitent de regarder l'Adige, simplement parce que ce fleuve qui coule vers le sud établit avec l'Italie un lien géographique qu'ils refusent d'admettre.

Il pleut sur la paisible capitale de Lilliput, au parfum de gâteau de miel. Sur les places, il n'y a pas de statues de généraux tenant une épée dégainée, comme en Croatie. Ici, l'hymne national ne parle pas de sang, mais de bon vin et la mythologie chante les femmes plutôt que les guerriers héroïques. Au lieu des batailles rangées, la fête nationale évoque la mort d'un poète, France Preseren. Ljubljana n'éprouve aucun besoin d'exhumer un quelconque Kosovo Polje, la déroute qu'ont subie les Turcs il y a six siècles et que les Serbes invoquent encore pour fomenter l'antagonisme contre les Turcs, avec les résultats dévastateurs que l'on a pu voir.

Je dîne d'un plat d'escargots, dans une taverne qui a nom Mrak, l'ombre, au milieu d'une explosion de chansons à boire et de rires en chœur. Dehors, la ville se tait dans les brumes, elle exprime doucement l'inquiétude que lui inspirent les événements mondiaux qui survolent le pays de Lilliput. Dans cette petite nation alpine, il existe une peur constante de l'écrasement, mais sans aucun arsenal de mythes belliqueux à brandir pour se défendre. L'univers habsbourgeois, dont la Slovénie fait partie, exprime plutôt la haine de soi, le suicide et l'alcoolisme. Ici, il y a du Kafka dans l'air, une bureaucratie feutrée et insaisissable, une micro-efficacité derrière laquelle l'autorité contre qui on se rebelle se cache toujours, si bien qu'on ne sait jamais qui envoyer au diable. Un monde privé de sécurité, dirait le docteur Freud, qui ne trouve pas de parent autoritaire à tuer, afin de construire son identité. Le seul serait peut-être l'ancienne Yougoslavie.

Tout à coup, dans la salle à manger, le climat change. La joie s'éteint et la grogne commence. À une table voisine, un gros bonhomme maugrée avec ses amis : « Les bars sont de plus en plus pleins de gitans, de Serbes ou de Bosniaques », de voyous en blouson de cuir noir, qui ne parlent pas slovène. « Quand ils seront devenus plus nombreux, ils formeront des partis, des minorités et, pour finir, ils délimiteront leurs propres provinces protégées par Bruxelles. » Dans la salle tranquille se fait sentir la présence d'un ver qui ronge les fondations du pays. La rancœur est remâchée à voix basse, avec courtoisie, à l'autrichienne. Mais c'est justement dans ce monde miniature bien ordonné, qui endort les conflits, que l'on sent avec le plus de force le mal au ventre du populisme alpin, celui-là même qui a engendré la Ligue dans les vallées du nord de l'Italie ; la peur des petits peuples, amplifiée par les vallées et portée au cube par l'introversion montagnarde. Une pensée xénophobe en puissance, qui trouve un écho dans de nombreux partis.

On m'a expliqué un jour que, bien que le racisme de type classique soit en passe de s'atténuer, « en Slovénie, on voit croître un populisme centriste, grossier et borné, un peu comme en Vénétie lors des mois rugissants de l'assaut contre le campanile de la place Saint-Marc. » Tonci Kuzmanic, leader local de la guerre à la xénophobie, a déclaré que les gens commençaient à considérer l'État comme une propriété privée. « Les Slovènes disent : cet endroit est à moi. Il est à moi, au sens où il était avant moi à mon père et avant lui à mon grand-père. Tous les autres sont de simples invités et doivent savoir rester à leur place, même s'ils ont la citoyenneté et même s'ils respectent les lois. » Ce n'est pas l'État-nation au sens classique. Lui, au moins, portait en lui quelque chose de stratégique. C'est l'État au sens paysan, en termes de terre enclose et de paroisse. Le petit champ sous le soleil.

C'est, en outre, le syndrome de Lilliput, l'envie de se refermer sur soi-même, de chercher parmi les os des ancêtres, afin de diviser le monde entre les autochtones et les autres. Beaucoup se demandent si l'Europe unie vaut vraiment la peine : « Pourquoi s'échapper d'une fédération pour entrer dans une autre ? Avons-nous fui le monde des pauvres à seule fin d'être achetés par les riches ? Et si l'Europe était une autre Yougoslavie, un monstre bureaucratique, centralisateur, qui tue l'identité et finit ensuite par se tuer lui-même ? » D'où la fuite dans deux directions antithétiques et incompatibles : d'une part l'américanisme, de l'autre l'hyper-traditionalisme. De quoi donner la migraine.

Avec les étudiants, c'est une autre chanson, je m'en aperçois dans les bars qui bordent la rivière. Ils disent que les recettes méditerranéennes ont conquis Ljubljana, les grillades à la turque suscitent de moins en moins de refus nationalistes et les jeunes déferlent en masse aux concerts de Goran Bregović et du Serbe Djordje Balašević, sans se soucier des accusations de « yougo-nostalgie ». La petite Slovénie cherche, presque d'instinct, un refuge loin de sa propre panse alpine, à la périphérie, en direction des douces vignes de son petit coin de Pannonie ou vers les quarante kilomètres de côte adriatique. Pour un si grand nombre, ce fragment de Méditerranée est nettement plus qu'un accès à la mer : c'est le moyen de sortir des dérives claustrophobes. « La Slovénie dispose d'un énorme avantage, me confie une étudiante prénommée Milena, c'est un pays alpin, mais pas uniquement. Elle a une forte vocation méditerranéenne et c'est aussi un pays pannonique. À elles trois, ces dimensions jettent les prémisses d'une mentalité plus ouverte sur le monde. »

En cordée avec le croquemitaine

La tanière de Jörg Haider, gouverneur de la Carinthie et croquemitaine du populisme alpin, se trouve dans une étroite vallée entre la Drave et la frontière slovène, avec en contrebas un torrent bordé de vieux moulins et au-dessus des clairières parsemées de ruches de l'*Ape carnica* ou abeille carniolienne, un insecte autochtone hyperactif occupé à vrombir parmi les marguerites et les rhododendrons. Cette vallée s'appelle la Bärental, la vallée des Ours. Une route sinueuse monte jusqu'à une auberge décorée de chopes de bière Schläpfer, de diplômes obtenus dans des concours musicaux, de coupes raflées dans des épreuves de ski et de pots de « pur miel local ». Ensuite, le sentier s'élève en direction de la crête rocheuse et du refuge Klagenfurt, base des excursions.

En 2003, je m'étais dit que le moment était venu d'aller le trouver, ce croquemitaine autrichien, dont le nom évoquait de sinistre manière celui de Hitler. Je l'avais attaqué systématiquement pendant des années, dénonçant le péril qu'il représentait pour les démocraties européennes, mais par la suite j'en étais venu à la conclusion que nous avions pire que lui en Italie. Tandis que l'étoile de l'Autrichien était sur le déclin, le populisme médiatique et la xénophobie grandissaient chez moi, au point que je n'avais plus grand-chose à lui reprocher. Quand j'y repense, au bout de tant d'années, après avoir vu l'infection nationale-populiste s'étendre à la France et à l'Angleterre, où l'on peut voir à l'œuvre des démagogues autrement plus scélérats que lui, le langage que tenait le chef de file autrichien sonne, aux oreilles de ceux qui le réécoutent, de manière presque politiquement correcte, pour ne pas dire innocente. Cela dit, à cette époque déjà, il me semblait qu'il était peut-être temps de revoir la petite patrie de Haider, l'homme qui avait attiré sur l'Autriche des avalanches de mépris et de représailles. Je pouvais même, pendant que j'y étais, lui demander de me servir de guide dans ses montagnes. Il accepta et j'arrivai un dimanche dans sa vallée. J'y étais de nouveau sous le signe de l'ours. Après les plantigrades nageurs de la Dalmatie et les voleurs de miel de la vallée de l'Isonzo, voilà que j'étais en passe de traverser le Bärental en compagnie d'un homme dont la mascotte était un ours en peluche. La vallée de Haider est aux confins de la Slovénie et c'est par là que les géants des Alpes arrivent en Autriche, après de longues transhumances balkaniques. Au fond de la vallée, m'expliqua-t-on à l'auberge, il y avait un endroit qu'on appelait *Sella dell'Orso*, ou pas de l'Ours : ces animaux y passent tous les ans, attirés par les opulentes ruches autrichiennes. Puis ils franchissent la Drave à la nage et émigrent vers l'ouest.

La journée était limpide, pas trop chaude, le sentier zigzaguait au milieu d'un bois de hêtres immenses, plein de promeneurs portant des sacs à dos chargés. Assez vite, le gouverneur – qui porte ici le nom encore plus pompeux de *Landeshauptmann* – arriva dans une Jeep blanche et par la fenêtre me salua d'un « *servus* », le « bonjour » de l'Europe centrale. Il m'avait pris au mot : nous allions escalader le Hochstuhl, un sommet de deux mille deux cent trente-sept mètres, la pyramide rocheuse qui ferme la vallée près de la frontière. Sus à un éperon surgissant des graviers, au bout du bois.

Tandis qu'il conduisait, je l'observais. Il était estampillé de la tête aux pieds. Sac français Millet, bottillons Trezeta, chaussettes Adidas, polo Lacoste, blouson noir sur lequel on pouvait lire « *Jörg, the Iron-man* ». Haider, c'est sa garde-robe, disait-on. Un type qui, selon l'interlocuteur qu'il a devant lui, passe du jean au costume rayé, du survêtement au *Lederhosen*, la culotte de peau des montagnards de langue allemande. Il se changeait, à ce qu'on disait, cinq, six et jusqu'à dix fois par jour. Il serrait des mains, se faisait photographier, se remémorait tous les visages, savait dire à chacun exactement ce qu'il souhaitait entendre. C'était le Fregoli de la politique.

Les touristes le saluaient, il répondait par la fenêtre du véhicule. Il donnait l'impression de connaître tous ceux qu'il rencontrait. Il m'expliqua que les habitants de la Carinthie n'étaient pas des Tyroliens, qu'ils n'avaient pas transformé leur *Heimat*, leur patrie, en bonbonnière pour touristes : leur rapport avec *das Land*, la terre, était plus rustique, plus paysan. Il s'arrêta au milieu du bois, descendit pour ouvrir le cadenas d'un passage à niveau, puis repartit à faible allure. Ce droit de passage, il ne le devait pas à sa charge politique, mais à sa qualité de propriétaire des lieux : toute la vallée lui appartenait, des centaines d'hectares de bois et de montagnes. Ses parents l'avaient achetée du temps de Hitler. Pour une bouchée de pain, à une famille juive. Je lui demandai où se trouvait sa demeure. « Laquelle ? Je peux aller dormir dans quinze maisons différentes », me répondit-il avec un éclair dans les yeux, tout heureux de se forger le mythe d'un loup ayant pris le maquis, impossible à capturer, à repérer, à contrôler. Les années du triomphe étaient terminées et la reconquête ne pouvait commencer qu'à partir de ce refuge en haut des montagnes. Mais les plus fidèles étaient perdus. « Il n'y a pas un seul de ses hommes qui sait vraiment ce que fait et ce que pense Haider », m'avait dit un jour Erwin Hirtenfelder, du *Kleine Zeitung* de Klagenfurt.

Nous montâmes le long de rochers faciles, du premier et du second degré. Celui qui avait naguère été le lion de la Carinthie, le Robin des Bois des faibles, se déplaçait sur les pentes avec une précision millimétrique. Je me rappelai que ses adversaires avaient pris l'habitude de le surnommer Mimosa, lui appliquant moqueusement le nom d'une fleur féminine qui se flétrit au moindre changement de température. On avait découvert que le gouverneur de la Carinthie, le chef historique de la nouvelle droite autrichienne, l'homme qui avait fait trembler les chancelleries de la moitié de l'Europe et abattu ensuite le gouvernement de coalition autrichien, en obligeant les ministres de son propre parti à démissionner, était en réalité une créature aussi fragile, vaniteuse et capricieuse qu'une adolescente. Fanfaronnant quand il se sentait fort, mais toujours prêt à flancher quand on l'attaquait. Une image en chute libre.

Je repensai à la vague de l'an 2000, qui était arrivée jusqu'à Vienne en partant d'ici même. À présent tout était fini. Terminés les foules extasiées, le parfum de gâteau de miel, les majorettes et les aérostats au-dessus des Alpes. Maintenant, les Carinthiens se demandaient qui était au juste l'homme aux mille visages qui les gouvernait. Et Haider sentait bien que c'était justement son électeur-type, le petit-bourgeois, le *Kleiner Mensch*, qui se rebellait, qui aurait voulu avoir un chef moins imprévisible et plus digne de confiance. Mais, parmi les vrais fidèles aussi, il y avait de lourdes pertes. Le parti n'avait plus de chef, plus de programme, il était déchiré par des luttes intestines, coincé par des pourcentages relevant du minimum historique. « Les vaincus sont plus intéressants que les vainqueurs », lui dis-je sur une plateforme où nous nous étions arrêtés pour déjeuner. Il reconnut que c'était vrai et fit remarquer que les vaincus « sont obligés de se demander où ils ont fait fausse route ». Vers l'est, la Drave brillait à travers la brume. Nous montâmes le long de cordes fixes, la via ferrata était merveilleusement entretenue. Jörg m'offrit une gorgée de boisson énergétique à l'orange, rigoureusement estampillée. Cette étiquette disait, elle aussi, que le roi des *Heimat* était en réalité un mondialiste.

Au bout de deux petites heures, sans forcer, nous étions sous la cime battue par les vents. Des touristes slovènes surgissaient de l'autre versant. Beaucoup d'entre eux le saluaient, certains lui disaient qu'il avait aussi des fans à Ljubljana. À l'horizon se profilaient avec netteté les Alpes Juliennes orientales, le Tricorno, le lac de Bled, la vallée de la Save. Nous étions à cheval sur la crête entre les deux grands affluents du Danube. Nous laissâmes nos signatures dans le livre de sommet. *Hochstuhl*, me dis-je, signifie « siège élevé ». Trône, en somme. Ce n'est pas si mal d'être Haider et d'être propriétaire d'une montagne qui porte ce nom.

Le refuge Preseren, en Slovénie, trente mètres au-dessous du sommet. La robuste propriétaire courut à la rencontre de mon compagnon, le serra dans ses bras, le souleva presque de terre. Il lui donna la réplique en Slovène, puis il commanda un vin appelé Cviček et un saucisson assassin, couvert de saindoux. Tout en mangeant, il se mit à parler politique et s'amusa à prendre ses distances vis-à-vis de la droite italienne.

Nous descendîmes à fond de train le long d'un éboulis, ce qui était peut-être le seul moyen de digérer le saucisson slovène et le vin acidulé, car, entre-temps, ils avaient formé dans mon estomac un emplâtre aussi digeste que de la pâte à modeler. Nous finîmes par une bière au refuge Klagenfurt, à mille six cent soixante mètres d'altitude, au milieu d'une mer d'Autrichiens, parcourue par des vagues typiquement nordiques d'hilarité collective. Une guitare entonna le motif de *Alte Kamaraden*, vieux camarades, une chanson dont on ne sait jamais, quand on l'entend, si elle parle de camarades de guerre ou de montagne. Mon compagnon faisait la fête, se laissait docilement photographier. Pour finir, on vit surgir d'au milieu de la foule une brunette italienne, au décolleté plongeant, qui l'étreignit en hurlant : « Tu me reconnaaaiiis ? *You remember meeee ?* » Manifestement, il se la rappelait.

Brusquement, il prit congé, préoccupé par on ne sait quoi, et partit sur les chapeaux de roue dans son véhicule tout-terrain.

La soirée s'acheva dans une pizzeria de Rosegg, sur une île de la Drave, où je rencontrai par hasard quelques militants du parti de Haider, naufragés de la vague brune. Ils venaient de Velden, et, entre une pizza Margherita et une bouteille de Cabernet, ils remâchaient toute la déception des petits fonctionnaires de parti. Ils avaient travaillé pour rien, disaient-ils, sans recevoir le plus infime soupçon de reconnaissance, pendant que le chef veillait à la promotion de sa garde prétorienne dont la belle prestance s'alliait à une moralité douteuse. Ils disaient que le *Führerprinzip*, l'autorité du chef, était en miettes. La loi de la meute n'était plus en vigueur et désormais les loups subalternes s'apprêtaient à attaquer le chef.

Tout cela était véritablement étrange. Ce qui avait déterminé la chute de Haider, ce n'étaient pas les sanctions de l'Europe, la réaction de la société civile, ni même les manifestations de rue contre lui, organisées pendant des semaines à Vienne. C'était, disaient les ex-militants du côté de la Drave, un suicide parfaitement en règle. L'homme qui avait poignardé avec sadisme un si grand nombre de ses camarades se donnait à présent une mort analogue.

« Il n'y a rien de rationnel dans cette course autodestructrice », déclara en riant Bertram Karl Steiner, que j'étais allé trouver à la rédaction du *Kärntner Tageszeitung*. « Ce qu'il faudrait, pour lui, pour l'Autriche et pour tout le reste, c'est un psychiatre. » Il me confia qu'à gauche on ironisait ferme en disant : « *Danke, Jörg* », pour lui retourner le couteau dans la plaie. Merci, camarade Haider, pour les votes que tu nous offres, avec toutes tes folies[1].

Plus tard, le long de la Drave, je rencontrai un vieux au milieu d'un champ de seigle. À l'ombre d'un tilleul, il sculptait une table et un banc, pour offrir un peu de repos aux voyageurs de passage. Il avait gravé sur le banc « *Josefplatz* », la place de Josef, la sienne. Il m'accompagna dans sa maison qui comportait une écurie et deux chambres d'hôte. Dans son bureau, il gérait son compte en banque par Internet. Il mit le couvert et prépara le dîner, puis il m'annonça qu'il sortait pour aller répéter avec sa chorale. « Ça fait

1. En 2008, Jörg Haider s'est tué dans un accident de voiture. *(Toutes les notes sont de la traductrice.)*

trente ans que je chante, me dit-il, je ne peux pas rater la répétition. » Dans la *Stube*[1], il y avait un diplôme témoignant de sa longue appartenance à une confrérie orchestrale. Je me dis que les paysans libres d'Italie avaient arrêté de chanter depuis longtemps et qu'au fond le Haiderland se faisait pardonner très vite.

1. La salle.

2
Du Tagliamento au Vajont

La maison aux cent fenêtres

La foudre tomba et le Christ déchira les ténèbres ; je le vis tout à coup qui me surplombait sous la pluie, comme une immense araignée. Cela m'arriva un soir dans les montagnes du côté de Tolmezzo, au-dessus de Piano d'Arta. C'était une silhouette humaine, grandeur nature, tordue et terrifiante, crucifiée sur la paroi d'un manège. Ce soir-là, je cherchais un lieu où dormir, aussi frappai-je prudemment à la porte de la maison voisine dont les fenêtres étaient éclairées. Le propriétaire vint m'ouvrir, un homme sympathique, Massimo de son prénom, avec une barbe de brigand, deux belles filles et sa femme au comptoir. Il rit, me fit asseoir au coin du feu, me dit qu'il avait une chambre libre de l'autre côté de la cour et m'indiqua une maison au-delà de la pluie.

La maison du crucifié. C'était là que je dormirais. Les éclairs illuminaient un démon en bois, installé juste au-dessous du toit pour monter la garde. Mais c'était le Christ qui faisait peur, cloué un peu plus bas. Ruisselant de pluie, il était accroché à la maison, en plein orage. À l'origine, il se trouvait dans l'église du village, mais le curé s'en était débarrassé, parce qu'il faisait pleurer les petits enfants. « Alors je l'ai pris pour moi », me dit Max en me montrant le chemin de ma chambre. Un Christ refusé par le prêtre, ça ne porte pas bonheur, me dis-je. Mais son visage et ses membres désarticulés, sa douleur terrestre et indicible exprimaient l'essence même de cette amère région qu'est la Carnie.

Une soirée pluvieuse est parfaite pour raconter des histoires, et ce soir-là nous en eûmes à foison. C'était le lieu lui-même qui parlait, cette vallée sombre sur la route du col de Monte Croce, autrement dit la via Julia Augusta que les Romains construisirent pour avoir accès aux vallées de la Drave. Massimo racontait, devant *une sgnapute*, comme on appelle la *grappa* des gens du Frioul, que c'était par cette route qu'étaient descendus les Templiers et qu'ils s'étaient installés dans une clairière qu'on appelle encore aujourd'hui Algeri, en souvenir des chrétiens libérés de la ville d'Alger. Et comme c'étaient des types qui ne tenaient pas en place, ils s'étaient mis en tête de « libérer » aussi les habitants des vallées de la Carnie. « En échange, m'expliqua-t-il, ils se farcissaient les jeunes filles avant leur mariage. Par droit divin. Et beaucoup de pauvrettes, affolées, se sauvaient dans les bois. »

En 1945, les nazis qui battaient en retraite étaient passés par la même route. Ainsi d'ailleurs que les Cosaques en déroute à qui Hitler avait promis le Frioul. Ce n'était pas une armée, c'était un peuple ; avec des chevaux et des dromadaires, des femmes, des vieux, des enfants, des maîtres d'école, des médecins, des vétérinaires et des maréchaux-ferrants. Lorsqu'ils partirent enfin, l'odeur d'ail s'attarda plusieurs mois dans les airs, à ce qu'on raconte. Et quand, en Autriche, les Allemands trahirent le peuple de l'Est pour ne pas avoir d'ennuis, les Cosaques, qui ne voulaient pas se rendre aux Soviétiques, se suicidèrent en se jetant dans la Drave avec tous leurs animaux. Cette nuit-là, aussi, avec la pluie, on croyait les entendre passer. Allez savoir, peut-être la passion de Max pour les chevaux lui venait-elle d'eux. Il avait traversé toute l'Italie en selle, jusqu'au détroit de Messine. Il était champion d'Europe de trekking équestre et il organisait des courses de galop d'un côté à l'autre de la frontière, sur les routes foulées par les Cosaques. Il avait chez lui un cheval blanc, petit-fils de leurs chevaux. Un vieil étalon paisible qui allait mourir, subitement, dans son pré, quelques mois plus tard. Dernier animal d'une longue colonne qui traversait le temps.

Au matin, le soleil revint et Ulderica Da Pozzo, une sympathique photographe qui connaissait chaque sentier, m'emmena dans les hauteurs, parmi les *malghe* [1]. Et c'était une bonne chose : au fond des vallées, la Carnie ne rime à rien, c'est un trou plein de misère et d'inondations. La vie, la lumière, les histoires, les pâturages, les églises, les villages, la richesse et la culture sont tous en altitude. « Pour comprendre, m'avait dit un jour le guide de montagne et hôtelier, Sergio De Infanti, tu dois te rendre dans des endroits tels que Pradumbli, un village d'anarchistes, dont chaque maison est une bibliothèque. Ou bien aller voir la Maison aux cent fenêtres, où demeuraient les hobereaux du Val Degano. » Nous partîmes et Ulderica était heureuse de parcourir sa chère Carnie, à tel point qu'elle me parlait en pur « carnique ». Je n'en comprenais que la moitié, mais ça n'avait pas d'importance, je devinais le reste. Il faut parler des endroits dans leur langue. Ici, on ne peut pas dire *fieno* (le foin), il faut dire *penc'* : c'est plus

1. Une *malga*, au pluriel *malghe*, est une infrastructure, bergerie ou étable, souvent avec logement incorporé, installée sur un alpage.

parfumé. Et le foin qui reste sur le pré après le passage du râteau porte un très beau nom : le *clar*.

La Jeep grimpait à travers bois, vers une vallée oubliée, la vallée de Lauco. Nous voulions aller faire la connaissance de Donata, une femme des basses terres, qui avait choisi de planter là travail et amis pour épouser un montagnard. Une histoire de résistance, dans le grand massacre des Alpes italiennes. Ulderica ne le sait que trop bien, son travail documente la chose jour après jour : les femmes sont l'âme de la Carnie. Elles travaillent plus que les hommes. Pendant la Grande Guerre, elles montaient ravitailler la première ligne, chargées de hottes bourrées de nourriture. Et plus tard, quand les hommes partaient pour l'Allemagne travailler comme maçons, elles les accompagnaient en Autriche avec leurs bagages, jusqu'à une chapelle qui aujourd'hui encore porte le nom de *Madonna del saltut*. Là-bas, le *saltut* – un mot d'une grande douceur – était le geste de la dernière étreinte, avant la séparation et l'absence.

Nous passons au milieu de la Carnie dure et socialiste, « sans Dieu et sans madone », comme disent les prêtres de la plaine. Des lieux épouvantables où sévissent les vendettas et les vols de troupeaux. Un dicton avait cours : « *Lauc, Trava e Vinai, un galatom no se cjata mai* » (à Lauc, Trava et Vinai, pas l'ombre d'un honnête homme). À Vinai, m'a-t-on, dit, on avait abattu, en lui tirant dessus depuis le campanile, un type qui avait fauté. D'abord, on l'avait enivré, puis une femme l'avait fait danser jusqu'à lui faire tourner la tête et pour finir l'orchestre avait attaqué le *De Profundis*. Tout le monde avait compris, sauf lui. Mais ce sont des mœurs d'un autre temps. Aujourd'hui, me dit Mido Martinis, d'Ampezzo, tout le monde détalait vers les vallées, en altitude plus personne ne fauchait, les vieilles *malghe* étaient défigurées à grand renfort d'acier inoxydable et de carrelages de luxe. Et Vinai était tombée de huit cent cinquante habitants à quarante-huit.

Donata habitait là où finissait l'asphalte. Elle nous ouvrit la porte avec un sourire radieux. Une beauté chargée d'énergie, une *femenon*, comme on dirait dans cette région, une maîtresse femme. Une forêt de cheveux noirs ramassés sur la nuque par une barrette rouge, des yeux brillants et rieurs, une voix argentine. Son mari était un garçon réservé, il nous salua gauchement et retourna scier du bois. Mais elle, pas du tout, elle avait envie de parler. De nous dire sa passion pour cet endroit, pour ses animaux « qui sont meilleurs que les hommes », lesquels ne savent éprouver que de l'envie. Et pourtant, pour s'occuper de ses bêtes, elle devait se lever à quatre heures du matin, afin de traire et de nettoyer le fumier. Elle qui, à vingt ans, avait travaillé dans une banque. Bien au chaud.

La belle Donata savait tout faire. Tuer le *purcit*, le cochon, et même la vache. Faire des salamis et du fromage. Tailler le bois à la tronçonneuse et mettre les veaux au monde. Placer sous perfusion une bête malade et préparer une boisson pour une vache parturiente. Faucher les prés et consolider les poutres du vieux chalet, là-haut à Triscjamps. Une lutte sans fin. Un jour, un politicard de la vallée l'avait accusée de souiller l'environnement, parce que ses bêtes laissaient des bouses sur la route quand on les menait paître sur l'alpage. Elle avait drapé le cul d'une de ses vaches dans une énorme couche, l'avait photographiée et en avait fait une affiche. La Carnie entière s'était tenu les côtes et le casse-pieds, mouché, s'était écrasé. « Si quelqu'un a envie de boulonner, ma porte est ouverte », me dit-elle à la fin de la visite. Mais, en Carnie, bien peu de gens écoutent la belle Donata.

Personne ou presque, dans la vallée, ne sait où se trouve son petit paradis. Et c'est peut-être mieux ainsi.

Deux scaphandriers dans les profondeurs du temps

« Écoute, c'est le Vajont qui creuse sa route. » L'aube point, l'homme flaire le brouillard comme un loup, mâchonne un cigare, fouille le silence de sa vallée. Il porte un bandana et un débardeur noir, ses cheveux et sa barbe sont gris fer. C'est Mauro Corona, né en 1950, l'homme qui parle avec les arbres. Alpiniste et conteur, sculpteur sur bois, survivant-rebelle de la vague meurtrière du 9 octobre 1963. « Tu l'entends ? » Il se penche par-dessus la balustrade, devant son atelier, il cherche quelque chose dans l'obscurité, sous le village, au-delà de la *chiesa delle Anime* (l'église des Âmes). C'est un murmure qui arrive du plus profond du bois. La voix du Vajont, le cours d'eau qui a emporté deux mille personnes avec la force de deux bombes atomiques. À présent, il se réduit à un ruisselet, il susurre parmi les graviers.

Octobre 2003, nous descendons en direction du lac qui n'existe pas, nous sommes deux scaphandriers dans les profondeurs du temps. Mauro, qui d'habitude est aussi vif qu'une belette, bouge aujourd'hui au ralenti, il flotte dans la brume. Erto-le-Vieux constitue la limite du monde d'hier. Ici, le temps s'est arrêté. Tout le reste est plus vieux de quarante ans. Miraculé de la vague passée un tout petit peu plus à l'est, le village est aujourd'hui intact et désert, un monument à la montagne qui existait. C'est là qu'habitent les derniers des Mohicans, ceux qui refusent le béton du village nouveau, avec ses éclairages de stade, sa grand-route goudronnée, son église qui ressemble à un vaisseau spatial.

Les silences, ce qui inquiète, ce sont les silences. Plus d'appels, plus de pas sur le pavé, de cliquetis de vaisselle tombant des fenêtres, de crépitement de cheminées, de coups de rabot du menuisier. Rien que les pas dans le néant, le tic-tac du temps qui mène à l'hiver. Avec, au fond, la certitude obscure que ce n'est pas la catastrophe du Vajont qui a balayé ce monde, mais autre chose. On utilise la catastrophe comme alibi, on se soustrait à la responsabilité collective d'un abandon, un peu comme le tremblement de terre dans un Frioul qui s'est renié lui-même dans la reconstruction.

Au cimetière, les vieilles parlent à voix haute avec les morts. Elles leur demandent quel temps il va faire, et même quel est le juste prix pour vendre les poules. Mauro, lui aussi, s'adonne à la chasse aux fantômes. Il entend des rires d'enfants disparus, le crépitement de feux éteints, le glouglou d'éviers abandonnés, les coups infatigables du forgeron Giustin, qui reviennent tous les matins, ou bien le murmure du conte de *La Vecia de Or*, la vieille qui adresse ses prières à une madone au visage d'homme. Qu'elles sont nombreuses, les voix du silence. Nous en avons perdu le compte, dans notre monde plein de bruits.

Au fond du village, deux latrines abandonnées, au bord d'un lac de brouillard.

Mauro ricane : « C'est l'Enel[1] qui les a offertes, après nous avoir expropriés de partout. Les ingénieurs se sont dit : “Qu'est-ce qu'on pourrait donner à ces pauvres bouseux ?” Et ils nous ont filé des chiottes. Je me le rappelle très bien, ils les ont inaugurées en coupant un ruban. »

1. Entreprise nationale d'énergie électrique.

Nous franchissons la vieille ligne de démarcation, l'autre monde commence et le temps finit. Ici, c'est tout le contraire d'Erto-le-Vieux. Rien n'a plus de quarante ans. Rien. Les arbres, les cailloux, les sentiers. Et même le brouillard. Il n'existait pas, avant que l'éboulement n'emprisonnât l'humidité en bloquant la ventilation au fond de la vallée.

« C'est là qu'il faut aller ! Là, où la montagne crie vengeance ! Au fond, dans les graviers, chercher les morts sans sépulture ! »

Rien qu'à Erto, il y en avait cent quatre-vingts.

« Ils planent… tu les entends ? C'est comme s'ils n'étaient jamais morts, la nuit ils viennent te tirer par les pieds, pires que des remords. »

À ce moment précis arrive, de l'obscurité, une plainte surnaturelle, qui a le timbre sombre d'un cor tibétain. Une autre lui répond, elle emplit l'amphithéâtre.

Mauro sourit. « Ce sont les cerfs en rut, chuchote-t-il, et dans ses yeux je vois luire l'éclair du braconnier. Les mâles qui marquent leur territoire. »

La force de la nature noie déjà les cauchemars du survivant ; l'eau appelle encore.

« Tu entends comme elle se remet à chanter ? Depuis des siècles, c'est la berceuse des gens d'Erto. »

Nous sortons à ciel ouvert, sur une esplanade de graviers lunaires. Partout des traces de cerfs. Mais ce n'est pas encore l'éboulement ; ce n'est que le suaire qui le couvre. Les graviers sont venus après la vague, apportés par les torrents qui n'ont plus d'écoulement. Ils sont montés de cent mètres, deux mètres et demi par an. Avant le lac de barrage, il y avait ici un ravin au fond duquel confluaient trois torrents. Autour, il y avait tout un univers. À droite les moulins, à gauche les scieries. « Là, il y avait la maison de mon grand-père, là, celle de Cate, là, c'étaient les Scarpa. » Mauro m'indique de mémoire la géographie de tout ce qui a été perdu. « Là, les Ninin, Dina, Pierin. Et puis les Menolin, les Spesse. Et la maison des Paul, des grands gaillards d'une force légendaire. Un d'eux avait lutté avec un ours, dans une foire de Carinthie. Et il avait gagné. »

Il reprend son allure véloce de chasseur, il ne se laisse pas dérouter par les échos, il trouve le flanc de la montagne, il entre dans un labyrinthe de rochers difformes. Bosses, pinacles, mâchoires.

« L'eau ! La voilà l'eau ! », hurle-t-il. Et, déjà, il grimpe comme un forcené de l'autre côté des cascades, dans le ravin qui n'est que l'antichambre de dix kilomètres de nature sauvage en direction des surplombs du col Nudo. La haute vallée du Vajont, une planète isolée du monde.

Mais un coup de vent se lève, le brouillard s'en va et aussitôt un pâle soleil révèle la topographie de la dévastation. Au-dessus de nous, trente mètres plus haut, le moignon d'un pont qui n'existe plus, des ferrailles de trente millimètres agrippées au béton et pliées comme du beurre. Pour les habitants d'Erto, c'était le pont de Tharenton. « Le pont du vacarme », à cause des rochers qui tombaient des parois.

Nous montons le long d'une corde fixe vers un rempart rocheux. C'est là que se situe la périphérie de l'éboulement, se dressant vers le col de Sant'Osvaldo. Il n'est pas descendu d'en haut, mais il a éclaté vers le bas, après avoir patiné sur l'eau, poussé par la vague avec la force de mille trains. Tous les éboulements du Vajont sont des éboulements contre nature. Ils montent.

De nouveau la grand-route, puis les vestiges de l'auberge du Meneghin. « Je m'arrêtais ici avec mon grand-père, raconte Mauro, on vidait deux quarts de rouge. »

Juste au-dessous, les fondations de l'église médiévale de San Martino. Balayée « sans la moindre indemnité de la part de l'Enel », peut-on lire sur l'écriteau qui l'indique.

Désormais, je la vois fort bien, l'échine du Léviathan. Elle se trouve de l'autre côté des graviers et des bois aux couleurs de rouille, au-delà de ce qui reste du lac, réduit à l'état d'abreuvoir pour les cerfs et les chamois. Deux cent soixante millions de mètres cubes de terre et de rochers, le plus grand éboulement survenu sur la planète dans l'histoire des hommes. Cent cinquante mètres plus bas, l'immense barrage a des allures de Pygmée. Nous avons à présent avec nous Italo Filippin, le garde-chasse devenu maire pendant les années clandestines, quand les gens sont retournés chez eux, malgré le décret d'évacuation, malgré l'Enel, malgré les carabiniers, malgré tout le monde. Et ont vécu vingt ans sans électricité, parce qu'ils ne voulaient pas mourir dans la plaine, parqués dans des baraquements et assistés.

Au-delà d'une forêt de mélèzes, de hêtres, d'érables et d'épicéas, le sommet. Là, tout est visible. Au-dessus, le plan incliné, en forme de M, où le mont Toc largua les amarres par une froide nuit de pleine lune. Rugueux, minéral, luisant et terrible. Au-dessous les traces de la vague qui se divisent en deux. Une partie en direction du barrage, de la Vénétie et de Longarone. L'autre en direction de Casso, où l'eau surplomba le village, mais retomba en arrière, on ne sait comment.

Camouflés dans le bois, au sommet, nous trouvons les uniques survivants du Toc. Des mélèzes. Les plus grands. À peine une dizaine. Après avoir glissé sur mille mètres, ils retombèrent tout tordus, mais ils reprirent racine et se remirent à pousser à la verticale au milieu de la dévastation. Aujourd'hui, cette émouvante courbe du tronc en direction du ciel vaut mieux que cent, que mille leçons de botanique. Mauro caresse ces patriarches. « Regarde comme elle revient la forêt, c'est la nature qui a honte de nous ! » Et on s'aperçoit que le voyage dans la mort est déjà un voyage dans la vie qui recommence. En bas, entre deux montagnes de terre, une zone humide, où les cerfs vont se rouler dans la boue, pour se débarrasser de leurs parasites. Et puis des canards, des chamois, des passereaux de toutes sortes.

Filippin me montre le monument, inauguré par le président de la République, pour commémorer le quarantième anniversaire du désastre. Il sourit : « Le vrai monument, c'est lui, c'est l'éboulement. » Il a raison, les plaques commémoratives sont la tombe de la mémoire. Mais pas l'éboulement, lui, il la maintient en vie. C'est peut-être pour ça que personne ne s'en occupe. C'est un scandale que, dans cet endroit unique au monde, il n'y ait pas un parcours didactique, pas un écriteau, rien. Le Vajont, ce n'est pas l'écroulement d'un barrage. C'est l'écroulement d'une montagne, et une montagne, c'est infiniment plus grand qu'un barrage. Deux cent soixante millions de mètres cubes constituent une masse apocalyptique. Un événement biblique des temps modernes.

Le ciel exhale des vapeurs orange, les tours jumelles sont pulvérisées, mais le barrage est encore là, intact et maudit. Aussi parfait qu'un écu normand. Il ne devrait plus être qu'un fossile, mais au contraire l'Enel le maintient en état. On dit que l'entreprise est prête à le remettre en service, dès que le souvenir des morts se sera un peu dissipé. « Il suffit d'appuyer sur un bouton et d'ouvrir les cloisons », me fait remarquer Corona. La quantité d'eau est réduite à un tiers de la capacité d'origine, mais ça ne fait rien. L'Italie a faim d'énergie. Et, à notre époque, chaque goutte d'eau qui arrive jusqu'à la mer sans passer par une turbine est un gaspillage.

La nuit approche et on dirait la nuit de la mémoire. Si l'acteur Marco Paolini n'avait pas été là pour faire revivre cette histoire avec son spectacle de « narration civile », cette nuit-là serait encore plus noire. « Vajont, m'a dit un jour le comédien, c'est la plus grande montagne qui se soit jamais éboulée de mémoire d'homme. Pourtant, il y a des gens qui persistent dans l'erreur, qui confondent le barrage avec la montagne. C'est mauvais signe, ça veut dire qu'on supprime la vérité. »

Vajont est une apocalypse et, d'ordinaire, on se rappelle les apocalypses pendant des millénaires : mais, nous, il nous a suffi de quelques décennies pour oublier. Nous nous obstinons à assimiler l'événement aux catastrophes naturelles telles que les inondations et les tremblements de terre. Et le monde académique continue d'en parler sans en tirer la moindre leçon morale.

Mais si l'Italie oublie, l'Enel, quant à elle, a la mémoire longue. L'eau du Vajont figure toujours dans le bilan hydrique national. Comme s'il ne s'était rien passé. On inaugure des monuments à la mémoire des victimes de la vague assassine, mais ces cent cinquante millions de mètres cubes servent encore. Ils constituent le lac de papier qui justifie la dévastation du Piave, ponctionné de sa source à son embouchure. Pour compenser la perte du plus grand bassin de la Vénétie, on a saccagé le Fleuve sacré de la patrie, accordé des concessions pour tous les types de prélèvements. Et poussé au maximum, précisément ici, la privatisation des ressources publiques les plus stratégiques de notre pays. Ce qui revient à dire que la tragédie a accéléré la dégradation hydrogéologique, plutôt que de la freiner. Et que, au lieu d'imposer une mise en sécurité définitive du territoire, elle a donné libre cours au saccage.

Nous descendons voir dans la vallée. Le fleuve est une invraisemblable étendue de graviers et, par rapport à 1963, son lit s'est élevé de huit mètres. Chaque fois que s'abattent les pluies de l'automne, la menace revient pour les industries et les hangars construits sur les berges caillouteuses, à l'italienne. À l'heure actuelle, le Piave est la nouvelle bombe à retardement de Longarone. Les ponctions d'eau à des fins d'irrigation et d'hydroélectricité l'ont vidé au point de réduire à zéro les petites crues saisonnières, indispensables pour déblayer les accumulations de graviers. Le fleuve est désormais vidé jusqu'à sa source. Des affluents comme le Fedaia ou le San Michele ne le rejoindront jamais. Ils sont canalisés dès leur départ, détournés vers d'autres lieux. Le lac du Centro Cadore est à moitié vide, c'est un désert de terre. Par la faute de la surexploitation et non de la sécheresse. Quand on se rend à Cortina, il vaut mieux faire semblant de ne pas le voir, pour ne pas se laisser gagner par l'angoisse. Les touristes s'en vont, car ils ne supportent plus ce paysage lunaire. Pour les lacs de Mis et du Corlo, c'est la même histoire, la même montagne de terre.

On découvre que le Piave est le cours d'eau le plus asséché d'Europe – et, de ce fait, celui dont le débit est le plus régulé. Il représente huit pour cent de la puissance hydrique nationale, mais il fournit quinze pour cent de la production hydroélectrique italienne. Une véritable saignée. Les consortiums d'irrigation, dans la plaine, accaparent tout ce qui reste. Pas une goutte du cours d'eau n'arrive directement à la mer Adriatique. Résultat : si l'inondation des années 1960 devait se reproduire, les dégâts seraient « dix fois plus grands ». Voilà ce qu'a dit Luigi Dal Paos, professeur d'hydraulique à l'université de Padoue. Il y a trop de détritus, trop d'obstacles sur la route de l'eau.

Entre Ospitale et Perarolo, il n'y a que des villages fantômes et une intense circulation de camions. Le lit s'est élevé de huit mètres, mais la nouvelle autoroute, la *Statale Alemagna*, a été construite trois mètres plus bas que l'ancienne. L'important, dira-t-on, c'est qu'il pleut de moins en moins. Au nom de la même philosophie, au bord du Padola, on trouve une menuiserie sous un pont. Et à Cencenighe, sur le Cordevole, une belle caserne de carabiniers. Dehors, un écriteau indique « Limite à ne pas franchir », comme si l'eau savait lire.

À présent, il fait nuit. Le lac de Santa Croce exhale des vapeurs. On dit qu'il engloutit, comme quantité de graviers, l'équivalent d'un camion par minute, qu'il deviendra lui aussi une étendue de pierres, un immense Vajont. Et, encore plus en aval, du côté de Mel, on a des rives couvertes de forêts et des digues en ciment au milieu de villages – à Sedico par exemple – où on ne distingue plus la zone industrielle du centre historique. À Lentiai, les pierrailles au milieu du fleuve sont désormais plus hautes que celles situées à proximité des digues. Pauvre fleuve. Au lieu-dit Miniere (Les Mines), il n'est plus qu'une carrière de graviers, avec de l'eau stagnante et des bulldozers en pleine action, de la poussière et des arbres calcinés tout autour. À Vas, on a ravagé le lit du fleuve pour faire passer un méthanoduc : un travail de cyclope, mais l'eau ne retrouve plus son lit naturel.

Du barrage de Fener partent les canaux assurant l'irrigation de la plaine padane. Désormais, il ne reste presque plus rien, il n'y a pas assez d'eau pour alimenter la nappe phréatique et les résurgences. Et on ne parvient pas non plus à empêcher la pénétration souterraine de l'eau de mer. Alors, les ingénieurs vous montrent avec orgueil la carte du bassin, colorée en rouge et en bleu. On peut voir toutes les ponctions, les digues, les dérivations, les transvasements, les générateurs, les canaux pour étancher la soif intense de la plaine agricole. Un labyrinthe encore plus compliqué qu'un arbre généalogique. Un chef-d'œuvre de l'industrie hydraulique, un ouvrage technique exceptionnel. Mais dont le résultat est la dévastation.

Il fait nuit, nous regagnons Erto. Mauro rouvre son atelier qui sent le pin cembro, je vois qu'il a les mains noires. Ce n'est pas du charbon, mais le brou des *cùcole*, les noix qu'il a cueillies en grimpant dans un arbre de trente mètres. Il s'assied au fond de son gîte, allume le poêle, puis va s'asseoir au bureau, balaie d'un revers de main le taille-crayon, le buvard, les plumes, la loupe. Il ouvre les cahiers où se trouvent ses notes. Il lit les histoires d'une montagne qui n'a pas seulement été usurpée, mais qui s'est aussi laissée usurper. « Ici, on a tout subi, tout : les expropriations, les projets, le barrage, l'inondation, la mort, la pitié, les indemnités et puis le vol de plusieurs milliards de la part de la plaine, ensuite la reconstruction et maintenant les célébrations. Et, aujourd'hui, il y en a qui découvrent l'industrie de la douleur, le métier de survivant. » Les statues de bois paraissent se mouvoir dans la pénombre. Dehors, la lune s'est levée.

« *La nuit où j'ai vu le diable* »

Le feu brûle là-haut, au-delà des pins mugo, par cette soirée pluvieuse. Il fait rougeoyer les rochers au fond du Val Zemola, de l'autre côté de l'éboulement du Vajont. Italo Filippin connaît bien la route pour y arriver. L'endroit porte le nom d'*Antro di Tamarìa* et on peut voir à des kilomètres sa paroi illuminée. La flamme s'agite, nous appelle, elle a quelque chose de démoniaque. C'est là que nous allons bivouaquer, dînant de pain et de salami, de gâteau de miel et de bon vin, avant de nous glisser dans nos sacs de couchage. Tout près du Monte Duranno, au cœur des Dolomites frioulanes.

« Talibans ! », hurle Corona en nous entendant arriver du bois. Il aime ce mot misogyne qui sent son montagnard et son hors-la-loi. Devant la grotte, on dirait Polyphème, son bûcher de sorcières lui dessine une ombre gigantesque sur la paroi. Il ricane derrière sa barbe de brigand et sautille, tout heureux d'être dans son élément. Il touche le bois brûlant de ses mains noircies, les serre, les écarte, souffle dessus. « La voilà, la vraie vie, exulte-t-il, c'est autre chose que vos saloperies de divans ! » Mauro a une connaissance intime du bois, il le sculpte là-haut dans son atelier d'Erto. Si bien qu'il a réussi à allumer le feu avec des branches trempées. Un bon montagnard doit savoir le faire, fût-ce avec des branches qu'il trouve sous la neige. Pour installer son feu, il est parti tôt du village.

Corona est un homme en fuite. Il craint la notoriété qui lui est tombée dessus, avec des avalanches de livres vendus. C'est pour cette raison qu'il disparaît, par intervalles, parmi les aiguilles des Dolomites : pour rester l'elfe qu'il a toujours été. Il fuit les mondanités et aussi le vin, qui le tente avec des cauchemars dignes de saint Antoine dans le désert. Ses nuits sont peuplées de cafards énormes, d'araignées hurlantes, d'ombres difformes, et alors il s'échappe, la serpe passée dans sa ceinture, le cigare de travers, avec ce débardeur noir qui lui sert d'uniforme, été comme hiver.

« Je t'ai apporté quelque chose », me dit-il à mi-voix, et il me fourre dans la main un couteau à cran d'arrêt avec une poignée noire, tandis que les *fulis'ce*, les étincelles, volent devant la paroi, ardentes et légères. « Une vraie *brìtola* », annonce-t-il et il dénude cinq doigts de lame. Une *brìtola* est un objet qui n'est pas seulement un couteau, mais aussi un porte-bonheur, un instrument de défi et un certificat d'excellence. Pour me montrer comme il est bien affûté, il passe le fil sur son avant-bras gauche qu'il débarrasse d'une bande de poils bien visible sur une vingtaine de centimètres. « Et, maintenant, donne-moi un centime », ordonne-t-il, après m'avoir fait refermer la main droite sur ce gage d'amitié. Dans le monde entier, il faut toujours échanger un couteau contre un peu d'argent, sinon il porte malheur.

Voici également, surgissant de la pluie, la fille de Mauro, Marianna, avec mes amis Antonio Massarutto, d'Udine, économiste dont les glaciers sont la marotte, et la photographe originaire de la Carnie, Ulderica Da Pozzo. Eux aussi ont voulu être de la partie. À Erto, le feu se dit *feuc*. C'est un son dur, qu'on prononce en avançant les lèvres et les mâchoires, comme pour épouvanter quelqu'un. Ce lieu n'est pas seulement le lieu de la mémoire, l'endroit rêvé pour raconter. C'est aussi un lieu évocateur de cauchemars. Il fait naître des ombres qui bougent dans les moindres reliefs rocheux. Ce soir, il n'y a pas jusqu'à la forêt qui ne s'agite et ne semble vouloir venir à notre rencontre. Nous sommes environnés de visions, tandis que la grive musicienne lance son appel et que des éclairs couleur de sang mettent le feu au col Nudo, de l'autre côté de l'éboulement.

Italo se rappelle fort bien la nuit où il a vu le diable, à douze ans, « l'âge de l'imagination ». Près de cinquante années ont passé depuis, mais tout est resté bien net. « Un soir, grand-papa Frambol (framboise, en frioulan), m'a demandé si je me sentais de taille à rester tout seul au chalet, la nuit, avec les bêtes. J'ai voulu jouer les durs, j'ai dit que oui. Il est parti et j'ai allumé un feu énorme. Je pensais que ce serait mieux. Mais, au contraire, les ombres du bois se sont gonflées et m'ont encerclé. Alors je me suis blotti entre les flammes et le chalet. C'était le seul endroit sûr, mais au bout d'un moment j'ai commencé à cuire et je me suis réfugié dans le grenier où j'ai sombré dans un demi-sommeil plein de visions. C'est alors que je l'ai vu. Il était là, debout, avec son manteau et ses cornes, le démon. Un hurlement s'est éteint dans ma gorge. Et c'était déjà l'aube, mon grand-père est rentré chez nous. "Comment ça s'est passé ?", m'a-t-il demandé. "Parfaitement bien", ai-je répondu. Je ne lui ai jamais rien dit. »

Et voilà, il n'y a qu'ainsi qu'on peut comprendre Corona. La force vitale de son écriture naît auprès du *feuc*, au contact de la dernière des grandes mémoires orales des Alpes. Maintenant, il fait nuit noire, c'est l'heure de la chouette de Tengmalm. Mauro jette de nouvelles branches de pin mugo sur le feu. La résine crépite, fume, brûle les poils de sa barbe et la laine de ses hautes chaussettes. Il s'enthousiasme. « Par ici, nous avons des flopées d'histoires transmises oralement, et des vieux qui sont des encyclopédies vivantes. Des histoires fantastiques de braconnage, d'alpage, de guerre. » Il nous parle de tragiques vengeances, de la misère des dures années d'avant l'éboulement, quand la mort d'une vache était une catastrophe. Le temps où les souris elles-mêmes étaient bien assez bonnes pour en faire un *desfrit*, un ragoût. On les prenait au moyen d'un seau d'eau et d'un bâtonnet avec du fromage en équilibre sur le bord. « Douze suffisaient à faire une belle poêlée. »

« Depuis qu'il était gamin, Mauro était la honte du village, raconte Filippin. C'était les années d'après l'éboulement, quand le village était fermé et que nous vivions dans nos maisons de manière clandestine. Il épouvantait les gens, on ne savait pas comment l'amadouer. Alors, je me suis mis d'accord avec le prêtre et je l'ai envoyé dans la montagne. Je lui disais : "Regarde comme il y a une belle route à faire sur le Duranno." Et, lui, il partait, il grimpait partout comme un chat. Et puis je lui ai fait sculpter un chemin de croix en bois. Et j'ai découvert son talent. »

Notre antre devient de plus en plus sombre, nous préparons les sacs de couchage, au pied de la paroi l'herbe est à peu près sèche. Tout autour, la montagne est constellée de cavernes du même genre, dont chacune a son histoire. L'antre des braconniers, le plus fantastique. Et puis celui du Bosconero, dans le Valmontina, dernière parcelle sauvage des Dolomites. L'antre « de la Vecia », celui « del Ledam », « dei Rondoi », « de la Costa del Tass ». Là-haut, des centaines de déserteurs se sont planqués pendant la Première Guerre mondiale. Les parois sont pleines de graffitis de cette époque. Ensuite sont venus les partisans, et maintenant les braconniers. Ils viennent là, attendre les chamois en rut, au mois de novembre, avec les premières chutes de neige. C'est à ce moment-là que Filippin se donne un mal de chien pour renvoyer les chasseurs. Et puis il y a les nids d'aigle. Plus de cinquante, dont sept au moins sont habités.

Italo nous parle du Vendredi saint d'Erto, le seul d'Italie où l'on voyait aussi les larrons dans la procession. « Ici, la Passion, on la faisait avec beaucoup de sérieux, depuis quatre cents ans, avec du vrai sang. » À Erto, on ne faisait pas semblant de flageller le Christ. Il y a bien des années, on a presque cassé les jambes du pauvre Aldo De Lauris. Et un des autres Christ, Guerinin, a dû garder le lit plusieurs jours pour se remettre du spectacle. Les clous étaient certes tordus afin de permettre aux crucifiés de s'y accrocher, mais, pour rester suspendus, chaque fois, Jésus et les deux larrons se faisaient des entorses des ligaments. Et Judas, quant à lui – vous imaginez un peu, Judas ! – était obligé de rester pendu là dans le vent pendant une heure, au bout de sa corde. Une fois, Corona, qui a joué pendant vingt ans ce rôle parfaitement adapté à son visage de brigand, a bien failli mourir pour de vrai. Il était déjà violet quand on l'a décroché. À Erto, c'est peut-être la vie qui est une représentation.

« Quand on malmène Jésus, on ne fait pas semblant de lui taper dessus », explique Corona, pour préciser qu'il s'agit d'un très ancien règlement de comptes. Il hasarde : « C'est peut-être une façon de le faire descendre du ciel et de lui donner une leçon. » Mais le prêtre, où est-il ? Gare à lui s'il se manifeste, on l'envoie promener. Cela dure depuis les années 1950, lorsque Erto devint pour tout le monde l'endroit où l'on construisait un barrage. Après des siècles d'oubli, on découvrit cette invraisemblable Passion dans les Alpes, et les montagnards revêches, se sentant la cible de l'attention générale, se mirent à exagérer et à blasphémer en public. « Bon ça suffit, maintenant c'est moi qui m'en occupe », dit le prêtre. Résultat : les habitants d'Erto se débrouillèrent sans lui. Ce n'est pas un endroit pour les prélats, par ici. Au XIXe siècle, lorsque l'évêque entendit parler d'inceste dans la région et s'y rendit dans son siège à porteurs, les gens du coin le firent rouler en bas du talus dans le sentier des charbonniers. « *Dio no l'è quel che i copa stasera, Dio l'è qua, dentro i alberi* », déclare Corona en étreignant un hêtre. Dieu n'est pas celui qu'on va zigouiller ce soir, Dieu est là, à l'intérieur des arbres.

Filippin enchaîne : « Quand nous sommes retournés là-haut, de façon clandestine, après l'éboulement, désobéissant à ceux qui nous avaient envoyés dans la plaine, la première chose que nous avons décidée, c'est de reprendre la Passion. C'était le seul moyen de faire revivre l'âme du pays. » Ils sont tous venus, Caïphe, Judas, Ponce Pilate, Jésus, le bon larron, l'accusateur public. Ils se sont assis autour d'une bouteille de vin et ils ont décidé de ne pas lâcher prise. Beaucoup sont encore là, chaque année, pour rejouer les rôles appris il y a si longtemps. Pilate, le grand prêtre, les soldats avec leurs casques et leurs flambeaux. Le chef du service d'ordre des prêtres – Filippin, Giuseppe – qui arrive avec un fléau d'armes, un béret de baleinier, le visage rubicond entouré d'une frange de barbe hirsute et des cheveux blancs.

Je la vis, cette Passion, par une soirée de neige fondue. Au moment de la Cène, sur la place, commença un tourbillon de corbeaux et de nuages, qui débordait du barrage assassin. Il n'y avait pas de régisseur, ni d'habilleuse, rien. Dans la Passion d'Erto, chacun fait ce qu'il veut, au milieu d'une anarchie où, cependant, sans qu'on sache comment, tout finit par fonctionner. Disons même que tout fonctionne justement parce qu'il n'y a pas de règles. Les tambours attaquèrent un rythme obsessionnel. Des tambours lugubres, en peau de chien tannée dans le fumier. Des milliers de parapluies emplissaient les ruelles et la procession avançait, dans le noir. On aurait dit que les morts, eux aussi, participaient. Le pays, vous dira-t-on, grouille d'âmes. Elles sont là, alentour, qui vous appellent. Leur corps seul est absent. Puis le Christ vivant fut mis en croix, les coups de marteau se répercutaient contre les montagnes englouties par les nuages, les trois corps furent hissés au sommet d'une colline dans une lumière rouge qui ensanglantait tout, même la neige qui tombait. Des milliers de personnes ruisselantes écoutaient en silence, tendant l'oreille pour ne pas manquer l'agonie.

À présent, le ciel gronde, du côté du col Nudo. Des éclairs rougeâtres. Une dernière histoire, avant de s'enfouir dans les sacs de couchage. Italo raconte comment les habitants d'Erto, sous la menace de la Wehrmacht, reconstruisirent en vingt-quatre heures le pont du Colomber que les partisans avaient fait sauter, et à la fin ils eurent droit aux honneurs de la guerre. Mais Antonio ronfle déjà, la bouche ouverte, avec sa lampe frontale allumée. Marianna a perdu connaissance. Elle a peur des araignées. Ulderica s'est blottie dans une conque en pierre, un endroit impossible. Italo s'enferme dans son sac à la façon d'une momie de pharaon. Il explique qu'on dort mieux avec les pieds vers l'est et s'assoupit en nous parlant des sépultures andines.

Seul Mauro est inquiet, il fume son dernier cigare. Il ne veut plus boire, il a décidé d'arrêter. Il n'est pas facile pour lui de renoncer à la bouteille et, partant, au cliché qui a fait de lui un mythe, celui du gnome prophète, fanfaron, misogyne et régulièrement pompette. Je l'ai vu, un soir, dans un théâtre bourré à craquer de Porretta Terme, en compagnie de Francesco Guccini. Il était monté sur scène avec un magnum de rouge, l'avait posé sur la table et avait annoncé : « Voici ma clepsydre, quand elle sera vide, cela indiquera que mon temps d'intervention est fini. » Et, pour l'empêcher d'arrêter, tout le monde de courir remplir la bouteille.

Quelle époque, que celle des cuites. Gare à qui voulait voir Mauro le lundi ; il cuvait les mufflées du samedi et du dimanche. Il chassait de son atelier, avec la fureur d'un sanglier dérangé dans sa tanière, quiconque osait y pénétrer. Il attendait, dissimulé comme un braconnier, le moment de se sauver par la porte de derrière et de se jeter en courant dans les sentiers menant aux crêtes, grimpant pour se fuir lui-même, pour fuir les cafards géants qui le visitaient juste avant l'aube. Dehors, dans l'air libre des Dolomites. Aujourd'hui, il veut s'en sortir, gagner la guerre la plus difficile. Et ne plus jouer les farceurs pour qui que ce soit.

Dans ces montagnes, on succombe au vin ou aux culbutes, ivre mort ou à pic dans les ravins. C'était déjà comme ça avant le Vajont, où une montagne entière a culbuté. Et c'est toujours comme ça, maintenant que la montagne italienne tout entière est devenue une planète du silence. Ottavio, le braconnier, inégalable pour la traque au tétras lyre, a fini sa vie à l'hôpital, le foie en compote et la peur au fond des yeux. Guerinin, on l'a retrouvé rétamé avec, sur les épaules, le chamois qu'il venait juste de tuer. Peut-être était-il lui-même un chamois, et tous les deux, ils se sont retrouvés unis dans leur destin final. Et tant d'autres avec eux.

Corona est un survivant. Il a survécu non seulement au Vajont, qui l'a effleuré, mais aux kilomètres de précipices et aux centaines de bonbonnes de vin. Un fleuve rouge qui devient l'estuaire de quelques rescapés, des gens qui ne dépassent jamais la cinquantaine. « Ma vie a été un long fleuve de vin, mais la main du Seigneur a fait qu'elle n'a pas sombré dans le puits, raconte-t-il. Sur ce fleuve, le long des rives livides, je retrouve, pris dans les buissons de la vie, mes compagnons de beuverie, la jeunesse effrontée que nous étions. Alors, la peur m'envahit, parce que, sur le fil de ces souvenirs, j'ai la conscience très nette qu'à un poil près j'y laissais ma peau. »

3

Du Piave à l'Adige

Le vélodrome le plus lent du monde

Feux de détresse allumés, barrissement de freins hydrauliques, puanteur de bestiaux enfermés dans des véhicules, murs de camions, une ambulance qui fait du slalom au milieu des blasphèmes. On accède aux Dolomites par ce qu'on appelle la « *tangenziale*[1] de Mestre ». Le phénomène commence toujours à la même heure et au même endroit : à cinq heures de l'après-midi, à vingt kilomètres à l'est du « bouchon », c'est-à-dire la jonction avec la route Trévise-Belluno. Chaque fois, arrivé là, je me dis la même chose : « Quand on élargira le périphérique, le nord-est du pays recommencera à circuler. » Et, chaque fois, je me répète : « Si je quitte le périf, j'échappe au délire. »

Alors, j'essaie et je finis à l'asile. Trois virages et un feu tricolore, trois virages et un feu, rond-point bloqué et travaux en cours. Le fleuve lumineux peine à s'engouffrer dans le réseau de routes romaines – virages implacables à quatre-vingt-dix degrés – la moyenne horaire tombe à trente, puis à vingt. Un supplice. Sur la *Statale* (ou nationale) 245, un panneau

1. Le périphérique.

indique Trente, les Dolomites sont à portée de main dans la lumière liquide du soir, mais je n'y arrive jamais. Je suis toujours là, à la même distance, ras-le-bol.

Quand on le parcourt en voiture, le jardin de la Vénétie devient grand comme l'Ukraine et on ne sait jamais où on est. Pelarino, Trivignano et Noale ne sont pas trois villages, mais un unique bourg, à la fois linéaire et sinueux, bourré de tout ce qu'on veut, sauf d'espaces vides. Serres, motos, blanchisserie, élevages de poulets, matelas, céramiques, agences immobilières, soutiens-gorge, clubs de golf, matériel hi-fi, pizzerias, boutiques d'aquariophilie. Magasins et usines, usines et magasins. Seuls les campaniles vous font savoir qu'il y a un village ici et un autre là.

À bicyclette, curieusement, c'est le contraire : le territoire se rétrécit. Ainsi, quand je suis allé à Istanbul à vélo, en 2001, j'ai constaté une stupéfiante compression de l'espace. La vitesse de vingt kilomètres à l'heure, les étapes, le vent dans les blés, les rencontres, les hôtels, l'immersion totale dans la vie de la route contribuaient tous à proposer une géographie familière et tout à fait aisée à mémoriser. Jour après jour, l'Europe se raccourcissait, jusqu'au moment où la Turquie m'a paru très proche, c'était le jardin de ma maison. Lorsque je suis arrivé sur le rivage de la Corne d'or, je me suis dit : Mais enfin, c'est dingue, toute l'Europe est là ?

Scorzè, feu tricolore et travaux en cours. Trebaseleghe, la moyenne descend à quinze. Je prends en stop un jeune Serbe en route vers Bassano. Il arrive tout juste de Belgrade, il a mis dix heures pour se rendre de chez lui à Padoue et quatre de plus pour aller de Padoue à Scorzè. Dans la plaine du Pô, faire de l'auto-stop n'est pas une sinécure, tout le monde se méfie. Aussi, à voir la circulation, mon jeune Serbe a décidé de faire la route à pied. En silence, depuis le tableau de bord, nous regardons les automobilistes de Vénétie faire la queue, résignés, comme les troupes vert-de-gris se dirigeant vers la boucherie de l'Isonzo. Par rapport à la rage noire des Lombards, cul à cul entre Bergame et Milan, on se croirait sur une autre planète. Aujourd'hui, le Nord-Est ne hurle plus. Il a vécu le temps des emportements sérénissimes. Maintenant la Vénétie se tait parce qu'elle a peur. Peur de l'instabilité mondiale. Peur que le PIB chute, que la machine ralentisse, que le climat pète un plomb et que la belle vie prenne fin.

À Resana apparaissent les tours de la cité libre de Castelfranco et les premières aiguilles des Dolomites. Le labyrinthe se termine et la *Statale* 53, Trévise-Vicence, commence, la ligne du développement, le « cordon ombilical » entre les deux provinces les plus riches d'Italie. Alors, on y va enfin ? Non. Même ici, on n'est pas sauvé. C'est pire que sur le périphérique. La grand-route de Mestre, au moins, survole le territoire ; c'est un fleuve supranational, une procession de mastodontes allemands, hongrois, turcs, tchèques, ukrainiens, slovènes et biélorusses. Ici, en revanche, c'est la Vénétie profonde. C'est le fleuve de l'économie locale qui s'enfonce dans le vélodrome le plus lent du monde. Un fleuve de *schei*, comme on dit en Vénétie, un fleuve de gros sous marchant au pas. La folie absolue.

Le Serbe descend, ça l'arrange mieux de continuer à pied. Je reviens en arrière vers Loreggia, Camposampiero, Campo San Martino. Ma voiture elle-même n'en peut plus : elle cherche sa propre voie vers le massif de la Brenta, elle a besoin d'une ligne directrice. Encore des champs de maïs, des canaux d'irrigation, des traces d'anciennes berges. Puis la lumière rasante illumine une maison isolée, un de ces cubes construits en Vénétie au XVIe siècle et tout juste remis en état, avec de belles fenêtres sur les quatre côtés. L'œil s'y accroche, il a besoin d'harmonie, il réclame une halte. Dehors, on peut lire « via Ramusa 1973/a ». J'ai bien lu : numéro de rue, mille neuf cent soixante-treize. Je n'y comprends rien, il n'y a que dix maisons dans la rue. La Vénétie n'en finit plus de se dilater.

Le propriétaire est dans son jardin, il me révèle que ce numéro digne de la 5e Avenue indique tout simplement la distance en mètres de sa maison à la *Statale*. « Ici, l'urbanisation est tellement désorganisée que, pour ne pas tout renuméroter depuis le début à chaque changement, la municipalité a trouvé cet escamotage métrique. Au moins, le facteur ne se perd plus. »

Le maître des lieux, un homme raffiné, m'invite à entrer. Il s'appelle Francesco Vallerani et il enseigne la géographie à la Ca' Foscari à Venise. La surprise, cependant, c'est que sa demeure a jadis appartenu à un géographe. Un grand personnage de la Sérénissime.

« Ici habitait Giambattista Ramusio, à qui notre via Ramusa doit son nom. Il vivait au début du XVIe siècle et il a écrit un ouvrage monumental : *De la navigation et des voyages*. Quand je l'ai acheté, ce palais n'était plus qu'une ruine. »

Je ne pouvais pas mieux tomber ; comme toujours, il est utile de se perdre. J'ai trouvé une autre histoire à noter dans mon cahier.

« Comme beaucoup de grands hommes, Ramusio a décrit le monde sans y être jamais allé. Il s'est contenté d'écouter les histoires des voyageurs et des commerçants de la République. On y trouve une infinité de curiosités. Par exemple, la manière dont la morue arrivait en Vénétie depuis les profondeurs de la Norvège. »

Il attise le feu dans la cheminée de sa cuisine et m'indique les montagnes qu'illumine le soleil couchant :

« Regardez-moi cette perfection, les fenêtres qui ouvrent au nord sont dans l'axe du sommet du Grappa.

— Par hasard ?

— Pas du tout, la demeure a été orientée exprès. »

Vallerani me montre d'autres mystères géométriques. La maison est située au centre d'un système de canaux d'irrigation, sur la ligne des résurgences, qui est aussi la limite nord de la centuriation. Un symbole de la maîtrise des eaux qui, pour la Sérénissime, était garantie de la lagune jusqu'aux sommets des montagnes. Un univers, une manutention du territoire, qui n'existent plus de nos jours.

Il indique un pré devant le côté est de la demeure : « C'est là que Giambattista Ramusio est parvenu à acclimater les premières pommes de terre et les premières tomates rapportées des Amériques. Elles lui étaient arrivées d'Espagne. C'était la première expérience de ce genre en Italie. »

Mais, du côté ouest, le paysage change du tout au tout. La ligne Maginot de hangars industriels est clairement visible, au-delà d'une rangée de peupliers. Elle occupe tout l'horizon en direction des hauteurs d'Asagio. Je demande à mon hôte qui va gagner.

« Depuis l'époque de la centuriation romaine, on n'avait pas vu un bouleversement pareil du paysage. On brade tout au nom d'un développement qui rend les gens malheureux. Cette détresse, moi, je l'appelle “la perte traumatique du sens du lieu”. Naguère, on avait honte de regretter le temps passé, mais aujourd'hui non. Aujourd'hui, nous savons que la nostalgie du dépaysement peut même être mesurée. C'est le signe sans équivoque d'un droit qu'on nous refuse. »

Nous allons visiter le cimetière de Paviola. Un grand carré en béton isole ce séjour de la paix éternelle du paysage des vivants. Vallerani l'a baptisé du nom qu'il mérite : la sinistre esplanade. Hier, il y avait des vignes à l'entrée. « Mon voisin, Nino Zamarella en faisait un excellent merlot qu'il appelait "le vin du cimetière". Aujourd'hui, ce microcosme est terminé, liquidé. Les fossés, les champs, les ceps, les canaux entre les fermes, c'est fini tout ça. »

Je repars avant le dîner, lorsque les travailleurs ont déjà commencé à fuir leurs hangars, banques et autres magasins. Un deuxième flot s'est superposé à celui des camions et les deux flux, confondus en un seul courant lumineux, en rencontrent un troisième, celui de la *Statale* 47, avec sa circulation nord-sud, le long de la Brenta. Résultat : entre Fontaniva et Galbera, avant et après le feu tricolore de Cittadella, la moyenne descend à cinq à l'heure. Nous voici désormais dans un enchevêtrement quasi-texan de concessions et de centres commerciaux, bloqué par des voitures. Les seuls êtres vivants sont les immigrants, plus noirs que la nuit. Ils marchent, pédalent, disparaissent. Même pour eux, le Nord ne tolère pas les espaces vides entre travail et famille. *Che i lavori e i stia a casa, can de l'ostrega* – au travail ou à la maison, nom d'un chien.

Le bar Meall, dans la banlieue nord de Cittadella, sur la route de Bassano. Un gars râblé raconte comment il a abattu un tilleul qui lui faisait de l'ombre. « Je voyais même plus l'église d'Arsego », explique-t-il en mimant avec délectation l'acte d'amputation, tronçonneuse au poing. Je me dis que le dernier tabou est tombé, qu'on a franchi la dernière limite en matière d'insulte aux lieux. Le client dresse la liste de ses actes cathartiques : aplatir, désherber, simplifier, brûler les vieux machins dans la cour. Et surtout enfoncer la tronçonneuse et aller s'en vanter au bar. Il ne manque à cette annihilation qu'un verbe. *Copar*, comme on dit en dialecte vénitien, zigouiller.

Encore plus au nord, sous les étoiles. À une dizaine de kilomètres, Bassano del Grappa luit comme les Pléiades. La *Statale* 47 fend en deux comme une pomme le village de Rosà, entre le bar Centrale et le campanile. À présent nous sommes tous arrêtés, on ne passe qu'en circulation alternée. Puis, il y a une déviation par Rossano et les automobilistes se transforment en lente file de processionnaires, des chenilles aveugles par milliers, le nez collé au cul de la chenille précédente. Au croisement de la *Statale* 53, j'entends la puissante chaudière de la locomotive de la Vénétie, qui pompe au ralenti, frôle l'apoplexie, l'attaque, l'infarctus.

Pourquoi l'eau se mit à courir

Bassano, il a plu toute la nuit ; au matin, le mont Grappa ressemble à un toboggan translucide. Plus je tends l'oreille, plus je l'entends qui gronde. Des dizaines, des centaines de torrents, dans toutes les tonalités que la pluie est capable de produire. Ce n'est pas le temps rêvé pour une excursion en montagne, mais pourtant quelque chose me pousse là-haut. Peut-être l'envie d'un rocher solide, après la navigation aveugle de la veille, à travers la plaine. « Allez donc aux Coi Alti, *i ga el fogolar*, il y a une cheminée », me conseille l'hôtelier. Il regarde dans la direction des nuages :

« Dans le temps, l'eau mettait vingt-quatre heures à descendre. Aujourd'hui, elle n'en met plus que six. *La va quattro volte più svelta*, elle va quatre fois plus vite.

— Comment ça se fait ?

— C'est venu quand on a chassé les bergers du mont Grappa. Ils avaient installé là-haut un alpage extraordinaire. *Tuto el Veneto'ndva veder che bel ch'l jera*, toute la Vénétie allait voir comme il était beau. Quatre cents bêtes, des abreuvoirs, des pâtures, les *malghe* remises à neuf, la terre et les eaux au bon régime. Et puis la politique s'en est mêlée, le pâturage a échappé à tout contrôle. Et le mont Grappa est devenu une cascade. »

Je demande qui s'en est mêlé, très précisément.

« Allez donc le demander à la curie romaine. *Qua conta solo i preti, i politici xe paiassi che no val niente. Lori i va e i vien, el pievan resta.* Là-bas, il n'y a que les curés qui comptent, les politiques, ce sont des pitres qui ne valent rien, ils vont et viennent, le prêtre, lui, il reste. Demandez donc, demandez-leur aux curés comment a fini le pâturage de la *Malga* Busetto. »

Avec le mauvais temps, là-haut, aux Coi Alti, il n'y a presque personne dans la vieille auberge San Giovanni. Il n'y a qu'une dame, au coin du feu, qui lit *Le Pont sur la Drina*, d'Ivo Andric. Un roman bosniaque qu'on ne voit pas souvent entre les mains des Italiens. C'est une dame corpulente, bottillons, cheveux noirs coupés au carré, comme une vivandière de la Résistance. Elle aussi est montée malgré la pluie. Je lui demande si elle connaît la *Malga* Busetto et si elle sait ce qui s'y est passé. Elle se présente : Lucia Zanarella, de Ponte San Martin, sur la rive gauche de la Brenta.

Lucia connaît bien cette histoire. Tout commence dans les années 1980, quand un certain Giovanni

Parolin fonde dans la plaine une coopérative zootechnique d'anciens fermiers. Sans le vouloir, il crée un kibboutz exemplaire, qui fonctionne parfaitement. Pour améliorer la qualité de ses bêtes à viande, il demande à la commune de Cismon une parcelle du mont Grappa à amender, afin d'en faire un pâturage d'été. Il fait venir des experts de l'université de Padoue, il remet en état huit cents hectares de pâturages abandonnés. La réhabilitation est si réussie qu'on vient même visiter l'endroit d'un peu partout. La *malga* devient une ferme modèle, ouverte à toutes les coopératives de Vénétie. Le refuge voisin, Casera della Pertica, est transformé en lieu de rencontres culturelles et attire aussitôt de grands noms : Olmi, Meneghello, Rigoni Stern. D'ores et déjà, la *Malga* Busetto est un phare pour les fermiers indépendants.

Mais Giovanni commet une grave erreur, pour un catholique de Vénétie. Il laisse paître ensemble les vaches des « blancs » et celles des « rouges », et ce faisant, il met en danger le fief électoral démocrate-chrétien. Sa ferme mobilise ce qu'il y a de mieux en Vénétie, fournit des produits de concours, verse des sommes record au fisc, elle est la première à s'aligner sur les normes européennes. Rien n'y fait : les instances publiques ne veulent ni de son lait ni de sa viande, parce que sa ferme est une entreprise qui a fauté. L'Église, les politiques, l'université s'allient pour démolir toute l'expérience, ils accusent Parolin d'avoir choisi les « communistes ». Les banques suivent le mouvement. Au bout de cinq années, la coopérative est expulsée, les bêtes mises sous séquestre. C'est la fin de la *malga*, du travail, du pâturage. Et avec la *malga* s'en vont les visiteurs, les restaurants, le contrôle des eaux. C'est un monde entier qui disparaît.

Lucia appelle au téléphone le fermier vaincu, cela

fait des années qu'elle le connaît. Au bout d'une demi-heure, Parolin, Giovanni – né en 1935, grandes mains, œil bleu et toison blanche, comme Abraham – sort de l'orage, racle ses souliers pleins de boue, nous tend la main avec un sourire. Nous déjeunons ensemble, pendant qu'au-dehors la pluie s'abat sur les prairies d'anémones. Sur la table, une polenta fumante et du bœuf braisé. Giovanni se signe, rend grâces pour le pain et le vin « qui réjouissent le cœur ». C'est un patriarche qui renouvelle parmi nous quelque chose d'ancien.

« La terre est notre mère, dit-il. On la respecte, on la laisse se reposer comme une reine. J'ai neuf frères et je me rappelle ma mère quand elle était enceinte. Tout le monde la révérait et on lui donnait les meilleurs morceaux. » Il allonge sa main ouverte, la serre pour prendre une motte de terre imaginaire, en soupeser l'énergie vitale.

« Regardez comme elle est pleine de micro-éléments. Les vers de terre… ils sont là, qui travaillent constamment, jour et nuit… et ils ne font jamais grève… La terre, c'est le temps, elle exige du temps. Pour s'arrêter, pour penser, pour croître. Aujourd'hui, nous tuons le temps.

— Que s'est-il passé, Giovanni ?

— Tout a commencé avec la désintégration des grandes familles patriarcales. C'était une parfaite unité économique, capable de fonctionner sans gaspillage, avec peu d'énergie, en respectant la nature. Un seul tracteur suffisait pour trente ou quarante personnes. Nous avons détruit ce système pour inciter à la consommation, mais nous n'avons rien mis à sa place. Les entreprises unifamiliales se sont ruinées par leurs dépenses, chacun a voulu son petit champ et son tracteur, et puis ils n'ont pas pu tenir le coup. Et ils ont bradé leurs terres.

— Pourquoi n'avez-vous pas résisté ?

— Parce que, dans les années 1960, les femmes ont refusé de chercher un mari dans les milieux paysans. Elles voulaient des ouvriers. Les femmes ont tué la terre… Mais la riposte, je l'avais : c'était la coopérative ! L'unique solution de rechange à la crise du vieux monde. Elle sauvait la terre et aussi la culture paysanne.

— Et qui s'y est opposé ?

— La coopérative était une escroquerie pour le pouvoir. Avec nous, il n'y avait pas de gaspillage, l'industrie vendait moins de tracteurs, moins d'automobiles, moins de faucheuses… Alors, ils nous ont sciés. C'est clair, non ? Et puis, figure-toi que j'accueillais tout le monde… *Mi no ghe domando a nissun se el va in cesa o cosa che el vota* (je ne demande à personne s'il va à l'église ni pour qui il vote). Et c'est pour ça qu'ils nous ont mis à mort.

— Résultat ?

— Un développement empoisonné. Regarde-la donc, la richesse du Nord-Est ! Des nappes phréatiques polluées à tout jamais, des centaines de milliers de familles sans eau, des terres privées d'humus, inondations et sécheresse, le mont Grappa dépouillé de ses pâturages… Chaque fois que je vois le Pô en crue, j'y pense : derrière, ce n'est pas l'effet de serre qu'il y a, mais la politique… Des centaines, des milliers d'histoires comme celle de la *Malga* Busetto… Des centaines, des milliers d'humiliations infligées aux petits jardiniers de Dieu, qui cherchent à tenir bon sur le territoire… »

Je lui demande comment tout ça finira.

« Dans vingt ans Federconsorzi et Coldiretti[1] auront bouffé toute la terre et les multinationales régneront

1. Respectivement Fédération italienne des consortiums agricoles et Organisation syndicale des travailleurs agricoles.

sur tout. La télé de la monoculture accélère le processus, nous pousse à la démence et à l'autodestruction. Nous vivons une époque d'obscurantisme, nous liquidons tout, les petits hôtels, les petits magasins, la bonne école professionnelle, la culture. L'Italie ne parle plus d'économie primaire... c'est de la folie... Mais comment peut-on ne pas comprendre que l'agriculture est une richesse ? Tu vois bien qu'à partir d'un grain on en recueille cent ! Tu peux me dire quelle industrie est capable d'obtenir une croissance pareille ? »

Tout à coup, la montagne se débarrasse des nuages, une lumière oblique inonde le Scarpon, dégoulinant d'eau, et le principal sommet, tout baigné de ruisselets. « *Monte Grappa tu sei la mia patria* » (Mont Grappa, tu es ma patrie), dit la chanson de la Grande Guerre. Mais, là-haut, la patrie n'est rien d'autre qu'une arnaque. Le mont Grappa, c'est comme le Piave qui n'a jamais été aussi violé que depuis qu'il a été promu « fleuve sacré d'Italie ». Pendant la Grande Guerre, tout était déjà parfaitement clair, me dit Lucia. Après Caporetto, le gouvernement avait promis la terre aux paysans, en échange de la victoire. Les paysans ont tenu parole, mais pas le gouvernement. Ensuite, il y a eu le fascisme, Mussolini a conclu le concordat et, en Vénétie comme ailleurs, la plupart des curies ont été de mèche avec les gros bonnets et les grands propriétaires pour gruger les paysans. La fin d'une illusion qui a duré l'espace d'un matin.

« Écoute, m'exhorte Lucia en indiquant la plaine, écoute le grand silence de la Vénétie. Un monde qui se tait, qui a toujours subi... Depuis mon enfance, je l'ai sentie, chez moi, la faim de pain et de terre... c'était une faim vieille de mille ans... En 1955, quand j'étais encore petite fille, je faisais mes devoirs à l'étable parce que c'était le seul endroit où il y avait de la place. Comme je travaillais dur, à l'école je puais l'étable... Après l'école primaire, il n'y avait rien : une petite fille ne pouvait étudier que chez les bonnes sœurs, ma maman m'avait déjà préparé mon trousseau, mais, moi, je pleurais, je ne voulais pas et, dès que j'ai eu onze ans, j'ai enfourché mon vélo et je suis partie à Padoue toute seule passer l'examen d'entrée... »

Je lui demande ce dont elle rêvait alors.

« Je sentais la sagesse antique d'une civilisation brutalisée, je savais que le peuple affamé du métayage connaissait l'immense valeur de la terre, avait le sens des saisons, respectait la nature. Donc, après l'université, je me suis totalement consacrée à la campagne de Vénétie. Je suis devenue responsable des Acli Terra [1] et j'ai expliqué aux paysans que l'unique façon de parvenir à la modernité était la coopération, j'ai mobilisé des milliers de personnes pour la réforme foncière. Je faisais cinquante mille kilomètres par an pour parler avec ceux de la base...

— Et pour finir ?

— Un jour, Beniamino Brocca, président des Acli de Padoue, un ami très cher, m'a convoquée dans son bureau. Il m'a dit : “Ou tu disparais, ou ce sont les Acli de Padoue qui disparaissent, ordre de l'évêque.” Il était navré, mon pauvre Beniamino. Sur ordre du Vatican, il commençait la liquidation d'une grande classe dirigeante.

— Pourquoi t'avait-on dans le collimateur, Lucia ?

— Ils ne voulaient pas que les paysans découvrent le pot aux roses... La Coldiretti ne voulait pas de paysans indépendants, elle voulait un peuple privé de tout, inculte, assisté... elle voulait organiser une

1. Association nationale des professionnels de l'agriculture.

agonie, afin de pouvoir mettre au point un échange de bons procédés. Les talibans, il y en a partout, mon cher. Ceux de chez nous avaient décidé que la terre ne devait pas acquérir la moindre dignité, se transformer... L'affaire a été monstrueuse : cinq mille personnes sont venues, avec leurs tracteurs, pour protester contre mon limogeage, mais il n'y a rien eu à faire. Je n'arrivais pas à croire que l'Église s'était mouillée là-dedans.

— Et ensuite ?

— Il y a quelque temps, j'ai trouvé un document des premiers jours d'octobre 1922. Il sanctionnait l'accord entre la curie de Padoue et les grands propriétaires fascistes. Ce n'est qu'alors que tout m'a paru cohérent. En Italie, tout se fait contre ceux qui veulent changer les choses.

— La gauche t'a aidée ?

— Je me suis efforcée de l'impliquer de toutes les façons possibles. Même dans des opérations humanitaires en Bosnie. Mais, là aussi, que de désillusions... *Talibani anca quei... La sinistra xe voda su tuto. I cattolici almeno i ga el paternoster...* » (Eux aussi, des talibans... La gauche est vide sur tous les plans. Les catholiques au moins ont le Notre Père...)

Des betteraves rouges pour le barszcz

L'escalier qui donne accès au grand vieillard de la montagne, là-haut, sur le haut plateau d'Asagio, est long comme le purgatoire, noir comme l'orage. Quatre mille quatre cent quarante-quatre marches, d'une raideur inhumaine, on est épuisé rien que d'en parler. Elles partent du Val Brenta, sous des pics sinistres, à l'endroit où la vallée paraît se fendre en deux – quand on arrive de Bassano –, à la hauteur du village de Valstagna, avec sa muraille de vieilles maisons rangées sur la berge. La montée prend la branche de gauche et brûle en un éclair huit cent dix mètres de dénivellation. Elle s'appelle la Calà del Sasso et c'est un des ouvrages les plus invraisemblables des Alpes. Inutile de dire qu'elle est inconnue des beaufs italiens.

Pour comprendre Mario Rigoni Stern, le grand vieillard dont je parle, il ne faut pas prendre sa voiture. Il vaut mieux enfiler son sac à dos et partir à pied. Et, parmi toutes les routes tordues qui relient le haut plateau au reste du monde, c'est celle-là qu'il faut prendre. La plus secrète, la plus belle, la plus directe, la plus alpine. Elle servait à acheminer le bois jusqu'au fond de la vallée, pour l'envoyer par la voie des eaux jusqu'à Venise. Un fleuve de pierre, pour ne pas dire une piste de bobsleigh, flanqué de ces escaliers, d'où les bûcherons pouvaient contrôler les troncs en changeant de direction à chaque virage. On s'aperçoit tout de suite, dès qu'on attaque les marches, que la Calà del Sasso est faite pour descendre plutôt que pour monter.

Me voici donc dans le Val Frenzela – l'ancien Freiental, dans le dialecte allemand d'Asagio – couvert de mousses et d'humidité, pour traverser des forêts de fougères, d'ombellifères et de plantes grimpantes en direction de la Calà del Sasso. L'escalier, qui vient d'être restauré grâce aux fonds de la Communauté européenne, est déjà dans un état de semi-abandon, disparaissant sous les pierres et les mauvaises herbes. À chaque mètre, il semble vous parler du divorce existant entre les Italiens et leurs routes antiques. S'il se trouvait hors d'Italie, le musée de Valstagna retraçant l'épopée des bûcherons serait indiqué partout, avec des parcours didactiques expliquant l'histoire des troncs qui descendent le long de la Brenta jusqu'à l'arsenal de Venise, et celle du charbon de bois qui arrive au Rialto sur des barges. Mais nous sommes en Italie et Valstagna est un endroit où presque personne ne s'arrête.

Il fait une chaleur étouffante, les mouches vrombissent, le ciel gronde sur les parois jaunes et noires, mais les marches offrent une ascension régulière, cinquante centimètres en avant, quinze centimètres de dénivellation. On met moins de deux heures, « le temps de réciter quatre chapelets », dit-on par ici. Le plateau d'Asiago s'ouvre sous vos yeux à la dernière marche et c'est un monde à lui tout seul, avec son labyrinthe de pâturages séparés, ses anciennes lois communautaires, ses sept communes fédérées depuis des siècles et laissées autonomes par la Sérénissime. Pour parvenir jusqu'au vieillard, il faut encore marcher deux heures, passer sous le mont du Val Bella, en suivant un sentier qui s'appelle via Tilman, se glisser entre le hameau de Bertigo et la *Malga* Costalunga, mettre le cap sur l'immense sanctuaire de la Grande Guerre, éviter comme la peste la conurbation d'Asiago, déjà infestée de balcons tyroliens, tourner au nord vers le Val di Nos et demander son chemin. Tout le monde sait où habite Mario.

Il se penche par la fenêtre du premier étage, rit en me voyant avec mon sac et mes bottillons, on dirait encore un gamin avec cette forêt de cheveux ébouriffés. Il descend aussitôt, il est curieux de tout savoir sur mon exploration alpine, il veut me donner les conseils les plus justes. Nous déployons la carte sur une petite table devant la maison. Il me dit : « Va dans les Alpes ligures, sauvages, solitaires, avec des oliviers jusqu'à mille mètres. » Puis il me parle de la route des émigrants qui prenaient de là le train pour Ulm, en Allemagne, et calculaient la distance à parcourir selon le prix du billet à partir de cette ville. « *Son stà do marchi al de là del Ulm* » (je suis allé à deux marks au-delà d'Ulm), disaient-ils au retour : plus ils allaient loin, plus ils gagnaient de marks et plus il y avait de travail.

« Il va pleuvoir », dit le vieillard et il me montre l'oiseau qu'il a en cage. Il est immobile, il s'appelle *Crociere delle Pinete* [1] et il ne bouge que quand il fait beau. De gros nuages imposants passent au-dessus du Pasubio. Il y a quelques jours, six vaches sont mortes là-haut, foudroyées dans leur étable.

Mario m'entraîne dans son potager. Il a des betteraves rouges pour faire le « *barszcz* », ou bortsch, la soupe des grandes plaines slaves, souvenir de sa campagne de Russie. « Dans la recette ukrainienne, il y a trois sortes de viandes, du chou frais, de l'ail, de l'oignon. Et à la fin, on met du yaourt, faute de crème aigre. Et un peu de paprika. » Il se promène au milieu de ses légumes comme au milieu de ses livres. Poireaux, *radicio triestin* et *radicio di testa*, deux variétés de chicorée, *insalata catalogna* ou chicorée asperge, blettes, choux-fleurs, carottes, courgettes, haricots verts. Et les choux de Milan que les chevreuils viennent grignoter le matin à l'aube.

Nous allons nous promener. Mario a enfilé ses gros souliers et il a encore de l'énergie à revendre. Il a attendu d'avoir quatre-vingt-deux ans pour faire sa première incursion dans le domaine de la chasse aux chamois et il en a abattu un du premier coup. Il connaît tous les secrets du bois, la forêt est pour lui un organisme vivant et lui sert à mesurer la fièvre de la Terre qui en altitude consume les glaciers. « Regarde, me dit-il, les sapins sont en pleine exubérance : tu vois, là-haut, comme ils sont pleins de pommes de pin et de pollen ? » Les alouettes sont montées au-dessus

1. Croisée des pinèdes.

de mille cinq cents mètres, on entend cela au trille de l'aube qui ne retentit plus dans les environs du village. Les tiques ont disparu, les guêpes aussi. Peu de champignons, des vipères à foison. Et « trop d'orties », se lamente-t-il. C'est le signe de l'abandon des pâturages. « Si les politiques ne viennent pas en aide aux *malghe*, les mauvaises herbes finiront par envahir la place d'Asiago. »

La *Malga* Zevio, coups de tonnerre sur les tranchées décrites par Emilio Lussu. Mario grimpe, pose son bâton, entre dans les positions autrichiennes, il connaît chaque mètre de l'endroit où des garçons de vingt ans se sont entre-tués pendant des années pour gagner quelques mètres de terrain. « Mon oncle Mosè s'est battu ici et il n'a pas voulu y retourner. Jamais. » Du bout de son bâton, il montre l'Ortigara, la *Malga* Ongara, le mont Grappa, les lieux où les fantassins sardes ont marché à la tuerie. On les appelait les diables rouges, parce qu'ils sortaient de nuit avec leurs couteaux. « Quand la guerre a pris fin, les gens du coin ont encore trouvé des squelettes entiers sur les barbelés. »

Il se met à pleuvoir. Bientôt, ce sera l'automne, la meilleure saison pour écrire, pour garnir son bûcher, pour bêcher le potager. « Si je ne fais pas régulièrement tous ces travaux, j'ai l'impression de perdre ma journée. Pour me reposer, grommelle Mario, j'ai la mort devant moi. »

Avec cette pluie, le vieillard est aussi heureux qu'un rongeur qui fait ses provisions. Il rit, avec ses yeux humides de saint-bernard. Quand la montagne se prépare pour l'hiver, un activisme joyeux s'empare du père du *Sergent dans la neige*. Récolter les pommes de terre, mettre les pommes à l'abri, saler la choucroute, déplacer le bois sec, empiler du bois vert, dresser l'inventaire : autant de petits actes salvateurs qui sont réglés sur la saison, qui exorcisent le froid, dédramatisent la mort. « Quelle merveille, quand la forêt change de couleur. On voit venir le temps de la récolte, du bilan. Un peu de mélancolie, mais aussi de grandes journées de soleil où, depuis les cimes, tu peux voir les Alpes et en même temps la lagune. » L'automne, semblable au coucher du soleil. L'homme qui le regarde en face est meilleur ; il se confronte à tout ce qu'il a de transitoire.

« Je sais que c'est ridicule, le magasin est juste au-dessous de chez moi. Mais, quand arrive l'automne, j'ai besoin d'accumuler. Des salaisons, du vin, du bois. La peur que l'hiver apporte la misère habite au fond de moi. J'ai passé de trop nombreux moments à me battre : la guerre, le camp de prisonniers, la faim noire, les amis emportés par le gel. Si je fais des provisions, je suis mieux à même d'affronter la saison du repos, de la lecture, du recueillement. Il y a des années, la neige m'a tenu isolé pendant des journées entières, je suis resté sans lumière et sans téléphone. C'était magnifique. J'étais heureux, tranquille, je n'avais même pas la télé. Les flocons tombaient sans bruit. J'avais du bois, de la farine blanche, du lard, du fromage et une histoire à écrire. Je l'ai finie à la lampe à pétrole. » C'était l'*Histoire de Tönle*.

La neige, l'instinct du loup, le besoin de se perdre encore dans les bois de chez lui, sur le plateau d'Asiago, de remettre les skis de fond, de laisser son haleine geler sa barbe. Le temps, aussi, de raconter.

« Et après le froid ?

— J'attends le signal. Le printemps. Il apparaît à l'improviste, au lieu d'arriver doucement, comme l'automne. Il est comme la vie. Il te prend à contrepied au moment même où tu crois avoir terminé, tiré les rames dans le canot. Il y a toujours un chagrin, un amour, une peur ou une joie, qui te cueillent par surprise. »

Le signal arrive comme ça, comme un coup de vent, ou pendant la nuit, avec la pluie qui tambourine sur le toit, et puis le matin, quand l'herbe se met à verdir.

« J'entends les pinsons et j'ai envie de partir, comme quand j'étais gamin. Alors je m'en vais, à grandes enjambées, dans le bois, je suis plein de bonne volonté, mais au bout d'une heure mes jambes me font mal. Je m'aperçois que je n'entends plus les mésanges, mon oreille ne capte plus cette fréquence.

— Et alors ?

— Alors, je comprends mes limites. Pour tout homme, il est fondamental de les connaître. Et les limites se manifestent toujours au printemps. Il a une odeur bien précise, définie, humide, fraîche, vitale. Un parfum qui te promet que la vie continue, même si tu t'en vas ; et ça, c'est merveilleux.

— Mais alors, l'été ? La lumière éclatante ? Les nuits chaudes ?

— Non, l'été ne m'a jamais intéressé. C'est une saison idiote, trop pleine de monde. Sur mon plateau, il me tarde que l'été soit passé et que les foules soient retournées dans la plaine. Enfin, tu te rends compte ? À Asiago, voilà qu'il y a des estrades avec des animateurs, comme s'il n'y avait pas assez de choses à voir autour de soi. Un poète chinois disait : “Ne me cherchez pas l'été, c'est trop fatigant de recevoir des invités, il passe trop de voitures et de chevaux, ne m'obligez même pas à ouvrir les fenêtres.” »

Au fond de tout cela, le rêve animal d'une tanière. Un lit, un peu de bois, d'eau et de nourriture, une centaine de livres au maximum. Des classiques, usés à force d'avoir été lus et relus.

« Avec une centaine de grands livres, tu peux lire jusqu'à quatre-vingt-dix ans. Prends Xénophon, son

Anabase sur la retraite des Grecs hors d'Anatolie, l'hiver. Je l'ai relu récemment. Tout y est déjà. Semblable, jusque dans les moindres détails, à l'histoire du front russe. Alors, je me suis dit : mais avais-je vraiment besoin d'écrire *Le Sergent dans la neige* ? Je n'ai fait que produire une variation sur un thème. Et puis Thucydide, Polybe : une merveille. Pas un soupçon de rhétorique. Ils n'utilisent jamais le mot "héros". De nos jours, au contraire, il suffit qu'un hélicoptère tombe pour qu'on ait aussitôt des funérailles nationales... À notre époque, il y a trop de bruit, nous perdons le sens des mots, leur force thérapeutique. Et puis l'homme a besoin des mots, c'est pour cela qu'il les apprend par cœur. Primo Levi a survécu à Auschwitz en récitant *La Divine Comédie*. Garder le verbe dans sa poitrine empêche de devenir un matricule ; c'est le secret de la parole qui fait la différence entre les vivants et les morts. En Russie, dans ma Russie, les gens vont réciter des vers sur les tombes des poètes. J'ai vu ça, sur la pierre tombale de Sergueï Essenine. Une babouchka m'a donné un petit bouquet de violettes et je me suis approché. Il y avait un homme qui déclamait la *Lettre à sa mère* et les passants s'arrêtaient, pleuraient. J'ai demandé si quelqu'un connaissait l'air d'*Eugène Onéguine*, sur Tatiana et l'hiver, et il s'est passé quelque chose d'incroyable, un type me l'a chanté, avec une superbe voix de baryton. » Ce qui est dit vient avant, bien avant ce qui est écrit. Les mots ont un rythme qui épouse la marche de l'homme, cet animal nomade emprisonné dans la modernité.

Il ne pleut plus, le bois exhale des vapeurs. Nous parlons des ours des Dolomites de la Brenta, qui descendent dans la vallée pour aller chercher un casse-croûte dans les poulaillers.

Le grand vieillard rit : « Les femmes nous disent :

"Ne fais donc pas l'ours." Elles ne comprennent pas que les hommes-ours sont les meilleurs. »

Il me raconte qu'au Val di Non un mâle en rut a défoncé l'enclos où étaient parquées des femelles et en a fécondé trois. C'est peut-être, me dit-il, celui qui peu de temps auparavant avait dévoré les trente kilos d'abats d'un vieux cerf qui venait d'être tué sous la Paganella.

Au coin de l'âtre, Mario évoque des histoires de prêtres-braconniers et des récits de chasse de Léon Tolstoï, parmi les bouleaux blancs de la Russie. Il me raconte que pendant un bombardement sur le Don, un de ses compagnons d'armes et chasseur a vu s'élever un vol de perdrix et d'instinct les a suivies comme un fou au milieu des projectiles. Il se rappelle les officiers nazis tout à fait capables d'épargner un chamois, mais impitoyables envers les êtres humains.

Il feuillette avec attention les journaux, pour se lamenter aussitôt : « L'actualité est si trompeuse que je ne lis plus les quotidiens. On ne comprend jamais ce qu'il y a vraiment derrière les faits. On nous balance des expressions du genre "exportation de la démocratie". Mais, dans le couvent d'autrui, on ne doit jamais apporter ses propres règles, c'est un dicton russe et une sacro-sainte vérité. Tout le monde devrait le comprendre. Les Chinois au Tibet. Bush en Iraq. Les Italiens, n'en parlons pas, on a bien vu comment ça s'est passé en Éthiopie. Exporter sa propre loi, c'est toujours une erreur. Mais personne ne le dit. Il y a un rideau de fumée qui te déroute. Laissons de côté la télévision : si vulgaire et banale que, quand je l'allume par distraction, je la ferme aussitôt. Je le dirai, un jour, à leurs directeurs : "Je vous en prie, gardez-moi éveillé au moins pendant le journal télévisé." »

En Russie, raconte-t-il, les journalistes italiens

n'étaient pas au front. Ils étaient embusqués à l'arrière. Le contenu de leurs dépêches n'était que du ouï-dire purgé de la propagande. « De temps à autre, je recevais un exemplaire du *Gazzettino* et j'en restais baba. On aurait cru que nous étions partis en vacances faire du ski. » Mais le pire, déjà à cette époque, c'était les documents filmés. Entièrement faux et fabriqués.

« Après une action d'éclat, on nous a convoqués au quartier général pour y être récompensés, on nous a fait mettre en rang, on nous a remis des paquets cadeaux et, à la fin de la cérémonie, on nous les a repris en nous expliquant qu'on avait pensé qu'il valait mieux nous les envoyer en première ligne. Aucun n'est jamais arrivé, bien sûr. Ce jour-là, à la cantine du camp, il n'y avait même pas de rations pour nous, parce que, nous a-t-on dit, nous appartenions à un autre détachement. Le jour de fête est devenu un jour de famine. Quelle farce ! Quelle farce !... Tu sais, de temps en temps je repense à Ötzi, l'homme du Similaun. Va donc le voir, toi aussi, j'y suis allé plusieurs fois. Je lui parle, et il me parle. C'est un homme moderne, comme nous, mais beaucoup plus avisé, plus capable de se contenter de peu.

— Il t'a dit quelque chose ?

— *El te fa un discorso longo, quel omo là* (il te fait un long discours, cet homme-là)... Pour le comprendre vraiment, il faut essayer d'être seul avec lui... Et, quand tu es seul, écoute ce qu'il te dit, regarde avec attention tout ce qu'il porte. Son harnachement est un chef-d'œuvre. Chaussures, flèches, chemise, cape imperméable en joncs, armes de chasse. Tu le vois qui installe son bivouac, qui se protège du froid... Et puis cette blessure dans le dos, il y a de quoi écrire un roman là-dessus... Pourquoi dans le dos ? Pourquoi dans ce lieu particulier ? Si loin du fond de la vallée ? On l'a poursuivi ? Il était déjà blessé ? C'était une vengeance ? Une guerre ? Une bévue à l'occasion d'une battue de chasse ? Et puis le feu, tout ce qui est nécessaire pour faire du feu dans sa besace. Un silex et une amorce sèche pour allumer les feuilles, le jaillissement primordial de la flamme de Prométhée. Il n'y a plus qu'à apprendre. Dis-moi : aujourd'hui, qui saurait allumer un feu en plein bois, sous la pluie ? Presque personne. C'est ça qu'on devrait apprendre aux enfants. C'est autre chose que les jeux vidéo. Vois-tu, si je n'avais pas su allumer un feu, je serais mort, moi. »

Je lui demande comment il faut faire.

« Tu détaches les branches les plus basses, soit sèches, soit les mieux protégées de l'humidité. Tu fouilles dans ta poche pour voir si tu as un bout de papier, tu le protèges avec ta veste, tu frottes un morceau de fer sur ta chemise de laine jusqu'à ce qu'il devienne brûlant, puis tu joues toi aussi du silex, si tu sais t'en servir, et la flamme se dégage, grandit, devient le feu béni de tous… »

Nous nous asseyons au coin de l'âtre, le vieillard me parle du guide de montagne, Erminio De Zulian, mort dans l'incendie de son refuge au-dessus de Canazei, en même temps que tous les carnets de son journal. Soixante années d'histoires envolées en fumée.

« Voilà une chose que je ne voudrais jamais être obligé de faire, dit Mario. Brûler des livres pour me réchauffer. L'incendie de la bibliothèque d'Alexandrie, en tant qu'anéantissement de la mémoire, est l'archétype de l'enfer. »

Je lui demande des conseils pour de nouveaux voyages, à faire peut-être à pied, comme le petit bonhomme du Tyrol.

« Fais le Péloponnèse, c'est le berceau du monde.

Achète-toi *La Grecia classica* de Cesare Brandi et allez, en route. »

Dehors, le vent souffle, la radio dit que la première chute de neige est tombée à Marmolada. Je demande à Mario s'il veut un peu de *grappa*.

« *No, s'ignapa niente. Ma fa mal de stòmego. Caro mio, co te rivi a otantacinque te vegnerà fora una rogna anche a ti.* » (Non, ça ne sert à rien. Mais ça fait mal à l'estomac. Mon cher, quand tu arriveras à quatre-vingt-cinq ans, toi aussi tu auras mal quelque part [1].)

Si un violoncelle devient arbre

Janvier. Un homme avec son violoncelle et une forêt de sapins couverte de neige. L'instrument a plus de quatre siècles, il est fait du bois de cette forêt. L'homme l'appuie contre un tronc, enfonce de biais la virole dans l'écorce. Il accorde son violoncelle, attaque une suite de Bach. Il fait sonner des notes basses dans la caisse en bois, explore avec patience, sonde jusqu'à ce qu'il se passe quelque chose. L'arbre – un géant de trente mètres – réagit. Il se réveille, résonne dans toutes ses fibres, devient un prolongement du luth. Plus encore. La moitié de la forêt joue, répète ces vibrations comme si elle les savait par cœur. Elle reconnaît la voix de son ancêtre.

Le premier soleil sort des Pale di San Martino, la forêt fait de la musique. C'est celle-là même où Stradivari a pris le bois de ses violons. La forêt de Paneveggio, entre le Passo Rolle et le Val di Fiemme, dans le Trentin. Le cœur enchanté des Monti Pallidi. Il n'y a aucun autre bruit. Tout se tait, le pic, la grive, le casse-noix moucheté et même le torrent. Le violon-

1. Le grand vieillard nous a quittés le 16 juin 2008.

celle est devenu arbre, il a pris possession de la forêt. Ce n'est pas de l'autosuggestion : à côté, il y a un luthier qui écoute, stupéfait, l'oreille collée au tronc. Même lui n'a jamais rien entendu de pareil. Le son se transfigure, change de légèreté, de profondeur, de douceur, de timbre, de couleur.

Depuis toujours, les arbres qu'on écoute sont des arbres morts. Les luthiers choisissent les bois qui leur conviennent déjà coupés sur les étagères de séchage. Ils les frappent, les soupèsent, en mesurent la résonance au moyen d'instruments spéciaux. Jamais personne n'avait essayé de faire résonner des arbres vivants. Et c'est justement ce qui se passe maintenant. Il y a un violoncelliste qui patauge, enfoncé dans la neige jusqu'au genou, avec son instrument sur le dos, dans un étui argenté à bretelles. Il se déplace de tronc en tronc, ausculte les arbres, utilise son instrument comme un stéthoscope. Il n'interrompt pas sa quête, parce qu'il cherche le sujet parfait. Ou même l'ensemble de sapins frères capables de vibrer en chœur autour de celui qui résonne, comme les tuyaux d'un orgue.

Cela se passe sous une lune décroissante, en contrebas du Cimon della Pala. Celui qui joue de l'instrument est un grand nom mondial du violoncelle, originaire de Vénétie, Mario Brunello, un homme qui, petit garçon, voulait être garde forestier. Le luthier, c'est Filippo Fasser, un excellent artisan de Brescia. Avec eux se trouvent Ettore Sartori, le responsable du parc, le garde Elio Desilvestro, les forestiers Giuliano Zugliani et Paolo Kovatsch. En tout, six hommes, mais ils auraient pu être plus nombreux. Il aurait fallu aussi des gens tels que Mauro Corona. Ou bien Mario Mallardi, constructeur de bateaux à l'ancienne, dans les règles de l'art ; et, tenez-vous bien, fils d'un violoncelliste. Hommes des bois, charpentiers de marine, manieurs d'archet, luthiers, c'est du pareil au même. Le bois chante toujours.

L'idée naît par hasard, un soir de polenta et de bon vin, dans un chalet du Val Canali. Déjà le nom de la maison est propice : *Cant del gal*, le repaire secret du grand tétras. Tout autour, la dernière neige, des sapins séculaires, des cimes noires contre les étoiles. L'univers de Dino Buzzati. Mario est là, avec son instrument, il ne le quitte jamais, même en montagne ; le violoncelle le suit partout, dort à côté de lui, voyage avec lui en avion où il occupe un siège expressément payé pour lui. Pas seulement à cause de sa valeur. Car il s'agit d'un violoncelle unique. Quand on l'étreint pour en jouer, on sent ses vibrations contre le ventre et les poumons. Il devient un compagnon de vie, on apprend à reconnaître sa peau et ses flancs.

L'histoire de l'arbre est écrite dans ses veines. Il s'agit d'un épicéa commun, le bois de résonance des luthiers, celui qui possède la diffusion du son la plus rapide. Il révèle toujours son origine, son âge, les climats sous lesquels il a vécu, l'un après l'autre.

« Mon instrument, précise Brunello, vient des forêts au-delà du Passo Rolle, du bois où poussent les plus beaux sapins des Alpes. » L'arbre a été coupé en 1560, à un ou deux ans près. Une antiquité ? « Que non ! Le bois des pianos s'abîme au bout d'un demi-siècle. En revanche, celui des luths – violes, violons et violoncelles – a le diable au corps. En vieillissant, il s'améliore. »

Le bois de la forêt brûle dans l'âtre, il parle, lui aussi, il émet des sons, il entre dans le mystère de la création, il allonge sur le récit l'ombre des trépassés.

Brunello : « Quand je prends en main un instrument qui a appartenu à d'autres, je reçois quelque chose de ceux qui m'ont précédé. J'entends si le violoncelle a été bien utilisé. Et, s'il se trouve que j'imite celui qui l'avait avant moi, je m'aperçois qu'il est heureux. Il se détend, il ne se rebelle pas, il émet des vibratos qui donnent la chair de poule. Et, de même, il y a d'excellents instruments gâchés à force d'être maltraités. Ils émettent un son acide, dur. »

Le luthier n'a aucun doute : « L'instrument est l'élève de la personne qui en joue. »

Nous sortons sous les étoiles.

Le maestro regarde en l'air. « Tenez, la voix de mon instrument voyage là-haut. En 1976, elle a été expédiée dans l'infini avec un satellite de la Nasa, gravée sur un disque d'or. À cette époque, mon violoncelle appartenait à Franco Rossi, du mythique Quartetto Italiano. » Il sourit. « Je voudrais tant qu'un jour il passe entre les mains dont il a besoin. Pas celles de quelqu'un qui possède assez d'argent pour l'acheter, mais celles de quelqu'un qui le mérite, parce qu'il joue bien. » Puis il ouvre l'étui, s'assied sur une souche et se met à jouer la *Berceuse* de Brahms.

Dans le silence, l'amphithéâtre écoute. Autour de nous, des épicéas communs, et nous nous demandons si eux aussi entendent ce son, s'ils le reconnaissent. En montagne, certains lieux ont une acoustique formidable. Ce sont pour ainsi dire des caisses de résonance, où la pensée elle-même résonne. Le Val Sella, par exemple, sur la rive droite de la Brenta. Un espace protégé, resté intact depuis un siècle. Quand on y dort, dans un pavillon de chasse de l'empereur d'Autriche, au fond du bois situé sous le plateau d'Asiago, mille xylophones, tambourins, fifres, étranges clochettes d'argent s'y réveillent.

Nous décidons de faire un essai le lendemain, dans le bois des violons.

Personne ne ferme l'œil. Le son du violoncelle est suspendu dans le silence, on dirait que la forêt le répète. La merveilleuse Histoire du luth, avec un grand H, nous est entrée dans l'âme. Luth : de l'arabe *al Ud*, coquille, cavité qui résonne. Instrument arrivé en Andalousie bien avant l'an mille. Le seul à avoir atteint la perfection absolue dès le XVIIIe siècle. Depuis ce temps, le pianoforte a changé du tout au tout ; pas la viole, le violon ni le violoncelle. Leur évolution est terminée. Et puis il y a le secret de cet art entièrement originaire de la plaine du Pô – l'art des luthiers – concentré entre Venise, Brescia et Crémone, dans une caisse de résonance embrumée où confluèrent les techniques de trois grandes écoles : Espagne, Angleterre et monde arabe.

Réveil à cinq heures du matin, il fait encore nuit noire. Nous gravissons en voiture les lacets du Passo Rolle, dépassons la vieille auberge Frattazza, où Schnitzler écrivit *Mademoiselle Else*. De la neige de part et d'autre de la route, la température baisse, à l'ouest les cimes difformes des Pale di San Martino. Dans l'obscurité, on entend tonner le torrent du Cismon. En haut du col, tout s'ouvre, la neige est encore profonde, une lumière couleur de mercure illumine, sur l'autre versant, la conque de Paneveggio, en révèle de loin la perfection acoustique. Au siège des forestiers, les guides nous attendent pour nous faire entrer dans le bois des violons, où vit l'épicéa de résonance.

Nous remontons le torrent de Travignolo, où pendant mille ans on laissait flotter les troncs en direction de l'Adige et de l'arsenal de Venise, pour la construction des galères, puis des voiliers. Qui sait, nous expliquent les gardes forestiers, si cette longue immersion dans l'eau ne débarrassait pas le bois de ses résines et impuretés, ce qui améliorait ensuite son séchage. On parle du bon moment pour l'abattage, au début de la lune décroissante qui précède le solstice d'hiver. Les jours les plus sombres, une activité végétale réduite au minimum, peu de résine et aucun parasite.

Mais voici le bois, dans la conque au-dessous du Cimon della Pala, pure, isolée, du côté sud du torrent. Terrain fertile, volcanique. Altitude idéale, de mille cinq cents à deux mille mètres. À l'abri des vents. Un climat froid sans plus, mais deux fois moins humide que les environs de Tarvisio, terre où l'on trouve de magnifiques forêts de sapins aux troncs qui pèsent le plomb.

Il y a là un arbre qui vient d'être abattu. Un sujet d'un siècle et demi, le tronc fait presque un mètre de diamètre. Il est coupé en trois, les morceaux font penser aux wagons d'un train déraillé. Autour de la blessure ouverte, des colliers de perles d'or brillant. De la résine.

Brunello ouvre l'étui, enfonce la virole de l'instrument dans la zone la plus noble de l'arbre abattu, celle où il n'y a ni branches ni nœuds, à environ trois mètres au-dessus des racines. Il joue une gavotte de Bach, il est blanc comme un linge. C'est peut-être le froid, ou peut-être l'émotion. « Impressionnant, dit-il à la fin, l'instrument s'est allongé devant moi. »

Il recommence. La résonance est là, les gardes forestiers l'entendent eux aussi. Mais cela ne lui suffit pas. Il cherche autre chose.

« Je veux écouter une plante vivante. Capturer son liquide amniotique. Me servir du violoncelle comme d'un cordon ombilical. Quel que soit le signal, je réussirai bien à l'entendre. »

La forêt ondoie, vue d'en bas c'est une flotte de voiliers, un orgue immense prêt à emplir de notes une cathédrale. Brunello referme son étui à bretelles, à présent il cherche dans les profondeurs de la forêt, enfonce dans la neige à demi fondue, couverte d'aiguilles de pin et de crottes de cerf. Nous montons dans un silence plein de révérence. Il a maintenant devant lui un sujet magnifique, la virole une fois de plus se fiche dans l'écorce, en équilibre entre ciel et terre. En haut, la lumière, la chlorophylle. En bas, la sève qui monte des roches et de l'humus de milliers d'années. Encore du Bach. L'archet tourmente les cordes, arrache des basses hallucinantes de la caisse de résonance, explore le bois.

Les notes éveillent presque immédiatement l'arbre. L'artiste a peine à le croire. « Ça change tout ! Il y a une conduction incroyable ! J'ai énormément joué en plein air, mais le son se dispersait. Ici non, on a l'impression d'être dans une salle de concert, sur une scène d'excellent bois. »

Il cherche un autre point.

« Tu entends ? Tu entends comme c'est différent, plus sec ? »

Il lève son violoncelle vers le haut, le fiche dans l'écorce du bas, joue à la verticale.

« Voilà, ici, ici c'est parfait ! » Le luthier écoute les vibrations du bois vivant, avec la main entre son oreille et l'écorce.

Maintenant Brunello appuie son dos contre deux sapins siamois, il s'y encastre presque, plante son instrument entre les racines. Il se risque à jouer Vivaldi, puis une autre gavotte de Bach. La résonance est impressionnante, on la sent jusque dans sa cage thoracique. Mais c'est le bois entier qui répond. « Écoute, écoute-moi la richesse de ce son ! Il faudrait avoir un instrument pour mesurer tout ça. »

À ce moment précis, un pic assène sa rafale de coups de bec dans le tronc d'un épicéa. Le visage de Mario s'illumine, il a un éclair ironique dans le regard. « Le pic ! Tu penses bien qu'ils le savent, eux, comment résonne un épicéa. Il faudrait l'apprivoiser ! » Il rit en nous faisant ce *scherzo ma non troppo*[1]. Un joyeux *andante con brio*.

Les cent grappas *du frère Lino*

Le refuge Fedare, pleine lune, visibilité illimitée. Des étendues de neige surgissent des rochers qu'on appelle Civetta, Agner, Cime d'Auta, Averau, Monte Cernera. La nuit est la mer qui les baigne. J'ai du mal à dormir, le vent siffle par les fissures de la fenêtre. À quatre heures et demie, je sors sur la terrasse, la clairière blanche est inondée de lumière. En plein milieu, un chien la traverse. Un chien bizarre, dont la queue est trop touffue. C'est peut-être un renard, il y a eu des razzias dans les poulaillers, plus bas, à Colle Santa Lucia. Mais oui, bien sûr : c'est un renard. Là, à trente mètres, entre les chalets. Il cherche quelque chose dans la neige, tandis que la lumière intermittente d'un avion passe en silence au-dessus du glacier de la Fradusta.

On dirait que l'animal ne pèse rien. Il flotte, nage, se glisse dans l'air bleu comme un danseur de tango. Il tourne sur lui-même, c'est une présence immatérielle, on a l'impression que le vent le traverse. La lune étant à son zénith, il colle si parfaitement à son ombre qu'il semble l'avoir perdue. Il flaire quelque chose, il a un bref instant d'alerte, puis il se lance dans un pasodoble, il se déplace de côté avec élégance, comme un cheval de manège. Il s'approche tranquillement de la maison, il ne m'a pas remarqué. Il s'engouffre dans le bûcher, cherche encore, disparaît vers les mélèzes au-dessus du remonte-pente. Je reste immobile, plein de respect et de crainte. Dans la bête, il y a toujours Dieu.

1. En italien, *scherzo* signifie plaisanterie.

Je prépare mon sac, j'enfile mes bottillons, la ceinture d'Orion s'est posée sur le col qui mène à Cernadoi. Je monte vers les trois étoiles, la neige crisse sur le sentier. Sous chaque mélèze, une flaque d'ombre. Il n'y a qu'en Dalmatie que j'ai vu des nuits aussi veloutées. C'est là que j'ai connu Gaetano, le propriétaire du chalet : son bateau centenaire m'a emporté jusqu'à Ithaque, et maintenant j'ai l'impression d'être arrivé en bateau ici aussi. Ne serais-je pas en train de m'amarrer, de chercher une baie au milieu d'une barrière de corail ? L'Averau est une île parfaite, le Civetta un récif dans la tempête. Et le cimetière de Colle Santa Lucia navigue, avec ses cierges, sur un promontoire rocheux où l'église est la passerelle du commandant et les tombes sont les bancs des rameurs. Quand on s'y rend, on se rend compte que la mort est un embarquement, aux ordres de Dieu.

Les Dolomites. Je les ai marquées de mes escalades, du Piave au massif de la Brenta. Je chemine dans la nuit, laquelle apporte avec elle des morceaux d'autres nuits. Un fenil, sous la paroi nord de l'Agner, dans les années 1960, avec Enzo Cozzolino, le meilleur varappeur de l'époque, où j'ai eu peur d'être dévoré tout cru par les « rats d'égout », qu'attirait le sac de nourriture qui me servait d'oreiller. Le refuge Brentèi, où le vieux Catullo Detassis, me voyant sortir à trois heures du matin avec des cordes et des mousquetons pour escalader le Crozzon, un sommet du sixième degré, m'a lancé d'un ton lugubre : « Fais gaffe, il est beau le Crozzon, mais il est méchant », un avertissement qui m'a tourmenté jusqu'au moment où je suis arrivé tout en haut. Le refuge Baita dei Cacciatori (chalet des chasseurs) avec Tiziana Weiss, qui était alors la grande star des cimes, un jour où la foudre et l'ouragan paraissaient emporter avec eux les sommets d'Auta.

Des pins mugo éparpillés, des mélèzes et des empreintes de chamois sur le Pra da Pontin. Les étoiles déclinent en direction du château d'Andraz, en bas dans le ravin qui mène à Falzarego. C'est étrange que, dans mes souvenirs de tant d'escalades, il ne soit resté que les nuits. Comme si le rêve, le présage, la fièvre de la veille avaient été plus importants que l'escalade elle-même. Comme si la nuit, et elle seule, était capable de dévoiler la magie de ces montagnes ; comme si c'était seulement dans l'obscurité, dans le silence et dans le vide, que les noms des lieux – ces magnifiques noms ladins – pouvaient révéler leur secret. Giau, Livinallongo, Crepa Neigra, Fedara Vedla, Conturines. Et puis aussi les noms romains antiques du Val Venosta : Laudes, Glorenza, Trafoi, Similaun, beaux comme un carillon dans le soir. Et encore Sciliar, Latemar, Sasslongh ; âpres, verticaux. Ah, comme j'ai fantasmé sur tous ces noms depuis l'enfance. Peut-être n'ai-je recherché les Dolomites qu'à cause de la magie de ces noms.

Le Val Venegia, par exemple. J'y suis arrivé un soir de mars, après une longue traversée solitaire à skis sur les Pale di San Martino. Une neige en parfait état, on pouvait passer partout ; j'avais mis douze heures depuis le refuge Pradidali. Dans la *malga*, j'ai trouvé un grand-père et son petit-fils, des Français, qui se préparaient à bivouaquer. Je me suis installé avec eux et j'ai raconté au petit les légendes des Monti Pallidi, des histoires de gnomes qui tissaient les fils d'araignées, d'armées, de fées et d'un mort vivant qu'on appelait *Spina del mul* (os de mule). Il y avait trop d'images et le garçon n'arrivait pas à s'endormir. Aussi, vers dix heures, quand la lune est sortie de derrière l'Avezzana, projetant une ombre énorme sur le névé, nous avons décidé de partir skier tous les trois. Nous sommes montés jusqu'au Baita Segantini et revenus en longs dérapages entre les mélèzes. Dans la conque, chaque murmure résonnait, mais nous sommes restés silencieux, toute cette beauté nous rendait muets.

Lucifer, l'étoile du matin, se lève sur le col Ambrizola, en bas dans la vallée s'éteignent les feux de joie de l'Épiphanie. Pendant la fête, des monstres appelés *donnazze* ont terrorisé les petits enfants avec leurs hurlements et leurs sonnailles. Une autre nuit me revient en tête, la nuit d'hiver, gelée et silencieuse, par laquelle je suis arrivé au sanctuaire de Pietralba, ou Weissenstein, dans le Tyrol du Sud. Le bois était plein de neige, le ciel étoilé, et tout en haut de la montée est apparu un transatlantique aux cent hublots illuminés, un monastère massif et solitaire, une espèce de Montecassino alpin, surmonté de clochers à bulbe. Le prieur, Lino, m'a ouvert la porte et installé dans un vestibule empli d'ex-voto. Sur un mur, au milieu de tant d'autres, une plaque minimaliste portait les noms des soldats – tous des Sud-Tyroliens recrutés par Hitler après le 8 septembre – tués à Rome lors de l'attentat de la via Rasella, lequel provoqua en représailles l'horreur des Fosses Ardéatines.

Le frère Lino, de Padoue, a sorti des bouteilles de *grappa* aux herbes. Framboise, myrtille, aspérule odorante, asperge sauvage, gentiane. Quand j'ai goûté le genièvre, un liquide marron caractérisé par une puissante saveur de goudron, j'ai eu l'impression d'avoir frotté la lampe d'Aladin. Mille odeurs tuées par l'hygiène moderne ont jailli de nulle part et en ont appelé d'autres en renfort. J'ai revu en un éclair toute une séquence olfactive : le parfum de pin cembro d'une vieille chambre à coucher du Val di Zoldo, avec mon père qui refermait les battants de la fenêtre, qu'un coup de vent avait ouverte en grand, le fart pour la neige fondue mis à chauffer près des skis en bois finlandais sans carres, de la marque Jarvinen ; ma grand-mère qui ouvrait l'hiver la confiture d'abricot qu'elle avait fait bouillir en été ; des fromages mis à fumer sous la cheminée d'une étable ; l'odeur des matelas de paille dans une auberge de Carnie des années 1950, peut-être à Comeglians, avec une cuvette et un broc en guise de lavabo.

Je retourne au Giau, je ne veux pas être surpris par la lumière. Désormais, les étoiles accélèrent, elles tombent presque à la verticale au-delà du Col di Lana. Elle a eu de l'importance, cette nuit avec Lino, le prieur. Nous avons parlé du socle de porphyre rouge qui sert de base et de sous-sol aux dolomies plus récentes, un fond marin d'une haute antiquité qui affleure de temps à autre à la surface, avec des fossiles de plantes tropicales tout à fait fantastiques. Nous avons parlé aussi de la mémoire. « Il n'y a aucune issue possible, a grommelé le moine. La mondialisation pénètre jusque dans la savane ou dans les monastères du Tibet. Rien n'est à l'abri de la télévision, rien. Je crains qu'il ne reste plus guère que le désert. » D'une autre aile du sanctuaire nous parvenaient des chants de groupes polonais en vacances de neige. Le sacré vacillait.

Quand je suis sorti, après une infinité de *grappas*, et que Lino a fermé la lourde porte du monastère, j'ai eu l'idée de répéter les noms de ces montagnes, à titre d'exorcisme contre la désertification. J'ai cherché les roches magiques et je les ai invoquées dans la forêt. Sciliar, Vaèl, Renon, Vaiolett. Dans le bois, je suis passé à côté d'une croix couverte de neige. Au-dessous d'elle, une montagne de pierres apportées par les pèlerins du Haut-Adige en guise d'ex-voto. Tant qu'il y aura les noms, me suis-je dit, il y aura les lieux.

4

Des cimes de la Brenta à l'Inn

Quand un rottweiler a peur

Après avoir vu cette ombre immense sortir du bois en pleine nuit pour entrer dans le poulailler de céans, Zora, le rottweiler, s'est métamorphosé en petit agneau. Pendant plusieurs jours, ce molosse qui défend la maison de la *signora* Maria Turrini, à Lover dans le Val de Non, province du Trentin, n'est plus sorti de sa niche, il a refusé de manger, il a couiné de terreur et peut-être aussi de honte. On dit que, cette nuit-là, il n'a même pas aboyé. Si la *signora* Maria a compris qu'un voleur très spécial était entré chez elle, ce n'est pas du tout grâce à son chien, mais grâce aux cris des oies et des poules, quand l'intrus, tranquillement, a commencé à se servir en vue du dîner.

L'ours, quand on le cherche, on ne le voit jamais. Il y a des gens, comme Claudio Magris, qui le poursuivent en vain depuis des années. Et puis, un jour, il débarque chez vous à l'improviste, comme il l'a fait chez la pauvre *signora* Turrini. Dans la vallée, on raconte l'histoire comme un film. Une dame ouvre grand sa fenêtre, se trouve en face d'une ombre qui arrache la clôture du sol, passe par-dessus, se jette dans un tohu-bohu de volatiles, les empoigne et retourne dans le pré dévorer son petit en-cas. Un pique-nique de quarante minutes, juste le temps qu'il faut pour appeler les services anti-ours, les voisins et une photographe, Maria Montibeller. Laquelle immortalise le plantigrade qui se pourlèche les moustaches, avec une plume d'oie sur le bout du nez.

Et ce n'est pas fini. Tandis que la bourgade de Lover est en plein émoi, Jurka – entre-temps on a appris le nom de la bête, une maman avec ses deux oursons, amenés tous trois de Slovénie avec d'autres bestiaux –, Jurka, donc, profite de l'effet de surprise et revient trois heures plus tard. Elle y a pris goût. Elle mange d'autres poulets, au même endroit, avec encore une fois la maîtresse de maison à la fenêtre et le rottweiler terré dans sa niche. Puis, aux premières lueurs de l'aube, toute gaillarde, elle fait le tour du village, laissant pétrifiés les lève-tôt de l'endroit, après quoi elle rentre paisiblement dans le bois. Fin du film.

Les entrevues rapprochées avec les ours sont de plus en plus fréquentes dans le Trentin depuis que le projet *Life Ursus*, lancé en 1999, a commencé à fonctionner et que les six femelles immigrées (en compagnie de trois mâles) ont eu des petits entre l'Adige et le massif de l'Adamello : douze oursons, un événement unique à l'échelle continentale. Les rencontres ont lieu parce qu'en automne et au printemps, avant et après l'hibernation, l'animal a une faim d'ogre et ne se contente pas du sous-bois. Il entre dans les poulaillers, les porcheries, dévaste les ruches, traverse routes et autoroutes, se dresse devant les gens lorsqu'ils rentrent chez eux la nuit.

Claudio Groff, qui suit le projet au niveau provincial, m'accompagne à Spor Minore, autre village visité par le géant de la Brenta, pour me faire voir comment le Trentin vit avec l'ours du voisinage. Il m'explique : « Ce qui arrive n'est que la confirmation d'une cohabitation antique. » Du milieu du XIXe siècle jusque vers 1950, l'ours fut exterminé partout, sauf ici, dans le parc naturel de la Brenta. Il ne restait que bien peu de sujets, mais qui suffirent pour résister encore plusieurs dizaines d'années. « Aujourd'hui, on sait que sa survie ne dépend pas tant de l'habitat que de l'attitude des gens. » L'ours peut s'adapter partout : dans les neiges du Grand Nord et dans le brasier du désert de Gobi. « Il n'y a que l'homme qui en viendra à bout. » Et, en effet, l'ours ne l'attaque jamais. C'est même justement pour cela qu'il se déplace de nuit.

« Ils nous ont choisis parce qu'on est les plus cons », plaisante-t-on au bar. On cite avec envie les Sud-Tyroliens, qui avaient déjà achevé l'extermination dans les années 1920 et qui, si l'ours fait intrusion sur leur territoire, sont « capables de résoudre le problème sans faire de bruit, encore mieux que les Siciliens ». En réalité, les villageois savent fort bien que, dans les Alpes, jamais un ours n'a agressé les hommes. Claudio Cristan habite à cinquante mètres de chez Maria Turrini et il est convaincu que ses bois sont toujours « bien plus sûrs que n'importe quelle grande ville à deux heures du matin ». Mais il sait pourtant que si on trouve une bestiole de trois quintaux dans sa cave, ou si les enfants en croisent une dans la rue, l'épouvante n'est pas une émotion qui se contrôle à volonté. « Si la bête a faim, elle te défonce la porte de chez toi d'un revers de patte. »

Cela dit, dans le Trentin au moins, la question n'est pas vivre ou ne pas vivre avec l'ours, mais comment vivre avec lui. Sa présence est bien ou mal acceptée, mais soixante pour cent de la population lui sont encore favorables. Ce que les gens réclament, ce sont des solutions pratiques. Au bout de cinq incursions consécutives, Jurka, la voleuse de poulets, a été dissuadée par les gardes-chasse grâce à une belle fusillade de projectiles en caoutchouc. Et puis ? « On m'a conseillé d'entourer ma maison d'une clôture électrique, explique Cristan, mais ça, je ne le ferai jamais. Je refuse de vivre barricadé. Il y a d'autres solutions. »

Dans la soirée, à Spor, une réunion est au programme sur le thème du jour et les esprits sont déjà échauffés. On m'avertit d'avance : l'ours divise irrémédiablement les hommes. On a d'une part ceux qui voient en lui le dévoreur de poulets, de l'autre ceux qui voient tout simplement compère l'ours et ses délicieux oursons. Un clivage qui n'est pas seulement celui qui existe entre chasseurs et amoureux des animaux, mais qui est une guerre tribale, un derby, comme au football. Groff le sait très bien et commence par un préambule au chloroforme. Mais il y a dans la salle un vacancier lombard qui trouble la fête et voudrait bien mettre le feu aux poudres. Je constate que l'ours en effet scinde les assemblées : j'ai déjà envie de jouer des poings. Je demande la parole : toute la culture habsbourgeoise bouillonne au-dedans de moi.

Je fais valoir que la Slovénie possède deux millions d'habitants et six cents ours. J'explique que, en dépit de cette folle densité, jamais la moindre agression envers les hommes n'a été signalée et que les dégâts envers les élevages sont minimes. Cela ne sert à rien, la faction des dissidents continue de troubler l'ordre. Assez vite, l'affrontement physique est inévitable. Je vais devant le siège du Lombard, je le bouscule, les personnes présentes cherchent à nous séparer, mais elles commencent à se disputer entre elles. Le provocateur réussit à m'envoyer un coup de poing au menton, au milieu des gens du coin, stupéfaits de voir la rixe éclater entre les deux étrangers. « Voilà bien la preuve que les hommes sont pires que les ours ! », proteste le maire. Ma colère est déjà retombée. J'ai honte, je ne sais pas ce qui m'a pris.

J'appelle au téléphone le parc du Stelvio. Il ne m'arrive que des confirmations : « Les massacres sont le fait du loup, qui se déplace en meute... le jour viendra où les gens regretteront les ours. Et le loup arrive, il se déplace vers l'est, on l'attend au col de l'Aprica. » On m'explique que n'importe quel animal ou presque est plus nuisible que l'ours. « Les chevreuils font trois fois plus de dégâts, sans parler des sangliers qui vous chargent au milieu des bois. » Mais personne n'élève la voix contre eux, parce qu'on peut en faire un ragoût. Pas l'ours, il est surveillé, et, pour le tuer, il faut faire une demande au préfet.

Accostage du grand navigateur qu'est le président de la province, Lorenzo Dellai. Il a devant lui un problème de taille, mais qui est aussi une magnifique gageure culturelle et identitaire. « Nous sommes sous les regards de l'Europe entière », a-t-il expliqué aux bergers qui après les derniers massacres dans les *malghe* voulaient envahir Trente avec six mille brebis. Et maintenant, avec les employés des services de la faune, il a lancé une campagne d'information afin de faire mieux connaître aux montagnards leur nouveau voisin et de leur expliquer que ses bureaux indemniseront rapidement les dommages liés à cette ambitieuse opération qui peut donner à Trente un label spécial d'excellence du territoire.

La gare de Mezzocorona, le lendemain. Le petit train pour Malè se traîne vers une vallée rocheuse. Il fait une chaleur torride et ma mâchoire est un peu endolorie, mais sur la table se trouve un verre de traminer bien froid. En face de moi est assis Mario Vidmann, un géant qui s'occupe de transhumances et qui, s'il le pouvait, descendrait l'ours séance tenante. L'année dernière, celui-ci a dévasté les troupeaux qui paissaient à la *Malga* Campa, un endroit sauvage au-dessus de 2 000 mètres, au cœur du massif de la Brenta. Pourtant, quand il en parle, il lui arrive, même à lui, de s'attendrir. « Les gens devraient observer l'ours pour apprendre à se déplacer en forêt. Ils devraient voir comment il mange les myrtilles. Avec délicatesse, sans toucher aux feuilles avec ses dents, en se servant uniquement de sa langue. Bref, *l'è 'na bela bestia* (c'est une belle bête), on apprend des tas de choses en le voyant faire. »

Il me narre ses rencontres avec le géant. « Il crachinait, j'entends un bruit dans l'étable, je me dis que c'est le chien du berger. Je sors, je vais jusqu'à la fontaine pour tirer de son plastique la viande mise au frais sous l'eau et, juste à côté de moi, je trouve l'ours en train de boire. Sainte mère, *go ciapà 'na stremida* (j'ai eu une de ces trouilles)... J'ai senti mes genoux qui flanchaient, je me suis dit : "Je suis foutu." Mais, pensez-vous, lui aussi a eu la peur de sa vie. Il a piqué un sprint et, zou, dans le bois. Et ensuite j'ai découvert qu'il avait nettoyé la pitance des chiens, dans l'étable. »

Vidmann monte dans les *malghe* tous les ans, à la fin du mois de juin, avec mille cinq cents brebis. L'été, l'ours ne s'intéresse pas à la viande. Les myrtilles lui suffisent ; on dit qu'il mange chaque jour un tiers de son poids sous forme de baies. Mais si on lui monte là-haut un beau troupeau, c'est comme si on lui faisait frire des saucisses sous le nez. Si bien qu'en 2004 il a dû attaquer une bonne trentaine de brebis. Et le double de ce chiffre au moins sont mortes en tombant dans les ravins sous l'effet de la terreur. Bref, le métier a changé, il faut être sur le qui-vive même la nuit, on ne peut plus laisser les bêtes en liberté le soir, il faut les enfermer dans un enclos bardé de clôtures électriques… « Dans ces montagnes, l'élevage des brebis avait repris et, maintenant, on risque de constater que plus personne ne veut monter là-haut, en altitude. Il nous faut des réponses claires des politiques. Et être sûrs d'être indemnisés. »

Mauro Fattor, du journal *Alto Adige* de Bolzano, vient nous rejoindre ; il a consacré à notre ami l'ours une belle série de chroniques villageoises. Il hasarde : « Il suffirait d'instituer un “avocat de l'ours” pour régler les conflits sur les naissances et empêcher que se répandent de sottes légendes métropolitaines sur la férocité de ces animaux. » En Autriche, où les bêtes brunes arrivent par dizaines depuis la Slovénie, on y a déjà pensé. Les régions du Sud ont créé le *Bärenadvokat*, appelé à défendre les droits des ours dans les affaires judiciaires avec les citoyens privés, victimes de dégâts. Il s'appelle Bernhardt Gutleb et, il y a cinq ans, il a inventé toutes les barrières architectoniques qui font obstacle au déplacement des plantigrades dans les Alpes orientales.

Contre notre compère le goinfre, chacun réagit à sa façon. « L'ours slovène n'a qu'à rentrer chez lui ! », hurlent les adeptes de la Ligue du Nord, comme s'il s'agissait d'un immigré albanais. « Les gens du Trentin n'ont qu'à le reprendre ! », braillent les habitants du Tyrol du Sud, se livrant à une légère variation sur le même thème. Les uns et les autres l'estampillent d'un label ethnique, comme s'il n'était pas, tout simplement, un ours brun. En réalité, l'ours indique tout au plus l'ethnie des hommes, comme un révélateur anthropologique. Dans le Haut-Adige, par exemple, la grosse bestiole a déchaîné une inquiétude disproportionnée. Laquelle, toutefois, n'est pas due à la peur, mais au fait qu'il trouble l'ordre public. Là-bas, en effet, dans ces lieux où tout est réglementé et provient d'un pouvoir unique – le parti populaire sud-tyrolien, le SVP, *Südtiroler Volkspartei* –, l'ours engendre la panique uniquement parce qu'il se contrefiche des règlements.

À Madonna di Campiglio, les responsables du parc naturel Adamello-Brenta me confient qu'on peut gagner la bataille en parlant avec les gens. Andrea Mustoni, un gars infatigable, en est convaincu ; c'est lui qui a lancé l'idée du repeuplement il y a dix ans. « Les gens veulent comprendre, ne serait-ce que parce qu'il n'existe pas d'autre animal qui suscite autant de curiosité. Travailler sur l'ours, c'est travailler dans le social. » On ne dira jamais assez que l'ours n'attaque pas l'homme. En Europe, cela n'est jamais arrivé depuis 1906, c'est-à-dire depuis qu'il existe des statistiques à ce sujet. Unique exception, la Roumanie, mais c'est un pays où l'homme a cru bon de modifier l'habitat en libérant des animaux des zoos ; or ces bêtes stressées sont incapables de vivre en dehors d'une cage.

Mustoni me raconte l'histoire d'un chasseur qui séjourne dans un chalet avec deux amis et qui, de la fenêtre, voit un ours traverser le pré et se glisser dans le maquis. « Je vous parie que je vous le fais voir », lance-t-il. Il sort et se faufile entre les arbres, comptant débusquer l'animal qu'il sait timoré. Dans le maquis, il trouve l'ours accroupi qui s'affole et cherche à s'échapper, mais il est cerné de trois côtés. Derrière lui, un gros rocher, à droite et à gauche des taillis impénétrables. Il ne peut rien faire d'autre que de marcher sur l'homme. Le chasseur le comprend. « Je suis foutu », se dit-il, il recule, trébuche sur une racine et tombe en arrière. Mais il ne se passe rien, le mastodonte de trois quintaux l'enjambe sans même l'effleurer et disparaît.

Ce soir-là, à la brasserie Forst, à Trente, Groff me

raconte une histoire savoureuse. « Un jour d'automne, j'ai vu un ours du côté de Tovel. Il descendait sur les fesses une pente humide tapissée de hautes herbes. J'ai cru qu'il avait glissé, mais pas du tout. Le voilà qui se relève et qui deux fois de suite se refait une bonne descente sur son toboggan. Il faisait ça exprès, pour s'amuser. Pour un peu, il aurait éclaté de rire. »

Nous nous en revenons doucement, dans la nuit sans lune

Le loup solitaire se penche sur le ravin de l'Isarco, regarde la rivière gonfler huit cents mètres plus bas. Il est debout sous le ciel gris, dans un pré qui s'incline comme une pente pour deltaplanes. Il a des grosses chaussures, le poil hérissé, des yeux de Tartare. C'est le mois de novembre, sur les montagnes du Catinaccio, la première neige est déjà tombée, on peut distinguer dans l'air gris les gorges du Latemar, la Paganella et les Dolomites du massif de la Brenta. En altitude, des nuages filent vers l'est, aussi réguliers qu'un fleuve, créant sur le haut plateau de Renon l'effet optique d'une île qui se dirige dans la direction opposée. Un grand radeau, avec à bord des maisons, des hommes et des animaux, qui vogue entre les icebergs des Grandes Alpes, des prismes nommés Ortles, Gran Pilastro, Picco dei Tre Signori. Voilà la dernière image que je conserve de Ryszard Kapuściński – le plus grand reporter de l'après-guerre – saisie au vol peu avant sa mort à Varsovie [1].

Sept ans plus tôt, lors de notre première rencontre, en janvier 1999, à l'aéroport de Zurich, j'ai cru avoir fait erreur sur la personne. À lire ses reportages, je

1. Kapuściński est mort en janvier 2007.

m'étais imaginé une espèce d'Indiana Jones, entreprenant et acrobatique. Alors, quand j'ai vu déboucher de la tourmente un petit homme agité, au pas bancal et au regard désarmé, j'ai dû, pour être sûr de ne pas me tromper, jeter un bref coup d'œil à la photo figurant au dos du livre que je tenais. Ça ne peut pas être lui, me suis-je dit, le héros qui a défié l'hiver arctique et la malaria des tropiques, l'homme qui a assisté à vingt-sept révolutions, traversé l'Afrique et l'Amérique du Sud en guerre, vécu le grand gel de la Russie soviétique et le réveil ardent de l'islam.

Mais si, pourtant, c'était lui. L'auteur d'*Ébène*, chef-d'œuvre sur la force et la damnation du continent africain, écrit en quarante années de voyages, l'auteur d'*Imperium*, extraordinaire témoignage sur l'écroulement de l'Union soviétique, vécu de l'intérieur. C'était lui, l'homme qui avait photographié comme personne la chute du shah de Perse et l'arrivée au pouvoir de l'ayatollah Khomeini, le journaliste qui était parvenu à entrer dans les secrets de la cour du dernier empereur d'Éthiopie et à raconter les histoires du Grec Hérodote, vieilles de deux mille ans, en les faisant basculer dans l'actualité. Kapuściński, un des rares journalistes au monde encore capables de se rendre dans des lieux qu'aucun projecteur n'illuminait. Loin, le plus loin possible de l'information-spectacle.

Diable d'homme, ai-je pensé, tandis que nous nous dirigions vers le guichet d'embarquement, où donc peut résider sa force ? Comment a-t-il fait, cette espèce de curé de campagne, pour revenir avec des carnets bourrés d'histoires ? Dans l'avion qui allait de Zurich à Milan, je me suis rendu compte qu'il remerciait les hôtesses pour la moindre broutille. « Notre profession dépend des autres, m'a-t-il dit avec un sourire, comme pour s'excuser d'être si gentil. Si tu ne montres pas ton respect pour les autres, tu te fermes toutes les portes. » Il était euphorique, on n'aurait jamais cru qu'il avait dix mille heures de vol au compteur. Il ne critiquait jamais personne, pas même les gens les plus haïssables. En Pologne, le bruit courait que face à la question : « Que pensez-vous de Hitler ? », il aurait répondu ces paroles mémorables : « Ce n'était pas quelqu'un de bien. »

Maintenant, je revois ce dernier jour dans les montagnes de Bolzano. Le reporter ne sait pas qu'il n'a plus devant lui que trois mois de vie. Il marche avec effort, à tout petits pas, observant souvent ses chaussures. Nous prenons ensemble le petit train qui monte jusqu'au plateau de Renon, brinquebalant en direction de la modeste demeure fin de siècle de Bronislaw Malinowski, l'anthropologue polonais qui voyagea en Océanie, jeta les bases du grand reportage et qui passa dans le Haut-Adige quinze années d'étude entre les deux guerres mondiales. Kapuściński veut voir la maison, parce que, précise-t-il, il a décidé de refaire le voyage de son compatriote vers le Pacifique. Il cherche l'océan, son dernier rêve, l'horizon qui lui manque. Il veut couper les ponts, une fois de plus. Partir loin, aux antipodes, dans des mers où personne ne le connaît, où il n'a pas de conférences à donner, de livres à signer, de salons à fréquenter.

Prés, feuilles rousses, pommes et châtaignes, une minuscule église consacrée à la madone des neiges. Au fond, des petites maisons des années 1920 et un panorama bien ordonné, quasi suisse. Tout autour, les ombres d'hommes illustres – Mahler, Kafka, Freud – venus se reposer dans la région. Je lui demande s'il pourrait écrire dans un endroit pareil. « Malinowski est resté quinze ans ici et il n'a pas écrit une seule ligne. Demande-toi donc pourquoi, mais c'est très clair : la beauté distrait. Pour écrire, il faut s'enfermer dans une cellule, se calfeutrer comme les moines. Pas de panoramas. Il faut se priver de toute distraction, rester seul avec sa propre mémoire. Cervantès a écrit *Don Quichotte* aux galères, non ? Moi, je me borne à me barricader dans ma mansarde de Varsovie. »

Nous descendons à pied vers la ferme Seberg, afin d'y rencontrer quelques étudiants du Trentin, qui ont travaillé un an sur ses livres. Le maître est heureux, il adore se trouver avec les jeunes, loin des caméras de télévision. Il rassemble notre cénacle autour du poêle, fait en personne ses compliments à la cuisinière, la soupe arrive déjà de la cuisine et deux paysans, dotés de physionomies à la Pieter Bruegel, s'installent dans le bow-window. Tout le monde est ravi de la simplicité de ses questions, de sa curiosité enfantine, de son absence de cynisme, de son étonnement perpétuel.

Il dit aux jeunes : « Il y a tellement de gens qui me réclament des interviews. Et quand je demande : "À quel sujet ?", beaucoup me disent : "N'importe quoi." Alors là, je me fâche. Je ne suis pas un animal exotique, je ne veux pas servir de pâture au public ; il a le droit d'être informé. Et moi je suis à son service pour informer. » Il interroge ceux qui l'écoutent sur leur vie, leurs rêves ; il les bombarde de questions et, pardessus tout, il les exhorte à se déplacer parmi les pauvres. « Vous ne pouvez pas les ignorer, si vous voulez faire ce métier. Les pauvres représentent quatre-vingts pour cent de la planète, et les plus défavorisés sont les enfants. On a d'une part les gosses de riches suralimentés qui s'ennuient, de l'autre les malheureux qui souffrent. De toutes les saloperies du monde, c'est cette injustice-là qui me scandalise le plus. »

Les *knödel* et le chou aigre arrivent. Kapuściński – qui fuit les grands hôtels – a l'estomac en capilotade, après plusieurs dizaines d'années de vie nomade, mais il n'en avale pas moins sa ration. « Vous devez manger avec les gens que vous décrivez, avoir faim avec eux, vous identifier à eux autant que possible. Même en Afrique, où il n'y a rien, où la nature est un tyran qui vous brise. » Personne ne comprend s'il parle de lui-même ou d'un missionnaire. « En Afrique, je ne téléphonais jamais chez moi, je ne voulais pas me singulariser. » Lentement, il révèle sa force. Il fait partie du groupe, c'est le roi des infiltrés.

Nous allons nous promener, le soleil d'automne imprègne Renon d'une lumière abricot. Une étudiante me glisse à l'oreille : « Ce n'est que dans vingt ans que nous nous rendrons compte de l'événement énorme que nous vivons en ce moment. » Kapuściński raconte en marchant : « Bach a parcouru toute l'Allemagne à pied, afin de rencontrer son maître. Hérodote a fait un voyage de six mille kilomètres, parce qu'il voulait vérifier un unique détail de son récit. De nos jours, plus personne ne tente ce genre de chose. Pourquoi ? Il y a un vide, un vide que vous sentez aussi, vous les jeunes. Vous avez Internet ? Certes. Mais ça ne vous suffit pas, parce que vous savez très bien qu'on vous manipule. Alors, voilà, vous venez chercher un vieux roublard dans mon genre. Vous avez besoin d'un témoin direct de l'époque. »

Nous passons à côté du dépôt de pommes mises à sécher, de sacs de châtaignes tout juste ramassées, de fumier. Le *signor* K avance avec circonspection, il a une manière prudente de salir ses chaussures ; on dirait un paysan qui vient de mettre sa première paire. Je me rappelle les sandales qu'il portait chez lui, ses bottillons trempés par la neige entre les trams de Varsovie avec leurs lumières rouges clignotantes, les petits pas au milieu de la foule pour réunir des détails sur la vie de la rue, les kiosques de fleurs, le marché de fruits et légumes. « J'ai acheté ma première paire à vingt-cinq ans, raconte-t-il. Quand j'étais petit à Pinsk, on avait des sandales d'écorce tressée. »

Plusieurs années auparavant, dans un train en Ukraine, je m'étais aperçu que tous les passagers, des adultes d'âge moyen, contemplaient mes chaussures avec insistance. Elles étaient italiennes, solides, épaisses. J'avais regardé les leurs : minces, rapetassées, trop basses pour les boues ukrainiennes. D'une couleur qui ne pouvait être que soviétique : jaune moutarde éteint ou gris terne. Mais le pire, c'était que les figures de mes compagnons de voyage correspondaient à leurs souliers, à croire qu'elles leur avaient emprunté cet aspect informe et anonyme. En bon Occidental que j'étais, je n'avais pas compris tout de suite quel bien-être pouvait procurer le fait d'avoir les pieds bien protégés dans des endroits de ce genre.

Les chaussures ! Pour Kapuściński, elles étaient le nerf principal du métier, un métier long de milliers de kilomètres, un rêve qui partait de son sol natal, le labyrinthe d'eau qu'on appelle la Polésie, à cheval entre la Biélorussie et l'Ukraine. Il avait envie de retourner à pied dans ce monde perdu, d'en fournir un témoignage « pour éviter, disait-il, qu'il disparaisse de la mémoire ». Il décrivait un univers de pauvreté, le plus pauvre d'Europe peut-être, un dédale de terres inondables, de fleuves, de villages qu'on ne pouvait atteindre que sur l'eau. « Nous vivions de poissons, de champignons, de baies. Mais nous étions une grande communauté, composée de Lituaniens, de juifs, de Polonais, de Biélorusses, d'Allemands, de Tartares. C'est là que j'ai appris à comprendre l'Autre et à nouer des liens avec les plus humbles. »

Nous retournons dans la vallée, notre voiture descend sur la route du Brenner, l'antique entonnoir des armées et des marchandises. Il regarde par la fenêtre, ouvre continuellement son bloc-notes à spirale pour y écrire Dieu seul sait quoi.

Je lui demande s'il va prendre un peu de vacances dans les Alpes.

« Non, répond-il, en vacances je m'ennuie au bout d'une journée. »

Et Varsovie, alors ?

« Varsovie n'est que l'endroit où je reprends mon souffle et prépare un nouveau voyage. »

J'insiste : mais quand même, vous avez bien une Ithaque.

« Non. Ulysse vagabondait, mais il avait un rêve : rentrer chez lui. Moi, je ne peux pas. Je suis condamné à errer. Je n'ai pas de tanière. »

Et soudain, comme s'il ressentait un signal au fond de son corps : « Je fais un métier épuisant ; si on le fait sérieusement, on ne vit pas vieux. Il faudrait s'arrêter tôt, comme les pilotes de ligne, mais le problème, c'est qu'on ne réussit pas à décrocher. »

Nous allons dîner chez notre ami Francesco Comina, de l'autre côté du Talvera qui sépare les deux Bolzano – l'italienne et l'allemande – un peu comme la Neretva sépare les deux Mostar. Même en franchissant le pont piétonnier, Kapuściński ne relâche pas sa prise, il me questionne sur l'obligation de fichage ethnique dans le Haut-Adige, sur l'équilibre névrotique entre Italiens et Allemands vivant à part, chacun chez soi. Il écoute, avec l'attention d'un écolier. L'homme des frontières, qu'il porte en lui, flaire les divisions, il parle du Liban et de la Bosnie. Sa ville natale, Pinsk, était polonaise, puis la frontière a déraillé vers l'ouest et toute la région est devenue biélorusse. Les juifs ont fini dans les camps d'extermination, les Russes sont arrivés, les Polonais ont été expulsés et un petit monde enchanté a disparu.

À table, il y a du bon vin rouge et de la musique,

par la fenêtre ouverte arrive un bruit de vaisselle, ô combien italien, en provenance des maisons voisines. La Bolzano allemande paraît bien loin. Au-dessus de la cour, le profil noir des Alpes sarentines, avec les lumières des chalets élevés et, encore plus haut, les étoiles. Un voisin napolitain sonne à la porte, il apporte un dessert et s'assoit à table avec nous. De l'autre côté du cours d'eau, on entend le sourd brouhaha de la ville, amplifié par la conque des montagnes. Un tic-tac qui évoque la caisse enregistreuse d'une *Heimat* de moins en moins patrie, racine, langue, paysage et de plus en plus entreprise, société en actions, parti auquel on peut s'inscrire.

Aux alentours de minuit, nous marchons de nouveau vers le cours d'eau. Un ivrogne est allongé au milieu du pont. Le Maître est fatigué, il s'appuie à la balustrade. Les actualités parlent d'un attentat contre les troupes américaines en Iraq, mais la nouvelle lui importe peu. Il regarde encore ses chaussures, sourit, l'air inquiet. « Hérodote savait ce que les Américains au Moyen-Orient refusent obstinément de comprendre. Il savait que là-bas il n'existe pas de front. Il savait que ces gens ne frappaient que pour s'échapper. Bush n'en a pas encore pris conscience. »

Nous nous en revenons doucement, dans la nuit sans lune.

Des tortellinis au col du Brenner

Le train file contre le vent par une matinée cristalline, il fait osciller les longues boucles d'oreilles en argent d'une belle Sénégalaise, équipée d'une peau de mouton et d'un portable, enchantée par la première neige qu'elle aperçoit en altitude, du côté du Monte Baldo, illuminé par le soleil. Le wagon est plein d'Africains qui dorment. Partis de Vérone, ils se sont assoupis dès Domegliara, tous ensemble, à 7 h 58, comme si quelque mystérieuse entité le leur avait ordonné. Leurs bonnets de laine se sont inclinés, tandis que les mains et les nez se retiraient à l'intérieur de grosses vestes et de longues écharpes entortillées autour de leur cou. Un sommeil profond, d'émigrant.

En gare d'Ala, le chef de train les réveille pour contrôler leurs billets, ils les tirent hors de leurs vestes et se rendorment aussi sec. L'interrégional 2252 s'engouffre entre les montagnes à pic, dans la partie la plus étroite du Val d'Adige, s'entrelace à l'autoroute et aux méandres du fleuve. Il laisse derrière lui des vignes, des vergers et les premiers clochers à bulbe.

Stephen, un Nigérian de vingt-neuf ans, avec un visage menu, de grands yeux noirs et le sourire, est arrivé en Italie de Tripoli, sur les bateaux des négriers. Il n'a pas de papiers et ne peut pas s'expatrier. Officiellement, il n'existe pas.

« Mais ma fille est née ici, elle s'appelle Omorogbe » dit-il en tirant d'un porte-cartes en plastique la photo de la petite qu'il me montre avec fierté, à côté de celle de sa maman.

« C'est quoi ton travail ?

— Je ne peux pas travailler, je demande l'aumône, je ne peux rien faire d'autre. On m'accuse de colporter de la drogue, mais ce n'est pas vrai. »

Ahmed, un Sénégalais colossal et musulman, emmitouflé dans un pardessus gris qui lui arrive aux chevilles, me demande où est ma femme.

« À la maison, dis-je.

— C'est bien, répond-il sans sourire, les femmes doivent rester à la maison. La mienne aussi est à la maison.

— Où ça ?

— Au Sénégal. »

Il essaie de me fourguer des briquets psychédéliques, des amulettes africaines, un couteau à cran d'arrêt. Je suis sauvé par Joël, un autre Sénégalais, qui va vendre ses articles en ville. Il parle un excellent italien, ça fait vingt ans qu'il vit à Brescia, ses papiers sont en règle.

Tout à coup, juste au moment où je suis gagné par la torpeur de la seconde classe – vertiges dans la nuque et fourmillement dans les épaules –, le convoi extracommunautaire entre en fibrillation. Le train poursuit sa route vers Bolzano, mais, ici, il se vide presque entièrement. Les Noirs et les Blancs descendent tous. C'est samedi, le flot n'est pas composé que de travailleurs qui font la navette. On voit aussi débarquer des touristes, des étudiants convoqués aux examens, des jeunes en mal de fêtes et de concerts, des scolaires venant visiter les musées. Sur l'axe fluvial qui va de l'Adige à l'Inn, les jeunes ont désormais trouvé leur camp de base.

Que c'est beau, me dis-je, c'est l'Europe qui commence. Eh bien, non : Trente est en dehors du monde. La ligne Vérone-Bologne est encore à voie unique et les travaux de doublement, qui se traînent depuis quarante ans, ont rendu la section impraticable, si bien que les trains doivent faire un détour *via* Vicence, Padoue et Rovigo.

Mais le plus beau, c'est la ligne du Nord, celle que je devrai prendre d'ici à deux heures. Il faut que je réserve pour Vienne, avec changement à Innsbruck, mais l'employé du guichet n'a pas les horaires, il ne peut pas me garantir la correspondance, ni même une place réservée dans le train suivant. Il cherche dans un gros livre, me donne des horaires invraisemblables, tout à fait différents de ceux que j'avais trouvés sur Internet. Patience. Je lui demande un billet jusqu'à Innsbruck seulement, je m'occuperai du reste. Je sors ma carte bancaire, mais il paraît qu'on n'accepte que les espèces. Sur le côté du guichet, un petit écriteau parfaitement invisible précise que la connexion est en panne.

On me dit qu'il y a un guichet automatique dans la gare : je me crois au bout de mes peines, mais l'écran se trouble, il m'envoie des images déformées. Je réussis à taper mon code, puis le montant, mais pour finir je vois apparaître le perfide avertissement : « Guichet momentanément hors de service. » Un passant me précise que « momentanément » signifie, semble-t-il, plusieurs mois. Personne ne proteste. C'est curieux, nous sommes dans l'ex-Autriche-Hongrie, et pourtant l'attitude des voyageurs est islamique.

En 1989, par une journée tout aussi froide, j'étais à la gare de Zagreb. Les liaisons électriques avaient sauté, les gens prenaient la chose avec insouciance. On aurait pu croire que tout continuerait ainsi *ad vitam aeternam* dans la bonne vieille Yougoslavie. Mais un professeur d'économie qui attendait le train avec moi – il s'appelait Kovač, je me le rappelle très bien – m'indiqua le tableau d'affichage en panne, puis les rideaux de fer bloqués, puis les toilettes qui ne fonctionnaient plus et il conclut : « La fin de la Yougoslavie, vous n'avez qu'à voir cette gare pour la comprendre. Les rats quittent le navire. La Croatie détalera, elle aussi ; espérons seulement qu'il n'y aura pas de morts. » Personne n'était responsable de rien, et quand le moment serait venu de rendre des comptes, à ce qu'on disait, tout le monde se refilerait le bébé. Je repense souvent à ce moment, quand je voyage par les chemins de fer italiens.

Voici qu'arrive le *Leonardo da Vinci* pour Munich. Un train fantôme, à moitié vide. Je monte dans le wagon 256. Il a une porte automatique qui ne s'ouvre pas tout à fait et qui ne ferme pas comme il faut. À chaque arrêt, la panne est signalée par un insupportable sifflement intermittent. À chaque départ jaillit un courant d'air froid comme une lame. Un jeune passager qui fait la navette entre Trente et Bolzano me dit que la panne dure depuis des mois, mais que la compagnie ferroviaire ne prévoit pas de détacher et de réparer cet unique wagon. Trop coûteux, trop compliqué. La manutention extraordinaire, ça n'existe plus, il faut attendre que le train entier passe au contrôle. C'est ainsi que l'Italie se présente à Munich, en Bavière, avec la porte du wagon 256 en panne. Un triomphe du marketing promotionnel.

Le *Da Vinci* brinquebale entre les pommiers, remonte le Val d'Adige. Je me demande à quoi il sert de creuser les Alpes de nouveaux tunnels, si les lignes ordinaires sont un enfer. Chaque année, si j'additionne les retards, je sacrifie vingt-quatre heures – un jour entier de ma vie – passées à camper dans les gares en attendant des trains fantômes.

« Bolzano, gare de Bolzano, *Bozen Bahnhof*. » Premiers signes d'une autre Europe. À Sterzing-Vitipeno s'ouvre la première fenêtre sur les glaciers, puis à Gossensass-Col de l'Izarco, le train dévie vers le val de Fleres, met le cap sur la pyramide blanche du Schneespitze, oblique vers la muraille couleur de fer du Tribulaun, un pilastre qui ne manque jamais de m'enchanter par son magnifique nom ladin qui sent la royauté et l'effort. Puis le convoi pénètre dans un tunnel, tourne dans l'obscurité, ralentit, courtise la pente, devient un sous-marin en pleines manœuvres.

Le Brenner, arrêt pour changer de locomotive ; l'engin écarlate des chemins de fer autrichiens ronronne déjà sur la voie de dégagement. J'ai toujours aimé cet endroit. Les gares de transit des grandes lignes me plaisent ; elles ne cherchent pas à se faire passer pour ce qu'elles ne sont pas. Au Tyrol du Sud, le Brenner, avec ses auberges pour routiers et ses chasse-neige déjà prêts au mois d'août, est le lieu qui échappe mieux qu'un autre à la préciosité monotone des villages de la région. Ortisei, Caldaro, Dobbiaco, Castelrotto : je ne les aime plus. Trop de saunas, trop de géraniums aux balcons. Au col du Brenner, en revanche, je me sens bien. Tout est resté pareil, imprégné de légende. Avec la vieille route de Goethe, qui serpente sur les deux versants, extraordinairement vide grâce à la proximité de l'autoroute.

Les maisons des cheminots sont restées les mêmes, à la lisière de la forêt. Nous y venions en vacances, quand j'étais petit, et le matin je partais cueillir des champignons avec un cheminot originaire de la Romagne, Secondo Zanarini. C'était un grand gaillard, toujours très ému avant de cueillir avec le plus grand soin un bel exemplaire d'oronge, de bolet ou de cèpe. Quand il croisait un autochtone, il disait « *Guott !* », à la place de « *Grüss Gott* », le salut au nom de Dieu qu'échangent les Autrichiens au détour des sentiers. Au retour, après avoir nettoyé notre butin, nous l'étalions sur la toile cirée, nous nous grisions de son parfum de bois et de musc, puis nous mettions tout à sécher près des radiateurs, avant que la *signora* Maria, la femme de Secondo, ne servît les tortellinis au *ragù* [1].

Le nouveau contrôleur me précise que je suis en Autriche. Je sais très bien pourquoi j'y vais en train. Uniquement pour sentir que c'est vrai : oui, un système fonctionne sur la planète Terre. J'y vais pour le plaisir physique de me sentir attendu, dans un pays

1. Sauce à base de viande, tomates et autres ingrédients, ici les champignons, qui accompagne les pâtes. Chaque région a sa variante, la plus connue à l'étranger étant sans doute la bolognaise.

où le service public existe. L'Autriche. En version originale, c'est encore mieux : « *Österreich* », empire de l'Est. Rien à voir avec « *Deutschland* » – la terre des Teutons –, un nom lourd à porter, fils de l'ère scélérate des nations. « Empire de l'Est » possède une tout autre douceur. Peut-être comprendrions-nous davantage si nous l'appelions ainsi directement. Et puis cette forme ronde de creuset, qui dit déjà tout. Un vestige d'un autre temps. Et cette capitale, entièrement installée en banlieue, projetée vers un autre monde.

Innsbruck Bahnhof, la gare d'Innsbruck. Trois policiers escortent calmement hors du train un immigré maghrébin qui porte un petit sac à dos. Sur la voie de l'autre côté du quai, une dame handicapée, dans un fauteuil roulant, est soulevée à l'aide d'un vérin hydraulique et transférée dans le train direct pour Munich par un monsieur vêtu de l'uniforme des services de sécurité, qui lui souhaite « *Gute Reise* » (bon voyage). Je note, avec un petit pincement au cœur, que le compartiment pour les bicyclettes est situé au milieu du train, dans un wagon de première classe. Indiqué avec orgueil. Chez nous, on n'emporte pas les vélos dans l'Eurostar, les deux-roues sont vécus comme un héritage de la misère et non pas comme un moyen avantageux de circuler sans polluer.

C'est avec un second pincement au cœur que j'entends annoncer « cinq minutes de retard » pour le train local à destination de Bregenz. La voix qui sort du haut-parleur est empreinte de contrariété, pour ne pas dire de consternation. « Cela n'arrivera plus », paraît-elle sous-entendre. Je me sens humilié de tournicoter dans la gare, après Trente et Bolzano. Commerces, antennes Internet, restaurants, supérettes, offices du tourisme, guichet-voyage. Et puis des distributeurs bancaires qui fonctionnent, des garages, des navettes pour l'aéroport prêtes à partir, des toilettes rutilantes, des ascenseurs qui montent et descendent. Un plat de viande aux pommes de terre rôties et une bière coûtent six euros. L'Italie est déjà aussi loin que l'Australie. Au-dessus du ruban gris argent de l'Inn, au-delà des cimes chauves des Olympiades d'hiver, le ciel est d'un azur intense et des centaines d'étudiants peuplent les quais, ils prennent le soleil dans tous les endroits disponibles, tandis que les locomotives rouges et propres des Österreichische Bundesbahnen vont et viennent sur les voies.

Je lis dans le journal que, pour marquer le cinquantenaire de la fin de l'occupation soviétique, les autorités viennoises ont reconstruit les jardins de guerre en pleine Heldenplatz et mené des vaches paître sous la Hofburg – le palais impérial – afin de rappeler aux jeunes la faim de ces jours gris, entre la guerre mondiale et la guerre froide. Je me rappelle qu'un jour, dans un supermarché de Vienne, j'ai vu un monsieur qui ressemblait au chef du gouvernement, Wolfgang Schüssel, faire ses courses. J'en ai parlé au caissier qui m'a répondu : « Ben oui, c'est le chancelier, pourquoi ? »

Il avait raison, le Turc

Chaque matin, à onze heures, toutes les auberges de Bavière, entre Munich et les Alpes, sentent le *Weisswurst*. Et chaque soir, invariablement, à sept heures, on commence à danser à l'auberge Grünerbrau de Bad Tölz, tandis que dans les chopes mousse une Allemagne exagérée, archi sûre de soi. *Tzoum-pa-pa, tzoum-pa-pa,* de Passau jusqu'au lac de Constance, le plus riche des *Länder* devient la scène d'une colossale opération identitaire ; et les catholiques subalpins interprètent avec une telle passion le scénario de leur propre vie que ces plats à la Arcimboldo, ces chœurs et ces trombones semblent répéter à Berlin la grise, dans un crescendo qui se prolonge jusqu'à l'apothéose de l'*Oktoberfest* : « Chers protestants du Nord, tristes buveurs d'eau, gardez donc pour vous votre carême. Nous, nous pensons plutôt à nous divertir. »

La route de l'Achenpass, en direction de Munich, montant et descendant entre des scieries, des clairières, des troupeaux et des clochers à bulbe fait penser à une carte postale, et tout m'annonce déjà : Étranger, tu es entré dans le plus parfait État allemand, celui qui possède le plus faible taux de chômage et de criminalité. « Roulez au pas, la rentrée scolaire a eu lieu », peut-on lire sur d'énormes banderoles à l'entrée de chaque village. Aux feux tricolores, nouveau conseil : « Ne passez qu'au feu vert, donnez le bon exemple aux enfants. » Jamais de queue, jamais d'embouteillage, tous les réseaux routiers s'inscrivent dans le territoire de manière à ne pas créer de bouchons. À elle seule, Munich possède près de mille kilomètres de pistes cyclables. Chaque province, chaque commune possède son propre *Heimatpfleger*, son « responsable de l'identité culturelle » : c'est lui qui veille à faire obstacle aux constructions d'une laideur rédhibitoire. Le chef-lieu de la Bavière est depuis longtemps déjà la grande ville la plus accessible d'Europe, on a l'impression que la campagne arrive jusqu'au centre, jusqu'au *Rathaus* couvert de géraniums, comme une mairie de province.

Le petit orchestre du Grünerbrau attaque la soirée par *Bergvagabunden*, qui chante les nomades irréductibles des cimes alpines, les joyeux clients du *Biergarten* lèvent leurs chopes à la santé de tous ceux qui s'unissent à eux. Si on leur parle politique, si on remarque que la Bavière n'est jamais parvenue à produire un chancelier fédéral depuis 1945, on vous répond en hissant au mât le drapeau du *Land*. On vous dit : « Bientôt, ce sera notre tour, à nous les nigauds en culotte de peau. » Dans ces *Lederhosen*, il y a une poche spéciale pour le portable, les cartes de crédit de millionnaires et les porte-clefs BMW. Les physionomies disent : « L'Europe ne peut rien faire sans nous, sans faire ses comptes avec sa panse grasse et conservatrice. Les Alpes. »

Celui qui croit que les culottes de peau, les sonnailles et les trombones de la *Volksmusik* ne sont que des caricatures aura bien du mal à comprendre la Bavière. Les fêtes dansantes et la bière sont aussi des symboles identitaires qui apaisent les angoisses du citoyen lambda, pris dans les tourbillons de la mondialisation. « C'est grâce à l'ancrage qu'assurent ces symboles que nous avons pu nous projeter, plus que n'importe qui d'autre, vers le futur », m'expliqua un jour, dans une *Gasthaus*, le professeur Gerhard Hirscher de la fondation Seidel, voulue par le tout-puissant parti démocrate-chrétien de l'endroit, la CSU. « La gauche, ajouta-t-il, ne comprend pas l'importance de ces choses, elle n'a jamais construit ses propres symboles. » C'est d'ailleurs étrange, observa-t-il, parce que dans un pays où tout est figé, fonctionnel et où par conséquent « il n'y a que très peu de choses qui peuvent changer », les symboles et les images « deviennent un des rares espaces où l'on peut agir dans le domaine politique ».

Sur une place de Munich, on peut voir un monument à la vache. Rien à voir avec les fausses bestioles du pop art. Non, la vraie vache qui paît entre Garmisch et Berchtesgaden. En Bavière, la métropole reconnaît la valeur de la montagne et, quand les montagnards descendent dans la vallée pour leur assemblée, ils arrivent avec des troupeaux, des sonnailles et des fanfares. Aucun complexe d'infériorité. Vienne, de son côté, renouvelle chaque année son alliance avec le Tyrol, par une grande fête sur le *Ring*, et pendant un jour entier – le *Tirolerball* – elle se laisse envahir par les yodels et les trombones de village. En Italie, ce n'est pas pareil, les états généraux des montagnards ont lieu à Lingotto, dans l'ombre marmoréenne du colosse industriel qui s'emploie justement à vider la montagne. Cent délégués en complet-veston, bien déguisés en hommes des plaines, occupés à parler politique avec un sous-secrétaire. Sans un drapeau, ni même un insigne pour montrer qu'ils sont fiers de leur origine.

La montagne italienne ne produit pas de classe dirigeante. Tout au plus, ronchonne-t-elle avec la Ligue du Nord. La Bavière subalpine, au contraire, c'est l'Allemagne au cube. Un jour, à Munich, je me suis aventuré dans le bureau de placement de la Kapuzinerplatz. Ce n'était pas un enfer de postulants, comme en Italie, mais plutôt un univers ouaté, façon grande banque, un endroit où même le plus démuni des immigrés n'était pas un numéro, mais une personne. Et, comme en Bavière il y a du travail pour tout le monde, là on vous écoute, on note avec minutie les données vous concernant, puis on vous téléphone pour vous fournir un emploi sur mesure. « *Bitte Diskretion* », peut-on lire près des guichets, comme dans une église, et ce respect signifie que si on entre là, dans le temple du travail, et qu'on en accepte les règles, on devient à son tour allemand.

Tout fonctionne si bien que lorsque je rappelle à mes compagnons que la Bavière possède aussi un autre visage, que la CSU trempe dans les pires scandales et que la loi du silence des régions alpines s'est souvent efforcée de les dissimuler, ils me répondent :

« Rien n'est parfait, que veux-tu », et ils me regardent, histoire de dire : « Pense un peu à l'Italie. » Et si, arrivé là, je tente de faire remarquer que le leader du parti démocrate-chrétien, Edmund Stoiber, a été plusieurs fois pris la main dans le sac dans des affaires louches, la réponse fuse sans hésitation : « *Er ist ein Hund.* » Ce qui veut dire : Stoiber est un cador, un chef, il peut se le permettre. Et par-dessus tout : « C'est un des nôtres. » *Ein Hund*, comme feu Franz Josef Strauss, l'ex-chancelier bavarois, qui arrivait peut-être beurré aux conférences de presse, mais qui était un des nobles fils de cette terre.

Face à la bière et aux *Lederhosen*, il n'y a pas de scandale qui tienne. Grâce à de tels symboles, la symbiose entre identité bavaroise et CSU – donc l'adéquation entre parti démocrate-chrétien, gouvernement et *Heimat* – est devenue si parfaite qu'il est désormais entendu que le parti social-démocrate désigne « le parti des autres », de ceux qui ne sont pas bavarois. Prendre sa carte de la CSU, c'est revendiquer une identité : ça veut dire « être des nôtres ». Mais pas seulement. Puisque la démocratie chrétienne s'est emparée du *Land* jusque dans ses moindres structures, être membre de la CSU est aussi une question de position sociale et de commodité personnelle. Sans la carte du parti, rien ne bouge. On ne devient pas chef de service dans les hôpitaux, tous les postes importants dans le monde de l'agriculture ou de l'industrie vous sont interdits. Et personne, pas même la presse, ne peut entamer cette puissance granitique.

« Cher ami, m'explique-t-on, la CSU perdurera pour la simple et bonne raison que personne ne voudrait d'une autre Bavière, pas même la gauche. Seule la CSU elle-même pourrait mettre fin à sa propre hégémonie dans cette région. »

Mustafa, un chauffeur de taxi turc de trente et un

ans, naturalisé allemand, qui par une nuit de neige me conduit de Holzkirchen à Munich, Nymphenburgerstrasse, m'apprend qu'il vote, lui aussi, démocrate-chrétien. « Maintenant, je suis bavarois, que voulez-vous », conclut-il tout heureux au terme de la course. Puis, il me donne une explication supplémentaire, peut-être plus lumineuse encore. « Je suis bien ici. Mais si ça tournait mal pour les Allemands, les premiers à qui ils s'en prendraient, ce serait nous, les étrangers. Alors, il faut s'arranger pour que tout continue d'aller toujours bien. C'est pour ça que je vote CSU : autrement, avec les socialistes au pouvoir, les Allemands risquent de péter les plombs. »

Il avait raison, le Turc. Dans les brasseries, ce n'est pas seulement une identité inoffensive qui bouillonne. C'est aussi un vieux démon, et depuis le temps de Strauss, l'union démocrate-chrétienne bavaroise joue à cache-cache. Pour faire le vide autour de l'extrême droite, le vieux Strauss avait décidé d'organiser un grand rassemblement annuel le mercredi des Cendres, dans l'amphithéâtre des Nibelungen que Hitler avait fait construire à Passau. Stoiber, le technocrate, n'a pas voulu rompre cet équilibre dément. Il est lui aussi passé maître dans l'art de capter la pensée du citoyen ordinaire et de lui offrir un porte-voix pour la désamorcer dès qu'elle naît.

Mais alors, comment mettre un frein aux agissements du démon ? Comment empêcher que les paroles deviennent des actes, que le populisme se transforme en nationalisme et que surgisse dans les brasseries de Munich ou de Bad Tölz un fou furieux avec une petite moustache ? « La police est là », vous répond-on. Munich est une *Polizeistadt*, une ville policière où rien, pas même le sous-sol, n'échappe au contrôle de son œil invisible. Dans la métropole, on ne trouve pas un papier par terre, pas un mendiant, pas même un joueur de guitare. Mais est-ce suffisant ?

La Bavière catholique est fière de son propre pouvoir, mais elle ne le montre pas. Sa chancellerie laisse voir dans chaque détail l'image d'un pouvoir fort et parallèle, mais en même temps son désir fébrile de le dissimuler. Il y a, d'une part, la forme de *Reichstag* berlinois, les deux grandes ailes de verre, l'immense porte d'acier du style Fort Knox. De l'autre, à côté de la porte, une étiquette microscopique et surréaliste : Veuillez appuyer sur la sonnette. Ou alors, la *Zirbelstube*, la petite chambre en pin qui sert de saint des saints un peu kitsch à une identité subalpine qui se voudrait inoffensive, à une terre où, me jure-t-on, « le rapport conservateur avec l'espace empêche les tendances expansionnistes de naître ».

Un jour, je me rendis dans le bureau de Stoiber, on s'empressa de me faire savoir que la Bavière n'avait pas de politique étrangère, mais des « relations extérieures ». À peine sorti de la chancellerie, là, aux pieds des Alpes, je découvris les ramifications d'un réseau qui coordonnait les ethno-nationalismes de tous les pays d'Europe. Le puissant quartier général des exilés allemands chassés des terres communistes en 1945 ; l'Interreg, cerveau stratégique des régions transfrontalières qui, de fait, étendaient l'Allemagne vers l'est ; le siège central de la Communauté Arge-Alp, voulue par Strauss pour donner une voix aux terres alpines telles que la Lombardie, le Tyrol, la région de Salzbourg, le Trentin, Baden et les cantons suisses. Toutes avec l'âme et le portefeuille à droite.

5

Des Alpes vénostes à la Valteline

Quand Herr Simon disparut dans la neige

La vallée d'Ötztal, le sentier de la Brandenburger Haus qui est, à trois mille deux cent soixante-douze mètres d'altitude, le refuge le plus haut du Tyrol. Nous sommes à deux pas de la frontière où fut trouvé en 1991 l'homme des glaciers, la momie la plus célèbre du monde après Toutankhamon. Il fait une journée spectaculaire : au sud scintille la crête qui donne accès au Val Senales et au Similaun, tout en haut ; à l'est, le Zuckerhütl, ou Pain de Sucre, ressemble à une glace au citron ; à l'ouest, la cime neigeuse du Wildspitze se gonfle sous le vent du nord, comme le foc d'un voilier. Mais le ciel serein ne sert pas à grand-chose. Dans ma tête tournoie un orage de fin d'automne, celui dont je fus témoin dans les montagnes du *Land* de Salzbourg, lorsque Herr Helmut Simon, de Nuremberg, l'homme qui avait découvert Ötzi, disparut dans le néant, exactement comme sa créature[1]. Cinq mille ans plus tard, et dans les Alpes, lui aussi.

Ce jour-là, la neige tombait et le vent soufflait, les

1. Helmut Simon est mort le 15 octobre 2004.

cimes étaient englouties dans des nuages gris souris, les cent vingt hommes des secours alpins de Gastein avaient suspendu les recherches pour vingt-quatre heures. C'était trop dangereux. En deux jours, les mélèzes avaient perdu leurs aiguilles sous les rafales et, dès que le vent se taisait, on entendait la montagne ahaner, crouler sous le poids d'un manteau déjà hivernal. Il faisait un temps pour les grappins, par pour les excursions. On l'avait cherché partout, l'Allemand. Dans la vallée de Kötschach, sur le Graukogel, et même de l'autre côté de la vallée, au-dessus de la gare où les automobiles s'embarquent sur le train-navette, devant le tunnel de Mallnitz.

C'était une affreuse journée digne d'un récit suisse de Dürrenmatt. Des cascades grises, des auberges fin de siècle grises, un fond de vallée gris. À l'hôtel Bismarck, d'où la femme de Simon avait déjà filé à l'anglaise, afin de fuir l'assaut des journalistes, les gens répétaient : « *Sehr seltsam* » (très étrange). Étrange qu'un alpiniste fût parti tout seul par un temps pareil. Étrange qu'il n'eût pas dit à sa femme où il avait l'intention de se rendre. Étrange qu'un *Bergvagabund*, un vagabond des montagnes, comme lui, un nomade invétéré de la chaîne des Alpes, eût commis une telle erreur à soixante-sept ans. « Non », disait-on. Ce n'est sûrement pas un hasard s'ils ont tous les deux – c'est-à-dire Ötzi et Helmut – fini de la même manière.

On aurait dit qu'il l'avait bien cherché, Herr Simon. Qu'il avait fait exprès de ne pas laisser de traces. Je connaissais ces montagnes sur le bout du doigt, je les avais parcourues quand j'étais gamin et je savais que là-haut, dans la tempête, c'était un vrai labyrinthe. Je me demandais : serait-il vraiment allé, comme on le dit dans la vallée, vers le pic Gamskarkogel, au-dessus de Dorf Gastein, d'où l'on jouit, par beau temps, d'une vue fantastique sur les Alpes orientales ? Ou bien aurait-il trompé son monde en escaladant la muraille des Tauri, qui ferme la vallée au-dessus de trois mille mètres ? Ne serait-il pas convaincu, Herr Professor, qu'Özti avait des frères dispersés à travers ces montagnes, à deux cents kilomètres du Tyrol ? Et s'il était allé les tirer de leur léthargie ?

Les journaux parlaient déjà d'une vengeance de la momie, d'une malédiction à la Toutankhamon. Puis, dans le *Stube*, la salle surchauffée de l'Hoteldorf Grüner Baum, sous les trophées de chasse plus que centenaires d'un certain archiduc Jean, monsieur Kurt Wodak, un Viennois en route vers Klagenfurt, me mit sur la bonne piste. L'histoire de la momie vengeresse le faisait rire. « Tout ça, c'est un écran de fumée pour cacher la vérité, dit-il. La clef de ce roman policier ne se trouve pas à Bad Gastein. Elle est à Bolzano, dans les bureaux de la province autonome. Dans les méandres d'un litige tout à fait inimaginable. Nos journaux à nous en ont parlé, il y a déjà quelque temps. Je me le rappelle très bien. » Herr Simon, dit-il, pouvait avoir cédé à la déception. À l'amertume d'une trahison. Pendant ce temps, dehors, il neigeait de plus en plus.

« *Ja*, renchérit monsieur Wodak après avoir accepté un cognac, l'histoire d'Ötzi, c'est l'histoire d'un vol. » La malédiction qui s'acharnait contre Helmut Simon, elle n'était pas due à l'homme du Similaun, mais à l'ingrat Tyrol du Sud. L'Europe entière, expliqua Wodak, depuis les brasseries de la Bavière jusqu'aux professeurs de l'*Encyclopaedia britannica*, savait que l'homme qui avait découvert la momie du glacier, c'était lui. Pour tout le monde, Herr Simon était le « papa » de la plus vieille momie de la planète. Pour tout le monde, hormis la province de Bolzano, laquelle ne lui avait jamais reconnu cet honneur. Au contraire même, elle le lui avait toujours dénié avec obstination. « Et c'est dans ce refus que vous devez chercher », conclut Wodak.

Je cherchai donc et il ne me fallut pas longtemps pour comprendre. L'histoire du découvreur occulté d'Ötzi avait commencé plusieurs années auparavant, quand Bolzano avait eu l'intuition du business en puissance. La momie pouvait devenir une attraction porteuse de milliards et en même temps l'ancêtre de la petite patrie sud-tyrolienne. Il s'agissait donc d'une partie identitaire qu'il fallait jouer entièrement à domicile. L'institut médico-légal d'Innsbruck, qui avait fait les premières analyses de ces restes humains, fut aussitôt mis hors-jeu. Bolzano en appela aux carabiniers et aux géomètres et ce morceau de glacier qui, depuis toujours, avait été un « condominium » de l'Italie et de l'Autriche devint purement italien, après des mesures trigonométriques méticuleuses. La dépouille fut rapportée en triomphe au sud du Brenner et l'unité tyrolienne fut pulvérisée par un cadavre.

Mais le fait que « l'honnête découvreur » était un étranger risquait lui aussi de poser problème. Mieux valait un grand nom local, Reinhold Messner par exemple, qui venait justement de grimper jusqu'en haut du Similaun avec Hans Kammerlander, son compagnon de cordée. Et ce fut ainsi qu'on évinça le trouble-fête en déclarant : « Cher Simon, vous avez simplement trouvé un corps, mais vous n'avez pas compris son importance. Vous pensiez que c'était une victime de la Grande Guerre. » Au musée, on apposa, à titre d'écriteau, un véritable chef-d'œuvre d'hypocrisie. On y admet, certes, la vérité : les époux Simon sont les premiers à avoir « vu » l'homme du Similaun. Mais on évite avec soin de mentionner le mot « découverte ».

Dans l'espoir de le faire taire, on proposa à Herr

Simon cinquante mille euros, somme ridicule pour une trouvaille d'une valeur inestimable. « Au fond, que peuvent bien valoir quatre os et un peu de peau desséchée ? », ricana-t-on dans les services juridiques de la province de Bolzano. Mais Simon n'était pas poussé par la convoitise, le chiffre lui importait peu. Ce qu'il voulait, c'était simplement que l'écriteau du musée respectât la vérité, il voulait voir son nom sous la date. Il décida donc de ne pas se laisser faire. « D'abord, dit-il, je souhaite voir reconnu mon rôle dans l'affaire, il sera temps ensuite de parler de compensation. » La province répondit sans prendre de gants. Pour la bureaucratie milliardaire du Tyrol du Sud, Herr Simon devint une « non-personne ». Il demanda une entrevue avec le président Luis Durnwalder, mais il trouva toujours porte close. Son nom fut supprimé de la liste des participants aux congrès scientifiques sur Ötzi et les Simon ne furent même pas invités à celui qui marqua le dixième anniversaire de la découverte.

Les mesures de représailles furent d'une implacabilité qui frisait le ridicule : si « ce monsieur » voulait entrer au musée, il devrait payer son billet. Pour lui, il n'y aurait aucun passe-droit susceptible de laisser entendre, même de très loin, que l'on reconnaissait son titre. Simon s'en fichait complètement, il allait quand même à Bolzano, il y amenait des groupes d'Allemagne, exprès pour faire enrager les ingrats de l'endroit. Et qui sait ? On peut penser que plus ces derniers s'acharnaient à nier son rôle, plus les queues s'allongeaient devant le musée, plus les milliards du tourisme pleuvaient sur la province des grippe-sous, et plus l'affection de Herr Simon pour la créature desséchée dans son congélateur augmentait, peut-être même vit-on s'établir pour de bon une espèce de complicité. Simon appelait Ötzi « *mein Bruder* ».

Désormais, il n'avait plus le sentiment d'être le père, mais le frère de son mort. Il lui parlait, s'identifiait à lui. Sur sa carte de visite, on ne lisait plus « professeur de chimie », mais « découvreur d'Ötzi ». Il fixa à son veston un badge représentant la momie des Alpes. Au fond, avait-il dû se dire, n'était-ce pas pour cette raison que tout le monde le connaissait ?

J'eus du mal à trouver le sommeil, cette nuit-là. Le vent hurlait, il avait massacré les mélèzes. Aucune trace de l'Allemand. « Et si une magnifique obsession s'était déclarée chez lui ? me demandais-je. Si Helmut Simon avait voulu s'identifier avec l'objet de sa découverte ? Et s'il s'était entiché de sa créature au point de rechercher le même trépas ? » Comment savoir ? Peut-être avait-il voulu revivre l'ascension dans la neige, la fatigue, le dernier repas et jusqu'à l'agonie de son « frère ». Ou alors disparaître dans l'élément de ses rêves, dans la tourmente. Plus que la malédiction d'une momie, on aurait dit le désir de se rendre immortel. Et peut-être de clouer le bec à ceux qui voulaient le priver de cette immortalité.

Le lendemain, je téléphonai à l'avocat Armin Weiss, du cabinet Gastner à Bolzano, qui s'occupait du procès que Simon avait intenté à la province. Il me décrivit un homme « jovial, exubérant, spontané », mais aussi quelqu'un qui « s'identifiait énormément à Ötzi ». Puis, il en vint au plus important. « Désormais, les tribunaux ont reconnu son rôle de découvreur. Maintenant, on va passer à la compensation. Une commission neutre sera nommée, mais un de nos experts a déjà calculé que la valeur de l'objet en question était énorme. C'est la plus vieille momie du monde, ses organes vitaux ont été conservés et elle a fourni des informations extrêmement précieuses sur la vie des hommes en Europe il y a cinq mille ans. Et je ne vous parle pas des immenses profits que Bolzano a tirés de cette découverte. »

En attendant, le mauvais temps n'en finissait pas, les remonte-pentes étaient immobilisés, les recherches de nouveau suspendues. Le brave Helmut n'avait pas pu survivre. On allait le retrouver Dieu sait quand, peut-être au printemps, et cela ne rimait plus à rien de rester sur place. J'allai me promener vers le vieil hôtel Rübezahl, un endroit au charme sinistre, en parfaite harmonie avec l'atmosphère de l'événement. Puis je retournai au Bismarck, en quête de nouvelles bribes d'information. « Avec tous ces gros titres qui parlent du découvreur d'Ötzi, ils ne doivent pas en mener large en Italie, me déclara un vieux touriste allemand assis au bar. Je ne sais pas si Simon l'a bien cherché, mais, en disparaissant, il a obtenu ce qu'il voulait : sa découverte a été reconnue une fois pour toutes. Réfléchissez. On ne parle plus que de lui. Et maintenant, si la veuve reçoit ce qui lui revient, ce sera une belle revanche pour l'Autriche et l'Allemagne. » Un coup de théâtre final digne de l'histoire d'Ötzi, la momie deux fois volée.

Mais, à présent, me revoici en Autriche, sur le glacier contesté, au fond de la vallée d'Ötz. J'ai avec moi deux natifs du Frioul, Antonio Massarutto, qui connaît cet endroit comme sa poche et qui a déjà bivouaqué avec Mauro Corona et moi sur les monts d'Erto, et Stefano Di Bartolomeo, avec Esther, sa petite chienne bâtarde et alpiniste. Nous laissons la voiture à Vent, nous installons cordes et crampons et nous montons en l'espace de cinq heures interminables, entre les pierrailles et les névés, jusqu'au refuge Brandenburg, élevé et solitaire sur un rocher entièrement entouré de glaciers. Nous le voyons de loin. Une invraisemblable construction en pierre, avec ses impostes peintes à rayures bleues et rouges.

Ce sont les seules couleurs dans ce monde minéral. Construit en 1909, il est resté dans son jus depuis et aujourd'hui on dirait un château enchanté. Immobile au-dessus d'une mer de glace – la *Gepatschferne* – qui le soir rote des bruits à peine perceptibles, comme un dinosaure en pleine léthargie.

La nuit tombe avec une très légère couverture d'un blanc spectral, presque mystique. Puis l'air s'emplit d'une lumière jaune et pour finir d'une fine poussière rose orangé. Dans le refuge règne une atmosphère ouatée – le mot allemand est *gemütlich* –, un sentiment de protection très ancien, qui n'existe plus dans les refuges nus de notre époque moderne. Les portraits à l'huile des premiers gérants, le parfum du bois centenaire, les grandes fenêtres donnant au couchant, la bonne odeur de soupe. Des groupes joyeux rient pour un oui ou pour un non, avec exagération ; c'est l'effet excitant de l'altitude. Marianka, une serveuse slovaque, sert à la louche des plâtrées énormes de viande et de pommes de terre au four, avec des *knödel* au speck, puis elle revient avec des chopes impériales de bière à la pression. Des luxes impensables dans un refuge italien, s'il se trouvait aussi loin de tout. Le voilà, peut-être, le cœur du Tyrol.

Je demande à Wolfgang, un solitaire habitant d'Innsbruck, qui sirote une bière, la véritable histoire d'Ötzi. « Ah, le vol ? » Son sourire empoisonné me glace. « Quel vol ? » dis-je, mine de rien. La momie, *mein Gott*, « dérobée » par nos cousins du Tyrol du Sud. « C'est d'abord nous qui l'avions prise, qui l'avions étudiée. C'est tellement vrai qu'elle s'appelle Ötzi, du nom de nos vallées. Et non pas Schnalsi, d'après leur Val Senales. Et puis, ce sont eux qui ont gagné, ils l'ont transférée à Bolzano. Parce qu'ils sont plus puissants. » Mais enfin, comment ça : nous, eux ? Qu'est-ce que ça veut dire, que vous êtes en guerre ?

La momie n'est donc pas le symbole de l'unité tyrolienne ? « *Nein*, ricane Wolfgang, c'est le symbole de la division qui s'est fait jour. Le gel entre nous a commencé avec la décongélation d'Ötzi. »

J'offre une bière à l'Autrichien, l'affaire se corse : « C'est autre chose que la guerre entre Italiens et Allemands. Ça, c'est de l'histoire ancienne. Celle entre Tyroliens est bien pire. Ce n'est pas un conflit, c'est une névrose. Donc, beaucoup moins facile à contrôler. Et elle a éclaté justement maintenant que l'Europe s'est faite et que la frontière n'existe plus. » Un exemple ? « Nous voulons bloquer la circulation des TIR et eux trouvent le moyen de la rouvrir. Nous voulons mettre un centre commercial sur le Brenner et eux l'empêchent pour protéger leurs boutiques. Nous avons acheté une partie de l'aéroport de Bolzano et eux nous font déménager. Nous avons une grande et ancienne université à Innsbruck, et eux en créent une autre, exprès. »

Wolfi en est désormais à sa troisième bière. « Ils sont pleins de fric italien et puis ils viennent profiter de nos hôpitaux qui sont meilleurs. Et vous savez ce qu'ils disent entre eux, les messieurs du Tyrol du Sud ? "*Los von Innsbruck*", quittons Innsbruck. Dans le temps, ils disaient : "*Los von Rom*", quittons Rome. Pauvre Andréas Hofer, le patriotisme tyrolien est mort. Aujourd'hui à Innsbruck, on préfère un Romain à un Sud-Tyrolien. » Puis il réfléchit et continue : « À mon avis, la momie elle-même est un coup de bluff. Ce malheureux bonhomme mort de froid était un Italien, vous le saviez ? Mais ils se gardent bien de le dire. » Maintenant, plus personne ne peut l'arrêter. Il rit : « J'ai fait un rêve. Un jour, quand il sera vieux, ce gros malin de Messner enlèvera sa perruque de lion, laissera voir son crâne chauve et dira : "Je vous ai tous roulés dans la farine..." Ah, ah, ah ! »

Il faudrait l'écrire, la véritable histoire d'Ötzi. L'idée me bat entre les tempes toute la nuit, au même rythme que les pulsations dues à l'altitude. Dans les dortoirs, j'entends chaque soupir, chaque craquement, le trille du réveil des cordées qui doivent partir avant l'aube. Demain, Antonio montera en haut du Similaun, mais la momie est déjà ici, à côté de nous. Je l'entends qui ricane autour de la Brandenburger Haus. Je repense au hublot par lequel on peut la voir dans sa niche funéraire réfrigérée, à l'intérieur du musée de Bolzano, et tout à coup je me rends compte que c'est vrai : en réalité, Ötzi ne se lamente pas. Il rit. Oui, cet homme, déposé, avec un goût douteux, sur une vilaine plaque de zinc, a compris qu'il était le symbole d'un ancêtre qui n'existe pas. Il venait du Sud, disent ses vêtements. C'était un *Homo veneticus*, un Lombard, peut-être même un *terrone*, un homme du Midi. Qui a fini sans le savoir sur une frontière propice aux névroses.

Le chef-d'œuvre de l'ingénieur Donegani

« Les routes chantent », écrivait Chatwin, et le col du Stelvio possède une voix, tout comme un autre. Mais il est difficile de l'entendre, quand on monte en voiture. Pour la capter, il faut grimper en toute légèreté, creuser son propre tunnel de silence. C'est pour cette raison, plutôt que pour le paysage, qu'il faut le gravir à bicyclette. C'est le seul moyen d'arracher son secret à la route la plus haute des Alpes, le gros serpent légendaire qui, chaque année, attire des milliers de cyclistes venus de la moitié de l'Europe. Et ce secret, ce n'est pas la dénivellation – mille huit cent quatre-vingt-quatre mètres – non plus que le fantastique décor glaciaire. C'est la dimension acoustique qui vous pénètre l'oreille dès la veille au soir, dans le

Val Venosta, avec le murmure des ruisselets et les cloches de Malles et de Glorenza qui sonnent les vêpres du haut de leurs clochers romans, révélant l'antique âme latine de ces montagnes germanisées.

Cela commence avant l'aube, par le frémissement du vent qui descend sur les prairies de la vallée, portant avec lui l'odeur des glaciers qui resplendissent sous la lune. Puis les hirondelles – poussant des cris secs, déformés par la vitesse – répètent leur signal aéronautique à deux tons, ce que les physiciens appellent l'effet Doppler. Et ensuite vient le grondement de l'Adige, sur le pont de Laudes, un nom qui est à lui seul un hymne au Seigneur, une ouverture qui salue le pèlerin à vélo le long de sa route en direction du campanile de Prato Stelvio, au début de la montée. C'est là que nous trouvons la *Statale* 38, au coin d'une vieille maison. Le carrefour, équipé d'un miroir convexe, renvoie l'image déformée de deux mabouls en cuissard, Francesco Airoldi, de Bergame, et moi-même.

Le fracas du Solda, un cours d'eau argenté, nous enferme dans une matrice ombreuse. Il n'y a aucun autre bruit. Nous sommes tout à fait seuls, la longue transe de la montée à contre-courant commence. Nous synchronisons nos respirations, un deux trois quatre, un deux trois quatre. C'est le corps entier qui chante : cœur, poumons, articulations. Puis d'en bas nous parvient le grondement du premier camion. Il vrombit derrière nous avec sa puanteur de diesel et une queue de voitures dans l'impossibilité de doubler. Mais puisque nous sommes dans un tournant et que, malgré son envie, le mastodonte ne peut pas nous passer devant, nous prenons d'un cœur léger notre revanche sur l'arrogance de leur vacarme.

En raison d'un dos douloureux, le vélo de l'ami Airoldi est équipé non pas d'une selle, mais d'un fauteuil. Une installation ahurissante, comme on n'en a jamais vu. Deux petits sièges, un par fesse. Il dit que ça fonctionne bien, mais peu de gens le croient. En outre, il a un guidon très haut, si bien qu'il pédale presque debout, avec un essuie-mains autour du cou, comme un boxeur au pesage. Entre nos deux têtes, il y a bien cinquante centimètres de dénivellation, on dirait les frères Marx. C'est aussi notre façon de profaner la montagne, de faire la nique aux vrais cyclistes qui vont bientôt arriver dans notre dos, avec leurs maillots Crazy Horse. C'est ainsi que nous avons grimpé le Gavia, une autre légende du Giro. Et c'est ainsi que nous ferons le Stelvio.

Virage 48, le premier du long compte à rebours. Audessous de Trafoi, le vallon s'élargit, le soleil surgit et nous réchauffe de trois quarts le long de l'échine. La fatigue dilate les narines, je capte des odeurs de crème solaire, d'orangeade, d'herbe sèche. Au-dessus, les grandes montagnes. La beauté de tout ce qui nous domine enlève bien deux pour cent à la pente, c'est un aimant qui nous tire vers le haut. Mais la route aide, elle aussi. Elle est taillée à merveille. Elle vous laisse toujours en deçà des limites de la fatigue. C'est un ingénieur lombard, nommé Donegani, qui l'a tracée sous les Habsbourg, en 1818.

Donegani. Les Italiens devraient lui tirer leur chapeau quand on le nomme devant eux. Sur le Stelvio, il n'y a pas que Coppi. Le mythe, c'est la route elle-même, cette montée parfaite, régulière, qui vient en aide même aux plus poussifs. Les tournants sont conçus tout exprès pour vous délasser. Ceux qui montent en voiture ne peuvent pas comprendre. Ils ne savent pas que dans ces grandes courbes à pic, sur quelques mètres on peut bel et bien descendre en pleine montée. Il suffit de rester collé au muret extérieur et d'exploiter la contre-pente. La jouissance absolue.

Trafoi. En ladin, le mot signifie « trois fontaines », c'est un beau nom. Après les auberges, des sonnailles de vaches pie alpines tout en haut d'un pré vertigineux. Encore plus haut, un vieux qui fauche, Dieu seul sait comment il ne dégringole pas jusqu'en bas. La section la plus pénible commence aux alentours du virage 34, à l'hôtel Weisser Knot. Dix pour cent, avec des raidillons. C'est là que surviennent les échappées pendant le Giro. Et c'est là que nous rattrapent les premiers cyclistes, grimpant en danseuse. Nous les entendons arriver grâce à leur respiration orgasmique. Hyper concentrés. Ils ne daignent pas nous jeter un regard, à nous autres bêtes de somme.

L'hôtel Franzenshöhe, 2 188 mètres d'altitude, dernière orangeade. C'est la fin du bois, le vent d'altitude souffle. Le ciel devient noir, on dit que du sommet on voit briller des étoiles à midi. Mais le rêve bucolique ne dure pas. Un grondement s'enfle, presque un ululement. Puis un deuxième. Un troisième. Ce sont des patrouilles de motocyclistes. Allemands, Italiens, Hollandais. Par centaines, carénés et bardés. Un bordel infernal commence, il y a même des tracteurs qui descendent, c'est un rassemblement de déments qui s'abat sur le Val Venosta. « *Traktorclub* », peut-on lire sur le bord inférieur des plaques d'immatriculation.

C'est maintenant une conque désertique qui commence, on voit les vingt derniers virages s'élever en dents de scie, l'hôtel lui-même, en haut du col, paraît être à portée de main. Mais c'est une illusion d'optique. Il manque encore six cents mètres de dénivellation, longs comme une prière, dans cette conque qui multiplie à l'infini les hurlements des motos. Vent d'altitude, une fontaine gargouille, c'est la dernière.

Elle est prise d'assaut par des cyclistes qui remplissent leurs gourdes et se dévisagent les uns les autres, un peu narcissiques. Prairies de fleurs microscopiques, jaunes, bleues, violettes. Papillons noirs ocellés de rouge.

Ce n'est plus une montée, à présent, c'est une ascension. Une assomption en plein ciel. L'air est d'une grande pureté, on entre en état de transe. Les virages s'enchaînent au-dessus des têtes, ceux qu'on vient de franchir disparaissent vers le bas et d'en haut on y voit les fourmis qui se suivent l'une après l'autre. Un vélodrome vertical. Le ciel se strie, c'est la dernière grande courbe, plus que cinq cents mètres. Les effluves qui sortent des restaurants du col, ceux de la *polenta taragna*, mi-maïs, mi-sarrasin, nous annoncent que l'affaire est faite.

« Venez manger, les cyclistes ! Venez manger, il vous faut de l'énergie ! », braille le vendeur de *würstel*, installé avec sa petite échoppe en haut du col, entre la première auberge et le panneau. Ce n'est qu'en entendant ce cri que je sors du mantra de la montée et que le vent des Lombards, arrivant de l'autre versant, me glace. Alors, seulement, nous levons le cul de nos selles et nous nous retrouvons en train d'errer, encore un peu voûtés, parmi les baraques de souvenirs et un labyrinthe d'automobiles mal garées, de cette allure ridicule de l'homme qui n'a plus de guidon devant lui.

Dans la chenille rouge des glaciers

C'est d'abord à l'odeur qu'on reconnaît le petit train suisse. Il n'en émane pas cet amalgame bien mûri de pisse, de désherbant et de sueur qui règne dans nos gares. Si l'on s'approche de lui les yeux fermés, il sent le savon de Marseille, le bois de sapin et le chocolat chaud. Ce n'est qu'après cette dégustation olfactive qu'il est permis d'ouvrir les yeux. La voici. La chenille rouge éclatante qui va m'emporter de la vallée de l'Inn jusqu'aux glaciers de la Bernina, le long de la ligne de chemin de fer la plus haute d'Europe, reliant au nord le Trentin-Haut-Adige et la Lombardie par une voie de contournement en terre étrangère. La locomotive attend en vrombissant sur la voie numéro 2. Portant un écriteau en langue ladine : « *Viafer retica* », elle a au bout du nez un chasse-neige et l'écusson frappé de l'emblème luisant des Grisons.

Gare de Scuol, en Basse-Engadine, à peine au-delà des dernières montagnes du Val Venosta. Architecture alpine de la fin du XIXe, petits salons transformés en salle d'attente, billetteries aussi ordonnées et rassurantes que des pharmacies, dépliants bien alignés, des plus grands aux plus petits, photos géantes épiques de gares et de viaducs. Une affiche montre le cheminot qui tous les jours, à quatre heures quarante-cinq, part de la gare de Bergun à bord de son chariot solitaire. Dehors, des prés bien ras, des tas de bois, l'autocar qui attend la correspondance. Tout est facile, silencieux, accessible.

À bord, des touristes avec leurs sacs à dos et bâtons télescopiques. À côté de moi, un vieillard qui lit le *Neue Zürcher Zeitung*. Au fond, les scouts d'une colonie de vacances, qui étudient leur itinéraire sur une carte aux 25/1000. Tout à coup, je prends conscience de quelque chose : mon train n'est pas un train. C'est une icône nationale. S'il ne passait pas, tous ces gens sombreraient dans une crise d'identité. Dans ses wagons, les Suisses banquettent, parlent politique, rêvassent, font l'amour. Le chemin de fer est leur lien ancestral. Le seul, peut-être, dans cette tour de Babel de cantons et de langues fédérales.

Nous partons. Châteaux, bois, ciel bleu, neige

fraîche en altitude, cyclistes qui appuient sur les pédales, circulation routière réduite à zéro ou presque, l'Inn qui jaillit vers l'Autriche. Nous roulons en douceur, sans contrecoups. La différence avec l'Italie est aussi acoustique. Il n'y a pas de tchouc-tchouc, tchouc-tchouc. Rien qu'une allure sans secousses, placide, presque érotique. Avec une voix féminine qui vous susurre en deux langues – l'allemand et le romanche – les noms des arrêts, comme si elle vous disait : « Suis-moi donc, étranger. »

Le canton des Grisons ressemble au Tyrol, mais il est moins maniéré, il y a moins de géraniums aux fenêtres et moins de chorégraphie racoleuse. On voit percer les clochetons sobres des églises protestantes. Il y a davantage d'austérité, laquelle est aussi plus communicative. J'éprouve une étrange impression de rentrer chez moi plutôt que d'en partir. Là où finit le Haut-Adige, l'Italie reparaît sur les menus, dans les pizzerias, dans les gestes, dans la langue. Finies les consonnes dures, la musique du monde latin peut commencer. Ce n'est plus *Hauptstrasse*, mais *via maistra*, grand-rue. Ce n'est plus *Schuhmacher*, mais *calghèr*, cordonnier.

Samedan, gare de Samedan. Par la fenêtre, une petite scène : un train arrive de Saint-Moritz, en sens contraire, un chariot sur pneus s'en approche, s'arrête à côté du wagon postal. Et ça, c'est déjà un pincement au cœur, étant donné qu'avec la privatisation la moitié de l'Europe a retiré ce service aux chemins de fer. Les sacs de correspondance sont déposés avec soin sur le chariot qui finit le travail en soixante secondes et passe sur l'autre voie pour la correspondance. Mais ce n'est pas tout. Du même wagon sort un vélo amoureusement protégé par une housse en plastique portant l'emblème des chemins de fer helvétiques. Un employé le prend, monte dans mon train, le suspend à un râtelier vertical par un crochet spécial. Il le fixe avec un cadenas. Fantastique. Vas-y, la Suisse, tiens bon.

À Pontresina, le convoi s'emplit de Japonais en extase, il repart, met le cap sur le Piz Bernina, le sommet de plus de quatre mille mètres le plus occidental des Alpes. L'allure feutrée prend fin, à présent notre train grince, craque, s'incline, reprend sa route. Dans les virages, il est impossible de passer d'une voiture à l'autre, les courbes ont un rayon de quarante-cinq mètres et l'angle entre les wagons est tel que le marchepied se transforme en trapèze. Sans dépasser le trente à l'heure, nous pénétrons sur un terrain presque andin. Vent, sonnailles, pierrailles, glaciers. Bref arrêt au point culminant, le buffet de la gare Ospizio-Bernina, deux mille deux cent cinquante-six mètres, dortoir et eau courante. L'hiver, à ce qu'on dit, par les nuits de lune, c'est un endroit fabuleux. Les chemins de fer vous fournissent des traîneaux pour redescendre dans la vallée.

Plongeon en direction de Poschiavo, dernier petit bout de Suisse avant la frontière. Le train descend prudemment sur plus de mille mètres, suit des trajectoires invraisemblables, décrit des courbes hélicoïdales entre les mélèzes, rencontre des alpinistes, siffle, se faufile comme un braconnier. Le contrôleur explique que cette ligne, symbole de la diversité helvétique, ce sont les Italiens qui l'ont faite. Trois mille hommes en trois ans seulement, un record. Ces mêmes Italiens qui, aujourd'hui, démantèlent les lignes de chez eux, ou les laissent se dégrader pour pouvoir les envoyer à la casse.

À Poschiavo, les trains ne se contentent pas d'arriver et de partir. Ils atterrissent et décollent, tant est prononcée la dénivellation entre la gare et l'unique voie qui monte. Notre convoi arrivant des glaciers freine, paraît sur le point de heurter le Bernina Express qui attend de partir pour Coira, puis il dévie au millimètre près, au bord du déraillement, se range à côté de l'autre convoi, s'arrête. Le chef de train, Mario Costa, m'emmène voir l'atelier. Il est si propre qu'on dirait une clinique, avec la locomotive Gem44 tout juste remise à neuf, et dans l'air une odeur de graisse et de vernis. « Pour notre vallée, le chemin de fer est primordial, explique-t-il. Et moi, sans lui, j'aurais été obligé d'émigrer. »

On parle un pur lombard, mais ce n'est pas la Lombardie. C'est encore un monde ordonné et respectueux des institutions. J'ai le sentiment de pénétrer dans une Padanie qui pourrait exister, différente de celle de la Ligue du Nord, une Padanie capable d'un fédéralisme responsable, qui ne mettrait pas toute sa roublardise à défendre ses propres jardins, ni à s'aplatir devant des hommes providentiels. Mais ce petit train d'un rouge flamboyant – symbole bien fourbi de la chose publique – qui m'insuffle l'espoir en glissant vers la frontière et vers Tirano, son terminus, m'enlève aussi toute possibilité de fuite. Maintenant, je ne peux plus dire : « Ici, ce sont des Allemands, ils ont l'autodiscipline inscrite dans leur ADN. » Non, ce sont des Latins, comme nous. Nous n'avons plus d'alibi.

Se déplacer de nuit, comme un Touareg dans le désert

Dans les années 1980 encore, du haut du Monte Guglielmo, au moment des premiers froids, on pouvait voir à ses pieds le Val Trompia couvert d'une prairie de nuages. Au-dessus, le soleil resplendissait et, au-dessous, une couette boursouflée et duveteuse stagnait sur le Val di Mello, s'épaississait au-dessus des aciéries et des fabriques d'armes, engourdissait les environs de Gardone, Sarezzo et Concesio, jusqu'à Brescia. Aujourd'hui, il fait chaud jusqu'en décembre et le fond de la vallée n'est plus caché sous le moindre plafond. La montagne ne navigue plus ; elle étouffe, tout simplement, dans une couche de miasmes. Les affiches publicitaires vous bombardent d'images arctiques en prévision de la saison du ski, mais il n'y a pas de neige. Dans la chambre à gaz du Val Trompia, il n'y a plus d'air, il n'y a plus d'eau, ni même de terre, mais personne n'a l'air de s'en soucier. Les Italiens restent penchés sur leurs portables et ne regardent plus vers le haut. Ils rêvent de débats télévisés et de centres commerciaux ; ils ne voient plus la nature.

Je retourne sur le Guglielmo avec Fausto De Stefani, vainqueur de tous les *Ottomilla*, les quatorze sommets de plus de huit mille mètres existant sur la planète. Nous sommes en janvier, là-haut en altitude le temps est si doux et si calme que nous allons bivouaquer sous la crête qui sépare le Val Trompia du Val Camonica. Fausto vient de Mantoue, il a une barbe et des cheveux noirs et longs, hirsutes ; il monte comme un elfe, de pierre en pierre, le long du torrent qui a nom Re. Il possède parfaitement le terrain et n'a pas besoin de carte. « Je ne viens pas ici pour m'entraîner, dit-il, mais pour oublier le monde. » Depuis que le climat est devenu fou, il a changé ses habitudes. Il se déplace de nuit, comme un Touareg dans le désert. Cette fois aussi, nous sommes partis l'après-midi, pour bivouaquer en altitude. C'est possible : il n'y a pas de neige.

Un mois auparavant, en décembre, nous sommes montés en haut de l'Adamello, tout à fait seuls. En bas, il y avait le Val Genova, un entonnoir glaciaire aussi beau que la vallée de Yosemite en Californie.

Tout en haut, au-dessus du refuge Mandron, au pied du glacier Pian di Neve, les cascades étaient toutes en éveil, même la nuit. La lune jouait dans les petits ruisseaux, l'amphithéâtre gargouillait sous les étoiles, le Sarca serpentait au milieu du dépôt morainique, recueillait l'eau de la fonte, avant de se précipiter en direction de Pinzolo et de devenir le lac de Garde, le Mincio, le Pô. C'était la lourde respiration du plus grand glacier des Alpes, qui recule d'un kilomètre tous les dix ans. Le front glaciaire perdait de l'eau à toute force. Une hémorragie impossible à arrêter.

La montagne avait la fièvre. Elle s'était toujours tue, lors des nuits d'hiver ; le gel l'avait toujours enfermée dans un étau de silence. C'était fini, désormais. La masse blanche supérieure ne resplendissait pas de neige fraîche, mais reluisait, nue et translucide, comme un écu. Quelques séracs étaient encore ouverts, comme en été. Avant l'aube, sous les séracs terminaux, des chamois s'étaient glissés tout près de nous, en silence, comme le souffle d'âmes perdues. Seuls les charbons ardents de leurs pupilles révélaient la trajectoire du troupeau sur les pierrailles.

Nous remontons rapidement le torrent. Après l'auberge Rendena, c'est la fin du monde et le début de la montagne. Un pont médiéval, des marmites débordant d'eau cristalline, d'anciennes charbonnières, des roches marquées par le premier passage commercial du fer, traîné à bras d'homme du Val Trompia aux anciennes fonderies du Val Camonica. Le roi des hauts sommets adore se faufiler dans ces vallées latérales étroites des Préalpes, impossibles à domestiquer. Ici, plutôt que dans les parcours « héroïques » des altitudes extrêmes, il sait qu'il trouvera les authentiques espaces sauvages, une richesse de silence, mais aussi de mémoires et de rencontres, qui n'ont pas d'égaux dans la montagne italienne.

« Dans les endroits de ce genre, dit-il, la qualité de l'expérience intérieure est infiniment plus élevée. » Et il me raconte les fuites des partisans dans le Val Daone, le Val Breguzzo, dans les terribles ravins latéraux du Val Genova ou sur les amphithéâtres qui sillonnent vers l'est le Monte Baldo, au-dessus de l'Adige. Des itinéraires de loups, découverts sans cartes et sans guides.

Nous ramassons du bois sec pour alimenter notre bivouac. Avec le couteau à cran d'arrêt de Mauro Corona, je taille deux brochettes pour y enfiler des saucisses épicées que j'ai rapportées du Tyrol. Cela réconforte de manipuler un objet offert par un ami. Nous allumons le feu. Nous sommes aussi seuls que deux Cheyennes à la chasse aux bisons, en haut de ces montagnes oubliées, entre le lac de Garde et le Val Camonica. De l'autre côté du col, le Passo del Maniva, se trouve le Val di Caffaro, avec son accès à l'Adamello, qui n'est plus guère usité. Au-dessous, à Bagolino, on célèbre un des plus beaux carnavals d'Europe, avec des danseurs masqués et des musiciens qui vont de maison en maison jouer des tours aux riches et favoriser bien-être et santé en singeant les danses efféminées du XVIIIe siècle. De l'autre côté, au sud, la Padanie s'enfonce dans un funèbre matelas d'air gris. Je me demande si quelqu'un en bas – un moderne Noé – est occupé à construire une arche pour fuir le déluge. Mais peut-être le mont Guglielmo est-il déjà une arche qui flotte. Nous sommes deux naufragés sur la dernière épave ; tout autour, des miasmes, des grèves désertifiées, des terres sans couleur nous assiègent. D'ici, l'imminence d'une « grande peur » climatique est tout à fait perceptible, mais je sais que la langue journalistique ne suffit pas pour expliquer ce qui va arriver.

La terre ravagée depuis des décennies ? Un désastre qui dure des décennies ne fait pas sensation.

La comptabilité fait peur : le glacier du côté nord de l'Adamello a disparu, celui de la Lobbia s'est détaché du refuge, le Pian di Neve s'est abaissé d'une centaine de mètres. La face nord du Montefalcone est devenue impraticable, le couloir du Monte Nero sur la Presanella n'existe pratiquement plus. Et sur le mont Blanc aussi tout a changé. Des voies qui ont fait l'histoire de l'alpinisme ont disparu ou sont devenues impraticables : les Courtes, les Droites, le mont Blanc du Tacul. « Tout se passe sous nos yeux à une vitesse démente. À ce rythme, d'ici à quinze ans nous n'aurons plus de glaciers sur les Alpes. Et notre système hydrique sautera en l'air. » Mais chez De Stefani, ce n'est pas le découragement qui se manifeste. C'est la rage, le dégoût que lui inspire la politique qui fait semblant de ne rien voir. « Il est en train de se passer quelque chose de profondément immoral. On continue de faire main basse sur ce qui appartient à tous, comme si c'était inépuisable. L'eau publique disparaît, mais on la pompe afin de couvrir les pistes de neige artificielle. L'été, on s'obstine à vendre le ski de glacier et on taille le glacier à la hache pour assurer des dérapages au premier connard venu. Avec les deniers publics, on ouvre des chantiers pour construire de gigantesques installations à des altitudes dangereuses ; et puis, quand la neige n'arrive pas, on réclame un surcroît d'argent public en invoquant la catastrophe naturelle. Tout ça est la faute de gens irresponsables, le gaspillage ne peut plus durer. »

Dans le Val Trompia, les vieilles installations de remontée mécanique en direction de Collio et du Passo del Maniva sont encore en place, immobilisées depuis vingt ans, rouillées et tordues comme des harpons dans la gueule d'une baleine. Personne ne les enlève, parce que ça coûte trop cher. Du moins servent-elles à indiquer l'ancienne ligne du front, le retrait de l'hiver. C'est la même chose à Valsassina ou à Novezza sul Baldo et dans une centaine d'autres lieux. De l'archéologie industrielle. En Suisse, il est interdit depuis des années de construire des installations au-dessous de mille huit cents mètres. Chez nous, on agit en douce. On projette des pistes à des altitudes ridicules, sur des pentes qui ne le sont pas moins. Sur le mont Baldo, à Novessina, on a construit des remonte-pentes qui ne fonctionnent même pas avec la neige artificielle. On dilapide de manière insensée de l'argent et des ressources. Quand même, ne valait-il pas mieux le donner aux bergers des alpages, cet argent, pour garder la montagne en vie ? Le Club alpin devrait clamer un peu plus fort son indignation contre de telles absurdités.

Nous étendons nos matelas et nos sacs de couchage avec des mouvements volontairement ralentis, la soirée d'un bleu indigo est si douce que nous n'avons pas besoin de tente. Fausto n'est pas Messner, il parle rarement de ses *Ottomilla*, des moussons et des glaciers asiatiques, couleur d'opale. On a dû l'amputer des doigts de pied, qui avaient gelé : à sa place, un autre aurait alimenté les légendes à son propre sujet, pour en tirer parti. Pas lui. On dirait qu'il a noué avec ces géants de la planète un rapport impossible à communiquer et qui n'appartient qu'à lui.

Coucher de soleil. De Stefani s'indigne : « Il y a quelques jours, sur la Marmolada, il y avait tout un vacarme d'hélicoptères qui emportaient des skieurs en altitude. Et puis des motoneiges, qui montaient et descendaient, sans la moindre assurance, ni même d'immatriculation, et qui jouaient les gros bras. C'est une insulte à ceux qui cherchent un lien loyal avec la nature. C'est l'humiliation de la montagne, l'anéantissement de la qualité de l'expérience... » Dans le Val di Non a eu lieu la marche traditionnelle, raquettes aux pieds, la *ciaspolada*. Elle était née il y a bien des années, afin de contrer par un moyen naturel le totalitarisme du ski industriel et médiatique. De nos jours, la neige artificielle est arrivée jusque-là. Quinze mille mètres cubes, apportés par camions. Et aussitôt les concurrents, par milliers, de sautiller comme des canards le long de ce simili parcours, sur lequel ils auraient mieux fait d'aller avec des crampons.

Les étoiles. Le silence nous protège et nous régénère ; il enveloppe chaque phrase dans un étui qui l'anoblit et l'expédie vers une mystérieuse oreille planétaire. « J'ai entendu des silences de toutes sortes, me confie l'homme des neiges. Le silence feutré du Pô, en hiver, avec la neige qui te recouvre comme un linceul, et celui, terrifiant, des *Ottomilla*, rompu par des hurlements et des grondements produits par les mouvements du glacier sur la paroi nord de l'Annapurna. » Le feu brûle, dessine une auréole rougeâtre autour de la barbe de Fausto, les étincelles montent en tournoyant vers les étoiles.

De Stefani est un bienfaiteur : à Katmandou, au Népal, il a construit une école professionnelle pour plus de huit mille enfants, qu'il finance en donnant des conférences en Italie, ou en faisant appel à des amis épris de son idée. C'est une guerre de résistance personnelle, en faveur d'une montagne déflorée par un alpinisme de mufles et de colonialistes. À Katmandou, Fausto est un des rares Européens que l'on aime vraiment. On y raconte une histoire à son sujet : un jeune orphelin refusait d'étudier et Fausto, l'ayant pris à part, lui demanda pourquoi. Le petit répondit que son père lui avait promis d'escalader avec lui la montagne sacrée, le Kailash, mais ensuite il était mort et donc ce rêve ne se réaliserait jamais. « Ne t'inquiète pas, dit le grand tonton européen, moi, je vais t'y emmener, mais, en attendant, étudie. » Le petit obéit, obtint de bons résultats et partit avec Fausto vers le sommet de ses désirs. Ils firent l'excursion tout seuls, pendant des semaines, se racontant mutuellement leur histoire, faisant cuire un peu de riz et hissant la tente tous les soirs.

« Les *Ottomilla* sont une expérience qui vous vide et vous régénère. Je me rappelle qu'après avoir gravi le Kanchenjunga, quand je suis arrivé au camp de base, je me sentais comme un zombie. J'étais sale, méconnaissable, l'ombre de moi-même. Eh bien, je me suis lavé et, avec cette eau limpide, la vie a recommencé à couler en moi, jour après jour. Lentement, le vase vide s'est empli d'énergie positive. Là où les autres voyaient de la grisaille, moi, je voyais des couleurs resplendissantes… C'est pour cette raison, je crois, qu'on recherche la fatigue. Si elle vous restait toujours dans l'esprit et dans les muscles, personne ne l'accepterait. Mais si on la considère comme un passage nécessaire vers la régénération, elle devient divine. En montagne, on se fatigue et ce n'est pas un hasard si la montagne est un lieu divin. Seule la culture chrétienne, au temps de l'obscurantisme, y a vu le territoire du démon. En Orient, au contraire, tu y trouves le dieu Shiva ou bien le Père des montagnes de glace, le Muztagh Ata… »

Je me glisse dans mon sac de couchage, la nuit est longue, étoilée, silencieuse. Le ventre à l'air, Fausto ronfle, serein, sans le moindre sursaut… le sommeil du juste. À sept heures, l'aube est du rose pastel des tropiques. On se croirait en avril. Les marmottes sont éveillées, elles sifflent, elles ne parviennent pas à trouver la léthargie de l'hibernation. Les ours du massif de la Brenta circulent toujours. De même que le blaireau, le putois et la fouine. En bas, dans la vallée, les pommiers ont fleuri avec deux mois d'avance. Dans la plaine, les mésanges sont comme folles et le merle prépare déjà son nid. « On dit que la nature se venge, ricane Fausto, mais de quelle vengeance parle-t-on. La nature reprend son bien. C'est nous qui massacrons le territoire. Je ne peux plus me taire. On fait de vraies saloperies. On construit des cathédrales dans le désert. La liaison entre le plateau du Cansiglio et Piancavallo dans le Frioul. Le domaine skiable de Pinzolo à Madonna di Campiglio, au beau milieu d'un parc naturel d'une importance communautaire. Quel scandale. Il y a vingt ans, la révolution aurait éclaté. Aujourd'hui, tout le monde se tait. Les Italiens sont devenus inertes. Il ne reste plus que la peur et, celle-là, on la sent, et comment ! Elle a déjà envahi le subconscient. Quand Alex Zanotelli, le père combonien[1], est allé dans le Trentin parler de la crise hydrique, les salles étaient bondées. Les gens savent qu'il ne faut pas plaisanter avec l'eau. Il a tout pigé. Il a compris que quelqu'un voulait privatiser l'eau et que ce quelqu'un passe comme il veut par-dessus la politique et le gouvernement. Droite ou gauche, c'est du pareil au même. Personne n'a le courage de dire qu'on ne peut plus continuer de faire semblant de croire que les ressources naturelles sont inépuisables, personne n'explique qu'il suffira de cinq pour cent d'eau en moins pour que les villageois du Mincio se retrouvent en slip. On continue comme si de rien n'était, on pompe de l'eau potable pour arroser le maïs. C'est immoral. Sans les glaciers, tout changera,

1. Né en 1938, longtemps actif parmi les populations les plus démunies d'Afrique, apôtre de la paix et de la non-violence.

d'ici jusqu'à l'embouchure du Pô. C'est tout de suite qu'il faut y penser. »

Là où finit l'Afrique

Quand on la prend en partant du lac de Côme, la Valteline possède deux redoutables gardiens. D'une part, le fort de Fuentes, datant du XVIIe siècle, couvert de végétation, vestige solitaire de la domination espagnole à Milan et ultime avant-poste, on ne peut plus catholique, face aux protestants des Grisons. De l'autre, Walter Bonatti, né en 1930, peut-être le plus grand alpiniste du monde, qui a choisi d'y installer ses pénates.

Pour construire son refuge, Bonatti s'est littéralement démoli le dos en transportant d'énormes blocs de granit. Ses mains noueuses, de même que ses rides de Cheyenne, racontent – lorsqu'il me salue sur le seuil de sa porte, un soir d'hiver – toute l'histoire de cet homme « contre », qui ne s'est jamais abaissé à faire des compromis avec quiconque. Ces mêmes mains, toutefois, coupant l'air avec douceur, pour ne pas dire avec circonspection, révèlent la prudence infinie d'un être qui, autrement, n'aurait pu survivre à tant de tempêtes. Un misanthrope, dit-on de lui ; toujours à polémiquer. Moi, je vois plutôt un dalaï-lama solitaire, loin des misères de la vie, mais toujours capable de s'indigner contre l'Italie et les Italiens. Je l'écoute et il m'enflamme encore, comme il le faisait dans les années où je tentais mes premières escalades.

Ne demandez pas aux habitants du coin où habite Walter. Ce n'est pas comme de s'enquérir de Messner auprès des Sud-Tyroliens qui ont tous en mémoire la route de Funes, sa vallée, ou celle de son château tibétain aux confins du Val Venosta. Ici, c'est un autre monde. « *L'è miga di noss* », me répond quelqu'un à qui je demande le renseignement à Morbegno. Il n'est pas des nôtres. Certes, Walter est bergamasque. Et ici, pour ne pas être « des nôtres », il suffit d'être né à une vallée de distance. Cette terre est précautionneuse : avec « l'ennemi » protestant, à la frontière des Grisons, il y a eu des décennies de massacres. On l'entend dans les sonorités de bronze, quasi militaires, des campaniles lombards. Campaniles-sentinelles, coiffés d'un casque à pointe. Pour mieux s'appeler d'un côté à l'autre de la vallée, ils sonnent l'heure avec un décalage, on dirait un long tam-tam métallique donnant l'alerte dans la savane. En montant jusque chez Bonatti, j'ai entendu six fois sonner midi.

Rien de plus facile à découvrir que le localisme de cette vallée constellée de banques, d'églises gigantesques et d'appellations contrôlées, à pic sur le fleuve, mais en même temps envahie d'hypermarchés, de mégastores, de discothèques, de barrages, de lignes électriques et de cathédrales du tourisme. Une parfaite montagne italienne, riche et subalterne, incapable de gérer le développement des basses terres. Hier, descendue par les Lansquenets, aujourd'hui remontée « en mode saumon » par les armées de la mondialisation. Un jour, le sociologue de la Valteline, Aldo Bonomi, m'a dit, non sans souffrance : « La maladie de mon territoire produit de la rancœur et un comportement localiste qui n'est jamais érigé en système. »

Qu'on essaie de demander aux habitants de la vallée ce qui est *di noss*. Ils répondent aussitôt : « L'eau, notre eau. » Puis ils montrent les câbles qui apportent la haute tension dans la vallée et qui vrombissent à mi-côte, faisant avorter les vaches par la faute de leur influence néfaste. Et ils vous disent à peu de chose près ceci : « Sans notre énergie, Milan ferme boutique. Le grand Milan, qui est encore pire que Rome la voleuse. Et, pendant ce temps, la Valteline galère, elle se prive de ce qui est à elle, sans rien recevoir en échange. C'est la poule aux œufs d'or qui pourrait être encore plus riche si seulement on la laissait se gérer toute seule. » L'eau en tant que ressource, malédiction, saignée.

Bonatti sourit, le temps l'a adouci. Je m'en aperçois quand il m'emmène dans la pièce où il a ses archives et quand je revois les photos de ses débuts. Elles montrent un individu en guerre contre lui-même. Aujourd'hui, l'homme et sa volonté ont fait la paix. Sa voix aussi le révèle, plus ronde, convaincue. Et puis il y a la présence de sa compagne, Rossana Podestà, une femme qui est devenue actrice par erreur, sans vraiment aimer cet univers – c'est elle-même qui le dit. Rossana, née en Libye, exploratrice peut-être encore plus tourmentée que Bonatti lui-même. Elle qui, dès la petite enfance, se sauvait de chez elle pour aller manger chez les femmes touareg le couscous malaxé avec de la salive. « C'était délicieux », se rappelle-t-elle d'un ton nostalgique, comme si elle songeait à une liberté perdue.

Nous allons nous promener au-dessus de leur maison, vers la Valle dei Ratti. La montagne est sèche en plein hiver, on n'a jamais vu une année comme celle-ci. Mais la visibilité est illimitée et les mains de Walter dessinent la position unique de son nid d'aigle. Si les Alpes forment un arc parfait, c'est là le point médian de cet arc. La flèche s'appuie là, forme un angle de quatre-vingt-dix degrés avec la Valteline. Comme dans la légende de Guillaume Tell, cette flèche partagera aussi l'Europe comme une pomme, fruit dont les Alpes sont, la chose est notoire, le trognon. Elle la traversera entièrement, fendant aussi le pétiole, qui sur l'atlas a nom Danemark.

« La voilà, la vraie grande route à faire », dit Walter, démolissant d'emblée mon trajet d'est en ouest. Les Alpes, il faut les franchir, pas les contourner. C'est ce que disent la géographie et l'histoire. Les voies romaines, les sentiers, les chemins de fer, les tunnels, Hannibal, Goethe et Napoléon. Et aussi les Lombards, Barberousse, les contrebandiers, la position des églises et des forteresses, et même les chariots qui transportaient le vin d'Italie en Allemagne. Sans oublier les pèlerins, les routes du jubilé, les commerçants, les émigrants, les routes du sel et de l'ambre. « Je me suis lassé de l'alpinisme, confie Walter, mais pas des explorations. Je ferais bien une route comme celle-ci, vers le col du Splügen. J'irais à pied du Pô au Danube, avec mon sac à dos et ma tente. » Et ses yeux brillent encore de l'envie de partir, incognito, sans projecteurs. Comme à Vrata, le village au-dessus de Fiume, où commencent les Alpes et où mon aventure a démarré, il faudrait être capable de percevoir que nous sommes tout près du cœur secret de la chaîne de montagnes et peut-être de l'Europe. Sur la terrasse de sa maison, l'index de Walter passe des Alpes bergamasques à la pyramide en granit du Piz Badile, où il a fait ses premières armes d'alpiniste. Tout est à portée de main. Au nord, à moins de cinquante kilomètres, le premier affluent du Rhin et la ligne de partage des eaux avec la mer du Nord. À l'est, l'Adda qui arrive de Bormio et oblique vers la Méditerranée. Et au nord-est, sur la bissectrice de ce carrefour unique dans les Alpes, à seulement quarante-cinq kilomètres, voici l'Engadine, au-delà du col de la Maloja, avec les sources de l'Inn qui coule en direction du Danube, des Balkans et de la mer Noire.

Nous sortons de la forêt, tout à coup la roche

change de couleur, indique un autre *limes*, vieux de plusieurs millions d'années. « C'est la *Linea insubrica*, la ligne insubrienne », précise Walter, le point où la plaque africaine est entrée en collision avec la plaque eurasienne, engendrant les Alpes. Cette ligne serpente, comme une maille lâchée dans un tricot, tout le long de la vallée, se poursuit à l'est, en direction du Val Venosta et du Val Pusteria ; à l'ouest vers le Val d'Aoste. Passant au sud du mont Rose, dans le Valais, et traversant le Valle del Cervo, elle révèle son plus grand point de friction. La montagne se cabre : ses profondeurs plutoniques ont été fondues, comme une seule masse de bronze, et soulevées vers le ciel par une force cyclopéenne. Ce n'est pas un hasard si, à cet endroit même, se situe le sanctuaire d'Oropa, peut-être le plus important des Alpes, héritier d'antiques divinités préromaines.

Bonatti m'indique d'impressionnants blocs de moraine, apportés il y a des milliers d'années par les glaciers d'outre-Alpes. « Des roches qui arrivent de Berlin, appuyées sur un escarpement africain. Voilà, j'habite dans un paysage qui n'a aucun rapport avec le quarante-sixième parallèle. » Nous regagnons sa demeure, Rossana nous attend, avec le feu dans la cheminée. Elle a préparé des courgettes farcies cuites au four et un bœuf braisé. À table, nous parlons encore du col du Splügen et de sa route mythique de saints, d'aubergistes et de charretiers. Nous imaginons l'itinéraire que nous suivrions à pied pour aller du Pô au Danube, en remontant l'Adda. Voyage à deux, sans réserver de nuit d'hôtel, avec une tente à notre suite, en cas d'urgence. Le soir, nous frapperions aux portes des maisons, là où il y aurait de la lumière à la fenêtre.

Et pourtant, l'ombre du K2 est toujours là, comme une parenthèse. Personne, en dehors de Walter, n'a plus parlé de cette vilaine histoire. Quand Puchoz, originaire du Val d'Aoste, est mort, le chef de l'expédition, Ardito Desio, a interdit à ses compagnons de descendre au camp de base pour rendre hommage à sa dépouille et cela parce qu'il ne voulait pas retarder d'une seule minute la course au sommet, lequel devait à tout prix être vaincu par les Italiens. Desio avait sur l'équipe un pouvoir absolu et il avait été préféré au plus prestigieux Riccardo Cassin, qui était à l'époque le plus expert des alpinistes italiens. Quelqu'un s'est rebellé contre cet oukase, on en est même venu aux poings, on a frôlé des sanctions de cour martiale, mais ensuite la victoire de Lacedelli et Compagnoni a fait le silence sur toute l'affaire. Y compris sur la mort à laquelle Bonatti a échappé de justesse.

On n'en revient pas de constater que, après cette expédition historique, personne ne se soit préoccupé du sherpa pakistanais Mahdi qui, obligé de bivouaquer sans la moindre tente à huit mille mètres d'altitude, revint avec les doigts de pied gelés. On lui offrit – fallait-il être bon ! – une médaille d'argent, deux mentions honorifiques, mais pas le moindre sou. Et le compte ne fut toujours pas réglé lors de l'expédition du cinquantenaire, pourtant gavée d'argent par le ministre de l'Alliance nationale, Gianni Alemanno. Nous n'avons pas laissé une belle image de nous-mêmes, avec quelques-unes de nos expéditions « d'État ». Lors de celle de Monzino, sur l'Everest, vingt ans après le K2, le chef réclama une tente installée avec des meubles de style, les sherpas furent payés le triple du tarif courant, dans le but de déstabiliser le marché, et les hélicoptères militaires de soutien furent utilisés, les jours de mauvais temps, pour emmener les alpinistes se distraire au casino de Katmandou. Je crois que parfois, les pires ennemis des Alpes sont justement les alpinistes, qui font des caprices de *prima donna* à l'ego hypertrophié. Les « ismes » sont souvent détestables, ils cachent une embrouille. Comme le cyclisme, l'activité la plus éloignée de la bicyclette qui soit au monde.

Le soir descend, au-dessus des méandres de l'Adda s'est condensé un tapis d'ouate qui laisse transparaître des grumeaux de lumière en provenance de Delebio et Morbegno. Devant moi, j'ai la masse noire sinusoïdale des Alpes bergamasques, vers le Picco dei Tre Signori. Les Alpes bergamasques sont des montagnes fantastiques, me dit Walter, et méconnues même des habitants de Bergame et de la Valteline. Je sens en lui un fond de nostalgie, voire de regret, à l'idée d'avoir négligé ce monde secret lors des années du « Grand jeu » sur le mont Blanc.

Je lui raconte qu'une fois, dans les Préalpes bergamasques, au-dessus du hameau d'Ollera, dans le Val di Neve, à deux pas de la plaine, j'ai rencontré dans la neige, un troupeau conduit par un homme solitaire, serpe à la ceinture, peau ravinée par les intempéries, qu'on surnommait Barba di Gropp. Il descendait comme au ralenti et ses brebis, elles aussi, formaient un fleuve paresseux. Sa barbe grise lui arrivait aux genoux, il ne la taillait jamais. Elle était si longue qu'il la rentrait dans son chandail, au point qu'elle avait pris vers la pointe un reflet jaune moutarde qui au contraire brillait par son absence dans la partie exposée au soleil. Il portait un bâton vieux de trois cents ans, il a cherché à me répéter le nom de ceux qui en avaient été propriétaires avant lui, mais à un moment donné il s'est arrêté, parce que, m'a-t-il expliqué, les doigts des deux mains ne lui suffisaient pas pour autant de générations.

C'était dans la bouche de cet ermite que j'avais entendu pour la première fois un parler bergamasque qui ne fût pas entaché de ces barbarismes propres aux zones urbaines. Barba di Gropp descendait d'un pas doux dans la chênaie, criait « *Biri !* » à ses bêtes qui aussitôt l'écoutaient, en se tournant vers lui et, moi, j'avais l'impression d'être en Mongolie, plutôt qu'en Lombardie. « Un jour, j'étais tombé gravement malade, m'a confié le berger, j'avais perdu conscience. Je rêvai que j'étais devant une porte ouverte emplie d'une lumière forte et rougeâtre. Sur le pas de cette porte se tenait saint Pierre. Il me fit signe d'entrer, mais je lui dis : "Voyons un peu qui a la barbe la plus longue." Le vieux était sûr de me battre. Je sortis la barbe cachée sous mon chandail, elle faisait un mètre de long et je gagnai. À mon réveil, ma fièvre était tombée et j'étais hors de danger. » Barba di Gropp disait qu'un homme qui vit au grand air ne rêve pas de la même manière que les gens de la ville. Et, surtout, il sait déchiffrer ses propres rêves.

Bonatti écoute, fasciné comme un petit garçon, puis la lune sort du sommet des Alpes bergamasques, elle illumine sa chevelure d'argent. Le vent se lève, c'est celui qu'on appelle le *Ventone san Vincenzo*, qui descend du Val Bregaglia. On dit que le *Tivano* arrive de Chiavenna, par mauvais temps, alors que dans la Valteline, quand il fait beau, s'engouffre un courant d'air appelé *Borgognone*. Quels grands noms ! Mais peut-être les phénomènes que l'on rencontre devant chez Bonatti sont-ils des esprits plutôt que des vents. Nous ressortons sur la terrasse, maintenant Walter ressemble à un commandant de bord inquiet sur le pont d'un voilier. La montagne n'est plus sa montagne, les habitants des vallées ne sont plus les mêmes. Depuis la terrasse, nous voyons un fleuve de nuages bas qui se répand depuis le lac de Côme, une masse liquide et lente, qui se heurte contre les parois rocheuses, engendre un ressac, des brisants, des marées, des vagues anormales, comme des doigts crochus qui se forment et se dissipent sans interruption dans les dernières lueurs du jour. Un bref instant, les montagnes ont recommencé à naviguer[1].

1. Walter Bonatti est mort en 2011, Rossana Podestà en 2013.

6

De Chiavenna au Tessin

Une fille en tenue légère après le dîner

À Chiavenna commence une montagne mystérieuse, pleine d'auberges, de sanctuaires et de légendes. Les routes parlent de riches caravanes de vin, d'armes, de salpêtre, de fromage, de tissus et même d'or, de voyages épiques, avec traîneaux et chevaux, d'auberges perdues, d'éboulements catastrophiques et d'incursions dévastatrices de mercenaires. On raconte que, au temps de la Renaissance, Piuro, en direction du col de la Maloja, fut riche au point d'offrir aux marchands qui faisaient étape au palais Vertemate – le plus bel édifice des Alpes lombardes – une fille en tenue légère après le dîner. On la faisait descendre des étages supérieurs, à travers une trappe dans le plafond, assise sur une balançoire, dans une pièce dite « chambre des délices ». Puis, s'il faut en croire les curés, Dieu châtia ces mœurs dissolues et détruisit la moitié du village sous un éboulement.

Pendant des siècles, les cols ont orienté les flots de voyageurs sur telle ou telle route, et ces routes, à leur tour, ont déterminé la richesse et la décadence des lieux. À Chiavenna, elles se ramifient dans toutes les directions ; le campanile du bourg est le centre d'une parfaite rose des vents. Au sud, le lac de Côme et la

Padanie. À l'est, la Valteline et le Trentin. Au nord, le Spluga ou col du Splügen, appelé un temps le Passo dell'Orso, le pas de l'Ours, roi oublié des cols alpins, où nous monterons à pied. Au nord-est, l'Engadine, avec l'Inn qui descend en direction du Danube. À l'ouest, les hauts cols menant au Tessin. Et un millier de petits passages transversaux, tous en rivalité les uns avec les autres. Là, au cœur des Alpes du milieu.

À San Giacomo, au-delà du carrefour en direction de la Maloja, je me retrouve derrière un troupeau qui a envahi la route. C'est le signe qu'il n'y a plus de circulation vers le Spluga. Dans les années 2000, qui doit franchir les Alpes emprunte un tunnel et, au Spluga, il n'y en a pas. C'est donc devenu un col réservé aux amoureux de la montagne. Le berger m'indique l'incroyable fissure qui monte au nord vers le sanctuaire de Gallivaggio, le col et la vallée du Rhin. « Dans le temps, le col n'était jamais fermé l'hiver. Les chevaux tiraient une grille en métal sur laquelle se trouvaient des hommes qui tassaient la neige avec leurs gros godillots. » On les appelait, à ce qu'il paraît, des *rottieri*, car ils ouvraient la *rotta*, la route pour les traîneaux. La circulation n'était interrompue que par les tempêtes, quand les cloches sonnaient le tocsin. De nos jours, de novembre au mois d'avril, le col est entièrement bloqué, même par beau temps.

C'est à Gallivaggio que se trouve l'homme qui me servira d'ouvreur jusqu'en Suisse. Il arrive tout juste de Milan à moto, il est en train d'entasser sa combinaison, son casque et ses lunettes sur le tabouret du bar. C'est un garçon particulier. Il porte une cravate, même en randonnée, « par respect des lieux », il hait l'automobile et ne dort que dans les hôtels dont le nom fleure bon l'ancien temps : Aquila d'Oro (L'Aigle d'or), Alla Posta (Hôtel de la Poste), Orso Nero

(L'Ours noir). Il se désole de s'être trompé de siècle, parce que, dit-il, « l'ère des grandes explorations est révolue ». Son modèle est Luigi Bertarelli, fondateur du Touring Club italien, l'homme qui voulut affranchir notre pays de l'esclavage du Baedeker. Son nom : Albano Marcarini, « voyageur désuet », cartographe et urbaniste, expert ès routes, auteur de guides écrits à la main et illustrés par des aquarelles.

Nous préparons nos sacs sous le portique de l'antique sanctuaire de Gallivaggio, gigantesque au pied des parois de granit gris, puis nous prenons le sentier sous la pluie en direction du hameau de Rasdeglia. Prairies, gorges, toponymes antiques et puissants : Somaggia, Starleggia, Groppera. Campodolcino nous révèle un pont médiéval qui ressemble à celui de Mostar. Un rayon de soleil, entre les nuages, illumine une vallée parsemée d'énormes masses, translucides, précipitées des parois cinq ou six cents mètres plus haut. Nous continuons en silence au-delà d'un arc-en-ciel, aussi réguliers que des métronomes, jusqu'à Isola, au fond de la vallée. Nous passerons la nuit à l'auberge Il Cardinello (Le Chardonneret), dernière halte de poste de l'ancienne route, près du lac artificiel qu'on atteint avant le col. C'est un édifice ancien, loin de la circulation de la *Statale*, tenu depuis trois siècles par la même famille. Parfum de mousse, de bois et de polenta.

Quelle merveille de trouver un endroit qui ne ressemble pas à l'habituelle bonbonnière autrichienne pour touristes. Ici, c'est un endroit fait pour nous, atmosphère austère du XIXe siècle, avec le plat de *pizzocheri* [1] fumants qui attendent dans la *stua*, la salle lambrissée de bois noirci. Le plafond bas, le poêle en

1. Pâtes à la farine de sarrasin, aplaties au rouleau et taillées en rubans grossiers, cuisinés avec des légumes. C'est le plat traditionnel de cette région.

pierre, les daguerréotypes des ancêtres dans leur cadre, les planches qui craquent, les murs gauchis, désormais privés de symétrie. À côté de nous, cinq convives discutent à voix basse en dialecte suisse allemand. Ils parlent d'éboulements, de sentiers, de barrages. L'un d'entre eux se présente : Kurt Wanner, historien du Spluga. Une armoire à glace. Il sait tout sur cette route. Il mentionne les passages de Goethe, d'Érasme venu de Rotterdam, du général français Macdonald qui perdit des centaines de soldats dans une avalanche en franchissant l'hiver les gorges en amont de l'auberge. Avec la pluie, son récit fait disparaître toute notion de temps, il devient légende.

Nous étalons la carte aux 25/1000 sur la table, le patron apporte une *grappa* aux myrtilles, et la discussion s'engage. Sur la carte, on peut voir des tracés violets, jaunes, verts, orange. Ce sont les vieilles routes du Spluga. Il y en avait au moins cinq, se rappelle Marcarini. Une datant de la préhistoire et de l'époque romaine, une de l'époque romaine et du haut Moyen Âge, une du XIVe siècle, une de 1643, et enfin une variante de 1716. Un enchevêtrement illisible. Puis, raconte Wanner, il y a une trentaine d'années, apparut un berger, un autodidacte. Il s'appelait Tomas Planta. Il vagabonda à pied pendant des années avec ses troupeaux, emplit des cahiers entiers de notes, puis il se présenta à un congrès et lança un défi à la culture officielle. Les rats de bibliothèque mirent des années à comprendre qu'il avait raison, le berger dépourvu de lauriers, et que ces routes existaient encore. Elles furent simplement nettoyées, dégagées et rendues accessibles aux passants.

La matinée est grise. La gorge du Monte Cardine nous attend, une épreuve pour les voyageurs. Le propriétaire de l'auberge, Martino Raviscioni, lit *La Padania* à la table du bar. Il a une dent contre l'Italie qui, nous dit-il, n'a apporté que des barrages et des expropriations. « Ici, c'était la Suisse et ensuite l'Autriche, jusqu'en 1859. Et elles ont été les seules à ouvrir des routes dans notre vallée. » Mais maintenant que les gens recommencent à marcher à pied sur les vieux sentiers et à passer la nuit à l'auberge, son isolement a pris fin. Il est fier de sentir qu'il fait partie d'une histoire mise en train par ses ancêtres, et il sait que la circulation automobile extrêmement réduite devient pour lui un avantage.

Le soleil se montre, la gorge commence par une passerelle en bois, qu'on appelle « pont des Suisses ». Il y a longtemps, un peloton helvétique franchit la frontière, de nuit, afin de remettre l'ouvrage debout après une inondation qui l'avait balayé. Berne ne supportait pas de voir les Italiens laisser à l'abandon cette route qui avait naguère appartenu au canton des Grisons. Le gouvernement helvète envoya donc des hommes qui accomplirent la tâche en l'espace d'une journée. Les Italiens firent ceux qui ne voyaient rien, acceptant le travail exécuté par les Suisses et évitant l'incident diplomatique. Les Suisses y tiennent à leurs sentiers, ils en renouvellent scrupuleusement la signalétique. Si elle est trop fournie, ils envoient quelqu'un en effacer une partie au moyen d'un vernis gris, afin d'éviter aux excursionnistes toute possibilité de confusion.

De la mousse, des pierres grandes comme des boucliers, des éboulements couleur de zinc. La gorge se resserre. Le sentier s'y enfonce, taillé dans la roche vive. Puis, tout se rouvre, à l'improviste, en direction des pâturages en altitude. De longs murets rectilignes délimitent les prairies. En direction du col, on voit apparaître le barrage et la plaine. Mais le temps change de nouveau. Les éclairs, le froid, il neige presque. Nous nous réfugions à l'Hôtel de la Poste avec quelques motards transis. On voit arriver des

Topolino[1] suisses, revenant d'un rassemblement en Italie ; je me dis que cette petite voiture rondouillarde, vulnérable et pleine de courants d'air, est le véhicule idéal pour parcourir nos montagnes avec la lenteur et l'humilité qui s'imposent. Nous échangeons nos adresses, puis la caravane intemporelle disparaît au nord, en direction d'un ciel spectral et incolore.

Le hurlement de la mer archéozoïque

Le couinement de la sirène lacère l'obscurité, envahit les fondements de la montagne, se multiplie dans un labyrinthe de galeries, de voûtes, de cryptes, de nefs, de coupoles, d'absides, deux mille mètres sous le glacier. C'est le signal, plus que quelques secondes avant le tir de mine, le chantier s'arrête. Les hommes des cavernes, en combinaison orange, se protègent les oreilles, les machines-dinosaures éteignent leur moteur, le labyrinthe se tait, il attend le mugissement du minotaure. À la surface, le soleil, la température et les horloges annoncent : 23 janvier 2004, 12 h 44. Au-dessous, sur le socle intemporel des Alpes, le silence se fait. Moins cinq, moins quatre, trois, deux, un.

Contact, explosion, déplacement d'air. Suivant instantanément, un souffle de vent, tel un piston, envahit le tunnel à cinq cents mètres par seconde. Cette locomotive invisible frappe le bulldozer et les excavatrices, emplit la gorge de fine poussière jaune argenté et les narines d'ammoniaque, esquinte les fleurs sur l'autel de sainte Barbe, patronne des mineurs. Le bruit arrive ensuite, mais ce n'est pas un tonnerre. C'est un projectile acoustique, un bang primordial,

1. *Topolino* est le diminutif de *topo*, la souris, et c'est aussi le nom italien de Mickey Mouse.

un « ut de poitrine » qui emplit la galerie comme une trachée artère, répand dans chaque strate de roches de la montagne une vibration « barytonesque », pendant dix interminables secondes.

Ce trajet dans le Saint-Gothard, cœur de la Suisse et bastion orographique des Alpes, suit le plus long tunnel du monde. Deux trous parallèles de cinquante-sept kilomètres, sur neuf mètres de diamètre, qui en 2015 cracheront des trains à deux cents kilomètres à l'heure, divisant par deux la durée du voyage entre Zurich et Milan. Un ouvrage de cyclope, avec cinquante chantiers d'accès, à l'intérieur d'une montagne de légende, peut-être la plus percée de la planète. Le Saint-Gothard est la montagne des chemins de fer en altitude, des galeries hélicoïdales, des tunnels et des refuges antiatomiques de l'armée suisse. Un ténébreux dédale qui est tout à la fois symbole, bastion et olympe de la confédération helvétique.

Sous le village de Sedrun, canton des Grisons, dans la haute vallée du Rhin – Vorderrhein –, on creuse une des deux gares intermédiaires. Une cathédrale longue de deux kilomètres, un système de hangars où, en cas d'urgence, les trains peuvent changer de voie et les passagers remonter à la surface. Le chantier se situe à trente-six kilomètres de l'entrée sud de Biasca (vallée du Tessin) et à vingt et un kilomètres de l'entrée nord. Le tunnel passe sous les pistes de ski à une profondeur de huit cents mètres, pour y descendre il n'y a rien d'autre que le monte-charge, celui-là même qui rapporte à la surface les wagons chargés des roches de l'excavation. Huit cents mètres en cinquante secondes, un vol dans le noir de la même hauteur que les deux tours jumelles posées l'une sur l'autre. Un « ascenseur » gigantesque, digne d'un film de Spielberg, enfermé dans une rampe de lancement aux dimensions astronautiques avec, au fond, une caverne pleine de rails. La fraise est trop grande, impossible de la descendre jusque-là. À Sedrun, on n'avance qu'à coups d'explosifs, de sept mètres par jour.

La face nord de l'excavation, galerie est. Le tonnerre s'éteint, les techniciens se dirigent vers la crypte où l'explosion vient d'avoir lieu. Ils auscultent l'abîme comme des médecins, avec un stéthoscope. Dans le silence, la colonne vertébrale des Alpes craque, rote, chante, hurle, pète, grogne, donne des coups secs, se tasse. Des millions de tonnes au-dessus de la tête, une pression qui épouvante. Pour cette raison la voûte est aussitôt illuminée de dizaines de petits phares, mise en sécurité, vaporisée de goudron, parsemée de boulons d'acier. C'est une roche difficile, un mélange friable de gneiss schisteux et de muscovite. Rien à voir avec la croûte de calcaire onctueux dans laquelle on a creusé le tunnel sous la Manche, à cent mètres seulement sous le fond de la mer.

« À chaque fois, ce sont trois cent soixante kilos d'explosif », explique Hermann Schmitz, un géant allemand, employé aux opérations de soulèvement. Il a des moustaches à la François-Joseph, des mains grandes comme des pelles, une panse d'*Oktoberfest*, un ceinturon de travailleur de force. Il s'amuse, le vieil Hermann ; il y a des tas de gens qui rigolent, là, tout en bas. C'est la première de nombreuses surprises. Dans une mine, on s'attend à trouver une armée perdue de sous-prolétaires, un peuple d'âmes mortes. Eh bien, non, on travaille dans l'allégresse. Des techniciens bien payés, motivés. Aucun formalisme, aucune hiérarchie, pas l'ombre d'un béni-oui-oui.

Une équipe réunissant seize nationalités, mais qui n'a jamais rien d'une tour de Babel. Chacun remplit sa tâche, personne ne tire au flanc. C'est une grande représentation, mise en scène façon Jules Verne ;

sous les projecteurs, des ombres gigantesques se dessinent sur la voûte, on jurerait une lanterne magique. Sans oublier les allées et venues d'autochenilles, les bips, les lumières intermittentes, les moteurs qui rugissent, les pompes en pleine action, les tubes qui frémissent, les pneus qui patinent dans la boue. L'acoustique elle-même est théâtrale, digne d'un orchestre symphonique. Des voix, des tubes qui halètent, des pompes qui vrombissent, des souffleries qui s'enflent et s'affaissent comme un spinnaker aux prises avec le *libeccio*[1].

Arrive un monte-charge chargé d'une bétonnière. Elle n'y tient pas à l'horizontale, alors on l'a accrochée la tête en bas au moyen de chaînes, on dirait un bœuf qu'on vient d'abattre. Un groupe d'hommes s'apprête à la décharger. Dix mètres plus haut, d'autres hommes débouchent de sous la voûte en granit, hurlent des ordres en allemand, italien, anglais. Le moment est délicat, il suffit d'une erreur minime pour que le monstre perde l'équilibre. Pourtant la tension est à zéro. Des rires, des vannes. On peut dire que ce n'est pas un endroit pour les dépressifs.

Le service prend fin à quatorze heures, l'ascenseur vous rend au monde, au soleil, aux pistes de ski, au *Sachertorte*. De la cantine, au-dessous du village, nous parviennent des odeurs de soupe à l'oignon et de lasagnes. L'équipe a faim, la poussière donne soif aussi et, au bar, la belle Rosa – une Italienne brune, née dans les chantiers, d'un père émigrant – parvient à servir tout le monde à une vitesse supersonique. Les convives sont des coquins, possédant le même sens superstitieux du sacré que les marins. Stefano Romano, un hyperactif originaire de la Carnie, tient à tout prix à me faire savoir que, dans le tunnel, on

1. Vent de suroît en Méditerranée.

peut tout discuter, sauf sainte Barbe. Là-bas, au fond, c'est elle qui commande et malheur à qui la touche. Le jour de sa fête, le 4 décembre, les travaux s'arrêtent, comme à Pâques et le 15 août.

Alfred Schmid vit à Sedrun et travaille dans le tunnel où il est guide : il explique que l'invasion de main-d'œuvre étrangère n'inquiète nullement le village. Tout a été prévu de façon à ne pas déranger la communauté locale. Des préfabriqués déguisés en chalets, des toits en bois compatibles avec l'architecture locale ; la circulation automobile remplacée par un funiculaire entre la sortie du tunnel et les baraquements ; le transport du matériel assuré non pas par camion, mais par tapis roulants ; les détritus destinés – comme partout – à remplir de vieilles carrières abandonnées. Et puis le travail local garanti. Bref, la vallée est gagnante. On est aux antipodes du Vajont, de tous les Vajont italiens : des travaux publics qui ont défiguré la montagne.

Entrée sud, à Biasca, sur les rives du Ticino, le Tessin. Elle est à la hauteur du fond de la vallée, on y pénètre horizontalement : ici le tunnelier peut opérer, donc pas besoin de dynamite. L'accès est entièrement sur rails, la navette bourrée de mineurs avance dans un crissement au milieu des aiguillages, tout près de la voie ferrée, de l'autoroute, de la rivière, accélère entre les montagnes de détritus et les tas de neige éblouissants, met le cap sur une muraille de roche couleur de rouille, la perce, pénètre dans le cœur obscur des Alpes. Devenue sous-marin, elle fend la mer de pierre, franchit des torrents, des barrières d'humidité tropicale.

La chaleur augmente, la navette brinquebale, siffle, fait des embardées, au bout de cinq kilomètres elle ralentit et s'immobilise. Le tunnelier est là, au fond, à l'endroit où les combinaisons orange s'affairent dans la pénombre, au-delà du crépitement des soudeuses, des radios qui grésillent, des aspirateurs, des cellules photoélectriques bleuâtres, des signaux ferroviaires rouges et verts. Il est arrêté sous l'eau qui goutte, dans une touffeur tropicale que d'énormes machines à vent, gonflées d'air alpin, ne parviennent qu'à atténuer. Un monstre cylindrique, long de quatre cents mètres, le cul posé sur des rails, tandis que la tête avance sur des pieds de mille-pattes. Il ronge trente mètres de roche par jour, sans s'arrêter, trois fois huit heures ininterrompues, il glisse sur un fleuve de boue luisante, martèle, triture, malaxe, digère, expulse, expédie ses excréments sur un interminable tapis roulant.

On dit que c'est une « fraise », mais c'est bien plat comme définition. Il faudrait des comparaisons bibliques. C'est une baleinière, un navire de pirates à la Spielberg, un Léviathan. À son bord s'affaire un équipage de corsaires, barbe au menton, anneau à l'oreille, cigarette au bec. Sa tête de forage est une proue, un disque qui fait tourner cinquante-huit roues dentées plus petites mues par dix moteurs. Sa panse, où les ouvriers jettent la semelle de béton, est une quille parfaite, avec des nervures, des cloisons et des infiltrations d'eau. Il n'y a pas jusqu'à son odeur qui ne soit océanique, la boue sent le poisson, le vernis, la rouille. On se croirait à fond de cale dans un croiseur.

Tout à coup, il se met en mouvement. Nous ne sommes qu'à dix mètres du front d'excavation. Il commence avec un bruit feutré, comme une roulette de dentiste. Puis le bruit s'enfle, s'enfle. Le *Pequod* avance, pénètre dans la mer archéozoïque, c'est désormais une machine à voyager dans le temps, qui se déplace dans l'histoire de la planète Terre. Autour d'elle, tout vibre, goutte, tonne. On comprend alors pourquoi il n'y a personne autour. Les oreilles ne tiennent pas le choc. C'est comme si une membrane se fendait, le hurlement d'une chasse d'eau se déchaîne dans le tympan, les poumons s'emplissent de fine poussière, sans casque antibruit, on ne résiste pas au vacarme. On a besoin d'air, de lumière et d'une bière pour se nettoyer la gorge. La chaleur est à mourir.

Dîner de *pizzoccheri* à Malvaglia, sur la route du Passo di Lucomagno, ou col du Lukmanier, avec la sensation de sentir sous le dallage le tunnelier universel qui creuse vers le nord, sans jamais dormir. Pendant ce temps, la lune s'élève derrière les Alpes lépontines, inonde de lumière bleue les granits préalpins et les rives du Tessin, allonge de grandes ombres en direction d'une vallée inconnue qui a nom Val Calanca.

Une maison pleine de vent

Septembre, le brouillard engloutit le lac des Quatre Cantons, le petit train suisse émet un sifflet rauque dans le tunnel, file dans un bruit de claquettes vers le canton de Schwyz, la terre qui a donné son nom à la Confédération et qui, il y a quelque temps, a voté à soixante-dix pour cent contre l'Europe. « Sois sage, sinon je t'envoie dans le canton de Schwyz », dit-on encore aujourd'hui aux petits enfants du Tessin pour les faire tenir tranquilles. C'est par allusion aux écoles de cette région, quintessences de la sévérité et du catholicisme. Pour entendre les inquiétudes de l'*Homo helveticus*, on m'a conseillé, à Bellinzona, d'aller chercher au milieu des Alpes, au cœur de la Suisse « primitive ». Dans des endroits tels que le Muotathal, la vallée de la Muota, tanière du loup de la droite, où le temps a cessé de s'écouler.

Un déluge, j'entends les gorges qui pompent l'eau ; c'est le cœur des Alpes qui gonfle ses artères, met en route la machine hydroélectrique la plus puissante d'Europe. Le contrôleur, un homme brun monté à la gare d'Andermatt, me dit que les clandestins passent la frontière même par ce temps épouvantable. C'est autre chose que les petits bateaux à Lampedusa. Ici, le flot est tel que les cheminots à la gare en ont pris leur parti, ils ont ajouté à l'écriteau « Interdit de traverser les voies » une traduction en albanais. Pendant la guerre des Balkans, en une seule année, soixante-dix mille Kosovars ont transité ici même, tous relogés et accueillis dans des structures tout à fait inconcevables en Italie. La Suisse est un peu la survivance d'une Yougoslavie de poche : si l'on compte les Serbes, Croates et autres Albanais, elle en héberge sept cent mille. Au total, un million et demi d'étrangers. Ce qui est beaucoup pour un pays qui compte sept millions d'habitants.

Dans les années 1960 encore, dans la vallée de la Muota, le prêtre tonnait en chaire contre le bellâtre italien tombeur de femmes. De nos jours, le nouvel ennemi a l'apparence d'un Turc. Je le découvre grâce aux affiches, dans la rue, qui me jettent à la figure un grand drapeau suisse déchiré par un visage basané, auréolé de cheveux crépus. Je monte sous la pluie, au volant de ma voiture, je dépasse la scierie, la cascade et tout à coup, devant l'église paroissiale et son cimetière, à côté des ancêtres alignés sous des rangées de croix en fer forgé, voilà que je trouve en vitrine une belle annonce de l'UDC (Union démocratique du centre), le parti de Christoff Blocher, riche industriel zurichois spécialisé dans les croisades anti-immigrés. On peut y lire qu'il y aura une réunion sur le thème de l'immigration, à l'auberge Guillaume-Tell.

Le soir, quand s'éveille, entre l'auberge Schlüssel et

l'hôtellerie Zum Schwert, un savoureux parfum d'ail, de cumin, de bœuf fumé et de compote de pommes, il n'est pas difficile de savoir ce que les gens pensent de l'Europe.

« Nous n'avons rien à apprendre de quiconque, *verstanden* ? » Au comptoir, un jeune homme de deux mètres tire une première rafale et attend ma riposte. Dehors, on n'entend rien d'autre que la pluie.

Que dire ? Rien.

Il repart à l'attaque. « Notre pays est un pays qui fonctionne. Si votre passeport n'est plus valable, la mairie vous en avertit un mois avant. Et si vous avez un accident de voiture, l'assurance vous règle en une semaine. »

Il se tait encore, il attend que quelqu'un le contredise. Puis il reprend dans son dialecte, dont il utilise comme une arme les consonnes dures. « En Suisse, si on perd son permis, il suffit d'envoyer une demande avec des photos pour qu'il soit remplacé en trois jours. Si quelqu'un fraude, le système s'écroule. »

Encore une fois, pluie et silence, il ne manque qu'un coucou.

« Nous allons être envahis par les camions », c'est le dernier assaut, « nous deviendrons une chambre à gaz, comme la Lombardie. »

Ja, ja, verstanden. Je demande quand même : mais le Turc, qu'est-ce qu'il a à voir là-dedans ?

« On ne se sent plus en sécurité, il y a trop de mauvaises mœurs étrangères : Zurich est devenue un bordel, plein de drogue, de vols, de délinquance juvénile. »

Quant à l'Europe unie, ce n'est pas la peine d'en parler. Le montagnard craint qu'elle ne soit une maison pleine de vent, un condominium privé de murs. Tel Ötzi, l'homme des glaces réveillé après plusieurs millénaires pour finir dans un musée, le géant de la

Muota sent que son splendide isolement, protégé par les glaciers, touche à sa fin. Que peut faire la Suisse, si elle n'a plus d'ennemis, ni de « diversité » à faire valoir, avec les immenses fortifications alpines et ses refuges antiatomiques transformés en vestiges archéologiques de la guerre froide ? La Confédération ne court-elle pas le risque de fondre comme neige au soleil, de se balkaniser dans ses différences linguistiques, religieuses et culturelles ? Ou de s'égarer dans un labyrinthe de vingt-six cantons, vingt-six forces de police, vingt-six codes de procédure pénale ?

Dans la vallée, au bourg de Schwytz, l'ancien maire démocrate-chrétien, Iwan Richenbacher, un grand monsieur à qui tout le monde rend hommage avec déférence, reconnaît devant un cappuccino italien que la peur des vallées porte un nom précis : *Überfremdung*, la dénationalisation due à un nombre excessif d'étrangers. « Le centre et la gauche font comme si cette psychose n'existait pas, mais il n'empêche qu'elle existe et qu'elle est même une donnée politique centrale, il faut y répondre. Surtout dans un petit pays qui craint de disparaître. » Ainsi, la droite est libre de monter son psychodrame, elle sait que les gens craignent – s'ils rejoignent l'Europe – d'être obligés de renoncer à une monnaie forte, aux salaires élevés et aux impôts réduits, bref à un modèle qui, avec l'invasion des étrangers, recevrait le coup de grâce.

Les vallées vivent dans la terreur d'être privées de leur droit à s'autogouverner, qui est énorme. Par exemple : la citoyenneté, ce n'est pas l'État qui la donne, mais l'assemblée locale, commune par commune, lors d'un référendum humiliant *ad personam*. Devenir Suisse n'est pas une affaire qui dépend de la loi, mais du curé ou de l'humeur du voisin. Au cœur des Alpes, on n'arrête pas de voter : pour l'horaire du camion de lait, pour la toponymie, voire pour changer un timbre-poste. À la radio suisse de Lugano, on m'a raconté qu'à Emmen on avait voté pour la naturalisation de quatre étrangers : un Italien, un Espagnol, un Kosovar et un Yougoslave. Tous avaient un emploi, tous étaient « propres » avec vingt ans de résidence derrière eux : pourtant, seuls les deux premiers ont été acceptés. Les deux autres portaient la marque des Balkans et, dès le début, on connaissait la réponse.

Entre Lucerne et l'Emmental, sur la route de Berne, la pluie devient de la neige fondue. Je voyage à présent dans un récit de Dürrenmatt, *La Panne*. Il y a le pompiste muet, l'arrêt du train postal, l'auberge ; tout ressemble à l'histoire de monsieur Personne qui traverse la Suisse par une soirée de pluie ; mais quand la voiture tombe en panne et que le protagoniste est accueilli pour la nuit dans un manoir, de façon très hospitalière, un repas tranquille, selon toute apparence, se transforme en procès implacable contre lui. Un cauchemar ; avec le ministère public, la défense, la chambre du conseil et une sentence sans appel, jusqu'à ce que l'homme, convaincu d'être l'auteur de fautes qu'il n'a pas commises, devienne fou. Au pays des grandes banques, le sentiment de culpabilité s'insinue partout et peut écraser n'importe qui. Sauf les riches qui ont un rapport préférentiel avec Dieu. Dans leurs belles demeures, écrit Dürenmatt, caustique, jamais ne souffle le *Föhn*, ce vent chaud de l'hiver, qui « provoque des migraines, des suicides, des adultères, des accidents de la route et des actes de violence ».

J'arrive devant le parlement de Berne, où m'accueille une secrétaire pleurnicharde ; je prends le grand escalier, entre deux ours de bronze, et je me demande combien de temps pourra durer ce système qui émet un tic-tac d'horloge, cette « formule magique », où la présidence est un fragile roulement annuel et le gouvernement – cas unique au monde – un directoire rivé depuis des siècles au même schéma de coalition, qui englobe tous les partis et empêche toute opposition. C'est un jouet très frêle, l'institution fédérale. Ici, les voitures de fonction ne dérapent pas, la bureaucratie est minimale, le président fédéral va au travail en autobus. Il y a moins d'antichambres et d'apparat que dans n'importe quelle région d'Italie. On croit rêver.

En haut du grand escalier, je suis accueilli par l'honorable Hans Fehr, de l'UDC, proconsul de Blocher, qui m'offre une pomme suisse et lance allègrement ses « non » à la face du monde. *Nein* aux abus du droit d'asile, *Nein* au dédommagement des Juifs (pas l'ombre d'un sentiment de culpabilité face à l'accumulation de biens pendant la Seconde Guerre mondiale). *Nein,* bien entendu, à la reddition inconditionnelle à l'Europe.

« On nous appelle les "bénis-non-non", les *Neinsager*. Et alors ? Nous en sommes fiers ! Dire non à une saloperie, c'est une bonne chose ! »

Il me fixe de son œil gris : « Croyez-moi, nous perdrons tout. Des milliards, notre neutralité, nos frontières, nos droits, notre ordre, notre sécurité, notre monnaie… Et même le secret bancaire. »

Le col de la Furka, Oberwald, encore de la neige fondue. Dans une taverne, le long de la route, je lis dans le *Neue Zürcher Zeitung* qu'à la frontière de Genève cent cinquante Mercedes vont et viennent tous les jours entre la France et la Suisse. Toujours les mêmes, appartenant toutes à la mafia. La police le sait, mais elle ne peut rien faire. Tous ces courriers ont chacun leur référent en Suisse et des protections au plus haut niveau. Ils choisissent la Suisse justement parce que c'est une île. Depuis l'affaire

Mikhaïlov – un boss arrêté par la Sûreté, mais relâché par les juges – et surtout depuis le *Russiagate* – une bien vilaine affaire entre Lugano et le Kosovo –, les services de sûreté savent qu'il n'y a plus rien à faire : la Suisse est corrompue de l'intérieur. « La démocratie libérale touche à sa fin. Et la diversité n'est plus un antidote, mais un facteur d'infection. »

« Ici, les requins entrent comme ils veulent, me dit en riant la dame du comptoir en m'apportant une tartelette aux amandes, alors que les petits poissons sont tous renvoyés chez eux, pas un n'en réchappe. » Je lis qu'il y a dans les forces de police une brigade spéciale affectée aux rapatriements, une opération dont le nom allemand a un caractère aseptisé, presque pharmaceutique : *Wegweisungsvollzug*, exécution d'expulsion. Mais c'est en français que le drame se révèle le mieux : « refoulement », un terme de contre-offensive, de bataille rangée. Je lis dans le journal que dans les années 1990 une certaine Elizabeth Knopp, ministre de la Justice, s'attacha à rendre la procédure inflexible. La dame en question dut ensuite démissionner, mais pas pour cause de xénophobie. On avait tout simplement su que son mari était impliqué dans une laide histoire de drogue turque.

À Airolo, il neige presque, le Val Bedretto, en direction du Nufenpass, est déjà tout blanc, les camions s'enfoncent dans le trou du Saint-Gothard. Autour de moi, je sens les grands cols qui se préparent déjà, par anticipation, à l'hibernation. Les gens du Tessin sont joyeux. On dirait que le mauvais temps donne à la dernière forteresse de l'Europe l'illusion d'être encore protégée par ses frontières naturelles. Le fleuve écume dans une cuvette de montagnes, la Suisse se calfeutre dans ses mythes, dans le secret de ses banques, dans la « formule magique » qui pendant un siècle et demi l'a tenue à l'écart des guerres de l'Europe. De l'autre côté de la vallée, vers Bellinzona, j'entends siffler le train.

Où les éboulis deviennent des villages

Des précipices couleur de fer, un fleuve sauvage, d'énormes masses, dégringolées d'on ne sait où, des maisons et des toits en pierre, des gorges pleines de mousse, bouchées par des nuages. Qu'elle est longue la route qui mène au Val Bavona, l'endroit le plus sombre des Alpes. À Locarno, sur le lac Majeur, on se glisse dans la déchirure du Val Maggia, on dépasse Cevio et l'embouchure du sinistre Val di Campo, puis, à Bignasco, on oblique vers le nord-ouest dans une fissure striée par les cascades, ourlée de crêtes vertigineuses et surplombée de nuages. Mais les habitants du Val Bavona n'ont jamais assez d'ombre, ils en redemandent. Quand les « Allemands » de Zurich ont construit un gigantesque barrage au-dessus de leurs têtes, ils ont décidé de renoncer à l'électricité. Un cas unique en Europe.

C'est qu'ils ne voulaient vraiment pas la lui donner, à ce barrage, la satisfaction de les voir quémander son énergie. « Elle est à vous, on vous la donne gratis », imploraient les ingénieurs, incrédules. Rien à faire. La vallée qui portait le nom d'un escargot baveux fit l'acquisition de générateurs, mit des petites turbines dans les torrents, acheta des bouteilles de gaz, installa des panneaux solaires. Tout pour ne pas avoir à demander le courant électrique. C'est pour cela qu'aujourd'hui, si l'on veut vraiment savoir ce que c'est que l'obscurité, il faut venir ici, dans le cœur hydroélectrique des Alpes. Et marcher à l'aveuglette, la nuit, le long de la grand-route qui va de Foroglio à Sonlerto, à la recherche d'une auberge.

Quand la nuit tombe, je m'aperçois que je navigue dans une obscurité si dense, si marmoréenne, que les vivants et les morts paraissent également présents, semblent être des âmes de la même communauté. Au-dessus de moi, le sentier lumineux des étoiles, tout en haut, entre deux murailles noires de granit qui donnent l'impression de se refermer comme la mer Rouge sur l'armée de Pharaon. Il y a aussi une clarté à hauteur d'homme, mais, plutôt que cette clarté, c'est le fumet de viande braisée et de polenta qui vous oriente. Au-delà de l'ombre d'un pont en dos d'âne et du fracas du torrent, il y a une taverne. Sur la porte, un écriteau : *La Froda* (la fraude). À l'intérieur, à part moi, un client, un seul. J'ouvre la carte sous une lampe à gaz pour comprendre où je suis.

L'autre convive s'approche de moi, demande s'il peut m'être utile. Il s'appelle Bruno Donati, il est responsable du musée ethnologique du Val Maggia, la vallée où coule le cours d'eau qui relie le Val Bavona au lac Majeur. C'est lui qui me raconte l'histoire du grand refus. « Tout le monde avait été bombardé d'histoires sur la richesse qui nous arrivait et on y avait cru. Et puis il y a eu le choc. Qui, à vrai dire, ne fut pas le barrage, mais la disparition du fleuve, transformé en filet d'eau. Un oued du Sahara. Le silence s'installa. Après des milliers d'années, le bruit de l'eau n'accompagnait plus nos gens. Un élément identitaire atavique avait disparu. »

Je comprends que les Suisses sont différents des autres peuples alpins. Mais les plus différents de tous sont les gnomes du Tessin, qui sont de purs Lombards. Et, parmi les habitants du Tessin, les plus résistants de tous sont ceux du Val Bavona. Là-haut, l'image de la vache au milieu du pré avec les glaciers en toile de fond ne marche pas, elle n'a aucun sens. Dans le Val Bavona, les vaches ont tendance à dégringoler de leurs pâtures tant elles sont raides. Ce n'est pas par ici qu'on trouvera les prairies de l'Emmental, les troupeaux du Simmental. Les Alpes d'ici sont les Alpes de la faim. Un endroit sans couleur, où le noir et blanc est bien suffisant pour les photographies. « Ici, c'était la chèvre qui gouvernait, dit Donati en souriant, avant que le monde chrétien ne décrète la supériorité de l'agneau. » Et il me regarde de l'œil diabolique du seul quadrupède capable d'extraire sa nourriture de la pierre même.

« Chez nous, pour voir quel temps il fait, il faut regarder au-dessus de sa tête, continue l'ethnologue, notre horizon, c'est le ciel. » Il n'y a que dans le Karakoram qu'on est obligé de se démancher le cou à ce point. Ici les habitants, eux aussi, vivent comme des chèvres depuis des millénaires. Ils habitent dans les pierres. D'habitude les éboulements balaient les villages, ils y rendent la vie impossible. Mais pas dans le Val Bavona, où les éboulis deviennent justement des villages. Ils se peuplent de pièces habitables entre deux masses de pierre. Étables, caves, séchoirs, fermes, fours, moulins, débarras, ateliers, remises. Une merveille rupestre, comme Matera, mais transférée en haut des Alpes et sans éclairage public. Plongée dans son obscurité primitive.

Je trouve une chambre à l'auberge du Basòdino, abîmée dans un silence irréel au fond de la vallée, à l'endroit d'où part le téléphérique qui monte au barrage. Dans le bar, les clients sirotent la dernière petite bière, parlent du temps et de la résistance des ponts en période de crues. Une brochette de retraités, en excursion à Lugano en autocar, chantent « *Oilì, oilà, viva la terza età* » (vive le troisième âge), sous la direction d'un implacable animateur. C'est un des spectacles les plus affligeants que j'aie jamais vus et entendus. Mais, sur le palier à l'étage, je trouve un renard empaillé, une peau de blaireau, une réclame pour la bière Calanda, les horaires des cars et l'annonce de la fête des Poulets. Des merveilles qui ailleurs ont disparu.

« De l'autre côté du Monte Basòdino, c'est le Piémont, me précise un client, en indiquant vers l'ouest l'ombre inquiétante d'une montagne qui ressemble à un lézard préhistorique, et là il y a une vallée hydroélectrique qui a connu un destin bien différent du nôtre.

» C'est le Val Formazza, explique-t-il, un endroit hors du monde où il pleut à seaux, comme dans le Val Bavona. Dans le temps, la route la plus importante des Alpes après le Brenner passait par là. C'était le col de Gries, qui permettait de se rendre en une seule journée du Tessin à la vallée du Rhône. Les Suisses de l'Oberland le franchissent encore à pied, une fois par an, pour célébrer le souvenir de cette voie antique. »

Je demande ce qui s'est passé avec les barrages.

« Dans le Val Formazza, ils ont accepté de travailler pour les messieurs de l'énergie, et ils ont abandonné leurs pâturages. Ça s'est passé dès les premières années du XXe siècle.

— Qu'est-ce qui les a incités à faire ça ?

— Les ingénieurs sont venus, ils ont promis un millier d'emplois. Il fallait éclairer Milan. À cette époque, il n'y avait pas de référendums, on construisait les barrages, un point c'est tout. Les bergers étaient des Walsers[1], ils faisaient ce métier depuis quatre cents ans, mais ils ont tout lâché, les salaires de la firme Edison, puis de l'Enel étaient trop

1. Peuple germanophone originaire du Valais qui au Moyen Âge s'est répandu dans toutes les Alpes, presque toujours à des altitudes élevées. Ils jouissaient souvent d'un statut spécial.

tentants. Résultat : dès les années 1960, les pâturages, les vaches, les étables avaient disparu. Les vieilles maisons en bois partaient en morceaux, le savoir ancien risquait de disparaître aussi. Les broussailles envahissaient tout, les éboulements et les inondations avaient commencé. Celle de 1987 a emporté la moitié de la vallée.

— Et vous, que faisiez-vous ?

— Quand on regarde le Val Formazza, on se dit que c'est une bonne chose que nous autres, du Val Bavona, n'ayons pas accepté le compromis avec les entreprises hydroélectriques ! Si nous avions accepté, nous étions cuits. Ces gens-là, ils ne vous enlèvent pas simplement l'eau, mais aussi l'esprit d'initiative. On devient des assistés.

— Et dans le Piémont, l'affaire a fini comment ?

— Ils se sont réveillés. Un peu tard, mais enfin ils l'ont fait. Après le désastre de 1987, ils se sont regardés dans les yeux et ils ont dit : "Qu'est-ce qu'on fait ?" La vallée était à moitié éboulée, les emplois de l'Enel s'étaient volatilisés, les barrages avaient été automatisés. Alors, ils ont choisi de revenir aux pâturages. Qu'est-ce qu'ils pouvaient faire d'autre ?

— Rien.

— Ils ont monté une coopérative et ils ont arraché les clôtures entre les propriétés, pour laisser les animaux aller librement, comme dans le temps. À leur place, ils utilisent des révélateurs magnétiques enterrés dans le sol. Ils ont appris ça des Allemands de la Forêt-Noire.

— Et ça marche ?

— À merveille. La tradition et la modernité, la main dans la main. La vallée est étroite et longue : ils ont installé une étable tous les dix kilomètres, une fromagerie dans un village sur deux et il y a une vache par hectare de prairie. Un équilibre idéal. Ils fabriquent une fontine délicieuse. Mais le meilleur de tous, c'est le *bettelmatt*, bien vieilli, dans lequel on retrouve les arômes des fleurs de haute altitude... Là-bas, il y a du trèfle blanc, qu'on ne trouve pas dans la région du Val d'Aoste. S'il n'y avait pas toutes ces montagnes à franchir, j'irais m'en acheter. Il faut que tu y ailles, après Domodossola, tu files tout droit vers le Val d'Ossola et, à Chiesa, tu demandes Renzo Pennati. »

Je vais dormir au milieu d'une tempête d'éclairs et de pensées. J'éteins la lumière, mais j'ai envie d'écrire. Je rallume. Le voyage tourbillonne jusque dans mon cahier. L'Arche sent l'orage, elle cherche un mont Ararat où se poser : la terre condamnée au déluge paraît révéler, avec un retard énorme, tout un réseau secret d'hommes justes. Je pense qu'un bon gouvernement devrait repeupler ces lieux, comme le firent les princes italiens après la peste, alors que la montagne n'était plus qu'une forêt obscure. Dans les Apennins, on fit venir des Slaves et des Albanais. Dans les Alpes, ce furent les Walsers. On accorda à tous ces gens des exemptions fiscales, des animaux, des terres. Tout, pourvu qu'ils arrachassent les lieux aux sangliers. Je me demande si l'Italie serait capable aujourd'hui d'une décision aussi courageuse.

À minuit, il se met à pleuvoir. Et dans le Val Bavona, quand il pleut, c'est du sérieux. Les gorges captent les orages. Au bout d'une heure, les précipices se transforment en cascades et un mugissement s'empare de la vallée. Au bout de deux heures, le mugissement devient hululement. C'est le fleuve : il se transforme en tarière, qui polit les rochers au fond de son lit, et il émet une plainte qui semble venir de nulle part et de partout. « Oooouuuu », « oooouuuu ». Le tonnerre n'en finit pas de gronder. Au bout de trois heures, on fait des cauchemars. On revoit Leni Riefenstahl, la cinéaste du Führer, qui tourna un documentaire sur ces cascades. À la quatrième heure, on revit la grande pluie racontée par Max Frisch dans son livre *L'homme apparaît au quaternaire*, écrit – rendez-vous compte ! – dans cette région. Tout à coup, je comprends la littérature suisse.

Le déluge continue dans la lumière diaphane de l'aube, impossible de dormir. Le bruit nous dit que ce fleuve n'est pas un fleuve. C'est le plus grand torrent d'Europe. Entre les étiages et les crues, il paraît que le débit peut être jusqu'à sept mille fois plus élevé. L'été, on ne peut pas se rendre compte. C'est à l'automne que se déchaîne l'enfer, quand il fait vraiment noir. C'est à l'automne que la vallée se vide depuis le XVIe siècle, quand le climat s'est fait plus rigoureux. Il y a quelques années encore, le 15 décembre, un envoyé fédéral venait contrôler que tout le monde avait bien fait ses valises. *A Natal tut i gent i dev es a chia* (à Noël, tout le monde doit être rentré chez lui). Les habitants du Val Bavona devaient avoir une maison ailleurs. Il était impossible d'y passer l'hiver.

Maintenant, la montagne est devenue un gigantesque accélérateur d'eau et de graviers. Le fleuve charrie des masses argentées, énormes, rondes comme des boules de billard. Il les roule sur des dizaines de kilomètres, jusqu'à Locarno, au bord du lac. Les précipices ruissellent, indiquent en creux la silhouette des masses tombées dans la vallée. Sous les cascades s'accumulent les détritus des inondations : une destruction biblique, ça relève du B-52. On s'aperçoit que, dans les montagnes, rien n'est immobile, un labeur incessant s'opère, déviant les torrents et les fleuves, engendrant des lacs et des éboulements. À présent, la gorge hurle. Peut-être pour se venger du barrage qui a cherché à lui voler sa voix.

7

Du rose au blanc

Peut-être qu'il neige en Transylvanie

Entre Bucarest et Milan Malpensa, un petit turbopropulseur, dont le moteur fait un bruit de foret, qui vous endort. C'est un matin d'hiver et par les vitres de gauche, orientées vers le sud, entre une lumière si insupportable que de nombreux passagers ont préféré baisser les stores. C'est la réverbération d'une couche de nuages, énorme et aveuglante, qui reflète le soleil comme un miroir. Une banquise couvrant l'Europe centrale, sans aucune traînée, aucun vide, des Carpates à la Vénétie. Dans cette mer Blanche, les montagnes émergent comme des icebergs, formant des archipels. S'il n'y avait pas ces nuages, on pourrait reconnaître, par le hublot, les villes, les fleuves, les collines et les routes principales. J'ai un vice : j'aime lire les cartes géographiques. Je les apprends par cœur.

Le pilote annonce Graz, l'altitude est de six mille mètres, la température extérieure de moins vingt-cinq degrés. Par la fente du hublot, la lumière augmente. Une épée incandescente perce la cabine dans la pénombre, comme un rayon laser, se matérialise dans la poussière, éblouit les voyageurs. Je cherche la source de cet incendie et voici qu'au sud, à deux ou trois cents kilomètres de distance, le tapis de nuages se déchire pour laisser apparaître un lac de lumière encore plus aveuglant, on dirait du mercure. C'est la mer ? Oui, c'est elle. Des formes noires y flottent, comme des cuirassés en train de naviguer. Toutes font route vers le nord-ouest, elles rappellent les montagnes de la terre ferme, surgissant de la masse anisée sous notre fuselage. Il n'y a pas de doute, c'est la Dalmatie.

Je revois tout le début de mon voyage. Le détroit d'Ossero (Osor), entre Cherso et Lussino (Cres et Losinj). La masse compacte de Veglia (Krk), la dorsale rectiligne, fine et régulière de Pago (Pag). La muraille du Velebit surplombant la mer, puis Zara (Zadar), puis l'Isola Lunga (l'île de Dugi-Otok), et puis encore les Incoronate (les Kornati) et leur solitude venteuse qui sent déjà la Grèce. Derrière les hélices, j'entrevois l'immense amphithéâtre des Carpates, la queue d'un dragon chinois qui sort de la ouate. Je distingue le passage des Portes de Fer, où le Danube gelé se faufile dans la brume pour se déverser ensuite dans la mer Noire. Qui sait, peut-être qu'il neige en Transylvanie. Depuis les fenêtres de droite, tout à fait dégagées, je vois avec une grande netteté, grâce à la lumière, les géants alpins. Les Alpes noriques, les Alpes vénostes, les Dolomites. On dirait qu'elles naviguent, elles aussi, comme les îles dalmates. Si j'étais dans le poste de pilotage, je verrais aussi le mont Blanc à l'ouest et à gauche la Padanie.

J'ai l'Europe au-dessous de moi. De la Pologne à l'Adriatique, du Danube à la France. Je cherche ma propre stupeur sur d'autres visages, mais les passagers somnolent, travaillent sur leurs ordinateurs, lisent avec ennui des revues de la compagnie aérienne. Ils sont en grande partie italiens, des hommes d'affaires transplantés dans l'eldorado balkanique du travail à prix réduit. Personne nc s'intéresse à cette extraordinaire vision. Ils portent des boots techno, certains sont assis à côté de dames perchées sur des talons d'une hauteur exagérée. Ils n'ont aucune idée de ce que sont ce lac de lumière et ces montagnes. Le peuple des restoroutes et des téléphones portables n'est pas proche du territoire.

Je ne connais pas d'autre nation qui assiste aussi passivement à la mort des lieux. On le voit déjà à la signalétique, à la manière dont les panneaux des villages s'entremêlent à ceux des hypermarchés. Les hameaux, les collines, les ruisseaux perdent leur nom, dernier bastion de l'identité. L'économie a remplacé la topographie, les pages jaunes la carte géographique.

Par la fenêtre de gauche, la lumière est si forte qu'elle m'oblige à fermer les yeux. À présent, je vois les îles noires imprimées en négatif sur ma rétine. Elles m'apparaissent clairement pour ce qu'elles sont : l'élan que prennent en mer les montagnes qui navigueront ensuite tout autour de la Padanie pour devenir finalement la longue bosse de cette baleine qu'est l'Italie. Un « S » renversé, tortueux, qui émerge ici, de la périphérie de la Méditerranée, et qui s'abîmera en son centre, au bout de trois mille kilomètres. Je me rends compte que j'ai vu tant de choses, sur cette route. Des tempêtes de neige sous les étoiles, le rayon vert velouté qui conclut les couchers de soleil, les sapins résonnant sous l'archet d'un violoncelle, des bandes de chiens errants s'appelant dans le vent et le formidable hurlement d'une vallée glaciale sous le déluge.

J'ai entendu le tonnerre des mines secouer les Géants jusqu'à leur socle, au fond d'un tunnel aussi noir que ceux des pyramides. J'ai rencontré des braconniers, des poètes-hommes des bois, de sublimes vieillards, des chanteurs d'histoires, des villages fantômes et des momies des glaciers. Et puis les ombres légères de loups en fuite, des sangliers dévastateurs de clairières, au clair de lune, des légendes de feux follets, des ombres de condottieres et de ténébreuses déesses mères blotties dans des ermitages inaccessibles.

La mer de nuages s'est dissoute, l'avion perd de l'altitude, descend en direction du Trentin, des Préalpes lombardes, s'engloutit dans un océan de miasmes. Les ailerons jouent avec l'air au-dessus de l'Adda, font un slalom entre les campaniles, effleurent les usines, les bois de robiniers du Tessin, jusqu'à l'atterrissage à Malpensa. Vue de l'extérieur, l'aérogare est un aquarium peuplé de poissons muets. À l'intérieur, on est accueilli par l'habituel « non-lieu », arrogant et inefficace : comptoirs de transit, d'embarquement, d'enregistrement, contrôle de sécurité. Les boutiques Bulgari et Versace scintillent, avec à côté des toilettes sales qui ne ferment pas. Au comptoir des informations, un monsieur agite son billet sur un vol KLM qui n'apparaît nulle part. Des Français à destination de Marseille sont pliés en deux de rire, parce que leur porte numéro deux serait en réalité la porte numéro quatre, à moins, bien sûr, que ce ne soit la porte numéro cinq.

Au bar, une jeune serveuse prend les commandes sans l'ombre d'un sourire. Tout autour, des petits enfants qui hurlent, des adultes affalés dans leur fauteuil, les portables sont en pleine bourre. Tout le monde parle à ses écouteurs. Pose la question des gens perdus : « Où t'es ? » Dans les réponses triomphe l'immédiat : « Je suis sur le point de partir », « sur le point d'arriver », « en ce moment, je suis en train de sortir ». Le passé, le futur et même le présent ont disparu de la langue. Il ne reste que l'instantané. C'est du direct ininterrompu, le déroulement d'un film muet.

Les seuls qui gardent leur contenance sont les Asiatiques. Un Chinois lit, un Israélien prie contre le mur, une Indienne se peigne avec une sublime lenteur. Imperturbables au milieu de la pagaille. Tout le reste annonce le crépuscule de l'Europe.

La navette pour Milan se met en route. Elle accomplit le périple de l'aéroport entre des rampes stellaires, des parkings spatiaux, des vitres galactiques. Les panneaux indiquent les villes de la Lombardie qui bosse : Gallarate, Gravellona, Besozzo, Saronno. Au nord, les Alpes pèsent sur le paysage, immobiles, avec au premier plan leur géant, le mont Rose, à deux pas de la plaine. En direction du sud, au loin, la dentition bleuâtre des Apennins, aussi solitaires que les Andes. Comme dans l'avion, ici non plus les passagers ne contemplent pas la merveille. Les Italiens sont faits pour l'autoroute. Ils vivent dans un pays où la circulation rapide a désertifié le territoire et tué les vaisseaux capillaires, avant de succomber elle-même à la sclérose. C'est l'apoplexie d'un pays systématisé.

Tout à coup, vers le périphérique et le bouchon de l'avenue Certosa, la colonne sonore s'anéantit. Je n'entends plus les voix ni les bruits à bord du car. Je veux m'en aller, tout de suite et n'importe où. C'est un syndrome que je connais bien ; les ornithologues appellent cela « agitation migratoire ». Il survient lorsque les oiseaux éprouvent tous ensemble l'instinct de changer de latitude et commencent aussitôt à faire des provisions, à nettoyer leurs rémiges, à vérifier leurs ailerons, à faire chauffer à fond leur moteur. Aux changements de saison, cela arrive aussi aux canards de basse-cour, victimes de soudaines attaques de claustrophobie, qui cherchent à fuguer, contre toute logique, car ils savent parfaitement qu'ils abandonnent un lieu sûr.

L'appel est puissant. Quittons la plaine, quittons les

lignes droites. À présent, les montagnes se présentent de nouveau à mon esprit comme je les ai vues de l'avion, dans cet océan de lumière blanche ; une flotte en mouvement, des morceaux de géologie affleurant depuis le fond du temps, des vestiges de la dérive des continents.

Quelque chose s'est détaché là-haut

La montagne de neige glisse vers le néant dans une mer où sévit une tempête d'eau et de détritus, on dirait un cachalot à la dérive, suspendu dans une lumière diaphane, par une chaleur équatoriale. Elle gronde, goutte, se tord, émet des bruits sinistres. De temps à autre, un bloc se détache de son monstrueux front gris, s'abîme, explose, vomit une pluie de cristaux, se désintègre comme s'il avait de la dynamite dans le corps. Un coup sec, un grondement, puis l'écho se multiplie dans un labyrinthe d'autres montagnes de glace.

Il ne s'agit pas d'un iceberg à la dérive dans des eaux tempérées. Non, c'est le glacier du Belvédère, sous la face est du mont Rose, la plus grande paroi des Alpes. Ou, pour dire mieux, « c'était » le glacier du Belvédère. Aujourd'hui, c'est une masse qui flotte sur une eau dont elle est elle-même la source, qui file sur un fleuve de glace fondue, qui avance de trente centimètres par jour. Elle descend vers la vallée, tandis que partout – du mont Blanc à la Jungfrau – les neiges éternelles reculent. L'événement survient en 2001, lorsque le seuil du zéro degré thermique est franchi au-dessus de quatre mille mètres d'altitude. Le glacier s'est mis en mouvement et maintenant il déraille, comme un train.

Été 2003, le plus chaud que l'on ait connu, de

mémoire d'homme. Je monte dans les hauteurs en compagnie de Teresio Valsesia, maire de Macugnaga. Un solide gaillard qui chemine à mes côtés en mastiquant avec rage son *toscano* de cigare. Il va contrôler le glacier au moins une fois par semaine. La vie de ses administrés dépend de cette masse en mouvement, qui en deux ans a parcouru deux cents mètres, avalé un téléphérique, abattu des forêts, causé des éboulements et des avalanches, déplacé des montagnes de pierrailles, anéanti deux pistes de ski, donné naissance à un lac de trois millions de mètres cubes et même rendu inutile la signalétique des sentiers. « Ici, c'est la montagne qui fait tout, explique-t-il en braquant ses jumelles sur le glacier qui nous surplombe. Quelque chose s'est détaché, là-haut, il n'y a plus rien pour l'accrocher à la roche. »

Ayant franchi la moraine, nous traversons le gros serpent jurassique qui avance sous une écorce de pierrailles. Il est trois heures, une heure torride, et la lutte entre les éléments est impitoyable. La lumière contre l'ombre, le chaud contre le froid, les couleurs contre le blanc et noir, le monde végétal contre le monde minéral. La bête respire, halète, se gonfle, s'affaisse, déborde, se contracte. Des crevasses sort un souffle humide à zéro degré, au-dedans tonne un fleuve immense. Dehors, il fait vingt-cinq degrés. Des tourbillons de papillons gris suivent les courants de chaleur qui montent, pour un peu ils les coloreraient. Un alpiniste allemand nous raconte qu'il a trouvé une ruche, l'année précédente, à quatre mille mètres. Désormais, dans le brasier, la paroi des parois a perdu toute consistance et tout relief.

Nous montons en direction du refuge Zamboni, base de toutes les ascensions de la paroi la plus himalayenne d'Europe, un amphithéâtre de trois mille mètres. À droite de la pointe Dufour arrive le vent qu'il nous faut, celui qui vient de Zermatt et balaie les nuages. Vue de haut, Macugnaga est splendide, avec ses maisons en bois si différentes des tristes maisons en pierre de la montagne piémontaise et lombarde. D'ailleurs, avec la plaine, le détachement est total. Les gens du Val d'Ossola, tout en bas, se contrefichent du dieu tibétain qui les domine. Ils restent là, dans leur territoire sinistré, entre graviers et hangars, sans un seul écriteau pour dire : Regardez donc là-haut, la plus grande paroi des Alpes. Blanche, immense au-dessus de la Padanie, comme l'Himalaya au-dessus des plaines indiennes.

Encore des craquements apeurés, des marmottes sur le qui-vive au milieu des pierrailles. Le refuge est à moitié vide. « C'est fini, les joyeuses bandes des années 1960 et 1970 », explique le gérant. De nos jours, les Italiens ne vont plus à la montagne. Non, mais vous les voyez sur le mont Rose, à l'heure actuelle, avec ce climat de merde. Il raconte que déjà à l'aube, quand le sommet s'embrase comme une allumette, tout commence à s'écrouler. Dans des conditions de ce genre, le mont Rose ne se contente pas de tuer. Il engloutit, comme le veut la tradition. Le cimetière de Macugnaga, à côté du tilleul millénaire qui rappelle la fondation du village, est plein de pierres tombales et de plaques qui marquent des tombes et des niches funéraires vides. Le guide Casimiro Bich est tombé sur la face est en 1925 et il a été retrouvé quarante-six ans plus tard, à huit kilomètres de là. Son frère avait déjà quatre-vingts ans, quand il est venu reconnaître son corps.

Il fut un temps où le mont Rose était un passeport pour l'Himalaya. Le baptême des cimes, le test final des grandes expéditions européennes. Le matin, la place du village s'emplissait de gens qui braquaient leurs jumelles sur les cordées, là-haut. Aujourd'hui, c'est une autre sorte de gens qui arrivent. Des géologues et des naturalistes, venus du monde entier, afin d'étudier la bête qui va mourir. Et les guides de Macugnaga viennent eux aussi surveiller son agonie.

La lune monte, la brise devient plus fraîche, lentement la trêve se rétablit entre les éléments et le silence aussi, par conséquent. Au refuge, il y a une Suissesse, une étudiante en géologie, en dernière année. Elle s'y trouve depuis des semaines. Elle s'appelle Lucia Fischer, elle a les joues aussi rouges que Heidi et elle trace des signes sur ses cartes avec un marqueur orange. Elle explique qu'ici tout change si vite que les livres écrits il y a dix ans sur le mont Rose ne servent plus à rien. Elle est fascinée par cette montagne où la glace court plus vite que les traceurs de sentiers.

Elle nous dit que plus bas, au milieu de toutes ces eaux troubles qui viennent de la fonte, il y a une unique source d'eau parfaitement limpide. Elle s'appelle Brunnen. Ce qui veut dire « source » dans le paléo-allemand de la langue des Walsers, l'idiome de Valaisans mythiques qui ont colonisé les hautes vallées en construisant autour du mont Rose une guirlande de villages. Selon la légende locale, l'eau de cette source viendrait de la « Vallée perdue ». Un autre Shangri-La, fertile, caché quelque part entre les glaciers. C'est, précise-t-elle, le mythe de la terre d'origine, celle qui fut abandonnée avant le grand déménagement jusqu'ici, dans le Val Anzasca.

C'est une croyance bien enracinée. À tel point que lorsque John Tyndall, l'alpiniste anglais, arrivé ici au début du XIXe siècle, laissa transparaître son scepticisme, il fut pris pour un fou. Mais, aujourd'hui encore, quelque chose résiste. Quand ils parlent du torrent Anza, les vieux l'appellent le « Vischpu ». Un nom proche de celui du torrent de Zermatt, le Visp.

Une façon de dire que les deux versants du mont Rose partagent la même eau et les mêmes sources.

« Les pantalons, les pantalons ! »

Pour arriver chez Genulin, quand on vient du mont Rose, il faut faire un interminable périple, descendre dans le Val Anzasca, longer le Val Ossola, le lac Majeur, retourner dans la plaine en feu, franchir le Sesia, sec et immobile comme un train sur une voie de garage, mettre le cap sur Biella, en ayant toujours à sa droite la grande montagne de neige. Impossible de s'en libérer, elle vous suit toujours, elle vous surplombe ; étoile Polaire, point cardinal et destin de ces villages du Piémont, hier misérables, aujourd'hui richissimes. Eugenio Gianadda, dit Genulin, quatre-vingt-douze ans, le patriarche de Curino, m'ouvre sa porte. Il tient le milieu entre Gandhi et Luigi Einaudi. Il m'offre des abricots de son jardin et de l'eau fraîche de son puits, coupée de vermouth. Il parle d'une voix stridente et claire.

Curino, six cents habitants et vingt-six églises, ex-fief pontifical perdu dans les collines entre Biella et la Valsesia, terre riche en minéraux et en ossements de dinosaures, est pour ainsi dire impossible à trouver sur la carte. Peut-être parce que le véritable village se trouve ailleurs. Curino, ce n'est pas seulement six cents habitants. C'est nettement plus, si on compte les trois mille âmes de la diaspora, dispersées entre la France, la Suisse, les États-Unis, l'Afrique du Sud, l'Argentine. Et, à l'instar des saumons, ces trois mille âmes, lorsqu'elles cèdent à la nostalgie de leurs origines, se font passer le message. Riches ou pauvres, même à la quatrième génération, elles se disent : « Va chez le Genulin. » Va voir Eugenio, qui sait tout de ton histoire. Et c'est ainsi qu'Eugenio est devenu, par la force des choses et par passion, le point de jonction et les archives d'une mémoire retentissante, celle de l'émigration alpine. À l'âge qu'il a, il sait tout, il se rappelle tout, il peut tout expliquer. Une vie consacrée à son peuple.

On partait à la mi-février, me raconte-t-il, quand il n'y avait plus rien à glaner dans les quatorze moulins du village et que le *recastegna* – un petit oiseau de la taille d'une noix – hurlait sa faim. Il faisait « *tchoui, tchoui, tchoui* », mais les hommes traduisaient par « *fa' la valis, fa' la valis, fa' la valis* ». Ils savaient qu'il était temps de faire les valises et de partir de l'autre côté des Alpes, pour tâcher de trouver du pain. Ils s'en allaient à pied, avec deux tranches de polenta et un œuf dans leur sac, jusqu'au Val d'Aoste, où ils se répartissaient entre les deux cols du Saint-Bernard. Les uns filaient vers la Suisse et le nord de la France, les autres vers Marseille et le Midi. Certains étaient si squelettiques que les aubergistes les nourrissaient par charité, s'ils acceptaient de faire la vaisselle.

Voilà vingt ans, maintenant, qu'on n'émigre plus du Piémont, que personne ne part à pied, que les moulins ont fermé leurs portes et que le *recastagna* a disparu. Mais la mémoire est restée, têtue, flibustière. On ne la trouve pas dans les grands livres, mais dans les notes d'hommes tels qu'Eugenio. « C'est chez lui que tu dois aller, si tu veux comprendre l'émigration », m'avait déclaré Gustavo Burat, avant mon départ pour cette aventure alpine. Burat est un homme de Biella, fou des Alpes ; un garçon qui – s'il n'y avait pas eu sa femme – aurait baptisé ses fils Narcanello et Frigidolfo, en l'honneur des elfes-torrents qui forment l'Oglio à Pontedilegno, ermitage estival du père-despote de la Ligue du Nord, Umberto Bossi.

Ce n'est pas un homme, notre Eugenio, c'est une bibliothèque ambulante. Il scande ses paroles avec lenteur et simplicité, il veut être certain d'être bien compris : « Quand on descendait en Suisse, on nous appelait les "macaronis" ou les "spaghettis". Et pourtant on était du Nord, on ne mangeait que de la polenta et des patates. De nos jours, les gens de Curino, et tout spécialement les Gianadda, sont devenus riches. Piero est un magnat du Valais, roi des supermarchés à Crans Montana. Leonardo est le patron de Martigny, il a créé la plus grande fondation suisse pour les beaux-arts, il a reçu de Chirac la Légion d'honneur et une épée de membre de l'Académie des beaux-arts. Son père, c'est lui-même qui le raconte, était parti de l'autre côté des Alpes pour ne plus entendre pleurer sa mère, désespérée de ne plus avoir de quoi acheter du sel pour la soupe. »

On ne se lasserait jamais de l'écouter. Il parle de son grand-père, Giovanni, qui a survécu à la tempête en haut du Grand-Saint-Bernard. Un vrai miracle. La neige le surprend à la mi-décembre, sur le chemin du retour. On est en 1862, avec son ami Giuseppe Beltrame, ils poursuivent quand même leur chemin, ils veulent être chez eux pour Noël. Mais la nuit tombe et les chiens ne les retrouvent que le matin. La peau de Giovanni est cyanosée, plus aucune sensibilité. Il s'attaque au tonnelet de cognac, mais, à la troisième gorgée, le saint-bernard le mord. Les frères l'emportent à l'hospice, le mettent tout nu et le plongent dans une baignoire d'eau froide. Il hurle, mais ce n'est pas de souffrance. Il a peur de voir disparaître les napoléons cousus dans sa culotte. On lui apprend que son ami est mort, mais dans son délire il continue de crier : « Les pantalons, les pantalons ! »

« *Gente gente di Curin testa grossa e cervel fin* » (Les habitants de Curino, grosse tête et cervelle fine). C'étaient des malins par ici, explique Genulin. Pour survivre aux exigences des Fieschi, les feudataires nommés par le pape, ils avaient créé un petit lobby d'autodéfense, qui est toujours actif au Vatican. Et lorsqu'un jour l'envoyé du pape, venu récolter la dîme, demanda aux chefs de famille s'ils voulaient aller à Rome « *a bajocchi cistare* » (pour avoir un peu de sous), ils dirent oui et obtinrent le droit de sortir du *pagus*, du village. Les plus intelligents se distinguèrent et firent fortune. Ils devinrent banquiers, nobles, grands propriétaires. Des noms illustres dans la capitale. Scaretti, Gabella, Borgnana. D'autres revinrent au Piémont pour y acheter de la bonne terre, celle d'en bas, dans les rizières.

Puis, continue Genulin, la région fut réunie au Piémont et à l'Italie et la route de Rome se ferma. Alors, il ne resta plus que les Alpes. Les habitants de Curino s'inventèrent d'autres métiers : maçons, plâtriers, cordonniers, *picprei* (les hommes qui faisaient des entourages de fenêtre en pierre), et ils prirent les autres sentiers. Sur leur dos, sous le bissac, ils avaient leur *cadrigatt*, un siège pliant où ils pouvaient poser les fesses et sommeiller en cas d'épuisement. On les appelait « les chiens errants », mais ils firent fortune. L'un d'eux logea à Genève le Duce encore socialiste, avant la Grande Guerre, un autre ouvrit la route de l'émigration italienne en Afrique du Sud, d'autres devinrent aubergistes à New York, d'autres encore capitaines d'industrie en France. Et Genulin sourit : « Elle n'est pas merveilleuse, notre histoire ? »

On aurait dit le prophète Ézéchiel

Il avait une barbe biblique, aussi inextricable qu'un buisson-ardent, des mains de ferronnier et des yeux de bon brigand. Son physique parlait pour lui. On voyait clairement qu'il possédait l'agilité du chamois, l'impatience de prendre les choses en main, un altruisme fébrile, mais dépourvu de naïveté. Il était la quintessence de l'âme montagnarde, et plus précisément des gens de la région de Biella. C'était un enfant du plus grand escarpement d'Europe, de la muraille qui, un peu plus haut que Biella, se dresse sur quatre mille mètres, le long de la ligne de collision qui a engendré les Alpes, voilà des millions d'années. Un visage antique, le visage du prophète Ézéchiel. Un arbre généalogique vivant. Ce fut ainsi que je le vis, la première fois. Francesco Bider, ouvrier du textile, me fit forte impression avant même d'ouvrir la bouche.

J'étais allé dans sa ville, parler de la guerre en Bosnie, et lui, ce rugueux Robin des Bois, posa des questions pertinentes qui indiquaient que, dans son âme, ce thème avait été digéré au prix de la souffrance. Il me plut, il était différent de tous les autres, et je l'invitai à dîner, afin de poursuivre la discussion. Sur un point, nous partagions la même longueur d'onde : le pacifisme ne suffisait pas. Qu'était-ce au juste ce pacifisme qui ne donnait pas aux victimes le droit de se défendre ? Ça rimait à quoi de rester à regarder ? Qu'était-ce donc sinon l'inertie, l'incrédulité et le silence des innocents qui avaient permis à une minorité d'assassins et de voleurs d'imposer une guerre à une majorité désarmée et pacifique ? C'était pour cette raison que j'avais eu des heurts avec des pacifistes. Pour elle aussi que j'avais mis à mal certaines amitiés, même anciennes.

Lui, ce chrétien tout d'une pièce, me dit que la guerre contre les musulmans – ceux de Bosnie, des modérés, avaient été les premières victimes d'un conflit béni à la fois par des religieux catholiques et des popes orthodoxes – était une onde d'agressivité destinée à durer, « quelque chose qui pourrait ressembler à ce qui est arrivé aux juifs ». La tuerie de Srebrenica, au cours de laquelle, avec la complicité de l'Europe et du monde, des milliers de musulmans furent massacrés, dans le cadre de la plus atroce hécatombe européenne depuis 1945, n'avait pas encore eu lieu, mais Bider lisait déjà les événements comme le commencement d'une vague prolongée, la mise en route d'un affrontement qui pouvait durer indéfiniment. Son discours était lucide, plein d'une cohérence intrinsèque. J'en suis resté marqué très longtemps.

Pendant quatre ans, nous restâmes sans nouvelles l'un de l'autre. Il reparut au printemps de 1999, dès les premiers signes de la crise au Kosovo, lorsque les milices serbes de Milošević – celles qu'on avait déjà vues à l'œuvre en Bosnie – entreprirent un nettoyage ethnique contre les Albanais (en majorité musulmans) dans cette province du sud de l'ex-Yougoslavie. Il me cherchait parce que, dans un livre que j'avais consacré à la guerre, il avait retrouvé trace de notre conversation à bâtons rompus. Il était écrit que si le mal était « banal », comme disait Hannah Arendt, le bien était « imbécile », incapable d'organiser un minimum d'autodéfense. Il était « complice » de l'horreur, par la faute de son imprévoyance.

Il écrivit des lettres, il téléphona, il dit qu'on ne pouvait pas rester sans rien faire. Il était scandalisé par l'absentéisme de l'Europe, face à une tragédie semblable à la guerre civile espagnole : « À l'époque, les démocrates se sont indignés et sont partis prêter main-forte, aujourd'hui plus personne ne risque sa vie pour une cause. » Il expliqua que si nous n'aidions pas ces musulmans européens, nous allions laisser le champ libre à l'islam extrémiste, accélérer un affrontement direct entre l'Occident et l'Orient. Il voulait faire « quelque chose d'important » ; il comprenait que la racine du mal se trouvait à Belgrade, mais qu'à Belgrade se trouvait aussi la clef permettant de résoudre le conflit.

Un jour à l'aube, je revins du Monténégro, où j'étais parti, envoyé par *La Repubblica*, assister aux premiers bombardements de l'Otan en Yougoslavie, et je le trouvai qui m'attendait dans la rue, devant le journal. Il crachinait, j'avais encore mes valises, le concierge me dit qu'il y avait un type étrange qui m'attendait dans sa voiture depuis des jours. Je me dis : c'est Francesco Bider, de Biella. Et en effet, c'était lui. Il dormait dans l'habitacle de son 4 × 4 d'un vert militaire, allongé comme une momie dans son sac de couchage, tandis que sa respiration faisait onduler sa grande barbe mésopotamienne. Je frappai à la fenêtre : il se dressa brusquement comme un soldat des forces de combat, entraîné à affronter les situations extrêmes.

En buvant le café, il me dit : « Je ne pouvais pas partir sans te voir. » Il était en partance pour l'Albanie, où il devait donner un coup de main dans les camps de réfugiés. Il avait pris un congé sans solde à son boulot, les jours de vacances ne suffisaient pas. Il voulait être libre beaucoup plus longtemps. « Ma barbe est mon drapeau », dit-il. Et il me raconta que pendant son service militaire, en tant que chasseur alpin au Piémont, il avait refusé de la tailler, ce qui lui avait valu de nombreux déboires. Il était à la caserne, avec trois de ses cinq frères, cas unique dans les annales de l'Italie démocratique. Il me parla du film de Kusturica, *Chat noir, chat blanc*, et des symboles qu'il contenait sur le jeu entre le bien et le mal, la mort et la vie.

Quand il disparut, comme un braconnier à bord de sa Jeep, je sentis bien qu'il ne m'avait pas tout dit. Francesco avait un dessein bien à lui, qu'il ne communiquait pas. Il m'avait demandé de lui fournir des contacts, des numéros de téléphone, des informations logistiques, des appuis auprès de l'ONU, mais j'avais eu l'impression que ce n'était qu'un prétexte. C'était autre chose qu'il voulait : peut-être un viatique, un laissez-passer pour un voyage entièrement neuf, en terre inconnue. Mais je ne parvins pas à me dire, sur le moment, que son envie d'agir, unie à sa profession de foi chrétienne et à son identité de « montagnard », allait porter son devoir de témoin jusqu'au sacrifice.

Il me téléphona encore deux fois. La première depuis Naples, où il était allé trouver son ex-commandant des chasseurs alpins, devenu le général Borriero : à lui aussi, il avait demandé des conseils, mais la rencontre, me dit-il, n'avait rien éclairci. Puis une autre fois, de Kukës, en Albanie, où il avait vu l'enfer de dizaines de milliers de réfugiés dans des tentes sous la pluie, au milieu de la boue. Il avait cherché à se rendre utile comme volontaire, mais sans y parvenir. Le problème, dit-il, se situait ailleurs. Au Kosovo. Ce fut son dernier signal. Il disparut, sans appeler sa famille, ses cinq frères. Personne. La suite, on la connaît. Sa mort au combat auprès des hommes de l'UÇK, les forces armées indépendantistes du Kosovo. Sa sépulture, l'embarras et le désintérêt des autorités italiennes. Pas même une ligne de condoléances à sa famille.

À plusieurs années de distance, le personnage me

tourmente encore. Je rencontre le barbu de Biella dans mes rêves, en me promenant le long d'une terrasse de montagne, ou dans les périphéries métropolitaines. Il apparaît à côté de moi, par surprise, à sa manière. Parfois, je me dis qu'il n'est pas vraiment mort. Par bribes, j'ai appris d'autres détails le concernant. Son travail pour venir en aide aux drogués, son engagement humanitaire dans des conditions extrêmes, qui l'a entraîné jusqu'en Bosnie. Et il y a aussi des morceaux de vie qui ressortent à l'improviste. Par l'entremise d'amis albanais, d'assistants sociaux, de volontaires dans l'ex-Yougoslavie. Ou encore par son frère, Alfredo, qui vint me trouver tout de suite après la mort de Francesco au combat et m'aida à comprendre.

Il y avait des poèmes, des récits qu'il avait laissés. Des histoires délicates de fleurs, de montagnes, d'arbres, de femmes perdues. Comme tous les montagnards solitaires, Francesco connaissait la force des paroles. Celles qu'il avait apprises par cœur se suivaient comme une litanie dans ces vallées aux noms fabuleux, où les fleuves portent des noms d'elfes (Elvo) et de sources sacrées (Saar, devenue aujourd'hui Cervo). « Si tu ouvres le tiroir où tu as enfermé ton cœur, tu trouves des paroles, des paroles simples, grandes, bonnes, qui t'accompagnent sur ton chemin. » « Quand on parle, disait-il à tout propos, on ne meurt pas. » Mais il savait aussi que parler sans agir est une limite grave, pour ne pas dire un mal.

Dans sa vie et dans sa mort, il y avait toute l'histoire de ce magnifique lieu-refuge au pied du mont Rose, où la plaine et les Alpes se rencontrent sans aucune médiation. C'étaient les bergers ouralo-altaïques qui l'avaient colonisé. Les nomades israélites qui avaient trouvé refuge dans des villages isolés, des gens comme les Triverio, c'était le nom de famille de sa mère. Les martyrs chrétiens de la légion thébaine, spontanément vénérés par les habitants des montagnes. Un paganisme des sources et des cimes sacrées, qui épousa le christianisme et engendra d'extraordinaires sanctuaires, par exemple celui d'Oropa, construit par les ancêtres de Bider. Le mythe des Walsers, le peuple venu du Nord, qui colonisa les Alpes à des altitudes que n'avaient encore jamais approchées les habitations humaines. La tradition mazzinienne d'une terre à la fois catholique, laïque et profondément religieuse, comme il arrive souvent dans les montagnes. Peut-être était-ce pour cela que son visage m'avait tant frappé. Tout s'y écrivait comme sur un livre.

Il était né en altitude, dans un petit coin des Alpes qu'on appelle, en Italie, Alpe Desate, parce que ses parents, qui s'étaient réfugiés là-haut au moment des lois raciales, avaient choisi cette *malga* hors du monde comme refuge de l'âme. Aîné de six garçons, il avala avec avidité les histoires de ce lieu et vécut son enfance dans une liberté totale. Le soir, son père chantait en s'accompagnant à la guitare, au coin du feu, jusqu'au moment où tous les petits tombaient endormis. Il grandit en suivant des codes de l'honneur transmis oralement. Il comprit, en écoutant un armurier légendaire, Arnido Grosso, que la civilisation des montagnards était un trésor de solidarité et qu'il fallait la protéger des « sacrilèges de la civilisation moderne ». Par sa mère, Maria – une noble femme – il fut formé à un engagement chrétien dont il fallait donner des preuves généreuses, fortes, totales.

« Une fois qu'on identifie le mal, il faut l'affronter. » Telle était la philosophie de Francesco. À partir de ce moment, le mal devenait « une affaire personnelle » et on ne pouvait plus reculer. Pour combattre le mal, la génération qui avait précédé la sienne avait affronté nazisme et fascisme dans ces montagnes. Pour la même raison, la guerre en Bosnie ne serait jamais résolue par quelques camions de médicaments. Voilà pourquoi Bider avait rejoint l'UÇK. À un Frioulan qui l'avait rencontré en Albanie peu avant sa mort, dans une « tentopole » de réfugiés, engloutie dans la boue, il avait confié : « Je suis pacifiste et antimilitariste, mais je me suis enrôlé parce que je veux me battre pour ce petit enfant qui nous demande l'aumône et par-dessus tout pour cette petite fille qui nous tire la langue, au milieu de toute cette désolation. »

Avant de partir à la rencontre de son destin, il avait raconté à ses frères un rêve qu'il avait fait. Sa mère était Dieu, et elle lui disait qu'il allait guider une multitude innombrable tout en haut d'une montagne du Kosovo et qu'il y serait tué. Quand on lui demanda à quoi rimait une telle mort, maintenant que l'on était certain que le conflit allait rapidement prendre fin grâce aux bombes de l'Otan, il répliqua : « Tout cela n'est qu'un rêve, comme le sont les guerres chirurgicales ! Les guerres sont toutes pareilles : un homme contre un autre. » Il partit et jamais il ne revint à Biella.

« Cela fait des milliers d'années, raconte Alfredo Bider, que les habitants de ces montagnes attendent que sorte d'une grotte la vérification d'un événement exceptionnel. C'est peut-être pour cela que mon frère a voulu que son livre sorte d'une grotte de sa vallée. Je l'ai trouvé là, un jour, presque par hasard, ce livre. Enveloppé dans un sac en plastique noir. Francesco y avait disséminé dans ses montagnes des signes qui lui ont survécu. Ce manuscrit m'a foudroyé. Peut-être que Francesco voulait redonner une voix aux songes millénaires des montagnards de sa terre. Il voulait chanter la poésie de sa civilisation, un monde que l'on dit mourant, mais qui est encore en majeure partie vivant, en dépit de toute logique et de toute économie. »

Un jour, je retournerai, en secret, dans un lieu que je ne dévoilerai jamais, pour chercher les deux lynx que Francesco a libérés avant de mourir. Il les avait achetés en Bosnie, à deux brigands des bois, comme lui, il les avait payés en marks et puis il avait passé quatre frontières, de nuit, sans se faire pincer. Il était amoureux des forêts de Bosnie, il avait appris à les connaître avec un garde-chasse de Tito, qui s'appelait Fehim. Alfredo raconte : « À l'aube, je l'ai vu débouler avec les deux lynx dans des cartons et je lui ai demandé : “Mais comment t'as fait ?” Et il m'a répondu : “En Yougoslavie, *nema problema*.” “Et à la frontière italienne ?” Je suis passé par un tout petit col entre Trieste et Gorizia, où à une certaine heure, les douaniers vont dormir. J'ai relevé la barrière, tout seul et je suis passé.” Je lui ai dit : “T'es malade.” Et il a répondu : “Je voulais faire venir ici aussi un petit peu de Bosnie.” »

L'hiver, on vous ensevelit debout

Quand la pendule de l'entresol sonne la demie de vingt-deux heures, l'Hospice du col du Grand-Saint-Bernard, à côté de la tombe du général Louis-Charles Desaix, héros de la bataille de Marengo, devient une chose vivante qui respire. Dans les chambrées commence le sommeil des passants et de la confrérie qui les héberge. Il croît, régulier, monotone comme une litanie, tandis qu'une lumière liquide, couleur d'ivoire, s'éteint avec une infinie lenteur du côté du mont Blanc. Rien à voir avec la horde des refuges. Ici règne un sommeil feutré, choral. Aussi paisible que celui d'un troupeau de brebis.

Quiconque passe sa première nuit là-haut se laissera aisément séduire par la légende de ce sévère édifice en pierre, qui, depuis près de mille ans, joue le rôle de poste de secours. Je revois le passage de Napoléon, j'entends les hurlements, les ordres, les canons tirés à bras d'homme. Les nuits d'hiver reviennent, les cantiques dans la crypte, les émigrants occis par la tempête, entassés dans la chapelle mortuaire et ensevelis debout par manque de place. Une procession de fantômes apparaît, récitant une litanie d'histoires, répétant la voix d'une route qui ressemble à celle du vent.

Avec toutes ces présences auprès de vous, le sommeil a souvent du mal à venir. J'allume ma lampe frontale dans ma couchette, je prends des notes sous les couvertures. À deux heures, j'enfile mes pantoufles et je sors dans le couloir à la recherche des toilettes. Je trouve une porte en bois ancien, je l'ouvre et vois un petit local rectangulaire. Pas d'interrupteur, rien d'autre que d'étranges cordes qui pendent du plafond. Je suis au troisième étage et ma lampe de poche éclaire une échelle qui monte jusqu'au cinquième. En haut, là où s'arrêtent les cordes, quatre cloches. Je suis donc dans un clocher. Mais que fait-il au milieu des dortoirs ? Et à quoi sert-il, enfermé ainsi « à l'intérieur » des murs de l'hospice ?

Derrière la porte, une autre porte, plus petite. Je l'ouvre. Là, c'est une toute petite pièce où clignotent des lumières et ronronnent des appareils. Je lis : « Température », « Humidité ». C'est la station météorologique, reliée à un quelconque gnome à Zurich. Dans un gros cahier sont notés les tours de garde pour les contrôles manuels. Au mur, un graphique des chutes de neige depuis 1851, avec des pics annuels de vingt-cinq mètres. Je mesure la méticuleuse efficacité des Suisses. Je mesure aussi la férocité de ces hivers.

On dit que, l'été, il est impossible de comprendre le Saint-Bernard.

Je sors de la petite salle, mais il se passe alors une chose étrange. On dirait que le couloir a changé de forme. Je jette un coup d'œil au mur porteur et je vois qu'il est courbe. Si le mur est de travers, la maison aussi, me dis-je. Je dois sortir pour comprendre. Je descends, je traverse le deuxième étage en direction de l'escalier intérieur, mais je me retrouve devant la petite porte qui mène à la galerie de l'organiste. Au-dessous, une voix provient de l'église plongée dans l'obscurité : « Que le corps du Christ vous protège, amen. » Je reviens en arrière, je descends jusqu'au palier où se trouve la tombe de Desaix, il y a trois portes. Une qui donne dans la bibliothèque, barrée. Une deuxième – fermée elle aussi – qui ouvre sur la passerelle hivernale et permet d'accéder à l'édifice situé de l'autre côté de la route quand la neige est trop haute. Seule la troisième, qui est ouverte, permet de gagner le rez-de-chaussée.

Je sors sous les étoiles et je vois que le bâtiment n'est pas courbe, en réalité. C'est un prisme parfait. Un rébus qu'il faut comprendre entièrement. Je passe devant le musée et le chenil des chiens sauveteurs, et de là je gagne l'auberge sur la route de Martigny. Il fait froid, je rencontre deux vieilles Anglaises indomptables qui sortent de leur sac de couchage installé à l'intérieur d'une fourgonnette Bedford, transformée afin de pouvoir dormir dans le compartiment arrière. Je continue mon chemin jusqu'à une autre maison, presque sans fenêtres, qui ressemble à l'hospice en plus petit. Au-dessus de la porte, on peut lire : « Morgue ». Elle héberge les cadavres, avant qu'ils ne soient identifiés et ensevelis. « Il y en a cent cinquante, m'a dit hier au soir mon confrère Yvon Kull, qui attendent ici le jour de la résurrection. » Certains sont là depuis des siècles.

Je me dis soudain que j'ai tiré la porte derrière moi : je ne vais peut-être pas pouvoir rentrer. Mais si, la porte est ouverte, il n'y a pas de loquet. Depuis mille ans, le Saint-Bernard n'a jamais fermé. Il s'ouvre aux armées et aux déserteurs, aux passants et aux cyclistes, aux skieurs et aux pèlerins. Devant le bureau de l'aumônier, je trouve le prieur, Jean-Marie Lovey. Un homme maigre, à la courte chevelure argentée. Il s'est levé pour les prières de l'aube. Il sourit en entendant mes questions sur le couloir courbe et le clocher caché. Il explique : « C'est que l'hospice s'est agrandi de l'intérieur vers l'extérieur, comme un corps vivant. En s'agrandissant, il a "englouti" le corps d'origine, selon un plan irrégulier à cause de la courbe que décrit la route, et il a dissimulé les parties plus anciennes de l'édifice. »

Il pénètre dans la bibliothèque, ouvre tout grand un vieux bréviaire du XVIIe siècle. « Nous avons nos secrets, dit-il avec un sourire, mais ils sont plus simples que ceux du *Nom de la Rose*. » Je lis dans une bible en français. Genèse, 18 : « Le Seigneur apparut un jour à Abraham en la vallée de Mambré, lorsqu'il était assis à la porte de sa tente… Abraham ayant levé les yeux, trois hommes lui parurent près de lui. » De l'autre côté du mur, j'entends les cuisines qui se mettent en train pour le petit déjeuner, l'édifice prend vie. À sept heures, la sonnerie des téléphones et le piétinement des personnes chargées du service scandent déjà les biorythmes du lieu, étroitement opérationnels. Tout est construit pour accueillir. Ici, on se sent espéré, désiré. Chacun de nous, et personne d'autre, est celui qu'on attend.

« Aussitôt qu'il les eût aperçus, il courut de la porte de la tente au-devant d'eux et se prosterna en terre. Et il dit : Seigneur, si j'ai trouvé grâce devant vos yeux, ne passez pas la maison de votre serviteur sans vous arrêter. Je vous apporterai un peu d'eau pour laver vos pieds ; et, cependant, vous vous reposerez sous cet arbre, jusqu'à ce que je vous serve un peu de pain pour reprendre vos forces. » Des tables émane une allégresse que l'Italie a oubliée. Je partage du café au lait avec Sophie, une théologienne suisse, mère de trois filles. Elle n'en a qu'une seule avec elle, la plus petite. Elle les emmène à la montagne, à tour de rôle, afin d'améliorer ses rapports avec chacune des trois.

Je prépare mon sac pour repartir, il fait une journée magnifique. Sur le sentier, je rencontre un homme accompagné de trois saint-bernard. Il est brun, costaud, il a un sourire ironique et un nez cabossé de boxeur. Il s'appelle Bernard Léger et c'est lui qui est « chef de meute ». Les animaux du col le craignent et l'aiment, ils se dressent sur leurs pattes de derrière pour lui lécher la figure. Je l'interroge sur les sauvetages, et il fait la grimace. « C'étaient des chiens de garde, si on les a utilisés pour les secours, c'est parce qu'ils étaient déjà sur place. Ils n'ont aucune disposition pour creuser dans la neige, les golden retrievers et les bergers allemands sont bien meilleurs. L'hiver, nous les envoyons en bas, dans la vallée.

— Ah bon ? Mais alors à quoi servent-ils ?

— Diable, répond-il, ils servent pour les photos des touristes. »

Et il rit comme un fou. Ça lui est bien égal de démolir un mythe.

La meringue géante

Du côté français, le toit de l'Europe me coupe le souffle, à l'improviste, il me tombe dessus, si l'on peut dire, dans le grand virage de Sallanches. Au fond de la vallée, il faisait déjà nuit, mais, au-dessus de la forêt, la muraille de neige débordait encore de lumière, on aurait dit une meringue dans cet air raréfié. C'est ainsi que Chamonix se présenta à moi, après le 24 mars 1999 – et l'incendie dans le tunnel du Mont-Blanc, qui fit trente-neuf morts –, lorsque le tunnel fut fermé et que la circulation des poids lourds fut déviée vers d'autres routes. Je montais dans un silence de deltaplane le long de l'Arve en crue et, dans le soir, j'eus l'impression de voir le mont Blanc pour la première fois. Le géant était redevenu barrière solitaire, cathédrale, terminus, légende. Le silence qui l'entourait disait bien qu'il s'était passé dans la vallée quelque chose de nouveau, d'extraordinaire, qu'on ne reverrait jamais.

Après huit millions de TIR, une procession de poids lourds longue de deux cent mille kilomètres, après trente-quatre ans de chambre à gaz, un enfer de smog, de gaz carbonique, d'incidents et de rumeurs, les montagnards avaient décidé de dire « Plus jamais ». Plus jamais de réouverture, avaient-ils laissé entendre, si cela entraînait un retour des camions. Le sort en était jeté : le monde alpin s'était retranché, il se resserrait autour de sa montagne-symbole et il s'en faisait un drapeau, il paraissait sortir de ses petits égoïsmes de clocher pour proclamer la mobilisation générale à outrance. C'était une bataille dont on espérait bien qu'elle allait décider de l'avenir des transports sur le Vieux Continent : la « bataille du Mont-Blanc ».

Quelle métamorphose que celle-là, pour le petit monde catholique et ultra-conservateur au pied de la montagne ! Quelle transformation pour cette Haute-Savoie qui rivalisait avec la Vénétie en matière de richesse récente, mais aussi de mal-être, de tyrannie du travail et de populisme de la petite bourgeoisie, allant, comme tant d'autres, jusqu'aux fantasmes autonomistes et aux vociférations contre « Paris, la voleuse ». Dans les terres de la Ligue savoisienne, où les démocrates-chrétiens les plus conservateurs de France en étaient arrivés à s'allier au parti xénophobe de Jean-Marie Le Pen, les vallées de Chamonix prirent la direction opposée, offrirent aux Verts vingt-trois pour cent de voix aux élections européennes, acclamèrent sur la place publique le soixante-huitard Daniel Cohn-Bendit – « Dany le Rouge », chef des Verts –, nouèrent des alliances avec les environnementalistes et les partis de gauche en Allemagne, Suisse, Autriche et Italie, érigèrent des barricades contre le lobby des transports et ses puissants parrains de la droite. Et avec le maire gaulliste, Michel Charlet, ils proclamèrent ce qui était presque une rébellion contre Paris et les proconsuls savoyards du parti de Jacques Chirac.

Il s'était passé quelque chose de très simple. Maintenant qu'on avait dévié la circulation des poids lourds, on entendait de nouveau des ruisseaux qui, depuis trente ans, semblaient être devenus muets. Aux Pèlerins et aux Houches, on n'avait plus besoin de boules Quiès pour dormir et les gens pouvaient retourner dans leur jardin et ressortir le barbecue. Aux Bossons, monsieur Christian Mollier, guide alpin et écrivain, put recommencer à étendre sa lessive dehors pour la faire sécher, à récolter ses prunes et ses pommes, sans revenir souillé de noir. « Ce qui arrive, me dit-on, c'est qu'on sent de nouveau la résine et la terre, on a recommencé à voir les étoiles. Et les montagnards ont décidé qu'ils ne pouvaient plus s'en passer. »

Un robuste drapeau français, une aquarelle du général de Gaulle et une fenêtre qui donne sur le vertigineux glacier des Bossons : dans son bureau, le maire de Chamonix, Michel Charlet, faisait penser à un légionnaire sur le qui-vive, il ne lui manquait que la gauloise à la commissure des lèvres. Il venait à peine d'apprendre que Paris et Rome avaient commencé à discuter sérieusement de ferroutage, le transport des camions par chemin de fer, et qu'un maxi-tunnel avait été mis au programme. Mais il savait aussi que la France et l'Italie n'étaient pas la Suisse et l'Allemagne. La corporation des camionneurs était trop forte. Si bien qu'il existait un risque de voir toute l'affaire remise aux calendes grecques et de voir même revenir les monstres. « Nous ne pouvons pas baisser notre garde, me dit-il. Nous voulons des garanties de fer, quitte à bloquer aussi la circulation des automobiles. » Mais il confirma : « Aujourd'hui, au moins, nous ne sommes plus seuls. Le cas du Mont-Blanc est devenu un cas européen. »

Dans une vallée fermée, les tragédies ont un retentissement émotionnel qui se multiplie comme dans une caisse de résonance. En 1999, trois tragédies différentes s'étaient abattues sur Chamonix en à peine plus d'un mois. D'abord, une épouvantable avalanche au nord d'Argentière, aux effets catastrophiques. Puis un incendie dévastateur en plein centre-ville, à deux pas de la mairie. L'horreur du tunnel était arrivée en dernier : mais alors que les deux premiers incidents avaient été vécus comme des fatalités, le troisième – amplement annoncé – avait déchaîné la rage et la mobilisation. Charlet m'expliqua pourquoi : « On le savait que le tunnel n'était pas sûr, et ne le serait jamais. La ventilation est insuffisante, la montée juste après l'entrée est trop raide et les TIR arrivent déjà en surchauffe. »

Le choc fut salutaire : il posait le problème d'un grand ouvrage qui, pour les gens des vallées, « avait déraillé bien loin de son utilité initiale » ; laquelle était d'unir les deux flancs de la même montagne. Après le coup d'arrêt de la circulation, tout apparaissait sous un jour différent, c'était comme de s'éveiller d'un long empoisonnement. On arrivait au grand virage de Sallanches, on voyait l'immensité de la paroi de glace et, pour la première fois, on se demandait comment on avait pu tolérer une pareille abomination. « Associer la noirceur du smog à ce triomphe de blancheur au-dessus de nos têtes, c'était comme de mettre de l'amiante dans du bourgogne », me dit Thierry Billet, l'avocat qui soutenait la bataille contre les poids lourds avec toute la furie d'un croisé. « C'est vrai, ajouta-t-il, aujourd'hui toute notre circulation lourde est déviée dans les vallées de la Maurienne, vers le Mont-Cenis. Mais, dès que nous avons eu compris que c'était de là que venait tout le malaise, nous avons couru leur expliquer que notre lutte était aussi la leur. Nous leur avons dit : “Si on ne gagne même pas avec le Mont-Blanc, on ne gagnera plus jamais, et la bataille pour le respect des Alpes sera perdue. Cela voudra dire que l'Europe accepte de démolir le dernier bastion de son environnement.” Alors, ils ont signé avec nous. Paris et Bruxelles le savent : s'ils tentent de forcer les événements, c'est la révolution ! »

Inutile de dire qu'il n'y eut pas de révolution et que les poids lourds retournèrent sous le Mont-Blanc. Avec un petit surcroît de prudence, mais ils revinrent pour de bon. Les révoltés rentrèrent dans le rang et on comprit que les ennemis des Alpes n'étaient peut-être pas Paris et Bruxelles. Alain Bernard, alpiniste et professeur de géographie à l'université de Genève, me dit : « Le problème se trouve souvent dans l'esprit fermé des montagnards eux-mêmes, accrochés à défendre leurs petits pouvoirs indigènes. » La convention pour la protection des Alpes – le document qui contient les trois grands objectifs de la tutelle, du développement et des grands couloirs de traversée – avait été signée par tous les pays alpins et par l'Union européenne, mais elle n'avait pas été ratifiée par une seule des régions directement concernées, jalouses de leur micro-souveraineté.

En Savoie, comme en Lombardie et en Vénétie, couvent l'europhobie et un désir de séparatisme afin de protéger son privilège. Du genre : nous sommes riches mais pas idiots, nous ne voulons plus payer la TVA à la capitale. « Au fond, sont-ils en train de dire, nous pouvons vivre de notre fromage, de nos cochons, de notre neige et de notre énergie hydroélectrique sans rien demander à personne. » Si on va à Thônes, Manigod ou La Clusaz, trois délicieux endroits un peu à part dans le massif des Aravis, on découvre un monde de petits commerçants, d'hôteliers et de moniteurs de ski, qui ne sait pas regarder au-delà de sa minuscule patrie, son curé, sa famille et son travail. Un travail totalitaire, qui annihile toute autre dimension. Comme à Cluses, où se multiplient comme des champignons les usines de métallurgie de précision. Et où on sent à fleur de peau l'inquiétude de la classe moyenne, des petits riches, terrorisés à l'idée de retomber au fond de la clepsydre sociale.

À Annecy, l'usine Salomon en est réduite à faire de simples assemblages : les chaussures sont fabriquées en Roumanie et les boucles au Portugal. La mondialisation est déjà dans les murs, mais l'habitant des vallées, qui ne réussit pas à l'assimiler, culturellement parlant, rêve d'impossibles bouclages autarciques, invoque une diversité ethnique qui n'existe pas, proteste contre les immigrants qu'il recrute justement au noir, lance des signaux d'alarme pour défendre une « langue en danger » que personne ne menace, sinon l'inculture locale. Et voilà alors que surgissent les fantasmes quant à l'indépendance et au traité d'annexion à la France, qui ne serait pas valide, le syndrome de la communauté assiégée, qui galope à bride abattue, la Ligue savoisienne qui se donne un improbable « gouvernement en exil » en terre helvétique.

Un jour – avant la réouverture du Mont-Blanc aux camions –, je suis allé à Bonneville, pour en parler avec le vieux Paul Guichonnet, peut-être le plus grand historien des Alpes, connu pour la manière dont il démythifiait les vertus savoyardes à grand renfort de métaphores au vitriol. Le patriarche était déchaîné : « Mon Dieu, c'est de la fumisterie, des calembredaines ! » Et les théories séparatistes qui prônent la désannexion ? « Conneries monumentales ! Vous savez ce que je dis ? Ces gens-là crachent dans la soupe que leur sert la France depuis plus d'un siècle. » Il ricane : « Si la ville de Chamonix avait des actions dans la Société du Mont-Blanc, personne là-bas ne sourcillerait à l'idée de voir les poids lourds revenir. Et si les poids lourds avaient leurs aires de régulation en France plutôt que dans le Val d'Aoste, on n'en parle même pas. Je les connais bien, les types de là-haut : ils ont un œil sur Dieu et l'autre sur leur portefeuille. »

Connaissez-vous Ulysse Borgeat ?

Il y a de nos jours dix fois plus de monde sur le mont Blanc, mais Ulysse Borgeat – le gardien du refuge du Couvercle – je m'en souviens comme si c'était hier. C'était le papa des alpinistes. Il avait apprivoisé une marmotte qui, le soir, sautait sur la table du refuge pour dîner avec les hôtes. Des dîners mémorables, avec des hommes de la trempe de Bonatti, Frison-Roche, Rébuffat. Même eux se faisaient faucher leur dîner par cet animal, d'une extrême intelligence, mais ce dont la marmotte raffolait, c'était les fleurs du centre de table. Elle les nettoyait toutes, sauf les rhododendrons.

Ulysse ne dormait jamais. Je ne sais pas comment il faisait. Personne n'avait de réveil, c'était lui qui venait nous secouer dans nos lits de camp à l'heure voulue. Si on devait escalader l'aiguille Verte, il vous réveillait en vous soufflant « minuit » à l'oreille. Ceux qui avaient à leur programme la paroi de glace des Courtes étaient secoués à trois heures. Puis il retournait à la cuisine de son pas traînant et laissait le thé bouillant sur la table. On l'avalait en vitesse et on sortait sous des milliards d'étoiles, tandis que d'autres ombres se glissaient sous vos couvertures encore chaudes.

Aiguille du Midi, trente ans plus tard. Je retourne au Couvercle, sur les traces d'Ulysse. Mais je dois d'abord franchir Scylla et Charybde : le tunnel glacé par lequel on sort de la gare du téléphérique de l'aiguille du Midi, sous la flèche de l'observatoire météo, plantée comme un gigantesque phallus sous la cime. Ce tunnel est une trachée artère qui vous aspire au moyen d'un courant d'air assassin, il engloutit des Japonais armés de leurs téléobjectifs, des bonnes sœurs africaines, de grosses Américaines, des Russes maquillées et chaussées de talons aiguilles, des marmots hurlants, une glace à la main, coiffés de bonnets à oreillettes. Et des alpinistes morts de fatigue, arrivant de la crevasse d'une démarche de zombie.

À Chamonix, entre les masses et la montagne, il n'existe pas de rencontre, mais un affrontement direct. Extrême, violent, paradoxal, privé de toute médiation. En bas, au village, ces glaciers d'un blanc sale qui plombent la rivière, la place et la flânerie. En haut, au téléphérique, à trois mille huit cents mètres d'altitude, cette fenêtre de glacier, avec au-dessous la vallée Blanche à portée de main, parsemée de fourmis et de tentes rouges, jaunes et bleues. Un étalage où tout semble facile, dangereusement voisin.

À la recherche d'Ulysse, donc. Crampons, descente vers le glacier du Tacul. À gauche, les grosses dents de dinosaure des aiguilles de Chamonix. Je me remémore l'escalade du Grépon, par la fissure Mummery. Une ascension parfaite, rigoureuse, athlétique. La plus complète, peut-être, en prenant la voie d'une longue approche sur le glacier. « Aujourd'hui, avec ce climat saharien, m'a expliqué le guide Lionel Wibault, dans son atelier de temperas et d'aquarelles, le problème s'est inversé. Sur la roche, nous avons des conditions géniales, un granit hyper sec. Le glacier, au contraire, est devenu une gageure, un labyrinthe de crevasses. Désormais, le temps de l'ascension sur la roche dépend exclusivement de la difficulté de la progression vers la base. »

Et voilà, là juste en dessous, le Couvercle. Complètement remanié, agrandi, méconnaissable. Le vieux refuge, la cabane magique où je rêvais l'impossible, Ulysse l'avait apporté sur son dos, avant d'en devenir le gérant : morceau par morceau, chacun de ces morceaux pesant soixante-dix kilos. On ne l'aurait jamais cru, à le voir. Ulysse était une de ces rares personnes qui n'ont pas besoin de surnoms. Son nom suffisait à définir sa vie de pionnier.

Midi, ciel bleu gentiane, des cordées qui reviennent, traversée sur le refuge Charpoua, nid d'aigle à l'ombre du Dru, la plus impressionnante pyramide de granit des Alpes, mille fois rêvée, mille fois escaladée par l'imagination de tout alpiniste. De l'autre côté de la mer de Glace, le refuge de l'Envers. Ulysse est passé par là aussi. Je rencontre une cordée française, ayant à sa tête le guide Robert Payoy. Il grommelle que Chamonix est devenue une réserve d'Indiens. « C'est un peu tard pour se protéger, dit-il, maintenant, ce sont eux qui nous protègent. » Et par « eux » il voulait dire la horde qui a chamboulé tout le village. Des Anglais et des Américains qui ont tout acheté. Il connaît Ulysse, il me dit de me renseigner à Chamonix.

Descente de la mer de Glace, le glacier est gris, saharien. C'est la fin de l'après-midi, le petit train à crémaillère plonge vers le fond de la vallée. Au bureau des guides, il faut se frayer un chemin à travers la cohue. Des babas cool et des industriels en quête d'aventures, des filles à moitié nues, toutes fières à côté des hommes, des vrais, qui reviennent d'escalade, ravagés, brûlés par le soleil. Comme à Cortina, tout n'est que représentation. Mais si là-bas c'est une espèce d'indolence aristocratique qui domine, ici c'est une démocratie mondiale des muscles et de l'adrénaline.

« Borgeat ? Il habite à Servoz, m'explique-t-on, un village du côté de Sallanches. » Le guide Georges Unia, un Provençal transplanté du côté du mont Blanc, me propose de m'emmener le voir. Le vieux est chez lui, il a près de quatre-vingts ans. Nous l'appelons au téléphone, à l'autre bout du fil j'entends une voix rauque, comme celle d'un mineur atteint de silicose. « Venez, dit la voix, je vous attends. » Nous descendons dans la plaine, le long de l'Arve, gonflé d'eau par la fonte des glaciers. Cela fait au moins vingt ans qu'il n'y en a pas eu autant, ici dans la vallée.

Nous remontons sur la droite de la vallée, en direction de la pointe d'Anterne. Une longue route en lacets et, au bout, le voilà, mon vieux héros. Il arrose les fleurs devant sa maison. Il les soigne avec diligence. Il se déplace avec effort, son petit chien à côté de lui. Il vit seul, pas de Pénélope à son flanc. Il est devenu trapu, il a un cou de taureau. Seul son regard n'a pas changé, clair, merveilleusement doux. « C'est la cortisone, explique-t-il sans me laisser le temps d'ouvrir la bouche, elle a même modifié ma voix. » Lui qui a transporté deux refuges sur son dos, l'arthrite rhumatoïde le ronge. Il en rit, d'un rire un peu strident, mais ses yeux sont lucides. Derrière, je devine un lac de mélancolie.

Il ouvre une enveloppe, à l'intérieur il y a toute son histoire, une vie en dix photographies. Ulysse, avec cinquante tonnes sur le dos. Ulysse à l'époque où il n'y avait pas encore d'hélicoptères à la montagne. « Et aujourd'hui, tu fais quoi ? — Je ne regarde pas la télé, ça m'énerve. Je lis. » Et il tire des étagères des livres sur la montagne dédicacés par Walter Bonatti et Gary Hamming. Je demande : « Pourquoi n'as-tu pas fondé une famille ? — Pas le temps de me marier », répond le loup solitaire. Trop de choses à faire. Mais aujourd'hui c'est du temps qu'il ne sait plus quoi faire, notre roi de la mer de Glace.

Le silence se fait, nous entendons la rivière tonner en aval. « C'est la catastrophe », murmure-t-il. Trop d'eau, trop de dégel, trop de chaleur. Il rit encore de sa voix rauque, mais une fois de plus il est en équilibre entre le rire et les larmes. Sur le mont Blanc survient le dernier éclair orangé, puis le géant redevient banquise. Un granité, dans l'ombre.

8

Du Grand Paradis à Nice

Le retour du frère Dolcino

Barrage du Piantonetto, neige fondue. Au-delà de la muraille de béton, dans une fenêtre au milieu des nuages, sortent les cimes périphériques du Grand Paradis : l'Herbétet, la pointe de la Gay, le colosse qu'est la Tour du Grand Saint-Pierre. Voilà près de quarante ans que je ne les avais pas vues et rien, pour ainsi dire, n'a changé. Je les ai découvertes avec Aldo, un excellent ami triestin qui était allé s'installer au Piémont et qu'elles avaient ensorcelé. Pour nous, enfants des Dolomites, ce fut le premier et difficile contact avec la glace et le granit. Montagnes solitaires, parsemées de bruyères, gentianes et achillées.

Les vallées du Lanzo et le Canavais sont encore des merveilles épargnées par le béton et le tourisme de masse. Les Piémontais de la plaine snobent sans raison ces territoires à portée de main, comme s'il s'agissait de montagnes de troisième ordre.

Vers le soir, en descendant au carrefour de Rosone, je prends à bord de ma voiture un bûcheron qui se rend à Pont-en-Canavais. Il pique ma curiosité, on dirait un elfe solitaire, si bien que je vais droit au but. Je l'interroge sur sa famille et il me répond qu'il n'en a pas ; lui aussi va droit au but. Il déverse un torrent de mots, comme s'il cherchait à s'enlever un poids.

« Tout a été fini quand les femmes ont décidé d'épouser des gars de la plaine. À partir de ce moment-là, la montagne s'est vidée. Vous savez combien de vieux garçons il y a dans la vallée ? Ils ont tous dans les soixante-cinq ans, comme moi. Les bars en sont pleins. »

Je lui demande quand la chose est arrivée.

« Dans les années 1960. L'industrie était à la mode, la firme Fiat avait faim d'ouvriers. Et elle voulait qu'ils soient en ville, prêts à se taire et à obéir, mais les montagnards, ce n'est pas leur point fort de se taire et d'obéir. Ils ne sont pas faits pour le travail à la chaîne. Vous imaginez un peu, un braconnier au service zingage…

— Oui, mais Fiat offrait du travail…

— L'automobile offrait peut-être du travail, mais elle nous a mangé l'âme et les femmes se sont toutes rangées du côté de l'automobile. Il y a eu la grande fuite. Il n'y a que les gars d'Ivrée qui se sont organisés pour laisser les gens rester au village.

— Les gars d'Olivetti ?

— Oui, les machines à écrire. Il y avait un ramassage en car des ouvriers tous les matins. Ils aidaient les gens à rester. Ils donnaient des congés au moment de la mise en conserve des aliments ou quand il fallait tuer le cochon. Mais, ensuite, les managers ont débarqué et ils ont envoyé tout le monde se faire foutre. Et maintenant Olivetti aussi a disparu.

— Que voulez-vous dire ?

— Je dis que, dans les villages, il y avait de sacrément bonnes têtes. Les meilleures inventions d'Ivrée, elles sont venues des montagnards… Vous savez combien de choses géniales viennent à l'esprit de quelqu'un qui sait rester silencieux et qui a le temps de penser ? Mais, un jour, quelqu'un a décidé que le temps était un luxe et on a remplacé les inventeurs par des techniciens. Moyennant quoi l'industrie a cessé d'avoir des idées.

— Vous ne vous êtes jamais marié ?

— Marié ? Maintenant, je les vois revenir dans la montagne, les femmes qui se sont foutues de nous. Elles ont besoin d'air pur, et peut-être même qu'elles nous regrettent... Mais elles ne sont plus les mêmes, la vie en appartement les a bousillées, elles ne comprennent pas que la terre a besoin de soins.

— C'est un désastre...

— Avant, nous étions méfiants, et nous avions raison de l'être. Aujourd'hui, nous sommes encore pires. Nous avons une sainte terreur de tout ce qui vient de Turin. Les vallées sont devenues le séjour de l'envie, la solidarité a disparu. On se fait la guerre en famille pour un mètre de terrain, pour une pomme. Alors, avec les étrangers, je ne vous dis pas.

— Et le curé, qu'est-ce qu'il vous dit ?

— Le curé aussi, on lui a fait la guerre. On nous avait envoyé un *terrone* [1]. On a foutu un tel bordel que Rome a fini par le muter.

— Et maintenant ?

— Par dépit, ils ont nommé un Vietnamien. Qu'est-ce que vous voulez qu'on lui dise au confessionnal ? On aurait mieux fait de garder le *terrone*.

— Et vous allez où, aujourd'hui ?

— Au bistrot. C'est là que je trouve du travail. On fait appel à moi pour élaguer, faucher, débroussailler, tondre. Le bistrot c'est mon bureau de placement. Si on ferme mon bistrot, je suis foutu.

— Vous allez dans les centres commerciaux ?

1. Le mot *terrone* désigne, de manière plutôt péjorative, une personne originaire du sud de l'Italie.

— Pour quoi faire ? Acheter des cerises espagnoles en hiver au lieu de manger celles que les gens laissent pourrir dans la vallée ?

— Et l'hôpital, vous y allez ?

— Jamais. Si, une fois, quand la manette d'un tracteur m'a troué un poumon, je me suis sauvé juste après l'opération. J'ai signé une décharge et j'ai filé. Ils pensaient que j'allais crever. Au lieu de quoi, j'ai retiré tout seul les agrafes en fer, je n'ai mangé que des aliments sains et j'ai guéri. Ils ne voulaient pas le croire. Ils sont montés jusque dans la vallée pour voir. »

Je récapitule en mon for intérieur : ni prêtres, ni médecins, ni supermarchés, ni femmes. Pour l'elfe du Canavais, tout ça c'est du pipeau en provenance de la plaine. Je me heurte à un problème d'arithmétique, comme en ex-Yougoslavie, où les montagnards – armés par les ex-communistes – ont fait payer aux bourgeois du fond de la vallée des siècles de brimades. Ou peut-être s'agit-il tout simplement de la rancœur des périphéries oubliées contre les centres magouilleurs, comme la révolte des banlieues en France.

Nous approchons de Pont, le bûcheron se tait, comme s'il lisait dans mes pensées et voulait les respecter par son silence. Il caresse sa barbe, il ressemble vaguement à Francesco Bider, le bon brigand de Biella, mort en combattant au Kosovo. Il pourrait être son père. Je lui demande s'il ne serait pas, par hasard, un Walser.

« Oui, je suis de Gressoney, je viens ici en tant que saisonnier, quand il y a du travail. Comment avez-vous deviné ? »

Je lui dis qu'il ressemble à quelqu'un.

« Les Walsers ont été les premiers villageois libres d'Europe. Il fallait bien que quelqu'un reste là-haut, en altitude, autrement à chaque grosse pluie, la montagne se serait éboulée. On les a appelés les garants du climat. Aujourd'hui, ils n'intéressent plus personne. »

Il parle avec fierté, comme s'il récitait une leçon qu'il n'a pas lue dans les livres, mais apprise par cœur en l'entendant de la bouche des anciens. Il explique des choses difficiles, que je n'aurais jamais soupçonnées chez lui : la codification du nomadisme, la cohabitation parfaite avec les juifs piémontais, devenus montagnards. Il me parle du sanctuaire marial d'Oropa, qui se trouve à l'endroit où les païens adoraient l'étoile de la lumière.

Tout à coup, il me dit : « Laissez-moi ici. » Il se dépêche de descendre, comme s'il regrettait d'avoir trop parlé.

Je lui tends la main et lui demande de me dire son nom.

« Mon nom n'a pas d'importance », répond-il avant de disparaître dans l'obscurité, en direction de la rive de l'Orco.

Je reste à l'arrêt, le moteur en marche, occupé à remplir mon calepin d'une seule traite. J'ai appris beaucoup de choses et maintenant, dans l'obscurité de Pont, tout se confond et paraît coïncider. Le repli sur soi des hautes vallées, le retour des xénophobies, les banlieues françaises en flammes, le Vajont et le val de Suse, les guerres balkaniques et le désastre du Moyen-Orient. On dirait des symptômes de la même fièvre, de la même dilapidation. Là, devant les premières lumières de la plaine italienne, aux portes du centre-ville, je sens le mal-être des mille périphéries. La révolte du *pagus*, du village méprisé depuis des millénaires. Il paraît que le mot *pagus* vient du verbe latin *pangere*, planter ; une allusion à la pierre milliaire fichée dans le grand néant de la province. Ce signe impérial était l'unique identité consentie aux crétins des campagnes. Crétins au point d'être automatiquement considérés comme non-chrétiens, selon le préjugé des *cives*, les citoyens. Et donc *pagani*, ou païens.

Pour saint Ambroise, le Milanais, les *pagani* par excellence étaient les gens des vallées. La montagne tenait bon en faveur des anciens dieux, elle repoussait le christianisme qui avait conquis les villes. Au IVe siècle, l'évêque de Trente, saint Vigile, dut faire venir des moines de la Cappadoce pour convertir le Val di Non, et les montagnards répliquèrent en envoyant les missionnaires au bûcher. Je me demande quel lien il peut y avoir entre le désespoir de Vigile face à une telle horreur et l'égarement de la partitocratie face au phénomène montagnard de la Ligue du Nord ou aux populismes xénophobes du monde subalpin.

Les lumières d'Argentera, Rivarossa, Druento, Pianezza. Dans la pénombre, un panneau indicateur mentionne le val de Suse. Je décide aussitôt d'y aller. Qui sait s'il ne couve pas quelque chose de plus ancien sous la révolte des locaux contre la ligne de TGV. La vallée est déjà dévastée par quatre routes parallèles, une autoroute, une voie ferrée internationale et une ligne à haute tension de trois cent quatre-vingts kilovolts. La rage ne date pas d'hier. On méprise les habitants de la vallée, qui doivent toujours s'incliner devant les décisions d'autrui, lesquelles n'ont jamais rien apporté de bon à la montagne.

Dans une petite auberge de Bussoleno, j'en trouve la confirmation avant même de monter me coucher. Dans une vitrine, je vois une longue lettre du frère Dolcino – brûlé vif sept siècles auparavant – aux rebelles anti-TGV d'aujourd'hui. En plus d'être signée par l'homme qui dirigea, dans la région de Biella, une sanglante révolte des montagnards contre les évêques et les seigneurs de la plaine du Pô, la missive l'est aussi par Margherita, la femme qui mourut avec lui dans les flammes. Je lis non sans agitation : « Chers rebelles de la vallée, un élan du cœur nous incite à vous écrire. Depuis des siècles, nous tournons, dans la lassitude et l'ambiguïté, au-dessus des faits du monde... », nous voyons « des montagnes éventrées par l'arrogance de l'argent, des vallées noyées dans le béton... des gens résignés qui s'inclinent ».

« Ce fourmillement d'hommes seuls que vous appelez encore la société nous a enlevé tout notre goût pour la parole » mais « la passion nous est revenue » en voyant « ces mêmes chantiers de partisans parcourus de nouveau par des femmes, des hommes et des enfants hostiles à un train chargé de malheurs et défendu par des mercenaires en uniforme ». Et encore : « Le 31 octobre au Seghino et le 8 décembre 2005 à Venuas nous étions avec vous, habitants des vallées, fiers et têtus. Encore une fois, en haut des montagnes. » L'occupation militaire de la vallée, sous le gouvernement Berlusconi, fait déjà figure de mythologie. Dolcino et Margherita reviennent, comme dans le livre de Carlo Sgorlon, *L'ultima valle* (La Dernière Vallée), entrés on ne sait trop comment « dans notre époque de voitures et de moteurs », presque sans s'apercevoir qu'une époque a pris fin.

Le lendemain, je passe à la Credenza, l'association italienne qui porte le plus beau nom du pays. Il ne désigne pas la « crédence », l'endroit où l'on pose des aliments, mais une « foi ou confiance réciproque ». C'est le lieu de la communauté, l'endroit où l'on discute de tout ce qui touche à la vallée. « Ce sont les matraques de la police qui l'ont relancée, en 2005, m'explique Nicoletta Dosio, une habitante de Bussoleno, qui en est l'âme. « Avant, parmi nous, le silence régnait. » Elle me raconte qu'au début des années 1990 les gens disaient aux rebelles « oui, vous avez raison », mais se gardaient bien de les soutenir. Ils avaient toujours subi : les hideux pylônes le long du cours d'eau, la fermeture du nœud ferroviaire, celle des filatures de coton de Felice Riva qui s'était enfui en emportant la caisse.

« La défaite était tellement intériorisée dans l'âme des montagnards qu'ils croyaient qu'il était inutile de se battre. » Et puis la première victoire est arrivée, contre le projet d'une deuxième ligne à haute tension : il leur a suffi de mettre sur pied une mobilisation populaire, en association avec les vallées françaises. C'était en 1992 et depuis le climat a bien changé. Les gens ont commencé à discuter ensemble, mais les journaux n'ont tenu aucun compte de la métamorphose, ils ne consacraient à la vallée en ébullition que des titres invisibles sur une colonne. Si bien que ceux qui avaient monté le projet de TGV sans même en discuter avec les montagnards ont cru que l'opposition de la population locale était un obstacle sans importance. On n'allait quand même pas perdre son temps à s'entretenir avec les « rustres », les « rétrogrades », les « localistes égoïstes », qui sont tous, bien entendu, des « fainéants ».

Personne ne savait, à Rome, que les elfes étaient de retour dans le val de Suse. Alors, les bornes ont été franchies. On a occupé la vallée par l'entremise des carabiniers, on a installé des barrages routiers, on a confisqué les drapeaux des comités de lutte, on a accusé les bûcherons d'utiliser leurs haches en tant qu'armes « incorrectes ». On en est même arrivé à arrêter un cortège funèbre pour inspecter le corbillard. C'est à ce stade que les gens ont compris que la voie du TGV ne regardait pas seulement les comités, mais tous les habitants. La vie de la vallée tout entière était en train de se détériorer. « Voilà comment nous sommes redevenus une collectivité, me déclare Nicoletta. Aujourd'hui on discute, les gens se parlent, on s'interroge sur le devenir de la montagne, sur ses ressources oubliées pour faire place à la grande distribution. » Les choses bougent dans le monde des vaincus.

Le vent souffla pendant vingt jours d'affilée

Le vieillard m'attendait dans un lit à baldaquin, comme un lord anglais, gardé par deux chiens en aussi mauvais état que lui. Il habitait tout au bout de ce qui était jadis la mer padane, dans une petite crique du Val Chisone, aux antipodes de sa terre natale : Pirano d'Istria et Punta Salvore, les promontoires les plus avancés de la péninsule Adriatique. Salvore (Savudrija) était l'antithèse des vallées piémontaises. Plus celles-ci se repliaient vers les Alpes, plus la pointe d'Istrie naviguait vers les espaces ouverts de la lumière. Quand il était petit, me racontait le vieillard, il y avait des journées au cours desquelles, après la *bora*, on pouvait voir le campanile de Saint-Marc, de l'autre côté de l'Adriatique. « Un jour, le vent souffla pendant vingt jours d'affilée, puis le ciel devint d'un bleu si intense que je n'ai jamais revu ça de ma vie. On avait l'impression de pouvoir toucher les monts Euganéens. »

Diego De Castro était né en 1909, il mourut à quatre-vingt-treize ans et il eut le temps de me faire écrire quatre fois sa notice nécrologique. Chaque fois, après une fausse alerte, il rentrait au-dedans de lui-même, afin d'attraper par la queue un autre morceau de sa formidable mémoire qui paraissait augmenter au fur et à mesure que son énergie vitale s'affaiblissait. Je n'éprouvais guère d'intérêt pour sa carrière mondiale de statisticien, ni même pour son passé – pourtant extraordinaire – de diplomate italien et principal artisan des négociations sur le sort de Trieste, menacée par Tito et contrôlée par les Alliés jusqu'en 1954. Tout cela, je pouvais le trouver dans les livres. Ce qui m'intéressait, en revanche, c'était le film qui se déroulait au-dedans de lui. À la fin de sa vie, il avait appris à rêver sans dormir, et ses rêves étaient presque toujours des morceaux oubliés de son enfance, qui surgissaient avec une telle précision qu'il en était le premier stupéfait. Il lui suffisait de fermer les yeux et le voyage commençait.

Du baronet anglais, il possédait aussi l'humour. En indiquant la moitié vide de son lit, à sa gauche, il me présentait « Milady », la dame noire invisible, celle qu'il avait déjà bernée petit garçon en réchappant de la grippe espagnole. « Tu vois, me dit-il un jour, je ne mourrai pas. Je naîtrai à l'envers, tout simplement. Moi, mon compte à rebours me remporte vers ma mère. » C'était un vieux saumon ; il nageait à contre-courant, en direction de son lieu de naissance. Et, du fond de sa vallée, il paraissait observer un autre lui-même, plus jeune de quatre-vingt-dix ans, les cheveux au vent, qui l'attendait sur le promontoire venteux au parfum de sauge. Le petit Diego qui jouait dans la bruyère au-dessus des brisants, autour du phare autrichien posté en sentinelle.

Personne ne sut me raconter mieux que lui la veille de la Grande Guerre. Le cortège funèbre de François-Ferdinand et de son épouse, les cercueils arrivés de Bosnie, sur le cuirassé *Viribus Unitis*, les sirènes des navires sonnant le glas à travers le golfe de Trieste, les tambours funèbres rangés le long du Corsia Stadion, les réverbères recouverts d'affreux parements de velours noir. Et comme il savait toujours, en bon habitant de l'Europe centrale, mettre le doigt sur le côté comique des drames, il se rappelait les chevaux du service d'ordre, qui mangeaient les chapeaux à fleurs des dames – il faisait une chaleur écrasante, en ces jours de l'été 1914 – et même les canotiers de paille des messieurs, dont ils étaient particulièrement friands. « Les gens étaient terrorisés, je m'en aperçus car j'avais commencé à écouter ce que disaient les grandes personnes. Je vis bien que beaucoup de gens s'étaient mis à faire des provisions de tout, même de vêtements. » Il donnait ces détails incroyables du monde d'hier, comme s'ils venaient d'arriver un mois auparavant.

Un jour, il neigea dans le Val Chisone, jusqu'à Villar Perosa. Le Val Pellice était tout blanc, lui aussi, et la dame qui s'occupait du vieux monsieur avait allumé un feu. Alors, il se rappela les Noëls de Pirano, la table avec le bouillon, la dinde, le bon vin, les « friandises, comme le nougat et les dattes ». On aurait cru qu'il disait : « Pardonnez-moi d'avoir vécu. » Il avouait : « J'ai eu une enfance de rêve, j'étais le seul garçon, le dernier rejeton de la dynastie et, en plus de maman, j'avais sept tantes pour s'occuper de moi. J'étais gâté-pourri, le chouchou de tout le monde. Autour de moi se déroulait tout un ballet de petits bouillons, d'attentions pour "le cher petit bout" qui avait une santé si délicate. » Il évoqua une course automobile de 1913, les voitures qui descendaient entre Salvore et Pirano, dans des nuages de poussière, avec à bord des dames couvertes de grands voiles et des messieurs portant de grosses lunettes. Et puis un hydravion, dans la baie de la Casa Rossa. « Il avait des ailes en soie, déchirées. Avant de pouvoir repartir, il devait attendre que quelqu'un arrive de Vienne pour les réparer. Et, pour passer le temps, les pilotes nous racontaient des histoires, à nous autres marmots. »

C'était un montagnard de la mer, lui aussi, comme

tous les gens de l'est de la mer Adriatique. Il me demandait comment je tenais le coup dans une ville aussi cérémonieuse que Turin. Sa famille était établie en Istrie depuis mille ans, mais, sur le plan anthropologique, De Castro se disait « dinarique », appartenant à la turbulente race alpine d'Europe centrale. « Il me semble, dit-il un jour en passant son index sur son nez de rapace et sa forte mâchoire, que ma taille et mon crâne ne peuvent laisser de place au doute. » Il savait qu'à l'intérieur du lord anglais habitait un brigand et que son indiscutable nature italienne venait de la même souche aux longs fémurs que celle qui avait donné tant de fil à retordre au Turc, dans les Balkans. La même tribu lunatique et guerrière qui avait mis plus d'une fois le feu aux terres situées entre Trieste et l'Albanie. Un jour où le brouillard avait empli la plaine, il indiqua à l'Orient les positions de Pirano, comme s'il n'y avait que la mer entre lui et l'Istrie. « J'y retournerai les pieds devant », disait-il. Et aussitôt j'imaginai l'impossible, le catafalque qui pénétrait dans la cathédrale, au milieu d'une foule d'Istriens, accueilli par une sonate pour orgue de Haendel.

Il avait avec la mort le même rapport ironique et tatillon que son quasi-contemporain du Tyrol du Sud, Silvius Magnano, fondateur avec De Gasperi du Haut-Adige moderne, un homme qui allait trois fois par semaine arroser les fleurs sur sa propre tombe. Par son activisme vital, il ressemblait plutôt à Fitzroy Maclean, le voyageur britannique que Churchill avait fait parachuter dans les montagnes de Bosnie pendant la Seconde Guerre mondiale, afin de créer des liens entre Tito et les Alliés. Dans le récit de l'après-guerre, il était inimitable. Il racontait comment on avait fait disparaître tant de gens dans les *foibe* (les gouffres) ou parlait de la voiture noire des services secrets de Belgrade qui tournicotait dangereusement aux quatre coins de Trieste. Il savait tout sur la patrouille assassine de « liquidation silencieuse », restée en activité en Yougoslavie jusqu'au milieu des années 1980, afin d'éliminer en toute discrétion les « ennemis de la patrie » à l'extérieur du pays.

Un jour, il résuma comme suit sa propre vie : « Dix mille heures de cours, quarante mille étudiants, mille huit cents articles, plus une trentaine de livres, dont certains monumentaux. Et puis trois milliards et quelques de pulsations. À raison d'un battement par centimètre, l'électrocardiogramme ferait le tour de la Terre. C'est fantastique, non ? » Il se définissait lui-même comme un « logorrhéique » et un « survivant ». Il répétait : « Je suis un pph », faisant allusion à la meurtrière petite formule française « passe pas l'hiver ». « Ma lucidité mentale, fit-il observer vers la fin de sa vie, ne me sert qu'à assister à la destruction complète de mon corps, de semaine en semaine, de jour en jour. » Mais, jusqu'au dernier de ces jours, il brûla de passion civile et de mépris pour ceux qui brandissaient, comme autant d'instruments, les vieilles peurs sur sa frontière orientale. « J'irais à Trieste faire le larbin ou le garçon de courses d'un homme qui s'attellerait à la tâche de faire comprendre au monde que chez nous on mesure les hommes à leur juste valeur plutôt qu'à leurs idées politiques. »

Il me plaît de penser que c'est la *bora* qui l'a emporté. Une rafale hors normes, comme une vague scélérate, qui aurait fini par erreur de l'autre côté des Alpes.

Une auberge appelée Griselda

« Marmottes sur la chaussée, ralentir. » Un tel panneau n'existe pas dans la signalétique italienne. Mais s'il était créé, il faudrait l'installer ici, sur la route oubliée du Colle dell'Agnello, à deux mille sept cent quarante-quatre mètres, sous le pilier du mont Viso. Il peut très bien vous arriver, en débouchant d'un virage, de surprendre un peloton entier de ces animaux au milieu de la route, avec les marmottons qui se chamaillent et les vieilles bêtes qui se vautrent au soleil, traînant leur postérieur plus touffu qu'une moustache de grenadier. Et si par hasard vous arrivez à bicyclette et que vous avez, par ailleurs, le vent contre par rapport au troupeau, les bestioles ne vous entendront pas et vous finirez par en trouver de véritables légions. Mais vous n'aurez pas le temps de les photographier : l'image s'effrite en quelques secondes. Vous resterez hébété devant le spectacle d'une fuite générale entre les mousses, les murs de neige et les pierrailles, en direction d'un réseau de tanières d'une extrême complication.

C'est ce qui m'est arrivé en 2001, quand je gravis l'Agnello à vélo, la veille du jour où devait passer le Giro, le tour d'Italie. J'étais déjà en haute altitude, un profond silence régnait dans la conque. Tout à coup, le soleil a disparu, la température a chuté jusqu'à quatre degrés et, venant du col, des nuages français noirs comme de l'encre et pleins de neige ont fondu sur moi. Comme un insensé, j'ai cherché à les esquiver, dans l'espoir d'éviter la collision, mais dans le dernier mètre le toit laineux s'est cabré, en m'effleurant, pour me prendre en sandwich entre le ciel de plomb et le névé. Je me suis aperçu que je n'étais pas seul. Deux virages plus bas, il y avait un autre pédaleur solitaire qui montait. Il m'a doublé « en danseuse ». C'était un Français qui m'a crié « Bon courage ! », un éclair bleu a jailli de ses yeux, puis une main invisible l'a soulevé, comme un archange, pour l'engloutir dans un plafond gelé de nuages en mouvement.

Le film avait commencé la veille au soir, avec les hirondelles devenues folles entre les tours de Saluzzo et la fanfare municipale qui répétait des petites marches du XIXe siècle, pour la Grande Étape. Au début, le mont Viso était invisible dans le contre-jour du soleil couchant, mais ensuite sa pyramide avait émergé, elle était devenue une ombre gigantesque, solitaire. À l'heure violette, les Alpes s'étaient transformées en profil de lanterne magique tout autour de moi, et le Piémont s'était révélé sous les traits d'un Midi extraordinaire. Un Midi où les noms chantaient, où les montagnes ne s'appelaient plus ni Grigna ni Kaiserberg, mais mont Viso, Mongioia, Argentera ; où les auberges portaient les noms de Marianna et Griselda, faisant songer à Roncevaux, avec des belles au balcon et des friandises d'un autre temps. C'était ici que commençait le monde occitan, mystérieuse constellation qui se prolongeait jusqu'en Catalogne.

Au col de Sampeyre, une plaque rappelait que la douce Mireille du poète Frédéric Mistral était une bergère italienne de l'endroit, accueillie en Provence alors qu'elle voyageait avec son vannier de père. À partir de cet endroit, la montagne, en direction du col Agnel et de l'Izoard, est devenue une conquête tibétaine, une interminable course d'élan, une pénitence. J'étais malencontreusement parti de trop bas et, dès les premiers lacets, j'étais déjà cuit. Du côté de Casteldelfino, je me suis ravitaillé à l'hôtel Leon d'Oro, où les patrons, Ines et Augusto, m'ont parlé des cosaques qui avaient dévasté les vallées à la fin de la Seconde Guerre mondiale. C'étaient plus ou moins les mêmes histoires que celles que j'avais entendues en Carnie. Près du comptoir, j'ai lu les vers que Piero

Calamandrei avait dédiés à la Résistance de Cuneo : « *Lo avrai, camerata Kesselring* [1] ».

Je suis reparti, la route était encore plus raide, j'ai traversé une forêt de pins cembro qui n'en finissait plus, puis mon vélo s'est trouvé englouti par un troupeau qui descendait vers la vallée dans un concert de sonnailles. Chianale, à mille huit cents mètres d'altitude, était le dernier village avant les ultimes mille mètres d'enfer. Le prêtre lui-même n'habitait pas là-haut, m'a dit une vieille qui avait l'air d'un mannequin de bois. Le torrent s'engouffrait sous le pont San Lorenzo, entre des églises votives et de très anciennes maisons en granit, blotties toutes ensemble. Sur les architraves, les signes d'un monde resté païen jusqu'après l'an mille : têtes taillées, visages ronds rituels, survivances en pierre d'une superstition sanguinaire des Ligures. Ou peut-être souvenir de l'*Om Salvé*, l'homme sauvage, l'habitant solitaire des hautes aiguilles, qui ne possédait rien en dehors d'un trésor inestimable, la formule qui « transforme le lait en viande » : le caillé, le secret du fromage. Dans les villages, il se trouve toujours un vieux pour jurer encore qu'il l'a vu, quand il était petit.

À présent, la route montait à flanc de montagne, au milieu de prairies de fleurs jaunes, aux confins d'une conque de velours vert tendre, puis sont arrivés les virages et le règne des marmottes. Dans la direction du petit lac, l'air est devenu plus éthéré, le vent m'a

1. « Tu l'auras, camarade Kesselring. » Albert Kesselring, commandant des forces d'occupation allemandes en Italie, tenu pour responsable de plusieurs abominables massacres de civils, déclara après la guerre que les Italiens auraient dû lui dresser un monument pour avoir protégé leur patrimoine. Le poème de Calamandrei était une réponse cinglante.

apporté des voix en provenance du col. C'était un bataillon de cyclistes bretons qui se restauraient à côté de la borne. Ils avaient de la nourriture chaude, un minibus accompagnateur, ils criaient « Allez, l'Italie ! » et ils ont offert un coup de vin au solitaire venu de l'autre monde. À 12 h 30, photo de groupe, double couche de lainages et puis la descente vertigineuse vers la France, dans le vent, entre des murs de neige, avec le vélo qui roulait peureusement sur l'asphalte déformé par le gel. Et aussi l'estomac qui se comprimait et se dilatait, se vidait pour se remplir aussitôt, comme quand on a le trac.

Les prés du Queyras : des bois de mélèzes, des torrents qui chantent et un ciel bleu déjà provençal. À Fontgillarde, deux mille mètres d'altitude, ma bicyclette traverse des effluves de fondue et de baguette. Il y avait là le curé, l'école, l'auberge, le magasin général. Des petits enfants sur la route. Qu'elle est donc vivante, la montagne française, me suis-je dit. Chez nous, la politique a réduit la montagne à l'état de réserve indienne de vieillards, de poètes et d'originaux. Des gens comme Antonio Bodrero, le dernier écrivain occitan du Val Varaita. Dans les congrès, il se présentait avec son sac à dos, où il avait du pain, de la saucisse et un gros réveil. On raconte qu'un jour, à Bolzano, à l'époque du terrorisme, en entendant le tic-tac, quelqu'un se mit à crier à la bombe, la salle fut évacuée, puis les démineurs stupéfaits pêchèrent, sous une tome du Piémont, l'objet inoffensif.

Je suis descendu dans le ravin du Château-Queyras, mille trois cent cinquante mètres d'altitude, au moment où le ciel s'obscurcissait. Un peu au-delà du fort qui fermait la vallée, la montée de l'Izoard commençait tout doucement, pour culminer à deux mille trois cent soixante-six mètres. J'ai dépassé Arvieux, la fromagerie, la fontaine, les tours civiles avec le tocsin. Izoard : le nom était léger, les virages aussi, le bois sentait la résine, la dénivellation n'était qu'une plaisanterie par rapport à celle du col Agnel. Mais les kilomètres pesaient, ils perçaient mes mollets de mille aiguilles glacées. L'air stagnait, des moucherons horripilants annonçaient un orage. Faire demi-tour ? Quelle tentation. J'ai regardé au-dessous de moi le dernier hameau, Brunissard, l'odeur de rôti qui montait de l'hôtellerie des Bons Enfants, avec le vieil écriteau : « Bon vin, on loge à pied et à cheval, 1841 ».

On n'arrivait jamais. Au-dessus de deux mille mètres, j'ai trouvé des Français qui fourbissaient leur route mythique et se dépêchaient de refaire la grande voie qui avait vu passer Coppi et Bobet. Ce n'était pas le moment de flancher. Et puis j'ai atteint la Casse déserte, une succession d'éboulis, constellée de cargneules, que l'asphalte fend dans un passage lunaire, digne du purgatoire. J'ai trouvé trois camping-cars italiens avec des plaques minéralogiques de Côme. Venus attendre le Giro, ils avaient occupé le meilleur tournant plusieurs jours à l'avance. Un bonhomme rugueux était déjà installé sur son transat, en savates, et savourait son triomphe territorial. Je ne lui ai arraché qu'un minimum de syllabes.

« Bonjour !

— Bonjour.

— Vous avez un vélo ?

— Non.

— Qu'est-ce que vous faites ?

— *Spetèm.* » (On attend).

J'ai subodoré que ces Lombards n'attendaient pas en réalité une fête du sport. Ils espéraient plutôt être témoins d'une crucifixion sadique. Ils voulaient voir les petits messieurs « estampillés » agoniser sur leur selle, se vautrer dans le dernier tournant. Mais, maintenant, j'étais arrivé en haut. Je suis passé très lentement devant l'obélisque, le drapeau, la buvette et la boutique de souvenirs, et puis, bien à l'heure, aussi lourd qu'un régiment, aussi définitif qu'une peine capitale, à la porte du refuge – qui s'appelait, comme on le pense bien, le refuge Napoléon – l'orage m'est tombé dessus comme une libération.

Tous les aviateurs la connaissent

Le soleil se couche au-dessus du monastère de Colletto, hameau de Castelmagno dans le Val Grana, un nid d'aigle mieux fait pour un dalaï-lama que pour un prieur. Une lumière liquide, désertique, presque tibétaine, pleut de la France et éclaire un paysage immense. Au sud, le mont Argentera, aiguille des Alpi Marittime d'Italie, au nord le mont Viso, véritable pyramide de Chéops. Entre ces deux géants, inondés de jaune et de vent, une crevasse noire, profonde, ramifiée, interminable. Le Val Maira, la plus mystérieuse des vallées de la province de Coni.

Je descends avec le moteur au minimum, virage après virage. Au fond, sur le cours d'eau, des parois, des vieux ponts de pierre, des églises gothiques éparses. À Ussolo, les premières âmes qui vivent. Des ouvriers, entourant une maison en pleine rénovation. Sous les échafaudages, je vois un colosse. « Enchanté, Sergio Maffioli, géomètre. » Il est content, il a très envie de parler. Il m'explique que le sombre Val Maira ne mène absolument nulle part. Et, pour comprendre à quel point c'est un cul-de-sac, il faut y arriver d'en haut. Le comparer au bleu pervenche du ciel provençal qui s'étend au-dessus et aux sillages des avions à réaction qui le suivent fidèlement, comme ils suivraient un sentier, à dix mille mètres d'altitude.

Maffioli m'indique une modeste maison, au-dessus de deux mille mètres, un petit point, juste sous la cime du Monte Chesorgno. Elle s'appelle Cà di Bornhu, c'est-à-dire la maison des aveugles. Ce n'est pas un nom qu'on lui a donné par hasard. C'était en effet la demeure de ceux qui n'y voyaient pas. Les fascistes les avaient recrutés en 1944, parce que, la nuit, ils entendaient les bombardiers alliés en provenance de France. « Nous n'avions pas de radars, nous autres Italiens. Mais nous avions les aveugles, qui possèdent une ouïe particulière. Alors, on mettait en altitude des "audiophones", de gigantesques oreilles qui amplifiaient les bruits du ciel. Et ces pauvres gens devaient écouter en prenant des tours de garde. Ils étaient confinés là-haut, été comme hiver. »

La raison en est que cette vallée en cul-de-sac, cette voie de garage pour les hommes, est au contraire une grande autoroute du ciel. Tous les aviateurs la connaissent. Il n'en existe pas une seule qui soit mieux orientée entre l'est et l'ouest. Et qui sait, hasarde mon Maffioli, ce n'est peut-être pas par hasard que le Val Maira a pour emblème un nœud gordien, signe d'énigme noire, mais aussi symbole fulgurant du soleil. À l'intérieur, il est possible que se trouve la malédiction d'un lieu splendide et en même temps prisonnier d'un imaginaire triste, fils d'un monde subalterne, emporté par une violente industrialisation, complexé vis-à-vis des Alpes d'autrui, incapable de voir les merveilles qu'il contient lui-même. Aveugle – c'est le cas de le dire – devant les sentiers de lumière des hautes altitudes, les villages aux toits de lauzes, les cadrans solaires uniques au monde ou la grande peinture gothique des églises paroissiales.

Je prends Maffioli à bord et nous montons à Elva, sur l'autre versant. La route grimpe dans une gorge étroite, elle fait penser à la traversée de l'Oural lors du rallye Pékin-Paris, dans les dessins de Walter Molino. En haut, quand les mélèzes ont pris fin, au-delà des pâturages, une guirlande de villages. Le lieu rêvé pour se cacher. Et ce n'est pas pour rien qu'ici le mythe fondateur est une histoire d'embusqués. Ceux de la légion thébaine, une fois de plus. À ce qu'on dit dans le coin, des Égyptiens se seraient mutinés contre l'ordre de tuer les chrétiens et se seraient ensuite éparpillés à travers les Alpes. Leur chef s'appelait Maurice, le saint qui a donné son nom à Saint-Moritz.

Nous ressortons dans le ciel, le soleil est presque couché. Tout nous dit qu'en ces lieux, entre l'ombre et la lumière, l'affrontement est cosmique. Sans lui, impossible d'expliquer le retranchement, le particularisme, la fermeture des rares personnes qui sont restées, et le besoin de fuite de ceux qui au contraire ont émigré en s'inventant des métiers nomades légendaires : troubadours, marchands d'anchois, récolteurs de cheveux pour les perruques, tailleurs de pierre spécialisés dans les fonts baptismaux. Si ce conflit n'existait pas, on ne comprendrait pas comment le sentiment d'infériorité des Alpes peut coexister – comme c'est le cas ici – avec une tradition anarchique, hérétique, partisane et transfrontalière.

À l'auberge San Pancrazio, Ines Cavalcanti, la passionaria occitane, vient nous rejoindre, les cheveux coupés court, à la Jeanne d'Arc. Elle nous raconte que les grands courtiers en cheveux venaient précisément d'ici, d'Elva. Les hivers étaient longs, il n'y avait presque rien à faire en altitude, alors les hommes partaient en masse pour aller acheter des cheveux à travers toute l'Europe. Ils travaillaient à merveille, les lords londoniens ne voulaient pas d'autres perruques que les leurs. Ils savaient choisir les *cavié*, les cheveux, à merveille. Quand ils voyaient une femme à la belle chevelure, ils la lui retenaient trois ans à l'avance.

Les premières étoiles se montrent, nous attaquons par une bouteille de barbera et de la viande séchée, puis, aussitôt, le vin libère d'autres histoires. Celle des anchois, par exemple. Que faisaient-ils donc là-haut, au milieu des montagnes ? C'est Paolo Bensa, un Turinois, qui me l'explique. Tout a commencé avec la contrebande du sel, qui coûtait, à une certaine époque, les yeux de la tête. Pour berner les douaniers, on mettait dans les caisses, sur le dessus, une première couche d'anchois, qui ne valaient rien. Quand le sel ne fut plus soumis à la gabelle, les anchois restèrent et entrèrent comme de bien entendu dans les menus du Piémont. « Et voilà comment naquit le métier. »

D'autres convives arrivent, en même temps qu'un autre vin, tout le monde voudrait raconter. Don Graziano, le curé, parle des vallées latérales, les plus belles. Ugo Mauro nous révèle qu'*Il testamento del capitano* (Le Testament du capitaine) était une chanson médiévale, composée à la mort de Ludovic II de Saluces, qui voulait, une fois mort, être écartelé afin que son corps fût partagé entre le Montferrat, la France et sa propre ville. Le discours glisse ensuite vers les Évangiles apocryphes peints à fresque dans les églises. Désormais, notre voyage se situe aux confins de l'hérésie, laquelle ne fut pas tant une rébellion que la toute-puissance du fantastique dans l'imaginaire des montagnards.

Un dernier verre à San Martino, à l'auberge des Schneider, un couple germanique qui s'est installé ici et qui organise des parcours occitans. Lui est autrichien, de Schruns, et je lui demande ce qui lui plaît dans ce coin des Alpes italiennes, que snobent les Italiens. « Il m'a plu d'emblée, parce qu'il ressemblait à l'endroit d'où vient mon père. Sévère, simple, sans balcons garnis de géraniums. » C'est toujours la même histoire : il faut qu'un étranger nous explique l'Italie. Des problèmes d'insertion ? « Aucun. Quand nos voisins ont vu qu'au village, après vingt ans d'abandon, il y avait une cheminée de plus qui fumait, ils nous ont adoptés. »

C'est l'heure de la *grappa*, voilà qu'arrive un type avec une boucle d'oreille, un tatouage et une barbe de pirate. C'est Sergio Berardo, qui joue de la vielle et de la cornemuse, les instruments de l'Occitanie. Avec son groupe, il a relancé la tradition dans les clefs modernes. Un troubadour, comme ceux qui voyageaient dans les Alpes avec une lanterne magique et une marmotte apprivoisée. Nous sortons sur la terrasse. Sergio chante, dans la nuit. « *I passaven lu còl entè una nuech sença la Luna* » (ils passèrent le col par une nuit sans lune). Et il continue ; « *A noi piace pensare / che le facessero anche per cercare / un ciel più grande del nostro* » (il nous plaît de penser / qu'ils le firent aussi pour chercher / un ciel plus grand que le nôtre).

Au-dessus de la noire blessure du Val Maira, les étoiles dansent à qui mieux mieux.

Une bonne odeur de baguette

L'ultime Roncevaux alpin des cyclistes s'appelle le col de la Cayolle, c'est le dernier que peut franchir le Tour de France, ouvrant la porte de la Méditerranée et marquant le commencement du Midi. J'ai rendez-vous dans l'après-midi à Barcelonnette avec Roberto Babich, un ami triestin amoureux de la France. Un rien sadique, il m'a apporté en dot un vélo de la Première Guerre mondiale, horriblement lourd, frein-pédale et pignon fixe. Un purgatoire dans les montées. Mais qu'importe, rien ne presse, nous préparons nos sacoches au bord du cours d'eau. La route des Grandes Alpes nous attend. Soixante kilomètres d'enfer, suspendus entre le Dauphiné et la Provence, sans l'ombre d'un signal sur nos portables.

Les Grandes Alpes. On sait bien que les Français font toujours les choses en grand. Ici la montagne n'a pas de complexes, le voyageur est bombardé de superlatifs. Il y a, pas très loin d'ici, un col qui s'appelle le col de la Bonette. Comme il était un peu plus bas que le Stelvio, les Français, soucieux d'avoir le passage le plus haut des Alpes, lui ont ajouté un kilomètre en cul-de-sac. Parfaitement inutile pour les voitures, mais indispensable pour la grandeur. Voilà comment on fait de la Bonette « la route la plus haute des Alpes. »

Ras le bol du Galibier ! Et de l'Izoard ! La Cayolle est encore mieux, avec ses gorges spectaculaires, embrasées, emplies de rochers tordus, rouges, qui révèlent la musculature de l'extrémité des Alpes. Il fait une chaleur effroyable, dès les premiers kilomètres, nous sommes obligés de tremper nos bérets dans toutes les fontaines pour éviter de laisser bouillir nos cervelles. Le vent entre les pins évoque un bruit de cascade et cette illusion accentue notre soif. C'est pour cette raison que le mont Ventoux est le cauchemar des cyclistes. Non content de vous cuire, il vous appelle avec perfidie vers une rivière qui n'existe pas.

Donc, des endroits pour les loups. « Oui, les loups », me confirme un bonhomme près d'une fontaine. « Des loups italiens », ajoute-t-il. Et moi de répondre : « Oui, monsieur, des loups sans papiers. » Des loups clandestins. Et je repense à Blanquette, la petite chèvre de Monsieur Seguin, dans les *Lettres de mon moulin*, d'Alphonse Daudet, dévorée il y a un siècle par un loup tout ce qu'il y a de plus français, du côté d'Avignon.

Dernière fontaine, dernier bar avec sa terrasse abritée pour y remplir les gourdes, dernier campanile roman. Au-delà de la cabane Chez Hélène, la vallée s'ouvre, le soleil décline, commence alors la montagne la plus solitaire que j'aie jamais vue. Sous un ciel strié, j'entends des avions de ligne dans le silence. Roberto grimpe d'une allure régulière, les bornes miliaires sont faites tout exprès pour les cyclistes, elles précisent aussi la pente moyenne. Ah, douce France, quelle détente. Les motorisés nous laissent passer à chaque étranglement, à chaque passerelle, pour le seul plaisir de nous voir grimper. Aucune compassion dans cette amabilité. Plutôt un peu d'envie.

Vers les deux mille deux cents mètres, la lumière du col se déverse du sud et c'est déjà une lumière provençale qui évoque des nappes blanches, des verres bien froids, pleins de glaçons et de Pernod. Une marmotte à poil gris nous regarde passer, perplexe. Mousse, petits ruisseaux, solitude patagonienne, celle que connurent jadis les pèlerins du Moyen Âge. Et voici la crête, à deux mille trois cent vingt-six mètres. Déserte, avec l'écriteau « Nice, 130 km » et la borne de la « route départementale 2202 ». Aucune circulation, je peux m'allonger au milieu de la route, comme un sultan. Renifler les odeurs du Midi qui arrivent de l'autre versant, où toute la masse des Alpes semble s'incliner vers la mer.

« À la mer ! » Je hurle ces mots à Roberto, avant d'entamer la descente. Il me répond en pastichant une expression connue : « À la mer comme à la mer ! », façon de dire que nous avons encore du territoire à conquérir et quelques ultimes horizons de gloire en direction de notre arc de triomphe. Et c'est le plongeon dans le soir, le vélo qui fonce comme un planeur, enfile les virages, l'un après l'autre, tandis que l'air redevient tiède et que la montagne rappelle les Alpes apuanes, la Garfagnana, la Corse. Au fond, au-delà des sources du Var, qui descendent de là jusqu'à Nice, les premières lampes se sont allumées. Mario Rigoni Stern avait raison. Il m'avait exhorté à passer par ces Alpes maritimes qui aujourd'hui se présentent exactement telles qu'il me les a décrites. Sauvages, désertiques, presque algériennes, dans le ciel violet de la grande soif.

Des ombres interminables, une conque vert sombre, dense, parsemée d'ermitages et de clochers solitaires. Les premiers chênes, le premier romarin, des petites collines pelées de roche friable, grise. Puis nous passons Entraunes : tout le village est installé sur la route pour l'apéritif, les gens assis aux tables se retournent en silence, le verre levé pour nous regarder passer. À Villeneuve, la scène se répète, une centaine d'yeux se dirigent tous ensemble vers « les Italiens ». Nous exultons : terminées, les Alpes des fleurs au balcon, voici venir celles des draps qui sèchent aux fenêtres. Les nôtres. Des bruits de vaisselle arrivent sur la route. Une bonne odeur de pain. Le Sud.

Tout au fond de la descente, voilà Guillaumes, avec ses rochers illuminés par des cellules photoélectriques qui surplombent la chaussée, avec ses platanes et sa promenade. C'est la vieille France que nous aimons, la taverne, la diligence, l'hôtel Le Chaudron, l'école, la mairie, la pharmacie et le four à pain. En l'espace de cent mètres, tout y est. Nous dormirons ici. L'hôtelier sourit, se déclare « *enchanté* », prend les vélos en charge et, après nous avoir servi un pastis, nous supplie de ne pas déroger à la philosophie de la lenteur. « Prenez votre temps », nous murmure-t-il.

Ce sont les Alpes bonbon, ou peut-être froufrou. Parfum de femme, tabac et lavande. Les bars sont pleins, comme dans *Les Canotiers* de Renoir. Il ne passe pas une voiture sur la nationale et la chaussée est envahie de jeunes filles, de vieux et de petits enfants. Dans l'air du soir se croisent des voix et des signaux. Autour des réverbères, des phalènes grosses comme des colibris, un énorme lucane qui a du mal à décoller, un sphinx tête-de-mort immobile, des chauves-souris en folie. Il ne manque que le curé et le cinéma en plein air. On pourrait être en Grèce, en Espagne, au Monténégro. N'importe où autour de la Méditerranée. Mais là, devant une Kronenbourg 1664, c'est à l'Italie que nous pensons. Au souvenir d'une Italie perdue.

Et l'orchestre joue La Pie voleuse

Nous pourrions voler droit sur la Côte d'Azur, le long de la vallée du Var, mais nous décidons finalement de nous offrir encore une montée à vélo : celle du col de Valberg, mille mètres de solitude au milieu des cigales et des vergers. C'est que nous voulons le mériter, ce plongeon dans la Méditerranée. Finir par un amerrissage bien français, au parfum de lavande. On nous a dit que ce qu'il y a de plus beau dans le Valberg, ce n'est pas l'escalade, mais la descente vers les gorges du Cians, encaissées, inattendues, au milieu de roches d'un rouge pompéien, ou de strates brunes qui ressemblent à un *Sachertorte*. Un monde désert, comparable aux oueds du Haut-Atlas au Maroc.

Les rapides, tout au fond, nous appellent vers un impossible bain de pieds, l'air chaud monte à contre-courant, comme un gigantesque séchoir à cheveux, il s'engouffre dans les couloirs, secoue les peupliers couleur d'étain, nous déshydrate, nous fait obstacle au point de nous obliger à pédaler dans la descente. En quarante minutes, tout change, une chaleur maghrébine s'installe, un monde où il n'y a pas de compromis entre l'ombre et la lumière. Nos vélos crissent entre des parois jaunes, verticales, ils deviennent les machines de nos désirs qui nous cinglent en direction de l'oasis la plus voisine, qui décuplent la soif et l'envie d'un plongeon dans la mer du mistral. Sur le plan géographique, nous avançons, mais, sur le plan géologique, nous reculons, jusque dans la panse des Alpes. Un voyage à travers des fonds embrasés, érodés par des forces bestiales. C'est la dernière membrane désertique, avant les couleurs à la Van Gogh.

En bas, au confluent du Var, sous un soleil à son zénith, un grand tilleul dans le vent. À côté, une auberge solitaire avec une fontaine, comme un caravansérail dans une oasis. Le climat, les couleurs, les parfums, tout fait penser à Mostar et à sa vallée bosniaque qui capture l'air de la Méditerranée jusqu'au milieu des montagnes. Alors même qu'il atteint son point le plus occidental, mon voyage paraît retourner en arrière, vers les délices de l'Orient. Et ce n'est pas qu'une impression : sur la boîte aux lettres on peut lire : « Slavica Pajkovic et Jovan Bubresko ». Des Bosniaques, transplantés ici. Aussi, lorsqu'elle nous propose une « salade niçoise » et que nous lui demandons de nous servir plutôt une « *sopska salata* », Slavica reste bouche bée, puis elle éclate de rire et nous apporte une bière. Il n'y avait que des Triestins pour lui demander une chose pareille. Elle nous raconte que la guerre l'a obligée à rester séparée de son mari pendant dix ans, mais à présent la vie s'est remise en marche.

L'eau du fleuve est propre, vert foncé, peignée à

contre-poil par le vent de la Riviera. Nous repartons, la montagne prend fin, ainsi que le désert de graviers, tandis que commence le labyrinthe de la Côte d'Azur, un surpeuplement de villas avec leurs palmiers, où la mer n'arrive jamais, c'est un mirage caché par une barrière de brume et une ligne Maginot de voitures à la queue leu leu, bloqué par un dédale de carrefours, de feux de signalisation, de bretelles, de sens uniques. C'est Nice, mais uniquement sur la carte. En réalité, c'est le Maroc, l'Algérie. Partout autour de nous, des boucheries *halal*, des petites mosquées, des bars pleins de jeunes hommes maghrébins occupés à ne rien faire, de jeunes motocyclistes sans casques. Il n'y a pour ainsi dire pas une femme dans la rue.

J'ai à peine le temps d'avoir un pressentiment d'insécurité, et voilà qu'une ombre se faufile à côté de moi, me fauche mes papiers, mon argent, mes cartes de crédit, mon portable. Mon sac-banane s'éloigne tranquillement sur un scooter, il est parfaitement inutile de le suivre à pied, sur les trottoirs une centaine de Nord-Africains regardent l'incident, avec un mélange de honte et de nonchalance. Personne n'essaie de m'aider. À la gendarmerie, on m'explique pourquoi Le Pen récolte tant de voix : « Monsieur, vous vous trouvez dans le quartier le plus dangereux, non seulement de Nice, mais de la France entière. » Et un agent d'ajouter : « Ça fait des années que nous demandons au maire de faire mettre des panneaux pour indiquer le danger. Mais il ne veut pas, il dit que ça discréditerait la ville. » Si bien que les petits loubards de banlieues continuent de se payer la tête des étrangers.

Je signe un procès-verbal et nous repartons. N'importe où, pourvu que ce soit en altitude, loin de la côte. L'envie d'un plongeon s'est évaporée en un clin d'œil. La mer, me dis-je, elle peut bien rester là où elle est. Cherchons une autre fin dans les hauteurs. Le guide Michelin nous vient en aide : au-dessus de Monte-Carlo se trouve le Trophée des Alpes, un gigantesque monument commandé par l'empereur romain Auguste pour commémorer la reddition des peuples alpins et, par conséquent, la prise de possession des routes de montagne en direction des nouvelles terres de la Gaule, de la Germanie et de la Pannonie. Nous le voyons de fort loin, en haut d'une déclivité pleine de cyprès, du côté de La Turbie, au-delà du carrefour du cap d'Ail. Un immense cylindre blanc, éblouissant.

Sur le mur de la plate-forme qui le soutient, je lis les noms de quarante-cinq tribus. Quelques-unes sont reconnaissables : les Camunes, les Vénostes, les Isarciens, les Insubres, les Lépontiens. Il fut un temps où les barbares opéraient dans les Alpes ; aujourd'hui, ils opèrent au bord de la mer et sont, à coup sûr, bien pires, ils n'ont ni éthique ni racines. Au temps d'Auguste, la plage était vide ; de nos jours, le Trophée des Alpes règne sur l'anarchie d'un paysage saturé de béton, régi par le gaspillage et la rapine. Jusqu'au ras de l'eau, des cathédrales de ciment, des casinos, des culs au soleil, des voleurs en scooter et des pignoufs en bermuda. Du côté sud de l'édifice, un perfide petit orchestre attaque *La Pie voleuse*. Après le vol à la tire de Nice, c'est tout à fait le final qui convient. Musique et, juste à côté, le résumé d'un voyage « narrabond », à la fois narration et vagabondage, écrit sur une paroi de marbre, comme l'index d'un livre.

Au lieu de quoi, rien n'est fini, rien du tout. Les montagnes continuent, elles obliquent vers le nord-est, deviennent les Alpes ligures et ensuite les Apennins au bout de quelques dizaines de kilomètres. Et puisque la mer tant attendue nous a bel et bien repoussés, nous nous embarquons encore une fois sur l'Arche, sans poser de questions, en direction du col de Tende et du Piémont. Nous voici de nouveau en fuite, sans le moindre plongeon, sans gloire, sans une seule bière, sans même la griserie d'un pastis, silencieux et quelque peu dépaysés, avec des maillots qui puent la caserne. En altitude, ce qui nous sauve, c'est l'eau de la montagne, pure et fraîche, qui régénère comme un baptême, sur le petit lac de Roya, à vingt kilomètres du col. Le ciel est devenu violet, les Alpes maritimes ont pris un ton prune sous les premières étoiles. Il y a au moins de quoi prendre un bain de pieds.

Soirée à Cuneo, dans une auberge qui date du Risorgimento, où règne une lourde odeur de pot-au-feu, les Alpes nous tournent autour comme le large virage d'un troupeau en fuite. Depuis l'agression de Nice, je suis resté marqué par le sentiment électrisant d'être incapable de prendre mes repères. Quatre mille kilomètres ont passé, mais, sans papiers et sans portable, c'est comme si l'aventure commençait à peine. Dans le parquet de l'hôtel, dans le dessert à l'ancienne (et à l'*amaretto*), dans le sourire d'une cuisinière qui s'appelle Imelda et dans les petits balcons qui donnent sur les portiques, les chocolateries et les pavés de la province de Coni, il y a quelque chose qui vous renvoie à l'Italie profonde. Les Langhe, la Ligurie, le Val Trebbia, la Toscane, les forêts de l'Ombrie, les terres intermédiaires peuplées d'ermitages et de vignes. Dans l'air on sent déjà la promesse du Sud. La certitude que le voyage continuera tout le long de la Botte.

Il est divin de défaire son sac en pensant déjà à un voyage à venir. C'est comme de rentrer du bois pour l'hiver en comptant déjà sur le printemps. Mais chaque inventaire possède ses surprises ; il arrive, par exemple, que la perte d'un objet soit compensée par la découverte d'une bagatelle qu'on a prise à quelqu'un d'autre sans le vouloir. Je trouve dans mon sac le stylo avec lequel j'ai rempli le procès-verbal à Nice et le mot écrit dessus en jaune, « gendarmerie », me rappelle aussitôt que je l'ai fourré dans ma poche sous le nez de l'agent. En revanche, le couteau que m'avait offert Mauro Corona n'est plus là. Il devait être dans la banane qu'on m'a barbotée, avec mon portefeuille et mon portable.

J'appelle l'homme du Vajont, je veux avoir de lui un anathème proportionné au sacrilège. Du fond de son antre, c'est la voix tonitruante d'un rabbin qui me répond : « Entrez ! » Comme si on frappait à sa porte. Mauro ne dit jamais « Allô ». C'est sa manière de refuser l'électronique.

Il vocifère : « Les salauds, *la lama ghe taierà una man* ! » (la lame leur coupera la main !) Le sang est inévitable : un couteau volé porte malheur, parce qu'une lame se paie toujours, même à celui qui l'offre en cadeau. Moi, je l'ai payée, mais pas les voleurs, donc pour ces deux-là, ça finira mal. En matière de malédiction, Mauro est imbattable. C'est comme s'il battait le rappel de tous les scorpions, araignées et autres cafards géants qui envahissent ses somnolences au bord du barrage assassin.

Un mois plus tard, je retrouve le couteau. Noir, invisible et maudit, au fond du sac doublé d'un tissu noir, lui aussi. Au moment où je vais l'empoigner, la malédiction me paralyse. Je ne peux pas repartir, mon sac à dos est devenu intouchable. Je rappelle Corona et je lui annonce ma découverte pour avoir ses instructions.

Dans l'écouteur, j'entends un hendécasyllabe long, emphatique et caverneux : « *Te ga fa-to ben a no to-car nien-te !* » (tu as bien fait de ne rien toucher !) Pour me convaincre du fait qu'à défaut d'exorcisme la malédiction retomberait sur moi, Mauro me raconte l'histoire d'une sangle à foin qui avait disparu, bien des années auparavant, dans le Val Zemola ; la vallée même où j'ai bivouaqué avec lui, à l'entrée de la grotte de Tamaria.

Pour finir, les propriétaires de l'objet, une fois la fenaison terminée, accusèrent du vol les gens d'Erto. Refusant de se contenter de leurs dénégations, ils coururent à Rome et se mirent en quête d'un magicien professionnel, dont ils obtinrent un anathème avant de retourner au pays. Mais pendant toute une année, à Erto, il n'y eut pas un seul cas de maladie, ni de mort. Personne ne fut frappé par le mauvais sort, personne ne fut emporté par un éboulis, personne ne s'endormit ivre mort dans la neige.

L'année suivante, à l'époque de la fenaison, on retrouva la sangle. Quelqu'un l'avait oubliée, accrochée à un arbre. Mais on vit alors que l'arbre était mort : un robuste hêtre du Val Zemola, desséché, couleur de cendre, sans une feuille. « *Adesso speta che te ciamo mi* » (et maintenant attends que je t'appelle), m'ordonne Corona, se chargeant personnellement de neutraliser la malédiction.

Au bout d'une semaine, le bûcheron-exorciste me fait savoir qu'il n'y a plus le moindre obstacle à mon départ. Je ne demande pas ce qui s'est passé entretemps et je repêche l'amulette noire au fond du sac. Je soupèse le couteau : il est plus léger, plus à moi. Comme s'il venait de passer son ultime examen. Je sens que désormais il pourra me suivre là-bas dans le Bel Paese, le beau pays « *ch'Appennin parte, e'l mar circonda e l'Alpe* », selon Pétrarque, « le pays que divisent les Apennins et qu'entourent la mer et les Alpes ».

LES APENNINS

1
De Savone au Val Trebbia

Tout commence dans le noir

Je suis descendu jusqu'à quarante mètres sous terre, entre deux parois de béton, dans une navette nue qui, au bout de cinq cents mètres, a décrit un grand virage d'autodrome sous les fondations de Sesto Fiorentino pour s'abîmer dans la montagne. La dernière cloison du tunnel avait été abattue et j'étais à présent une des premières personnes autorisées à explorer ce boyau qui devait accueillir la nouvelle ligne de chemin de fer *direttissima*, (directissime), destinée à raccourcir le trajet Bologne-Florence et à réduire à deux heures trois quarts le voyage entre Rome et Milan : soixante-dix-huit kilomètres, dont soixante-treize dans le tunnel. Dix heures de voyage en véhicule tout-terrain dans le noir, avec seulement six fenêtres sur les Apennins, six éclairs de lumière sur les forêts, les abbayes, les torrents et les vieux relais de poste.

Soudain, je me suis aperçu que nous avions pénétré dans une masse convulsée et friable qui ressemblait à de l'amiante. Une montagne jeune, qui changeait de couleur et de consistance tous les trente mètres. La comparaison jurassique appliquée au tunnel du Saint-

Gothard ne suffisait plus. Là-haut, dans les Alpes, j'étais sous trois mille mètres de granit, sans mouvement depuis des centaines de millions d'années. Ici, la perception devenait anatomique. J'avançais difficilement, comme Pinocchio, dans l'estomac glissant d'une baleine qui déglutissait en lançant de sombres signaux depuis le fond de l'océan. Et avec le tunnel sous la Manche aussi, la comparaison était impossible. Entre Douvres et Calais, la foreuse avait perforé une stratification plate et tendre comme un gâteau à la crème. Ici, c'était tout autre chose : ici, on reconnaissait le Monstre.

Entre Florence et le bassin du Mugello, j'ai traversé dix-huit kilomètres au milieu d'une angoissante succession de plaques verticales de roche fracturée, de lames dégoulinantes d'eau qui m'enserraient de toutes parts dans un terrifiant effet de tenailles. L'excavation progressait en état d'alerte, la voûte étant bardée, au fur et à mesure, d'une armature de fer. Un jour, m'a-t-on dit, une cascade avait jailli, un jet de quatre cents litres par seconde, avec une pression de treize atmosphères. Impossible de bloquer l'eau, tout se remplissait jusqu'à l'entrée sud. « Un bordel monstre, a reconnu un technicien, nous avons dû jouer les plongeurs pour parer au plus pressé. » J'ai commencé à comprendre. Je voyageais dans une éponge. Les Apennins étaient un fond marin criblé de fissures.

Nous sommes sortis dans les lumières du Mugello. « C'est toujours beau quand on sort, a soupiré le chef du chantier au chauffeur de la Land Rover. Ça fait des années que je suis dans le métier, et pourtant ça me fait toujours de l'effet. » Le tunnel nous chassait dehors par une embouchure de flûte à bec, une énorme anche de béton. On aurait vraiment dit un instrument de musique, un hautbois criblé d'ouvertures, de canules, de fenêtres, de crénelages et de déviations, capable de souffler des notes et des timbres de toutes sortes : cor, basson, trombone. Là, sur quelques kilomètres à ciel ouvert, la ligne est devenue une balle de fusil, elle a fendu le bassin au-dessus de la nationale, le pont sur la Sieve et la voie ferrée locale de la région de Faenza, agencés sur trois niveaux différents. Après l'obscurité, le bassin du Mugello m'est apparu comme un paradis. J'ai noté : « Des prés qui ressemblent à des parcours de golf, des torrents à plein régime, des pistes cyclables. » Et puis les ténèbres sont revenues.

Nous avons troué le fémur de l'Italie avec le tunnel du col de Futa, dit tunnel de Firenzuola. Puis le tunnel a doublé de diamètre, c'était le grand hall central, le terrain de manœuvres où la ligne double devenait quadruple, afin de permettre les manœuvres en question. Au fond, de nouveau la lumière. Un passage de trois cents mètres, à peine, brumeux, encastré entre des éboulis et des crêtes peu engageantes, mais cela suffisait pour ressortir à une altitude de périscope et comprendre à quel point de l'épine dorsale tosco-émilienne je me trouvais. Vain espoir ! J'étais dans une mer en pleine tempête, un labyrinthe sans aucune ligne de partage des eaux. Un jeune ingénieur est venu à mon secours ; citant Dante, il a déclaré que nous étions dans le « *bel paese che il Santerno bagna, che parla tosco in terra di Romagna* » (le beau pays que baigne le Santerno, qui parle le toscan en terre de Romagne). Au loin, occupant des positions élevées, des campaniles, semblables aux phares des navigateurs.

Pour arriver jusqu'à ce lieu peu engageant, je devais franchir un autre dédale de « malefosses » comme aurait dit Dante. Le Charon qui m'a transporté avait nom Marco Venturini, un Frioulan qui, à entendre l'ingénieur, pouvait construire le tunnel à lui tout seul, tant il était calé. Nous étions sortis sur la gorge du Diaterna, encore un torrent ; c'était un autre endroit sans lumière, encastré entre les cols du Giorgio, de la Futa et de la Raticosa, où l'hiver, la température descend à moins vingt. Les arbres étaient tors, la montagne glissait, elle descendait vers la vallée avec tout son manteau de forêts et le terrain était parsemé de senseurs optiques et d'inclinomètres. Au-dessus de la gorge, le viaduc suspendu se dirigeait vers le prochain tunnel, avec des mouvements de velours, avançant par petites poussées, sur des vérins hydrauliques.

À l'intérieur de ce tunnel qui donnait sur le vide, là où l'obscurité recommençait, j'ai vu une manche à air qui pompait le vent vers un rideau de plastique. Au-delà de cet écran, le trou devenait un boyau qu'on ne pouvait suivre qu'à pied. Au fond, le Frioulan m'a indiqué des hommes en combinaison orange, éclairés par des spots, occupés à enrayer un éboulement. On aurait dit des archéologues autour d'une momie égyptienne à peine remontée à la lumière, mais ils bougeaient avec lenteur, comme les astronautes sur la lune, sur la pointe des pieds dans la poussière. Avec prudence, ils fichaient des broches dans la pierre abîmée, formant une espèce de hérisson qui compactait la voûte pour l'arrivée de Jumbo, la mante religieuse d'acier qui devait forer le dernier tronçon. Tout autour, des flaques, des autochenilles, des montagnes de résidus, des tapis roulants et la respiration endiablée de la manche à air.

C'est juste après cet endroit que j'ai entendu la bête. Elle s'agitait dans les miasmes de soufre, elle nageait dans le noir au-delà des lumières jaunes et vertes noyées dans l'humidité, au milieu de concrétions rouges de fer et de manganèse. Dans les argiles, saturées de méthane et d'eau sous pression, les machines d'excavation avançaient vers elle en dispositif anti-déflagration, avec leurs composantes électriques sous scellés pour éviter les explosions. À bord, tout le monde se taisait, pris par la sensation de se trouver dans un sous-marin aux parois de cristal. Seul Setahel Larbé, un Marocain d'Agadir, se tenait sur le ballast, cherchant les résidus gazeux à l'aide d'un détecteur. J'étais sous la ligne gothique, je l'ai compris grâce à l'écoulement d'eau qui avait changé de direction. À présent, il coulait vers l'Émilie. Mais le vent, en revanche, ne voulait rien savoir, il montait à contre-pente. C'était l'haleine fétide de quelque chose qui se diluait dans les tunnels, une gigantesque grenouille pêcheuse qui s'envoyait en l'air, planquée dans les bas-fonds humides et instables, chargés de micro-organismes, de bitumes et d'huiles minérales.

Le soir, je suis revenu de Bologne par l'ancienne route, le voyage en direction de Florence a duré un temps infini et j'ai parcouru deux fois plus de kilomètres. J'étais dans un autre monde, hors du temps. J'ai dîné dans une auberge fréquentée par des chasseurs, d'où je voyais au loin scintiller San Pellegrino, un hameau de quatre maisons avec une église romane, qui me paraissait plus authentique que bien des villages de Bourgogne. À une vingtaine de kilomètres, dans la panse de la montagne, passait le vieux tunnel de la route Milan-Florence et, sans le vouloir, j'ai pensé à l'attentat dans le train *Italicus*, incendié à l'intérieur de ce tunnel, alors qu'il se dirigeait vers Barberino. Je sentais croître l'envie de retourner sur ces lieux que j'avais presque toujours traversés en suivant l'autoroute. Mais ce voyage dans les fondations des Apennins devait servir surtout à rendre indispensable une reconnaissance en surface :

un voyage détaillé, sans aucun programme, par des petites routes.

Le lendemain, j'ai décrit, pour *La Reppublica*, le travail de cyclope et les hommes que j'avais vus là, sous la terre. De modestes héros inconnus, comme l'homme de la Valteline, Ettore Ghilotti, dit « le seigneur des membranes » et Giuseppe Avigliano, le magicien des explosifs, un lucane qui ne dormait jamais ; ou bien Giovanni Mirabelli, de Crotone, syndicaliste fanfaron portant son casque de protection de travers. Une belle équipe qui se donnait à cent pour cent, depuis le directeur des travaux sur le front sud, l'infatigable Turinois, Umberto Cardu, jusqu'à l'Albanais Julian Brolli, spécialiste de l'imperméabilisation. J'ai mentionné le monstre des cavernes, j'ai parlé de ces montagnes extraordinaires dont les Italiens ignorent tout et que j'avais vues en arrivant par en dessous, comme si j'étais venu en bathyscaphe.

Aussitôt, j'ai reçu des mails de protestation. J'avais écrit que le Mugello « s'était fait faire un lifting grâce à l'argent du TGV » et de Toscane, on m'a répondu, non sans quelques insultes, que rien de tout cela n'était vrai, qu'en surface les dégâts du percement étaient épouvantables. Sources privées d'eau, torrents vides, nappes phréatiques à sec, bref une saignée qui, en quelques années à peine, avait volé aux Apennins cent vingt millions de mètres cubes d'eau, soit cinquante litres à la seconde. On m'a parlé de *caporalato* [1], de pots-de-vin, de main-d'œuvre tuée au travail. Et surtout on m'a invité à venir voir de près le lifting dont j'avais parlé : il s'agissait plutôt, me disait-on, « du genre de maquillage qu'on fait aux défunts avant de les exposer pour un dernier hommage ».

1. Le *caporalato* est l'exploitation des travailleurs immigrés.

On m'a écrit aussi d'autres parties des Apennins : Foggia, Lucques, L'Aquila, Catanzaro. On me citait des ouvrages ferroviaires gigantesques, désormais abandonnés, et qu'on laissait dévaster le territoire. La gare neuve du TGV à Castellaneta dans les Pouilles, construite à trois kilomètres du centre et devenue un lieu étranger à la commune « sans un seul cheminot, avec des guichets scellés et des installations entièrement fermées, de la salle d'attente aux services d'hygiène, sans parler d'énormes espaces tout à fait vides ». Du côté de Gioia del Colle, une autre gare pharaonique claquemurée, des passages souterrains et des kilomètres de quai, assez pour rendre Bari pâle de jalousie, « un fantôme fait pour vous flanquer la trouille des grandes calamités qui encombrent notre subconscient ». Et pendant ce temps, « sur la ligne Bari-Tarente, un remblai ferroviaire s'écroule à la suite de pluies tout à fait ordinaires » et « les punaises, les cafards et les souris jouent aux petits chefs dans nos convois ».

Et Aulla, donc. La nouvelle gare d'Aulla, entre La Spezia et Castiglione di Garfagnana. Un doublon colossal, bétonné et inutile, qui flanque la vieille gare de raccordement entre la ligne Parme-Livourne et celle de la Garfagnana, *via* Lucques, mais en n'absorbant que le trafic ferroviaire de la première. Et, comme entre les deux, la distance est d'un kilomètre et demi, chaque correspondance devient un chemin de croix. « Venez donc voir, m'a-t-on écrit, tout ça concerne autant la droite que la gauche. » Et, au beau milieu, on trouvait toujours l'honorable Sandro Bondi, d'abord membre du PCI, puis de *Forza Italia*. De Florence, on m'a demandé à quoi servait un TGV, si le voyageur, une fois arrivé, devait attendre un taxi vingt minutes et si, pour le réseau d'autocars, le couvre-feu paraissait se déclencher dès vingt heures. Observation imparable.

Peu de temps après, une lettre envoyée de Bari par mon ami Mario Mallardi m'a donné le coup de grâce : « Il ne suffit pas, écrivait-il, de mettre en exergue la valeur humaine, le savoir-faire industrieux et l'intelligence de la main-d'œuvre italienne. Tout cela, nous le connaissons déjà, depuis l'époque de Marcinelle, le trou noir de la Belgique charbonnière, où s'engloutit une armée de mineurs bien de chez nous. Il ne suffit pas d'organiser les nuits romaines ou de faire des effets de rhétorique sur la Piazza del Plebiscito à Naples. Dans le ventre du Centre-Sud, d'autres humeurs, d'autres poisons sont en ébullition, tandis que les campagnes se vident. Tôt ou tard, comme il est arrivé dans les banlieues françaises, ce fleuve karstique jaillira à la surface et envahira nos ravissantes promenades. »

Désormais, tout était clair. Je devais revenir sur mes pas, naviguer sur les Apennins, encore plus en profondeur que je ne l'avais fait sur les Alpes. Le tunnel de la ligne Bologne-Florence m'apparaissait de plus en plus comme une allégorie dantesque. Le symbole d'un pays où les grands réseaux de transport restaient aveugles vis-à-vis du territoire. L'autoroute elle-même, à bien réfléchir, était un tunnel qui empêchait de voir autour de soi, un entonnoir qui se bouchait en aspirant la vie des alentours sans les irriguer en retour. Je devais repartir de zéro, avec le moyen de transport le plus lent qui fût.

J'ai commencé à recueillir des nouvelles, des lectures, des adresses. Une montagne de notes, reportées par petits bouts sur une carte d'Italie que j'avais amputée des Alpes d'un coup de ciseau. Lentement, le voyage prenait forme, emplissait mon imagination et mes rêves, comme l'ombre de cette gigantesque grenouille pêcheuse que j'avais vue dans la panse de la montagne. J'ai songé à un side-car allemand, puis à une vieille 2CV révolutionnaire. Je voulais que l'Italie fût mon Afghanistan, un tronçon de la route de la Soie. Puis j'ai repensé aux Topolino que j'avais rencontrées sur le col du Splügen, lors de mes vagabondages dans les Alpes. Elles étaient sympathiques et italiennes : si j'en trouvais une, cela me permettrait d'aborder plus aisément les gens.

Après des années de bicyclette, je savais que les moyens de transport lents ne sont pas seulement un bon moyen d'en voir plus, mais aussi un filtre permettant de sélectionner les rencontres. Pas de danger qu'un type arrogant ou sot s'attarde à échanger trois mots avec quelqu'un qui voyage en véhicule utilitaire ou à vélo. Ces gens-là, chaque fois qu'ils s'énervent, ils s'en prennent à la lenteur, soit par mépris, soit par secrète envie ; donc, leur nature est aussitôt révélée par la petite machine dont l'allure les exaspère. Les utilitaires et les bicyclettes n'attirent que les gens sympathiques, les enfants, les fous, les solitaires et les vieux originaux dotés d'une mémoire de fer, lesquels sont justement les personnes auprès de qui il est précieux de s'arrêter sur la route de la vie.

La ligne droite ne raccourcit rien du tout

Moment crucial. Lorsque j'enfonce dans la serrure la clef de contact, en forme de clou, la Calabre devient aussi lointaine que la Patagonie. Et l'Aspromonte, terminus du voyage, se transforme en purgatoire embrasé, perdu dans les miasmes de l'éloignement. Et si je me plante ? Je n'allume même pas le moteur. Je regarde les plages brûlantes de la Riviera italienne, les premières lumières des restaurants, les femmes de la côte tyrrhénienne, les palmiers, les agaves, et je me demande comment je m'y suis pris pour me fourrer dans un guêpier pareil. Se farcir les Apennins par les petites routes, c'est déjà une folie. Les Apennins n'en finissent jamais. Mais se les farcir dans une Topolino qui date de 1953, là, c'est du délire.

Nous sommes la veille au soir – demain, c'est la montée pour le Grand Départ, à Cadibona –, et ma petite chèvre mécanique vient tout juste d'arriver dans le parking de cet hôtel, conduite par son propriétaire, un Bolognais fort sympathique avec une barbiche de sous-officier de cavalerie ; un gars qui ressemble un peu à sa voiture. Il s'appelle Roberto Righi et il me contemple avec envie. Il voudrait bien partir, lui aussi, mais il n'a pas assez de temps, son boulot ne le lui permet pas. Il ne connaît pas la *Reisefieber*, la fièvre du voyage qui me dévore depuis des semaines, depuis l'instant où j'ai pris la décision de partir. L'idée que je puisse avoir des doutes ne l'effleure même pas. Il ignore certainement l'itinéraire dément que j'ai en tête, une succession de montagnes russes. Soixante-dix mille mètres, plus ou moins, de montées et de descentes. Sept fois l'Everest.

J'ai beau me dire à moi-même que tout ceci a un sens, que nous sommes en 2006, l'année où notre Topolino fête ses soixante-dix ans (le premier modèle est contemporain de la conquête de l'Éthiopie par les troupes de Mussolini), et qu'il est bon et juste de faire un voyage en Italie dans une voiture italienne. Pour ne pas dire « italianissime », au même titre que la *littorina* [1], l'uniforme des carabiniers ou l'odeur du *ragù*. Le nec plus ultra. Une voiture sympathique, dépourvue d'arrogance, capable d'éveiller des souvenirs, de la curiosité, de la nostalgie ; parfaite pour favoriser les rencontres. Un moyen de transport lent, idéal

1. Équivalent italien de nos michelines.

pour provoquer les Italiens dévorés par la précipitation, un véhicule on ne peut plus adapté à un voyage en montagne.

Eh bien, malgré tout cela, la disproportion entre ma guimbarde et l'immensité du pays m'écrase avant même de partir. Je la contemple, je la flaire. Elle sent la forge et la prairie. Elle a mille ans, pas cinquante-trois. J'ouvre le capot : il n'y a rien là-dedans. Des pistons, de l'essence, et voilà tout. Électronique : zéro. La portière s'ouvre contre le vent. Sous le siège du passager, il y a une grosse éponge, à quoi sert-elle ? Mystère ! Les vitesses ne sont pas synchronisées, la ventilation est une fissure qui s'ouvre avec un déclic des deux côtés de l'avant, le clignotant ne s'éteint pas tout seul une fois qu'on a tourné. Le changement de vitesse est une barre oblique de quatre-vingts centimètres de long ; et le frein à main, au contraire, est un levier minuscule et très malcommode à la hauteur des pieds du conducteur. Un taquet meurtrier qui n'a presque pas de jeu. Je dois tout reprendre à zéro, par exemple le talon-pointe, le double débrayage, le démarrage en côte. Si j'étais à bicyclette, je me ferais beaucoup moins de souci.

Et comme si ça ne suffisait pas, elle s'appelle Nerina (la petite noire) alors qu'elle est bleue. Allez comprendre. C'est sûrement une vieille tantine revêche et intraitable. « Mais non, s'esclaffe Righi quand je lui fais part de mes pensées, son nom lui a été donné par un de ses propriétaires, un Allemand à qui elle a appartenu dans les années 1960 et qui l'avait repeinte en noir. Moi, je lui ai rendu sa couleur d'origine, mais je ne pouvais plus changer son nom, ça porte malheur. » Il a un sourire malicieux : « Et d'ailleurs, ce n'est pas vraiment une vieille tantine. C'est une vivandière partisane, une femme qui aime la bonne chère. Une grimpeuse implacable. Une petite bête nerveuse, taquine, je dirais même agressive. Et puis, si tu baisses la capote et que tu sais maintenir une allure régulière, ah, l'été, c'est le pied absolu. »

Nous essayons de faire un petit tour ensemble, au milieu de la circulation asphyxiante de la Riviera. La boîte de vitesses se rebiffe, il est presque impossible de passer en seconde sans grincer. Je dois habituer mon oreille ; et, surtout, je dois me coller dans le crâne que ce n'est pas une voiture que j'ai entre les mains, c'est autre chose. Je dois faire plus d'efforts qu'un camionneur. Pousser, presser, empoigner, tirer, tourner, de toutes mes forces. Nerina n'est pas un coureur de fond. C'est un *marine* qui rampe sur les coudes, le couteau entre les dents. Et puis elle a un bruit bien à elle. Si le train a un son syncopé et le vélo un rythme binaire et froufroutant, la Topolino a un mouvement musculaire, arythmique, elle avance par secousses. Elle mord dans les montées avec une voix rauque, et même autoritaire, de contralto.

Demain, je pars, avec des règles de fer. Pas de grande ville. Pas de plaine. Pas de guides rouges, verts ou bleus en direction des monuments. Pas de restaurants, ni d'auberges trois étoiles. Et surtout, pas de lignes droites. Ce n'est pas au bout des lignes droites qu'on va trouver un mystère. La ligne droite ne raccourcit rien du tout : elle vous bouffe la vie, c'est un interminable néant, un châtiment au même titre que les galères. Notre histoire, au contraire, est une histoire de bornes et de virages. Un voyage tout en courbes, dans le ventre mou du pays. Des milliers de courbes. À longues foulées ou le cul au ras du sol, des courbes pointues ou arrondies, qu'importe. Un voyage d'hommes et de rencontres. Une piste cheyenne, collée à l'épine dorsale du pays. Alors, dans ce cas, oui, il n'existe pas de meilleure auto que celle-ci. Sur le marché, c'est celle qui se rapproche le plus de la mule.

En l'absence de guide, une bonne carte suffit. C'est bien assez que de se fier aux noms et les Apennins en ont de fabuleux. Doubles, comme Castelpizzuto (Châteaupointu), Buonalbergo (Bonneauberge), Rupecanina (Rochecanine), Castelsaracene (Castelsarrasin), Girifalco (Tournefaucon). Inquiétants : Larronico (Larronnesque), Timpa del Demonio (Puy du démon), Passo della Femmina Morta (Pas – ou col – de la Femme morte), Gole dell'Infernaccio (Gorges de l'Enfer). Évocateurs : Alpe de la Luna (Alpes de la Lune) et Alpe delle Tre Potenze (Alpes des Trois Potences), Gole del Sagittario (Gorges du Sagittaire), un mont qu'on appelle Libro Aperto (Livre ouvert) et un autre Sasso Tignoso (Rocher Teigneux). Énigmatiques : Cozzo Gummario, Bacugno, Roghudi. Dépaysés : San Pellegrino, Badia di Moscheta (Abbaye de Moscheta), Petrella Tifernina (Petite pierre de Tifernina). C'est quand même autre chose que Brescia Ovest (Brescia Ouest), Cavenago ou Sasso Marconi, muets, aphones, épuisés, l'âme volée par les bretelles et les périphériques, non ? Mon voyage est un voyage topographique, je pars à la chasse aux toponymes. Une mission faite sur mesure pour une Topolino.

Qui a dit qu'il n'y avait plus de *terra incognita* en Italie ? Essayez donc de vous faufiler dans le Val Quaderna, à quelques kilomètres de Bologne. Vous vous perdrez. Vous éprouverez un vide anxiogène de haut plateau iranien. Avez-vous jamais entendu le nom du Val Sillaro ou du Val Sallustra, qui se trouvent là, tout près ? N'essayez même pas de dire oui, parce que je ne vous croirai pas. Les Apennins sont déserts et inconnus. On ne les découvre que si un embouteillage vous chasse de l'autoroute. Ce n'est qu'alors qu'il peut vous arriver d'en découvrir le labyrinthe aussi fascinant qu'infini. Et, si on éteint le moteur, on entend un immense silence de cigales, de torrents et de vers luisants. Rien à voir avec les Alpes.

Quand vous suivez la route E45 de Ravenne à Pérouse, il n'y a rien pour vous dire qu'à Sàrsina, à quelques mètres de vous, dans le sanctuaire où se trouve le collier de San Vicinio, s'ouvre l'abîme d'un monde peuplé de dieux – et d'obscures déesses mères – bien plus anciens que ceux de Rome. On dit volontiers que les voleurs volent mieux à proximité des postes de police : pour la même raison, les endroits les plus mystérieux se trouvent souvent juste à côté des grandes voies de circulation, totalement ignorés par le flot qui les parcourt. Une fois, il m'a suffi de m'éloigner à peine de l'A25, Rome-Pescara, pour découvrir l'enchantement qu'est l'église de Santa Maria in Valle Porclaneta. Ou pour tomber sur le frère Osvaldo, gardien solitaire des manuscrits poussiéreux de l'abbaye de Valleverde à Celano.

Mais s'il ne faut qu'un jour pour des merveilles de ce genre, que me révélera un voyage d'un mois ? « Va donc voir la via Flaminia Minor, m'a-t-on écrit de Bologne, avec sa crête érodée à pic sur des sillons argileux, le col dit Passo della Badessa (pas de l'Abbesse) ou la petite vallée de la rivière Centonara, où le silence fait presque peur, où fleurissent des orchidées, des jonquilles, des tulipes sauvages, mais aussi des genêts, des hédysarums, des scilles, des anémones et d'autres fleurs oubliées. » D'autres suggestions séduisantes du même genre m'arrivaient encore à la veille du départ. Des dizaines de lettres de mes guetteurs sur tout le territoire, des adresses notées tout le long de la péninsule.

Des étoiles, une terrasse sur la mer, un *chinotto*[1] bien froid, sur la table la carte au 1/1 000 000 avec

1. Il s'agit d'un soda à l'orange amère.

mon plan de voyage. Ça fait deux mois que je colle méticuleusement, sur les espaces latéraux, des rectangles coupés sur mesure avec les indications sur certains lieux et les personnes à y rencontrer. Un voyage commence toujours ainsi : par un inventaire captivant, un grand désordre dans lequel on peut choisir sa route en toute légèreté. Mais, déjà, la carte à elle seule révèle le mystère de cette route hors des sentiers battus. N'y voit-on pas : le caravansérail de San Martino di Paravango, sur la route du sel entre la mer Tyrrhénienne et le Piémont. Ou encore le sanctuaire de la déesse Vacuna, dans la province de Rieti, où chaque année on fait agenouiller un taureau sur le parvis et où une charrue trace le sillon en droite ligne depuis l'horizon le plus lointain.

Righi ouvre la carte comme un accordéon, l'étend sur la table, se tait, tripote sa barbiche. C'est comme s'il découvrait une autre planète. Je lui révèle les secrets du voyage et, ensemble, nous naviguons des inexplicables momies chinoises du XVIIe siècle que contient le musée de Ferentillo, en Ombrie, aux épouvantables récits des partisans recueillis par l'actrice Roberta Biagiarelli dans les vallées du côté de Plaisance. Pour chaque curiosité, un petit cercle jaune et une didascalie collée sur le côté de la péninsule. Ici, le Monte Fumaiolo avec les sources du Tibre, volé à la Toscane et annexé par le Duce à « sa » province, celle de Forli, à titre de lien impérissable avec Rome. Là, au fond à droite, le tunnel du Balvano, où en 1944 un train à vapeur surchargé de passagers ne parvint pas au bout du tunnel en montée, et plutôt que de faire marche arrière, poussa ses machines à fond et asphyxia tout le monde à l'oxyde de carbone. Il y a de tout, sauf des endroits célèbres et des grands centres, que j'éviterai avec le plus grand soin. Pas plus d'Assise que de L'Aquila ou de Pérouse. Pas de Foligno et encore moins de Cosenza.

Nous fouillons aux quatre coins de cette carte invraisemblable au 1/1 000 000, comme sur les étagères d'une très ancienne droguerie. Dans les longues vallées de l'Émilie, la maison de Vasco Rossi et celle d'Enzo Biagi. Dans les Marches, la piazza di Jesi, où naquit – à l'occasion d'un mémorable accouchement en public – Frédéric II de Souabe. En bas, à droite, une ferme des Abruzzes où le *pecorino* se fait avec de la présure de porc. Du côté tyrrhénien, des branches oubliées de la via Francigena et le monument aux Apennins de la Villa Demidoff, au-dessus de Florence. À l'est de Naples, les Fourches Caudines, où les indomptables Samnites rossèrent les légions romaines. Désormais, Righi s'est perdu, il navigue sur un grand huit, survole l'ultime refuge de Tiziano Terzani, entre Bologne et Pistoia, bondit vers les sentiers secrets du mont Amiata, se cogne presque au rocher de la comtesse Mathilde[1], fait un brusque détour par le tunnel abandonné de la voie ferrée Spolète-Norcia, le Saint-Gothard de l'Ombrie, chef-d'œuvre oublié par l'Italie des restoroutes. Il file à vive allure à côté d'ermitages, de sanctuaires, d'antres et de lieux où règne le mauvais œil. Il découvre des tavernes et des oliveraies. Et il meurt d'envie de partir.

Le peu de cas qu'on fait des Apennins est un scandale : leur nom est rarement mentionné. Dans les titres des journaux, on le rencontre cinq fois moins fréquemment que celui des Alpes. On n'arrête pas de parler de la chaîne de montagnes dominante : congrès sur la transhumance des ours, sur les régions jouissant d'un statut particulier, sur les dialectes occitans,

1. Mathilde de Canossa, née en 1046, grand personnage de la querelle des Investitures.

sur le postfordisme du Nord-Ouest en basse altitude, sur la biodiversité dans les Alpes bergamasques et les cours d'eau de la province de Belluno. Et de citer à tout propos le Haut-Adige et ses foutus géraniums aux balcons. Insupportable. Et, pourtant, les Alpes ne sont que la corniche extérieure du pays. Alors que les Apennins, eux, en sont l'âme, l'estomac, la colonne vertébrale. Et qu'ils sont presque deux fois plus longs. Sans eux, notre patrie s'affaisserait comme un zeppelin qui n'aurait plus de gaz dans le ventre.

La raison, peut-être, c'est que les Alpes sont devenues d'abord les sentinelles de la foi catholique dans les temples du concile de Trente contre Luther, puis les gardiennes de la nation à la veille de la Grande Guerre. Les Apennins, au contraire, n'ont jamais été recrutés, militairement parlant, par les états-majors. S'ils ont joué un rôle, c'est celui de nid de la Résistance. Ou, disons mieux, ils l'ont toujours gardé, ce rôle, depuis le temps des Samnites, écrasés pendant des siècles par Rome. Les Apennins ne se sont pas laissés emplir d'ossuaires, de sanctuaires et de campaniles-sentinelles. Peut-être sont-ils tout simplement restés tels qu'étaient aussi les Alpes, avant que la patrie ne les appelle. Un univers anarchique, retiré, solidaire, gardien de diversités mirobolantes. Il y a quelque temps, j'ai survolé les Alpes en avion. De ma petite fenêtre, je reconnaissais tout. Dans les Alpes, il est impossible de se perdre, on a toujours toutes ces grandes aiguilles pour s'orienter. Quand je vais de Rome à Milan en avion, au contraire, je ne reconnais à peu près rien, en dehors des lacs. Je navigue dans l'indistinct, comme dans une mer en pleine tempête. Pourquoi ? Pourquoi suis-je incapable de situer Teramo, Macerata ou Ascoli sur une carte muette de l'Italie ? Pourquoi les monts Simbruins, le massif des Mainarde ou les monts de la Daunìa se noient-ils dans un grand néant ? Où sont donc les Alburnes vertigineux ? Le col de la Faticosa, lequel est-ce, et le Furlo, à quel endroit est-il ? Et Hannibal, par où est-il passé dans sa marche sur Rome ? Chaque fois, je me demande si ce vide qui m'engloutit n'est que géographique, ou bien si c'est autre chose.

Une cascade de questions. Comment se fait-il que les chasseurs alpins italiens ne s'appellent pas les chasseurs des Apennins, alors que des légions de plumes noires[1] sont descendues de Toscane, des Abruzzes, de Calabre et même de Sicile ? Pourquoi ne nous a-t-on jamais appris de comptine pour nous orienter dans la principale chaîne de montagnes de notre pays, alors qu'on nous en apprend une pour nous orienter dans les Alpes d'est en ouest ? Pourquoi ce terrain extraordinaire qui regorge d'histoires joue-t-il un rôle subalterne dans l'imaginaire national ? Et comment est-il possible qu'il ait fallu attendre l'année 2006 pour assister à la convocation des états généraux des communautés des Apennins ?

On jurerait que quelqu'un a peur de ces montagnes, craint le réveil des Samnites, des Apuans ou des mystérieux Étrusques. Ou bien peut-être est-ce notre âme catholique qui, après tant de siècles, redoute encore d'affronter les Sibylles, ou de rencontrer les anciens dieux – faunes, centaures, naïades – en exil dans les forêts ou les cours d'eau du Centre-Sud. Il se peut qu'il reste quelque chose qui n'a jamais été résolu dans l'identité italienne.

Attention, m'a-t-on dit, les Apennins, c'est comme la soupe aux choux toscane. Dedans, il y a de tout et tu risques fort de te perdre, de te désunir en recherchant les ingrédients individuels de ce grand classique

1. Les chasseurs alpins simples soldats ont une plume noire au chapeau.

italien qui doit au contraire être savouré dans son ensemble. Alors, pour ne pas t'égarer, tu n'as pas le choix : il faut suivre les points névralgiques de cette épine dorsale, ne jamais perdre de vue ces becs appelés « Pen », si reconnaissables, qui, voilà des milliers d'années, ont donné leur nom à tout et qui aujourd'hui encore donnent du sens à tes pérégrinations. Monte Pènice, Penna, Pennino, Penne, Pennabilli, Pescopennataro. Tu les trouveras de la Ligurie au Molise. Ce sont les balises d'une régate transocéanique, les piquets d'un fabuleux slalom géant. Des lieux sacrés, dont il ne reste plus que le nom celtique et ce frisson qui te parcourt immanquablement au sommet, là où – tandis que tu contemples l'univers, le souffle coupé – une voix te tente en te disant : « Regarde, un jour tout cela sera à toi. »

Righi me sort les papiers de la voiture. En capilotade, dans une enveloppe de peau. Il n'a voyagé qu'en Italie, mais on pourrait croire que ces documents sont tombés dans les flaques du Gange ou qu'ils ont affronté, à dos de chameau, les tempêtes de sable du Taklamakan. Dans les changements de propriétaires dont ils font la chronique, on a toute l'histoire de l'Italie, de l'après-guerre à nos jours. Un début en sourdine, un honorable service lors des années du miracle économique, puis une panne étrange ou peut-être un accident, ensuite l'acquisition par le jeune Allemand qui peint la guimbarde en noir et l'utilise en Italie comme instrument de randonnée, afin d'aller « draguer » sur la Riviera. Ce n'est qu'après que la demoiselle, désormais quelque peu cabossée, change de vie. La voilà fourbie, remise en état, elle entre dans la danse des Topolino Club, participe à des rassemblements, descend jusqu'au Gargano, parcourt les voies romaines, grimpe jusqu'au col Sella, au Saint-Gothard, à l'Abetone. Et, pour mener à bien le présent voyage, elle fait un passage, excusez du peu, chez Ferrari à Maranello, invitée par la Fiat, au milieu des célèbres « rouges » de la formule 1.

Elle ne sait pas encore, la petite bleue, que le voyage de sa vie, elle le fera dans sa vieillesse. L'épreuve sera dure, hors des sentiers battus, et il pourrait bien lui arriver de rester en rade dans des endroits où il ne passe pas un chat. C'est pour cela qu'on lui a collé à l'arrière tout un arsenal de rechange. Arbre moteur, différentiel, embrayage, cylindres, joints et puis une boîte bourrée de tournevis, boulons et autres clefs anglaises qui commencent à tintinnabuler dès qu'on met le contact. Pour plus de sûreté, Righi ajoute sur ma carte les noms de divers amateurs de Fiat, capables de prendre les choses en main. Des légendes vivantes, comme Gigino Tramparulo, de Castellamare di Stabia, dit « *'o professore* », un gaillard qui un jour – faute de pièce de rechange – a réparé le bloc-cylindres avec la capsule d'une bouteille de *lambrusco*.

La mer Tyrrhénienne clapote avec lassitude, pas un souffle d'air. Les montagnes des coriaces Ligures, les durs à cuire de la Rome impériale, planent dans la brume. Je cherche Cadibona, mais peut-être que là-haut rien ne commence, après tout. Les Apennins ne sont que la continuation des Alpes. Et, si l'on y songe, les Alpes elles-mêmes ne sont que la suite de la chaîne Dinarique. Laquelle, à son tour, est issue des Rhodopes, de l'Anatolie et du Caucase, et ainsi de suite, jusqu'au cœur de l'Asie. Si l'on allumait, dans les hautes vallées du mystérieux Bhoutan, un énorme feu, de cime en cime, les signaux parviendraient jusqu'ici, puis se propageraient au-delà, le long des cimes portant le nom de « Pen », sur tout cet interminable promontoire qu'on appelle Italie. Jusqu'au monolithe de l'Aspromonte, immobile au milieu de la Méditerranée. Le grand terminus, qui fait vis-à-vis à un autre feu légendaire. L'Etna.

De là, d'un bond, le voyage pourrait se poursuivre, au-delà de Trapani, vers le long plateau du Haut-Atlas, de l'Algérie au Maroc, jusqu'aux rivages venteux où seul l'océan répond encore au muezzin. Avant de m'endormir, j'étudie encore une fois en détail le parcours du lendemain, de Cadibona jusqu'aux confins du Piémont, de la Ligurie, de l'Émilie et de la Lombardie. Un tourbillon de paysages, de dialectes et d'identités, qui engendre d'incroyables noms de lieu : Montenotte (Mont de la Nuit), Combascura (Combe obscure), Barbagelata (Barbe gelée), Dolceacqua (Eau douce), Fontanigorda (Fontaine à la gourde). Des mots qui se nichent au plus profond de vous et ne vous laissent plus en paix, tant ils veulent être écoutés et déchiffrés. Des grumeaux de syllabes qui se révèlent la nuit : alors seulement, vous les entendez murmurer, comme s'ils demandaient le silence pour être vraiment compris.

Tout cela est si étrange : ici, les Apennins sont plus au nord que les Alpes. Au-dessus de Varazze, la bosse noire du mont Beigua, un lieu d'ermitages médiévaux et d'embuscades de partisans, est couverte d'une couche de nuages immobiles qui adhèrent à la pente comme un lourd paletot de laine feutrée. À l'est, Gênes illuminée ressemble à un paquebot ancré aux montagnes. Je vérifie pour la dernière fois tout mon équipement : cartes, agenda, carnet d'adresses, poudre anti-tique, pistolet repousse-chien, couteau noir de Mauro Corona. Tout à coup, je sens que ça va marcher. On m'a raconté qu'au tournant du siècle le chef du gouvernement, Zanardelli, était allé inspecter la Basilicate à dos de mule – il n'y avait pas d'autres routes –, puis qu'à son retour il avait fixé les impératifs de l'Italie dans ces landes oubliées. Très bien.

Moi, je serai sûrement capable de faire l'Italie en Topolino.

La dernière tranchée de don Luciano

Après le virage, le ciel disparaît, englouti par un fleuve de nuages qui monte de la mer Tyrrhénienne, laquelle pèse de tout son poids, mille mètres plus bas, et la guimbarde bleue agrippée à la montagne tremble, secouée par le vent. On dirait un avion pris dans des turbulences, elle crache des odeurs de fer, d'essence et de vernis, tel un furet dans la brèche, elle se glisse entre les bruyères violettes peignées par les rafales, le goudron noir de la chaussée et la muraille de vapeur grise qui gronde en se hissant vers les crêtes. Dans ce couloir aérien, sur la ligne où se heurtent deux climats, entre le vent de la mer et le froid des sommets, notre mule mécanique s'est creusé une trouée de si parfaite solitude que j'ai tout loisir de ralentir, tirer le frein à main, m'arrêter au milieu de la route, sortir, faire des photos et regagner le véhicule qui m'attend en ronflant, les lumières allumées. De toute façon, il n'y a personne.

Un peu plus loin, dans le tunnel gris, c'est brusquement toute espèce de bruit qui disparaît. Tout : grincements, chuintements, bruits de ferraille, rafales, crissements des graviers. Dans l'habitacle, le portable aussi est mort, le voyage devient un film muet. Nous sommes en quelle année, déjà ? Où ça ? En Cornouailles ? Dans les bruyères venteuses qui mènent de la ville du Cap au cap de Bonne-Espérance ? Sur la route de Lima, en pleine perturbation sur le Pacifique ? Sur une crête gelée de l'Himalaya au moment où arrive la mousson ? Non, nous sommes en Italie, sur le col du Faiallo, à mille soixante et un mètres d'altitude, au-dessus de Gênes. Plus bas, le bord de mer le plus surpeuplé du monde se tait, c'est une masse de nuages qui bouillonne comme un chaudron. Et le petit engin est notre Topolino de folie, cinquante ans bien sonnés.

« Du haut du Faiallo, un panorama extraordinaire s'offre au regard », pouffe mon compagnon de voyage lisant un guide de 1896, tandis qu'autour de nous tout n'est que brouillard et nuages. C'est Albano Marcarini, une vieille connaissance originaire des Alpes. Je l'ai rencontré il y a trois ans, en haut du col du Splüger, c'est le meilleur navigateur du pays. Il en connaît les routes par cœur : courbes isohypses, kilométrages, dénivellations, toponymie. Il rêve d'habiter une maison cantonnière retapée, dans un petit coin de l'Italie profonde, et il s'oriente avec une telle facilité qu'il pourrait en toute tranquillité voyager sans carte.

Albano sait parfaitement que c'est à lui qu'il incombe de diriger l'ouverture de cette traversée de l'Italie. Ce matin, à Savone, il a débarqué du train pour Vintimille, sous un ciel atlantique. Je l'ai aperçu de loin, à travers la foule, un garçon de haute taille, avec un sac à dos bourré à craquer et une démarche d'excursionniste. Il a jeté un coup d'œil satisfait à la Topolino, en a lentement fait le tour, comme pour une danse nuptiale, puis il a ouvert la portière et s'est installé sur le siège de droite avec un élégant demi-tour. « Qu'il soit bien clair, a-t-il tenu à préciser dès le départ, que notre voyage va nous lancer à la recherche des routes perdues. » Aussi, quand nous avons pris la *Provinciale 29*, du bord de mer à Cadibona, point de départ géographique des Apennins, il a continué de lui donner son ancien nom de *Statale 29*. Marcarini préfère ignorer la braderie du patrimoine national, déguisée en fédéralisme. Il évite les ronds-points, sens uniques, carrefours à sens giratoire et autres viaducs : tel un braque, il suit la vieille piste et soutient que derrière chaque ligne droite il y a une embrouille.

Dès le village d'Altare, à vingt kilomètres de Savone, une perfide rocade a tenté de nous détourner de notre chemin, mais Albano n'est pas tombé de la dernière pluie et il a déjoué le piège. Dans un embranchement quasi invisible, il a pris la voie de gauche qui nous a bel et bien menés droit à la « case départ » : une forteresse napoléonienne couverte de mousse et, tout de suite après, une maison cantonnière oubliée, au lieu-dit Bocca d'Orso Sagattaro. « *Quivi*, ici même, a-t-il lu alors, après avoir tiré de son sac un guide de 1896, la dépression de la chaîne de montagnes est plus accentuée et plus étendue que dans n'importe quelle autre partie. » Bref, nous avions deviné juste et ce *quivi*, ici même, à la place d'un simple *qui*, ici – indiqué par son gros index pointé vers le sol entre ses grands pieds – paraissait inventé tout exprès par nos ancêtres pour souligner notre pointilleuse dissociation d'avec le réseau routier contemporain.

Maintenant, dans la brouillasse du col de Faiallo, Albano, cocasse, fait le point à l'aveuglette, la boussole entre les genoux, avec à la main le guide introuvable de 1896, que distingue sa typographie salésienne de San Pier d'Arena. Il déclame : « Dans la direction du mistral, voici l'ample vallée de l'Orba séparée de celle de son affluent, la Stura, par la très longue pente qui se détache du Monte Dente en direction de la plaine du Pô. » Puis, pivotant de cent quatre-vingts degrés et pointant le doigt dans un profond néant : « Dans la direction du sirocco, on aperçoit déjà, avec ses fabriques industrieuses, la profonde petite vallée de la Cerusa di Voltri, fermée à droite par la brève pente qui, partant du Monte Reisa, va mourir dans la mer au promontoire d'Arenzano. » Ensuite, décrivant un quart de tour vers la gauche, comme pour donner une bénédiction *urbi et orbi* : « Et voici la plage plaisante et bondée qui longe la mer… voici Gênes avec ses jetées, son phare, ses collines, voici la poétique Riviera di Levante et les autres cimes des Apennins ligures, parmesans et toscans, voici les collines du Montferrat, les plaines du Pô et les neigeux sommets alpins. »

Devant nous s'étendent trois, ou peut-être quatre mille kilomètres. La distance de l'Italie à l'Iran, mais avec trois fois plus de dénivellations et cinq fois plus de virages. Je n'ai pas la moindre idée du temps que pourrait prendre ce voyage. En deux heures seulement, nous avons déjà vu des choses d'un autre monde. Pontinvrea, avec le soleil et les prairies, les maisons à haute toiture, qui évoquent la vieille Bourgogne, un restaurant Aquila d'Oro, l'Aigle d'Or, un plein d'essence à sept euros, avec tout le village qui regarde. Ou bien Sassello, village connu pour ses fonderies et ses macarons, intact, avec ses rues pavées, sa grande église baroque, ses maisons pansues pour les longs hivers, son marché sur la grand-place et la boucherie Giacobbe. Au bar Gina, nous avons dégusté une *piadina*, sorte de grosse crêpe farcie, et un verre de rouge, en compagnie d'un charmant carabinier et de sa sœur aux cheveux noirs coupés au carré. À quoi cela rime-t-il de rester sur la côte, s'il existe une pareille Italie ?

Au col du Turchino, nous voguons presque dans les rafales en direction du Piémont ; on dit qu'ici, avec le courant contraire, il suffirait d'élargir le col et que le brouillard du Pô se déverserait sur la côte comme un fleuve, libérant le nord du pays de sa pestilence grise. Il y a des gens qui sont devenus fous, à force d'échafauder des hypothèses sur le potentiel de ce passage orageux, capable d'expulser l'humidité avec plus d'efficacité que l'évent d'une baleine. Tout en haut du col, là où, par beau temps, les coureurs du Milan-San Remo restent éblouis par l'éclair bleu de la Méditerranée, c'est dans le brouillard que le monument au cycliste Girardengo vient à notre rencontre. C'est ici, plus qu'à Cadibona, qu'on sent le début des Apennins. C'est à la hauteur du Turchino que, sur la côte, à Voltri, face à la Corse, la parabole du rivage ligure entre dans sa phase descendante vers l'est et que la mer Tyrrhénienne touche à son point le plus septentrional. Cadibona est un endroit pour les géographes : les géologues disent que ce n'est qu'au col du Turchino que la chaîne de montagnes perd sa solidité alpine pour devenir autre chose. Une masse en équilibre, en proie aux éboulements et aux secousses sismiques. Peut-être est-ce le même minotaure que j'ai entendu mugir dans le noir, à l'intérieur du tunnel de la ligne TGV, sous les Apennins tosco-émiliens.

Voici Masone, sinistre sous les nuages, un des villages d'Italie où il pleut le plus. Nous avons en poupe un vent de mer si violent que nous pourrions nous déplacer sans moteur. Au début, les rues sont désertes, on a l'impression de traverser un village fantôme. Puis, dans un bar-restaurant, nous trouvons un tas de gens joyeux, autochtones et camionneurs de passage, deux tables où l'on joue à la *briscola*, une odeur de fromage fondu et, dans un coin, une affiche estudiantine annonçant le lancement de Masone en tant que centre mondial de la certification des parapluies. Je lis : « Convaincus de la nécessité de faire bénéficier le reste de la population de l'expérience mûrie au cours d'un si grand nombre de journées de pluie attestées, un groupe d'entrepreneurs de Masone a officiellement présenté le "timbre-nuage". Des spécialistes anti-pluie s'emploieront à tester chaque parapluie, distribuant le timbre prescrit sans aucuns frais pour le propriétaire. » Comme en Carnie, pissotière de Dieu, la pluie a engendré l'antidote qu'est l'autodérision.

« Il n'y a que ceux qui connaissent bien la pluie qui comprennent ce que vaut le soleil », dit un ancien au comptoir, avec un grand sourire. Il me parle des hivers de pauvreté, de polenta et de fumée ; quand dans les maisons, l'hiver, on dormait à trois dans le même lit, à côté de l'étable, et qu'il n'y avait entre hommes et bêtes qu'une tiède paroi de bois. Et il raconte aussi des histoires de forges et d'abbayes, cite les routes antiques du sel et la glorieuse archéologie préromane des vallées de la Stura et de l'Orba. Il se présente, Piero Pastorino. Un enfant de ces montagnes, son nom parle de lui-même. Son père, Carlo, était écrivain, précurseur de Rigoni Stern, lui aussi homme de paix contraint par les événements à écrire des livres de guerre.

« Dans les pays chauds, cite-t-il de mémoire, il fait toujours soleil et on ne se rencontre jamais… les rencontres surviennent plus aisément dans les pays où l'hiver est long et le printemps tardif. » Il revoit une pervenche, une seule, au milieu de milliers d'autres pervenches, qui par un jour de mars, bien des années auparavant, entre les dernières petites flaques de neige, avait su capturer le soleil comme aucune autre. Parce que la puissance de la lumière – disent les Hébreux orthodoxes –, on ne la capte que dans son reflet. Par exemple, sur les ongles de ses mains.

Le slalom entre le beau et le laid continue : maintenant, le ciel se déploie comme un gigantesque cerf-volant, tandis que notre voiture attaque des déclivités impossibles en direction des vertes étendues du parc naturel des Capanne di Marcarolo. Au sommet, nous laissons paître notre automobile devant l'auberge Agli Olmi, Les Ormes, un endroit où ont sévi les sangliers et la guerre de la Résistance, avec la photo de Fausto Coppi sur le Stelvio et le profil de chiens d'arrêt à côté d'une affiche de distilleries prestigieuses. À l'intérieur, des chasseurs du coin tapent le carton et nous regardent avec méfiance. Dans des lieux comme celui-ci, je me demande si la guerre des partisans, avant d'être une lutte pour les droits, n'a pas été un réflexe primordial de réticence montagnarde.

Sommes-nous, oui ou non, chez ces Ligures que Rome n'a jamais pu dompter ? « Les Ligures, énonce Marcarini, lisant un texte de Diodore de Sicile, vieux de deux mille ans, habitent une terre âpre… et vivent dans la souffrance et la gêne, en proie aux durs efforts… Le constant exercice physique et la sobriété de leur nourriture rendent leurs corps à la fois sveltes et robustes… Dans le combat, le plus corpulent des Gaulois s'incline face à un gracile Ligure. » Nous sommes prévenus. Dehors, la seule voix est celle du coucou dans la forêt. Nous nous étendons dans une prairie de marguerites et de campanules jaunes. Le paysage est pyrénéen, le vent surchargé de senteurs.

Nous descendons le long du versant de la Padanie. Nous voyageons désormais depuis une centaine de kilomètres, l'épine dorsale galope, alternant des montées et descentes nerveuses, faites pour les cyclistes, elle prolonge sa bosse en direction de l'orient, et la Topolino prend la mesure du terrain, cherche son sentier de Mohican dans l'Italie du silence. Le seul bruit est celui du vent dans les bruyères. Pour passer le temps, Albano calcule le poids de notre voiture, comme s'il s'agissait d'un cheval à l'hippodrome ou d'un boxeur avant le match. Véhicule, six cents kilos, passagers cent quatre-vingts, bagages et pièces détachées soixante-dix, essence vingt. Total : huit cent soixante-dix kilos. Le soleil brille, mais à côté des ruines de la ferme bénédictine dynamitée par les nazis-fascistes, qui servit jadis de relais de poste sur la route du sel, un écriteau vous explique que « par temps nuageux, il y a toujours des brouillards extrêmement denses, et on dirait que les vents ont installé ici leur siège ». Il y a eu à cet endroit quatre-vingt-dix-sept fusillés, pendant la guerre de libération. La conque où le massacre a eu lieu est indiquée dans un des virages de la route.

Commencent alors les gorges du Gorzente, un ravin couvert de maquis méditerranéen qui n'a rien à envier à la Corse profonde. Premières descentes raides, premier frein moteur, premiers talon-pointe, mes pieds appuient frénétiquement sur les pédales, il faut se transformer en organiste, en *Kapellmeister* qui presse en haletant les soupapes des soufflets sous le clavier. La mobilisation musculaire est totale. C'est comme de monter à cheval, même les fesses travaillent et, à chaque kilomètre, il faut équilibrer le compromis entre soi-même et le moyen de transport. Albano jubile : « C'est elle qui commande, dit-il en parlant de la Topolino, tu sais que tu ne dois pas y aller en force et que tu ne peux pas trop lui demander. »

Nous nous cognons presque contre le village de Voltaggio, avec un gué dans le virage et des gamins sur le bord ; ils s'arrêtent de jouer au ballon pour applaudir notre joujou d'automobile qui dérape sur les graviers du torrent ; un peu plus loin, on trouve le confluent avec un autre cours d'eau et un pont médiéval en dos d'âne. On avance, capote baissée, un univers roule tout autour de nous, la Topolino devient un avion biplace décollant vers des terres dont les noms sont de plus en plus transparents : Molini (Moulins), Pian dei Grilli (Plan des grillons), Castagneto (Châtaigneraie). Je vois sur la carte que la maison natale de

Coppi n'est pas loin et que les rues du village cherchent à monter en direction de la ligne de partage des eaux, au milieu d'une longue ondulation de prairies contre le vent. Je manipule l'embrayage avec frénésie, troisième-seconde-troisième, mais c'est comme si je tâtonnais avec le changement de vitesse de mon vélo. Le même plaisir subtil. À notre poupe, au-delà de la ligne vert sombre du Montferrat, très loin, la plaine.

Au col des Giovi, les voies ferrées, les routes, les lignes électriques, toute la circulation entre Milan et Gênes, plongent sous terre, mais, nous, nous filons en douce, sourds au vacarme, aveugles à l'horreur du béton, invisibles entre les pylônes, les tunnels et les gares de marchandises. Nous appartenons déjà à un autre monde, nous avons nos voies de fuite. Après le château de Vobbia, noyé d'ombre, serti dans une aiguille rocheuse naturelle, nous remontons vers une lumière forte et liquide, entre des villages à pic. Le soleil nous brûle la nuque. La route est très étroite, mais nous ne croisons personne en montant encore et toujours, jusqu'au col de San Fermo. Sur la hauteur qui le domine à l'est, une petite église blanche oubliée. De là-haut, premier grand panorama du voyage. Au sud, une muraille de nuages au bord de la crête tyrrhénienne ; au nord, le soir tombe sur la Padanie. Vers l'est, la pyramide du Monte Antola, avec les sources de la Trebbia. Les Apennins sont en effet une flotte qui avance, l'air est celui « subtilement barbare » qu'a décrit dans ses vers Giorgio Caproni, poète partisan de cette région. Au loin, la dent du Monte Penna, avant-garde d'une longue armée de confrères portant le même nom.

Nous descendons dans un crépuscule couleur de mandarine vers le hameau de Dova Superiore, dans la province d'Alexandrie. L'endroit compte dix-huit habitants, un magnifique clocher à bulbe et une auberge tenue par un curé qui a nom Luciano. Nous le trouvons dans le bûcher, en train de tâtonner autour du brûleur, les manches retroussées. Par ici, un prêtre doit savoir tout faire, y compris la cuisine. Au dîner, il nous sert de la soupe aux haricots blancs, arrosée de bonarda, et un fromage dit « aux grillons », une meurtrière pâte brune qui a déjà digéré ses propres asticots, puis il nous parle des longs hivers, des enfants qui ne naissent plus, des villages vidés comme par une épidémie de peste, qui sont restés là, avec les lits vides et les nappes dans le buffet. Ici, il n'y a que les prêtres qui tiennent bon : don Luciano tourne comme une toupie pour aller dire la messe dans onze paroisses, mais il risque fort de ne plus pouvoir le faire.

« Tout a commencé en 1952, quand ils ont fait la route. » Elle devait apporter la richesse, au lieu de quoi c'est la fin de tout qui est venue. L'asphalte a entraîné les gens, comme par la force de la gravité, comme un plan incliné, un aspirateur omnivore qui a balayé tout un monde. « Et pourtant, insiste le curé, on est beaucoup plus libre ici qu'en ville. Si les jeunes essayaient d'y vivre, ils en tomberaient amoureux. Mais il faut qu'ils se dépêchent, avant qu'on ait perdu jusqu'au souvenir des anciennes coutumes. » Cinquante années sont passées comme passerait un millénaire. Je comprends que ma Topolino appartient à l'Italie d'hier, qu'elle est le chaînon qui relie le temps des mules à la modernité. C'est peut-être une des lucioles de Pasolini. Et nous, les deux mabouls, Albano et moi, nous voyageons vraiment sur les ailes d'une luciole, dans l'Italie des restoroutes.

Le téléviseur, sur le buffet, parle de scandales italiens, mais c'est un lointain bourdonnement, on dirait que c'est retransmis de la lune. À côté, des montagnes de factures, de publicités, de courrier en attente, en provenance des galaxies.

Je l'interroge :

« Le pouvoir vous reconnaît ?

— Un jour, nous sommes allés trouver un conseiller général, à Turin, et il nous a reçus en croyant que nous étions des Ligures venus lui rendre une visite de politesse. Vous voyez ce que je veux dire.

— Et il ne vient jamais personne ici ?

— Dans la haute vallée, le curé est plus important que le maire. La politique a sombré il y a des années. Ici, il n'y a que les prêtres qui résistent. Les carabiniers le savent bien, eux aussi. Ils disent que si nous ne restions pas, nous autres, il ne resterait plus personne.

— C'était comment dans le temps ?

— Dans le temps, le prêtre se déplaçait à pied, il avait son propre sentier que l'on peut voir encore. Imaginez un peu, il y a un endroit là-haut qu'on appelle "La Crocetta", la petite croix, parce que la montée pour y parvenir était la crucifixion du curé. Il y arrivait au prix d'un effort colossal.

— Que faire ?

— Les Apennins ne savent pas se défendre aussi bien que les Alpes. Ils n'ont pas de Messner, ni de Mauro Corona. Et ces montagnes-ci, n'en parlons pas. Nous sommes aux confins de tout : le Piémont, la Ligurie, l'Émilie et la Toscane. Unies, ces quatre périphéries deviendraient un centre, elles retrouveraient leur identité. Mais ça n'intéresse personne.

— Vous avez des jeunes ?

— Il y avait un petit Péruvien, d'âge scolaire. Je me disais, au moins les gens des Andes, ils sont habitués à la montagne, ils resteront. Mais pas du tout. Eux aussi, ils sont partis.

— Il y a eu des événements historiques, ici ?

— Beaucoup. En l'an 869, le fils du roi Louis IV offrit ces terres à son épouse afin qu'elle y passât l'été. C'est écrit dans les codes : *"donavit loca in Dovendis posita, ut vacaret"* c'est-à-dire pour qu'elle y aille en vacances. Mais sortons, à présent ; vous verrez une infinité d'étoiles, ici Dieu est vraiment près de nous. Dova est encore un endroit merveilleux. »

Dès le seuil de la porte, nous avons droit à une météorite au zénith ; c'est comme si on lançait un cri dans le noir. Il y a des nuits où les portes du ciel s'ouvrent et où on a l'impression de communiquer avec ceux qui ne sont plus. Et cette nuit en est une. Dans la pâleur veloutée des prés, je sens que si j'envoyais un SMS à mon père, ce cher vieux me répondrait à coup sûr, seulement je n'ai pas son numéro. C'est papa, ce doux officier gentilhomme, qui m'a mis dans l'âme ce besoin d'explorer et de consulter les vieilles cartes de montagne. Dans l'obscurité, le torrent gronde. « Quand il était en crue, explique Luciano, les muletiers le passaient sur des échasses, puis, depuis l'autre rive au moyen d'une corde, ils tiraient à eux l'abbesse, comme on appelait la meneuse du troupeau. Et, alors, la caravane suivait docilement. » L'obscurité se peuple d'ombres, on sent revenir les familles disparues de tous ces hameaux, les Reneuzzi, Casoni, Ferrazzi. Revient aussi Gaetano di Corrego qui, cinquante ans auparavant seulement, transportait des armoires entières sur ses mules harnachées comme des jeunes mariées, avec des caparaçons, des nœuds, des harnais et des sonnailles.

Nous rentrons pour prendre un dernier verre, j'étale la carte au 1/200 000 sur la table encombrée d'assiettes et je m'aperçois que les lieux des environs ont des noms extraordinaires. Fontanarossa, Carpeneto, Rondanina, Cifalco, Malnido, Liprando et Garaventa. En contrepartie, les toponymes de la côte, chose étrange, ne chantent pas : Recco, Chiavari, Lavagna. Les villages côtiers de la Ligurie sont habités par un dieu triste. Varazze, Vado, Spotorno, Noli, Varigotti : on croirait une équipe de football des années 1960 et ils ne disent pas grand-chose à mon oreille adriatique, pourtant vaccinée par les consonnes de la langue slave. Peut-être est-ce le signe d'une civilisation antique qui jusqu'à hier était entièrement montagnarde et ne jetait sur la mer qu'un coup d'œil prudent. La Ligurie, c'est la montagne, les Alpes, les Apennins, et non l'univers des vacanciers, planté d'agaves et de palmiers. Mais, aujourd'hui, les beaux noms des villages en altitude ne sont plus que le chant du cygne d'un monde privé de voix.

À la fin, c'est un sommeil de camionneurs qui nous emporte.

Sur les traces de Gurcio Tignoso

La journée des brigands, déserteurs, vagabonds suborneurs de femmes, commence aux Capanne di Còsola, un col qui domine le monde à mille quatre cent quatre-vingt-treize mètres d'altitude, après une ascension d'enfer, avec notre mule mécanique en surchauffe, une petite bière et une étrange auberge dont le comptoir est en Émilie et la terrasse en Lombardie, alors que les tables sont dans le Piémont. Mais la Ligurie est là, elle aussi, à un jet de pierre. C'est ce que nous explique un jeune homme enthousiaste qui recueille les vieilles musiques locales. Il s'appelle Fabio Paveto, il joue de l'accordéon et il est ici avec un groupe d'amis des « quatre provinces » : Pavie, Plaisance, Gênes et Alexandrie. Il raconte que chaque année, au mois d'octobre, la *trattoria* du col se remplit de fifres et de cornemuses, donnant vie à quelque chose qui ressemble fort aux états généraux des souffles apenniniques.

Une jeune femme à la longue chevelure cuivrée joue du violon et chante : « *In cima a quel paese stan due sorelle / beato chi ne sposa una di quelle* » (en haut de ce village il y a deux sœurs / bienheureux qui épousera une des deux). Elle s'appelle Madeleine, elle a une voix de velours et un archet qui arrache aux cordes des vibrations nasillardes de vielle occitane. Elle nous raconte qu'au mois de mai son groupe – Enerbia – va de maison en maison mendier la nourriture, comme on le faisait il y a des siècles, et qu'ils menacent, toujours en musique, ceux qui ne donnent rien en prédisant « *a vulp la mangia tuti pulasta* » (que le renard mange toutes vos poules). Elle reprend : « *Partirò farò partenza / lascerò quegli occhi belli* » (je partirai, je m'en irai / je laisserai ces beaux yeux ; cette valse pourrait venir d'Irlande, des Abruzzes, du Périgord). Et ce n'est pas le paysage qui vous aidera à comprendre. « C'est ici que commencent vraiment les Apennins », explique Paveto en indiquant un tourbillon de montagnes dont la complexité vous donne le mal de mer. C'est le troisième commencement, après Cadibona et le col du Turchino. Encore un col pour rire ? Une nouvelle embrouille ? Non, c'est simplement le signe que sur l'échine de l'Italie, chaque passage d'une montagne à l'autre vous découvre un univers totalement neuf.

Un bref récit de Giorgio Bàrberi sur les Langhe indique assez bien la différence par rapport aux Alpes. Il écrit, à propos de la mer de collines qui annonce la longue chaîne du sud : « Les cimes offrent la seule vision authentique du changement continu et du renouveau de la vie, de ses voix qui, là, se rassemblent et se diffusent, au contraire des Alpes qui sont une espèce de prison, de limite qui empêche d'aller plus loin. » Je m'aperçois qu'il n'y a pas que la géologie mouvementée qui parle de cette ligne de partage des eaux entre la Scrivia et la Trebbia. Il y a aussi un flot humain millénaire, une rumeur antique de sabots, de chariots et de tambours. Dans les vallées au-dessous de nous, on a vu passer de tout : des Celtes et des Carthaginois, des Souabes et des légions romaines. Et des armées napoléoniennes, des pelotons de lansquenets, des ligues lombardes, des partisans russes et slaves, des Anglo-Américains, des Allemands de la Wehrmacht, des troupes irrégulières de toutes les époques et de toutes les sortes. C'est ici que commencent les lieux que le poète Giorgio Caproni baptisa « les lieux non juridictionnels ». Encore une fois, c'est le silence qui parle.

La descente dans la vallée du Boreca, un affluent de la Trebbia, est un ravin propre aux embuscades, sans parapet, où le frein moteur ne tient qu'en première, hurle dans les broussailles comme la tronçonneuse d'un bûcheron, tandis que les pieds engagés dans de furieux talon-pointe sont rôtis au contact du compartiment moteur brûlant. « Les hommes de cette vallée, lit l'impeccable Marcarini qui vient de farfouiller dans sa collection de guides anciens, sont robustes, vifs et industrieux et en général bien formés et d'un bel aspect, mais les femmes, pour le physique, ne leur ressemblent pas. » Il y a dans l'air, tout autour, d'étranges présences. Une de ces voitures arrogantes d'aujourd'hui ne les sentirait pas. La nôtre, au contraire, flaire quelque chose, elle reste clouée sur place, comme un fox-terrier, devant un écriteau qui indique le village de Zerba, puis devant une plaque portant le nom Tàrtago. Les noms comportent toujours un secret et mon incomparable navigateur en détient, de toute évidence, la clef : « Il paraît que ces deux noms veulent dire respectivement Djerba et Carthage. À cause des Carthaginois qui se seraient cachés ici, après la deuxième guerre punique. »

Hannibal ! Nous sommes devant la première grande ombre apenninique, au milieu de ces montagnes qui ressemblent à des bisons en fuite. « C'est peut-être une pure fiction, sourit mon passager, mais qu'importe ? » Ce qui compte, c'est que plus bas, dans le Val Trebbia, le 18 décembre 218 avant Jésus-Christ, fut consommée pour de bon, au milieu d'une tempête de neige, la première grande défaite de Rome. Et il importe que, après vingt-deux siècles, la vallée revendique encore maintenant de fabuleux antécédents puniques. Pour les autochtones, c'est une façon de dire : « Nous sommes différents de Rome la dominante. » Pour nous, c'est le premier signe indiquant que nous entrons dans un voyage parallèle, mystérieux et peuplé de trépassés. Rois et anarchistes, soldats et hommes « contre ». Dont le souvenir devient souvent un mythe fondateur pour les communautés.

Race italienne ? Possible. Ma grande carte délirante, bourrée d'adresses et d'annotations, paraît le démentir. À Mandrogne, village de ferrailleurs au-dessous d'Alexandrie, les habitants ont le teint basané et prétendent être les descendants de pirates arabes fuyant les Génois. Il en va de même pour Sassalbo et Succiso, deux villages de bûcherons, de part et d'autre du col de Cerreto. À Barbagelata, au-dessus de Chiavari, la taille moyenne des villageois tourne autour du mètre quatre-vingts, par l'entremise, dit-on, d'une poignée de lansquenets qui seraient passés là après un raid. À Teruzzi, au-dessus de Plaisance, les gens ont des physionomies asiates ; et dans les environs de Rabbini, ancienne zone hébraïque, on peut voir des nez et des barbes du Moyen-Orient. Au-dessus de Massa, dans les Alpes apuanes, il existe un village où l'on parle encore le haut-allemand. À Taverne, dans le nord de la province de Plaisance, une caserne de dragons a rehaussé de vingt centimètres la hauteur moyenne de ses locaux. Et à Bardi, sur la crête de la province de Parme, il n'y a pas jusqu'aux chevaux qui ne revendiquent des ancêtres carthaginois. Il y a de quoi se perdre.

Nous parcourons une passerelle en fer, sur la grève du torrent, juste assez large pour laisser passer la Topolino, puis commence une montée en lacets tellement rudes que, arrivés à mi-chemin, nous laissons la voiture, les roues bloquées par quatre grosses pierres. Nous poursuivons à pied jusqu'à Tàrtago, où le temps s'est arrêté. Tout est resté comme jadis, les prés sont fauchés par une main invisible, dans les ruelles pavées la seule voix est celle de Laika, une petite chienne perdue elle aussi dans le temps et dans l'espace d'un monde disparu. Et puis la vie s'affirme de nouveau, je vois des signes de restaurations, de jeux d'enfants. Une cheminée fume, répand un parfum de ragoût. Qui sait si le borgne carthaginois, ce redoutable condottiere, ne serait pas passé par ici ? J'en doute, il avait mieux à faire que d'aller se terrer dans les montagnes. Mais je le sens quand même. Hannibal est un fantôme qui a laissé des signes même là où il n'est pas passé.

À Ponte Organasco, plus en aval le long de la Trebbia, surgit une autre ombre de trépassé : Frédéric Barberousse. Il s'agit d'une vilaine histoire de 1167 que mon excellent passager-cartographe, encore une fois, connaît par cœur. À son retour de Rome, l'empereur retrouve le col de la Cisa barré par les Lombards. Il se replie sur Pontremoli et, pour rejoindre le Pô, il est obligé de commencer un interminable périple dans de profondes vallées latérales, sous la conduite du margrave Obizzo Malaspina. Horrifié par la misère des lieux, il demande au comte de quoi vivent les habitants, et Malaspina de répondre : « Que voulez-vous, dans des villages pareils qui ne produisent rien, il faut bien vivre de rapine. » Le péril était partout, au point que l'impératrice en personne, Béatrice de Bourgogne, dut chevaucher armée d'une épée sous les pics du Monte Penna jusqu'au col de la Scòffera. Et lorsqu'à Ponte Organasco, la vallée de la Trebbia leur découvrit enfin la route de la Padanie, l'empereur barbu était dans une telle fureur qu'il accorda son pardon à tous les rebelles du Nord, à l'exception de ceux qui l'avaient forcé à faire cet abominable détour.

« Dans cette région sévissait le bandit Gurcio Tignoso », nous annonce-t-on dans une auberge donnant sur le fleuve. Et puis il y avait aussi le tristement célèbre Bagnagatta, un fauve qui s'attaquait même aux empereurs et qui, pour cette raison, fut mené au gibet avec un pied en moins, ayant été amputé au moment de sa capture. La réputation de ces deux coquins est encore bien vivante dans la province de Plaisance. Pas très loin de Bobbio, nous rencontrons une dame qui marche d'un bon pas, seule, avec un sac à dos. Elle s'appelle Jose, elle vient du mont Beigua en Ligurie et se rend au Val di Nure, un des coins les plus isolés des hautes terres de la région de Plaisance. Elle nous regarde de ses grands yeux et nous confirme tout : « Jusqu'à la fin du Moyen Âge, ces montagnes étaient si infestées de pillards que les pèlerins venant de l'ouest, en route pour Rome, évitaient la Ligurie en se faisant conduire par voie de mer jusqu'en Toscane. » Le palais de la Commenda, à Gênes, nous explique-t-elle, a justement été bâti tout exprès pour protéger les quelques écervelés qui s'aventuraient dans ces landes peuplées de loups.

En direction de Bobbio, le fleuve s'élargit et son

pont médiéval compte autant de bosses qu'un de ces dragons de papier que portent sur leurs épaules des rangées entières de Chinois. Bobbio : le bourg où saint Colomban, venu d'Irlande, trouva une nouvelle patrie possède, lui aussi, un nom qui chante, il court-circuite le secret qui l'habite, il s'amuse avec les deux premières lettres de l'alphabet. Bobbio, *babbo*, *abba* (papa), *abate*, *abbazia* (abbé, abbaye). Alpha et bêta. Notre voiturette qui court le long du fleuve est une oreille qui capte et mêle les voix et les souvenirs. Maintenant, c'est le mot *abuna* qui surgit du vent ligure – le diminutif que l'on donne en Orient au père spirituel, au prêtre – et voilà que se dessine dans le ciel des Apennins un pont entre l'Irlande et la Palestine. Mais notre braque motorisé flaire encore, à présent il a trouvé *baba* et *babouchka*, la petite grand-mère des Russes, qui parfois se transforme en méchante, la sorcière Baba Yaga arrive avec le vent et chevauche l'orage en ricanant. On a l'impression de la voir voler dans le ciel gris au-dessus de la Pietra Parcellara, la montagne sainte des Celtes, une masse de lave noirâtre refroidie, criblée de vasques destinées aux offrandes votives et de petites conques où l'on allume des lumignons.

En entrant dans le village, nous effleurons une gerbe de fleurs accrochée au garde-fou, en souvenir d'un petit garçon fauché sur la chaussée. L'abbaye médiévale, le sinistre mont des païens, la route meurtrière d'aujourd'hui : trois manières de sanctifier le territoire aussi éloignées l'une de l'autre que le Soleil, la Terre et la Lune. Il est deux heures, il fait très chaud, nous nous arrêtons sur la place pour manger un morceau sous les arcades où une Junon d'aubergiste nous sert des *piadine* et du lambrusco en nous décochant un coup d'œil intimidant. L'abbaye de Colomban est en face et à cette heure-là le seul être vivant qui l'habite est un petit garçon qui fait rebondir son ballon contre le mur millénaire. Rien ne rappelle le saint venu de l'océan et ses énergiques confrères irlandais, au physique de joueurs de rugby, ces fous de Dieu qui ne supportaient pas les hiérarchies pontificales drapées dans leurs fourrures.

Mais le sacré ne se trouve presque jamais dans la lumière, il se niche dans la pénombre. Aussi, lorsque nous descendons dans la crypte du saint pour chercher un peu de fraîcheur dans la panse de notre mère l'église, voilà que dans cette baie de silence, devant le sarcophage en pierre jaune pâle, nous croyons entendre les prières des saints druides, fils des tempêtes atlantiques, le tonnerre quasi militaire de ces ardents champions de la foi, qui avaient coutume d'appeler le Christ « le grand abbé ». Grandiose histoire que celle de Colomban et de son confrère irlandais, saint Gall, dompteur d'ours, descendus vers le sud pour défricher des terres et fustiger l'avidité des princes.

Après Rivergato, les Apennins s'étirent, deviennent des collines et c'est le début d'un univers artificiel d'improbables châteaux moyenâgeux quatre étoiles, qui sont autant de répliques plus ou moins réussies du bourg voisin de Grazzano Visconti, un Moyen Âge reconstitué, pris d'assaut par des cars de touristes qui n'ont pas un regard pour les merveilles qui les entourent. À Rivalta, je frappe à la porte d'une auberge, à l'intérieur d'une cour ceinte de murs crénelés en briques rouges, un endroit où se trouvent deux restaurants assez chics. J'explique que, dans un souci de sécurité, j'aimerais garer la voiture « qui n'est pas à moi », près de l'entrée, mais, en me voyant arriver avec mon sac à dos, les gens de l'accueil font des façons : « Écoutez, me répond-on avec une feinte gentillesse, nous sommes désolés, mais ce sera juste le temps de décharger vos bagages. » Quand je reviens avec la Topolino, ils changent aussitôt de discours : « Ah, cher monsieur, cette voiture-là peut rester ! » Histoire de dire : « Mettez-vous juste devant, pour attirer le client. » J'accepte l'offre uniquement pour ma Nerina. J'ai déjà envie de retourner dans les montagnes, jusqu'à la cuisine de don Luciano.

C'est une bicyclette qui me sauve, l'inestimable passe-partout de toute fuite clandestine hors du quotidien, et je pars au soleil couchant vers la plaine de la bataille, sur les rives de la Trebbia. En bas, une lumière rayonnante dore le blé ; en haut, en direction de la montagne, des nuages noirs avancent. Albano, mon compagnon de voyage, est déjà monté dans un autocar pour Milan, et maintenant j'ai rendez-vous avec un autre guide. Sur le pont de la Tuna m'attend le bibliothécaire Stefano Pronti, avec son gros livre de Polybe, source première de l'épopée d'Hannibal. Je ne sais pas lequel m'attire le plus, entre l'indigène passionné d'histoire locale, et le Grec né peu après la grande bataille, qui eut le temps de questionner à son sujet les derniers témoins directs. « Regarde, me dit le bibliothécaire en me montrant, depuis le fleuve, les parois des Apennins au-dessus de Rivalta, on n'a aucun mal à imaginer les quarante mille Romains qui ont passé le fleuve à gué dans la neige, sûrs de leur invincibilité. Mais voilà l'arrivée des éléphants, trente-six bestiaux, aussi hauts que des tours... Jamais on n'avait vu des animaux pareils dans la péninsule. »

Les premiers grillons, les hirondelles, une odeur d'herbe humide, l'eau de la Trebbia qui chante dans les canaux. À la trattoria La Famiglia, on nous apprend à jouer au « *quintilio* », un jeu de cartes doté d'un nom de consul romain. Et tandis que la serveuse nous apporte une bière, avec un sourire d'un autre temps, deux petits vieux commencent à nous parler d'Hannibal comme s'il datait d'hier. « Les éléphants arrivaient avec les fantassins et la cavalerie sans selle. Mais, me diras-tu, ce n'est pas si facile sans selle. C'étaient des bêtes, ces Carthaginois. Des bêtes, je te dis ! Ils avaient franchi le détroit de Gibraltar, le Rhône, les Alpes. » Depuis la terrasse couverte, nous contemplons le lieu du carnage. Au sud-ouest, les champs de blé décollent avec une rare douceur en direction des collines. Nous lisons Polybe : « La journée s'avançait vers le solstice d'hiver et elle était très froide et enneigée ; les hommes et les chevaux étaient tous sortis du camp sans prendre le moindre repas. Au début, les troupes étaient pleines d'élan et d'ardeur, mais quand elles durent traverser la Trebbia, dont les eaux étaient grossies par de fortes pluies tombées pendant la nuit sur les lieux qui dominaient le campement, et que l'infanterie eut le plus grand mal à franchir à gué avec de l'eau jusqu'à la poitrine, elles commencèrent à ressentir la souffrance du froid et du jeûne, parce que c'était déjà la pleine journée. »

L'histoire se poursuit, au milieu de multitudes de cavaliers numides et d'arrière-gardes battant en retraite, avec d'énormes pertes. Puis les premières étoiles apparaissent, un vent léger se lève et la riche Émilie se peuple de grosses cylindrées, d'hommes aux cheveux enduits de gel, brandissant des portables dernier cri, et de femmes ravissantes. Et, un bref instant, on dirait la mise en scène en carton-pâte d'un opéra de Verdi.

Perdus dans la plaine commercialisée à outrance

Le lendemain, je dîne chez mon ami Franco Sprega, installé dans sa véranda au bord de la plaine, dans le hameau de San Protaso qui fait partie de Fiorenzuola. La voiture a une fuite et je voudrais que quelqu'un y jette un coup d'œil avant de retourner dans la montagne. Le beau-père de Franco, en tricot de corps, se plonge avec bonheur dans le moteur plein de cambouis, tandis que nous festoyons. Mais même là, dans les prés idylliques des basses-terres du Val d'Arda, je découvre le sang des batailles et les ombres de soldats vaincus. « Tu la vois, cette enfilade de mûriers ? demande Sprega en me servant un mélange de *tortelli*. On l'appelle *Camp dei Rus*, le champ des Russes. C'est à cause des cosaques. Ils ont commis de telles atrocités parmi les villageois, après avoir défait les armées de Napoléon en 1799, que les gens se sont mis à les zigouiller dès qu'ils étaient ivres. Ils les ensevelissaient avec toutes leurs armes, pour faire disparaître les preuves. Et nous en avons trouvé beaucoup à cet endroit-là. » Il n'y a pas qu'Hannibal et ses éléphants autour de Plaisance. Franco le sait fort bien. Il connaît l'histoire de ces vallées de A à Z, du néolithique à la Résistance.

San Protaso est le lieu idéal pour bivouaquer et faire le plein d'histoires, avant de regagner les hauteurs. Il paraît que l'auto est remise en état, elle reprend son souffle sous un mûrier, après un petit galop d'essai en direction de Castell'Arquato, tandis que nous parlons de guerres jusqu'au coucher du soleil, en sirotant un trebbiano blanc, bien froid et pétillant. Le *Camp dei Rus*, disais-je. Personne, m'explique Sprega, ne se rappelait plus la raison de ce nom. Puis, dans les années 1950, on a vu arriver les charrues motorisées, la terre a été retournée jusqu'à ses profondeurs, régurgitant des sabres, des baïonnettes et des boutons frappés d'étranges lettres en écriture cyrillique, et ce n'est qu'alors que la mémoire a repris corps.

« Alors, tout est devenu clair, raconte Franco. C'était la bataille même dont avait parlé Stendhal, décrivant trente mille cadavres sur les cailloux au bord du fleuve. Une hécatombe. » Nous ouvrons un vieux livre plein d'histoires de femmes violées, de porcelets égorgés, de doigts coupés portant encore une bague, d'églises où l'on avait volé les chandeliers en or. Les curés étaient bouleversés par la « fureur diabolique » de ces « Moscovites voleurs dans l'âme », acharnés à « piller n'importe quel lieu », « *dilapidanti tartareis moscovia milities* », de ces Russes « aux hululements barbares ». Quel châtiment du ciel : ces « satrapes » du très chrétien souverain de toutes les Russies étaient mille fois pires que les Français « bouffeurs de curés ».

Un méchant volume de 1903, d'un certain Emilio Ottolenghi, fait état de « vols et rapines inouïs, viols, meurtres, saccages, incendies perpétrés un peu partout » si bien que les villageois étaient exaspérés… « Et tous les Russes qui tombaient entre leurs mains étaient abattus et ensevelis sur place. » Sprega lit avec une chaleur croissante, il est entré dans cette histoire, il me narre des « épisodes douloureux » survenus tout spécialement à San Protaso. « Les projectiles des mousquetons russes, destinés au massacre des pauvres familles réfugiées dans une habitation non loin de l'église, restèrent fichés dans la porte, et j'ai pu moi-même en extraire quelques-uns au cours de l'été de 1899, soit un siècle après la bataille. Mais à leur tour, les paroissiens de San Protaso se défendirent avec une force d'âme désespérée, et si Souvarov avait donné l'ordre de fouiller ce petit champ qu'on appelle encore aujourd'hui le champ des Russes, qui sait combien de dépouilles de ses soldats engraissés sur notre sol on aurait découvertes. » Autour de nous, parmi les effluves de ce vin du terroir apenninique, résonne désormais un vacarme d'arquebusades, de hurlements, de commandements militaires, de piaffements de sabots. Dans la véranda ouverte vers le nord de la colline, les reliefs de notre repas se confondent avec « les restes en lambeaux de la fureur moscovite ».

Nous sommes déjà prêts à nous mettre au lit quand, vers les onze heures, débouchent par surprise de la steppe padane les derniers fuyards de cette interminable traversée au milieu de batailles, de guets-apens, d'embuscades et d'empereurs en fuite. Ce sont les derniers résistants barbares de cette plaine commercialisée à outrance, des ombres partisanes errant entre les trains de la nuit et les canaux. Leur guide est le lieutenant des hussards Vinicio Capossela, chanteur-auteur à la barbe rabbinique, qui m'a intercepté aux confins de son fief émilien. Derrière lui, ses camarades d'incursion. « Benzina », alchimiste des moteurs. « Pepe » qui joue du bandonéon. Le « Negro Dum Dum », au visage truculent, qui habite une tour piézométrique. Et Franco, inventeur d'un local où les trains de la ligne Milan-Bologne font trembler la scène et paraissent heurter les spectateurs.

Ils m'emmènent, ces maudits brigands. Ils m'arrachent aux collines pour me pousser dans un invraisemblable labyrinthe de plaines ; loin de ma route, entre les porcheries et les moustiques, dans une odeur d'herbe mouillée au milieu des grillons, jusqu'à un grand feu de camp allumé à l'orée d'un bois, autour duquel tournoient les dernières lucioles ayant survécu à l'extermination. C'est un congrès secret dans la localité de Chiavicone, République autonome du Val d'Enza, ultime tranchée indépendante du totalitarisme padan. Vinicio raconte et demande, raconte et demande, il est avide de vin et d'histoires. Nous restons là, auprès des hautes flammes, cuits d'un côté et gelés de l'autre, à nous parler d'affaires balkaniques. « Chaque fois que j'arrive à Trieste, du côté de chez toi, je suis obligé de m'attacher, me confie le chef de bande barbu, je sens l'odeur de l'Orient et, si je ne m'attachais pas, je m'enfuirais là-bas. » Cet aveu, s'unissant au feu et au vin, m'arrache certains souvenirs de l'âme, des événements bosniaques morts et enterrés, dessine parmi les constellations les contours de ma Sarajevo. Je prends mon ami par la main, l'entraîne en vol à travers les ruelles de Bistrik, Grbavica, Alipasino, Polje, puis je le fais grimper le long des pavés de Baščaršija, et monter encore, au-delà du fleuve, vers les neiges éblouissantes de la Bjelašnica.

D'un seul coup, on se croirait en hiver : sur le bivouac, il neige des cendres, dans le silence et, entre Vinicio et moi, il n'y a plus que le récit, un chant en langue bosniaque qu'on appelle *Le Coing jaune d'Istanbul*, l'histoire très douce de deux amants forcés à se séparer par les « ennemis » : « Elle tomba malade, la belle Fatma / Fille unique de sa mère / et elle dit à son ami : "Je te prie de me rapporter / un coing jaune d'Istanbul." » Il partit, mais disparut pendant trois ans, et quand il revint avec le coing salvateur, il était trop tard, car on emportait justement Fatma au cimetière. Alors, l'amoureux s'écria : je vous offre deux cents pièces de monnaie si vous vous arrêtez, et trois cents autres si vous me laissez l'embrasser. La chanson finit ainsi, mais cette histoire en met d'autres en mouvement, les paroles sortent toutes seules, tissent autour du coing d'autres souvenirs de guerre, d'amour et de séparation. Et, quand l'histoire est finie, Vinicio enlève le borsalino qu'il porte en scène et le pose sur ma tête, en gage d'amitié. Nous découvrons que nous avons la même caboche dure, cinquante-neuf de tour de tête, ce qui est d'ailleurs un beau chiffre.

Nous finissons à quatre heures, avec des côtes de porc celte et des bouteilles de Gutturnio rouge – celui-là même qu'Hannibal fit servir, dit-on, à ses troupes pour leur donner du cœur au ventre avant la grande bataille – puis Vinicio se fait descendre dans un puits avec un accordéon et entonne des profondeurs : « *Pioggia vento triste gioia / anche in cielo vedo / cerco te ma tu chi sei / di chi sei di chi sei.* » (Pluie vent triste joie / je vois aussi dans le ciel / je te cherche mais qui es-tu / à qui es-tu à qui es-tu.) Depuis le ventre du grand égout la voix résonne, elle cherche les tréfonds de la mélancolie : « *Di chiunque tu ora sia / di chiunque tu ora sia / di chiunque tu ora sia / solo mia non sei.* » (À qui que tu sois maintenant, il n'y a qu'à moi que tu n'es pas.) Puis il se lance dans un poignant *rebetico*, un machin grec d'alcooliques au dernier stade du désespoir.

Rebetico, du turc *rebet*, soldat en déroute, anarchique, solitaire et embusqué. Tout se passe bien jusqu'à la fin, dans cette première traversée qui va de la mer Tyrrhénienne jusqu'à la mer de Padanie. Tout se passe bien jusqu'au réveil de la via Emilia, juste avant l'aube, lorsque les ombres hautes comme des tours des éléphants carthaginois se dissipent, épouvantées par le hurlement des semi-remorques, ces bisons au mufle parsemé de lumières, et que l'énergie démente du Grand Nord italien recommence à se dévorer elle-même comme elle le fait chaque jour. Pas la peine de dormir. Cette heure est la seule possible pour une fuite silencieuse en direction des montagnes. Vite, vite, en route, avant que la nuit ne finisse et que le rêve ne se perde.

2

Du Val d'Arda à la plaine de Lucques

La princesse des baleines

Quelques kilomètres et déjà un arrêt d'urgence dans une *trattoria* avec terrasse couverte. Encore une fois, la voiture est en difficulté : elle tousse, elle peine à repartir, la batterie est déchargée, malgré les soins empressés de la veille. Quatre clients tapent le carton au « *conchino* » – un jeu de la plaine du Pô, qui ressemble au loto – et on dirait qu'ils parlent ouzbek. Au centre de la table, une bouteille de vin glacé des collines. Tout autour, des cyclistes en cavale et un grondement de camions vers la plaine débordante d'activité. Au fond, la commune de Castell'Arquato, dont les tours gardent le Val d'Arda, dernière des quatre grandes vallées de la province de Plaisance. Un des autochtones s'écarte du comptoir pour venir se pencher sur mon compartiment-moteur. Il s'affaire dans le calme, puis il m'explique que la dynamo ne recharge pas et que je risque de rester « *col culo per terra* », le cul par terre. Allons bon, qui se rappelle encore la dynamo ? C'est un truc qui n'existe plus, ça. On n'a donc pas l'alternateur, de nos jours ?

Quel nom, pourtant : « la dynamo ». Il suffit de le mâchonner un peu pour retrouver l'émerveillement d'un univers perdu qui se souciait comme d'une guigne des carénages et des micro-chips. Elle est toute petite, la dynamo, mais elle parle de grandes choses : les lutteurs d'Olympie, les locomotives fumantes, le cuirassée *Yamato* et les équipes de football de la Russie soviétique. Elle évoque d'audacieuses travées de viaducs ferroviaires, des aciéries polonaises, des faisceaux de licteur et le soleil de l'avenir. Sur le plat-bord arrière tintinnabule la petite valise contenant les pièces de rechange. À l'intérieur, l'arbre moteur, le différentiel, l'embrayage, les poulies, les clefs anglaises, les joints et les tournevis. Il manque la dynamo et pour l'avoir – car il en faut une d'époque – il est nécessaire d'appeler le propriétaire à Bologne. Un mécanicien téléphone à Righi qui a chez lui tout un arsenal d'antiquaire. Il a bien la pièce, nous devrions la recevoir dans la soirée. En attendant, les gens affluent. « Il n'arrivera jamais en Calabre, celui-là, parie une dame d'une soixantaine d'années. — Mais si, voyons, dit un petit vieux, il arrivera, il arrivera. Cette bagnole, elle peut grimper aux murs. » Il est onze heures et je dois attendre Dieu sait combien de temps. Une journée de perdue. Si ça continue comme ça, me dis-je, je mettrai un an pour arriver en Calabre. Je suis pris d'inquiétude : je n'ai pas encore adopté le fatalisme du nomade. Je n'ai pas encore compris que les haltes forcées sont la bénédiction du voyageur.

Dans un bar, je me plonge dans la carte au 1/200 000 du Touring Club, mais mon angoisse augmente. Les Apennins d'Émilie sont interminables ; pour pouvoir tout lire, je dois déployer le feuillet numéro six comme un accordéon, du début à la fin. Je me rends compte, tout à coup, qu'à vol d'oiseau ils sont aussi longs que la côte italienne de San Marino à Bari, mais les circonvolutions routières sont nettement plus compliquées. Leurs cent vallées en arête de poisson et les volutes de la « frontière » avec la Toscane – cause de guerres féroces et de compromis ahurissants entre hobereaux – rendent le voyage le long de la crête plus difficile à négocier que les courbes d'un grand huit. Si je regarde dans le détail, il y a de quoi perdre tout espoir : entre les quatre vallées de la province de Plaisance – Val Tidone, Val Trebbia, Val Nure et Val d'Arda –, il y en a encore bien d'autres, parcourues par des rivières de moindre importance, mais bien connues : Cero, Riglio, Chivenna, Luretta… C'est précisément ici que les Apennins, après le désordre des collines des Langhe, prennent leur allure régulière le long de lignes de partage des eaux parallèles, toutes orthogonales à la via Emilia. En regardant à l'ouest-nord-ouest, depuis les hauteurs de Castell'Arquato, je vois une marée impressionnante qui arrive de loin, comme des armées qui avanceraient sur moi par vagues, poussées par un tsunami atlantique.

« Va donc voir le Val Nure », m'ordonne presque une voix féminine, dans mon dos, qui me sauve à un pas du naufrage. La femme, aux cheveux roux et courts, a été attirée par ma carte bourrée d'annotations. « J'irais bien, camarade émilienne, mais tu me vois mis à pied », dis-je en la tutoyant à mon tour. « C'est moi qui t'y conduirai. Enchantée, Carla Rossi », répond-elle en écarquillant deux yeux pleins d'enthousiasme. Elle me montre une Jeep dehors, détaille la carte du Touring Club et plante le doigt sur le village de Bettola, où elle habite. Elle cherche à m'épater : « Dis donc, figure-toi que la trace de ma vallée continue de l'autre côté de la crête des Apennins et qu'elle a la mer de Ligurie comme toile de fond. » Elle a la langue bien pendue, mon Émilienne : elle me jure que son fleuve part « d'un cercle de rochers dans le Nouveau-Mexique » et se termine « là où le Pô l'accueille, dans une anse du Mississippi ». Elle enchaîne aussitôt : les pierres et les rochers du rivage sont de toutes les couleurs, parce qu'ils sont « les fils de toutes les carrières du village ». Elle ajoute : « Les Apennins sont une amarre liée aux Alpes, ancrée dans la Méditerranée et arrivant à quelques kilomètres de la Sicile. » Et de conclure : « C'est ici que je veux mourir et j'ai pris mes dispositions pour que mes cendres y soient dispersées. » Comment résister ?

Nous remontons la vallée jusqu'à Bettola, la Nure court à nos côtés, gonflée d'eau et de graviers ; c'est une des rares rivières italiennes épargnée par les saignées de l'Enel. Caria m'indique le Monte Aserei, « un paradis des eaux et des sources », une bosse vert sombre qui ressort parmi toutes les autres. Aserei : je m'aperçois qu'ici, à quarante kilomètres du Pô à peine, les noms de lieux ne sont plus les toponymes terriens de l'Émilie et de la Lombardie, mais sentent déjà la mer, la Ligurie, la Corse, l'Étrurie, la Sardaigne. Ils chantent de joyeuses voyelles : Maiolo, Poggioli, Antola, Castagnola. La petite place Sant'Ambrogio, à la hauteur de l'ancien gué sur la rivière, représente la Ligurie à l'état pur : s'il y avait un peu de mer autour, ce serait Portofino. « Et puis, explique la dame de la rivière en indiquant du doigt le sud, quand tu vois, au-delà de la crête, un mur de nuages noirs et qu'il y a une tempête au-dessus de la mer Tyrrhénienne, les mouettes arrivent jusqu'ici, même les grosses. Elles s'arrêtent sur le pont, par centaines. » Je suis désorienté : nous sommes dans un labyrinthe de montagnes, mais Chiavari n'est qu'à cinquante kilomètres à vol d'oiseau. Les Apennins naviguent, c'est bien vrai.

La preuve ? La famille Colomb – celle de Christophe, découvreur des Amériques – n'était pas génoise, mais originaire du Val Nure. Elle était issue d'une communauté indomptée qui, pendant des siècles, vécut de troc, sans princes, sans papes, sans empereurs. Une libre alliance, entre égaux, qui fournissait en légumes et en bois de construction Gênes et Venise, les deux puissances maritimes rivales. « Puis, raconte Carla, les Farnèse sont arrivés, ils ont détruit ce communisme spontané et transformé ces égaux en sujets. » À présent, la lumière est à son zénith, la vallée resplendit et révèle un réseau complexe de campaniles, de villages, de parois, de bois de hêtres, de petits éboulis.

Nous montons vers la crête du Monte Rochetta. À Mareto, des affiches annoncent la fête de la pomme de terre de montagne et la vue sur la crête apennique est grandiose. Un chemin en terre battue continue vers le Val Trebbia, se couvre de bruyère, devient un pâturage ouvert aux vaches et aux chevaux. « Ici, dans les hauteurs, des gens comme Gianna Nannini et Guido Rossi viennent se terrer. » Luigi Bersani, le ministre démocrate de gauche, est né ici ; de temps à autre, il sème ceux qui l'escortent à Plaisance et vient se cacher lui aussi dans ses montagnes natales. La terre oubliée des bûcherons anarchistes reste un parfait refuge. Nous finissons par un gueuleton à l'auberge Morandi, où l'homonyme des aubergistes, le chanteur Gianni, passait ses soirées du camp d'été, du temps où il était militaire.

Je regagne Castell'Arquato. La voiture vient à peine d'entrer au bloc opératoire, car la dynamo d'époque n'est arrivée de Bologne qu'il y a un instant. Je traîne parmi les peupliers qui frémissent au soleil couchant, jusqu'à ce qu'une jeune femme vienne s'immobiliser devant moi ; le vent gonfle son pantalon bouffant, ses cheveux sont noirs et courts, elle a un pas d'échassier et une joyeuse folie padane dans les gestes et la voix. Une chose se confirme : la Topolino excelle à prendre au piège les belles personnes. L'apparition se présente : « Claudia Losti, artiste anthropologue. » Et aussitôt, comme si elle lisait dans mes pensées : « Mais, dis-moi, tu ne l'as jamais vue, la baleine des Apennins ? »

Dix minutes plus tard, nous sommes déjà devant le mastodonte du quaternaire, accroché par les côtes et les vertèbres aux parois couleur de miel de la province de Plaisance, au milieu de fossiles de poissons disparus. C'est une parfaite planche de Linné, illuminée par le soleil couchant. Après l'éléphant, voici un autre géant sorti du passé, qui s'échoue dans mon univers. « Tu sais quoi ? me glisse avec un clin d'œil la demoiselle padane. Nos vignes ont une saveur de gigantesque cimetière marin. »

Vais-je donc entrer dans un bestiaire allégorique ? L'idée me poursuit depuis Bobbio, dans le Val Trebbia. Près de la crypte de saint Colomban, il y avait une mosaïque médiévale avec des chimères à deux têtes, des dragons, des centaures et bien évidemment des éléphants. Visions enfantées par les moines fondateurs irlandais, fils des tempêtes océaniques et de la bruyère stridente. Puis, en aval, j'ai revu les pachydermes d'Hannibal sur les armoiries de la commune de Gossolengo, dans les prés de l'hécatombe.

Maintenant, après la femme du fleuve, voici la dame des baleines, qui évoque d'autres monstres. Elle a une voix chantante ; et dans les yeux quelque chose d'à la fois arabe et nordique. Elle me raconte sa première rencontre avec la reine des mers, quand elle était petite. « Elle était exposée dans un conteneur de cirque, elle puait le formol, elle était visqueuse, noire, illuminée par d'horribles lumières orange. Depuis ce jour, sa pupille fixe me poursuit. Et puis, c'est ici, à Castell'Arquato, devant ces ossements, que j'ai découvert pourquoi le Léviathan dormait dans l'imaginaire de ma terre natale. Et j'ai décidé de me fabriquer une baleine en tissu, grandeur nature, et de l'emporter faire le tour du monde. »

Une histoire de fous, diraient les habitants désabusés de la province de Plaisance, inventée par des escrocs qui « *ciapan il cuiòn cui trapul* » (qui prennent les couillons au piège). Mais moi, j'ai un besoin éhonté de me laisser enchanter. Aujourd'hui, raconte la magicienne, le cétacé en patchwork est enfermé dans un hangar de Fiorenzuola, il regarde les inconnus, depuis l'obscurité, après avoir traversé des océans et stupéfié jusqu'aux Indiens des Andes, à quatre mille mètres d'altitude. « Les grands animaux enchantent, parce que chacun peut leur donner la signification qui lui plaît. Ce sont des archétypes de quelque chose qui est perdu. Comment s'imaginer ici, dans une terre de stratifications, de partitions musicales, des animaux fossiles. Tout près d'ici, on a trouvé un foie étrusque en bronze, avec des instructions pour les haruspices. Les Apennins sont pleins d'animaux divins. »

On me rend ma Topolino, mais je la prends sans conviction ; j'ai le pressentiment que les pannes vont se succéder jusqu'en Calabre, à supposer que j'y arrive. « Pourquoi ne continues-tu pas ton voyage en autocar ? me demande la Circé des cétacés que je dois accompagner chez elle jusqu'à Plaisance. « Le car, explique-t-elle, possède un rythme d'écoute exceptionnel, et puis il a un autre avantage, c'est qu'on n'a pas besoin de conduire, on peut se concentrer sur les passagers qui montent à bord. » Elle me raconte que dans les vallées on fait des rencontres extraordinaires en autocar, il y a toute une circulation d'immigrés entre les campagnes de la basse plaine du Pô et les collines des Apennins. « Une fois, au moment des vendanges, j'ai trouvé à bord, tous ensemble, des gens venus cueillir le raisin et des auxiliaires de vie. J'ai entendu un dialogue magnifique entre deux femmes : une Biélorusse massive, avec des cheveux courts et des yeux infiniment doux dans un visage masculin, et une Sud-Américaine, peut-être équatorienne, toute petite, petite, avec des cheveux aile de corbeau. Elles parlaient de leurs enfants qu'elles avaient laissés chez elles, de la difficulté pour obtenir un permis de travail, de tout l'argent qu'il fallait pour faire ceci ou cela. Leur discours était entrelardé de "si Dieu le veut" ou de "grâce à Dieu", et toutes les deux s'en servaient comme d'une espèce de formule rituelle, pour donner un sens plus noble à toute leur histoire. » La reine des baleines gesticule, elle a un tam-tam et des cornemuses chevillés au corps, des mélancolies écossaises et des allégresses antillaises. Elle poursuit son récit, tandis que, par la fenêtre de la voiture, les lumières de la campagne qui nous environne forment une pluie d'étoiles filantes. « Moi, j'étais enchantée, dans cet autocar, par les dents précieuses, plaquées d'or, qui souriaient et jetaient des éclairs entre ces joues de lait et de chou. Je me disais qu'on pouvait éprouver des sentiments incroyablement élevés, ballotté entre des stores crasseux, sur des sièges où quelqu'un a écrit "j'aime Antonio", porté par des pneus qui ont étalé leur caoutchouc du haut en bas de ces petits continents… »

Nous parlons de Grand Nord, de toundras et de rennes, de stratigraphies apenniniques et de silences nordiques. Et de nouveau, de très loin, arrive le grondement de la via Emilia, celui-là même que j'ai entendu avec Capossela et ses brigands de camarades dans les basses-terres du Val d'Enza. Je suis dans un état de vague confusion : il s'est passé trop de choses en vingt-quatre heures. Et alors, sans préavis, une vision : des souris, des autocars, des éléphants, des semi-remorques, des dragons et des baleines qui se réunissent en un seul troupeau, entouré de mouettes qui piaulent, et forment un sabbat unique, un tourbillon d'animaux galopant sur la longue route des légions, à cheval entre la montagne et la plaine parsemée de moustiques.

Dans la petite voiture mal éclairée une étrange énergie s'est accumulée, on dirait un sous-marin avec les moteurs au minimum. Soudain les essuie-glaces se mettent en route par erreur et la valise contenant les pièces de rechange tintinnabule à tort et à travers. Je m'aperçois que le petit cul rond de la Topolino émet les mêmes impulsions qu'un sonar au fond de la mer, et le portable de madame la baleinière s'est mis à sonner, alors que personne n'appelle. Les cheminots savent que par des nuits aussi chargées d'électricité les signaux du réseau deviennent fous et arrêtent les trains sans la moindre raison. Qui sait, peut-être la cause de tout cela est-elle la greffe de dynamo qui vient tout juste d'avoir lieu dans le ventre de ma Topolino. Je sens que cette guimbarde est capable d'être heureuse, qu'elle possède un souffle vital que les voitures modernes ont perdu. Mais bien sûr : c'est à cause de la dynamo, ce petit machin désormais disparu, exilé par l'électronique.

Zwanzig Personen in Automobil

Le lendemain, mon braque mécanique, de nouveau en pleine forme, remonte le Val d'Arca à la recherche de l'arche perdue. Le matin, au petit déjeuner, j'ai cherché parmi les noms de lieu, sur le petit fascicule joint aux cartes du TCI, et je n'ai trouvé que des confirmations. Les Apennins sont une ferme des animaux. Ils regorgent de toponymes du genre Capracotta (Chèvre cuite), Passo del Cifalco (Pas du faucon), col de l'Agnello (col de l'Agneau), Cantalupo (Chanteloup), Orsomarso (Ours de Mars). D'endroits tels que Caniparola (Chien qui parle), Gole della Gatta (Gorges de la Chatte), Vaccarizza (Vache dressée), Strangolagalli (Étranglepoule). J'ai devant moi une péninsule qui braie, grogne, aboie, hulule. Un univers qui bêle, mugit et fait cocorico. Dans les voyages, l'acoustique est fondamentale ; et aujourd'hui – dans le grand silence de la montagne dépeuplée – mon imaginaire retentit d'échos de chœurs animaux ; il engendre d'étranges croisements entre mammifères, reptiles et oiseaux ; il accouche de combinaisons héraldiques semblables au monstre glapissant des *Musiciens de Brême* [1].

Partout, des animaux mythologiques. Marco Rigolli, maire de Morfasso, gros bourg au milieu de sauvages collines de charbonniers, partisans et chasseurs, raconte que sur le Monte Soglio, le chef des gardes forestiers a entrevu une panthère, aussi noire que l'enfer, échappée non pas d'un cirque, mais de la villa de milliardaires. Et puis des sangliers, par milliers, dans tous les coins. Et des loups, qui en font des bombances légendaires. Mais ce n'est pas encore assez. « Si vous voulez, je vous emmène chez quelqu'un qui a connu les dompteurs d'ours », sourit monsieur le maire. Il ne manquait plus que l'ours, après la baleine et l'éléphant. À présent la journée des géants apenniniques est à son comble.

Dans cette arche de Noé, il n'y a qu'un seul animal qui manque : l'homme. Hier, l'émigration, aujourd'hui

1. Conte des frères Grimm.

la fuite vers la plaine. Les sentiers, qui grouillaient de bûcherons, de pèlerins, de caravanes de marchands, de muletiers, d'émigrants, de bergers, de villageois et de soldats, sont, de nos jours, quasi déserts. Le village de Rabbini, ancienne colonie hébraïque dont le clocher ressemble à un missile, ne s'emplit que l'été, grâce aux émigrés qui reviennent passer leurs vacances. « Nous sommes restés peu nombreux, mais cela n'empêche pas les jalousies mutuelles, me dit un ancien émigré revenu d'Angleterre. À l'extérieur, nous sommes tous bien d'accord, unis par notre mal du pays. Mais à peine rentrés ici, nous commençons à nous chamailler. » Dans la rue, un groupe de petites filles jouent et se parlent en anglais.

Et nous nous dirigeons ainsi vers la maison de Vittorio Biffi, né en 1919, pour y entendre l'histoire de l'ours. Biffi a travaillé toute sa vie à l'étranger et il est incroyablement sympathique. C'est lui qui a vu le fameux Luigi Corradi, mort en 1933, à qui l'ours – qu'il conduisait à pied jusqu'en Pologne – avait tranché un doigt d'un coup de dent. Il sait tout aussi sur Domenico Casali, dompteur de plantigrades, qui parlait couramment le russe. Il connaît par leur nom ceux qui achetaient les bestiaux en Slovénie et poursuivaient leur route en direction de Moscou, pour les faire danser. Biffi s'exprime dans un dialecte touffu et le maire traduit. « Les pauvres gars, ils ne gagnaient pas un rond, ils puaient, les gens leur renversaient dessus leurs pots de chambre pleins de pisse par la fenêtre, ils dormaient à côté de leur bête et ils étaient pleins de poux... il n'y avait que les plus futés qui devenaient glaciers... les autres étaient aux abois... » Il rit, gesticule, écarquille les yeux, s'étouffe, reprend son souffle, repêche une autre histoire dans le chaudron de sa mémoire. « *Gh'era uo che el naua a fè balà la sumia* », il y en a même eu un qui faisait danser des singes…

« Bon Dieu, la faim qu'on avait quand j'étais gamin, le mal qu'on se donnait, tout le travail de nos émigrants… On est partis tellement jeunes qu'on n'a même pas eu le temps de devenir partisans. En 1943, on était déjà anglais, américains : on débarquait en Normandie, mon vieux ! Quelques-uns ont fini à El Alamein, occupés à tirer sur les gars de leurs propres villages, et tout ça pour une guerre voulue par un crétin… » Tout à coup, Biffi se lève, gesticule, se rassied, pleure, rit, il a une énergie ahurissante. « Ah, ça me fait mal de me souvenir, j'ai le cœur en mauvais état… Et puis, vous savez, elles m'attendrissent ces Roumaines, ces Ukrainiennes qui viennent ici, tout aussi bien elles sont diplômées et elles viennent nous laver le cul, à nous autres vieux… Assez, assez d'en vouloir aux étrangers. Il y en a qui disent qu'ils sont voleurs… mais nous, on faisait quoi ? Parmi nous aussi, il y avait des coquins… Vous savez bien que ce ne sont pas les filous qui manquent en Italie, non ? Les gens qui s'en prennent aux étrangers n'ont pas de mémoire. »

Quand je repars en direction de Bardi, le grand vide recommence. Un vide qui fait peur, parsemé çà et là de vieillards solitaires et d'auxiliaires de vie étrangères. En Afrique, même en plein désert, il y a toujours quelqu'un sur la route. Ici non. On sent bien que la vie est ailleurs. On dirait que l'homme est une espèce disparue, comme les éléphants d'Hannibal. Soudain, je m'aperçois que je voyage dans un espace beaucoup plus ancestral et mystérieux que les Alpes, c'est même incomparable. Ces montagnes-ci ne sont pas des bonbonnières. Pas d'auberges cinq étoiles, de géraniums aux fenêtres. Il n'y a que des établissements des années 1950, avec la photographie de

Bartali, l'affiche annonçant une réunion de chasseurs et quelque chose de balkanique dans l'air.

« *Zwanzig Personen / in Automobil / das ist zuviel / das ist zuviel.* » Au col de Pellizzone, à mille vingt-neuf mètres d'altitude, la route est si solitaire que, pour vaincre mon angoisse, je m'égosille à chanter une vieille chanson triestine en pseudoallemand. Sur un rythme de mazurka, *allegro con brio*. Agrippé à mon volant, je braille : « *In eine Svolten /Auto se volten / Auto se volten / zwanzig Personen / sind all kaputt.* » Ah, si seulement je conduisais une voiture avec vingt personnes ! Ici, la nuit approche dans une obscurité pleine de baleines, qui te pénètre jusqu'au fond de l'âme, et ma Topolino, minuscule, avec ses lumières rouges et blanches, n'est qu'une petite souris qui explore l'immensité.

La nuit m'engloutit dans un village qui a nom Noveglia, par un vent de mer humide qui remue des orages et une atmosphère de funérailles de troisième classe. « La tempête souffle sur la Ligurie », susurre le vieux propriétaire d'Il Castagnetto, une ferme proposant des chambres d'hôte, où je m'arrête dans un tourbillon de nuages. Il parle de tempête, mais on dirait qu'il évoque un sabbat de possédés du démon. Qui sait, peut-être que les Ligures font encore peur. Il m'escorte jusqu'à une chambre dans le style des années 1950, où la pluie tambourine contre les vitres et où règne une odeur oubliée de bois de chêne, puis il retourne mettre le couvert pour le dîner dans la cuisine, une pièce surchauffée, de huit mètres sur cinq, avec une longue table, un divan et un évier séculaire. Il a envie de parler, et sa femme aussi. La daube mijote sur le feu, et sur la table j'aperçois un saucisson de sanglier et une bouteille de rouge.

« Noveglia, c'est le bout du monde, se lamente la

femme, avec un accent émilien plaintif, accentué par l'altitude. Tout le monde fiche le camp d'ici. »

Je comprends qu'elle voudrait bien savoir pourquoi diable j'y suis venu, moi, au bout du monde. Elle insiste : « C'est un endroit où ne viennent que les bêtes sauvages. Les montagnes sont pleines de hérissons, de vipères, de renards et de buses... »

Elle verse un petit verre de liqueur de noix. L'attention que je lui prête la réconforte, je comprends que la chose lui tient à cœur.

« Dans le temps, il n'y en avait pas, de rapaces, dans la montagne, ce n'était pas la peine de garder les poules enfermées toute la journée, comme de nos jours. »

Encore les animaux ! J'ai l'impression d'être un moine copiste occupé à feuilleter un bestiaire médiéval.

« Ce n'est pas à ces bêtes que j'en veux, continue la femme aux fourneaux, mais à ceux qui les ont apportées. »

Attendez, attendez. Qu'est-ce qu'elle raconte ? « Quelqu'un » a apporté ici des buses, des vipères, des hérissons et des renards ?

« Bien sûr que oui, je les ai vus, moi, ils sont venus avec des sacs pleins de vipères. Je vous le jure. Ils ont dit qu'ils devaient repeupler la montagne.

— Oui, mais qui ça ?

— Des étudiants, des savants, des professeurs. Des étrangers. Je les ai vus qui dispersaient leurs serpents dans les prés. Et puis des touristes. »

Je n'ose pas demander s'il s'agit de cauchemars ou de la réalité. Ce qui est sûr, c'est que pour ces montagnards la plaine ne peut que nuire à la montagne.

Le vieux couple a envie de compagnie. Lui, en particulier, ne me laisserait jamais repartir. Pendant ce temps, le vent fraîchit et le chien commence à hurler à la mort. Dans cette solitude, tout est sens dessus dessous. L'invasion des prédateurs n'est plus la conséquence, mais la cause du dépeuplement.

Je descends en direction du village, une poignée de lumières dans le noir. La Topolino me guide vers une auberge baptisée Gepetto[1], avec sur le pas de la porte, sous un lampion, un cuisinier qui ressemble en effet à s'y méprendre au père de Pinocchio. Il a un tablier blanc, une cigarette allumée au bec. Il me glace en ricanant : « Bienvenue, monsieur, vous voici au bout du monde. » Lui aussi ! Je suis donc déjà au terminus de mon voyage ? Qu'est-ce qui se cache donc à Noveglia, ce cul-de-sac oublié de la province de Parme ? Ce doit être un avertissement sérieux, à ne pas prendre par-dessous la jambe. Mais enfin, comme je n'ai jamais aimé les aubergistes obséquieux, cette rudesse ironique, inconnue dans la plaine, ne fait que me chatouiller et me pousser à entrer. Il n'existe aucune raison, me dis-je, pour qu'un tavernier se croie obligé de décourager un client.

Je ne sais pas encore que la phrase fatidique prélude à un accueil royal. À l'intérieur, l'endroit est plein d'une joyeuse compagnie, il règne un climat surréaliste de pub irlandais et de taverne balkanique. Au Monténégro, ainsi qu'en Irlande, il m'est aussi arrivé de trouver, au milieu de nulle part, des auberges bourrées à craquer de clients en pleine euphorie. Le four à bois brûle de son mieux, Gepetto revient de la cuisine et se pavane. « Les gens filent d'ici en courant et ils ne savent pas ce qu'ils perdent », explique-t-il en servant une magnifique pizza au basilic. Je commence à comprendre. La voilà, l'Italie, la vraie.

1. Gepetto est le vieux menuisier qui crée le pantin Pinocchio, dans le conte de Carlo Collodi.

À la table voisine est assis un gars du coin qui, à ce qu'on me dit, s'est construit un moulin à moteur mobile. Il s'appelle Luigi Spagna et depuis que les moulins à eau ont cessé de tourner, dans la vallée, à l'aide d'un tracteur, il transporte son engin à Fornovo ou Morfasso, Varano ou Pianazza, villages de loups et de charbonniers. Le cuisinier s'assoit avec nous et explique son choix : « Moi je viens de l'enfer de Romagne. Je dis "l'enfer", parce que j'ai travaillé comme un fou au point d'arrêter de vivre. Ce n'est qu'ici, au bout du monde, que j'ai retrouvé la vie. Et vous savez ce que je dis ? La plaine, plus jamais. »

Je le regarde bien, le feu rougit son profil de son reflet orange. Comme la baleine, on dirait qu'il est sorti, lui aussi, du conte de Collodi. Et moi, je finis, fatalement, par avoir l'impression d'être Pinocchio.

Le loup et les « seigneures » des agneaux

Ma petite voiture halète en première, elle révèle ses vibrations les plus intimes : souffles, grincements, raclements, cliquetis de vaisselle. Elle monte si doucement et sur des routes si désertes qu'elle peut se permettre de monter en zigzag pour éviter les pièges de l'asphalte mal entretenu. Un parfum de Versilia [1] monte de la mer Tyrrhénienne ; des lézards, immobiles derrière les bornes, sont en état d'alerte comme des vélociraptors. Tout autour, d'épaisses broussailles, sans le moindre signe de présence humaine, avec une subtile angoisse dans l'air. La sensation que si jamais vous finissez dans un talus on ne vous retrouvera qu'au bout de six mille ans, comme la momie du Similaun. L'Afghanistan ? Non, l'aventure

1. Bord de mer réputé de la province de Lucques.

commence dans la Lunigiane, au milieu des vallées perdues au-dessus de Pontremoli, où habitent les « seigneures » des agneaux.

Au village, on m'a déjà averti : « Sur la crête qui mène en Ligurie, tu trouveras des troupeaux que font paître des femmes. » À croire qu'on me parlait de la fabuleuse Arcadie des Grecs. Plus haut, à Rossano, dans la *trattoria* Da Adolfo, bondée, le serveur m'octroie une portion de *ravioloni* capable de rassasier un camionneur et me confirme la chose. « Allez trouver Patrizia ou Cinzia, ou alors Valentina, celle qui tond encore aux ciseaux, dans la commune de Formentara. » Et il indique, vers l'ouest, un archipel complexe de pâturages en altitude. Les vallées de Zeri. « Les gens de Zeri sont vêtus de leur propre laine et mangent leur propre pain », me précise-t-il avec fierté. La laine, c'est celle des brebis des Apennins, le pain est fait de farine de châtaignes. Un monde pour ainsi dire blindé, qui a pourtant caché et nourri des centaines de soldats alliés en fuite, leur permettant de construire – avec l'aide de la Résistance italienne – une base avancée meurtrière, derrière la ligne gothique. Il y avait des Britanniques, des Américains, des Polonais, des Yougoslaves, des Hollandais, des Russes, des Belges et des Français. Et, avec eux, une soixantaine de parachutistes anglais, expédiés pour préparer l'offensive finale. C'est pour cette raison que les autochtones ont subi de féroces représailles, mais ils n'ont pas cessé pour autant de fournir aux étrangers la laine et le pain de leurs montagnes. Jusqu'à la libération.

Je téléphone à Patrizia, qui vient tout juste de terminer cette bataille rangée qu'est la tonte et qui s'octroie le luxe d'une pause. Elle s'est parfumée, pomponnée et elle a mis ses habits du dimanche. Dans sa maison de pierre bien fraîche, elle me raconte le défi relevé par son groupe, que gouverne une solide majorité de femmes. « Nous étions en train de perdre les traditions de nos pères, nous ne savions pas que nos bêtes sont uniques, que leur viande est plus tendre, plus claire que celle des agneaux sardes. Nous ne savions pas que leur lait a une valeur nutritive extrêmement élevée et que leur laine pouvait être transformée en feutre mieux que n'importe quelle autre. Mais, alors, nous avons vu arriver les gens de l'université de Pise, qui nous ont dit que l'agneau de Zeri était le fruit d'une sélection unique : nous avons compris que nous avions un trésor entre nos mains et nous avons formé un consortium. »

C'est la Résistance qui continue, à soixante ans de distance, et contre des ennemis plus déloyaux : l'indifférence des instances politiques, les jalousies d'autrui, la honte imbécile des beaufs italiens vis-à-vis de leurs origines paysannes, la grande distribution qui extermine toutes les diversités. Pat parle comme un livre, elle serait tout aussi à son aise dans le palais royal de Schönbrunn, à Vienne, ou dans une soirée de gala à New York. Dehors, le vent caresse les prairies de son petit Roncevaux. Entre-temps, j'entends la voix de Cinzia qui arrive avec les autres. C'est elle qui détient la plus grande autorité et c'est par elle que tout a commencé. Elle est fatiguée et s'assied sur un muret, reconstituant sans le savoir, avec le reste du groupe, une peinture de Piero della Francesca. Elle sourit : « Nous nous donnons un mal fou pour être prophétesses dans notre propre pays. Nous nous sommes attachées de toutes nos forces au passé le plus susceptible de nous ouvrir l'avenir qui nous convient, et nous avons eu raison. Aujourd'hui, les meilleurs restaurants savent que notre produit est imbattable et ils viennent nous chercher. »

Nous finissons, à la nuit tombante, dans le hameau

de Valditermine, une île entourée d'étoiles filantes et de silence. Au-dessus de nous, le bord noir des montagnes où la Ligurie, la Toscane et l'Émilie se touchent. La nuit des Apennins est d'une noirceur à laquelle on a vraiment peine à croire. Autour de nous, pas même un lumignon. D'un bout à l'autre du ciel, les étoiles forment une unique nébuleuse. La Topolino somnole dans une prairie. Les bêtes sont dans la bergerie, elles halètent debout, serrées toutes ensemble, se soutenant les unes les autres. Pas de bélier. Mais si une seule d'entre elles bouge, elles vacillent toutes comme une seule brebis, et alors le bruit des sonnailles, la respiration et même la chaleur se propagent comme une onde. Valentina habite plus haut, c'est la plus hardie de toutes. Elle sait tondre une brebis sans aucune aide : une par une, elle leur court après, les appelle par leur nom, les immobilise entre ses jambes et aussitôt joue des ciseaux.

Pour tenir à l'œil le loup, qui est souvent de passage en haut du col au-dessus de chez elle, le Passo dei Due Santi, Valentina est capable de dormir avec son troupeau. On nourrit là-haut envers le loup un respect qui frôle la révérence. « C'est très difficile d'en voir un, mais, quand on y arrive, il vous fait une telle impression que ça vous change la vie. C'est comme d'avoir vu un spectre. » Le loup est une présence surnaturelle. Il n'a pas de poids, il voyage tel un hovercraft, en flottant dans les airs. Et c'est justement ainsi qu'il a pu se sauver de l'extermination : en se dématérialisant, en apprenant à garder un silence absolu, en réduisant la densité de ses meutes, en se déplaçant de nuit ou bien à l'heure où les ombres sont longues, à l'aube et au crépuscule. « Il est capable de te suivre pendant des jours et de frapper les troupeaux au premier instant de distraction, dit Patrizia en souriant. Mais au moins, lui, il tue en professionnel. Pas de dégâts annexes et pas de trace. Les chiens errants et les sangliers, au contraire, passent comme des décapeuses et dévastent tout. »

Les chiens, des bergers de Maremme, sont nerveux, ils flairent des présences. Au-dessus de la maison de Valentina se trouve la piste des loups. Une autoroute invisible. Les meutes suivent toujours le courant. Elles voyagent des Abruzzes vers le nord-ouest, elles sont arrivées depuis quelques années en France, dans les Alpes-Maritimes, et quelques avant-gardes sont déjà en Suisse. À ce qu'on dit, d'ici à quelques années, nous aurons un événement qui fera date : la rencontre entre les loups italiens et ceux des Balkans, qui n'ont eu aucun contact depuis des siècles. Alors, conformément aux lois de la nature, les deux espèces donneront vie, en s'accouplant, à des hybrides d'une vitalité supérieure. Des loups imbattables. Une chienne aboie furieusement, d'autres répondent, le Monte Gòttero nous en renvoie l'écho. Il fait un noir absolu. Nous sommes à trente kilomètres de La Spezia, mais on se croirait dans les Carpates. J'entends hululer au loin. Une parabole sonore qu'on perçoit à peine, qui meurt dans l'obscurité comme une étoile filante. Je regarde la carte des Apennins, l'épine dorsale qui part vers le sud-est entre les deux mers, et je m'aperçois que ma petite chèvre mécanique suit méticuleusement, dans l'autre sens, la même route que les loups.

« Nous ne sommes pas ligures, et encore moins toscanes », me dit Cinzia et je m'aperçois qu'elle a raison : elle a l'œil brillant, flamboyant des Romaines, le corps doux d'une habitante de la Ciociarie[1]. Je lui demande : Mais alors, vous êtes quoi ? « Samnites, répond-elle comme si c'était la chose la plus évidente

1. Zone aux limites mal définies du Latium, au sud-est de Rome.

du monde. Il n'y a que deux peuples italiques que l'armée romaine n'est pas parvenue à dompter : les Ligures apuans de ce terroir et les Samnites, entre Frosinone et le Molise. Des durs à cuire, irréductibles. Alors, ils ont eu l'idée de les déporter, de déplacer les uns sur le sol des autres. » Qui sait si la résistance de ces gens n'est pas née dès cette époque-là ? me dis-je. Née d'une blessure vieille de deux mille ans. Voici, une fois de plus, la montagne « contre », les Apennins des déserteurs et des hommes en déroute. J'apprends qu'à Favale di Màlvano, un peu plus à l'ouest, au-dessus de Rapallo, quelques chanteurs ambulants se convertirent jadis à l'Église vaudoise, car ils ne supportaient plus les curés, ce qui leur valut d'endurer, en 1862, le dernier et cruel procès pour « hérésie » du royaume d'Italie. Poussé par le même esprit frondeur, Favale recueillit des milliers de déserteurs pendant la Grande Guerre, dans une montagne portant le nom rebelle de Caucaso. Ils y restèrent cachés pendant des années, protégés par le silence des habitants.

Un des leurs est resté dans les Alpes apuanes jusqu'à sa mort, dans les années 1960, toujours en état de contumace. Il s'appelait Orlando, et le vigneron barbu de Sarzana, Nanni Barbèro – chez qui je me suis arrêté le lendemain, lors d'une vilaine journée de pluie – se le rappelle fort bien. Il volait des poules et on le laissait faire. Il entrait dans les magasins pour mendier, il disait avec beaucoup de dignité : « Je suis venu régler ma note », et tout le monde se prêtait au jeu.

Le soir, je reste avec Nanni, à fumer en paix sur la terrasse de sa cuisine, qui ouvre sur les bois. Le silence est complet. Je m'aperçois que cela fait des jours que je ne vois plus un supermarché, un restoroute, un vendeur à la sauvette ou un manager équipé d'écouteurs en train de gesticuler. Nous picorons une tarte aux poires. Nanni raconte que dans les vallées de Zeri, où je viens tout juste de passer, dans les fêtes de village on trouve encore de merveilleux petits vieux tout ridés, comme des *Hobbits*, coiffés d'un bicorne avec des clochettes. Jusqu'aux années 1940, les jeunes filles de là-haut portaient une robe dite *ghiga* qui n'avait pas changé depuis le XVIIIe siècle, et elles étaient si belles que, quand les parachutistes anglais les virent, ils s'en amourachèrent à qui mieux mieux et emplirent leurs journaux intimes d'épanchements admiratifs.

« Le nom de la danse qu'on appelle gigue vient de ce vêtement », me raconte Nanni qui est un véritable puits de science concernant la musique des Apennins.

Maintenant, la pluie tombe à verse, le vent de montagne fraîchit et la cheminée fonctionne à plein rendement. Le vigneron débouche une bouteille de rouge de Toscane et se lance dans son sujet de prédilection.

« Les Apennins dégoulinent de musique, et ceux du Piémont encore plus que les autres. C'est là qu'on trouve tout : la mélodie occitane, les gavottes françaises, les demi-tons ligures importés de l'univers mauresque. Et puis le substrat celtique millénaire. »

Je note les noms de rythmes oubliés. *Curenta, brandola, quadriglia, alessandrina.* Et la mythique *manfrina* qui, explique Nanni, vient du Montferrat, sa terre d'origine.

Le vigneron me passe un CD de cornemuses, puis il demande d'un air de défi :

« Alors, c'est quoi, ça ? Dis-le moi, un peu, c'est quoi ?

— Irlandais, dis-je.

— Non ! Noooonn ! C'est italien ! L'Italie des Apennins ! L'Italie authentique ! C'est une musique qui a mille ans… Il n'y a que les paroles qui ont changé… mais les notes sont les mêmes qu'au Moyen Âge. »

Je me demande quel lien il peut y avoir entre ces cornemuses et les moines irlandais passés par les vallées tosco-émiliennes. Peut-être les bruyères atlantiques et les prairies des Abruzzes sont-elles habitées par les mêmes dieux.

« La musique voyage. La cornemuse aussi a voyagé, mais dans la direction contraire à celle que l'on pense.

— Quelle direction ? dis-je à Nanni, pendant que la pluie tombe de plus en plus fort et que le torrent se gonfle dans le vallon.

— Elle est arrivée en Écosse et en Irlande au XVIIe siècle, venant des Apennins. À la différence du violon, la cornemuse ne coûtait pas cher. Alors, les gens du Nord l'ont fait venir d'Italie. Ce qui signifie que la musique traditionnelle des Celtes du Nord s'est édifiée sur des instruments d'importation. Et maintenant, insiste-t-il, dis-moi donc, à quoi ça rime de jouer des airs irlandais en Italie ? De se gorger de bière dans les pubs avec une musique du Nord ? Pourquoi voulons-nous écouter les musiques des autres alors que nous avons la nôtre ?

— C'est notre habituel amour de ce qui est étranger, dis-je.

— Aimer ce qui est étranger, c'est très bien, mais encore faudrait-il voir les choses comme elles sont. La cornemuse vient du monde arabo-méditerranéen et, quand elle est arrivée en Espagne, elle a pris le nom de *gàita*. Puis, elle a voyagé encore.

— Les Anglais sont au courant ?

— Peuh, ils ne l'admettront jamais », grommelle-t-il.

Et il explique d'autres choses invraisemblables. Par exemple que le mot anglais *bagpipe*, qui désigne l'instrument en question, viendraient sans doute de *bageta*, qui en dialecte bergamasque signifie cornemuse.

J'ajoute du bois sur le feu, le vent tire dans la cheminée.

« Mon cher ami, ton voyage t'ouvrira la porte d'un monde oublié et méconnu. Tu trouveras l'âme d'un pays malheureux, aimé de tous, sauf des Italiens. »

Attention aux Buioni

Quand vous voyez un bel hôtel dans les bois des Apennins, avant d'entrer demander une chambre, assurez-vous qu'il ne s'agit pas d'une maison de retraite. L'erreur est d'autant plus aisée que les maisons de retraite pullulent et qu'elles ressemblent à s'y méprendre aux hôtels. À la réception, efforcez-vous d'obtenir des réponses claires et nettes pour éviter tout malentendu : si vous vous présentez mal rasé et lessivé par le voyage, il y a des chances pour qu'on vous dise que l'endroit est précisément celui qu'il vous faut, et alors la méprise se prolonge. Ne vous laissez pas abuser par les noms de ces endroits, par exemple Les Béatitudes, La Paix des sommets, La Perle, L'Oasis, qui semblent vous promettre des nuits délicieuses. Et surtout n'allez pas vous tromper sur la raison des allées et venues de grandes femmes rassurantes entre l'hôtel lui-même et les villages alentour. Ces femmes sont des auxiliaires de vie.

Rien de plus facile que de les identifier. Ce sont les seules personnes du beau sexe, qui se déplacent à pied. En Italie, il n'y a que les étrangers qui marchent. Et c'est justement le cas de Nina, une Biélorusse que je prends en stop dans une châtaigneraie plus noire que l'enfer, du côté de Marciaso, sur le versant nord des Alpes apuanes. Elle a trente ans, de grands yeux brillants comme de la neige fondue et elle travaille dans un établissement situé juste sur ma route. Elle monte sans faire le moindre commentaire sur l'étrange voiture qui la mène à sa destination, avec des accélérations qui relèvent de la pyrotechnie et des virages dignes d'un grand huit. Elle descend au bout de dix minutes devant un panneau où sont indiqués, de manière identique, les sommets, les églises et les maisons de retraite.

Les Apennins sont une institution de soins et, sans les douces demoiselles des pays de l'Est, ils deviendraient un cimetière. Les personnes âgées, il y en a toujours, même si on ne les voit pas. Peut-être en a-t-on enfermé quelques-unes dans le sous-sol de votre hôtel et vous ne le savez même pas. La chose m'est arrivée sur la route du col du Cerreto, au-dessus de Reggio Emilia. Il fallait une clef spéciale pour que l'ascenseur vous descende à la cave et la porte en bas de l'escalier était condamnée. J'ai demandé pourquoi et j'ai eu droit à des réponses évasives. Puis, j'ai fini par savoir qu'on avait claquemuré là-dedans les survivants de l'ancien asile de Reggio. Quarante «*psicogeriartri*», un euphémisme servant à désigner des sujets atteints de démence sénile. Et ce n'était pas un service improvisé jusqu'à épuisement des pensionnaires, mais une catacombe dont les malades étaient constamment renouvelés. Des ombres reléguées à la cave, comme dans le conte de Barbe-Bleue. Et au-dessus de nous – sinistre allégorie – s'allongeait l'ombre de la Pietra di Bismatova, l'austère monolithe qui donna à Dante l'idée de son purgatoire.

Je continue à travers de sombres forêts que les bûcherons ne nettoient plus. Dans les villages, toutefois, les gens semblent accueillants et joyeux. Au magasin d'alimentation de Monzone, robuste commune montagnarde couronnée par un campanile roman, on met bien dix minutes à me préparer un sandwich au *finocchiona*, le salami toscan, uniquement pour comprendre – avec force sourires et questions insistantes – d'où je viens, où je vais et pourquoi diable j'utilise cette fichue petite voiture. À Monte de Bianchi, que je traverse dans une sympathique odeur de four à bois, l'arrivée du voyageur est un événement qui attire la moitié du village. Ma Topolino est tendrement baptisée « la Petite ». C'est dans les endroits comme celui-ci que l'on comprend pleinement le sens du mot *forestiero*, celui qui sort de la forêt, autrement dit l'étranger qui vient d'un autre pays. Et, pendant ce temps, la pyramide du Pizzo d'Uccello apparaît au milieu et au-dessus d'un virage. Il scintille, on dirait une grosse dent qui perce la gencive de l'écorce terrestre.

Ensuite vient Ugliancaldo, dont le nom évoque les druides, les ombres des indomptables Ligures et les fontaines de pierre qui ressemblent à des menhirs. Des lieux où la Rome impériale et l'unité de l'Italie furent des événements sans grande importance. Les Alpes apuanes : si les lieux possèdent une énergie secrète, il est impossible d'éviter ces cimes qui émergent comme des morceaux de banquise chahutés par le courant, au-delà de la longue vague, vert foncé, de la ligne de partage des eaux entre les mers Tyrrhénienne et Adriatique. Elles racontent de rudes histoires de carriers et de tailleurs de pierre, d'anarchistes et de partisans, de sangliers et de braconniers. On les appelle des « Alpes » ? Et alors ? Cela ne veut rien dire. Puisqu'il y a des Alpes dites pennines du côté du Valais, les montagnes apuanes peuvent bien voler son nom d'origine à la chaîne plus renommée du nord de l'Italie.

À Gorfigliano, je prends une bière à la pizzeria Al Cavatore (Au carrier), avec des sets de table décorés de mots croisés et un vieux bonhomme aussi ridé qu'un Navajo qui m'observe. Dehors, la montagne en ruine nous menace de ses parois de marbre, éblouissantes. Je suis dans un repaire historique d'anarchistes. Ayant à leur disposition la dynamite des carrières, ils entrèrent automatiquement dans la Résistance. Mais le plus beau vint ensuite : la contrée resta hostile au pouvoir même après 1945, une île rebelle comme la Krajina dans l'ex-Yougoslavie. « Finalement, on a envoyé cent carabiniers pour rétablir l'ordre dans la région, me raconte le Navajo. C'était en 1952, Coppi et Bartali couraient encore... c'était l'époque de votre petite voiture. »

Les carabiniers se retrouvèrent face à deux cents femmes sans armes, lesquelles, en reculant astucieusement, les attirèrent dans un piège. Les militaires furent encerclés et ignominieusement désarmés. Mais l'État, m'explique le vieux, ne pouvait pas se permettre de perdre la face. Un député fut donc envoyé pour parlementer. « Un type sacrément dégourdi, Leonetta Amadei, qu'il s'appelait. On n'en trouve plus des comme ça, aujourd'hui. » C'est lui qui a mis tout le monde d'accord : les carriers devaient obtenir satisfaction dans tout ce qu'ils réclamaient, mais un d'entre eux, un seul, devrait payer pour tout le monde. Alors les ouvriers ont tiré au sort le nom de l'homme qui devrait être livré aux gendarmes. À dater de ce jour, pendant douze ans, jusqu'à sa sortie de prison, chacun versa une somme, afin de garantir son salaire au bouc émissaire. Les Apennins sont un réservoir inépuisable d'histoires. Les dents aiguës des Alpes apuanes, rongées par de soudaines tempêtes, m'appellent pour une dernière aventure.

« Attention aux Buioni : ce sont les fantômes qui vivent dans le ventre des Alpes apuanes », m'avertit, d'une voix ténébreuse soigneusement modulée, le spéléologue Andrea Gobetti qui m'attend dans la montagne pour une randonnée à pied en direction du Monte Pigliònico et d'une épouvantable grotte parcourue de vents qu'on appelle « L'antre qui hurle ». Ce beau parleur, d'une soixantaine d'années, dégingandé et jovial, s'est enfui de Turin pour aller vivre terré parmi les oliviers de la province de Lucques. « Si tu veux dormir tranquille, ricane-t-il sous son épaisse tignasse grise, il faut quitter les Buioni à la nuit tombante, autrement tes nuits se peupleront de cauchemars. » Il me précise que là, juste en dessous, le lac artificiel de Vagli franchit la via Vandelli, tracée au XVIIIe siècle, qui relie Modène à Carrare, et il me raconte la triste histoire de son concepteur qui a mis fin à ses jours, parce qu'il estimait avoir raté le passage des Alpes apuanes, trop raides. La maudite route descendait du col des Radice, que nous avons en face de nous de l'autre côté de la Garfagnana, par un tracé en zigzag extrêmement malcommode, incrusté dans la pente couleur d'émeraude. Je songe que, de nos jours, les constructeurs du doublon pharaonique de la gare de chemin de fer d'Aulla, entre Castelnuovo et La Spezia, ne se sont pas suicidés, eux. Le pauvre Vandelli vivait en d'autres temps. Qui sait si le malheureux ingénieur n'est pas devenu un *buione*, à son tour ? Tous les dix ans, continue de m'expliquer Andrea, on vide le lac pour le débarrasser des boues qui s'y déposent et alors, avec les villages sacrifiés, on voit ressurgir aussi les créatures des ténèbres.

C'est une journée de présages. Nous partons à la recherche de la demeure abandonnée de l'explorateur Fosco Maraini, dans un bois de hêtres gigantesques, sous l'Alpe San'Antonio, mais, sur la grille du jardin, nous trouvons un scorpion qui monte la garde, puis une vipère dans le potager. Des cobras et des scorpions, j'en ai aussi vu, peints sur les murs, à l'entrée de la sépulture de Néfertari, dans la Vallée des Rois.

La reine était protégée par une cour d'animaux : il y avait en outre des faucons, des vautours, des chacals, des lions et des scarabées. Les serpents étaient douze, comme les mois de l'année et les heures des ténèbres. Au fond de tout cela, dans la pénombre, son image était encore douce et sensuelle, dans ses habits transparents sous le ciel étoilé. Cela fait seulement deux ans que Maraini n'est plus, mais le temps écoulé possède déjà une dimension égyptienne. Les géraniums sont morts, le potager clos de murs est envahi par les herbes folles. Seul le bûcher a encore quelque chose de vivant, avec les bûches empilées dans un ordre parfait et réparties selon leur taille. La vieille maison en pierre flotte, comme portée sur la crête d'une longue vague, seule convexité arrondie au milieu d'un fouillis d'aiguilles et de dents aiguës plus blanches que de la chaux vive.

Quelques centaines de mètres plus loin, un autre petit royaume des morts. Un hameau de trois maisons, abandonné, au bord d'un ravin où tout est éboulé. Sur un mur percé de brèches, une pierre où l'on peut lire : « Le 29 août 1944, pour sauver la patrie, dix-huit de ses enfants, aussi fiers que ces montagnes, tombaient en luttant contre le fasciste et l'Allemand, avec aux lèvres les deux noms sacrés de leur mère et de la liberté. » Pourquoi cet imparfait de rapport de police qui dénote la victoire des bureaucrates sur les idéalistes ? Pourquoi dire « l'Allemand » plutôt que « le nazi » ? Nos braves gens d'Italiens ne prennent pas la responsabilité des fautes collectives, ils font comme s'ils n'avaient vaincu que le « fascisme » et non pas quelque chose qui se trouvait au cœur du pays. Et puis la mère, l'éternelle *mamma* italienne, fourrée là uniquement pour faire pendant au mot « patrie », au nom des bons sentiments.

Mieux vaut lire les noms. À vrai dire, seule leur liste

émeut vraiment. Comment savoir qui était « Borsi, Remo, de Malalberto (Bologne) », ou « Bertoni, Mario, de l'Alpe de San'Antonio (Molazzana) » ? À quoi ressemblait « Francesco, dit le Napolitain, d'Albanova » dont on ne connaît même pas le nom de famille ? Et « Olivieri, Rubens, de Zocca (Modène) », avait-il vraiment aux lèvres le nom de sa mère ? Peut-on croire que ces garçons, dont on n'a même pas l'âge, auraient jamais pensé que leurs chers Apennins seraient vidés pour toujours, tout de suite après la victoire, par un fléau bien plus meurtrier que le nazi-fascisme ? Une heure plus tard, nous voilà les pieds dans le torrent, en train d'avaler du pain et des tomates cerises, arrosés de Pilsen brune. Au-dessus de nous, des câbles à haute tension chantent sous l'effet de vibrations éoliennes. Et au-dessous, du côté de l'escarpement, nous sentons une puissante odeur de mouflon.

Le soir, je finis entre les lucioles et les oliviers de chez Gobetti, à Matraia, un caravansérail bien rodé toujours ouvert aux passants, en haut des dernières collines de la vallée du Serchio. Là-haut, la ligne gothique coïncide avec l'ultime avant-poste des irréductibles Ligures. Nerina est garée dans l'herbe, à côté de Kowalski, une Opel 2000, transformée en serre pour cultiver les fleurs. Avec deux apéritifs dans le cornet, le ventre à l'air au milieu des grillons, Andrea me fait la leçon sur les trois dimensions du temps. Le temps céleste, construit sur orbite. Le temps marin, fait de vagues. Et le temps hypogéen, peuplé des carrefours du destin. D'ailleurs, à bien réfléchir, le temps de mon voyage est lui aussi fait de routes à choisir : une progression de sous-marinier au cœur du temps. Au-dessus de nous, la montagne a pris une teinte anthracite. En bas, la plaine ronronne dans une mer de lumières. Il y a aussi un chat qui ronronne sur le toit de Kowalski, comme la dynamo flambant neuve de ma Topolino et les moteurs d'immersion d'un U-Boot.

Au dîner, avec les amis d'Andrea, je dépeins le voyage comme un enchaînement d'événements imprévus, l'idée étant que l'itinéraire se fait tout seul. Puis j'ouvre sur la table la carte des merveilles, avec ses méticuleuses indications des lieux et des personnes remarquables le long de la route vers la Calabre. Un des convives n'est autre que Giuseppe Cederna, un des protagonistes du film *Mediterraneo*. Il veut tout savoir du voyage et, quand il découvre la bousculade de notes sur l'énorme carte de l'Italie, il éclate de rire : « Mais comment peux-tu parler d'imprévu, alors que voici un hymne à la planification maniaque ! » Cette carte l'excite. Elle lui rappelle celle qu'Al Pacino a conçue afin de se mettre en mémoire les scènes du *Parrain*. Une feuille gigantesque, avec des dessins et annotations plus que méticuleuses sur l'ambiance, sur les antécédents et sur le sens de l'événement à représenter. « La carte de Pacino était devenue une légende dans les cours de l'Actors Studio. »

Il a raison, Giuseppe. Ce n'est pas vrai que ce voyage se fait tout seul. Ma carte sublime le moment presque érotique de la préparation à l'aventure. Elle facilite les rencontres, elle a des pouvoirs de thaumaturge. Ce soir, avec le bon vin et la chère meilleure encore de chez Gobetti, elle encourage les imaginations et mène aux conseils les plus extravagants : « Va donc à Terrinca, s'écrie avec ferveur Gildo, le voisin d'Andrea, véritable puits de mystérieuses histoires de la Garfagnana, là-haut ça fait des siècles que les hommes ne font qu'un seul et unique métier. Ils sont prêtres. » « Et les femmes ont encore la tête haute », ajoute en riant un autre convive. Et un troisième de m'ordonner, après s'être plongé dans la lecture des annotations alignées à gauche de la Toscane : « Va aussi à Seravezza. En haut des Alpes apuanes, au-dessus de Forte dei Marmi, où les notaires de Forza Italia vont se faire dorer la couenne, il y a un curé qui, dans ses prêches, envoie tous les riches au diable et qui a son presbytère à côté du siège du Parti communiste. »

Cederna m'indique sur la carte l'ermitage camaldule de Fonte Avellana, caché dans un des plus beaux bois des Marches. Il ira y faire retraite avant de se marier avec Valentina, une belle Ligure de Sarzana. Il parle à voix basse et, pour l'écouter, la joyeuse tablée se tait comme par enchantement. S'ajoutant à ses yeux désarmants, cette diction à peine perceptible – si étrange chez un acteur – est l'arme véritable de Giuseppe. Il vous guide dans un voyage hypnotique à une allure de caravane. Autour de la carte, la compagnie change continuellement de forme. Elle devient un pack de rugby formant une mêlée, puis une prise de bec entre marchands sur le prix des lentilles, puis une réunion au sommet de maréchaux, penchés sur les plans d'une bataille rangée. La brigade ajoute des noms, des adresses, des points d'appui, et l'Italie s'allonge, on dirait l'Amérique du Sud à présent. Et la Calabre a tout du cap Horn.

Je sors regarder les étoiles avec Giuseppe. Je lui raconte que ce voyage que je fais, je le dois aussi à un homme qui n'est plus là. Il s'appelait Michal. C'était le père d'un camarade du cadet de mes fils. Un homme merveilleux. Une veille de Noël, il s'est ôté la vie, laissant ses amis dans la consternation. Personne n'avait compris son mal obscur. Mon fils Michele, alors âgé de seize ans, réagit à sa manière. Il me demanda de faire un voyage, seul avec moi.

Cela m'émut, j'avais compris le lien entre cette invitation et sa douloureuse rencontre avec la brièveté de l'existence. Nous décidâmes de partir à bicyclette à Vienne, l'été suivant. Ce fut une aventure mémorable qui révolutionna nos rapports, notre perception du temps et de l'espace et jusqu'à notre façon d'écrire. J'en tirai un récit pour un hebdomadaire, qui divertit et toucha beaucoup de gens. Ce fut de là que prit souche le premier de mes grands voyages pour *La Reppublica* : celui que je fis, à bicyclette toujours, jusqu'à Istanbul. Un succès public qui m'obligea à répéter cette expérience au cours des années suivantes.

Giuseppe me révèle qu'il a au fond du cœur une histoire du même genre : le suicide d'un ami qui le « condamne » à voyager. Il s'appelait Giampiero et, tout comme Michal, il savait dissimuler son angoisse sous la joie et l'autodérision. Il était grand, fort, beau et sympathique, et en plus il était comédien. Giuseppe et lui étaient allés ensemble aux sources du Gange ; ensemble, ils avaient remonté la vallée du grand fleuve jusqu'aux glaciers de l'Himalaya. « Maintenant, je veux retourner là-haut, m'explique Cederna, au-delà des derniers villages, pour y brûler une de ses photos et jeter une pierre dans les sources du grand fleuve indien. Je veux enfiler son chandail, celui qu'il portait lors de notre premier voyage au Ladakh. En faire mon coussin, mon siège, ma couverture. C'est un grand pull, on y mettrait deux types comme moi, mais ça ira très bien quand même. Il y a des actes symboliques qui mettent en paix avec soi-même. Je suis absolument sûr que je le reverrai là-haut. »

Je vais me coucher dans le grenier d'Andrea, où tout grince, fort d'une certitude. Ce sont Giampiero et Michal qui nous ont fait nous rencontrer, Giuseppe et moi. Peut-être parce qu'ils voulaient se rencontrer eux aussi, allez savoir où, par notre entremise. Par la moustiquaire de la fenêtre entre, comme un signe d'assentiment, une brise luxueuse parfumée de romarin.

3

De l'Abetone à la Romagne

Les vaches vont dans la plaine

La glorieuse *Statale* 12 de l'Abetone et du Brenner s'enfonce dans les sinistres gorges du Serchio, infestées de poids lourds et de cyclistes téméraires (et blasphémateurs) de la province de Lucques. Ici, interdit de crever : la route, d'une étroitesse épouvantable, est coincée entre fleuve et montagne et ne comporte aucun endroit pour les arrêts d'urgence. En attendant, au-dessus de ma capote baissée, la dorsale des Apennins se dresse, s'élève mètre après mètre, devient aussi compacte qu'une cordillère. Je retourne en Émilie, avec la fâcheuse sensation d'un voyage qui se love sur lui-même et s'allonge à l'infini.

Les chaînes de montagnes sont un gigantesque piège, parce qu'elles n'ont pas de routes de crête. Elles ne sont pas faites pour être suivies le long de la ligne de partage des eaux, mais pour être franchies à partir des vallées latérales. Toute leur histoire, toute leur raison d'être s'y trouvent logées. Walter Bonatti m'avait averti : l'idée de traverser les Alpes dans le sens de la largeur n'a tout simplement aucun sens. Mais le même argument est valable aussi pour les Apennins. Les routes du sel, les sentiers des pèlerins, les voies empruntées par les marchands et les armées, les tunnels et les sentiers des braconniers : tout traverse, rien ne longe.

Faire les Apennins, c'est comme aborder une carcasse de poisson, avec une colonne vertébrale et deux systèmes latéraux d'arêtes parallèles. Il faut décrire des zigzags, enfiler les cols entre les vertèbres comme les portes d'un slalom. Mais à peine penche-t-on vers la mer Tyrrhénienne ou l'Adriatique que tout se complique, parce qu'il n'y a pas de routes à mi-hauteur et les vallées, en forme de peigne, vous aspirent et vous font perdre de l'altitude. À côté des Apennins, les Alpes sont de la rigolade. L'allure est cassée, le slalom s'enlise dans la difficulté supplémentaire des dénivellations et l'on finit pris au piège dans l'espace vide qui sépare les arêtes disposées le long de la colonne vertébrale. On devient un pou dans le peigne.

Dans ces embardées d'ivrognes, c'est souvent le parfum d'une histoire qui vient vous orienter. Le col de Foce a Giovo, que j'ai au-dessus de moi, sur la gauche de l'Abetone, en a une foudroyante. On raconte que lorsque le duc de Modène et la duchesse de Lucques, ayant relié leurs terres par l'entremise d'une nouvelle route, se retrouvèrent en haut du col pour inaugurer ce grand ouvrage, la duchesse toscane, découvrant la calvitie naissante du noble seigneur qu'elle avait en face d'elle, le salua d'une perfide formule : « Mon cher ami, que de neige sur la montagne. » À quoi le duc répondit, glacial : « Amie très chère, s'il y a de la neige sur la montagne, les vaches vont dans la plaine. » À des siècles de distance, cette riposte élégante fait encore rire les natifs de la Garfagnana et, aujourd'hui, elle m'attire comme un aimant en direction de ce lieu hors des sentiers battus.

Donc, le col de l'Abetone, très peu pour moi : trop de circulation et de banalité pour un voyage à la recherche de l'Italie des villages, me dis-je. Je le laisse aux longues files puantes de poids lourds et je bifurque sans hésiter vers le col du Foce a Giovo, le long d'une route latérale solitaire, entre des champs de blé, des cerisaies et des prairies parsemées de ruches. Le début de la route, d'une douceur presque autrichienne, est trompeur : très vite, elle s'enroule en lacets entre des villages à pic, d'énormes sapins, des gorges où rugissent des torrents et des murailles de roche rougeâtre. Puis commencent des pâtures verticales, avec des vaches en équilibre et des chiens de berger pleins de puces qui m'empêchent, en grondant, de sortir de la voiture. Au loin, vers la vallée, au-delà de la montagne, « *perchè i Pisan veder Lucca non ponno* » (parce que les Pisans ne peuvent pas voir Lucques), brille un morceau de mer Tyrrhénienne. Puis l'asphalte se crevasse, se transforme en terre battue. Un vrai parcours du combattant.

Tout à coup, le vent se lève ; des rafales puissantes en provenance de l'Émilie. Au-delà d'un refuge, quelqu'un a écrit sur un panneau : « Qu'est-ce qu'ils attendent pour la fermer, cette route ? Ouverte, elle ne sert qu'aux braconniers qui ont voté pour Berlusconi. » Par terre, des branches de hêtre cassées, et même un tronc. Je dois descendre les pousser pour pouvoir continuer. La chaussée est un tapis de feuilles, de pignons de pin, de rochers, de ruisselets et de boue. Tout ce bazar ondule sous des parois rocheuses instables. Va, ma Nerina, te voilà dans la danse, à présent. Tout autour, des cimes aux noms légendaires : Alpe delle Tre Potenze, Sasso Tignoso. Et puis des cols, une débauche de cols de montagne. Sur le « squelette de poisson » tosco-émilien, il y en a un tous les dix kilomètres. Avant que l'Italie ne soit unifiée, le moindre petit duché en avait un, une folie logistique qui vous en dit long sur les particularismes de chez nous. Certains cols prenaient de l'importance, d'autres déclinaient rapidement avec leurs routes. Comme feu la via Vendelli et ses fantômes vagabonds dans les Alpes apuanes.

La carte au 1/200 000 me met en garde par une annotation dans la marge. Cinq lignes à peine sur un col voisin, le Passo delle Radici, tirées d'un livre de voyage de 1833 : « La route que nous empruntâmes n'était pas carrossable, maintenant elle était en outre difficile à voir et à suivre en raison des pierres éparses et prêtes à rouler. Ces longues montées dangereuses, je les fis à pied, en partie par mes propres moyens… Lorsque nous eûmes atteint la cime proche du haut sommet au-dessus de San Pellegrino… le vent soufflait si fort qu'il ne me fut plus possible de rester à cheval. Par chance, mon épouse avait muni mon chapeau de deux cordelettes, autrement le vent me l'aurait emporté jusqu'aux étoiles. » Le vent, les pierres éparses qui roulent : c'est exactement la même route que je suis avec Nerina, deux siècles plus tard. Dans les Apennins, le temps est une notion relative.

J'ignore l'avertissement. De l'autre côté, me dis-je, je trouverai l'Émilie et son extrême efficacité, donc la descente sera à coup sûr un ruban d'asphalte bien entretenu. Eh bien, non : j'arrive au sommet et, tout de suite après le virage, voilà un névé en plein sur la route. Compact, dur, infranchissable. Avec un pic, il y en aurait pour deux jours de travail. J'éteins le moteur, je me mets à rire. L'endroit est solitaire et magnifique. Sur ma gauche, la longue bosse de baleine du Monte Cusna ; devant moi, le Cimone strié de neige ; sur ma droite, le massif Pistoiese. La voiture danse au milieu des rafales et le sifflement fait naître dans les fissures de la capote un chant bitonal de cornemuse.

J'entends rouler des pierres. C'est un excursionniste. Il descend d'un sentier qui mène à un col encore moins connu, le Passo di Annibale, la piste par où – on ne sait jamais, après tout – le Carthaginois songeait peut-être à fondre sur Rome, après s'être ouvert la voie sur la Trebbia.

Je l'interroge sur la route.

« Non, tu ne passeras pas. La route de Toscane, ce n'est rien à côté de celle de l'Émilie. Je l'ai faite en Enduro, mais même avec lui, c'était un vrai bordel.

— Tu es d'où ?

— De Prato. Et toi ?

— Trieste.

— Ah bon, ce ne sont pas les montagnes qui manquent par là-bas, qu'est-ce que tu viens faire dans les Apennins ?

— Les Alpes, lui dis-je, j'en ai par-dessus la tête.

— Alors, il faut que tu essaies par le Passo della Croce Arcana.

— C'est quoi, ce truc ?

— Il te mettra direct en Émilie sans te farcir l'Abetone. Il passe entre le Corno alle Scale et le Libro Aperto. Là-bas, tu auras une route en terre, bien meilleure que celle-ci. Tu franchis la Doganaccia et tu es à Fanano.

— Tu l'as faite en enduro ?

— En enduro et à pied.

— Mais, moi, ce n'est pas une enduro que j'ai. C'est une Topolino.

— Tu es maboul, mais ça passera, ça passera à coup sûr, cette bagnole elle peut grimper aux murs. Et elle a le cul bien haut.

— Merci. Tu t'appelles comment ?

— Paolo.

— Moi aussi. Bonne fin de parcours. »

L'autre Paolo repart, me laissant dans un silence

venteux de marmotte. Tout seul, avec ces noms irrésistibles qui m'appellent déjà, comme des sirènes. Libro Aperto (Livre ouvert), Doganaccia (Saleté de douane), Croce Arcana (Croix mystérieuse). Comparé à l'Abetone, une fois de plus, il n'y a pas photo : le choix est tout fait. J'exécute un pénible demi-tour au volant de ma voiture, tout au bord du ravin, avec la première qui couine et la marche arrière qui broute, puis je redescends dans la plaine, comme les vaches et la duchesse de Lucques. Pendant la descente, je ne rencontre que des bergers toscans, des chiens toscans et des forestiers toscans, tous aussi muets et méfiants que des loutres. Les connards, ils ne m'ont rien dit du tout en me voyant monter. Qu'ils se la gardent, leur route impassable.

L'auberge Da Michele à Tereglio, dans la grande descente, est tapie dans une vallée, aussi bien cachée que la retraite de Robin des Bois dans la forêt de Sherwood. C'est un endroit à l'ancienne : pâtes au *ragù* maison, morue au court-bouillon avec tomates et romarin, grands sourires de la serveuse. À côté de moi, trois clients sont joyeusement occupés à parler des impôts et de l'échec garanti du gouvernement Prodi. Il souffle un fort vent de droite. J'additionne deux et deux, sachant qu'en montant j'ai vu dans un tournant l'ex-siège fasciste de Tereglio, bombardé en 1944 par les partisans de la bourgade de Montefegatesi, un peu plus haut. Va savoir, me dis-je, peut-être qu'entre les deux villages, même aujourd'hui, il y a des comptes à régler. Je peux peut-être tirer parti de cet état de choses.

« Mais qu'est-ce qui se passe à Montefegatesi ? dis-je, comme si j'y étais allé. J'y ai vu des drôles de gens, qui ne disent pas bonjour. »

Les gars de la table voisine : « Ah, ça, Montefegatesi, c'est autre chose. »

Je persiste dans mes bobards : « C'est vrai, vous savez, les gens de là-haut, ils ne sont pas comme vous. Ils sont sinistres, je n'ai pas vu un seul sourire. »

Et le trio, énigmatique : « Qu'est-ce que vous voulez, Montefegatesi, c'est Montefegatesi. »

J'insiste : « Vous, vous êtes plus sympathiques. » En réalité, ils ne le sont pas particulièrement. À tout prendre, ils ont tendance, comme beaucoup de Toscans, à être si contents d'eux-mêmes qu'ils restent volontiers aveugles à leurs propres défauts et sont incapables d'écouter les autres.

« Ces gens-là, ils nous ont toujours roulés, laisse finalement échapper le plus vieux des trois, parce qu'ils sont au-dessus de nous, trois cents mètres plus haut.

— Et qu'est-ce qu'ils peuvent faire, vous bombarder ?

— Bien sûr que oui. Ils l'ont fait, d'ailleurs. On avait une terre plus riche, nous autres, et ils nous ont balancé des obus. »

Qu'elle est donc étrange, la mémoire des Italiens. Pas un mot sur la guerre, le fascisme et la Résistance. Tout se réduit à un règlement de comptes. C'est la fable d'Ésope sur le loup et l'agneau.

Je redescends au fond de la Garfagnana pour monter vers l'Abetone, le long du fleuve qui s'engouffre entre de gigantesques rochers. La route zigzague dans une gorge où les panneaux routiers indiquent des toponymes latins phénoménaux, par exemple Popiglio, Piteglio et l'incroyable Vico Pancellorum. C'est une grande route, disons même grandissime. Celui qui l'a tracée, en jetant sur le Sestaione les deux « arches élancées du pont extrêmement haut », écrit dans un de ses livres Giuseppe Lipparini en 1942, « était un artiste de la force de ceux qui édifiaient des palais et des églises dans le centre de villes populeuses ». Après le carrefour en direction de Pistoia, la montée s'accentue jusqu'à Cutigliano, où se situe l'embranchement pour la Croce Arcana.

« Tu peux y aller », me dit-on d'un ton rassurant dans un bar. La route que je vais faire n'est rien de moins que la vieille voie Romea, qui descend en Émilie en direction de Nonantola. Nerina repart, elle est en pleine forme, elle flaire déjà l'autre versant. Dieu seul sait comment elle fait, à l'âge qu'elle a. Mais il y a quelque chose d'étrange dans l'air. De même que la Croce Arcana, le Sasso Tignoso qui se trouve au-dessus, noir comme la pierre noire de La Mecque, me dit, lui aussi, que je voyage dans une topographie « hyper-uranique ». Il y a des pierres « célestes » dans cette partie des Apennins. Au-dessus de Bobbio, j'ai déjà rencontré l'orageuse Pietra Parcellara, elle aussi de couleur sombre et criblée de trous. Mais j'ai entendu parler, en outre, du Sasso di San Zenobi, à l'est du col de la Raticosa, et de l'affreux précipice de Rocca Murata, tout près de Borgo Val di Taro. On dit même que le château de Bardi est accroché à un de ces rochers du diable.

Il ne faut jamais ignorer les présages. Très vite, la route en terre recommence, et puis voici que reviennent les roches massives et les troncs en travers. Par-dessus le marché, le ciel s'obscurcit. J'ai l'impression d'être en Croatie en mai 1991, au début de la dernière guerre yougoslave, quand les Serbes bloquaient les routes avec des arbres, afin d'indiquer le territoire de la sécession. Maintenant, il ne manque plus que la neige. Et justement, la voilà, dans une conque, elle me barre la route après un bois de hêtres cyclopéens. La même neige, compacte et profonde, que celle qui m'a arrêté sur le col de Foce a Giovo. Il y a quelque chose de sadique chez les Toscans.

Quand je retrouve, au-dessous de ce col barré,

d'horribles chiens de berger qui grondent en s'approchant de la voiture, les paroles que m'a lancées une petite conne de Plaisance me reviennent en tête : « Ta Topolino, c'est un truc pour snobinard démodé. » Je sais, moi, qu'à bord de cette voiture snobinarde j'ai transpiré comme un camionneur transsibérien et que, au bout de cent kilomètres, je n'ai pas encore franchi la ligne de partage des eaux. Je ne suis pas dans les Apennins, mais dans les Andes. Et encore une fois, me voici assailli par cette sensation inquiétante d'une Calabre qui se perd dans le vent et se transforme en Patagonie.

Je suis sauvé par un type qui descend à pied de la Doganaccia. Il est plus barbu qu'Abraham et son œil est celui d'un prophète. Dans la plaine, des visages pareils, ça n'existe pas.

Il va droit au but : « Mais dis donc, qui c'est le couillon qui t'a dit que tu pourrais passer ? »

Je le lui explique, avec force détails.

« Les partisans de Pistoia avaient une Topolino comme celle-là. Je me la rappelle bien. De la même couleur. »

Il indique de la main le monolithe du Corno alle Scale : « Là-haut, les Alliés ont fait un trou dans la ligne gothique, pendant l'hiver de 1945. Ils se sont débarrassés des Boches en les encerclant et puis ils ont fondu sur Trignano. »

L'homme aux yeux hypnotiques connaît la moindre petite parcelle du terrain. Je comprends que c'est un garde forestier à la retraite.

« C'étaient des farceurs, les Américains, je m'en souviens très bien. Des beaux visages imberbes, une odeur de savon. Ils faisaient partie de la 10e division de montagne, celle qui fait des dégâts en Afghanistan en ce moment. Ils m'ont donné la première orange de ma vie. Et puis il y avait un contingent de Brésiliens, avec des binettes café au lait comme on n'en avait encore jamais vu. Leur insigne, c'était un cobra avec une pipe. »

Pendant qu'il parle, le ciel s'obscurcit. J'offre au barbu solitaire de le raccompagner dans la vallée et il s'installe comme si mon invitation allait de soi. Je lui demande ce que voulait dire ce serpent fumeur de pipe.

« C'était la réponse à ceux qui disaient qu'on verrait plus facilement un cobra fumer la pipe que le Brésil entrer en guerre. »

Ils sont fantastiques, ces Apennins : des baleines volantes et des cobras la pipe au bec. Je demande s'il neige beaucoup par ici.

« Pour ça, ici, de la neige il en tombe à foison. Zeno Colò, le skieur, tu en as déjà entendu parler, non ? Ben, il était d'ici et il s'entraînait en fendant du bois. Il en abattait des forêts entières. C'est comme ça qu'il est devenu champion olympique de ski, plutôt qu'en allant faire des petites courses… En décembre 1944, aussi, il est tombé des tonnes de neige. Les Brésiliens faisaient des cabrioles, c'était la première fois de leur vie qu'ils en voyaient. Dans leurs pelotons de skieurs, il y avait même des Indiens d'Amazonie. »

Je plonge dans le précipice en direction de la route de l'Abetone – c'est ma Canossa à moi – tandis que le ciel devient encore plus noir.

« Il faut que tu prennes le Passo delle Radici », dit le forestier en secouant la tête, car il n'est pas d'accord avec mon itinéraire.

Eh non, je lui réponds. Ça suffit, maintenant. Dans les Apennins, il y a trop de cols, hors d'usage pour une bonne moitié. Et puis, je ne fais plus confiance aux Toscans.

« Les Radici, c'est une apothéose, insiste-t-il, c'est la gloire de Dieu. Tu auras tort, si tu n'y vas pas. Et puis, moi, j'ai un ami à San Pellegrino in Alpe, un garde forestier. Il a épousé une Hollandaise et derrière chez lui, il s'est construit une Hollande en miniature, pour que sa femme n'ait pas le mal du pays. »

Je n'arrive pas à lui faire comprendre que je ne suis pas en excursion, mais que je descends jusqu'à l'Aspromonte et que je vais mettre des semaines. Quand je le dépose à Cutigliano, il n'est pas encore résigné. À peine est-il reparti que je m'aperçois que je ne lui ai pas demandé comment il s'appelle. Il crachine, la capote fuit, la température est descendue à huit degrés.

Au sommet, par ce temps abominable, je découvre que ce col que j'ai tant maudit a une âme. Dans la salle surchauffée d'une auberge, envahie par des motards – des Allemands qui arrivent du Brenner –, je découvre des traces d'orchestres composés de gens de Pistoia et de Sénégalais, le diplôme d'un rassemblement annuel de gens du voyage, version hippies des montagnes, et un récit concernant les feux follets (des sorcières ?) qui s'allumeraient, dit-on, dans les cimetières au-dessous de la Croce Arcana. Dehors, sous la pluie, je vois d'immenses hêtres d'un âge patriarcal et un monument de forme pyramidale, indiquant le col, où est gravé le nom de « PETRUS LEOPOLDUS ARCHIDUX AUSTRIAE MAGNUS ETRURIAE DUX, MDCCLXXVIII ». Après l'anarchie toscane, ce signe d'une autorité éclairée et indiscutée me rassure.

Dans la descente, tout change. Des hangars, de vilaines maisons modernes et des poids lourds envahissants, chargés de troncs. L'odeur antique du four à bois disparaît ; en Émilie, les Apennins sont nettement moins rustiques qu'en Toscane. Dans une grande courbe, deux écriteaux antagonistes s'affrontent : « *Silvio porco* » et « *Basta mortadella* ». Tout à coup, il n'y a plus que des immigrés sur la route : je ne sais plus à qui demander des renseignements sur les lieux. Un patron de bar de Pievepelago, un autochtone à qui je demande d'éclairer ma lanterne au sujet de la ligne gothique, tout près de là, va jusqu'à me répondre, en haussant les épaules : « Moi, je ne connais que la ligne du *tortello* [1]. »

L'or de Felix Pedro

Le retour de Felice Pedroni, alias « Felix Pedro », le plus grand chercheur d'or de l'histoire, je le consomme par hasard, à cinq heures de l'après-midi, dans la boutique du barbier de Fanano, au nord de la province de Modène, un gros bourg qui a l'aspect, typiquement émilien, d'une colonie estivale fort prisée. Fanano… que peut bien avoir à me dire un endroit du nom de Fanano ? Voilà ce que je me demande en garant ma guimbarde sur la place. Rien. Le nom ne sonne pas du tout. Je suis rétamé par le voyage, les Apennins m'ont épuisé. Mon rétroviseur me renvoie l'image fruste d'un camionneur ou d'un muletier. Les yeux rouges, le visage mangé de poils, à savonner dans les plus brefs délais. Il faut que je cherche un endroit où dormir, mais d'abord j'ai besoin de trouver quelqu'un pour me tondre.

La place est belle. Il y a un monument à l'infanterie de la Grande Guerre, le siège d'une banque, Banco dei Santi Giminiano e Prospero, d'agréables effluves de bon café. La lumière décline, on a allumé les premières lampes et un air frais tombe des montagnes où, à ce qu'on dit, Pavarotti a souvent passé l'été. Je pense : plus italien que ça, tu meurs. Ce qui n'empêche pas la première femme à qui je demande où trouver

1. Le *tortello* est une friandise milanaise.

un barbier de me répondre avec l'accent polonais. Il y a aussi une Ukrainienne. Tout autour de moi, une foule d'étrangères. Russes, Serbes, Roumaines. Toutes auxiliaires de vie et toutes parfaitement informées quant au salon de coiffure. En revanche, les Italiens, je n'en vois pas l'ombre d'un. Il n'y a que des petits vieux branlants – le bras passé sous celui des anges gardiens de l'Est – à qui il est inutile de demander quoi que ce soit. Ils ne savent même plus où ils sont.

Dans les Apennins, rien n'est jamais comme on pourrait le croire. Dans cette Émilie débordante d'activité, il y a une grande industrie qu'on ne voit pas, qui fonctionne en silence, couverte par le retentissement des aciéries, le vacarme des fours à céramique et le tohu-bohu des porcheries milliardaires. C'est tout le saint-frusquin de l'assistance aux personnes âgées dans la région la plus vieille de la planète. La plus grande industrie de toutes, la seule qui soit sûre de son expansion en ces temps de crise mondiale. Un véritable holding, réparti en unités sanitaires et autres, étincelantes, avec toutes ses ramifications : services gériatriques, maisons de retraite, réseaux d'assistance à domicile, appartements et maisons sécurisés, centres diurnes et nocturnes, allocations, soutiens en tous genres aux familles. Un dispositif ultra-efficace, réglé jusqu'au plus petit boulon.

Un centre diurne pour les seniors, à Montecchio sull'Enza, dans la province de Reggio, me revient en mémoire. « *Andom a fer la ginastica !* » (on va faire notre gymnastique !), m'avait crié Papy Toni, en donnant un violent élan à son fauteuil roulant. Il fonçait vers le terrain de jeu, où d'autres vieillards énergiques s'étaient mis en rond. Une jeune fille au centre envoyait un ballon, chacun son tour ils l'attrapaient et le renvoyaient en criant leur nom. Aleotti

Luigi ! Frascari Maria ! Galazzo Artemisia ! Et puis, pas des anciens pour rire : le plus vieux avait cent ans bien sonnés. C'était une vieille, d'ailleurs, elle s'appelait Maria Terenziani, elle était née communiste et elle entendait bien mourir dans le même état. Quand elle avait bouclé son siècle, on lui avait envoyé un faux télégramme de Berlusconi, mais elle avait flairé l'arnaque et entonné *L'Internationale*. Maintenant, elle renvoyait la balle en riant. « L'Émilie, criait Maria la Rouge, c'est la perle de l'Italie ! On y trouve tout sur place, et tout est beau ! »

Je vais voir le barbier, dans son salon reluisant de propreté, comme tout le reste entre le Pô et les Apennins. « Dites-moi, vous en avez des étrangers », dis-je à l'homme qui brandit son rasoir.

Lui : « Il y en a bien soixante pour cent, dans la rue on a du mal à entendre parler l'italien. Que voulez-vous, il y a du travail par ici : l'industrie du porc, l'abattoir au bord du fleuve, l'aciérie, les hôtels... Et un océan de maisons de vieux.

— Mais c'était comment, dans le temps ? dis-je.

— La misère noire. Tout le monde fichait le camp, chez nous, c'était une terre de goitre et de pellagre. La moitié du village a émigré en Amérique. Le voyage en bateau à vapeur durait un mois et des tas de gens y restaient. On leur faisait des obsèques en mer, même aux petits enfants. Mais allez donc voir la maison de Felice Pedroni ! C'était un d'entre nous. Il y a un siècle, il a découvert la plus grande mine d'or du monde.

— Qui ça ?

— Pedroni, Felice, une légende. En Alaska, on lui a édifié des monuments. Une histoire de dingue. On dit qu'il est mort empoisonné par sa femme qui l'a mis sur la paille. Ici, au cimetière, il y a aussi sa tombe. Mais allez donc à la mairie, ils sauront vous dire. Ils ont fait un jumelage avec une ville située dans le cercle polaire arctique. »

C'est fini. Je découvre que ma moustache est un peu plus courte d'un côté que de l'autre, mais peu importe, je suis sur la piste d'une grande histoire. C'est toujours comme ça. Quand on arrive à un endroit qu'on ne connaît pas, on se met à causer avec un chauffeur de taxi, le curé ou le barbier. Et s'ils sont d'humeur bavarde, le résultat ne se fait pas attendre ; l'Italie des villages est une véritable mine.

Le lendemain matin, je vais à la mairie chercher quelques détails supplémentaires. « Pedroni a fondé la ville de Fairbanks et son filon continue de produire un milliard d'or par an », me confirme l'adjoint aux travaux publics, Alessandro Fogliani, que je cueille dans un couloir au premier étage. C'est un type enthousiaste : s'il pouvait, il partirait tout de suite avec moi jusqu'en Calabre. « Pensez donc, reprend-il, en Amérique, Pedroni était un héros, son nom figurait dans les livres d'histoire, et nous, jusqu'à il y a trente ans, nous n'en savions rien du tout. » Il m'embarque dans sa fourgonnette de service pour me promener au milieu des collines, avec des virages de formule 1. « Toute l'histoire a été découverte par hasard. »

Nous arrivons devant la maison natale de notre héros, à Trignano, hameau perdu dans les bois, là où la ligne gothique a été enfoncée. Au-dessus de l'entrée, une pierre commémorative. Non loin de là, on est en train de monter une estrade pour les anciens combattants de 1945. Il y aura aussi bien des Alliés que des Allemands, tous ensemble, et la fanfare du village sera là. Qui sait, me dis-je, il y aura peut-être des skieurs brésiliens avec l'insigne du cobra qui fume la pipe. Chercheurs d'or et guerre mondiale : la grande Histoire passe par des lieux oubliés.

Au cimetière de Fanano, la tombe d'un des plus

grands explorateurs italiens n'est pas un monument, mais une banale niche mortuaire. Comme beaucoup d'hommes baptisés Felice[1], celui qui a découvert le Pedro Creek – le torrent le plus aurifère de la planète – a eu une vie bien triste. La personne qui connaît le mieux son histoire, me dit-on, c'est Giorgio Comaschi, de Bologne, qui vient juste d'écrire un livre sur le sujet.

« Pedroni a émigré à trente ans, me raconte Comaschi au téléphone, et l'idée de chercher de l'or lui est venue par hasard en écoutant des bavardages entre émigrants morts de faim. Il aurait pu aller en Californie, mais il a préféré choisir le froid. Il était imbattable dans la neige, les autres chercheurs l'ont vite compris et ils ont essayé de le suivre. Mais il ne laissait jamais de feu allumé, il effaçait ses traces. C'était un vrai chien truffier.

» En 1906, il est revenu au village, plein aux as, il a fait la cour à une institutrice, mais elle n'a pas voulu de lui. Alors, il est reparti en Alaska, où il a épousé une danseuse de saloon. Une Irlandaise, une dure à cuire comme lui, qui claquait le fric des mineurs exactement comme les belles pépées d'aujourd'hui claquent celui des stars du ballon rond. Il est mort vite et on a perdu sa trace. »

Cependant, en 1970, un notaire de Pavullo a découvert l'histoire et, après de longues recherches, il a retrouvé sa tombe à San Francisco. En 1972, il a organisé le rapatriement en Italie de la dépouille. « Quand le cercueil est arrivé à Fanano, on a raconté n'importe quoi à propos d'une prétendue mort violente. On a parlé de poison, et même d'une grosse aiguille enfoncée dans le cou. Nous avons fini par exhumer encore

1. Felice, l'équivalent italien de Félix, signifie « heureux ».

une fois le corps, mais nous n'avons trouvé aucune trace d'homicide. »

Je repars en direction de Porretta Terme. Ma Topolino ronge un paysage opulent, ordonné, presque bavarois. La vallée d'Ospitale – un des repaires d'été d'Enzo Biaggi – et le bourg de Lizzano me rappellent les pâturages de l'Emmental. Il est tout à fait impossible d'imaginer la famine du siècle dernier. Je me dis que je devrais en parler avec Francesco Guccini, qui est né et a grandi dans ces montagnes. Une chanson qu'il a écrite m'est revenue en tête, *Amerigo*, une chanson sur les émigrants des Apennins, qui comporte de nombreuses clefs permettant de comprendre l'histoire de Felice Pedroni, l'homme de l'Alaska. Les « mots durs dits au père », la « tradition de faim et de fuites ». Amerigo, celui dont « le bandage herniaire ressemblait à un étui à pistolet » et qui « revint, comme tant d'autres, avec deux sous, ayant dit adieu à sa jeunesse ».

Nerina monte en direction de Pavana sur la route de Pistoia, décrite avec une précision émouvante dans un guide de 1899, écrit par Luigi Vittorio Bertarelli. Cet ouvrage avertit le lecteur que je suis : la chaussée est « partiellement couverte de graviers pendant l'automne et l'hiver », certaines pentes sont « pénibles pour le cycliste ». Il me recommande la « prudence dans les virages » et me réconforte en m'indiquant « certaines sources et auberges le long de la route ». La Topolino suit son chemin, rien ne semble avoir changé. Sur la route déserte, un homme chemine, avec sur le dos une peau de mouton de berger des Abruzzes. Il porte un sac à dos, un couperet et un livre sous le bras. Je le prends à bord, il n'a que quelques kilomètres à faire. D'emblée, je perçois une puissante odeur de bête sauvage, quelque chose qui ressemble au mouflon reniflé dans les Alpes apuanes.

Mon passager se tait, il émane de lui une autorité de quaker qui intimide ; je n'ose pas lui poser de questions. « Laissez-moi ici, s'il vous plaît », me dit-il en plein tournant. Il me remercie en homme bien élevé et disparaît au plus profond du bois, tel un troll des légendes scandinaves.

Guccini n'habite pas une villa avec piscine, mais une vieille maison aux murs épais, coincée entre la *Statale* 64, la limite entre Toscane et Émilie, et le pont de la Venturina, au confluent du Reno et d'un de ses affluents. Pour qui arrive de Porretta, elle est précédée par une étrange construction, dotée d'un portique. Son créateur était un prêtre adepte du Risorgimento, en odeur de charbonnerie, lequel fit inscrire au fronton : « Architectes, passez au large. L'ambition dessina, le caprice fit. » La maison de Francesco est l'endroit où vivait et travaillait son meunier de père, un homme fort sévère, et ses murs énormes sont l'ancre qui l'attache à une terre pauvre de châtaignes et de polenta. Il n'est pas homme à bouger, Guccini. Cela fait des années qu'il préfère les Apennins à sa Bologne perdue, sa Bologne qui n'a plus désormais « le sein en Padanie et le cul sur les collines », qui a égaré son âme terrienne d'auberges et de chansons.

C'est pour cette raison que je suis certain de le trouver là-haut, au milieu des hêtres et des sangliers. Je frappe et, au bout d'un moment, le voilà qui arrive. Aussi massif qu'un ours brun. On dirait qu'il sort tout juste d'hibernation. Derrière la porte, j'entrevois une vieille cuisine pleine de casseroles et de livres.

« Excuse-moi, dit-il en se grattant la barbe, je digère encore la cuite d'hier : des amis m'ont apporté du poisson de Romagne. »

Nous pourrons aller faire un tour avec elle, lui dis-je en indiquant la Topolino, garée dans la cour. Et peut-être même voyager ensemble à la recherche de vieilles auberges jusqu'à l'Aspromonte, tout en bas.

« Impossible, dit-il en riant, elles n'existent plus les auberges d'autrefois. On les a exterminées. Nettoyage ethnique. Et puis d'abord, moi, je n'arriverai pas à y entrer dans ta voiturette. »

Nous passons dans la cuisine.

« Écoute, lui dis-je après les politesses d'usage, j'ai trouvé sur la route un type avec une veste en peau de chèvre. Tu vois qui ça peut être ? »

Francesco, sûr de lui :

« Il sentait la bête sauvage ?

— Oui, le bouc.

— Alors, ça ne fait aucun doute, tu as rencontré un elfe. »

Je crois qu'il plaisante.

« Mais non, les elfes existent. C'est une confrérie de plusieurs familles. Ils vivent dans des hameaux abandonnés autour de Bellavalle. Ils n'ont ni l'eau courante ni l'électricité. Des braves gens qui vivent à l'ancienne. »

Nous débouchons une bouteille de rouge. La table de la cuisine est encombrée de journaux. Guccini gesticule, sa cigarette dessine des hiéroglyphes rouges dans la pénombre.

« Ils ont rebaptisé les lieux de noms empruntés à Tolkien : Fendeval, Terre du Milieu, et cetera. Ils ont des tas d'enfants, beaux et en bonne santé. Qui réussissent aussi très bien à l'école, parce qu'ils grandissent sans télé. »

J'imagine quelque chose dans le genre des amish. Des gens rudes et taciturnes. Comme le barbu que j'ai pris à bord de ma Topolino.

L'ours de Pavana confirme cette idée. « Les enfants ne sont jamais autorisés à jouer, tant qu'ils n'ont pas fini leurs devoirs. Les elfes font leur pain eux-mêmes.

Ils vivent de troc et de métiers manuels. Ils ferrent les chevaux, bêchent les potagers, ramassent les châtaignes, entretiennent les bois. »

Je me dis que l'odeur de chèvre était tout simplement celle de nos ancêtres. C'est-à-dire la nôtre, mais sans robinets à la maison et avec une fosse à fumier dans la cour. La même vie pénible qu'Amerigo, le héros de sa chanson.

« Putain, que c'est con, je n'ai pas posé assez de questions à Amerigo, avant sa mort. Il ne m'a pas raconté combien il gagnait, quelles étaient ses heures de travail, ni pourquoi il a fini à Pittsburgh. Il est mort en 1966, pendant que j'étais militaire à Trieste. J'aurais voulu assister à ses obsèques, mais il ne faisait pas partie de ma famille, alors on ne m'a pas donné la permission. »

Guccini ronchonne et fume.

« Dans ces montagnes, l'émigration a duré jusqu'à la fin des années 1950. Je me rappelle, on mettait encore l'orange dans la chaussette de la *Befana*[1]. On partait uniquement pour soulager la famille d'une bouche à nourrir. Tu connais Laetitia Casta, l'actrice française ? Sa famille aussi est partie de la vallée du Reno. »

Je lui demande ce qui est resté de ce temps-là.

« L'émigration a aussi marqué notre dialecte. *Litigare*, se disputer, se dit *faitare*, de l'anglais *to fight*. *Raif*, c'est le fusil, en anglais *rifle*. En revanche, ceux qui sont partis en Amérique ne connaissent plus l'italien. Ils nous écrivent des lettres traduites par leur ordinateur, tu vois le désastre. Résultat, on

1. Sorcière qui vient le 6 janvier récompenser les bons enfants et punir les méchants. Son nom est dérivé d'Épiphanie.

n'y comprend que dalle. À tout prendre, il vaudrait mieux l'anglais. »

Francesco connaît bien l'histoire des mines américaines et de Pedroni, le chercheur d'or. Il me raconte qu'ici les femmes s'en allaient aux champs jusqu'au neuvième mois de leur grossesse et qu'elles ne lâchaient leur travail qu'un petit instant, le temps d'accoucher. Les hommes descendaient de la montagne « avec des sacs de châtaignes d'un quintal et demi sur le dos, gros comme ça, et des fagots deux fois plus grands qu'un homme ».

Je prends des notes minutieuses.

« Dans les années 1950 encore, un facteur m'a dit : "Si j'avais de l'argent, j'achèterais des châtaigneraies." Au lieu de quoi, tout a disparu en un clin d'œil. Ça donnait trop de travail, il fallait soigner ses bois comme un jardin. »

Nous sortons pour gagner le bois, étouffé par le lierre. Un repaire de sangliers. Guccini poursuit son récit circonstancié.

« Peler et moudre les châtaignes, c'était monstrueux. Il fallait les faire sécher à feu très doux, pendant quarante jours. On nous donnait des tours de garde, pour rester éveillés on jouait à la "chiffe". On se regardait fixement dans les yeux et on envoyait un chiffon mouillé à la figure du premier qui riait. Mais ce n'était pas encore fini : ensuite il fallait entasser la farine dans des coffres, en pressant très, très, très fort, pour que les insectes ne s'y mettent pas. »

Pour finir, nous descendons ensemble à Porretta. Un de mes amis, Franco Poselli, doit arriver par le train de Bologne et faire un bout de route avec moi. Il a débarqué à l'heure dite sur le quai, avec son sac à dos et l'air heureux du gars qui vient d'échapper à une réunion de copropriétaires. Quand nous étions encore camarades de classe, nous avons démoli ensemble nos Fiat 500 en faisant des tête-à-queue timorés sur les graviers du bord de mer. Parmi nos spécialités criminelles, il y avait l'habitude de conduire debout, le torse hors de l'habitacle, ou bien assis en train de jouer aux cartes, avec l'accélérateur à main réglé sur la ligne droite.

Pour une autre de nos folies patentées, le conducteur se tapissait au-dessous du niveau de la fenêtre, pour faire croire que la voiture roulait par ses propres moyens, tandis que le passager manœuvrait en douce le volant et que son comparse ratatiné au niveau des pédales donnait les gaz selon les indications très précises de l'autre. Bien que la sagesse lui soit venue avec la maturité, Franco est toujours égal à lui-même, ce qui fait qu'il a sur moi l'effet d'un extraordinaire anxiolytique. Par-dessus le marché, il conduit à merveille, donc je vais avoir quelqu'un à qui confier le volant pour pouvoir prendre mes notes en toute quiétude.

Nous défions, à coups de *tortelli* et de vin, la mélancolie thermale du lieu, avec une joyeuse compagnie apenninique, dans la *trattoria* bien fraîche de Pellegrino Castelli, inépuisable centre de gravité anecdotique de l'été à Porretta. Pellegrino, surnommé Pelle, physique énergique et mâchoire assortie, est un « homme de droite » à l'ancienne mode, mais un homme que fréquente et aime la gauche padane qui vient se gaver chez lui. Dario Fo, Cofferati, Guccini. Ils crient, rient, se mettent en boîte, un jeu de rôle sans lequel Porretta ne serait plus Porretta. Dans ce domaine, l'Émilie de Guareschi est toujours égale à elle-même.

À l'heure des grillons, quand s'achève la grosse pagaille émilienne et que Pelle cesse de hurler des ordres d'une voix de stentor, en direction de l'antre plein de fumée qu'est la cuisine, le barde Francesco

– qui est de la partie – termine en *ottava rima*[1] : « *Racconterò la vita strapazzata / di chi alla macchia va per lavorare / Vita tremenda e vita disperata / chi non la prova non la può insegnare / Credo all'inferno un'anima dannata / non possa così tanto tribolare / E non lo provi spasimo e dolore / come fa il carbonaio e il tagliatore.* » (Je vais raconter la vie épuisante / de ceux qui vont travailler dans le maquis / Vie terrible et désespérée / qui ne la connaît pas ne peut l'enseigner / Je crois qu'une âme condamnée à l'enfer / ne peut pas souffrir autant / et qu'elle n'éprouve pas les affres et les peines / qu'éprouvent le charbonnier et le tailleur de pierre.) Le vin est bu, dehors il n'y a plus que le bruit du fleuve qui traverse le village. Porretta sent le fleuve.

La lune se couche, le profil de l'Apennin révèle toute la précision d'une dentelle. Au sud-ouest de Porretta, sous deux petits nuages azurés, je vois les montagnes boisées qui donnent sur Orsigna. On dirait que la lune est allée les déposer là, dans la vallée secrète où Tiziano Terzani est venu achever son ultime et grandiose voyage. Quand j'y suis allé la première fois, au printemps qui a suivi sa mort, la neige était encore épaisse sous le Corno alle Scale. Je voulais voir l'ermitage avec les grands arbres qui jasaient, les escarpements et le vent d'altitude, le refuge où l'écrivain à la tunique blanche avait partagé son dernier entretien sur la vie avec sa femme et ses enfants. L'endroit avait été sa rampe de lancement en direction des étoiles. C'était là son terminus ; encore plus que dans la petite chambre himalayenne de Binsar, sous le glacier du Nanda Devi.

Au cours de ses dernières années, après une vie

1. Grand classique de la poésie italienne. Il s'agit de huit hendécasyllabes rimant le plus souvent ABABABCC.

passée à accumuler des objets venus d'Inde et de Chine, Tiziano avait cherché l'essentiel. Déjà à Florence, dans la maison de Bellosguardo, il s'était embarqué pour l'exploration extrême, celle de soi-même. Il travaillait dans une soupente couverte de tapis, assis en tailleur parmi des objets disposés de façon à représenter sa topographie mentale. La petite armoire avec les provisions de thé de toutes sortes, les théières, le réchaud, les livres de Gandhi et Krishnamurti, le coussin, la fenêtre sur les oliviers et les soirées couleur de cyclamen du côté des collines de la province de Lucques. Je m'aperçois que tout était déjà visible dans ce petit coin florentin : le voyage vers une frontière immatérielle, l'affranchissement des besoins, l'élimination du superflu. Mais, par-dessus tout, la simplification à l'extrême, la réduction de l'espace à un seul point, celui où il pourrait mourir.

Et, à vrai dire, Orsigna fut son chef-d'œuvre. Dans son propre Himalaya, à cheval entre l'Émilie et la Toscane, d'où j'ai vu sortir ce matin une vive lumière jaune, à la fin il avait dupé le monde en s'éclipsant en toute légèreté, dans une petite pièce vide où il regardait le coucher du soleil, avec à côté de lui une statuette de Milarepa, dépourvue de valeur, une carpette et deux petits bâtons d'encens. Après avoir accumulé des objets pendant des années, en Orient, il avait jeté tout le lest pour laisser voler sa montgolfière. À sa famille, il avait laissé ce zoo sans fin, fait de dragons chinois en terre cuite, de cobras, de crocodiles et de troupeaux d'éléphants.

Le boa qui tue les torrents

Nous partons pour le col de la Futa, sur la route de Bargi et Castiglione dei Pepoli, dans notre petite voiture bourrée à craquer de bagages, comme celle d'un couple de jeunes mariés. Le début du trajet est à mourir de rire : après une montée, un écriteau au milieu de nulle part, où l'on peut lire « Badi (commune de Castel di Casio), hameau jumelé avec New York (USA) ». Puis, sur les rives d'un petit lac, encore une fois au milieu de nulle part, une foule noirâtre autour d'une salle de bal, d'un parc aquatique et d'un espace contenant en miniature les monuments de notre beau pays. Les Italiens ont peur de la solitude, ils s'agglutinent toujours tous aux mêmes endroits. Et, en effet, le Pays des merveilles disparaît aussitôt et au-delà du Limentra – la rivière au bord de laquelle le père de Guccini exerçait son métier de meunier – notre auto s'engouffre en terre inconnue, sur une route qui l'oblige à se déplacer en zigzags terrifiants, car elle a un profil altimétrique en dents de scie et suit toute seule son petit bonhomme de chemin, sans tenir compte de l'ombre du dieu Rectiligne qui la menace, du haut des pylônes de l'A1, entre Bologne et Florence.

Le cimetière allemand, en haut du col de la Futa, est un émouvant monument à l'antirhétorique, comme tous les cimetières des vaincus. Recouvertes d'herbe rase, ses terrasses font face au bassin du Mugello et au vent qui monte de la mer Tyrrhénienne, avec trente mille petites pierres sur lesquelles sont gravés très sobrement les noms et dates des victimes. Les mots tels que « fierté » et « orgueil » sont inutiles sur cette ligne d'ombre. C'est peut-être pour cela que les tombes des vaincus ont plus de force que celles des vainqueurs. Je m'arrête avec Franco pour manger un *panino*, nous dispersons en silence nos miettes sur les défunts. Ce n'est pas une insulte, j'ai appris ce geste en Orient. En Perse, les femmes dorment dans les cryptes et pique-niquent sur les tombeaux des vénérables. À Istanbul, des milliers de Turcs festoient dans la joie, sous d'immenses eucalyptus, autour de la sépulture du vénéré Eyüp, au fond de la Corne d'or. Aujourd'hui, au col de la Futa, je me surprends à parler à voix basse au soldat Karl Steinhof, né le 20 février 1906 et mort le 4 octobre 1944. Ou à somnoler au soleil, parmi les passereaux et les marguerites, à côté du fantassin Karl Bettendorf – 13 décembre 1924, mars 1945 – un ennemi qui n'avait que vingt ans.

La descente vers la vallée du Mugello, à partir de Santa Lucia, possède une beauté aéronautique. Nerina vire, ralentit à la façon d'un biplace à hélice de la Grande Guerre, s'arrête bien en évidence à l'extérieur d'un tournant. De l'autre côté, il y a un bar solitaire qui porte le nom de Gualtieri. Un endroit rêvé pour le Giro, où l'on peut rester, sans s'ennuyer, des journées entières assis sur un muret, à regarder tout simplement les voyageurs de passage. J'écris dans mon journal de bord : « virage du bar Gualtieri ». Lors de chacune de ces étapes apenniniques, j'ai noté méticuleusement le plus beau virage. Entre la Ligurie et le Piémont, c'était le gué de Voltaggio au fond de la descente de Marcarolo. Dans la province de Plaisance, le troisième tournant entre le torrent appelé Boreca et le village de Tàrtago, et, en retournant vers la Ligurie, le premier virage après le col du Pelizzone en direction de Case Guselli. En Lunigiane, le deuxième kilomètre lorsqu'on va d'Arzelato à Rossano. Et puis le dernier tournant entre Monzone et Ugliancaldo, ainsi que la sinueuse route en terre battue entre les hêtres en direction de la Doganaccia, au-dessus de l'Abetone. Une liste qui est un véritable hymne à l'Italie des villages.

Le soir, dans la Conca del Mugello, nous tombons sur un étrange silence autour de l'exploitation agricole Macerata, à San Giorgio in Luco, où nous avons trouvé à nous loger pour la nuit. Un silence qui me tient éveillé, même dans l'obscurité totale. Se détachant contre la fenêtre ouverte, le profil de mon compagnon de voyage émet un sifflement régulier, la tête sur l'oreiller. Il en profite, Franco, il s'est farci un dîner de *ravioli* au *ragù*, suivi de lapin sur un lit de romarin. Dehors, je vois le bois de châtaigniers, le fenil avec le tracteur, la Topolino, couverte d'une bâche, la roseraie. Tout est en ordre. L'après-midi, il a plu et du bassin du Mugello émane un parfum humide de vraie campagne, qui révèle son origine lacustre. Une odeur antique de foin et de fumier ; rien à voir avec le chianti portant griffe de certains restaurants où il faut retenir sa table pour pouvoir manger. Chants de grillons, bruissement de feuillage, mais il lui manque quelque chose, à cette nuit.

Après avoir allumé la lumière, je lis une biographie du poète Dino Campana, originaire de la région. Ce livre m'inquiète encore plus. Bagarreur, nomade, passionnel, anxieux, en conflit continuel et violent avec sa mère qui était exactement comme lui, Dino partait soudain à pied dans les Apennins, emporté par une irrépressible frénésie migratoire. Il se rendit aussi à pied à Florence, en 1913, afin d'y porter le manuscrit de ses *Canti orfici* (*Chants orphiques*) aux deux monstres sacrés de l'époque, Papini et Soffici. Lorsque le second nommé perdit allègrement le manuscrit, le seul qui existait, Campana, devenu presque fou, retourna dans sa petite ville de Marradi pour récrire furieusement le texte de mémoire, avant de poursuivre à travers la moitié de l'Italie une femme nommée Sibilla, qui le fuyait toujours. Soffici [1], me dis-je, comment peut-on se fier à quelqu'un qui porte un nom pareil ?

1. *Soffice* signifie moelleux, doux, meuble.

Le matin, Federico et Annamaria, les propriétaires de l'exploitation, donnent un visage à mon inquiétude et un sens au silence de la nuit. Il n'y a plus d'eau dans la vallée. Il vient tout juste de pleuvoir, expliquent-ils, mais le Mugello a perdu ses torrents. Les rives sont desséchées. Les sapins déshydratés. Les cours d'eau *desaparecidos*. Les puits à sec. La campagne est dévastée par les trous qu'ont creusés les sangliers, aussi profonds que des cratères de bombe au napalm. C'est une catastrophe, qui s'est déroulée en très peu d'années : depuis – me dit-on – que la « taupe » du TGV a ravagé le ventre des Apennins en aspirant ses eaux en profondeur, d'immenses lacs souterrains, des nappes phréatiques et des résurgences. Ils m'emmènent voir tout ce que je n'ai pas pu – ou peut-être pas su – voir pendant mon voyage en avant-première, dans le tunnel du TGV. Le puits est vide, le marronnier dévasté par la sécheresse, le torrent réduit à l'état de ruisselet, l'exploitation voisine s'est littéralement affaissée de quelques mètres. Le voilà, l'effet du monstre, de l'animal visqueux que j'ai entendu s'agiter dans le ventre sulfureux des Apennins.

Sur la carte du Mugello, je trouve des noms merveilleux liés à l'eau, mais si je cherche à les évoquer, je n'obtiens pas de réponse. Fonte al Ciliegio (Source au cerisier) ! Absente. Fonte della Canina (Source de la petite chienne) ! Absente. Fonte Frassineta (Source de la Frênaie) ! Absente. Fonte di Fosso Lupaio (Source du fossé aux loups) ! Absente. Torrent Bagnone ! Absent. Fleuve Rovigo ! Absent. Ils n'existent plus que sur la carte, leur murmure est désormais perdu. Ici, chaque maison avait sa source. Et comme chaque source avait son saint patron, maintenant qu'il n'y a plus d'eau, les saints aussi s'en sont allés. Le bassin du Mugello est plein de dieux en exil, de dieux partisans qui ont pris le maquis. Il n'y a pas jusqu'au sanctuaire de la Madonna dei Tre Fiumi (madone des trois fleuves), sur la route de Marradi, qui n'ait perdu le sens de son nom. Il donne sur un territoire qui n'a plus de voix.

Angelo Paoli était plombier et, maintenant qu'il est à la retraite, il ne lui reste plus que d'aller à la chasse aux eaux perdues. Il les note, une par une, avec une précision de notaire. Le torrent Veccione, sous l'abbaye de Santa Maria di Moscheta, disparu. Le torrent Carpine, disparu. Le torrent Erci, grouillant d'écrevisses, disparu. Le torrent Rampolli, avec ses nombreux saumons, disparu. Le fleuve Rovigo, qui coule en direction de Santerno, sur l'autre versant, englouti dans le néant. Le torrent Bosso, aux sept moulins légendaires, disparu lui aussi. Paoli me montre un serpent en plastique noir, un boa, qui traverse les bois du Poggio Rotto. C'est un tentacule du monstre ; le tube grâce auquel jusqu'à hier le TGV a pompé l'eau pour maintenir en vie les torrents. Aujourd'hui, il est là, tordu et abandonné. Il n'y a plus personne pour pomper.

Et voilà les universitaires, voilà les législateurs et les politiques, avec leurs cortèges de voitures bleues, ils organisent des conférences et des consultations au sujet de l'eau qui n'est plus là, mais pas un ne fait la seule chose vraiment nécessaire : une évaluation de l'impact environnemental. Le problème, c'est qu'il n'y a pas le moindre ennemi à qui s'en prendre. La Toscane est de gauche, le Mugello aussi : par ici, ce sont les socialistes et les communistes qui sont allés en ballottage. Et le TGV, n'en parlons même pas, lui aussi est de gauche, né sous le gouvernement Amato. Piera Ballabio, combattante anti-TGV de première ligne, nous explique : « Je m'en souviens parfaitement, des maires qui s'opposaient. Au ministère, on les a enfermés dans des pièces séparées et, un par un, on les a obligés à signer. »

Nous allons voir le musée de la *Civiltà contadina*, une association pour la sauvegarde de la biodiversité, à l'orée d'un bois d'une obscurité quasi bosniaque. C'est un ancien moulin où l'eau ne passe plus, avalée elle aussi par le tunnel. C'est l'épitaphe, la dernière balafre infligée à un monde que les ingénieurs du temps de paix ont massacré bien plus sûrement que la Wehrmacht pendant la Seconde Guerre mondiale. Dans le temps, me dit-on, l'eau chantait partout. Il pleuvait beaucoup plus et, l'hiver, il tombait des tonnes de neige. « Un hiver, il en est tombé tellement que Pimpi, Renato et Gigi Tagliaferri sont restés bloqués trois jours à l'intérieur du vieux moulin et, quand on est venu les dégager, on les a trouvés qui liquidaient joyeusement leurs provisions de vin et de salaisons. » Aujourd'hui, c'est fini, tout ça, le Mugello a été privé d'eau aussi bien par le ciel que par le sous-sol. Je crois entendre encore le silence désertique du Piave, le murmure du Pô, réduit à un filet d'eau. Le silence des fleuves est le *leitmotiv* de ce voyage à travers les montagnes d'Italie.

Grommellements sur le sanctuaire fatal

« *E vaaaaa la vita vaaa, la bicicletta l'è una gran comodità !* » Franco chante à gorge déployée, capote baissée, en direction des pics du Falterona. Et la Topolino va, elle aussi, troisième-seconde-troisième, elle grimpe le long de la *Statale* 67, cherche de nouveau la crête parmi les bornes épiques d'avant-guerre. « *Fuoco di Vesta che fuor dal tempio irrompi, con ali e fiamme la giovinezza va...* [1] » (feu de Vesta qui jaillit hors du temple, la jeunesse avance avec des ailes et des flammes). Je ne sais pas ce qui nous a pris d'aller à Predappio pour faire un petit coucou au Duce. C'est parce que la première version de notre petite voiture date de 1936, année de la conquête de l'Éthiopie et apogée du régime. Et parce que nous voulons comprendre comment diable l'esthétique du granit a pu produire une voiture utilitaire aussi « coquette », toute en frimousse et en popotin. Sensuelle et féminine.

L'ex-*Statale* 9 Ter, soleil au zénith, la roche siffle, le nom sonne, et en haut du col des Tre Faggi, Franco se déchaîne : « *Duce, Duce, chi non saprà morir ? Il giuramento chi mai rinnegherà ?* » (Duce, Duce, qui ne saura mourir ? Qui reniera son serment ?). Franco n'est pas précisément fasciste, mais il s'égosille quand même. Il se borne à interpréter les lieux : sur la place Rouge, il chanterait *L'Internationale* avec les mêmes transports d'ironie. Son cheval de bataille n'est autre que : « *Noi la morte l'abbiam vista / colle bombe e col pugnal* » (La mort nous l'avons vue / avec les bombes et le poignard), un chant guerrier de la milice fasciste, volontiers tourné en ridicule en Toscane – « *Noi la morte l'abbiam vista / sul cartello Attenti al tram* » (La mort nous l'avons vue / sur l'écriteau Attention au tramway) – allusion au symbole de la tête de mort et des tibias croisés, utilisé dans le temps pour la signalétique routière.

Des bois immenses. L'Italie de la télé-réalité disparaît, avec le signal de nos portables. Adieu Michele Cucuzza, Simona Ventura et *L'Isola dei famosi* [2]. Pour

1. Il s'agit du début de l'hymne des jeunesses fascistes.
2. Animateurs de télévision et version italienne de Koh-Lanta.

les oublier, il suffit d'un bain de pieds dans le Rabbi limpide, au milieu de prés verticaux, parsemés de chevaux et de vaches éclatantes de blancheur. C'est à croire qu'ils ont perdu la raison au Touring Club italien, leur carte au 1/200 000 ne révèle rien des enchantements de cette vallée perdue. Pas même une petite note pour la superbe commune de Premilcuore, avec ses maisons à pic sur la rivière.

Dans le cimetière situé aux portes de Predappio, à l'intérieur de la crypte du Duce, je trouve deux jeunes garçons tatoués, accompagnés de deux jeunes filles provocantes, le nombril à l'air. Qu'il est donc étrange le respect de la droite envers ses propres morts. Plutôt que le souvenir, elle cultive un fétichisme infantile. Mais en attendant, dans le registre funéraire, les signatures s'allongent au rythme d'une centaine de pages par mois. Je lis : « De Mestre avec honneur. » Ou bien : « En ce moment, nous aurions besoin de toi. » Ou encore : « Brigade noire, Stefano Rizzardi, Bologne. » Mais le plus extraordinaire, c'est la Federazione dell'Msi de Vérone, mouvement d'extrême droite, avec la date « LXXXIV, 84e année de l'ère fasciste ». Je ne comprends pas si c'est pour rire ou non. Nous aimerions bien écrire : « Plus jamais Berlusconi », mais nous laissons tomber. Il nous suffit de savoir que, par un perfide retour des choses, Mussolini repose dans la via Giacomo Matteotti[1]. Locataire de sa propre victime.

À midi, Predappio somnole, déserte, il fait quatre-vingt-dix degrés dans ses rues en feu. Remaniée par Mussolini, la ville propose des Apennins rectifiés et romanisés, privés de leur magie. La Topolino ne se sent pas chez elle dans cet espace aveuglant où la

1. Opposant socialiste enlevé et assassiné en 1924 par des militants fascistes.

plaine, divisée selon le système de la centuriation, a envahi par décret la colline. Le marchand de gadgets fascistes, momentanément à court de clients, sort de sa boutique pour nous exhorter à acheter quelque chose. Nous hésitons entre un buste en bronze et un calendrier mussolinien où l'on peut lire : « Ordre Autorité Justice ». Sur le point de capituler devant une chope de bière portant l'inscription « Nous irons droit au but », nous sommes pris de fou rire en pensant à notre voyage où il n'y a eu que des virages. On dirait que c'est seulement à Predappio que la Topolino, née sous le fascisme, a découvert sa propre âme partisane.

Dans un bar, j'entends des propos de gauche. De gauche pure et dure. Je tends l'oreille.

« C'est dommage, dit quelqu'un, que D'Alema n'ait pas été nommé président de la République. Comme ça, on en aurait enfin été débarrassé. »

Suit un moment de silence si absolu qu'on a l'impression d'entendre vrombir individuellement chaque mouche.

J'en profite pour demander : « Mais Fini, vous ne l'avez plus revu par ici ?

— Non, après Fiuggi, plus rien. Aujourd'hui, il est plus facile de voir arriver Veltroni. Ou Napolitano. Nous venons à peine de jeter à la mer l'homme qui rit, et déjà on nous tient des discours de réconciliation… Je crois que rien ne nous sera épargné… Salut au Duce, camarade triestin ! » Ils remâchent leur cynisme, les compagnons de la révolution et du lambrusco. Ils racontent que la junte communale de gauche songe à « valoriser » le sanctuaire fatal. Et qu'elle s'en fout pas mal si les gens qui viennent sont des fascistes. Le tourisme, c'est le tourisme.

Ça finira comme à Cracovie, me dis-je, où dans le même voyage organisé, on vous propose Auschwitz, les marchés de l'ambre et une soirée de musique populaire.

Mussolini qui joue les Toutankhamon, pourquoi pas ?

« Mais vous le savez, vous, nous demande-t-on, qui a soufflé à Berlusconi l'idée de la loi électorale qui a reconstruit la première République ? »

Nous répondons que nous serions ravis de le savoir. Pendant ce temps arrivent sur la table le *panino* et la mortadelle de service.

« Eh bien, c'est nous qui la lui avons soufflée, avec la loi électorale de la région "Toscane" ! Dans ce monde obscur, tourmenté et vacillant, c'est nous qui l'avons imaginée, pour asseoir notre pouvoir sur du granit. Et nous l'avons fait aussi dans votre intérêt, camarades triestins ! »

Je riposte : mais au moins, l'Émilie est une région qui fonctionne. Derrière son gouvernement se cache un consensus.

« Écoute. Il n'y a que les fous pour croire encore que la politique part de la base. Nous vivons dans une oligarchie totalitaire où la démocratie n'a aucune part. On ne vote plus : on se contente de coopter ce qui a été décidé par un petit nombre. »

Tout à coup, la conversation a viré au sérieux.

« Aujourd'hui, les bandits et leurs larbins se mettent en avant. Et le parti ne fait plus aucune différence entre les gens de valeur et les bons à rien. On distingue uniquement les fidèles des infidèles. Comme Berlusconi. »

Nous finissons au *chinotto* et au lambrusco tout en devisant au sujet des Italiens privés du gène de la démocratie.

Pendant ce temps monte de la ville voisine de Forlimpopoli une chaleur africaine qui nous pousse à repartir vers la fraîcheur du maquis dans les hauteurs. Et puis l'heure est aussi venue de sortir des interminables zigzags tosco-émiliens. Nous n'y avons passé que trop de temps. Nous voulons changer de monde, pénétrer dans les Marches ce soir même, et notre petite voiture, pleine d'ardeur partisane et réconfortée par son identité anti-totalitaire, attaque une pente faite pour les mules, afin de faire perdre sa trace aux fascistes. Au bout d'un seul kilomètre, les lignes droites de la fatale Predappio nous paraissent déjà aussi éloignées que l'Abyssinie.

« *Les fascistes sont pires que les* tudòsc. »

Mais entre Predappio et les Marches, il y a encore la ville de Meldola, avec ses arcades rouges et ses pavages blancs. On est justement en train d'y évoquer la vie et la mort du partisan Antonio Carini, torturé par les fascistes et massacré sur un pont voisin en mars 1944. Il y a une manifestation solennelle au théâtre, avec le maire, Loris Venturi, et la comédienne, Roberta Biagiarelli, une femme de talent qui a travaillé sur la Bosnie et qui vient de présenter en scène *Resistenti*, un monologue extrêmement bien documenté sur les partisans de la province de Plaisance, le pays même de Carini. Des récits atroces, recueillis auprès des derniers témoins encore en vie. Un admirable exercice de mémoire et de conscience de soi civiques que l'on devrait imposer, par décret, aux gauches oublieuses d'aujourd'hui.

Roberta a de grands yeux noirs ironiques de vivandière partisane. On comprend au premier regard que c'est quelqu'un qui affronte les dragons en personne. Le maire porte une barbe style Risorgimento, il multiplie les généreuses poignées de main à ses électeurs, explique que sa glorieuse commune était le centre du marché de la soie et que les femmes, jadis, mettaient les larves de vers à soie entre leurs seins pour les faire éclore plus vite. C'est un après-midi de feu, nous nous asseyons sur la place, dans un bar situé sous la loggia Aldobrandini. Franco contemple l'architecture de terre cuite, les pavés d'un raffinement rustique, la solide tour civique. Il commande un café glacé, proclame qu'il y a « plus d'histoire à Meldola que dans n'importe quelle ville américaine ».

L'actrice nous raconte la terrible histoire de Carini, fils d'un batelier du Pô, émigré en Argentine à vingt ans, pour aller aider les *campesinos*. Un homme qui ne tenait pas en place et qui dès 1936 était parti à la guerre d'Espagne, où il fut blessé à trois reprises. En 1943, il devint commissaire politique du PCI dans les brigades bolognaises, puis il passa à Forlì, où il fut capturé. « Ils se sont acharnés sur lui pendant une semaine avec des fers rouges, à l'intérieur de la Rocca delle Caminate, une villa mussolinienne transformée en prison. » Ceux qui en sont sortis vivants se rappellent ses hurlements et l'odeur de chair brûlée dans les couloirs sur lesquels donnaient les cellules. Les fascistes montraient le corps sanguinolent aux autres prisonniers pour les convaincre de parler. « Sans ça, vous finirez comme lui, menaçaient-ils, alors collaborez. »

Carini ne parla pas et personne ne fut arrêté par sa faute. Pour se venger, les fascistes le poignardèrent sur le pont de Meldola et le jetèrent sur le rivage en contrebas, pour être sûrs que la ville entière le verrait. Et, comme il n'était pas encore tout à fait mort, ils l'achevèrent à coups de pierre jusqu'au moment où il ne resta plus qu'un tas de sang et de peau brûlée. Après la guerre, l'histoire de ce héros padan des deux mondes entra dans la légende de la Romagne. Avec lui, on vit revivre aussi l'histoire des Fils de Personne, premier noyau de la Résistance, né dans la Bassa, la basse plaine du Pô, grâce aux journaliers et aux intellectuels qui avaient pris le maquis, entre Monticelli d'Ongina et Crémone, là où le Pô – au milieu des peupliers et des îles inondables – suit de superbes courbes dignes de l'Amazone.

« Finir entre les mains des fascistes, c'était bien pire que d'être pris par les *tudòsc* [1], ricane Giuseppe Scapuzzi, né en 1926 à Plaisance. Les *tudòsc* étaient méchants quand ils avaient besoin de l'être, mais ils ne se mêlaient pas de vengeances personnelles. Les fascistes, au contraire, torturaient par envie, ou même pour des histoires d'argent ou de femmes. Il y en a un qu'ils ont tué uniquement parce qu'il était plus beau que les autres. » Combien de gens s'intéressent encore à ces choses ? Qu'arrivera-t-il quand les vieux disparaîtront ? On me dit que le spectacle *Resistenti*, proposé aux communes progressistes de la province de Plaisance, dans les montagnes mêmes de l'épopée, n'a suscité qu'un silence embarrassé et que, parmi les rares villes à le demander, il y a eu Caorso, avec une municipalité de centre droite. « La mémoire, me confie un démocrate socialiste de Meldola, agace les jeunes lions de la gauche médiatique d'aujourd'hui. Elle gêne les affaires. »

Le soleil décline, sous le pont du massacre nagent des gamins heureux. Ce devrait être le signe que toute cette horreur est derrière nous : au lieu de quoi, nous repartons avec dans la bouche le goût amer de

1. Version dialectale de *Tedeschi* qui signifie « allemands » en italien.

quelque chose qui n'a pas été digéré, quelque chose qui peut se reproduire. Les assassins de Carini ont-ils payé leur crime ? Bah. Tout comme en Bosnie, en Italie non plus personne ne paie vraiment. Adieu Romagne, voici que commence l'Italie du milieu.

4

Du Montefeltro aux monts Sibyllins

Le ciel s'obscurcit, c'est la faute au gouvernement

Le Sasso (ou rocher) qu'on appelle Simone navigue sous les étoiles, aux confins des Marches et de la Toscane, solitaire au milieu des grillons, dans une mer de chênes en plein vent. On dirait un porte-avions, avec de gigantesques murailles et, tout en haut, une longue piste. Les Toscans fortifièrent ce bastion naturel, afin de tenir à l'œil les seigneurs de Montefeltro, et leurs propres rochers de San Marino, Sant'Agata et San Leo. Mais ils ne tardèrent pas à l'abandonner, faute de sources et de routes ; de nos jours la forêt a tout englouti et les pierres sont à peine visibles dans les hautes herbes. Il n'est resté dans le village fantôme qu'une grande croix de fer qui fait un paratonnerre idéal, les jours d'orage.

Le lendemain matin, la voiture monte parmi les fourrés au-dessus de Pennabilli, dans une puissante odeur d'ail sauvage. Dans les virages, des bornes trapues qui ressemblent à des mégalithes. Au fond, le Sasso, qui nous paraît plus proche dans cet air dont la limpidité agit à la façon d'une loupe. Arrivés à une grande courbe, nous continuons à pied le long d'un sentier boueux, dévasté par les véhicules tout-terrain et le passage de chevaux, avec un panneau surréaliste « Vitesse maximale 30 km à l'heure ». Pendant près d'une heure de marche, au milieu de plantes grimpantes et de détritus, nous ne rencontrons que deux Allemands, puis enfin l'ombre du Sasso s'allonge au-dessus de nos têtes, tombant des parois grises couvertes de lichens. S'approcher de la muraille qui le délimite est un peu comme de chercher la porte de Mycènes.

Nous montons le long d'une imposante rampe caillouteuse et une fois en haut nous découvrons que le Sasso Simone est isolé parmi les montagnes russes des Apennins, comme la balise d'une régate. On dirait un peu la Pietra di Bismantova, autre curiosité apenninique, à cette différence près que plusieurs confins se bousculent autour de lui. L'Émilie-Romagne, l'Ombrie, la Toscane et les Marches dessinent autour du bastion de tels labyrinthes que, si l'on s'avise de contourner la montagne dans le sens inverse des aiguilles d'une montre, en l'espace de quarante kilomètres on peut sortir quatre fois des Marches pour entrer en Toscane. Sur la carte, nous trouvons même une enclave – une espèce de Haut-Karabagh toscan, parfaitement dément – autour d'un hameau isolé appelé Ca' Raffaello. Là encore, c'est un vieux reste des rixes italiques entre hobereaux.

Au sud, un peu au-delà du massif de l'Alpe della Luna, il paraît qu'il y a un hameau ayant pour nom Cospaia, qui est resté indépendant pendant quatre siècles en raison d'une erreur topographique. L'État pontifical et la République de Florence étaient tombés d'accord pour fixer la limite de leurs territoires respectifs sur le *rio,* le torrent, situé à l'est de Sansepolcro, mais ils ne parlaient pas du même cours d'eau. Pour les uns, c'était le Rio della Gorgaggia et pour les autres le Rio Riascolo. Les habitants de Cospaia, qui se trouvait au milieu, saisirent l'occasion au vol et se proclamèrent « État libre de Cospaia ». Le plus beau c'est qu'aucun des deux États mitoyens qui le menaçaient ne songea à occuper ce petit bout de terrain. Pour quatre malheureuses maisons, ce n'était pas la peine, si bien que Cospaia resta autonome jusqu'au Risorgimento. En Autriche, jamais une chose pareille n'aurait pu arriver. Mais le je-m'en-fichisme topographique des Italiens donne parfois des fruits extraordinaires.

En attendant, le ciel s'obscurcit, c'est la faute au gouvernement. Du sommet, nous avons le temps de voir un front de nuages noirs comme de l'encre arriver à toute vitesse de l'ouest. Le vent balaie les prairies, secoue la plus grande forêt de chênes chevelus d'Italie, et le Sasso Simone devient à présent un roc dans le tourbillon des tempêtes. Coups de tonnerre, la température a baissé de quinze degrés, il pleut sur les ruines et les escarpements, c'est d'abord un crachin, puis un déluge. Nous descendons en courant le long du sentier, désormais devenu un toboggan de boue. Le ciel lance des éclairs globuleux, des impulsions violettes et bleu azur qui ressemblent à des vaisseaux spatiaux.

« Très souvent, quand le temps est sombre, écrit Guyot de Merville au cours d'un de ses voyages en Italie au début du XVIIIe siècle, on voit dans la direction des Apennins un météore. C'est une sorte de feu de forme ronde, qui ressemble vraiment à un globe, et les gens de l'endroit l'appellent la Bouche de l'Enfer. » Serait-ce le même phénomène ? Guyot de Merville raconte que certains voyageurs, ayant perdu leur chemin dans l'obscurité, ont été abusés par cette clarté et poussés vers des précipices. Nous nous abritons sous un surplomb rocheux, mais la pluie se transforme vite en mousson, tandis que le bois s'emplit de nuages effilochés en pleine course, qui ressemblent à la fumée d'un incendie.

Notre descente dure une demi-heure dans une gadoue aussi gluante que de la pâte à modeler et quand nous arrivons au but – où nous pensions pour le moins pouvoir nous mettre à l'abri – nous découvrons que la Topolino, elle aussi, ruisselle d'eau. La capote ne tient pas. Nous nous mettons en route à l'aveuglette, le cul posé sur un siège trempé, le pare-brise embué, tandis que l'essuie-glace des années 1950 fait ce qu'il peut : c'est-à-dire une allée et venue grinçante toutes les quatre ou cinq secondes. Mon passager est assis sous une cascade, il est obligé de sécher le plancher avec l'éponge du bord. L'éponge, mais oui, voilà à quoi elle devait servir, cette foutue éponge sous le siège de droite !

Je téléphone au propriétaire de la voiture, je suis obligé de hurler pour dominer le boucan de l'eau.

Je lui demande ce qu'il faut faire dans un cas pareil.

« C'est tout simple. Tu t'arrêtes et tu t'abrites. »

Ah. Je lui explique qu'il n'y a pas d'endroit où s'abriter.

Il hurle dans le portable que « les amateurs de voitures d'époque se divisent en deux catégories : les restaurateurs et les conservateurs ».

Je lui crie que je ne comprends pas et, surtout, que cette information ne me paraît pas d'une grande utilité pour sortir de la mousson.

Il insiste : « C'est tout simple : les restaurateurs imperméabilisent ! Vernissent ! Colmatent pour de bon la moindre fissure ! Ils rendent tout plus douillet et confortable ! Tu vois ? »

Je vois, mais ça me fait une belle jambe.

« Au contraire, les conservateurs laissent tout en l'état. Ils changent les pièces et voilà tout. Tu vois ? »

Je vois, ayant enfin compris que le propriétaire de ma Topolino entre dans la seconde de ces confréries.

« Si j'avais imperméabilisé les fissures, grince dans le téléphone le dénommé Righi, Roberto, tandis qu'il pleut désormais dans mon slip, l'auto aurait perdu sa caractéristique fondamentale : l'odeur. Ce ne serait plus la Topolino. »

Nullement réconfortés par cette découverte, nous repartons à l'aveuglette au milieu de bois déserts. Nous sommes l'image même de la panique désespérée : Franco conduit en caleçon, moi, je m'enveloppe dans une toile. Nous rions tous les deux, et comme le ciel vient en aide aux hommes de bonne composition, voilà qu'en haut du col de la Cantoniera – à mille sept mètres d'altitude – apparaissent une lumière allumée et une cheminée qui fume, au milieu de nulle part. À travers le mur d'eau, nous lisons à grand-peine : Auberge Capinera. L'endroit est parfait, le nom aussi, mais le déluge est tel que je ne réussis à voir ce que je fais et à me garer qu'en ouvrant la portière. À l'intérieur, c'est bourré de cyclistes : un peloton de Belges, aux prises avec les tagliatelles au *ragù* et en proie à une joie démente. Ils nous accueillent à grands coups de claques retentissantes dans le dos, tandis qu'à certaines tables des chœurs s'élèvent pour fêter l'arrivée du sauté de viande, et qu'un type façon inspecteur Clouseau, en tee-shirt du Crédit mutuel, soulève à bras-le-corps le chef qui sort à peine de sa cuisine.

Dans une pagaille surchauffée de tagliatelles, d'essuie-mains, de sacs à dos, de pompes à vélo et de culs transalpins, nous restons en slip, les lunettes embuées par le brusque réchauffement de la température, à tenter de nous changer devant la barmaid au comptoir, car c'est le seul endroit disponible. Les Belges ont trouvé des voyageurs encore plus mabouls qu'eux, ils sont tous à la fenêtre pour regarder Nerina sous les trombes d'eau. Nous dévorons des tagliatelles au *ragù* avec un appétit de routiers, dehors il fait de plus en plus froid, le vent agite les arbres, des rafales de pluie mitraillent les vitres de l'auberge Capinera. Et nous y allons de notre *grappa* avec les Belges, festoyant comme une horde de lansquenets du pape.

Il ne nous reste plus qu'à regagner notre base et tant pis si la Topolino est devenue un moyen de transport amphibie. À l'intérieur, plus rien de sec, pas même les papiers, ni les cartes géographiques. Une fois à l'hôtel, à Pennabilli, nous cherchons à remettre en état à l'aide d'un sèche-cheveux au moins la carte grise : à la réception, nous avons demandé un fil et des pinces à linge pour étendre nos affaires et très vite la chambre s'est remplie de documents d'immatriculation accrochés au fil pour sécher. Franco descend dans le parking couvert, baisse la capote et ouvre les portes de notre guimbarde pour aérer les sièges détrempés. Désormais, Nerina a repris le dessus. C'est elle qui domine. Nous pensons à la sécher, elle, bien avant nos chaussettes.

Je suis même effleuré par la folle idée de remplacer le « je » du narrateur par un « nous », qui nous désignerait, Nerina et moi. C'est le signe que la Topolino est à présent la patronne, qu'elle s'est même emparée du récit. Pourtant, son propriétaire m'avait averti : « Attention, Rumiz, elle est comme une femme. Si tu l'as, tu la maudis, si tu la perds, elle te manque, si tu t'en fous, tu perds ton âme. » Je suis rompu, je n'en peux plus des ralentissements, je voudrais me libérer de cette voiture. Franco, épuisé, ronfle comme un phacochère, son livre sur le nez, et son ronflement, prenant le rythme de l'appel régulier d'un oiseau devant la fenêtre, devient le râle d'un épouvantable animal mythologique.

Après le dîner, le ciel se dégage et, au milieu des lumières des villages et des oliviers frémissants, Pennabilli, une ville ceinte de tours, au double chapeau – Penna et Billi, qui se sont réunies après des siècles de discorde –, se révèle être une acropole parfaite, un formidable lieu de l'âme. Penna, Apennins, Péninsule ; le compte est bon. Parmi ses vieilles maisons, il y a les pavés, les pas pressés, les hirondelles, les gens qui parlent à voix basse, le parfum de l'excellente cuisine des petites auberges d'autrefois. La Toscane scélérate et les parcs d'attractions de la Romagne sont déjà un autre monde. Il n'y a rien de feint, l'épidémie des chambres d'hôte de luxe à la ferme n'est pas encore arrivée jusqu'ici. S'il existe un lieu qui représente l'identité des Apennins, nous l'avons sous les yeux.

Nous demandons où se trouve la demeure du grand vieux de la ville, le poète Tonino Guerra. C'est lui qui a donné à Pennabilli le sens de son identité en la parsemant de lieux de la mémoire authentiques.

« Tenez, la voilà, là-haut, la maison de Tonino, mais en ce moment il n'est pas là, nous répond une dame coiffée d'un fichu noir en nous montrant le sommet du bastion. Il est parti pour la Russie avec sa femme. »

Je m'aperçois qu'ici tout le monde sait tout sur les mouvements du plus illustre locataire du Montefeltro.

« Il a une étoile rouge dans la tête, Tonino, nous dit un type au bar en riant, c'est le chirurgien soviétique qui l'a opéré il y a des années qui la lui a greffée.

— Il a sept vies, comme un cosaque », ajoute un compère, et il essaie de se rappeler un des poèmes de Guerra, en romagnol, écrit à son retour du camp de prisonniers en Allemagne.

Il déclame avec de longues pauses : « *Tante volte*

sono stato felice in vita mia... ma specialmente lo sono stato... quando la prima volta ho visto una farfalla senza... aver voglia di mangiarla » (J'ai été tant de fois heureux dans ma vie... mais je l'ai été tout spécialement... la première fois que j'ai vu un papillon sans... avoir envie de le manger).

Nous retournons à l'hôtel en passant par la rue *del Padreterno*, rue du Pèréternel, et nous nous disons qu'il n'est pas ordinaire de découvrir un endroit qui a emprunté son nom à un poète. Autour de nous, le ciel et la terre sont pleins de petites nébuleuses, les Apennins nous renvoient la radiographie de l'univers.

Le lendemain matin, le temps est une vraie merveille, le vent a tout balayé, même les pensées. La petite voiture est pimpante, hyperactive, elle démarre comme un chien courant à la chasse aux marmottes, s'enfonce dans le ventre du pays. Les crêtes s'adoucissent, les ombres envahissent le paysage. Partout des courbes douces, depuis les collines jusqu'aux sillons des champs cultivés, depuis les méandres des fleuves jusqu'aux orées des bois. Impossible de comprendre les tableaux de Raphaël, si l'on n'a jamais vu ces endroits.

À l'horizon, une vague suivant l'autre se propagent des collines qui ressemblent aux douces hauteurs du comté de Kent. Nous traversons des joyaux tels que Belforte all'Isauro, Sant'Angelo in Vado, Sorbètolo, Pian di Meleto ; ou bien Cagli, blanche et lumineuse comme une forteresse des Pouilles. Nous suivons des vallées et des cours d'eau inconnus : le Candigliano, le Metauro, le Bosso. Nous sommes loin de tout : d'Urbino, de Gubbio, de Sansepolcro. Et pourtant l'Italie est là. Tout entière en ces lieux isolés. Pour la trouver, il n'y a pas besoin de grand-chose. Il suffit de slalomer entre les trous et quelques bouses de vache.

Les BCBG ont une peur panique de la merde. Je me rappelle un après-midi de printemps à Palmanova, à l'occasion duquel tous les gens chics de la région étaient venus au vernissage d'une exposition sur les Turcs. De la campagne, cependant, arrivait un air légèrement chargé de mystérieuses fermentations, tout à fait imprévu. Quelques dames embijoutées s'agitaient, mal à l'aise, et demandaient ce que c'était que « cette étrange odeur ». Je leur expliquai, sans sourciller, que c'était le *letame*, le fumier que l'on venait de répandre sur les champs des alentours. Et j'en rajoutai : « *Le-ta-me*, du latin *lætus*, joyeux, c'est une substance qui réjouit les paysans, la terre, la vie. » De toute évidence, elles n'en crurent pas un mot. Dans leur tête, pareille étymologie n'avait pas sa place.

Nous arrivons devant les eaux du Bosso, d'un vert qui n'est pas sans rappeler la Neretva, et c'est un prélude aux terres des loups : celles qui mènent au Monte Catria, place forte culminant à mille sept cents mètres, au-dessus du monastère camaldule de Fonte Avellana – la source aux noisettes – dont mon ami Giuseppe Cederna avait été le premier à me parler. Je m'aperçois que, pour la première fois, depuis que nous avons franchi la ligne gothique, les autres automobilistes nous saluent. Regards ébahis, émerveillés, envieux, incrédules : on dirait que la Topolino libère une émotion échouée au plus profond de leur âme. Un conducteur fait un appel de phares, un autre donne un coup de Klaxon, un autre encore agite le bras par la fenêtre. Ils font une chose impossible sur l'autoroute : ils cherchent le regard de l'autre conducteur.

Pendant ma traversée à vélo de Trieste à Istanbul, en 2001, avec Altan et mon ami Rigatti, les camions qui nous dépassaient cornaient pour avertir de notre passage les mastodontes arrivant en sens inverse et ainsi, chaque fois, il y avait quelqu'un qui agitait le bras et criait « *Viva l'Italia !* ». Et aujourd'hui aussi, c'est un peu ce qui se passe. Il ne faut qu'un instant pour que se croisent les regards de deux inconnus, mais cela suffit et même mieux, pour que cet instant soit inscrit à sa place dans les archives de la mémoire.

Femme en noir avec orage

Dans les années 1950, Don Beppe se rendait encore à l'ermitage à dos de mule. Il n'y avait pas de route, le trajet durait une demi-journée dans une « forêt obscure » de chênes et de sangliers. Maintenant qu'il a quatre-vingts ans, Don Beppe a choisi de vivre à Fonte Avellana. C'est un homme qui parle peu : mais, ce soir, en voyant la Topolino qui débouche à peine de l'orage, devant le portail du monastère, l'envie de raconter lui revient. Cette voiture pèlerine envoyée par le destin est un morceau de sa vie. Le chaînon manquant entre la mule et la modernité, la jeunesse et la vieillesse. Avec elle, la mémoire se remet en marche.

« Venez », nous ordonne-t-il d'un ton affectueux, et il nous guide en direction de la cave, à travers des couloirs séculaires, des portraits de prieurs défunts, des escaliers polis par le temps. Là-dessous, garée sur la terre battue, dans la pénombre, se trouve une Fiat 500 beige. La voiture de sa vie. La seule. « La voilà, ma petite. Elle est encore en bon état et je pourrais la conduire si j'en avais envie. Avec la neige, elle est imbattable. Je m'en souviens bien : les voitures des riches finissaient en travers et moi je passais. Toujours. Même les chaînes ne servaient à rien. Vous voyez, les derniers seront toujours les premiers. »

Durant cette soirée de pluie, pour nous aussi les

souvenirs vont leur chemin. Avec la même voiture, en 1969, Franco et moi avons fait le premier grand voyage de notre vie, jusqu'au cap Nord. En Norvège, à partir de Trondheim, la route était encore en terre et, d'un fjord à l'autre, la petite-fille de la Topolino glissait entre les grosses cylindrées en projetant des graviers, arrivant toujours la première à l'embarcadère du bac suivant. Le soleil ne se couchait jamais, on pouvait camper en toute liberté dans les bruyères. À l'heure du dîner, la même scène se répétait, tous les jours. Franco – fils d'un maître coq – mettait en route la sauce tomate pour les pâtes. Moi, je m'abîmais dans des crises mystiques devant les montagnes violettes et les neiges sur l'océan Arctique.

Je n'ai vu l'ermitage de Fonte Avellana que quand je me suis trouvé nez à nez avec lui, car il est caché dans une conque rocheuse, emplie de chênaies. Au-dessus du portail, une pierre nous dit, en vers de Dante, qu'au fil des siècles bien peu de choses ont changé. « *Tra due liti d'Italia surgon sassi / e non molto distanti alla tua patria / tanto che i tuoni assai suonan più bassi / e fanno un gibbo che si chiama Catria / di sotto al quale è consacrato un ermo / che suol esser disposto a sola latria.* » (Entre les deux rivages d'Italie / non loin de ta patrie, se dressent des rochers / si haut qu'au-dessous gronde, et souvent, le tonnerre / ils forment un ressaut qu'on nomme Catria / au bas duquel est sis un ermitage / consacré seulement au culte de latrie. *La Divine Comédie, le Paradis*, Chant XXI, v. 106-111) Et sur le Monte Catria, il tonne pour de bon ; un grondement prolongé qui fait penser à un train de marchandises passant sur un pont de fer.

La montagne nous salue par des coups de tonnerre à répétition, qui retentissent maintenant dans toutes les tonalités et tous les timbres possibles. Des crépitements secs comme du bois qui brûle. Une grande tôle agitée par le vent. Un sombre éboulement, redoublé par l'écho. Un coffre traîné sur le plancher de l'étage au-dessus, entre les nuages. Un rugissement rauque, tremblotant, qui n'en finit pas. Le vent ulule, la frênaie s'agite, se peuple de démons. Tout est amplifié, possède un écho particulier. Fonte Avellana est un pavillon auriculaire fait pour capter des coups de tonnerre et renvoyer des litanies. Le sacré est avant tout une chose vide. Un sanctuaire, un coquillage qui amplifie la vibration du cosmos.

La nuit, dans un couvent, tout peut arriver. Par exemple qu'une femme vêtue de noir, belle comme une déesse, vous réveille à trois heures du matin. Une déesse mère des Apennins, ou peut-être l'icône d'un visage perdu. Elle est venue en rêve, Dieu seul sait d'où, mais on croit l'avoir bel et bien vue, immobile, adossée au mur du scriptorium, à côté de la grande porte d'entrée. Dehors, le vent est tombé, dans la forêt plus rien ne bouge sous les nuages diaphanes et les rares étoiles. Maintenant, ce n'est plus une masse en mouvement, mais un peuple d'individus muets, à l'écoute. Le silence est à l'écoute, Fonte Avellana est à l'écoute, sa conque secrète et verte est un sismographe planétaire, une caisse de résonance qui amplifie les pulsations, le lent tambour de la terre.

Je trouve un beau passage de saint Matthieu : « Vous avez reçu gratuitement, donnez gratuitement. Ne prenez ni or, ni argent, ni monnaie dans vos ceintures, ni sac pour le voyage, ni deux tuniques, ni souliers, ni bâton… » On croit lire le manuel de celui qui sait voyager léger. « Dans quelque ville ou village que vous entriez, informez-vous s'il s'y trouve quelque homme digne de vous recevoir et demeurez chez lui jusqu'à ce que vous partiez. »

Je sors.

Un éclair violet illumine la pendule, le mur lézardé

par le dernier tremblement de terre, la statue de saint Joseph qui dort, la cellule d'un moine de quatre-vingt-quinze ans qui ne sort jamais et dont je ne connais pas le nom. Dans le couloir de Jules II, le pape guerrier, qui fut prieur ici quand l'ermitage devint une puissance séculière, des cellules de moines défunts portent les noms de Parisius, Gaudentius, Walfardus, Raynaldus. Et aussi Bononius, Thomas, Raynerius, Albertinus. Des noms nordiques, allemands, peut-être irlandais, comme ceux que j'avais découverts au monastère de Bobbio. On n'entend, dans ce corridor, rien d'autre que les pas rapides et irréguliers de mes pieds nus.

En ces temps de bruit, le choix du silence est une révolte, un acte de guerre, la revendication d'une liberté. Mais peut-être qu'en l'an mille aussi, à l'époque du fondateur, Romualdo, il en allait de même. J'ai trouvé dans les monastères tant de sortes de silence. Le silence de caserne des riches bénédictins bavarois. Celui ténébreux des moines orthodoxes au fond de la Turquie. Le silence plein de vivacité de l'Hospice du Grand-Saint-Bernard, aux confins de la Suisse, où la nuit se peuple de soupirs, de grincements, de cliquetis, de ronflements atténués des pèlerins. Ici, on a le silence immobile du terminus. Fonte Avellana ne vous accueille pas avec un chaud parquet en bois, mais avec de la pierre froide. Ne vous indique pas la cime, mais l'abîme, celui-là même d'où jaillit la source aux noisettes. Une déesse, peut-être celle qui m'a appelé en rêve vers le scriptorium.

Le père Arrigo, un jeune moine basé à Camaldoli, en Toscane, me dit que le silence est « gardien du mystère », qu'il rend possible « des perceptions inouïes », qu'il fait du passage du temps une parfaite célébration. Mais le silence, c'est aussi la disponibilité, le bon accueil, la stupeur ; et ces choses-là, insiste-t-il, sont des vertus féminines. Le soir, au réfectoire, le prieur Alessandro m'en a longuement parlé. « Il existe le silence vide, totalitaire, qui vous détruit. Et puis le silence plein, celui de l'espace sacré, qui vous emplit. Les moines recherchent le second. » Le grec dit déjà tout. *Erema* : doucement, paisiblement, tacitement, lentement. *Eremazo* : je suis paisible, silencieux, mélancolique. *Eremei* : je me tiens calme, silencieux, ferme, immobile.

On peut arriver les yeux fermés à la chapelle où se déroulent les laudes du matin, il suffit de suivre le chant et les bruits de pas des moines. On les reconnaît aisément à l'oreille. Le prieur, grandes chaussures et pas allongé. Le frère Cesare, le bibliothécaire, léger comme un *hidalgo* des tableaux de Velázquez. Le frère Giuseppe, dit « le Grec », lourd et barbu, un éclair de pirate dans le regard. Les petits pas de l'autre frère Giuseppe et du frère Giacomo, l'organiste, courbés, un psautier rouge à la main. La démarche pesante du vieux Don Beppe, qui venait jadis à dos de mule. Don Marco de Rimini, pas élastique, barbe et boucles blondes de condottiere.

En tout, sept robes de bure : il y a de quoi se sentir seuls. De la chapelle sort un chant monodique, triste. Il n'y a plus de latin, les camaldules ont été parmi les premiers à y renoncer dans le monde catholique. Mais, sans le latin, le chant grégorien a disparu lui aussi, et la magie sonore de la célébration s'est en partie perdue. « Quand les Roumains sont venus chanter chez nous, c'était tout autre chose », reconnaît le bibliothécaire, comme si ce n'était qu'avec les moines orthodoxes qu'il avait découvert le sens musical des lieux. Les cathédrales gothiques, raconte Don Beppe, étaient construites non seulement pour être vues, mais aussi pour faire chanter les gouttières avec la pluie. Aujourd'hui, tout cela a vécu. La modernité

– avec son excès de bruit – a banni l'acoustique. On dirait qu'elle en a peur.

Au repas, dans le réfectoire, une surprise m'attend : Giuseppe Cederna et Valentina Giovando, sa compagne. Je les ai rencontrés tout récemment chez Piero Gobetti, dans la province de Lucques et voici que je les retrouve ici, aussi attentifs que deux écoliers devant le prieur. Ils doivent se marier d'ici à quelques mois et ils ont choisi de s'offrir une retraite spirituelle. Giuseppe, lui aussi, est fasciné par l'acoustique de l'endroit. Il parvient à me raconter une histoire à voix basse d'une extrémité à l'autre de la table commune longue de dix mètres. Je ferme les yeux, j'entends un cliquetis de vaisselle, l'écho de pas dans les couloirs, une porte qui grince, une litanie en provenance du portique, une casserole qui bouillonne dans la cuisine, un chien qui aboie je ne sais trop où, la pluie.

Quand on ferme les yeux, la perception s'intensifie et franchit la limite. Je repense aux aveugles du Val Maira, claquemurés par les fascistes pour repérer le grondement des bombardiers alliés de passage au-dessus des Alpes, ce qui permettait d'alerter Turin à temps. À Fonte Avellana, je commence à découvrir la dimension acoustique du voyage. En fouillant dans ma mémoire, je ne « revois » pas, je « réentends ». Me reviennent à l'oreille les pan-pan des francs-tireurs à Sarajevo ; les coqs et les ânes de la Cappadoce qui dessinent avec leurs appels la topographie des labyrinthes sacrés ; et puis un camion plein de moudjahidine, qui tousse, crache, râle et s'arrête entre la passe de Khyber et Djalalabad en Afghanistan ; le clapotis de la cale dans un voilier perdu au milieu du *libeccio* devant la côte albanaise, au cours d'une nuit noire comme de la poix ; le tonnerre des voix d'une académie talmudique à Jérusalem.

Il fait froid. Je me rends compte qu'il n'y a pas de cheminée dans l'ermitage et qu'il n'y en a jamais eu. Au Moyen Âge, on passait l'hiver sans allumer un feu, penché pendant des heures sur des manuscrits, immobile alors qu'il gelait à pierre fendre. « C'étaient des gens d'une autre trempe, concède le bibliothécaire, enfants d'une autre génétique. » Nous terminons la journée en parlant de l'islam, d'Israël et de la Terre sainte, de la crypte orientée à l'est, qui s'illumine exactement à l'heure des laudes, ou encore de ce voyage de fou le long des Apennins, qui s'allonge comme le soufflet d'un accordéon, un soufflet qui commence en Ligurie et finit au fond de la Calabre. La petite voiture sortie d'une autre époque a été un catalyseur de souvenirs. Elle a débloqué quelque chose entre nous et les moines, et à présent les braves camaldules n'ont pas envie de nous voir repartir.

La pluie redouble, je sens le voisinage des Balkans ; du Monte Catria descend une avalanche de nuages plombés. Il ne manque que des brigands tout autour de nous. Je revois les grandes montagnes rencontrées jusqu'ici : le Monte Penna, le Gòttero, la Pietra di Bismantova qui donna à Dante l'idée du purgatoire. Et ensuite le Monte Cusna, le Cimone, le Falterona, le Libro Aperto, le Sasso Simone. Les piliers des Apennins.

Pendant ce temps, la carte de ce voyage italien, dépliée sur la table du réfectoire, suscite l'émerveillement de la divine brigade. J'ai désormais appris à l'exposer à titre de gage de mon sérieux, plutôt que de méli-mélo de l'Italie profonde. Elle ne sert pas tant à résumer le voyage qu'à exciter l'imagination de ceux qui la consultent et à saisir au vol de nouvelles idées pour compléter l'itinéraire. C'est exactement ce qui se passe.

« Il faut absolument que tu visites les ermitages de

la Maiella, c'est là qu'on comprend vraiment l'Italie, laisse entendre le frère Cesare.

— Monte en haut du Gargano, m'exhorte le Grec, m'offrant un réseau de vénérables contacts entre Sannicandro et le Monte Sant'Angelo.

— Et, surtout, n'oublie pas Roccaporena, où est née sainte Rita, au-dessous des Monti delle Sibille », ajoute le prieur en indiquant sur la carte un point précis dans le grand labyrinthe qui sépare Rome d'Ancône.

C'est un autre de ces moments dans lesquels le voyage se fait tout seul. Mais de la cuisine nous arrive un fumet de chevreau rôti, de pommes de terre et de romarin, et maintenant nous non plus n'avons plus envie de retourner dans le monde du bruit.

Au dîner, on finit avec du chianti en parlant d'ours. Des histoires de plantigrades nageurs entre les îles dalmates, de dompteurs vagabondant dans la montagne du côté de Plaisance, de vols de miel épiques en Slovénie et dans le Bärental de Jörg Haider, en Carinthie. Je raconte aussi l'affrontement physique entre partisans et ennemis de l'ours, dont j'ai été un imprudent protagoniste non loin de Trente. Sur ce thème, les frères me servent une blague pas mal du tout, qu'ils disent tenir des jésuites et dont le héros est un athée qui va faire un tour dans une forêt.

L'homme, me racontent-ils, déambulait, enchanté par les arbres, les cours d'eau, les fleurs, lorsqu'il entendit un mouvement parmi les buissons derrière lui. Se retournant, il vit un grizzly qui le chargeait. Il détala, le cœur battant à mille à l'heure, mais il trébucha et aussitôt l'ours fut sur lui. Alors l'athée s'écria : « Mon Dieu ! »

Le temps s'arrêta, l'ours aussi, la forêt devint silencieuse. Une lumière vint frapper l'homme et une voix tonna :

« Comment ça ? Tu as toujours nié mon existence et maintenant tu t'attends à ce que je te vienne en aide ?

— Je ne pourrais pas être aussi hypocrite, répondit l'athée, mais, toi, tu pourrais faire de l'ours un bon chrétien.

— Qu'à cela ne tienne », dit la voix.

Les bruits de la forêt reprirent, mais dans une tonalité grégorienne. L'ours abaissa la grosse patte qu'il tenait brandie pour tuer sa proie, il souleva l'autre du sol, et les joignit pour prier. Baissant la tête, il dit : « Bénis, Seigneur, ce repas que je vais consommer. »

Hitler, Ginetto et saint Sévère

La voiture partisane s'engouffre sur la *Provinciale* 16, de Sassoferrato, déserte sous la pluie, puis sur une ex-*Statale* portant le nom grotesque de Septempedana, perdue dans le mollet de l'Italie, l'endroit le plus large de la botte. Une demi-heure plus tôt, à Fabriano, ma petite a bien failli être capturée par les barbares dans un effrayant embouteillage près d'un supermarché français. C'est dans les lieux de ce genre, me dis-je, que les Italiens cèdent au totalitarisme et deviennent incapables de percevoir les richesses de leur pays. Il suffit d'un centre commercial et d'un échangeur pour me donner aussitôt des envies de fuite. Je m'aperçois que la Dalmatie – où a commencé cet itinéraire des montagnes d'Italie – est à présent plus proche que la mer Tyrrhénienne. Sur la carte, l'Isola Lunga, comme nous appelons l'île croate de Dugi Otok, face à Zadar, n'est qu'à cent cinquante kilomètres, à peine.

Franco est reparti en train pour Trieste, me laissant seul avec un habitacle qui recommence à prendre l'eau. Il m'a téléphoné deux fois en une heure. Nerina lui manque. Il fait froid, le pare-brise s'embue, je voyage presque à l'aveuglette jusqu'au moment où apparaît, au fond de gorges, en équilibre sur une cascade, Piòraco, une bourgade médiévale où l'on fabrique du papier depuis sept siècles et que le Tout-Puissant, dans sa grâce infinie, a sauvée de la furie dévastatrice des géomètres. Les surprises commencent aussitôt.

Au bar, j'entends quelqu'un appeler une femme « Zobeide ». Puis voilà qu'un « Radamès » se présente. Là, c'est trop, deux noms bizarres à la fois.

« Comment ça, vous ne saviez pas ? me demande-t-on. Ici, c'est la commune où l'on donne les noms les plus fous d'Italie. Vous voulez en entendre quelques-uns ? Brunaldo, Anarchino, Aulo. Quelques autres ? Guelfo, Pluvio. »

Je leur demande où ils les ont pêchés.

« Dans les livres, bien sûr. Où voulez-vous les trouver autrement ? Nous sommes un village de fabricants de papier, tout plein de livres destinés au pilon. C'est là que se trouvent les héros qui ont enflammé l'imagination de générations entières… Le seul problème a été de convaincre les prêtres de donner le baptême… en utilisant ces noms qui n'ont pas de saint au paradis. »

On me raconte qu'en 1944 un soldat allemand fut tué à Piòraco par un partisan yougoslave et que les habitants, redoutant des représailles, coururent demander conseil au curé. Ce dernier eut l'idée géniale d'unir sa ruse naturelle à son devoir de bon chrétien : il installa aussitôt une chapelle ardente, il y fit mettre le cadavre lavé et rhabillé, avec ses armes à côté de lui, ajouta quelques fleurs, puis il alla lui-même avertir le commandement de la Wehrmacht. Lorsque la patrouille arriva, l'officier fut tout ému, au point que les Allemands n'infligèrent pas la moindre mesure de rétorsion.

Quelques kilomètres plus loin, à Seppio, je m'abrite sous un portique pour éponger le fond de la Topolino. Je ne peux pas continuer, les prévisions sont déplorables. À côté, il y a un « bar-alimentation », avec une tablée engagée dans une partie de *briscola*. Les habitants des Marches sont des tapeurs de carton invétérés. Il n'y a pas d'auberge, de verrière ou de station-service, où on n'en voit pas en pleine activité : énergiquement, savamment, passionnément occupés dès le matin. Quel que soit le temps qu'il fait.

Entre deux donnes, ils me demandent où je vais, d'où je viens, ce que je cherche. Un gars de l'Ombrie ne poserait aucune question. Un Toscan ? Vous n'y pensez pas. Mais ici, au contraire, ils sont curieux et en plus ils ne sont pas timides. Ils m'offrent à boire et me prodiguent leurs conseils. « Pas loin d'ici, il y a un bon logement, me fait-on savoir, et dans quelques instants Ginetto va arriver et il pourra t'emmener là-haut. » Ils omettent de préciser que Ginetto a quatre-vingt-trois ans et que son moyen de transport n'est autre qu'une *Ape*, une Abeille, le plus glorieux tricycle de combat de notre histoire nationale.

Passer d'une Topolino à une *Ape*, c'est une pure merveille ; l'apothéose, le *Te Deum*, la célébration suprême de la lenteur. « Elle va partout, celle-là, plaisante Ginetto en gravissant en première une côte monstrueuse. Mon *Ape*, je l'ai depuis que je suis né. » Le vieux a des grandes mains de paysan, des yeux d'azur et une éloquence torrentielle. Je comprends une parole sur trois. Là-haut se trouve son champ qu'il va bêcher tous les jours. Quant à moi, je suis un *cristianu*, un chrétien, à qui on ne peut jamais refuser de l'aide. Le mot « chrétien » n'a ici aucune connotation religieuse : c'est le synonyme d'étranger. Les habitants des Marches appliqueraient le terme à un Arabe, christianisme et hospitalité, c'est la même chose. Vivent les Marches, où Dieu est étranger. Et Calderoli est aussi éloigné que la Lune.

Dans le flot de paroles que déverse Ginetto se distingue un dénommé « Ìtterle » qui a dû jouer un rôle dans sa vie, il y a de nombreuses années.

Ìtterle, c'est qui, celui-là ?

« Ìtterle, Ìtterle, braille Ginetto pour se faire entendre par-dessus le hurlement du moteur. Le type à qui on disait *"ail Ìtterle"* / *Capitu* ? » Et, pour faire le salut nazi, il lâche le volant non pas d'une seule, mais des deux mains, au moment même où la route décrit une courbe démente sur un asphalte criblé de trous.

Bon, Hitler, donc. Celui qui l'a envoyé dans un camp de travail allemand après le 8 septembre 1943.

Ginetto me raconte sa faim dans ce « pays sans hommes », cette Allemagne où tous les hommes étaient au front. « Il était fort Ìtterle, dit-il en riant, il pensait à tout, les Français avaient fait la ligne Maginotti, et lui il l'avait contournée. »

Nous arrivons dans un hameau de trois maisons, dont l'unique habitante est la Bice, une autre indomptable vieillarde. Elle est à sa fenêtre, elle a entendu le moteur, et quand on entend une voiture, ici, sur le toit du monde, on ne peut pas se tromper. Ce ne peut être que Ginetto, Franco ou Giuseppino. Ou alors, Ulrich, l'Allemand qui habite trois cents mètres plus bas.

« Et maintenant, je te montre la *tregghia* », insiste Ginetto et Dieu seul sait ce que peut bien être cette « *tregghia* ». Ginetto est fou de joie, enfin il a quelqu'un qui l'écoute.

Il m'emmène sous un auvent, devant un lourd traîneau plein d'herbe et de neige. « Celui-là m'a servi à porter des pierres pour bâtir l'église », explique-t-il.

Et il m'indique, pas très loin, une chapelle de vingt mètres sur dix, un parfait rectangle d'or, avec son clocher-mur, son œil-de-bœuf au-dessus de l'entrée et un autre derrière l'abside. Dehors, une vue splendide sur Camerino et les monts Sibyllins. Il prend un trousseau de grosses clefs, ouvre la porte. À l'intérieur, c'est une merveille. De sobres fresques décoratives et une présence mystérieuse dans la pénombre.

Les pierres ont mille ans, elles viennent d'une église médiévale effondrée, un peu au-dessus du cimetière. « Ça te plaît ? Je l'ai construite pour mon mariage. En 1947. »

Attendez. Ginetto s'est construit une église tout seul. Il a choisi l'endroit, y a porté une à une les vieilles pierres. Puis, une fois le travail terminé, il s'est marié. Je reste coi. Puis je demande qui a fait le plan.

Il me regarde d'un air étrange, comme si je lui avais tendu un piège. « Les maçons, bien sûr, qui d'autre ? »

Je mesure, avec un frisson, l'apocalypse esthétique survenue parmi le peuple italien. Puis je demande à quel saint est dédié l'édifice.

« À Severu », répond-il, et il cesse de sourire, comme s'il venait de mentionner quelque chose de très important.

« Mais où est la statue du saint ? »

Et lui, avec une gravité extrême, comme s'il se rappelait une grande douleur.

« Le prêtre l'a emportée, il y a des années.

— Tu en penses quoi, des prêtres, Ginetto ? dis-je, prenant la balle au bond.

— Moi, je me fie aux saints », dit-il encore plus grave, esquivant la polémique.

Maintenant tout est clair : la petite église reconstruite est née d'un rapport personnel entre lui et le saint, peut-être le rapport même qui l'a tenu en vie en

Allemagne. Sévère, il n'y a que lui qui compte. Les prêtres passent, le sacré reste : et le sacré marque depuis des milliers d'années la topographie de cette terre de pics et de sources.

Il me montre le paysage de son bâton : « Dis-moi s'il peut exister un endroit plus beau que celui-là. » Et d'ajouter, d'un ton satisfait : « Maintenant, les filles viennent tout refaire, exactement comme c'était. »

Les filles ? Oui, les étudiantes qui travaillent à la restauration du lieu. À présent, j'en suis sûr : tant que vivra Ginetto, le bouffeur de curé, Dieu habitera à San Severo.

Le soir, je trouve à coucher chez Ulrich, l'Allemand. Cela fait douze ans qu'il habite ici, avec son épouse anglaise, Mary. Il a un poulailler et Internet, un potager et une collection de livres de voyage raffinée. Devant la cheminée où brûle une bûche dorment deux petits bergers tibétains. Ulrich me parle de son père, qui en 1922 se rendit à pied de la Rhénanie à Naples ; c'est depuis lors que l'Italie est entrée dans ses désirs. Il n'échangerait son petit village des Marches contre aucun autre. « Nous avons été accueillis comme des enfants du pays, la seule idée de retourner dans la grisaille du Nord nous fait horreur. » Ulrich comprend aussi les défauts des Italiens : « Ici, il y a un vide de la mémoire. Pensez donc, nos voisins n'imaginaient même pas qu'on puisse vivre dans une ancienne église lombarde qui s'appelle San Michele. »

Le soleil se couche, les monts Sibyllins sont un troupeau en mouvement, ils indiquent le début de la grande ligne de partage des eaux, celle qui depuis des millénaires a séparé les deux Italie par un infranchissable mur de neige : l'Adriatique et la Tyrrhénienne. Mary raconte ses voyages soviétiques à l'époque de la guerre froide... Elle téléphone à Bice, la vieille femme solitaire, pour lui souhaiter bonne nuit, puis elle va fermer le poulailler, parce que le renard passera sûrement le nez. Sur la table de chevet, elle m'a laissé le livre *Love and War in the Appennines* (Amour et Guerre dans les Apennins), d'Eric Newby, ancien soldat anglais qui épousa la jeune femme qu'il rencontra en 1944 dans les montagnes de la Lunigiane. Je sens que mon voyage est en train de devenir une chasse au trésor entre ermitages, bois et sources.

5

Des monts Réatins au Molise

« Immanis horribilisque specus »

Ce soir commence le Latium, avec des routes désertes et des villages où ne brille aucune lumière ; on dirait qu'un désherbant a annihilé toute présence humaine. La capote de ma Topolino siffle au vent, l'habitacle est plein de nouvelles odeurs. Je me rends compte que, sans ma petite voiture fissurée de partout, je ne percevrais rien de la métamorphose qui s'opère. Quand on aperçoit le Gran Sasso, qui marque le milieu de la traversée des Apennins, le paysage a pris les tons pastel et les formes oblongues qu'on trouve en Bosnie. Les vallées n'ont plus cette conformation en squelette de poisson de la région tosco-émilienne. Les *passi*, les cols de montagne sont devenus des *forche*, des fourches ou bifurcations, un nom qui représentait un mauvais présage pour les légions. Au bout de cent kilomètres seulement, l'ermitage de Fonte Avellana me fait déjà l'effet d'un songe nordique, aussi lointain que Cluny, ou que la Wittenberg de Martin Luther.

Déjà, au-dessus de Piòraco, entre Camerino et Nocera Umbra, beaucoup de choses avaient changé, dans une haute prairie enclose de montagnes et couverte de coquelicots et de troupeaux, où m'avaient emmené Mary et Ulrich, le couple étranger de Sieppo. Le lieu était béni par une grotte – introuvable sur les guides – où le bienheureux Bernard de Quintavalle, premier compagnon de saint François d'Assise, faisait des retraites solitaires avec vue sur le Monte Pennino. Le grand saut, cependant, est survenu au Passo di Gualdo, à mille cinq cents mètres d'altitude, une fenêtre improvisée sur des pâturages d'une beauté arcadienne, aussi lisses que des petits aérodromes au milieu des montagnes. Mon sentier partisan avait franchi un seuil, il se trouvait à cheval sur quelque chose qui n'était pas seulement la ligne de partage des eaux entre deux mers.

Dans l'air, il y avait aussi quelque chose d'obscur. Je l'avais compris dans les monts Sibyllins en croisant le regard non moins sibyllin de la réceptionniste de l'hôtel Sibilla, un œil phénicien – gris pailleté d'or – qui, du fond d'une pénombre d'où fusaient des rires féminins et où flottait une odeur de lentilles et de *ragù*, me disait : « Attention, tu pénètres dans des contrées mystérieuses. » Et même si dehors, sur la plaine de Castelluccio, de silencieux deltaplanes volaient au-dessus de prairies resplendissantes de soleil et de neige fraîche, dans les environs, des endroits tels que le Monte Utero, la Màcera di Morte ou les gorges de l'Infernaccio me parlaient de nécromancie. Les noms seuls suffisaient à me faire savoir que je touchais au bord de l'abîme.

Ce n'était pas seulement « la grande, l'horrible, l'épouvantable grotte appelée caverne de la Sibylle », ni le lac voisin, le Lago di Pilato, celui qui « *extendit frigidus undas ; quem Necromanctes, nocte, dieque, petunt* » (étend ses vagues glaciales et que recherchent jour et nuit les nécromanciens). Dans un guide ancien, je pouvais lire des textes médiévaux regorgeant de démons, de fées voyageuses, d'initiations et de fantastiques vols nocturnes. Tout ce qui concernait ces montagnes était si bardé de superlatifs – « *immanis horribilisque specus* » (miroir affreux et horrible), « *altissimis vero in montibus qui praedictis oppidis e regione respondent sumo in Appennino* » (dans les hautes montagnes au faîte des Apennins juste en face des places fortes ci-dessus mentionnées) – que les paroles perdaient leur fonction descriptive pour devenir une litanie, un exorcisme.

Le Monte Sibilla n'était que le commencement. Je m'aventurais ensuite dans un territoire, au sud-est, où l'invisible prenait l'ascendant. Après les baleines volantes et les éléphants d'Hannibal rencontrés en Padanie, c'étaient maintenant des cavernes et des eaux souterraines qui se manifestaient. Les villages aux noms étrusques chuintants – Viesci, Ruscio, Cascia, Pescia – disaient assez que d'autres dieux habitaient les montagnes et les sources, et que les grands noms du christianisme comme la Madonna della Neve ou Santa Maria in Gallo n'avaient été mis là que pour les tenir à l'œil. Fin des cathédrales, ici commençait un interminable mont Athos empli d'ermitages ; les saints devenaient une armée et le sacré ne faisait plus qu'un avec le territoire.

Dans les gorges solitaires du fleuve Corno, un peu après Norcia, un éclair noir traverse la route devant moi. Je vois le visage d'un Africain, je me rends compte que j'ai été à deux doigts de le heurter. Je m'arrête pour m'assurer qu'il n'y a pas eu de mal, j'appelle, je hurle, mais seule la forêt me répond. L'homme a disparu. Je me dis que c'est un clandestin affolé, mais en montagne rien n'est sûr quand il commence à faire nuit. Peut-être n'était-ce même pas l'ombre d'un Africain, peut-être que son visage noir n'était qu'une hallucination. Je n'ai qu'une certitude :

à une heure pareille, il n'y a que les étrangers qui vont à pied. En Vénétie et en Lombardie, quand descend la nuit, on en voit des processions le long des routes.

Mais c'est une chose que de rencontrer l'un d'eux dans une plaine constellée de lumières et une autre, bien différente, de le voir déboucher d'une forêt de montagne. On a quand même un peu peur. Il y a quelques années, sur les pentes du Monte Amiata, je les ai vus sortir tous ensemble d'un bois, un soir. On aurait dit les Comanches de *La Chevauchée fantastique*. D'ex-Yougoslaves, reconnaissables au pas chaloupé caractéristique des hommes des Balkans. C'étaient les nouveaux bûcherons de la Maremma. Macédoniens, Bosniaques, Kosovars, Serbes, Albanais et Monténégrins ; tous des enfants du nettoyage ethnique, occupés à récrire dans les montagnes mêmes de Carlo Cassola – mais dans une autre langue – l'histoire du *Taglio del Bosco* (La coupe de bois).

Le jour, leur présence était invisible, ils étaient engloutis dans un maquis méditerranéen extrêmement épais, capable de barrer la route aux sangliers et de s'introduire entre l'écorce et l'arbre, le liège et l'olivier. À l'heure de la *briscola*, on les retrouvait dans les villages, au comptoir, sirotant la bière d'après le boulot. À Roccastrada, une anthropologue prénommée Teresa me parla d'eux. Et elle aussi, tout comme la serveuse de la plaine de Casteluccio, me fit l'effet d'une sibylle. Sous les murailles du château, il me suffit d'un verre de vin pour la transformer en déesse-mère aux grands yeux sombres, deux rubis noirs veillant sur un mystérieux secret.

Mais dans ce coin du Latium, aux environs du mont Terminillo et des monts Réatins, je ne trouve même pas la consolation d'un étranger ; le vide humain est total. Je ne croise que quelques cars chargés de prêtres et de dames pieuses qui vocifèrent, en route vers Cascia et Roccaporena, les lieux mystiques de sainte Rita – hélas, monstrueusement bétonnés – sur la route de Norcia. La soutane est omniprésente. « Les prêtres et les longs hivers, m'a dit un jour un professeur de Rieti, voilà pourquoi dans ma région le Moyen Âge a duré plus longtemps. »

Un peu plus loin, à Leonessa, extraordinaire bourg médiéval à moitié vide, les hôtels sont fermés. Je frappe à une vitre, à l'intérieur une femme est penchée sur des cartes. Elle lève un regard ébahi, puis elle me dit, avec un véritable génie du sous-entendu : « Nous ne recevons pas. » Dans la rue, les rares habitants me regardent avec curiosité, ne sachant trop quoi penser d'un voyageur esseulé qui ne va pas au mont Terminillo, ne se déplace pas au mois d'août et qui est de surcroît au volant d'une voiture d'un autre temps. Allez savoir à quoi ressemblent ces endroits en novembre, me dis-je, lorsque bée dans l'âme des autochtones le trou noir des journées les plus courtes de l'année. Je continue d'errer et, au moment même où la nuit s'empare de moi, voilà que m'arrive du secours, sous la forme d'un écriteau presque invisible, où l'on peut lire : « Chambres d'hôte à la ferme ». Les faibles phares de ma Topolino éclairent un nom curieux : « Villa Pulcini » (Villa des poussins).

Ottava rima *et* ragù

Quand j'arrive à Villa Pulcini, je ne trouve que quatre maisons et un énorme chien, endormi en plein milieu de la route, qui m'empêche de passer avec ma voiture. Personne aux alentours, l'auberge elle-même est fermée. La forêt exhale son humidité jusque dans les basses-cours et promet d'imminentes incursions de renards. Je n'aimerais pas être une poule par ici, surtout dans un hameau dont le nom met déjà les prédateurs en appétit. Je vais à tâtons jusque devant le monument aux morts, juste au-dessous de l'église. Sur la pierre, il n'y a que deux noms de famille : Pulcini et Fagiani (faisan). Absolument aucun autre. Et en plus, comme les prénoms – Carlo, Giuseppe, Antonio – se répètent, on a ajouté à côté de chaque nom, le nom des parents, afin d'éviter les confusions. Il doit en avoir du mal à distribuer le courrier, le facteur du coin.

Mais, tout à coup, un chœur de voix rompt le silence, les portes de l'église s'ouvrent en grand, un petit flot de gens s'écoule dans la rue. La messe est dite, a annoncé le curé, allez en paix. Bon, tant mieux : il n'y a pas que des morts à Villa Pulcini. C'est ainsi que je fais connaissance de Gina, la propriétaire de l'auberge. Elle me fait fête, je suis son unique client. Elle ouvre les lieux et m'explique l'énigme des noms de famille. Tous les Pulcini viennent de Ferentillo, mais on ne sait pas pourquoi ils en ont décampé. Les Fagiani, en revanche, sont de Poggio Bustoni, le village de Lucio Battisti, et ils se sont installés ici, parce qu'un faisan était tombé amoureux d'une poussine. « Et moi je suis la fille du poète », me dit Gina en mettant sur le feu des côtelettes d'agneau. Le poète ? « Mais oui, Leonardo Pulcini, un des grands noms de l'*ottava rima*. Il allait chanter sur un thème dans les fêtes. »

À présent, ça me revient. Francesco Guccini me l'avait dit : dans ces régions, la voix antique des Apennins est encore vivante. On peut assister ici à des joutes publiques en vers rimés, à des luttes entre poètes capables de chanter pendant des nuits entières autour du feu.

« Écoutez-moi ça », me dit l'aubergiste flattée par

mon intérêt. Elle attaque : « *Siede Leonessa come una regina / incoronata dalle montagnole / generatrice di un' aria sì fina / profumata di gigli e di viole.* » (Leonessa est assise comme une reine / couronnée par les montagnes / exhalant un souffle si doux / parfumé de lys et de violettes.)

Puis, elle reprend, en épluchant les pommes de terre : « *Con grande riverenza a te mi inchino / o re degli animali, o buon somaro / per quella tua bontà, quel tuo destino / che al mondo e all'universo ti fa caro.* » (Avec une grande révérence je m'incline devant toi / ô roi des animaux, ô bon bourricot / saluant ta bonté, saluant ton destin / qui te rendent cher au monde et à l'univers.) Elle me dit que j'ai de la chance : ce soir, on attend à l'auberge Pietro De Acutis, de Rome, qui a justement connu ici même le vieux Leonardo et qui tient de lui les secrets de ces improvisations poétiques.

Une demi-heure plus tard, autour d'un plat d'agneau et de pommes de terre rôtis, en compagnie de trois clients, le grand expert me sert à la louche l'art séculaire de la raillerie, de la libre rime des auberges et de celle, officielle, des cérémonies. Il me révèle, avec une foison de détails, toutes les astuces des assonances et de la *rima baciata* [1] finale, celle que l'adversaire est contraint de prendre comme point de départ et qui devient pour cette raison le stratagème par excellence des joutes poétiques. C'est la révélation d'un monde inconnu, celui de l'épopée rimée, des « fêtes de mai » et des poésies chantées ; et, avec un nom comme le sien, notre De Acutis [2] me fait l'effet d'un professeur de latin,

1. Elle correspond à la rime plate française, deux vers qui se suivent riment ensemble.

2. *Acuto* veut dire « aigu » dans tous les sens que possède cet adjectif en français, mais aussi « perspicace, pénétrant ».

s'ingéniant à expliquer l'hexamètre à une classe de lycéens chahuteurs. Virgile, c'est évident, était enfant de cette culture orale, aussi vieille que la Méditerranée et que le monde.

Et tandis que le *ragù*, qui mijote dans la cuisine, répand cette odeur, italienne entre toutes, que j'ai déjà flairée dans les monts Sibyllins, des propos des convives sort l'ombre d'une reine : une certaine Beatrice, de Pian degli Ontani, qui vivait voilà plus de deux siècles près du col de L'Abetone. Une bergère rimailleuse qui devint célébrissime, que d'innombrables hommes tentèrent de vaincre et que Tommaseo et Ruskin entendirent en personne, transcrivant ses rimes dans un livre plein d'extraordinaires gravures.

On me demande de choisir un thème, pour une démonstration pratique. Je propose le loup, mais malheur à qui parle du loup : « Les loups on ne peut même pas les nommer, ce sont des bêtes protégées » ; et de me raconter le cas d'une vache entière, affreusement éventrée pendant qu'elle mettait bas, là-haut dans la montagne. En Italie, quand un troupeau est malmené, c'est toujours la faute des loups, parce qu'on ne peut être dédommagé que si c'est un loup qui a tué. Pourtant, neuf fois sur dix, les coupables sont des bandes de chiens, abandonnés ou perdus par des chasseurs.

Je propose donc le thème des prêtres et, cette fois, les clients acceptent. Ils se répartissent : un pour et un contre.

Le premier se concentre, puis il attaque : « *Ricurvo sotto il legno del misfatto / L'uomo divino sale al suo calvario...* » (Courbé sous le bois du malfaiteur / l'homme divin monte vers son calvaire...) ; puis il poursuit l'histoire avec une impressionnante crucifixion, évoquée par le prêtre lors de la messe.

Oui, enchaîne l'autre, mais quand le pauvre Christ est cloué à sa croix, le prêtre se sauve, parce qu'il a si peur qu'il fait dans sa soutane. Et alors, ce pauvre Christ, « *chi lo conforta in tanta confusione ? / Una bella puttana e un gran ladrone* » (qui le réconforte dans tout ce désordre ? / Une belle putain et un grand larron).

Une des astuces, me dit-on, est la façon dont on se sert de ses mains. Elles sont là pour scander le rythme, comme au solfège. Et la soirée s'écoule en bavardages, aubergines et vin rouge, pendant que règne au-dehors la noirceur de la nouvelle lune, avec les renards à l'œuvre dans les poulaillers de Villa Pulcini et les loups à la chasse dans les monts Réatins.

Je demande :

« Comment expliquer ce vide incroyable, alors que Rome est toute proche ?

— Rome ? »

Ils se jettent dessus, tous ensemble, comme si j'avais mentionné le diable. « C'est justement Rome qui pose problème ! » Personne ne reste dans un village où il suffit de tourner le coin pour se retrouver dans la Ville éternelle, m'expliquent-ils. Tout le monde fiche le camp. Et, de ce fait, alors que Rome passe des nuits blanches, à Rieti déjà commencent les terres du silence.

« À Rieti, à dix heures du soir, tout est mort, on ne trouve pas un endroit ouvert. »

Arrive alors une liqueur amère à base de gentiane.

« Dans le temps, on faisait partie des Abruzzes, soupire Gina, et puis Mussolini nous a annexés pour faire sa grande Rome, ce qui n'a pas du tout été à notre avantage. » Et elle prononce le mot « Abruzzes » avec fierté, comme si elle évoquait un mythe de la Résistance, un monde de *Highlanders* assiégés et vaincus par la métropole corrompue des ronds-de-cuir des ministères et des empourprés du Vatican…

Il faudrait lui expliquer, à Bossi, que les mots « *Roma ladrona* », Rome la voleuse, ont plus de sens dans le Latium qu'en Padanie.

« Peut-être que Rome est vraiment une araignée », dis-je, attisant le feu de la rage montagnarde. Et je montre ma carte de bord, avec les voies consulaires qui s'en éloignent en étoile, comme les pattes d'une tarentule.

« Une araignée, oui, c'est sûr ! », s'écrie Gina, le visage illuminé, en saisissant la balle au bond. L'araignée est le nouveau thème de notre soirée rimée.

« Écoute donc celle-ci, lance De Acutis. « Elle est de Bernardino Perilli. » Et il récite, tout ému : « *Saggio maestro*[1] *della tessitura / il buon lavoro sempre ti accompagna / lungo le crepe delle vecchie mura / intesse il giorno la tua tela ragna… però lavori in maniera un po' losca / tessi lo trabocchetto per la mosca.* » (Sage maîtresse des tissages / le beau travail t'accompagne toujours / le long de fissures des vieux murs / tu tisses le jour ta toile d'araignée… mais tu travailles de manière un peu louche / tu tisses le piège pour la mouche.)

« Demain, va trouver Fortunato Aloisi, à Terzone, me conseille Gina, c'est le dernier des grands, il a quatre-vingt-cinq ans et une mémoire d'éléphant. »

Dans le noir absolu, je vais me coucher, à tâtons, dans une maisonnette située en direction du bois, espérant ne pas trouver l'énorme chien endormi sur mon chemin. Je suis rongé par la curiosité : quel rapport existe-t-il entre la rime et cet incommensurable silence ? Comment diable ces habitants des Apennins, plus taciturnes que des moines tibétains, sont-ils

1. En italien, *il ragno*, l'araignée, est masculin.

aussi les maîtres des improvisations poétiques ? N'ai-je donc pas trouvé une situation analogue dans les montagnes situées entre la Ligurie, la Toscane et l'Émilie, ces terres oubliées où résonnent pourtant des fifres, des accordéons et des cornemuses ? Au fond, Vasco Rossi, Francesco Guccini, Lucio Battisti sont originaires des Apennins les plus secrets. Eux aussi sont les enfants du silence.

Dans les voyages, c'est souvent le soir que l'on se sent tenaillé par la curiosité. Si on ne l'assouvit pas, on passe une nuit blanche. Alors, j'appelle au téléphone Nanni Barbero, le vigneron de Sarzana qui sait tout sur la musique et la poésie de l'Italie antique. À ses yeux, l'*ottava rima* est « le freestyle de la poésie chantée » et c'est aussi, sans aucun doute, « la fille du silence des champs ». C'était de l'improvisation absolue. « L'homme solitaire parlait dans sa barbe pour faire passer le temps et ses paroles se combinaient spontanément entre elles. Le père de Benigni était un monstre, en matière d'*ottava rima*. Et Roberto est le produit de cette culture. Et Umberto Eco aussi est un merveilleux improvisateur. »

D'accord, mais la mémoire ? Elle vient d'où, celle-là ? Je me demande comment faisaient ces gens pour se remémorer, par exemple, les centaines de quatrains qui composaient les *maggi* (Mais), les grandes représentations dramatiques qui mobilisaient, au mois de mai, des villages entiers des Apennins. J'appelle à Parme le musicologue Gigi Dall'Aglio, qui m'a parlé un jour des Mais époustouflants ressuscités à Costabona, sous le col de Cerreto, en Émilie.

« Écoute-moi bien, dit-il. Il y a des années une jeune élève a commencé des recherches sur la tradition du Mai. Elle est revenue me voir déçue, elle n'avait trouvé que quatre vieux qui avaient assisté à un tel spectacle quand ils étaient petits et qui ne se rappelaient pour ainsi dire rien. “Retourne les voir, lui ai-je dit, et incite-les à refaire la même chose, mais tous ensemble.” Elle a suivi mon conseil et les quatre, en s'aidant les uns les autres, ont reconstitué deux cent soixante des trois cent quarante quatrains dont le Mai était composé. Incroyable, me diras-tu ? Pas du tout. À cette époque, la télé ne vous bouffait pas la tête. Ni le bruit. Il n'y avait pas ce vrombissement de fond, qui nous oblige à ne plus penser et à consommer. Tu sais, je crois que la démence sénile n'est rien d'autre qu'un disque dur saturé. »

Le lendemain matin, me voilà de bonne heure sur la route de Terzone, le village de Fortunato Aloisi, le dernier des grands. Il s'agit de dix maisons et un ruisseau, à cheval entre l'Ombrie, les Marches et les Abruzzes. Un endroit dépeuplé qui avait jadis trois hôtels, quatre bouchers, deux orfèvres, un tailleur et un barbier. Je demande à un passant où habite mon homme. « Ah, le poète », répond le gars en m'indiquant une maisonnette au bord du torrent. Mais son geste est inutile, c'est à l'oreille qu'on arrive jusqu'à la maison du poète. Il suffit de suivre un chant qui vous mène à une remise, en face de la maison.

C'est lui, ce ne peut être que lui. Le poète psalmodie en travaillant à son tour, le dos bien droit, avec les mains puissantes d'un homme qui a exercé mille métiers. Il ne m'a pas aperçu. J'écoute et je n'en crois pas mes oreilles : c'est toute l'actualité politique, commentée en direct et en hendécasyllabes. Je suis devant un barde du troisième millénaire.

Aloisi me voit, repousse en arrière le banc où il travaille, me serre la main, un peu gêné. « Je ne sais pas si vous êtes au courant, dit-il pour se justifier, mais je suis un peu allergique à tous ces gens-là... » Il sourit de mon intérêt pour ses vers, explique qu'il n'y a vraiment rien de spécial dans le jeu des rimes, parce que les rimes « sont les choses les plus faciles du monde », et que celles que je viens d'entendre sont sorties d'instinct de sa bouche la veille au soir, au coin du feu, en regardant le journal télévisé. « L'*ottava rima*, c'était comme la pomme de terre aux tomates à table, je m'en servais tout le temps, elle rythmait ma journée. Nous n'avions ni électricité, ni radio, ni journaux... nous n'avions que ces rimes. Elles combattaient l'analphabétisme, elles encourageaient à lire en l'absence de toute école. Elles nous maintenaient en vie. » Puis il demande : « Vous savez ce que c'était le plus beau cadeau pour un berger ? Un livre. »

Aloisi sent bien la force, mais aussi les limites de cette culture pastorale. « Nous avions le mythe de la terre vierge, le fumier nous l'avions toujours jeté... C'était ce que nous enseignaient nos vieux... la terre était sacrée, il ne fallait pas y toucher, c'était notre mère nourricière. La seule richesse, c'étaient les brebis. Les revenus des familles ont toujours été mesurés en brebis. »

« Mais tu sais où j'ai appris à bien labourer la terre ? me demande-t-il, avec une espèce d'air de défi. En Vénétie. Ici, personne ne le faisait sérieusement. » Mais comment ça ? me dis-je in petto : à dix kilomètres d'ici se trouve Bagugno, un gros bourg sur la route du sel, où l'on célèbre l'apothéose des labours. Chaque année, on creuse à l'aide d'une charrue un sillon qui va du plus loin qu'on peut voir jusqu'à l'église mère et on fait agenouiller un taureau devant une gerbe géante sur le parvis de ce qui fut jadis le sanctuaire de Bacuna, antique déesse de la fertilité. Comment est-ce possible ?

Je repars vers le roi des montagnes apenniniques, le Gran Sasso, et les pâturages de Campo Imperatore, avec la sensation de me trouver sur une frontière entre deux mondes : cultivateurs et bergers, *farmer* et *cowboy*. Peut-être, me dis-je, tout est-il très simple. Plus j'approche de la terre vierge, de l'espace où les troupeaux vivent en liberté et où les sentiers sont de terre et d'herbe, plus le labourage – qui représente la terre violée – devient un acte sacré, révolutionnaire, la rupture d'un monde millénaire. En attendant, le ciel s'est de nouveau couvert.

Où les montagnes deviennent archipel

La première fois qu'on se rend à Amatrice, on prend des *spaghetti all'amatriciana*, bien entendu. Il arrive qu'on trouve à l'auberge une serveuse maternelle, avec un chignon, qui vous susurre d'un ton confidentiel « *Che je porto ?* », qu'est-ce que je vous sers, tout en sachant parfaitement ce que vous allez répondre, puis qui vous dorlote, avec des petits soins d'un autre temps, sous une gigantesque photo autographiée de Bartali et Coppi. À la table d'à côté, il y a deux policiers et, à une autre, un peu plus loin, trois ouvriers en combinaison de travail. Les gens parlent à voix basse, avec une amabilité particulière. Du genre : « Vous aimeriez du gratin de tomates ? C'est très bon. » Quand je sors, la serveuse me court après avec l'eau minérale que je n'ai pas finie, parce qu'« on ne sait jamais, en voyage, ça peut servir ».

Sous une couche de neige fraîchement tombée, les sauvages monts de la Laga ressemblent aux pyramides d'Égypte. Des prismes parfaits, sous lesquels règne l'anarchie : le terrain entre Amatrice et Campo Imperatore fait penser à l'Atlantique quand le vent tourne, et la Topolino se perd dans un océan de vagues scélérates, qui ne paraît mener nulle part. Sur la route, personne ; une dizaine de voitures en une demi-heure. Le ciel s'est définitivement couvert et, sur les rives du lac, il n'y a pas jusqu'à la belle ville de Campotosto qui ne paraisse soudain sinistre et aussi vide que la Mongolie. Ce sont les Abruzzes qui commencent.

« De bonnes gens d'Ancône me convainquirent que ce serait une folie téméraire que de descendre à travers les Abruzzes, comme je me l'étais proposé, écrivit en 1802 l'Allemand Johann Gottfried Seume. Les descriptions qu'ils me faisaient étaient effrayantes et, face à mon apparente obstination, ils commençaient déjà à prier pour le salut de mon âme. » Les Abruzzes, c'était une terre de loups, même pour les Italiens ; et comme parfois les circonstances se conjuguent pour confirmer les partis pris, aujourd'hui, avec la pluie, Campotosto elle-même fait peur. Il y a dans l'air une atroce tristesse hydroélectrique et je trouve que les gens que je vois sur la route ont un visage dur, on dirait l'Herzégovine en temps de guerre. Comme si ça ne suffisait pas, deux chiens en liberté viennent mordre mes pneus. Non pas les énormes bergers blancs des Abruzzes, qui sont gentils du moment qu'on ne s'approche pas de leur troupeau, mais des chiens errants au poil sombre, de taille moyenne, avec des yeux de boxeurs dans le cirage. Ceux qui se mettent en bande, adoptent une maison – même vide, aucune importance – et la défendent contre quiconque s'en approche.

Au Passo delle Capannelle, la route paraît perdre encore plus toute espèce de direction, pour se lover dans un dédale de montagnes russes insensées, et puis soudain, au-delà d'une dernière éminence, voici que commencent les pâturages, aussi lisses et réguliers que des parcours de golf. Je constate que je suis à plus de mille cinq cents mètres d'altitude, le voyage prend une dimension si aéronautique que je sens passer au-dessus de moi l'ombre d'Otto Skorzeny, l'Allemand qui en 1943, avec un tout petit avion, libéra Mussolini de son exil en haut du Gran Sasso. J'ai la sensation d'être à bord d'un dirigeable silencieux. Ou peut-être d'un navire en partance vers d'autres latitudes, la péninsule Italienne appareille. Les Apennins sont fluides, un troupeau de brebis en mouvement, un archipel en pèlerinage.

Dans le tourbillon, la péninsule entière roule sous les nuages, l'idée que je vais vers le sud est sans cesse démentie par la position des cimes. Quand on descend le long de l'épine dorsale, tout est toujours plus à gauche – donc, plus à l'est – qu'on ne s'y attend. Dans les Abruzzes, l'Italie devient horizontale et étroite, elle pointe droit vers l'orient, écrasée comme dans la très ancienne table de Peutinger, une des plus vénérables cartes géographiques de la planète.

Je passe au siège de la direction du parc naturel, j'y trouve des fonctionnaires déprimés ou soupçonneux. C'est un endroit laid, déjà ministériel, étranger au grandiose rocher qui le surplombe. À Campo Imperatore, il tombe de la neige fondue, la route est déserte, pas la moindre lumière. La voiture navigue le long de vastes courbes entre des bosses rondes et herbeuses. On a peine à croire que mille mètres plus bas, dans le ventre des Apennins, au milieu du tunnel qui les creuse et les pourrit à grand renfort de béton, se trouve un laboratoire d'énergie nucléaire, celui du professeur Zichichi et de ses apprentis sorciers. Mais c'est justement là que l'on célèbre la déconfiture de notre ennemi public numéro un, la ligne droite. Quand ils débouchent de leur bunker dans le tunnel, les hommes qui expédient des électrons à la vitesse de la lumière ne peuvent pas tourner à gauche, mais uniquement à droite à cause du sens unique. Pour se rendre à L'Aquila, ils doivent donc sortir d'abord sur l'autre versant, puis revenir en arrière et repartir dans le trou noir sous le Gran Sasso. Le pied !

La nuit tombe, il y a une ombre trempée au milieu de la route. C'est quelqu'un qui a besoin d'aide, il agite le bras dans la neige sale, une lampe électrique allumée à la main. Je ralentis, j'ouvre dans le mauvais sens ma vieille portière, je demande si je peux donner un coup de main pour le seul plaisir de voir le trouble du naufragé face à cette petite voiture sortie d'un autre temps. Et, certes, le gars reste bouche bée, il n'ose pas mendier son aide à un type encore plus trempé que lui dans un tacot encore plus poussif que le sien. Un bref instant, on n'entend rien d'autre que le grincement de l'essuie-glace. Puis l'ombre emmitouflée explique, mais par pure politesse, que sa batterie est morte sur une petite route, un peu au-dessous, et que dans l'auto se trouve sa petite amie qui est « assez ennuyée ».

Il ignore, cet homme de peu de foi, que la Topolino, obligée de survivre à ses propres pépins, contient un arsenal inimaginable de pièces de rechange et d'accessoires en tous genres. J'offre de le dépanner d'un air insouciant. « J'ai des câbles, ne vous en faites pas. Montez, on va aller voir. » Il s'installe, pas très convaincu, sur le siège trempé.

Quand nous arrivons, dès qu'elle aperçoit ma guimbarde, la petite se met à hurler. Elle est comme folle, mais je comprends bien qu'elle peut croire qu'on se paie sa tête. Elle insulte son ami qui cherche à la calmer. Sans succès. Pendant ce temps, je procède au sauvetage, avec un flegme quasi britannique. L'humidité fait crépiter les câbles, mais ça fonctionne. « Alors, tu vois, c'est qui l'abruti ? », demande-t-il.

Quand je repars, ils sont encore en train de se disputer dans la tempête, le moteur en marche.

Il cesse de pleuvoir, la tour de Santo Stefano di Sessanio surgit entre des nuages effilochés. J'ai téléphoné pour retenir à dîner dans un établissement qui s'appelle Ostello del Cavaliere, comme ça, uniquement parce que ce nom fait voyage des années 1950. À l'autre bout du fil se trouvait une dénommée Rosina. Mais quand j'arrive, en plein orage, la porte est fermée à clef. Dans le parking, il n'y a que des chiots de bergers des Abruzzes, qui se roulent tout contents dans les flaques. Je n'ai quand même pas pu me tromper. Je frappe : rien. Alors je sonne et, au bout de quelque temps, j'entends un bruit de pas. Une femme en tenue de cuisinière ouvre la porte. C'est Rosina. « *Ah, siete voi !* C'est vous ! » Son visage s'illumine. « Installez-vous, je vous en prie. » C'est magnifique, je viens de franchir une nouvelle frontière : c'est ici que commence le monde du « *voi* » [1].

« Pardon, mais nous gardons la porte bien fermée à cause du froid. » À l'intérieur, ce n'est pas une maison, mais une forteresse au parfum de viande rôtie. Les fenêtres sont petites, les murs épais. Ici, la seule idée d'une véranda est inconcevable. Dans les Abruzzes, on bâtit pour la neige, c'est une terre où l'on fait des provisions hivernales. La resserre est pleine de céréales et légumineuses de toutes sortes et toutes couleurs : épeautre, pois chiches, lentilles, haricots noirs. Il n'y a qu'au bazar de Kaboul, autre terre de bergers, que j'ai trouvé mieux. Rosina fait penser à

1. En italien, il existe deux façons de vouvoyer un interlocuteur. Le plus souvent on utilisera la troisième personne du singulier avec le pronom de courtoisie *Lei*, mais dans certaines régions on utilisera, comme en français, la seconde personne du pluriel avec le pronom *voi*.

une magicienne dans cet antre fumant d'alchimiste. Dépositaire de formules secrètes, elle règne en maîtresse sur les feux et sur l'âme sombre de cette demeure. Je lui demande où je pourrais dormir. « Va donc au rocher de Calascio, où habite un couple avec cinq enfants, on y trouve des chambres et de la bonne cuisine. Oui, ce sera bien. » Le « *voi* » est déjà devenu « *tu* ».

Calascio compte quatre-vingt-dix habitants et un conseil communal de neuf personnes. Des éclairs zèbrent le ciel, le manoir du rocher qui domine le village se détache au bord d'un escarpement dantesque. Je ne sais pas comment arriver jusque-là ; au bar du village, une brune à l'œil espagnol m'explique la route à suivre, tandis que cinq clients, tous des hommes, gardent le silence, sur le qui-vive. Encore quatre kilomètres. La route monte dans le crépuscule en direction de ruines battues par le vent. La forteresse est antérieure à l'an mille, c'est tout à la fois Camelot et le Golgotha. Ou peut-être Mardin, le fort turc accroché au ciel, dominant de haut l'interminable Mésopotamie. De nouveau, au-dessus de la mer de nuages qui bouillonnent dans la vallée, cette impression de flotter, d'être à la proue d'un vaisseau.

Susanna, la maman-aubergiste-châtelaine vient à ma rencontre, dans le noir, pour m'ouvrir la route entre les rochers et les murs en ruine. Le temps de boire un verre de vin à l'auberge et dans la vallée, les nuages se sont transformés en mer laiteuse, sous laquelle clignotent, en transparence, les lumières du village. Au-dessus, dans une déchirure, la lune. Au loin, les masses noires du massif de la Majella et du mont Sirente. Plus loin encore, l'archipel samnite, sur la ligne des tremblements de terre. À l'ouest, les Monti Marsicani ; au-delà le Fucin, le lac qui n'existe plus. « Cela fait douze ans que je suis ici, murmure

Susanna, et l'endroit m'émeut encore. » C'est une reine de l'hiver : elle ne part jamais d'ici, même quand il neige.

« J'ai découvert ce rocher il y a de nombreuses années, en descendant à skis de Campo Imperatore. Il neigeait, des nuages sortaient des fenêtres vides, il ne restait plus personne. Mais j'ai été conquise par la magie du lieu. Venir ici a été la décision la plus facile de toute ma vie. Et pourtant je quittais Rome, ma ville, une vie pleine d'activité, un boulot qui me plaisait, mes amis. Pour parier sur des ruines. » À présent les pierres ont repris vie, il y a l'auberge, il y a les gîtes dans les vieilles maisons retapées, les enfants, de la famille qui revient, deux cheminées qui fument. Sur le pavé, des jouets, un seau avec du mortier et une truelle.

Nuit sous la couette, chiens qui hurlent en direction de Castel del Monte. Les cimes flottent sur la couche de nuages phosphorescents, forment un parfait archipel. L'une ressemble à Curzola (Kurcola), une autre à Mèleda (Mljet), une autre encore à Brazza (Brac). Mais oui, les Apennins ne sont rien d'autre qu'une Dalmatie sans la mer. Je rêverai d'un navire transatlantique, plein de petits orchestres, voyageant parmi de sombres promontoires. La révélation des monts qui naviguent.

Éparpillés dans les Terres du milieu

Les vieilles voitures du temps jadis vous imprègnent de leur odeur, comme un beau cheval de troupeau. En trois semaines de soleil et d'intempéries, la Topolino a laissé sur moi un puissant fumet de *gaucho* : mélange exotique de fonte et de cuir, de sueur, de poussière et de bétail, avec en prime un petit mélange « ouvrier d'antan », fait de plastique, d'étain, de caoutchouc et de joints. Une vraie mutation génétique. Mon fils Andrea, qui me rejoint en autocar sur la via Tiburtina Valeria, pour faire un petit bout de chemin en ma compagnie, renifle sur moi l'odeur de la guimbarde avant même d'être monté dedans. « Ça tient le milieu entre le ranch et le bastringue de banlieue », dit-il en riant.

La voiture a gardé le parfum des lieux traversés. Une autre Italie, oubliée, à base de troupeaux de vaches et de brebis, et de leurs bergers ; étrangère au monde aseptique de l'ère moderne. En flairant l'habitacle, Francesco Guccini a retrouvé l'odeur des mécaniciens de la très ancienne ligne de chemin de fer des Apennins, la *Ferrovia Porrettana*. Une auxiliaire de vie polonaise a fermé les yeux et revu comme en songe son grand-père qui rentrait des aciéries de Cracovie. Une vieille femme des Marches s'est souvenue des dragons du roi Vittorio et du crottin de cheval qu'ils laissaient dans leur sillage. Chacun découvre quelque chose. La police croit sentir une puanteur de clandestin. Et les chiens, dans la journée, me flairent avec un peu trop d'intérêt.

Le soir arrive, accompagné d'éclairs et d'un vent violent. Je sors pour renforcer les amarres de ma petite voiture, je suis obligé de la couvrir d'une bâche en plastique pour éviter que l'eau ne s'infiltre dans les joints. Au dîner, dans une auberge, des hommes de la *Forestale*, l'entité responsable des forêts, parlent d'un loup heurté par un véhicule sur la via Tiburtina, entre Sulmona et le défilé de Pescara. Cela arrive souvent : les voitures et les camions les cueillent là, toujours au même endroit. La meute passe de nuit. Et, si j'y réfléchis bien, c'est toujours de nuit que son ombre clandestine m'est apparue jusqu'à présent. C'est une chose qui m'arrive depuis que je suis parti, depuis la Ligurie où j'ai commencé à parcourir à rebours la route épique du loup en direction des Alpes.

Les gardes forestiers m'emmènent écouter la meute, au pied du Monte Morrone. Entre deux camions, un grand silence descend et alors, par intervalles, très loin, résonne la plainte. « C'est le solitaire chassé par la meute », me disent-ils. D'une autre direction arrive le chant choral de toute la bande. Puis le cri des adultes, un ululement plus bref, presque surnaturel.

Il y a, au centre de Popoli, tout près, un loup malade, exemplaire, en quarantaine, me disent les hommes en uniforme. Nous allons le voir. Je le flaire, à bonne distance, son odeur forte rappelle la chair crue légèrement putréfiée, tout à fait différente de celle du chien. Il somnole sur un lit de paille, lève à peine les yeux. Par un judas, la lampe électrique illumine un regard plein de fierté, inoubliable. Un loup malade, boiteux et infecté a plus de noblesse qu'un roi.

Le lendemain, par une matinée superbe, Nerina s'attaque à la pente qui mène des gorges de Caramanico, au milieu de sources, fontaines, ermitages perdus, sans oublier l'ultime refuge de Célestin V, l'homme qui ne voulut pas rester pape. Nous voguons, capote baissée, et la Majella toute blanche ressemble à la Sierra Nevada, dominant un terrain andalou peuplé d'oliviers. Sur la route, il n'y a que quelques motards et une myriade de lézards et de petits serpents en quête de tiédeur.

« Attention, nous a-t-on dit avant notre départ, le Gran Sasso, c'est masculin, la Majella, c'est féminin. C'est ici que commence la terre des déesses-mères. » Il doit y avoir quelque chose de vrai là-dedans : la Majella est une montagne ronde, douce comme les nourrices aux gros tétons d'autrefois. En haut du col de San Leonardo, le paysage n'est que prairies, sonnailles et abreuvoirs. Du côté de Guardiagrele, c'est-à-dire du côté mer de ce massif, on a trouvé une cavité en forme d'utérus, au fond de laquelle il y avait des petits cours d'eau et des statuettes de Pia Giovia, reine et protectrice mythique de la hiérogamie, la prostitution sacrée. D'où qu'on la regarde, la Majella est un grandiose lieu symbolique de la fécondité.

Commence alors la descente vers Pacentro, une pure merveille. Des tours médiévales, une rue qui court le long de la ligne de partage des eaux, au milieu d'un bruit de vaisselle et d'un fumet de viande rôtie. Un petit magasin où l'on trouve tout, des raisins aux prises électriques ; une femme qui me vend un parapluie jaune avec un grand sourire ; un barbier qui me rase gratis en hommage à la Topolino et puis me montre de son balcon, une à une, les sources qui entourent le village. Il paraît impossible que des gens aient pu émigrer d'un patelin pareil. Et pourtant ils se sont sauvés tellement vite qu'ils ont fini par mourir pour les patries des autres. Surtout pour l'Amérique. Une affiche, sur la place, révèle qu'à elle seule Pacentro a perdu deux morts au Vietnam, un dans les Tours jumelles et un en Iraq.

Andrea est ébahi, devant cet univers villageois, jamais il n'a vu aussi clairement l'image d'une Italie archipel de merveilles ignorées. Assis au bar, sur la place, avec un *chinotto* bien frais devant nous, nous nous demandons ce que nous savons, nous autres gens du Nord, de ces mondes-là. La réponse est : rien. Il est plus facile de trouver un Lombard qui connaît l'Indonésie plutôt que les Abruzzes. Dans les journaux et à la télévision, les Marches, les Abruzzes, le Molise et la Basilicate ne font pas l'actualité. La Calabre est mentionnée cinq fois moins que la Sicile. Les Terres du milieu n'existent pas, elles n'apparaissent qu'en cas de malheur. L'Italie est moins unie qu'il y a trente ans, ce n'est plus vraiment une patrie.

Combien j'ai pu maudire le service militaire. Et pourtant la conscription obligatoire, aujourd'hui abolie, a été, pour les Italiens, la dernière occasion de connaître l'Italie des villages. Dans le lit de camp à côté du mien, il y avait un gars d'Avellino, un taiseux, dont tout le monde avait peur. Un jour, je lui ai demandé : « Dis donc, toi, tu fais quoi comme boulot ? » Et lui, me regardant fixement, a répondu : « *O ladro* » (voleur). Moi, qui étais « *o dottore* » (détenteur d'un doctorat), je l'ai respecté. Le soir, je lui racontais ma vie et lui me répondait à sa manière en me protégeant. Dans la chambrée, il y avait aussi un berger du Molise. À table, il ne prenait que du pain et du vin, il n'avait pas confiance dans la viande. Les protéines il les apportait de chez lui, sous forme de fromage surtout. Nous partagions son *pecorino* comme un trésor, et je lui apportais de Trieste les cerises à l'eau-de-vie que faisait ma grand-mère.

Une demi-heure plus tard, sur la route de Pescocostanzo, le train Sulmona-Casteldisangro, qui se compose d'un unique wagon, plane lentement à côté de nous et vient s'accoler à notre route dans la ligne droite du *tratturo* [1], il roule en parallèle, à la même vitesse que nous, à cinq mètres de distance. Pendant quelques instants, le ronron régulier de la Topolino et les sursauts syncopés du train forment une seule et unique machine qui vibre, immobile, tandis que les montagnes filent vers le nord-ouest, dans le sens inverse, sur cette grande autoroute des troupeaux. Une jeune fille se penche par la fenêtre du

1. Grandes voies naturelles de ces régions, empruntées depuis des siècles par les troupeaux pendant la transhumance.

wagon pour nous saluer, puis le train dévie, oblique vers la droite, les rails s'éloignent de notre route et commence alors la descente vertigineuse vers le Val di Sangro et le Molise.

Capracotta. Altitude, mille quatre cents mètres, nuages bas, vent et odeur de sauce tomate. À l'heure du repas, il n'y a sur la route qu'un chien, un petit enfant à bicyclette, la voiture des carabiniers et, sur les murs, d'énormes photographies des hivers épiques de la région, montrant le village englouti sous plusieurs mètres de neige. Au-delà de l'église, un précipice avec panorama sur le Val di Sangro. Dans le Molise, le vide augmente. Après les grandes montagnes-îles des Abruzzes apparaît une Polynésie de cimes moins élevées. Ce lieu fut un parfait refuge pour les Samnites, les Lombards et, à ce qu'on dit, les Carthaginois qui avaient pris le maquis à la fin de la guerre punique. Aujourd'hui, Andrea cède, comme eux, à une saine envie de faire disparaître ses traces.

Ici, il y a aussi des Croates et des Albanais, m'explique à la sortie de l'église un monsieur raffiné, portant barbiche et béret. Ils ont émigré dans le Molise pour repeupler les terres qu'avait vidées la peste.

« Nous sommes un parfait camp de base de l'élevage international, dit-il des gens d'ici. On nous distingue aisément : les villages où il y a des vaches sont lombards, ceux où il y a des moutons, albanais ou croates. »

Lui aussi est d'origine croate, sa famille est installée depuis des siècles à Montenero di Bisaccia, le village d'Antonio Di Pietro[1]. Quand je lui dis que je suis de Trieste, il devient plus précis dans ses allusions à son pays d'origine. Il ne dit plus « croate », mais « mor-

1. Magistrat et homme politique, né en 1950, défenseur des valeurs démocratiques.

laque ». Les Morlaques constituaient la lignée de brigands montagnards, bien connue du côté de chez moi, qui a fourni à la République de Venise, puis à l'empire d'Autriche, les meilleures nourrices de la Méditerranée et les soldats les plus coriaces à envoyer sur le champ de bataille contre les Turcs, aux confins de la Bosnie.

Je lui rappelle que les Morlaques ont aussi été en première ligne lors du dernier conflit yougoslave.

Il sourit : « Quant à cela, des Morlaques vous en avez chez vous. Tu n'as jamais regardé la tête de Di Pietro ? Cette nuque plate, ces yeux fous ? C'est le portrait craché du berger morlaque. Et son caractère lunatique ? Ça aussi, c'est morlaque. »

C'est étrange, quand même, j'ai hanté les Balkans pendant des années, et je n'y ai jamais pensé. C'est vrai. Le profil ministériel d'Antonio Di Pietro, je l'ai déjà vu mille fois, couronnant des corps athlétiques, armés de kalachnikovs, du côté de Mostar ou bien au fond de vallées monténégrines pleines de pluie et de vent. Je l'ai croisé dans des cabanes qui puaient la brebis dans les montagnes d'Albanie, et même dans les terres grecques de l'Épire, d'où est descendu Philippe de Macédoine.

Du mauvais temps et des saints

Il souffle un vent glacé sur les montagnes du massif du Matese et dans celui des Mainarde il a neigé, même à basse altitude. Depuis la mer Tyrrhénienne arrivent de nouveaux orages. Aussi faisons-nous étape à Carovilli, une bourgade délicieuse à trente kilomètres d'Isernia, épargnée par les fléaux que sont la *camorra* et le surpeuplement. Tout autour, des cimes pointues portant les noms éloquents de Penna (plume), Pizzo (pic) et Capa (tête). Sur la place du village, l'orfèvre, le bar plein d'hommes, l'église désaffectée du Carmel, le siège en activité de la Società del Mutuo Soccorso (Société de secours mutuel), avec billard et jeu de dames. En dix minutes, un solide attroupement s'est déjà formé autour de la Topolino. On lui donne même le petit nom tendre de « Topolina ».

À l'auberge La Grande Quercia (Le Grand Chêne), nous dînons avec Peppe Battista, un médecin d'Isernia, passionné par les transhumances, et Nunzio Marcelli, un homme des Abruzzes qui a été le premier en Italie à choisir d'être berger, après avoir obtenu son diplôme universitaire ; tout le contraire de Gavino Ledda qui fut le premier à obtenir un tel diplôme, après avoir été berger. Mario, le patron des lieux, barbichu, avec des yeux noirs de satyre, attise le feu. Tout autour, des clients aux physionomies samnites, de la race osco-ombrienne, silencieuse et repliée sur sa langue pure de montagnards. Au loin, on entend siffler le train de la ligne Pescara-Isernia-Naples et la machine à remonter le temps recule les horloges d'un bon siècle.

On parle du mauvais temps et des saints utiles pour y mettre fin. À Sarno et Bracigliano, où chaque orage devient un fleuve de boue, même les petits enfants savent que lorsqu'il pleut trop il faut invoquer saint Biagio, « *santu Vasse* », en disant une prière qui tient le milieu entre la comptine et l'exorcisme : « *Tuone e lampe fatte arrasse / Chesta è casa'e Santu Vasse / Santu Vasse ieva pe"e campe / nun ce puteva né tuone né lampe.* » C'est-à-dire : tonnerre et éclair restez loin, cette maison est celle de saint Biagio, et quand saint Biagio allait par la campagne, ni tonnerre ni éclairs ne pouvaient rien.

Je raconte que dans ma région du Nord-Est, dans la vallée du Piave, on récite encore : « *Santa Ana santa Ana / tien la piova nela tana / san Simon san Simon / a starlup in tal segiòn.* » (Sainte Anne, sainte Anne, garde la pluie dans ton antre, saint Simon, saint Simon, garde la foudre dans ton bidon.) Tout le monde a un saint qui protège des orages. Les Frioulans allument des feux de saint Florian, patron du printemps qui favorise la belle saison, chasse les diables et fait entrer les jeunes gens dans l'âge adulte. Dans le Val de Suse, on frappe la terre avec violence pour épouvanter le froid. Et ici, dans les Apennins, avec les dernières grosses pluies, une digue s'est rompue et les vieilles croyances reviennent.

« À Cocullo, raconte Nunzio, on interroge les serpents qui se tordent sur la tête en bois de saint Dominique et on sait quel temps il va faire. » Mais la nouveauté est ailleurs : à la curie romaine d'Aquila, où l'on cherche à rétablir des liens officiels entre les liturgies de l'après-Pâques et les rites presque éteints de la protection de la terre et des semailles. Par exemple, le jour de l'Ascension, la communauté constelle le terrain de croix et de cierges, afin de garantir sa fertilité. Au moment des Rogations, le prêtre bénit les terres. Quelqu'un voudrait même qu'on reprenne l'habitude d'emmener les brebis à l'église au printemps, comme on le faisait il y a encore cinquante ans, avant que les prêtres ne taxent de blasphème cette coutume qui sacralisait le départ des troupeaux vers la montagne.

« Avec l'eau, trop, c'est trop », grommelle l'aubergiste qui ressemble à Héphaïstos au coin de son feu. Il a entendu dire qu'à Somma Vesuviana, pour la fête de la Croix, des gens ont occupé le sommet du volcan et allumé des feux afin de réclamer le soleil. Quelqu'un a raconté que, en Marsica et en Ciociarie, on voudrait replonger la tête de saint Antoine l'ermite dans le fleuve, comme on le faisait jadis ; le noyer rituellement, afin qu'il comprenne à quel point la pluie est déplaisante, quand il y en a trop. La curie romaine proteste, crie au blasphème, mais d'autres ripostent que pour un état d'urgence inverse – la sécheresse – il existe dans tout le sud du pays des exemples de saints « châtiés » avec la bénédiction de l'évêque. En Sicile, on les met au coin, comme on le faisait dans le temps avec les écoliers qui n'étaient pas sages. Ou on les laisse se dessécher au soleil, avec une sardine salée dans la bouche, et mourir de soif.

« *Santa Barbara barbarata / cu doie palle carrecate / una d'acqua e una de viento / santa Barbara mia nun fa succede niente.* » Marino Niola, un ami de Naples, anthropologue, m'a raconté qu'autour du Vésuve, qui ruisselle de pluie et fume lorsque cette pluie se transforme en vapeur, on invoque à présent sainte Barbe, maîtresse des éléments, ex-déesse christianisée du Tonnerre et de la Foudre, sainte patronne du feu et des heurts atmosphériques. Barbe avec deux récipients, un plein d'eau et un plein de vent, doit veiller à ce qu'il n'arrive rien. En Irpinie, pour se prémunir des orages, on recommence à mettre des cierges bénits à la tête du lit, comme dans les veillées funèbres.

Avec le vin et le vent qui souffle dans la cheminée, la conversation se tourne vers le diable et le mauvais œil, lesquels, dans le Molise, règnent en souverains dans les bavardages nocturnes. « Il est arrivé deux choses étranges dans la région », disent les convives, s'efforçant de nous impressionner. « Nous sommes dans une contrée où le sacré est mêlé de démoniaque, ricane Beppe. Ma mère, quand il y avait des maladies contagieuses, chauffait de l'eau avec de l'huile. Elle récitait une formule et le tour était joué. » Mario glousse en attisant le feu : « Je n'ai appris à bien vivre qu'après avoir mis en train de bons rapports avec les quatre diables qui m'accompagnent : Belphégor, Satan, Lucifer et Belzébuth. » Avec un grand geste de cabotin, il apporte sur la table un plat d'énormes côtelettes.

À présent, le Molise ressort de la nuit en tant que pays de « Vénus et Priape ». À Isernia, nous explique-t-on, l'église des saints Côme et Damien possède un campanile manifestement phallique. « Là-dessous, les hommes allaient se faire bénir le sexe, afin de favoriser leur fertilité. » Coutume révolue, inutile de le dire. L'église locale, aujourd'hui guidée par un évêque qui est un exorciste confirmé, a aboli ce rite et les ex-voto gênants ont été déportés vers les musées ou transformés en talismans en forme de corne (« La corne, nous dit-on, n'est qu'un phallus déguisé »). De la fête originale, il n'est resté que la procession dont les participants portent de grands cierges : discrète allusion.

C'est peut-être un hasard, me dit-on, mais depuis que les anciens rites ont été abolis, le Molise ne produit plus d'enfants. Crise démographique galopante. Face à laquelle les prêtres ne savent pas à quel saint se vouer, les malheureux. Les gens de robe, qui ont fait vœu de chasteté, le savent bien : derrière Côme et Damien, plane encore l'ombre de leurs ancêtres païens, les Dioscures, frères de la mythologie grecque, en exil depuis deux mille ans, avec toute une armée de faunes, de satyres et de priapes. Ils savent que derrière saint Démétrius se cache la ténébreuse Déméter, et que, derrière saint Élie, on trouve le char incandescent de Hélios, le soleil des Grecs. Ils ne peuvent rien y faire, les curés. Les deux jumeaux, aussi intacts que les bronzes de Riace[1] et resplendissants de puissance reproductrice, sont toujours ici, dans la terre des Samnites, prêts à remplacer les saints rendus stériles par le choix du clergé.

Vaches lombardes en « Terronie »

Le lendemain, ça continue : pluie, vent, feu dans la cheminée. Impossible de repartir. Nerina dort sous sa bâche à côté d'un chien de berger et la taverne de Mario, où j'ai trouvé à coucher, devient un camp de base encombré de cahiers et de cartes. Nunzio Marcelli, barbe noire de brigand, berger diplômé de l'université, arrive avec les cartes des *tratturi*, s'assoit comme un gros matou au coin du feu pour m'expliquer comment mon « passage vers le sud-est » aura le plus grand mal à éviter les routes des troupeaux. Elles marquent le paysage tout entier, me dit-il. Si l'on y regarde bien, le Padre Pio[2] lui-même a suivi cette trajectoire millénaire, de Benevento au Gargano.

Nunzio revient tout juste de Kaboul, où il a été apprendre aux bergers afghans comment faire le fromage. Il bougonne que même dans cette contrée de brigands, où l'on a consommé pendant des siècles le lait aigre et où le caillé est pour ainsi dire inconnu, on a parfaitement conscience de l'énorme valeur des pâturages. Ce n'est pas comme l'Italie qui a liquidé toute une culture. Elle a oublié que notre richesse

1. Deux très belles sculptures de guerriers nus, datant du ve siècle avant Jésus-Christ, découverts au large de Riace, en Calabre, sans doute sur les lieux d'un naufrage. On peut les voir au musée de Reggio de Calabre.

2. Capucin et prêtre, à qui on attribue des miracles (1887-1968). Il a été canonisé en 2002.

nationale était ici, dans ces montagnes, et maintenant elle fait tout pour empêcher les transhumances, avec des mesures vétérinaires qui n'ont aucun sens. Il n'y a pas jusqu'aux autorités régionales qui ne refusent de comprendre que le passage des troupeaux est un spectacle unique que les gens viendraient voir de très loin. La classe politique, désormais, n'accorde plus rien à l'élevage : ni culture, ni marketing, ni la conscience d'une vocation.

« Les Espagnols, ils ont su comprendre, eux, s'énerve Nunzio. Ils ont redécouvert les troupeaux libres, rouvert les routes de transhumance et l'ont relancée grâce à des fêtes populaires. Depuis quelques années, on fait passer les bêtes exprès par Madrid et les gens se pressent en foule pour voir le spectacle. » L'empereur Frédéric II connaissait parfaitement la valeur des *tratturi*. Il en fit un domaine royal et enleva aux barons le droit de gabelle. Ce fut comme de retirer le péage aux autoroutes : il mit en circulation une richesse immense. Certains tentèrent de résister, comme Celano. Mais le souverain assiégea le bourg pendant deux ans, puis il déporta tous les habitants sur l'île de Pantelleria.

Nous sortons à la recherche des *tratturi*. Il y a partout des panneaux marron qui les indiquent, mais les trouver relève pourtant de la chasse au trésor. On a dépensé des sommes colossales pour les remettre en état, l'argent est arrivé de Bruxelles, mais on s'est limité à installer des panneaux. On les a protégés en tant que biens nationaux, on leur a mis des chaînes comme au Colisée, mais ça ne sert à rien. Des villages entiers ont envahi l'autoroute des grands troupeaux. À Pescolanciano, la caserne des carabiniers elle-même a été construite sur des terres barrées de chaînes. Alors, que peut-on espérer ? À la différence de l'empire centraliste de Frédéric II, le Souabe, les régions italiques de la dévolution ne répriment rien du tout. Et en attendant, pendant que nos bêtes sont immobilisées par d'absurdes règlements vétérinaires, la grande distribution a les coudées franches et fait pleuvoir sur nos têtes des vaches étrangères, gonflées aux hormones.

La destruction de l'élevage italien est un génocide oublié. Nunzio ne tient pas en place, il parle d'une *omertà* nationale, d'explantation de notre identité.

Je lui demande quand tout cela a commencé.

« Dans les années 1950, sous le gouvernement Vanoni. Le pays a choisi la voie de l'industrie et à Rome, on a dit : Il nous faut cinq millions de bras ? Et on s'est demandé : Où les prendre ? Chez les paysans, a-t-on répondu. Mais comment les prendre ? Affamez-les, a dit Vanoni. Comment ? Effondrez les prix. Et c'est comme ça que ça s'est passé, La laine, la viande, le lait, le fromage, tout s'est effondré. Et l'exode a commencé.

— Il n'y a pas eu de rébellion ?

— Penses-tu ! Nous sommes des gens soumis, enfants de la culture grégaire des brebis. Alors nous avons accepté. »

Et le Sud est retombé en esclavage.

« C'est arrivé juste au moment où l'on voyait poindre une nouvelle classe, débordant d'esprit d'entreprise. Les ex-garçons de ferme étaient devenus petits fermiers. Des bergers qui même, sans posséder de terres, étaient capables de produire en s'infiltrant partout.

— Et la gauche ne s'est pas opposée ?

— Mais qu'est-ce que tu crois ? La gauche aussi voulait nous taper dessus. Faisons-les disparaître, disait-elle, ces paysans arriérés. »

Je demande qui s'est chargé, sur le plan matériel, de l'hécatombe.

« La Coldiretti et la Federconsorzi. Elles ont été le bras armé des politiques. On leur a confié la tâche de nous détruire. Pour pouvoir acheter les voix électorales, il fallait des assistés, pas des paysans efficaces et des bergers libres.

— Et ensuite, que s'est-il passé ?

— La culture terrienne s'est écroulée et l'Italie a eu honte de ses propres racines. Elle a mis au feu tous les vieux ustensiles pour acheter des meubles en Formica. Toute la merveilleuse complexité du territoire a disparu, elle n'était plus que brouillard. Surtout dans les Apennins qui sont devenus les montagnes des âmes perdues. »

Je repense à cette merveille déchue qu'est Pacentro.

« Eh oui, Anversa, Scanno, Pacentro. Des lieux forts, riches, nobles, avec un passé historique d'autonomie. Des lieux d'où personne n'avait jamais émigré au début du XXe siècle. Démolis en l'espace de quelques années.

— Et ensuite ?

— Les paysans aux abois sont devenus ouvriers, puis les ouvriers sont devenus des petits patrons de l'industrie. Et eux, quand le parti démocrate-chrétien n'a plus eu la moindre utilité, ils l'ont foutu à la mer. La baleine blanche s'était suicidée, elle avait détruit son propre électorat et, dans le Nord, elle a été hachée menu par la Ligue du Nord.

— Et les beaux messieurs de Bruxelles ? Eux aussi, c'était des *killers* ?

— Notre ennemi, ce n'est pas l'Europe, c'est l'Italie. On nous a obligés à vacciner nos brebis avec un médicament qui les faisait crever. Mais le vrai problème, ce n'était pas le vaccin. C'était la morgue avec laquelle on nous l'imposait. C'était cette manière de se foutre éperdument des bêtes qui mouraient dans les alpages.

— Vous n'étiez que des ploucs.

— Qu'est-ce qu'ils en ont à fiche de nous au Conseil supérieur de l'Agriculture ? Rien de rien. Ils n'en ont vraiment rien à cirer. Ils prennent leur salaire de ministre et ils n'en foutent pas une rame. Tu as déjà entendu leur nom, toi ? Tu es capable de me citer une des mesures qu'ils ont prises ? Une seule ? »

Je lui demande comment il a commencé dans le métier de berger.

« Mes parents me disaient : fais des études, si tu ne veux pas rester berger. Eh bien, moi, j'ai fait les études pour pouvoir le devenir. Je voulais revenir sans fausse honte au métier de mes pères. Je les aime, ces montagnes. Aujourd'hui, j'ai des troupeaux, j'ai mes produits, j'ai des formules de marketing intéressantes. Mais la politique est toujours bien loin.

— Comment faites-vous pour tenir bon ?

— En Italie, l'élevage est quelque chose de résistant. Et celui qui résiste dans de telles conditions est un héros. Des bergers qui s'ôtent le pain de la bouche pour leurs bêtes. Des gens capables de faire des fromages qui raflent tous les prix dans les concours, mais que la grande distribution préfère ignorer. J'ai connu un fromager de Serre, près de Salerne, qui sait faire des mozzarelles de quatre tresses avec un seul et unique morceau de pâte. Je ne sais pas si tu vois ce que je veux dire. Mais quand tu regardes ses mains, son visage, tu comprends. »

À Anversa degli Abruzzi, il y a un vieux, me raconte Nunzio. Il s'appelle Antonio Di Giusto, né en 1920, paysan. Il touche cinq cent soixante euros de retraite, dont vingt (oui, c'est bien ça, *vingt*) parce qu'il a été prisonnier de guerre dans un *lager* allemand. Mais Antonio n'a pas besoin d'une telle somme pour survivre. Il verse la moitié de sa pension à une fondation de secours aux orphelins et en plus, depuis trente ans, il garde chez lui, sans l'aide de personne, une sœur gravement handicapée. Comment fait-il ? Même un ministre des Finances ne s'y retrouverait pas. Tous les matins, Antonio, plié en deux par l'ostéoporose, part dans son champ, à quatre kilomètres de chez lui. Il s'y affaire pendant vingt-sept minutes. Il soigne ses chicorées, ses prunes, ses pommes de terre. Puis il file dans la forêt ramasser du bois.

« Quand je peux, je passe prendre son bois avec mon tracteur et je le laisse devant chez lui, me raconte Nunzio. Il le descend à la cave et, avec sa scie, il le taille en bûchettes sur mesure pour sa cuisinière. Voilà la gymnastique qui le garde en vie. Il ne mange presque jamais de viande, de temps en temps il vient me trouver avec ses légumes et les échange contre de l'huile et du fromage. "Quand tu manges une pêche, ne jette pas le noyau, me dit-il, ça peut servir. Je le replante, mais toi, tu devrais bien en faire autant, puisque tu as des enfants." Pour moi, il est comme un père, il m'a enseigné la solidarité et le respect. » Di Giusto, Antonio, chez lui-même le nom est bon[1]. Mais pourquoi les gens comme lui ne sont-ils pas faits chevalier du mérite de la République ?

Nous retournons à Carovilli, nous cherchons un homme qui a su résister. Roberto D'Andrea, fromager : bien planté, les cheveux bouclés, des mains énormes et des joues en feu. Il nous emmène aussitôt dans son arrière-boutique. « Ici, c'est mon coffre-fort », exulte-t-il en flanquant des coups de patte assassins aux *cacciotte*[2] suspendues là pour l'affinage. Il ne reste pas tranquille un seul instant, il est dévoré par la passion. Il monte au comptoir où sont vendus

1. *Giusto* veut dire juste.

2. Petits fromages frais ronds, les *caciocavalli* étant, eux, des fromages de vache à pâte filée.

les fromages, il montre les *caciocavalli* et explique qu'il sait rien qu'à voir leur couleur en quelle saison ils ont été faits. Il en ouvre un : « Tu la sens la ciboulette ? » C'est vrai, on la sent. « Et, maintenant, goûte-moi ça, me crie-t-il presque, goûte cette *burrata* au poivron. Tu les sens les marguerites ? »

Roberto est le fils du plus vieux berger du village. Il a cinquante-deux ans, il travaille depuis trente-deux ans et il reconnaît volontiers qu'il n'a pas encore compris les secrets de son métier. À ce qu'il dit, travailler la pâte crue est la chose la plus difficile qu'il peut y avoir. Il n'y a pas de machine qui tienne. « Quand je suis ici, dans mon atelier, je n'utilise même pas le thermomètre. Il me suffit de tremper la main dans le chaudron. » Il élève de nouveau la voix. « Ce lait, vous autres gens du Nord, vous ne savez même pas ce que c'est, vous avez oublié la saveur qu'il a. Nos vaches vont paître, elles sont toujours dehors, et ce fromage est fait avec leur lait. Une richesse incroyable. Voilà pourquoi je veux que cette production ait son AOC. Je veux le faire comprendre à la région, à ces bureaucrates qui ont tout fait pour tuer le consortium des fromages de *tratturo*. »

Et il continue : « Devant Dieu, je te jure, articule-t-il en plantant dans les miens ses yeux écarquillés, devant Dieu, je te jure que pour tout ce travail que je fais, je n'ai jamais reçu ne serait-ce que cinq lires de subvention. Dans le Nord, on nous traite d'assistés, alors que nous faisons les choses par passion. Moi, je m'en fiche de gagner des sous, ce qui compte c'est de bien faire mon travail. Je veux que la qualité soit reconnue. Je veux vivre ici, et travailler. Et les gens doivent venir ici, parce que c'est ici qu'on trouve la qualité », tonne D'Andrea, et à chaque « ici » il pointe l'index de la main droite dans l'air avec la rapidité d'une aiguille de machine à coudre.

Ma petite chèvre mécanique prend la route des Pouilles, elle monte et descend à travers des espaces libres, broute entre des roches moussues et rondes, des terres couleur d'émeraude qu'ignorent les barons de la politique. Autour de nous, à l'abreuvoir, des vaches dans les prés. Cette race porte le nom de « *podolica* » et ce sont les Lombards qui les ont importées voilà des siècles. Il paraît qu'ils trouvèrent un paradis dans cette douce terre du Sud, où pousse le jasmin et fleurit le citronnier. Ils y étaient d'ailleurs si bien qu'ils se faisaient ensevelir tout armés avec leur cheval, comme on peut le voir au musée de Campobasso. Et c'est bien dans les Apennins et pas ailleurs que Frédéric II, empereur d'Italie, choisit de jouir de la vie en errant de château en château avec sa cour splendide.

Des étoiles partout, de lointains aboiements de chiens. Cloches, vent, prairies, bois, nuages clairs, troupeaux de brebis et grappes de lumières. Vraiment, je ne comprends pas pourquoi ce sont les Alpes qui s'appellent les Alpes. Le véritable alpage est ici, dans les terres lunaires du Sud. Au cours de mon présent voyage, ce n'est qu'à partir des Marches, en direction du sud, que j'ai trouvé des animaux à la pâture. Brebis dans le Montefeltro, vaches dans les monts Sibyllins, hordes de porcs fouillant la terre sous les Monti della Laga, de nouveau des ovins sur les flancs du Gran Sasso, et à présent encore des bovins dans le Molise. Plus au nord, je n'ai rien vu de semblable, rien d'autre que des campagnes désertes et des bêtes claquemurées dans des hangars puant l'ammoniaque. Ici, dans le Sud profond, tout change. Le vrai lait est jaune, parce que les bêtes broutent aussi les fleurs. Et non pas blanc, comme nous le fait croire la Padanie souveraine, pour mieux nous refiler une camelote insipide, produite avec du foin.

Je pense que la révolte des éleveurs est la révolte d'un monde humilié depuis un demi-siècle, la révélation d'une défaite culturelle, exactement comme le Vajont. Le barrage du désastre, ce sont les héritiers du fascisme qui l'on construit, et ce sont eux aussi qui ont détruit l'élevage et l'agriculture de l'Italie, et encore eux qui aujourd'hui liquident la classe ouvrière. Et c'est toujours pire : le Duce, au moins, était un socialiste par rapport à ses petits-fils. La laine était notre richesse, c'était le pétrole de notre pays désormais obligé de tout importer, même la viande. L'Italie, où on ne voit plus un animal dans un pâturage et où les enfants croient que le lait sort des bouteilles, était pourtant le royaume fabuleux des nomades de la transhumance. Le triomphe de la liberté pour les hommes comme pour les bêtes.

La nostalgie de Carmelina

Imaginons que nous sommes dans un endroit où il fait froid, où la pluie tambourine contre les vitres, et où à la cuisine on prépare la polenta et le ragoût. Un endroit où les hommes bossent même le dimanche. Imaginons aussi qu'il y a, sur la hotte d'une cheminée, le symbole rond du soleil des Alpes. Dehors, l'écho des sonnailles de vaches au pâturage. Voilà, nous sommes arrivés dans un endroit de ce genre. Devinez où il est. En Suisse ? En Bavière ? En Lombardie ? Dans la Vénétie, adepte de la Ligue du Nord ? Mais non, voyons. C'est le Molise, l'Italie des bouseux. La maison natale des Colantuono, grande dynastie d'éleveurs dans la contrée des *tratturi*.

Impossible de ne pas tenir compte des Colantuono

à Acquevive, gros bourg entre Isernia et Campobasso, sous les pâturages du massif de la Montagnola, en route vers les Pouilles. Cinq frères, tous nés au mois de mars, comme de bons fils de transhumants, c'est-à-dire d'hommes qui regagnaient leur maison au mois de juin et s'empressaient d'engrosser leurs épouses après avoir passé l'hiver dans la plaine du Tavoliere. Dans la cuisine, une mère plantureuse, vêtue de noir, qui dispense les ordres et la nourriture. Errant à travers la demeure, une tribu de petits-enfants. Et, partout, les signes d'une antique dynastie partie – à ce qu'on dit – de la Crète, on ne sait trop depuis quand.

« *Poco a mangià non sacciu fa* » (moi, je ne sais pas faire trois fois rien à manger), dit en riant la *mamma* Vittoria, en s'avançant vers la table patriarcale ; entre le déjeuner et le dîner, elle doit bien servir vingt plats par jour. En bout de table est assis son mari, le taciturne Nicola – les vrais chefs ne parlent guère – septuagénaire, fils de Felice Colantuono, légendaire conducteur de troupeaux entre le Gargano et les montagnes du Molise. Tous ses fils sont là, ils ont des visages andalous, des yeux noirs, des corps musclés de cow-boy, de grandes mains, l'orgueil du travail soigné. On fait sauter le bouchon d'une bouteille, dehors la pluie redouble, mais pour les bergers c'est du tout bon, cela veut dire que l'herbe sera abondante. Mon fils Andrea est heureux, il ressent quelque chose de perdu dans ce groupe qui l'accepte comme un frère.

On discute pour savoir comment relancer la transhumance, bloquée en 2002 par les services sanitaires dans tout le Centre-Sud, pour des raisons de maladie de la langue bleue. Ils savent qu'un nouveau départ ne relève aucunement du rêve. Les *tratturi* sont là, il suffit de les parcourir. Ce sont des routes qui appartiennent de droit aux bergers. Il est temps de retourner dehors avec les vaches et les brebis : la honte imbécile des Italiens à l'idée d'être des pauvres péquenauds de bergers, ça va bien comme ça. C'est une honte qui fait justement le jeu de la grande production du Nord, mieux protégée par les pouvoirs publics.

Carmelina, la fille de la maison, sert à table et raconte : « Depuis que je suis toute petite, j'ai haï la transhumance. Mon père n'était jamais là. Je pleurais chaque fois que le troupeau repartait. Et puis, avec le temps, ma haine est devenue amour. Vous ne savez pas ce que ça représente de voir sortir cinq cents vaches dans la poussière, cinq cents vaches qui ne tiennent plus en place. On a envie de pleurer. » Elle s'émeut et cette émotion la rend belle comme le jour. La chose paraît si évidente : la force de ces terres, ce sont les femmes. « Quand le moment arrive, dit-elle, personne ne peut les retenir, nos vaches. Elles sont toujours dehors, elles sont entraînées à marcher, pour elles ce déplacement est un appel irrésistible, une joie. »

Le médecin, Beppe Battista, a suivi les Colantuono lors d'un mémorable retour des pâturages du Gargano et il ne l'oubliera jamais. « Après un voyage, pareil dit-il, tu as des visions. Tu rêves, tu entends, tu vois tout de manière différente. Quand je suis revenu, je n'ai pas conduit ma voiture pendant des semaines. Je ne supportais pas la télé, ni même mon lit. C'est incroyable d'être au milieu du troupeau, avec les vieilles vaches qui connaissent déjà le parcours par cœur et font la route, et les jeunes qui vont derrière, un peu dépaysées, mais se laissant conduire en douceur. Un concert de sonnailles qui devient une vraie musique, qui te rend dépendant et ne te lâche plus jamais. »

Il se rappelle la route, mètre par mètre, parcourue en quatre jours seulement, presque toujours de nuit.

Le frisson du départ, Nicola Colantuono qui marche devant, tout seul, du pas millénaire d'Abraham, court, déhanché, régulier. Le pont sur le fleuve Fortore, la pierre en latin avec les tarifs du péage, dont ne sont exemptés, par décret impérial, que « les prêtres et les putains ». Le torrent Tona, Santa Croce Magliano, Femmina Morta, Ripa di Mosani, la taverne de Torella. Les petites églises des *tratturi* qui comportaient jadis une auberge pour les étapes, comparable aux restoroutes d'aujourd'hui. Puis l'arrivée, avec les femmes qui sortaient du village avec le premier repas chaud.

Nous repartons à contrecœur, nous avons déjà l'impression d'être de la famille. L'auto prend d'instinct la direction des troupeaux, elle cherche son *tratturo* vers les espaces ouverts de la plaine du Tavoliere, elle voyage dans le crachin au milieu de pâturages, de forêts de hêtres séculaires et d'une surprenante Suisse *terrona* qui descend vers les Pouilles et la Basilicate. Jusqu'au moment où, à Torella, en haut d'un col, juste avant Campobasso, elle rencontre un autre berger très spécial. Mario Borraco, quarante-quatre ans, globe-trotteur campanien aux mille métiers, ex-instructeur de vol libre en Californie, qui à l'âge de quarante ans a décidé de prendre racine en retournant au pays. Un autre héros de la résistance oubliée.

Nous sortons sous le crachin avec le troupeau de brebis. Quand l'étable s'ouvre, on dirait qu'une digue se rompt. Et puis, tout se déroule en silence. Comment décrire l'allure feutrée d'une masse d'animaux qui se déplace dans des champs trempés. Les bêtes ne bêlent pas et on se trouve dans un fleuve qui bruit, bouchonne, dévie, s'éparpille, se resserre, se répand dans les prairies et dans la boue, tandis que les chiens, aux aguets, canalisent cette masse fluide et chaude dans la direction voulue. Avec la neige, me garantit Mario le berger volant, le silence est encore plus parfait et tout est de la même blancheur laiteuse : les brebis, les chiens, le ciel et la campagne.

Dans l'étable, à côté des fromages, dorment une dizaine de deltaplanes, enfermés chacun dans sa housse. Un peu plus loin, avec les agneaux qui viennent de naître, bâille le vieux border collie, Whisp, grand organisateur de troupeaux. Il peut se permettre de paresser, après quarante mille kilomètres de transhumances, soit à peu près le tour du monde. Il est presque aveugle, mais il court à son maître, répond toujours aux ordres, part, s'immobilise, tourne sur lui-même comme un cheval lipizzan, repart en arrière. « Ce brigand a semé des enfants un peu partout », dit le berger, ému. Whisp, quel joli nom. Il irait bien aussi à ma vieille guimbarde au long cours.

Les Apennins, c'est la terre des brebis, peut-être ont-ils même été eux aussi un troupeau. De la Toscane au Gargano, l'allure lente et bêlante de la montagne, c'est celle-là. Une terre patiente, peuplée d'animaux, faite pour eux. Et au milieu des collines ocre des basses-terres de la région de Sienne, aussi, à deux pas des viticulteurs milliardaires de Montalcino, sur une verte colline proche de Torrenieri, il existe encore des gens qui se tuent de fatigue avec leurs brebis et leurs chèvres. Tamara Amaddii et sa fille, restauratrices, qui vivent là toutes seules à s'occuper de leurs bêtes. Je les ai devant les yeux : mains rugueuses, voix douce, sourire tendre et une immense quiétude dans le paysage au coucher du soleil.

Sous un gigantesque parapluie avec un manche en bois, Mario s'en va récupérer Ethan, un jeune Californien qui garde ses bêtes et qui est venu travailler à mi-temps pour le plaisir d'être en Italie, puis il me montre comment on fabrique le *caciocavallo*.

C'est comme d'assister à un accouchement, la créature toute trempée sort du liquide tiède, elle est manipulée avec effort, le fromager, qui sert de nourrice, garde les yeux fermés pour mieux se concentrer. Dehors, sous la pluie, le Molise n'est qu'un grand troupeau de brebis en mouvement. Quand « *cala lu sole* » (tombe le soleil), et que nous devons repartir, Borraco salut mon fils Andrea comme s'il le connaissait depuis toujours. « Quand un berger était sur le départ, on lui disait : "Je t'accompagne par la pensée." Eh bien, moi, Andrea, je te le dis aussi : *"T'accumpagno c'o pensiero."* » Grande âme du Sud.

6

Du Samnium à l'Ofanto

Une longue vague de hauteurs violettes

Soirée de vent sur le lac du Fortore, aux confins des Pouilles, noir comme de la poix. À l'ouest, les lumières de Pietracatella ; une grappe de maisons autour d'une église fortifiée. J'ai quitté le *tratturo* qui va de Campobasso au Gargano ; à la hauteur de la gare de Ripabottoni (le rivage aux boutons, quel drôle de nom !), j'ai vu luire au sud, dans ce ciel d'orage, une succession de villages sur une longue vague de hauteurs violettes, et j'ai pris cette route. Je la suivrai jusqu'à la fin, dans l'Aspromonte. Le Sud commence à Ripabottoni : on dirait le titre d'un livre. Comme dans les embranchements de la vie, la balise d'un voyage peut être aussi un tout petit lieu, hors du monde.

Andrea est reparti, je me retrouve plus seul que jamais pour attaquer la partie la plus pénible du trajet. Voilà une semaine qu'il fait mauvais. Une semaine que je me demande quel temps il fera demain. Avec une voiture normale, il n'y aurait pas de problème. Avec la Topolino, si, parce que dès qu'il pleut, elle devient une vraie passoire. Temps ensoleillé ou temps orageux, tout change : l'allure, l'itinéraire, l'humeur, la manière d'aborder le monde. Cette merveilleuse petite auto ressent le temps à fleur de peau. S'il pleut, mon journal de bord devient une histoire d'intérieurs et d'attentes, d'auberges et de récits à la veillée. S'il fait soleil, capote baissée, c'est un jeu de saluts, de regards directs et de rencontres sur la route.

Je l'avoue : un jour, je t'ai maudite, guimbarde bleue. Tu sabotais mes tableaux de marche, tu m'obligeais à m'arrêter juste quand il ne fallait pas. C'était intolérable. Au bout de trois journées de pluie, j'ai même envisagé de te laisser dans un garage. Maintenant tout a changé : j'ai rendu les armes, j'ai compris que cette incertitude est un luxe, la mère de tous les imprévus, le sel du voyage. Je ne pourrais plus me réhabituer à une voiture pour laquelle le climat ne serait rien d'autre qu'une variable comptant pour du beurre. Quel ennui de s'enfermer hermétiquement dans une boîte climatisée, un emballage qui ne laisse passer ni les saisons, ni les parfums, ni les voix des gens.

Au matin, divine surprise : un grand ciel bleu majolique avec, au-dessous, Pietracatella lavée par la pluie, qui scintille sur la colline de l'autre côté d'une mer de blé. J'apprends que le village va fêter aujourd'hui saint Antoine de Padoue, avec pétards siffleurs et bénédiction du pain. « Il ne faut pas rater ça, me dit-on, tu verras un cortège de poulains, les petits garçons en habit de moine et les petites filles parées de fleurs de lys. » La Topolino démarre, au milieu des céréales et des oliviers, gravit une route de grands lacets, fait la queue derrière une gigantesque batteuse, d'allure presque soviétique, qui se hisse le long du versant nord de la colline, avec à bord des paysans en débardeur, qui saluent. Au loin, des éoliennes tournent lentement, avec régularité. Ce n'est pas l'Italie, c'est la Provence d'autrefois. C'est l'Andalousie.

Mais à l'instant même, alors que je flaire désormais des latitudes méditerranéennes, voilà que m'arrive sur le vent – parapam parapam parapam-pappà – la musique la plus danubienne qui soit : la *Marche de Radetzky*. Je n'en crois pas mes oreilles. Une musiquette fanfaronne de chez moi, une musique de fête venue du plus lointain Nord-Est, d'un ancien territoire austro-hongrois, qui se répand dans les terres brûlantes du Sud, avec ses fifres et ses grosses caisses. C'est la fanfare du village, qui descend de la grande église et qui, après avoir déployé son répertoire, souhaite sans le savoir la bienvenue au voyageur sorti de la Mitteleuropa, terre du café crème et de la *Sachertorte*.

Je finis dans un état d'euphorie sur une place pleine de batteuses qui attendent toutes la bénédiction. Je m'y arrête : il y aura bien aussi un peu d'eau bénite pour Nerina. Une foule de curieux entoure déjà ma guimbarde, microscopique à côté des machines agricoles. Un gamin d'une huitaine d'années monte dessus, la scrute d'un regard de connaisseur et me demande combien elle coûte. « Très cher », lui dis-je. Et lui, roublard : « Maintenant qu'on te la bénit, elle vaut le double. » Pendant ce temps, la procession arrive, en ondulant, avec la statue du saint portée à bras d'hommes. Derrière, une mer de personnes, de petits enfants vêtus d'habits de moines, de paniers de pain ornés de fleurs de lys, de chevaux que les pétards rendent nerveux.

Et là, qui croyez-vous que je vois à la tête du cortège, devant le baldaquin de saint Antoine, au milieu des encensoirs des enfants de chœur et des nuages d'encens ? Un jeune prêtre couleur de cacao, en soutane blanche et parements liturgiques. Un authentique *sarracino, niro niro*[1], qui passe avec l'eau bénite parmi les bambins, les batteuses et les moissonneurs qui se signent. Après la bienvenue à l'autrichienne, voici que pleut à présent sur ma petite voiture la bénédiction à l'africaine. Dans les Apennins, les surprises ne finissent jamais.

Le soleil impitoyable tape dur, je cherche refuge au bar La Sorgente (La Source), dont la terrasse couverte abrite quatre tables, comme en Grèce. Une belle fille au bar me demande : « Que voulez-vous boire ? » avec un respect inimaginable dans le nord du pays. Et tandis que je lampe avidement trois *chinotti* à la file, un monsieur s'approche de moi avec déférence. Comme s'il lisait dans mes pensées, il m'offre de l'accompagner jusqu'à l'église, tout en haut du col. « Là-haut, promet-il, nous trouverons le signe des Phéniciens. » Je l'invite à ma table : il s'appelle Antonio Fratangelo et il semble savoir une infinité de choses sur le sujet en question. Je sais déjà qu'il va m'emmener sur les traces d'Hannibal. Dans les Apennins, Hannibal est partout.

Peu après, nous montons dans le vent en direction du temple encastré dans la roche, au-dessus des toits du village. « Ici tout est phénicien, explique don Antonio en s'orientant avec certitude dans les petites rues sinueuses, tout, à commencer par le nom de l'endroit. Catella vient de "*kadesh*", c'est-à-dire "sacré". » Sur une maison, il me montre une pierre ornée d'une croix gammée, le signe phénicien du soleil, datée de 212 avant Jésus-Christ, dans les années mêmes où Hannibal était en Italie. Maintenant, nous sommes sous la « pierre sacrée » qui donne son nom au village. L'église, consacrée à saint Jacques, domine celui-ci

1. « Sarrasin, noir, noir », allusion à une célèbre chanson de variété.

comme un morceau de quartz. Un prisme qui se cabre, étayé par des escaliers extrêmement raides. Tout autour, le blé et le vent.

À l'intérieur, la confirmation. Une inscription gravée en lettres phéniciennes, une urne funéraire phénicienne, un couloir typique des temples phéniciens. Trop de preuves pour ne pas se dire que cette extraordinaire saillie a dû être occupée par un autre sanctuaire, avant celui consacré à saint Jacques. « Si je ne m'abuse, dis-je, la bataille de Cannes a été livrée non loin d'ici, du côté de Foggia. » Un éclair traverse le regard de mon guide, mais il se rapproche et articule, comme s'il me confiait un secret : « Non. La bataille a eu lieu là, au-dessous de nous, sur le Fortore, le fleuve que couvre aujourd'hui le lac. On a trouvé près du Fortore des monnaies célébrant la victoire d'Hannibal. Elles portaient le mot "*Nun*" qui veut dire "lieu sur le fleuve". L'une a fini au Fitzwilliam Museum à Cambridge, une autre au musée archéologique de Copenhague. Et la troisième se trouve dans la maison d'un paysan. »

Tout comme prévu. Est-ce une légende ? Qu'importe. En ce qui concerne Hannibal, je ne sais jamais si le plus intéressant tient aux traces historiques avérées ou aux légendes qu'il a semées. Ce qui est sûr, c'est que celles-ci comptent aussi. Ici la modernité est une croûte plus fine qu'ailleurs. Pourquoi, me dis-je, l'ombre du Carthaginois reste-t-elle présente dans cette région, avec plus d'obstination encore que celle de Jules César ? Ne serait-ce pas parce que, pendant deux millénaires, l'envie de faire payer à Rome sa suprématie a survécu parmi les peuples italiques qu'elle a soumis ? Nous retournons dehors, l'horizon se déploie sur trois cent soixante degrés, une pagaille de collines couleur de blé. « Ici, c'est la terre des Samnites, confirme Antonio, les ennemis jurés de Rome. Et ici, après la bataille de Cannes, les Carthaginois décidèrent de se démobiliser et de se fixer. »

Leurs traces ? Toutes dans les noms de lieux. Pescolanciano, Pescaseroli, Pescara, autant de toponymes dans lesquels *pesca*, la pêche, n'a rien à voir. Ils ont pour origine les lettres *psq* qui, en phénicien, signifient « roche crevassée ». Et il y a aussi Campobasso qui est tout sauf *basso*, bas, et qui viendrait, à ce qu'il paraît, du terme punique *wsk* – prononcé *ouask* – un lieu militaire où se prépare l'équipement des soldats. Fratangelo s'échauffe : « Et même si cela paraît impossible, le nom de Capracotta [chèvre cuite] ne veut pas dire ce que l'on pourrait croire. Il vient de *kapr*, village, et *kot*, détruit par le feu. » Et que dire du Gran Sasso, où l'on trouverait une centaine de sources dont le nom ferait allusion à Hannibal, mais bien peu d'origine grecque ou latine ?

Je me demande si les Carthaginois et les peuples italiques sont la projection mythique d'une récente inquiétude historique, l'expression de la fierté d'un monde qui ne se résigne pas à l'idée d'avoir été obligé de ployer devant la modernité. Antonio ne mentionne jamais la domination des Bourbons, ni les désastres de l'unification de l'Italie. Tout est déplacé à des distances millénaires. Il dit : « Nous autres, gens du Molise, nous sommes ainsi, comme les Phéniciens et les Samnites. Ni les uns ni les autres n'ont jamais été défaits sur le champ de bataille, et pourtant ils ont tous été vaincus. » Et il ajoute, tandis que le blé ondule au vent : « Eh oui, notre peuple portera à jamais dans son caractère le poids de ce double échec. »

« Statale *17, on dirait que tu exploses de soleil* »

Je suis sur la *Statale* 17, route mythique, chantée par Guccini, et je ne m'en étais pas aperçu. Elle s'engouffre dans un canyon entre les Monti Dauni, couronnés d'éoliennes bruissant dans le mistral. La *Statale* 17 : circulation zéro, patrouilles d'hirondelles, maisons cantonnières abandonnées, soleil de plomb, vent digne du plus lointain far west. Maisons cantonnières, disais-je : à propos, à qui a-t-on confié la tutelle de cet extraordinaire patrimoine national ? De toute évidence, à personne. J'enrage, je peste contre la coterie des dilapidateurs de biens publics.

Voici qu'arrivent la plaine du Tavoliere et la route de Lucera, d'une implacable rectitude. Je me rends compte que c'est ma première ligne droite. Je m'étais juré : pas de plaine, jamais. J'avais clamé à la face du monde : rien que des courbes et des montagnes. Telles étaient les règles. Ce qui fait qu'arrive maintenant ce qui devait arriver : après plus de deux mille kilomètres de zigzags, voilà que cette route qu'on dirait empruntée au Nouveau-Mexique, aussi immobile qu'une épée au milieu de rien, me donne la nausée. Les poids lourds me fondent dessus comme s'ils voulaient m'écraser. La ligne droite est un lieu vide, arrogant, violent. Trente kilomètres sans un seul village, bar, distributeur. Rien que des petits tourbillons de poussière et des bidons qui roulent dans le vent.

« *Statale 17, sembri esplodere di sole.* » (*Statale* 17, on dirait que tu exploses de soleil.) La lumière est blanche, poudreuse et dure, une lumière de corrida. Le paysage fait penser à celui de la Meseta, entre Burgos et Salamanque, plat et creusé de petites gorges. Le blé et les oliviers ont un éclat métallique, la même nuance froide, ils deviennent jumeaux, comme l'or et l'argent. La vitesse augmente, je le comprends aux insectes qui, pour la première fois depuis la Ligurie, s'écrasent sur mon pare-brise. Je vois un chien mort à côté d'une borne. J'ai franchi un seuil critique, la ligne droite devient le cimetière des animaux, la décharge des immondices de la vie.

Lucera m'engloutit comme une toile d'araignée, on dirait une tarentule au centre d'une constellation de routes qui s'éloignent en étoile. La carte me révèle que les Pouilles tout entières, jusqu'à Salento, forment un système de toiles d'araignées construites pour sucer le blé des grandes exploitations. Le Tavoliere est une vague, longue et venteuse, le guide du Touring Club italien de 1926 le décrit comme s'il s'agissait du haut plateau de Turquie, en direction de Diyarbakir. « Les routes sont pour la plupart plates, même si l'on y trouve de brèves et fréquentes contre-pentes, elles sont larges, rectilignes à perte de vue… Très chargées d'une circulation intense de chariots dans la bande côtière surpeuplée de la région de Bari, plus commodes dans la partie haute des Murge ; mal entretenues, mis à part certains tronçons isolés dans les provinces de Foggia, Lecce et Tarente… »

On dirait qu'ils parlent du Kurdistan plutôt que de l'Italie. « Assez souvent, on trouve sur les routes des rochers abandonnés, et d'autant plus à proximité des carrières de calcaire, où les chariots perdent fréquemment des blocs de pierre. » Ou encore : « Parmi les jeunes garnements, l'habitude de lancer des pierres sur les automobiles est fort répandue. » J'apprends ensuite que « la discipline routière n'est pas encore passée dans nos habitudes » et que « les chariots tiennent indifféremment leur droite ou leur gauche, et traversent les routes comme cela les arrange. »

À présent, je voyage vers le sud, le paysage devient celui de l'Arizona. J'ai encore une si longue route à faire. Je me rends compte que Lucera et *a fortiori* le Gargano qu'elle a dans le dos sont beaucoup plus au nord que Naples. Je roule en direction de la Campanie et tout s'inverse : la Campanie est plus au sud que les Pouilles et non pas plus au nord. Des cigales, un panneau indiquant Torre Guevara, une ferme blindée, avec des fils de fer inquiétants et une caméra vidéo en plein milieu de nulle part. La ligne droite est si droite que je parviens à écrire en conduisant, mon carnet de notes appuyé délicatement sur le Klaxon. Ce qui fait que celui-ci retentit à la moindre secousse du terrain ou à la moindre pression de ma plume. Une scène parfaite pour un « *road-movie* ».

J'ai sommeil. Les lignes droites, ça endort. Je chante, je me pince les joues pour rester éveillé, et dans le rétroviseur je constate que je suis le portrait craché de mon père. Et, à l'avant, ma Topolino est, elle aussi, le portrait craché de la Fiat qu'il avait, si bien que j'aimerais pouvoir me jeter sur le siège arrière et me faire conduire par lui, mais je suis trop grand et mon père n'est plus là. Notre voiture était un break, une Giardinetta de 1953, la même année que Nerina ; papa me préparait un petit lit dans le coffre, il descendait l'escalier à l'aube, me portant dans ses bras, enveloppé dans une couverture, il ouvrait le hayon arrière, me déposait dans le lit et se mettait en route. C'est aussi ce qu'il fit en 1954, quand l'Italie reprit Trieste, après neuf années de gouvernement anglo-américain. À minuit, au barrage routier de Duino, je vis, au milieu d'une foule immense, des camions pleins de *bersaglieri* pris d'assaut par des jeunes femmes en folie.

Je monte, vent dans le nez, le long d'un faux plat. En contrebas du sentier, le cône du mont Vultur, qui annonce Melfi et la Basilicate, heureux domaine de l'empereur Frédéric II. Sur la carte au 1/200 000, je trouve une note de mon ami Albano Marcarini, spécialiste des voies anciennes. À ce qu'il paraît, pour les villes d'Ascoli Satriano, Foggia, Canosa, Barletta et Trani, le mont Vultur serait « prophète de malheur en matière de météorologie ». « En effet, les nuages qui s'amoncellent autour de sa crête à partir de midi annoncent des tempêtes de sirocco et sont, au même titre que les coassements de grenouilles, un signe certain de pluie ou même d'averses torrentielles. Dans les temps reculés, les forêts alpestres du mont Vultur étaient habitées par les ours, comme on peut le lire chez Horace. »

Cette constatation date de 1896, mais les nuages en haut de ce mont conique sont toujours là. Je découvre que le mont Vultur fut aussi une des causes de la défaite romaine à Cannes. « Le sort voulut en effet que le vent tombât du haut de la montagne avec une telle violence et soulevât sur la plaine de si épais nuages de poussière que les soldats romains en furent aveuglés. » Mais revoici à présent des montées et des descentes, revoici des tournants, revoici les Apennins. La plaine du Tavoliere est derrière nous, ma Topolino se remet à chanter. Troia, Bovino, Sant'Agata : des rochers phénoménaux, d'où l'on a une vue à trois cent soixante degrés, aussi hauts que la hune au sommet du mât d'un voilier. De là-haut, je la vois on ne peut mieux la péninsule, qui navigue vent debout vers le tempétueux détroit d'Otrante. Cette blanche étendue de côte, vers Trani et Molfetta, c'est déjà la Grèce ; le flanc d'un bac qui tangue, sur une longue vague bleu cobalt.

Sur les ailes du Saint-Esprit

Au sommet d'une crête, le moteur ronfle comme un fou. Tout autour, des ruines dans le vent, des portes défoncées, des fenêtres pleines de buissons de romarin. C'est Aquilonia Vecchia, anéantie par un tremblement de terre le 23 juillet 1930. Le dernier pan d'Irpinie, à cheval sur la Campanie, les Pouilles et la Basilicate. Un silence parfait règne parmi les deux rangées de maisons éventrées, au milieu des hautes herbes et des coquelicots. Un tracteur vient à ma rencontre, on dirait un char blindé soviétique dans les décombres de Grozny. Dans le Sud profond, le temps joue d'étranges tours. Aquilonia, avec tous ses morts, pourrait être l'antique Mycènes. La même terre brûlée, les mêmes chèvres, la même position dominante. On a l'impression que plus d'années ont passé entre 1930 et aujourd'hui qu'entre 1930 et l'époque d'Homère.

Un écriteau, avec un petit drapeau bleu étoilé, précise que l'on commence à restaurer l'endroit, grâce à des fonds européens. Restaurer quoi ? Comment restaure-t-on des ruines tout en les laissant en ruines ? J'ai toujours peur des maniaques de la restauration. Par exemple ici. Je redoute qu'on ne débarrasse les maisons de leurs décombres et des figuiers qui ont poussé hors des toits défoncés et qu'on ne ferme l'endroit à la circulation pour ouvrir un beau petit Visitors' Center, à l'américaine. Et alors ? Est-ce que ça fera comprendre le fracas de bombe atomique qui, il y a trois quarts de siècle, a emporté tout un monde en l'espace de dix secondes ? Sans les mauvaises herbes et les chèvres, comment fera-t-il, ce pays fantôme, pour conserver son charme irrésistible ?

Il s'appelait Carbonara, ce village, soixante-dix ans avant de disparaître de la face du monde. C'était un nom humble, mais même ce nom on le lui avait ôté. Le jour du plébiscite en faveur de l'annexion à l'Italie, en 1860, Carbonara s'était révoltée en constatant qu'on n'avait pas alloué de terres incultes aux ouvriers agricoles ; il y avait donc eu une répression, avec douze morts, et ensuite, ultime affront, Victor Emmanuel II avait – le cas est unique en Italie – changé le nom du village. Humiliée par décret royal, la modeste commune de Carbonara devint la fière Aquilonia, toujours aussi misérable, bien sûr. Mais comme, dans ces régions, le nom est tout – si on le perd, on n'est plus rien – en 1930, Carbonara fut balayée par décret non plus royal, mais divin. Peu avant minuit, sous les étoiles du plein été, une secousse prolongée partit des profondeurs. Et quand Mussolini, pour donner un toit aux évacués, fit construire de toute urgence quatre-vingt-dix maisonnettes en quatre-vingt-dix jours, le faux nom disparut à son tour. Aquilonia devint Aquilonia Nuova, un demi-kilomètre plus haut.

Par un pied de nez du destin, le cimetière se trouva ainsi à mi-distance entre les deux villages, sur la même route. Donc, pour aller du monde des ombres à celui des vivants, c'est justement là qu'il faut passer. La nécropole d'Aquilonia Nuova se trouve tout entière au-dessus du niveau du terrain, comme cela arrive souvent dans le Sud. Propre, ultra-soignée, à l'intérieur d'un haut mur d'enceinte, et peuplée de femmes en noir qui ont l'air de sortir d'un roman de Silone. « Il fait toujours chaud, juste avant les tremblements de terre, me dit une d'entre elles, alors cette nuit-là, il faisait très chaud et beaucoup de gens dormaient dehors, d'ailleurs beaucoup d'entre eux étaient restés à travailler dans les champs. Autrement, il y aurait eu trois fois plus de morts. »

Dans le Sud, les morts sont entourés de hauts murs. Ils sont honorés, certes, mais aussi calfeutrés et tenus à distance, loin des villages. On ne sait jamais, ils pourraient revenir. Dans le Nord, c'est le contraire : entre les vivants et les morts, pas de limites. Dans la petite ville de Schleswig, en Allemagne, le cimetière est sur la place principale, il fait partie des jardins et de l'urbanisme. Ici, je descends aux enfers, à la recherche des âmes perdues. Et ici, ici seulement, j'ai l'impression de débusquer l'ombre de Carbonara, une âme qui n'a pas trouvé la paix depuis un siècle et demi, un dieu mineur en exil, privé de son temple. Je me perds dans le vent, entre des petites villas et des condominiums de trépassés, au milieu de parterres de fleurs, de fontaines, de porches, de sentiers de gravier, peuplés de passereaux et de grenouilles. Je peux même ouvrir des grilles grinçantes et entrer dans les sépultures, au milieu de niches mortuaires superposées comme des lits-bateaux, à la recherche de Vitangelo ou Donato, Filomena ou Vincenzina.

Dans le nouveau village va commencer la procession de San Vito (saint Guy). Les anciens attendent sur les bancs, au milieu d'un vol d'hirondelles, ou bien assis à la sortie de l'église, autour du petit marché avec ses étalages. « Ce soir, on tire des feux d'artifice, m'annonce Teodoro, quatre-vingt-quatre ans, avec des mains comme des pelles de bulldozer, soixante-dix, quatre-vingts, cent fusées ! On en tire des millions ! Plus il y a de gens plus on en tire ! Il y a Laura Bono qui vient chanter et on allume les éclairages. *'Nu paradiso*, un paradis. » Mais Aquilonia Nuova aussi a disparu ; les petites maisons fascistes ont été avalées par le dieu béton. Les vrais dieux sont ailleurs : dans le musée ethnographique de la culture paysanne, magnifique reconstitution d'un monde perdu. Trente mille articles, cent vingt-cinq ambiances domestiques, quarante-deux boutiques, tout cela mis ensemble au cours d'une vie de labeur par le professeur Beniamino Tartaglia, « hélas décédé voilà quelques mois ». On dit qu'il y a là les bases d'un musée des « villes itinérantes », celles qui ont été détruites et reconstruites ailleurs.

Descente acrobatique, sous un soleil tyrannique, en direction de la vallée de l'Osento. L'asphalte ondule : dans une contrée sismique, outre les nids-de-poule, il y a de soudaines dénivellations et votre voiture dégringole comme un avion pris dans des turbulences, vous laissant le cœur au bord des lèvres. De l'autre côté de la vallée se trouve Monteverde, accroché à une colline comme l'écume de mer au sommet d'un brisant. Et j'ai vraiment l'impression de naviguer, avec ma guimbarde qui émerge de temps à autre, sur la crête d'une gigantesque vague scélérate, en sorte qu'elle peut, pendant un bref instant, regarder au loin, avant de replonger. Aucune plaine ne peut vous offrir pareil frisson.

C'est au cours du moment où l'on franchit une colline qu'un voyage se décide. Il n'y a pas de programme qui tienne devant une vision au sommet, qui vous découvre des trésors. Maintenant, je vois Monteverde, puis de là je verrai Melfi, et ensuite Rionero, Ripacandida, Muro Lucano. Des groupes de syllabes qui vous appellent, qui révèlent les dieux qui les ont engendrés. Peut-être qu'un vrai voyage devrait être fait à l'aveuglette, sans la moindre carte. Comme ça, d'instinct. Comme mon ami Roman Arens, journaliste allemand qui, voilà quelques années, est allé de Munich à Rome en scooter, sans carte justement, en demandant tout simplement aux passants la route de la Ville éternelle.

Encore des collines, de forts courants d'air qui montent de l'Ofanto. Un rapace rougeâtre, avec des festons de plumes crème, ondule à basse altitude au-dessus des prairies, et de temps à autre s'immobilise face au vent. J'éteins mon moteur, le charme optique qu'exerce cet oiseau est extraordinaire. Je m'assieds dans l'herbe, je ne peux pas m'empêcher de l'observer. Je veux savoir à quel volatile j'ai affaire. J'appelle au téléphone mon ami Paolo Zucca, vétérinaire triestin, qui va soigner les faucons vedettes dans les cours des émirs, en territoire arabe, et qui nourrit une véritable passion pour Frédéric II, le premier grand théoricien de la fauconnerie.

Dans le vent commence une séance surréaliste de *bird-watching*.

« Il est comment ? grince Paolo dans mon portable.

— Brun rouge et beige, assez gros, dis-je, pelotonné dans les hautes herbes.

— Et son vol ?

— À quatre, cinq mètres, au-dessus de la prairie. Il profite des courants ascendants.

— Alors, c'est un busard des roseaux femelle, sans aucun doute. »

Je n'arrive pas à en détacher les yeux…

« C'est l'insoutenable légèreté de l'être ! continue mon ami. Quand on connaît les rapaces, on sait ce que ça veut dire. Je voudrais que tu voies ce que fait le faucon crécerelle.

— Bon Dieu, et que fait-il donc de si particulier ?

— Il fait le Saint-Esprit. Dans un voyage comme le tien, il serait important de le voir.

— C'est quoi ce truc ?

— C'est quand il tient la posture, immobile, en battant des ailes comme un colibri. C'est sa manière de chasser en vol. Un vol d'extra-terrestre.

— Parle-moi de Frédéric.

— Il lançait les faucons et les faisait revenir pour prouver au peuple le pouvoir qu'il exerçait sur le ciel. La chasse au faucon pèlerin était un outil de gouvernement... Frédéric vagabondait avec un cortège d'animaux exotiques qui étaient des symboles en voyage. Éléphants, chameaux... Il a construit des châteaux de chasse extraordinaires... N'oublie pas Lagopèsole, c'est là, à deux pas. »

Je descends jusqu'à un lac, je remonte le long de pentes qui pourraient figurer dans un grand prix de la montagne. Le rocher de Monteverde, à un coup d'escopette d'Aquilonia, regorge de nids d'hirondelle et exhale un parfum de sauce tomate. Une femme debout à l'entrée d'une ruelle irait bien faire un tour dans ma Topolino séance tenante, si elle n'était pas obligée de servir à manger à ses cinq rejetons. Ce tacot venu du Nord l'enchante.

Je lui demande :

« Dites-moi, que s'est-il passé chez vous, au moment du tremblement de terre de 1930 ?

— Il ne nous a rien fait, le tremblement.

— Mais, votre saint, à vous autres, c'est qui ?

— Nous, c'est saint Rocco.

— Ah, on voit bien que saint Rocco a plus de savoir-faire que saint Vito, le saint d'Aquilonia.

— Je pense bien que oui. »

Un invalide passe, dans une petite voiture Guzzi, rouge flamme.

« Ah, vous avez une Topolino ! Beppe di Lorenzo aussi en avait une, mais maintenant il est mort. »

Je lui demande où se trouve le bar, j'ai soif.

« Il est sur la route au-dessus du saint.

— Saint Rocco ?

— Ben, oui, nous, c'est saint Rocco qu'on a. »

Au bar, je trouve un vieux plutôt gaillard, Salvatore,

quatre-vingt-quatre ans. Il a passé sa vie entière à travailler en Allemagne.

Je lui demande pourquoi il est parti à l'étranger.

« Parce que dans le nord de l'Italie on me traitait de bouffeur de savon et ça me faisait mal. Alors qu'en Allemagne j'étais le bienvenu.

— Vous vous entendez bien avec les Allemands ?

— Les Allemands, ils étaient comme Frédéric II, qui a été notre meilleur roi. C'est bien dommage qu'on n'en ait pas un comme lui, aujourd'hui. »

Il sort du bar et me montre le blé à perte de vue. « Regardez-moi cette terre, elle devrait fournir à manger à tout le monde : au lieu de quoi, on se fait du mal entre nous et on est obligé d'émigrer. »

Hymne aux cocus volontaires

Le soir, Rapone est plein d'hirondelles et de gamins. C'est la fête de San Vito, avec des tapis de fleurs, une fanfare qui joue *Fratelli d'Italia*, les prélats et le maire, le concert d'Orietta Berti. Mais alors que je papote avec un villageois qui m'offre du vin et une auxiliaire de vie roumaine, qui s'appelle Doana, qui vois-je arriver ? Vinicio Capossela, l'oiseau nocturne de la chanson italienne, le barde que j'ai déjà croisé dans le Nord, le deuxième soir de mon voyage le long des Apennins, marqué par une inoubliable bamboche en rase campagne, avec un feu, du vin et des saucisses.

Il porte une tenue noire brillante, qui le moule, et un Borsalino noir sur sa tête de gitan. Il s'est déjà glissé, tout content, dans la Topolino. Il en a envie, il la flaire. Il ne regarde même pas un groupe de fillettes qui improvisent en son honneur un ballet sur la route. Il déclame : « *Quando la sorte è amara / c'è Rapone o Carbonara* » (quand le sort est amer / il y a Rapone ou

Carbonara). Voulant dire par là : « Si tu ne trouves pas de filles, va les chercher à Rapone ou Carbonara. » Seulement lui, c'est à la Topolino qu'il applique ce proverbe de chez lui ; chez lui, c'est Calitri, de l'autre côté de la vallée. Vinicio est un homme aux racines profondes et à l'étymologie transparente. Son nom vient de Capo del Sele, autrement dit « source du Sele », le fleuve qui naît à deux pas de l'Ofanto et se jette dans la mer Tyrrhénienne.

Le voyage dément commence à neuf heures du soir, au fond de la vallée, au bord de l'Ofanto, qui serpente dans la brume, avec la Topolino bleue qui file dans l'obscurité parmi les roseaux, illumine de ses phares des hangars désaffectés, des chiens errants, des gares de marchandises et des voies ferrées abandonnées. En haut, sur la colline, sous les étoiles de la Grande Ourse, Calitri, faisant route au milieu des grillons, comme un transatlantique dont le hublot central est éclairé, devient le vaisseau amiral d'une flotte de villages qui naviguent. « La voilà ma Macondo [1] », dit Vinicio avec un sourire, comme s'il indiquait Jérusalem depuis le jardin de Gethsémani, le soir de la trahison de Judas.

Il sort de l'automobile, cherche parmi les lucioles et les ronces, un peu Christ, un peu larron. Il trouve, au milieu des mûriers, un passage où la vue s'ouvre. De là, les contreforts antisismiques du village ressemblent à la cage thoracique d'un étrange cachalot, suspendu comme un dirigeable dans le ciel de la Haute Irpinie. Peut-être s'agit-il de la même baleine fossile que j'ai vue en Émilie, dans les ravins de Castell'Arquato, une baleine aussi longue que les Apennins tout entiers. Peut-être s'agit-il du monstre

1. Allusion à la ville imaginaire de Gabriel García Márquez.

entendu au fond du tunnel permettant de franchir le Mugello. Ah, Calitri, terre familiale de Vinicio Capossela, qui est né en émigration à Hambourg et qui a grandi en émigration en Émilie, à l'époque où l'on appelait les *terroni*, les Italiens du Sud, des *marucchein*, Marocains ! Calitri, ville des retours et des amis. Calitri fief des mandolines, avant-poste campanien en Basilicate, brillant au milieu de constellations de villages, qui font penser à des mégots rougeoyants dans le noir.

Comme dans les écrits de Márquez, ici aussi le visible et l'invisible se superposent, formant des mondes parallèles. Le sentier de la Cupa, ce sont les angles obscurs de l'âme. L'Ofanto, c'est la vallée du Jourdain, les fonts baptismaux, le lieu de la régénération. Les sinuosités du fleuve jusqu'à l'arrivée en haut au village, c'est l'ascension dans les méandres du temps. Le bois de la Frascineta, où la lune resplendit comme nulle part ailleurs, c'est l'espace mystérieux du faune et d'antiques divinités païennes qui ont pris le maquis. Et le haut plateau de la Formicosa, où l'air souffle de tous les côtés et où rien ne vous protège, c'est la Manche de Don Quichotte et des moulins à vent.

Une, deux lumières, un tout petit sentier de gravier, des éclats de rire, un grattouillis de mandoline. C'est une fête. Et même plus. À Calitri, on appelle ça une « conversation ». C'est une sauterie tendancieuse, réservée aux hommes, où on mange dans la joie et on chante des sonnets, les *stornelli*, ou chansons populaires, du Sud. L'endroit est une baraque remise en état, avec une tonnelle et des tables déjà dressées. Dans la cuisine aussi, rien que des hommes autour des casseroles et des tournebroches : c'est une surprise – pour ne pas dire une transgression – dans une région où les feux, les batteries de cuisine et les *fornacelle*[1] sont le monopole des femmes. Vestales et patronnes des pénombres de la demeure.

À table, on s'appelle par son nom de famille, à l'ancienne. Par exemple : Spaccacipogghia,'Ntrantola,'o Carnefice. Il y a aussi Tuttacreta et'o Cinese, respectivement accordéoniste et chanteur ; ex-*maestri del liscio*[2] et aujourd'hui piliers de la fanfare de la Poste, ainsi nommée en raison de la ténacité avec laquelle les susdits surveillent le bureau de la poste et du télégraphe, qui fournit leur retraite. On chauffe les instruments, les *antipasti* arrivent. Et, pendant ce temps, le barbier, Gianni Sicuranza et son « *cumpà* », son copain, Jucci r'Bellino, grands prêtres du sonnet, me font la leçon quant aux saints qui protègent la région.

C'est du pur polythéisme. Par exemple, saint Gerardo, patron des parturientes. Sainte Liggia, la merveilleuse patronne des *ciucci*, c'est-à-dire des ânes. Il y en a pour tous les goûts et on ne sait pas si ce sont des vrais saints ou des personnages de la *commedia dell'arte*. Saint Martino, dieu tutélaire des femmes aux gros seins, les fécondes déesses mères du Sud. Mais le plus grand, c'est saint Liborio, eh oui, saint Liborio, qu'on n'invoquera jamais suffisamment. Le providentiel Liborio, patron des « cocus volontaires », qui suscite des ovations parmi les convives et qui met sous le nez de tous tant d'excellentes occasions.

Vinicio voltige entre les tables comme une grande chauve-souris noire, il est pompette, ému, heureux. Lui, qui devrait chanter, écoute comme un écolier.

1. Version italienne et très ancienne du barbecue, la *fornacella* permet de cuisiner sur les braises. Elle est souvent longue et étroite, plutôt qu'arrondie ou carrée.

2. Le *liscio* ou *ballo liscio* est à peu près l'équivalent de nos danses de salon.

Un groupe avec violon tente de nous entraîner du côté du lyrique Napolitain, *'O surdato,'nnammurato*, mais finalement c'est la *cantata paesana*, la chanson villageoise, qui triomphe, les histoires d'amours folles et paysannes, comme *Zompa la rondinella*.

Tard dans la nuit, on verse dans la tristesse, avec les chansons de la Grande Guerre et l'air du Trentin, au front, qui a fait changer les couleurs du pauvre soldat, mais ses couleurs lui reviendront « ce soir en faisant l'amour ». Je me risque, moi aussi, avec une chanson de chez moi, *Val più un bicier de dalmato* (Mieux vaut un verre de vin dalmate), laquelle n'est pas des plus faciles, puisqu'il faut imiter les hauts et les bas meurtriers de l'ivrogne. Les mandolines me suivent, hésitant tout d'abord, à la recherche de la note juste, puis presque incrédules de voir qu'un gars du Nord puisse mettre un peu d'âme. Mais oui l'Italie ne fait qu'une, vive l'Italie.

Nous remontons dans le village, vers la maison Zampaglione, où nous sommes superbement logés dans des chambres meublées de lits en laiton, juste à temps pour voir de nos terrasses, au-delà d'une mer de toits qui descendent, la première lueur du jour qui monte de la noble terre des Pouilles. La merveille, ce n'est pas seulement cette lumière pastel – des verts, des bleus, des rouges délicats qui s'éveillent – mais c'est aussi la propagation des sons. La mandoline de Rocco Briulo ne s'est pas encore éteinte, en bas dans l'Ofanto, que j'entends déjà, de l'autre côté de la vallée, les coqs de Rapone.

Après les coqs, c'est le tour du coucou près du fleuve. Puis les sonnailles des vaches du côté d'Aquilonia. Mais, déjà, les chiens aboient vers Cairano, à l'ouest, rendus fous par le coucher de la lune. Pendant ce temps, l'autocar d'Avellino se fait entendre dans les « virages de Scatozza » (c'est Vinicio qui les a baptisés ainsi, en l'honneur d'un camionneur mythique). Et si ces maudits chemins de fer ne l'avaient pas supprimé, on entendrait aussi le train de la ligne Avellino-Rochetta Sant'Antonio. Partout, des passereaux qui se dépêchent. Puis, un incendie orange, le soleil sort et alors il faut regagner l'intérieur de la chambre, parce que les hirondelles par milliers ne te rateront pas sur le balcon.

Vinicio vaticine, il murmure et écrit, écrit et décrit la topographie ramifiée de sa *Heimat* méridionale et paysanne. C'est comme une folle litanie de toponymes locaux, presque inconnus et fascinants, derrière laquelle se cache une galaxie de tribus. Et au-dessous, l'Ofanto, fleuve des éboulements, « qui nourrit tout et corrompt tout ». Au même instant, la lumière met le feu à la vénérable salle à manger de la Casa Zampaglione (d'où l'on peut accéder directement à la cave et au puits), à la cuisine attenante avec six *fornacelle*, aux planimétries féodales du XVIIe siècle, aux diplômes des Savoie et des Bourbons. Ayant cuvé mon ivresse, je ne me doute pas encore, assis devant un noble plateau chargé de beurre, de pain frais et de café au lait, qu'en une seule journée, en faisant tout simplement le tour du fief de Calitri, j'enchaînerai plus de montées que dans n'importe quelle autre étape de ce voyage apenninique dément. Je ne sais pas que je suis au « village des *coppoloni* ». Et je ne sais pas non plus que les *coppoloni* en question ne sont pas seulement les bérets des hommes du coin, mais aussi les hauteurs vertigineuses, raides et solitaires, d'où se penchent les villages de la Haute Irpinie, comme autant de jeunes faucons au nid. Ce qui comporte, pour qui veut y monter, des dénivellations et des pentes assassines.

Caposella est euphorique, maintenant il peut dominer le village depuis la terrasse de l'ex-feudataire ennemi, et il s'est fichu *'nt'a capa*, dans la tête, d'aller en visite pastorale sur les lieux du mythe, à bord de la petite apenninique à moteur. Seulement, il ne lui suffit pas d'être assis, dans la Topolino. Il voyage debout, comme le pape bénissant la foule, avec tout le buste sorti par la capote baissée. Ah, ce qu'elle peut lui plaire, cette petite guimbarde, il la mange des yeux. Il traverse Calitri, salue, signe des autographes, vole vers Bisaccia et Andretta la Lombarde, au milieu de prairies qui descendent et de fermes aux noms mystérieux, il étend les ailes de ce grand chapeau de corbeau qui, chez lui seul, résume le gitan et le prédicateur, l'Achab blasphémateur et le rabbin timide.

À Bisaccia, dans la taverne Il Grillo d'oro (Le Grillon d'or), à l'entrée de laquelle la bienvenue est souhaitée en latin, Vinicio évoque les *mammenonne*, les « mamansmamies », et les *fratecuggini*, les « frères-cousins », l'univers des hiérarchies parentales du haut Avellino, selon lesquelles – justement – chaque grand-mère est aussi une mère et chaque cousin doit être un frère. Les « mamansmamies », reines des *fornacelle* pleines de tubes, de tiroirs et de casseroles, tous noirs comme de la poix, un régiment de vieilles vêtues de noir réunies en cercle autour du feu, remuant des soupes et des songes, des braises et de la fumée, des conduits et des vapeurs. Elles reviennent, les femmes reines du Sud. La *Marescialla*, « boiteuse de guerre », qui aux enterrements « danse la polka de la béquille ». Ou la Foggiana, la *mammana*, l'avorteuse gitane qui n'est qu'embrouilles et pistouilles et qui « jamais ne te fait revenir en arrière ».

Femmes mythologiques, hégémones ; sibylles véhiculant des savoirs antiques. Les Apennins sont faits de femmes. De Savone jusqu'ici, elles l'emportent nettement sur les hommes dans mon journal de bord, et cette suprématie s'accentue en avançant vers le sud. « *Mi spusi'na teruna* » (j'épouse une fille du Sud), menaçaient les paysans piémontais, quand, dans les années 1950, l'entreprise Fiat, la « Grande Fiat », commençait à briller et que les jeunes campagnardes de la Padanie essaimaient à Turin à la chasse aux bleus de travail. Et, finalement, ils les épousèrent pour de vrai, les filles du Sud, ces paysans, pour ne pas être obligés de fermer boutique et de rester seuls comme des rats. C'est ce que raconte Nuto Revelli dans son livre *L'Anello forte*, dans lequel l'anneau solide, ce sont justement elles, les filles d'ailleurs – robustes, passionnées, sans guère de prétentions – qui, à coups de pioche et de grossesses, sauvèrent les Langhe, le Montferrat et les vallées alpines de la désertification.

Puis la lèpre se propagea aussi dans le Sud. Elle partit de Toscane, avec les villageoises qui refusaient d'épouser les vignerons pour aller chercher des maris en ville. Les villages se vidèrent, les gens qui restaient mouraient de solitude, la campagne se couvrit de ronces. Aujourd'hui que dans le Midi aussi, dans le « *meridione* », la *teruna* a suivi l'exemple de sa compatriote du Nord, s'urbanisant et conquérant le monde du travail, parmi les jeunes gens de l'arrière-pays napolitain court un nouveau mot d'ordre : « *Mi piglio'na polacca* » (je prends une Polonaise). Seulement, cette fois, ce n'est plus la brève aventure, la petite virée, l'étreinte à la va-vite. C'est le mariage, le choix pour la vie. De la plaine du Sele à celle du Volturno, de nos jours, le cœur bat à l'est, en quête d'Ukrainiennes, de Moldaves, de Russes, de Biélorusses. Ce sont elles qui font, à présent, tourner la machine. Elles qui, arrivées ici comme pauvres auxiliaires de vie sans personne pour les défendre, sont le nouvel anneau solide qui sauve la natalité du Sud, en ces temps difficiles de récession.

Nous décollons dans un ciel de deltaplane, nous rencontrons une Ape qui, en nous apercevant, reste clouée sur place de stupeur, nous jouons avec le vent, nous cherchons l'altitude au milieu des graviers, en direction d'une haute prairie parsemée d'éoliennes neuves. Elles sont gigantesques, la Topolino devient une espèce de furoncle bleu. Si on les écoute une par une, elles font *fof fof fof*, mais toutes ensemble elles émettent une unique et puissante respiration, paisible et régulière comme une vague de l'océan. Quand nous sommes juste en dessous, par un effet d'optique la pale située au sommet semble hésiter, mais ensuite elle nous tombe dessus comme un couperet. Maintenant, nous courons dans le blé, les bras ouverts, nous jouons dans le vent comme le rapace rougeâtre que j'ai vu près d'Aquilonia. *Aquila*, l'aigle, et rapace, puissance des noms qui se cherchent.

Montées et descentes, montées et descentes, la Topolino hurle en première et notre ami psalmodie, tout heureux. Elle est faite pour ces routes imprévisibles, ma petite, pour leurs allures heurtées, et pas pour la douceur harmonieuse et un peu niaise des collines toscanes, qui ne sont qu'oliviers, vignes et petits restaurants nouvelle cuisine. Et puis c'est l'apothéose, la terrible montée vers Cairano, l'archétype des *coppoloni*. Je dirais même le *coppolone* par excellence. Un labyrinthe qui se cabre jusqu'au précipice final, devant le soleil couchant, un endroit fait pour la tentation du Christ, et Vinicio se lancerait volontiers dans le vide avec son manteau noir comme parapente et peut-être même notre mule mécanique pour le porter. Au-dessous de nous, une brume qui paraît monter du ressac et des embruns salés, et une odeur humide de bois brûlé.

7

Des monts Alburni au massif du Pollino

À croire que c'est l'Armageddon

Le Sud, le vrai, vient à ma rencontre, dès que ma petite auto bleue salue les terres de Capossela, croise l'antique via Appia et franchit le col appelé Sella di Conza, entre les monts de l'Irpinie et ceux de la Basilicate, pour se lancer dans la descente vertigineuse vers la mer Tyrrhénienne. La métamorphose est impressionnante par rapport à l'Ofanto et aux terres de Melfi que je viens de traverser. Des chiens errants à bout de forces, des maisons inachevées, des montagnes rébarbatives. Impossible de se fier à la signalétique, les immondices et l'anarchie du territoire augmentent. Prenons Palamonte, par exemple. Une position splendide, comme celle de Calitri, mais, à la différence de celle-ci, une position ravagée par les constructions illicites.

Il se trouve que le Sud n'a rien à voir avec les latitudes et que la mer Tyrrhénienne – quel que soit l'angle sous lequel on la regarde – est plus « sudiste » que l'Adriatique. Les Romains appelaient la première « *mare inferiore* » et la seconde « *mare superiore* », et leur intuition était tout à fait correcte. Savone, par exemple, m'a paru d'emblée plus méridionale que Trieste. Les palmiers, les femmes, la température, le vent, les parfums : tout le confirmait. Selon les mêmes critères, la bavarde Livourne est davantage du *Mezzogiorno*, du Midi, que l'austère Campobasso. Ce qui fait que les Apennins, avec leur muraille de longs hivers, plutôt que de relier le Nord au Sud, divisent notre botte, dans le sens de la longueur, entre un Nord adriatique et un Sud tyrrhénien. Et qu'ils deviennent, de ce fait, une frontière culturelle plus coriace que les Alpes.

Après le col de la Sella di Conza, la vie déborde sans aucune règle, se répand vers la mer Tyrrhénienne comme une coulée de lave incontrôlable. D'énormes fleurs d'une beauté excessive, pour ne pas dire obscène. Des geckos voraces et immobiles, sur les murs et les réverbères. Des lézards agressifs d'un vert éclatant, aussi arrogants que des caméléons. L'air est déjà cet air gras, napolitain, des marais à buffles. Et les femmes, surtout, ne sont plus des icônes gréco-byzantines. À présent elles s'arrondissent, s'étalent, débordent, tressautent, se donnent des airs, harponnent, triomphent. Leurs lèvres pulpeuses, leurs attributs et leurs regards confirment le retour définitif du pouvoir féminin par rapport au machisme « couillu » de la Padanie.

La muraille sauvage des monts Alburni m'appelle vers le Cilento, de l'autre côté de l'autoroute. Mais quant à franchir l'obstacle que constitue la route Naples-Reggio de Calabre à cet endroit précis, inutile d'y songer. Tout se ligue contre l'obstiné qui refuse de s'intégrer à la ligne du tonnerre qui le surplombe, avec ses colonnes de semi-remorques en équilibre sur d'immenses pylônes – la circulation, les bretelles et la signalétique. À cet endroit, sur trente kilomètres en direction de Sicignano, il n'existe aucune solution de rechange pour éviter la malédiction de la ligne droite.

Je consulte des cartes à qui mieux mieux. Tout me pousse dans cet enfer qui paraît être un monstrueux entonnoir fait pour aspirer toute la vie qui l'entoure. Rien, pas même un chemin en terre battue. À croire que c'est l'Armageddon.

Les autoroutes sont en expansion, écrit Ivan Illich dans son pamphlet *Éloge de la bicyclette*, elles enfoncent des coins entre les voisins et déplacent les champs à une distance plus grande que celle que le paysan est capable de couvrir à pied. Les ambulances « poussent les cliniques au-delà des quelques kilomètres le long desquels on peut transporter dans ses bras un enfant malade ». Le médecin ne fait plus de visites à domicile, parce que « les véhicules ont fait de l'hôpital l'endroit où il convient d'être malade ». Et, à partir de là, il suffit que de gros camions se traînent jusqu'à un village pour qu'« une partie du marché local disparaisse » alors, les jeunes partent pour la ville et il ne reste pas une seule famille « qui ne rêve pas de se trouver réunie avec quelqu'un là-bas, à des centaines de kilomètres le long de la côte ».

Le voilà, je l'ai sous les yeux, ce « plan incliné » qui engloutit la vie des millions de gens obligés de faire la navette et qui a désertifié plus de six mille kilomètres des montagnes que je viens de traverser pour arriver ici. En Italie, la vitesse n'a pas servi à rapprocher, ni à innerver le territoire. Au contraire, elle l'a éloigné et vidé. Je revois le film d'une gigantesque fuite. L'amère Carnie, « sans Dieu, sans madone » et maintenant, de surcroît, sans enfants ; les pays occitans déserts dans ces prés inondés par le soleil qui tombe du Val Maira tout là-haut ; les étoiles de Don Luciano, prêtre solitaire à cheval sur la Ligurie, l'Émilie et le Piémont ; la petite Noveglia, assiégée par les orages, perdue tout au fond de la province de Parme, là « où finit le monde ». Et encore la maudite obscurité des monts proches de Rieti, dévalisés par « Rome la larronne » ; les bergers héroïques des Abruzzes et du Molise, oubliés par Dieu et par les politiques, égarés dans le grésil entre Campobasso et Campo Imperatore.

Le tonnerre de l'autoroute s'intensifie, l'horreur aussi. Je sens que je suis arrivé à un seuil de tolérance inexistant face à la vitesse industrielle. Je fais quelques comptes et je comprends pourquoi : depuis que je suis monté à bord de la Topolino, ma moyenne a été de dix-sept kilomètres à l'heure, arrêts compris. À peu de chose près, la vitesse de quelqu'un qui voyage à vélo. Entre Fabriano et Piòraco dans les Marches, j'ai atteint ma vitesse de pointe de trente-deux kilomètres, mais les pérégrinations autour de Calitri, en compagnie de Capossela, dans la vallée de l'Ofanto, m'ont fait descendre à la moyenne d'un pèlerin en route pour Compostelle : 4,4 kilomètres à l'heure.

Impossible, me dira-t-on. Et pourtant, vrai. Essayez donc de voyager tout seul, sans navigateur, sans passager à côté de vous. Loin des autoroutes, vous serez obligé de faire le point à chaque embranchement, pour ainsi dire. Je me déplace, littéralement, par hoquets. Arrêt pour contrôler le radiateur, arrêt pour gribouiller deux notes, arrêt pour demander ma route, arrêt pour vérifier la carte, arrêt pour prendre une photo. En l'espace d'un seul jour, je n'ai jamais dépassé le nombre de kilomètres parcourus jadis par une diligence, un courrier inca, ou un messager à cheval du sultan de Constantinople.

Je finis en train de tourner en rond à l'extérieur d'un restoroute, et c'est la révélation de l'horreur. Une masse de marchandises inutiles en route vers le nord, une autre masse identique en route vers le sud. Petits machins à grignoter, lait longue conservation, eaux minérales, poussins grillés. Voilà qui suffit largement à tirer le portrait d'un peuple gavé du superflu, d'un système destiné à s'effondrer à la première crise de l'énergie. Il y a aussi un autocar, avec une plaque minéralogique d'Agrigente, en Sicile, sur lequel on peut lire : « Voyage spécial ». Tous les passagers sont dehors, pour la pause casse-croûte, rien que des hommes d'une trentaine d'années. Ils sont trop calmes, trop résignés pour être les supporters d'une équipe de football. Deux d'entre eux ont vu la Topolino, ils saluent, s'approchent de la clôture qui sépare le vélodrome des condamnés du territoire des hommes libres.

« Où allez-vous ?

— Vers le nord, à Düsseldorf. Et toi ?

— Au sud, jusqu'en Calabre. J'ai pris un mois de vacances pour visiter l'Italie. Mais vous, vous allez faire quoi en Allemagne ?

— Travailler. Chez nous, il n'y a plus de boulot. La région produit plus d'huissiers que d'industriels. À Düsseldorf, au moins, ils ont ouvert un chantier et on nous prend pour trois mois. Le temps de remplacer les Turcs en vacances. »

L'autocar et la Topolino : un grand véhicule qui déracine les gens et un tout petit qui creuse pour trouver des racines. Une perfection de destins croisés. Mes compatriotes qui s'en vont remplacer les maçons turcs en Allemagne contemplent la petite automobile avec une nostalgie qui crève le cœur. Ils viennent de Raffadali, Ribera, San Biagio, Cianciana, Bivona, Sant'Angelo. J'imagine des bourgades blanches tout en haut de petites montagnes, perdues dans le brasier estival, au milieu des cigales.

Je demande qui reste au pays.

« Les ronds-de-cuir, les vieux, les carabiniers. Et puis ceux qui ont des relations. Pour les autres, il n'y a pas d'emploi. » Chaque semaine, me disent-ils, un petit morceau de ce monde disparaît. Emporté par les cars des « voyages spéciaux ». Et les Siciliens des villages vont grossir les rangs des banlieusards de Parme, Trévise, Crémone, Brescia, Hambourg, Düsseldorf, Nancy.

« Combien d'entre vous restent dans le Nord ?

— Beaucoup, et pour toujours, répond sans hésiter un des deux. Cette fois, pas de retour. Mon père a émigré en Allemagne, mais ensuite il est revenu au pays, il nous a envoyés au lycée, il nous a construit un avenir. Aujourd'hui, on va peut-être moins loin, en Vénétie, en Lombardie, en Émilie, mais c'est pour toujours. »

Ils m'expliquent que depuis 1994, quand les juges ont dynamité les chantiers truqués, l'argent facile et les pots-de-vin, quand, ce qui n'est pas sans importance, on a vu aussi se terminer les marchés publics, dans l'intérieur de la Sicile le chômage est monté à cinquante pour cent et depuis lors l'émigration de la force ouvrière – la plus pauvre, celle du bâtiment – a fait des pointes à quarante pour cent.

J'ai rencontré les nouveaux émigrants de notre Sud, ceux qui ne passent pas par Otrante, qui ne s'embarquent pas à bord de canots pneumatiques et ne se fracassent pas sur les récifs. On ne les voit pas, ils ne font pas de bruit, ne mettent personne sur le qui-vive, n'ont pas des visages de croquemitaine et une valise en carton. La police ne s'en soucie pas, de ces gens-là, non plus que la Ligue du Nord. À notre époque de mondialisation, peut-être que personne n'en a rien à faire de leur départ. Et pourtant ils partent, et comment. En douce, en avion ou par voie de terre, mais ils partent. L'Italie est tellement obnubilée par les clandestins, tellement braquée sur les extra-communautaires, qu'elle ne s'aperçoit pas que l'émigration interne s'est remise en marche. Dans les grandes largeurs.

Il n'y a aucune guerre à proximité, mais les chiffres sont ceux d'un nettoyage ethnique. Quinze, vingt, vingt-cinq pour cent de la population en moins. « À Menfi, Cattolica, Cianciana, il n'y a plus personne. En dix ans, Alessandria della Rocca est passée de cinq mille à deux mille cinq cents habitants. »

C'est pire qu'une émigration, me dis-je. C'est une désertification. La fin d'une identité. Les Siciliens sont comme les Indiens d'Amérique du Sud. « Et ensuite, que ferez-vous ? »

Tout à coup, je m'aperçois que je me suis trompé de temps. « Ferez ». En sicilien, le futur n'existe pas. Depuis toujours, il est si incertain qu'on l'a retiré de la grammaire. On ne dit pas « Demain, je ferai », on dit « demain, je dois faire ».

Avec ce futur risqué, j'ai projeté mes nouveaux émigrants vers un destin insondable, dont même leur insularité ne peut les protéger. C'est un saut qui fait date, comme la disparition des lucioles : l'abordage de la société de l'incertitude, la découverte d'un dieu qui met les cultures en jeu, qui déracine et simplifie, décide qui est superflu et qui ne l'est pas. Le Nord profond souffre d'entassement, du syndrome de siège ? Le Sud profond, lui, dépérit d'un excès de vide. Les deux faces d'un même dépaysement, dans un monde à deux vitesses.

« Bonne chance, mes enfants », leur dis-je et je leur serre la main entre les fils de fer. Il ne manque à la scène que la police des prisons pour nous surveiller.

Je repars, résolu à percer la muraille. Nerina ne capitule pas, elle flaire la piste, recherche avec obstination le chemin des montagnes de l'autre côté de la coulée de béton. Elle met une demi-heure, fourre le nez dans chaque petite ouverture, recule comme une marmotte, recommence. Pour finir, elle prend d'autorité un passage souterrain minimaliste, enfilant à contresens une toute petite route de braconniers, défoncée. Pendant le parcours, tout vibre : le tunnel, la terre, les pylônes, la voiture. Ils sont tous également possédés par le tonnerre du Flux général. Puis, de l'autre côté du monstre en ciment, au-delà de la voie ferrée, plus discrète, s'établit un silence incommensurable, que seules habitent les cigales. C'est la vallée du Tanagro, torride et soudain aussi solitaire que la Tchétchénie, avec une piste en lacets qui grimpe en direction du village de Postiglione – un nom qui pour ma Topolino est une invitation à un mariage – sur la *Statale* 19.

La radio grince *Police dog blues*, de Francesco Sansalone, une chanson rauque, syncopée, on ne peut plus napolitaine, qui colle parfaitement aux montagnes russes de la route. Au-dessus de la capote baissée, se dresse le Monte Alburno, qui doit ce nom à « sa cime couronnée de rochers blancs ; et la pâleur des corniches escarpées, se détachant contre l'obscurité des forêts ombreuses, en fait un objet que l'on peut apercevoir depuis des endroits très éloignés ». En 1732, un topographe napolitain écrivit : « On y trouve d'inépuisables sources d'eaux fort abondantes et cristallines, qui durant la saison estivale ne le cèdent en rien à la glace des neiges, lesquelles ont ici une soif perpétuelle. Les antres obscurs, les vallées profondes et retranchées et les anfractuosités les mieux cachées de ces pentes en font le domicile des ours, et il n'y manque pas non plus des gras pâturages pour les troupeaux, et des forêts de très vieux chênes et d'autres arbres qu'on utilise pour les navires. »

Je ne crois pas que les choses aient beaucoup changé sur les monts Alburni depuis cette époque.

Dans les environs, il n'y a littéralement personne. On pourrait être en Colombie ou dans les îles du Cap-Vert. Mais c'est pourtant l'Italie, dure, extrême, celle de Carlo Levi et du Christ qui s'est arrêté à Eboli. L'Italie lucanienne de *Rocco et ses frères* de Luchino Visconti, et des *Trois Frères* de Franco Rossi. L'autre face de l'Italie autoroutière ; le pays oublié, celui qui part à bord des autocars spéciaux. Les nouvelles concernant les désastres au Moyen-Orient arrivent sur les ondes radiophoniques comme une sorte d'interférence à peine perceptible. Elles ne font pas le poids face au temps qui palpite et à ce grand vide qui s'avance.

« *Monte, la madone t'attend* »

« Viens, m'a dit au téléphone l'anthropologue Marino Niola, qui passe l'été dans le Cilento, viens si tu veux comprendre la terre des grandes mères. » Et il m'a parlé d'un sanctuaire à mille sept cents mètres d'altitude, qui a nom Santa Maria di Novi Velia, en arabe Gelbison, « une grande dame, à qui ses fidèles portent en pèlerinage des cœurs de pierre et les filles à marier des ceintures faites de chandelles. On monte de nuit, c'est extraordinaire. » Ces noms exercent un charme, et Gelbison, avec ce Gebel ou *djebel* qui veut dire montagne, vous conquiert d'emblée. Voici pourquoi j'ai décidé d'aller dans cette direction, vers les récifs au sud-est de Paestum.

En y repensant, cette histoire des déesses-mères me taraude depuis Norcia, aux portes du Latium. Tout a commencé au fond d'une vallée en cul-de-sac, au milieu d'une forêt faite pour les loups, lorsque m'est apparue la flèche de Roccaporena, d'où sainte Rita aurait pris son envol vers une vie de dévotion. Vision inoubliable. Malgré la hideur de la place bétonnée, malgré la confiscation et la domestication de ce lieu trop encombrant pour le clergé, drapé dans la pourpre et l'hermine, malgré les vendeurs de *caciotta* et l'affreuse vitrine en verre qui violait l'endroit, malgré les téléphones portables, les grenouilles de bénitier qui montaient en haletant jusqu'en haut et les autocars avec la climatisation au maximum, oui, malgré tout cela, il émanait de Roccaporena une énergie bouleversante.

Arrivé au sommet, je me dis : il n'y a pas de curie romaine ni de Vatican capables de tenir à l'œil la puissance du sacré dans les Apennins. Dans le livre des visiteurs de Roccaporena, ceux qui avaient survécu à l'escalier – en majorité des femmes – n'inscrivaient pas leur nom ni de brèves prières, mais des demandes circonstanciées de guérison de maladies, demandes parfois riches en détails intimes. Toutes proportions gardées, ce qui comptait pour les femmes du Sud, c'était simplement qui était sainte Rita et ce qui était écrit à son sujet. Il leur suffisait de se présenter devant une entité féminine. Seule une femme pouvait leur apporter santé et fertilité, transmettre leurs demandes à la Grande Dame de l'autre côté du mur de l'invisible. Dans le Sud, Dieu n'a pas besoin de se camoufler sous des soutanes masculines. Dans le Sud, la cathédrale n'est plus le « *duomo* », mais la « *chiesa madre* », l'église mère.

Je voyage parmi des figuiers d'Inde, des ruisseaux, d'impressionnants escarpements ; les panneaux routiers indiquent des noms grecs : Controne, Madonna di Constantinopoli. Mon rendez-vous avec Marino Niola est fixé à Vallo di Lucania, avant la grande et mythique montée jusqu'à la Madonna di Novi Velia, vierge la plus pure entre les jeunes vierges. « Dieu n'existe pas dans le Sud, lance-t-il en guise d'exorde, lorsque je lui révèle mes impressions. Sur ces terres, Dieu est un concept trop abstrait. Il existe tant de dieux, d'énergies sacrées liées à des lieux particuliers ou à des peintures miraculeuses. Quant au Christ, il existe, mais il doit toute son importance au fait qu'il est le fils de Marie. C'est Marie qui est tout : fertilité, famille, ordre. Marie est le corps, et ici, dans le Sud, le sacré passe par le corps. Les corps sont des étincelles de Dieu. Et si Dieu ne fait pas du corps son masque, quelle espèce de dieu est-il donc ? »

Marino dicte sa loi. « Sais-tu ce que m'a dit un moine à Naples ? Que le Christ est quelqu'un qui a fait du mal à sa mère, et que c'est aussi pour cette raison qu'il est mort sur la croix... Pour un peu, il aurait dit qu'il l'avait bien cherché. » Niola sait parfaitement qu'en d'autres temps de telles affirmations lui auraient valu de finir sur un bûcher, mais c'est peut-être cette constatation qui lui met le diable au corps. Il ne recule devant rien : « Même le crime organisé possède un lexique familial maternel. On dit : "Maman ordonne et le petit obéit." Le chef, c'est le "*mammasantissima*", la très sainte mère. Le *pizzo*, les extorsions, c'est "de l'huile pour la Sainte Vierge". Et les parrains, à leur façon, sont des hommes très portés sur la religion. »

Nous prenons le frais sous un mûrier, à côté d'une bouteille de vin blanc bien frappé, accaparés par la déchirure de mer Tyrrhénienne qui s'ouvre au fond de la vallée, en direction d'Agropoli et de Paestum. Boire et philosopher en contemplant le coucher de soleil, voilà une situation grecque dans toute sa perfection. « L'être est, le non-être n'est pas » : il n'y a que dans des endroits pareils, en sirotant du vin tandis que le soleil s'enfonce dans la mer, qu'un certain Zénon a pu exprimer une pensée aussi follement simple. Marino vogue paisiblement à travers d'obscurs archipels, il dit que l'authentique vestibule du mystère italique se trouve en Campanie, au musée de Capoue, dans la salle des Mères. Des monolithes qui peuvent peser jusqu'à deux tonnes, une terrifiante assemblée de femmes de pierre, tenant dans les bras des nouveau-nés, certaines en ayant jusqu'à six. « Voilà, dit-il, là tu es vraiment devant l'abîme, la puissance créatrice du sacré. »

Nous finissons en parlant des morts qui, de nos jours, ne communiquent plus avec les vivants, parce que tout autour « il y a trop de lumières », ou encore des habitants de Crotone, qui souffrent d'une sérieuse allergie aux fèves, interdites voilà de nombreux siècles – quelle coïncidence ! – par leur compatriote Pythagore, « à cause du risque de voir les trépassés remonter à la surface par la tige ». Et enfin de l'histoire de la Sainte Vierge encore enfant, qui fréquente l'école de la Sibylle, apprend d'elle l'utilisation de la levure et vole le secret en emportant la poudre magique cachée sous son aisselle. La levure, matière toujours vivante et toujours allumée, comme le feu ; symbole de vie, qu'on ne refuse à personne, pas même à ses ennemis. Il y a un excès de sacré là, tout autour de nous, il me fait perdre la boussole. Je réentends une phrase peu encourageante, dite un jour par l'évêque de Côme à un groupe de laïcs en partance pour la Terre sainte : « Attention, *qui multum peregrinantur, raro sanctificantur.* » On peut faire beaucoup de pèlerinages, mais il est rare qu'on devienne saint.

Le lendemain matin, c'est une entreprise exténuante que de monter au sanctuaire de Novi Velia en restant sourd à l'appel de la Costa delle Sirene, la côte des sirènes, en direction de Palinuro. Je suis éreinté par le voyage, un plongeon me ferait un bien fou. Mais je ne cède pas ; dans cette ligne entre deux escarpements, la mer n'est qu'un désir et c'est ce qu'elle doit rester jusqu'au détroit de Messine. Le fait est qu'à proximité de la mer, justement, les montagnes ont des pentes particulièrement ardues ; j'ai vérifié la chose en Grèce – cette Grèce à qui Mussolini devait briser les reins – où, précisément sur la côte, j'ai cru mourir en affrontant à vélo les montagnes russes entre Igoumenitsa et le Péloponnèse. Chaque jour, je rêvais d'un plongeon vespéral, suivi d'un dîner au bord de l'eau. Au lieu de quoi, je roulais continuellement à mi-côte, dominant les récifs déserts, et cette maudite mer Ionienne se trouvait toujours entre trois et quatre cents mètres plus bas.

À Novi Velia, je fais le plein d'eau et de *panini* juste en face de l'église Saint-Nicolas. Dans le bar, où les nombreux clients sont tous des hommes, la jeune fille qui me sert porte un haut rouge vif sur lequel on peut lire le mot « SEX ». Dehors, une fois qu'on a franchi un passage voûté, puis l'ancien monastère des Célestins, presque en ruines, plein de voix et de draps étendus, dans un parfum de sauce tomate, la grande montée commence. « Ave Maria et en avant, la madone t'attend », peut-on lire écrit en grosses lettres dans les virages. Et Nerina va son chemin, halète, tousse, fuit du côté du radiateur, peine en première, hurle, s'engouffre entre des hêtres ténébreux, arrive hors d'haleine à mille sept cents mètres d'altitude, sur la montagne de l'Idole (c'est la signification du mot *gelbison*), sous un gigantesque monolithe appuyé contre les bois, comme un missile sur sa rampe de lancement. Tout en haut, une colossale croix de fer, qui défie la foudre.

Je poursuis la route à pied pour la dernière montée, bordée de kiosques où l'on vend des ours en peluche, des glaces, des trompettes, des gâteaux, de la quincaillerie en tout genre. Ici aussi, comme à

Roccaporena, on fait tout pour banaliser le sacré. Je retrouve d'ailleurs le Padre Pio, omniprésent dans chaque étalage, son regard chargé d'allusions se faufile partout, il me suit depuis les Marches. « C'est un saint très entreprenant, m'a dit Marino Niola dans son grand résumé de la topographie sacrée du Sud, un saint qui colonise les périphéries, sacralise de nouveaux espaces, mais sans entrer en concurrence avec qui que ce soit. » Seulement un saint qui est partout ne s'attache pas aux lieux. Il reste une ombre secondaire, par rapport à la Grande Dame de la montagne, qui accueille, pardonne, dispense et guérit.

Tout au bout de la montée, quand les kiosques finissent, dans la pénombre du sanctuaire, c'est elle qui vous récompense de tout. Avec une patience infinie, une bonne sœur ouvre la vitrine aux pèlerins et à l'intérieur elle révèle non pas une sévère icône venue d'Orient, mais une grosse poupée très brune, une matriochka hispanisante, joufflue et conciliante. « Ça fait trente-cinq ans que je suis ici », me dit la sœur vêtue de noir, recrue de fatigue. Ce n'est sûrement pas facile pour elle d'affronter la quête de toutes ces âmes. Elle soupire : « J'ai passé ici toute ma jeunesse. » En dehors de la muraille qui entoure les lieux s'ouvre de tous côtés une superbe vue sur la mer Tyrrhénienne et l'épine dorsale de l'Italie, qui galope en direction de la Calabre, après six mille kilomètres de terre ferme. Je demande à la religieuse : « Et quand il neige, vous faites comment ? » Elle : « Mais voyons, qui viendrait ici en hiver ? Nous descendons au mois d'octobre. »

Depuis la cime, carte en main, je parviens à reconstituer le réseau d'une trigonométrie féminine complexe. À l'est, le sanctuaire de la madone des Neiges. Au nord, vers Avellino, la vierge du Monte Partenio, ex-sanctuaire de la déesse Cybèle chantée par Virgile, qu'adoraient des prêtres castrés qu'on appelait « *femminielli* ». Dans la même direction, perdue dans une distance azurée, la grande mère Maiella, encore blanche de neiges vierges. À l'ouest, du côté de la mer, l'Héraion ou temple d'Héra à Paestum, où l'on vénérait la déesse de la Grenade, aujourd'hui devenue la Madonna del Granato (madone du Grenat). Et pour finir, au nord-ouest, à Pagani, le royaume des danses appelées *tammurriate* dans l'Agro Nocerino, au pied du Vésuve, la *Madonna dei galline*, la vierge des Poules, où Marie – entourée une fois par an de volailles glapissantes et de tambourins – est invoquée sous le nom de « *'a filuola* » (la fille), comme la légendaire Koré des Grecs.

Sur l'escalier de l'église, il y a une femme portant dans ses bras un petit bébé de quinze jours, malade, enveloppé dans une couverture de laine. Elle se ploie devant la Grande Poupée, s'identifie totalement à elle. Elle demande à son mari de ne pas s'approcher, elle veut être seule avec la Bienfaitrice. En retournant dans la vallée, j'éprouve la certitude d'avoir simplement effleuré le sens de ces lieux. L'impression que, même là où la Campanie devient enfer et *camorra*, on peut trouver les signes d'une puissance tellurique capable de résister au Grand Néant. Je dirais même que c'est justement aux portes du royaume d'Hadès, dans une fascinante proximité avec le Mal, que l'on sent battre le mieux le lent tambour de la terre, la pulsation d'une vie-femme indomptée qui, en combattant corps et âme, garantit la continuité du monde.

De l'inévitabilité du voyage

Si vous voulez comprendre les merveilles que sont les vieilles routes italiennes, faites donc la *Statale* 18, oubliée de la grande circulation, entre Vallo di Lucania et le golfe de Policastro. Des virages bien arrondis à mi-côte, entre les mûriers et les cerisiers qui parsèment l'asphalte de sang, des oliveraies d'un vert métallique dans le vent. Des fontaines jaillissantes et des villages idéalement situés, des bars dans les virages à angle droit (celui de Montano Attilia est des plus bruyants !) et des gens qui vous saluent comme s'ils voyaient passer le Giro. La Topolino est heureuse, elle mord son terrain préféré, au milieu des genêts, des fougères et des bornes, elle se transforme en monstre dans des jeux d'embrayage, d'accélérateur et de frictions, sans jamais effleurer la pédale de frein.

Je croise une Ape, conduit par un vieux. Devant une Ape, on s'arrête, c'est inévitable : derrière, il y a tout un monde. Nous faisons une pause au milieu de la route, pour parlementer par nos fenêtres ouvertes. C'est dire à quel point nous sommes seuls, dans cette jungle verte. « Que voulez-vous, la campagne est abandonnée, personne ne fait rien », se lamente mon homme, qui s'appelle Fernando et s'en va bêcher son *iugero*[1] d'oliviers. « Les sangliers, un épouvantable désastre, ils nettoient tout, haricots, patates, légumes verts ; la campagne n'est plus à nous. Il faudrait la clôturer, mais si on veut le faire, on vous en empêche, parce que la politique c'est fait pour dire non. »

Nous pique-niquons sur le bord de la route. Fernando m'offre de la saucisse piquante, du pain maison et une fiasque de rouge acidulé avec de l'eau fraîche qui apaise ma soif sur-le-champ. Autour de nous, le silence et les petits oiseaux. Des moments parfaits, qui valent un voyage. Je repense à l'horrible ligne droite qui aspire les Italiens et du plus profond

1. Mesure agraire romaine équivalant à 2 500 mètres carrés.

de mon être jaillit un remerciement à l'autoroute qui, si elle a vidé l'Italie, l'a néanmoins laissée intacte derrière une forêt vierge de ronces. Comme le château de la Belle au bois dormant. Oui, sur la *Statale* 18, le temps s'est arrêté.

Je crois fermement aux coïncidences. Un des plus grands livres de voyage du XXe siècle a été écrit dans une Topolino, et comme ça se trouve en 1953, l'année d'immatriculation de Nerina. L'auteur en est un photographe suisse, Nicolas Bouvier, qui, à vingt ans, a traversé les Balkans, la Turquie, l'Iran, l'Afghanistan et le sous-continent indien, en compagnie du dessinateur Thierry Vernet. L'ouvrage s'intitule *L'Usage du monde*. Je le connais par cœur et cela me réconforte de l'avoir toujours sur ma table de nuit. Seul Patrick Fermor, peut-être, dans sa traversée à pied de l'Europe, en 1933, a su aussi bien décrire le luxe de la lenteur.

Il a mis deux ans à faire son voyage, Bouvier. Il a pris tout son temps : il a passé un été à Belgrade, un hiver à Tabriz et un autre au Pakistan. Autres mondes. Il n'empêche que j'ai l'impression de faire la même expérience, de sentir les mêmes odeurs. Peut-être la perception du monde ne dépend-elle pas des lieux, mais de l'allure. Si on va lentement, où que l'on soit dans les zones tempérées de la planète, les nuits seront peuplées de grillons, de bêlements, de fumée de bois, d'herbes aromatiques, d'étoiles. L'hiver, on s'endormira dans un halo de lumière froide et lunaire, une odeur de laine feutrée et de fumier, de thé bouillant et de rêves chauds, ceux où les gens ont une odeur et une saveur. En un mot, on connaîtra la vie.

« L'humeur du jour qui était déjà répartie sur des hectares de campagne, écrit Bouvier à propos d'un pique-nique en Macédoine, se concentre dans les premières gorgées de vin, dans la nappe de papier qu'on crayonne, dans les mots qu'on prononce. Une salivation émotive accompagne l'appétit… Projets et mouton grillé, café turc et souvenirs… Porté par le chant du moteur et le défilement du paysage, le flux du voyage vous traverse, et vous éclaircit la tête. Des idées qu'on hébergeait sans raison vous quittent ; d'autres au contraire s'ajustent et se font à vous comme les pierres au lit du torrent. Aucun besoin d'intervenir ; la route travaille pour vous. »

J'interroge Fernando : « Qu'en penses-tu ? Suffit-il de l'imagination pour connaître le monde ? » L'homme du Cilento me regarde, soupesant le livre jaune, avec en couverture le dessin d'un cavalier iranien. Il hésite, il craint le piège. « Quelqu'un, lui dis-je, soutient que pour voyager il ne sert à rien de quitter son fauteuil, il suffit de lire des livres. » Son visage s'illumine. « Excuse-moi, mais comment je l'aurais vu Abatemarco, sans me déplacer ? », dit-il en indiquant une colline de l'autre côté de la vallée. Abatemarco, je dois résister à l'appel puissant de ce nom qui sous-entend de nouvelles déviations. Abatemarco, comme s'il parlait du Maroc, ou de la lointaine Géorgie. Il suffit d'une réponse pareille pour remplir une journée.

Je prends le livre des mains du villageois et je le réconforte en lui lisant la confirmation de sa réponse. « J'ai trop besoin de cet appoint concret qu'est le déplacement dans l'espace… » Fernando écoute, tout béat de partager les propos du livre. Je continue : « Quand le monde, comme certains soirs sur la route de Macédoine, c'est la lune à main gauche, les flots argentés de la Morava à main droite, et la perspective d'aller chercher derrière l'horizon un village où vivre les trois prochaines semaines, je suis bien aise de ne pouvoir m'en passer. » Tu as raison, mon cher ami, le voyage est inévitable. Pour aller à Capo Sud et pour voir Abatemarco.

Je descends vers la mer venteuse du golfe de Policastro, pour remonter aussitôt en altitude. Dès qu'on sort de Maratea, on peut voir l'île de Santo Janni, constellée de trirèmes échoués, où les Romains fabriquaient de la pâte de poisson, un additif alimentaire meurtrier des années de la décadence. Entre le Cilento et le Pollino, dans la petite bande de Basilicate qui touche à la mer Tyrrhénienne, l'échine du pays devient soudain follement mouvementée. La route se cabre, dévie, se tord sur elle-même, et on ne comprend jamais très bien vers où elle va. Les panneaux routiers indiquent Lagonegro, Lauria, Mormanno. Que sont donc ces noms, pour l'Italie montée sur pneus ? Rien du tout. Des péages d'autoroute. Des bretelles. L'autoroute passe tout près, mais la Topolino la snobe, elle frôle, solitaire, les abbayes et les forts arabo-normands, file comme l'aiguille d'un gramophone sur un disque 78 tours, me remporte dans l'Italie d'avant le miracle économique, celle de *Lascia o raddoppia* [1], avant la Fiat 600, les autoroutes et les réunions de famille dans les restoroutes.

Quelle solitude. Je suis dans un des endroits les moins habités du pays. La carte révèle une topographie alambiquée de cours d'eau, gorges et chaînes de montagnes. Des noms magnifiques. Sur le mont Pollino, il y a un lieu qui s'appelle Timpa del Dimonio, ou puy du Démon, et tout de suite après vient Ca' d'Impiso, c'est-à-dire Maison du Pendu. La route qui descend de Lauria en direction de la mer Ionienne, en longeant le cours du Sinni, résume en trois toponymes un beau morceau d'histoire locale : Pecorone, Latronico et Episcopia. Ce qui revient à dire : élevage des moutons, banditisme et Byzance. Mais dès que

1. L'équivalent italien du jeu *Quitte ou Double*.

l'on remonte le long des isohypses, les noms, eux aussi, se font plus doux : Serra di Bernardino, Castelluccio, Serra la Limpida, Chiaromonte (monts du Bernardin, Castel-Petit, monts Limpides, Clairmont).

Dans mon enfance, lors des vagabondages toponymiques qui me laissaient à bout de souffle devant mon atlas, j'en vins à la conclusion que si ces noms fabuleux avaient disparu de la carte, les lieux proprement dits avaient dû disparaître aussi. Cette intuition était correcte : un lieu privé de nom cesse d'exister. C'est pour cela que je suis encore attaché aux cartes : elles servent à empêcher l'anéantissement de la mémoire. Le GPS ne suffit pas. Les lieux, il faut aller les chercher, les courtiser, les rejoindre en commettant des erreurs et des digressions, sinon, ils sortent de votre mémoire. Un peuple qui n'a pas le sens de la géographie est destiné à sortir aussi de l'histoire.

Il fut un temps où l'Italie avait faim de cartes. Juste après l'Unité du pays et avant le XXe siècle : ça, c'était l'Italie. Les politiciens pédalaient. Quintino Sella [1] escaladait le Monviso en cordée avec des parlementaires et débouchait au sommet des bouteilles de Barbera. Giuseppe Zanardelli, Premier ministre, explorait la sauvage Basilicate à dos de mulet – lui qui était de Brescia – pour mieux comprendre comment le pays était fait. Et Luigi Vittorio Bertarelli, président du Touring Club italien et fils de la grande bourgeoisie milanaise aujourd'hui éteinte, transpirait tout seul sur son vélo, le long des routes du Sud profond – mont Pollino, plateau de la Sila et Aspromonte – armé d'un cahier. En y notant les pentes, les passages à niveau, l'état de la chaussée et en inventant pour lui-même les

1. 1827-1884, il fut un alpiniste de renom et ministre des Finances.

prototypes de ce qui allait devenir l'actuelle signalétique de la planète Italie.

La première carte du TCI fut le produit d'une époque. L'ère des explorations se terminait tout juste, les romans feuilletons et les récits de voyage devenaient fous, on voyait naître le tourisme, et l'Europe des dernières valses – qui ne voyait pas que la guerre frappait à ses portes – était dévorée par l'impatience de connaître le territoire dans ses replis les plus infimes. Les cartes terrestres, jusqu'alors, avaient été l'affaire des militaires. Et quand Bertarelli décida de prendre en main les cartes d'état-major au 1/100 000 de l'Institut géographique militaire (IGM), afin de les transformer en une fresque minutieuse de l'Italie, à l'échelle de 1/250 000, ce fut une révolution démocratique comparable à Internet. Les connaissances du petit nombre étaient pour ainsi dire « mises en ligne ».

Les cartographes de l'armée royale avaient achevé leur travail depuis peu. Leur recherche avait été une œuvre de pionnier, assemblant les cartes des divers royaumes et principautés de la péninsule. Pour connaître les toponymes de moindre importance, on interrogeait les paysans et parfois la réponse faisait autorité, même s'il s'agissait d'un « *Mi sai nen* » (j'en sais rien), ou bien d'un « *So mega* » (est-ce que je sais), qui devint pendant quelque temps le Monte Sòmega. Les Habsbourg, alors occupés à étendre la cartographie à la Bosnie et à la Dalmatie, connurent les mêmes déboires. Les populations, perplexes devant cette débauche de zèle trigonométrique, se payaient la tête des géographes viennois en inventant, dans la langue slave, pour les rochers et les îlots, des noms signifiant Grosse Pute ou Petit Pet. Qui résistent encore aujourd'hui sur les cartes.

Ce fut dans ce contexte que prit forme l'idée de Bertarelli. Pour créer les cartes, il fallait mobiliser les membres du Touring Club. La réponse de l'Italie réunifiée fut stupéfiante. On vit s'abattre sur l'Institut De Agostini, chargé de la production matérielle des nouvelles cartes, des avalanches de détails. Ponts, bois, maisons, hameaux, chemins muletiers, pentes, primeurs toponymiques, et même le réseau routier de l'antiquité que l'IGM avait pour ainsi dire ignoré. La richesse des détails et la perfection de l'aspect graphique – confié à des graveurs importés eux aussi d'Allemagne, sous la supervision d'Achille Dardano – étaient bien supérieures à celles de toutes les cartes militaires précédentes et elles firent de nos cartes les meilleures d'Europe.

C'étaient des cartes extraordinaires. Quand j'étais petit, mon père les utilisait encore. Il les sortait religieusement de leur étui en parchemin imperméable, les étalait sur la table de la cuisine et m'apprenait à lire les distances et à planifier les voyages en automobile – à bord de notre légendaire Giardinetta aux portières en bois – pour lesquels il m'avait nommé officier de route. Sur ces isohypses, sur ces nuances de vert et de marron capables de communiquer une frénésie migratoire digne du « Grand Tour », sur ce turquoise inimitable des fleuves et des lacs, des générations d'Italiens avaient déjà construit leur perception de l'espace et leur imaginaire de l'ailleurs.

La dernière merveille de cette époque révolue fut le grand Atlas international de 1950, qui projeta le Touring Club tout en haut de la géographie mondiale et devint le nec plus ultra du genre, avant l'avènement de la photogrammétrie aérienne et des systèmes d'orientation par satellite. Tout de suite après ce coup d'éclat survint la normalisation. Le Club finit par oublier ses glorieuses racines cyclistes (la roue de la bicyclette n'est restée que sur le logo de l'association) et par s'adapter à l'automobile. Il simplifia les cartes, les réduisant à l'échelle de 1/200 000. Mais il conserva l'essentiel du grand projet esthétique des cartes précédentes. C'est grâce à cette intuition vieille d'un siècle qu'aujourd'hui, encore, les cartes du TCI donnent une idée infiniment meilleure du territoire que les cartes françaises ou allemandes qui laissent un peu dans l'ombre l'ossature physique du monde. Elles conjuguent d'une manière exceptionnelle l'information et l'imagination.

De nos jours, tout cela est fini, le pays s'est perdu lui-même, il assiste sans broncher à l'éclipse du territoire. Les cartes disparaissent, alors qu'en France et en Allemagne elles sont vendues dans les maisons de la presse, étudiées à l'école et à l'université. Mais il y a quand même des gens qui ne lâchent pas prise et j'en fais partie. Je continue de voyager avec les vieilles cartes. Non pas par snobisme démodé, mais tout simplement parce que les cartes de mon père contiennent plus d'informations que celles d'aujourd'hui. Elles comportent davantage de noms. Et, en plus, elles sont si belles qu'il m'est arrivé plus d'une fois de laisser échapper un paysage réel parce que j'étais trop occupé à explorer le paysage virtuel sur la carte du Touring Club. Eh oui, si elle a un défaut, cette carte centenaire, c'est celui de vous enchanter au point de vous enlever, parfois, l'envie de voyager.

Où il s'avère que Nerina appartient au beau sexe

J'ai mis un petit moment à comprendre quel était le sexe de mon véhicule. Masculin ou féminin ? Ici, dans le Sud, je viens à bout de tous mes doutes. Sexe féminin. Depuis les bars, les jeunes gens la sifflent. Aux croisements, il n'y a pas jusqu'aux camions qui ne la laissent passer, même si elle n'a pas la priorité. Les hommes adultes la contemplent avec une stupeur enfantine et un peu de jalousie, comme s'ils voulaient eux aussi se remettre à faire joujou. Mais la corroboration me vient des femmes d'un certain âge. Elles la lorgnent d'un œil soupçonneux, parfois même agacé. Ou alors elles font semblant de ne pas la remarquer. Elles flairent dans ma guimbarde un magnétisme fait pour enjôler le sexe opposé. Elles sentent sa dangereuse sensualité, familière, mais en même temps coquine.

Si quelqu'un la traite sans ménagements, j'ai envie de la défendre par pur esprit chevaleresque. Ce qui arrive le jour où on m'appelle de chez Fiat, du quartier général à Turin, service des voitures historiques, lequel s'est engagé à me garantir l'entretien « *on the road* ». « Alors, tout va bien avec votre moyen de transport ? », me demande le responsable. Chez Fiat, ils sont braqués sur les terminologies bureaucratico-militaires. « Très, très bien », dis-je et j'ai déjà envie de rire. Puis je continue sur un ton de feint ressentiment : « Mais vous ne devriez pas vous permettre d'appeler ma voiture un "moyen de transport". D'abord, c'est une dame. Et ensuite, c'est ma dame à moi. Cela dit, je peux quand même vous confier une chose : oui, la dame en question arpente la route à merveille. » Et j'articule le mot « arpente » avec une ambiguïté voulue.

Chez un pompiste de Lauria, j'explique à deux jeunots qui s'amusent ferme la manière correcte de s'asseoir au volant avec une portière qui s'ouvre dans le mauvais sens. Le corps ne fait pas son habituel demi-tour vers la gauche, mais trois quarts de tour sur la droite ; un petit tour de valse avec vrille hélicoïdale vers le sol et atterrissage en douceur du cul sur le siège très bas, pour ne pas dire à ras de terre. Une jouissance inconnue des automobilistes contemporains. Oui, la Topolino est assurément un nid qui vous accueille et vous console. Une femme.

Les carabiniers aussi s'en aperçoivent. Qu'on imagine deux militaires qui attendent sur une route déserte. Mettons la *Statale* 19, entre Lauria et Mormanno, laquelle est déserte depuis vingt ans : depuis que l'autoroute parallèle et gratuite lui a tout avalé, même la vie, même le nom. La *Statale* 19 est devenue « l'ex-*Statale* 19 », refilée par l'Anas[1] à la province de Potenza, en signe éclatant de dévolution. Eh bien, à cet endroit, deux carabiniers voient une Topolino bleue de 1953 descendre allègrement du col de Prestieri en direction de la Calabre. Que font-ils ? Ils l'arrêtent. Dans un lieu où il ne se passe strictement rien, la curiosité est trop forte. Donc, on sort le petit panneau de signalisation blanc et rouge et on me fait signe de me ranger. Le problème, c'est que ma voiture n'est pas en état de faire des infractions, elle ne peut pas aller assez vite. Il n'y a donc pas l'ombre d'un motif pour justifier l'arrêt.

Embarras passager des deux hommes en noir. « C'est toi qui parles à ce monsieur », murmure le plus timide des deux. Ils ont l'air doux, aucune trace d'arrogance bourbonienne. Je comprends que c'est à moi de les tirer de ce mauvais pas. Je sors avec un sourire les papiers de la voiture où l'on peut trouver une bonne moitié de l'histoire de l'Italie et un arbre généalogique des propriétaires. « Il faut absolument que vous y jetiez un coup d'œil, leur dis-je, elle a cinquante ans, je parie que vous n'avez jamais rien vu de pareil. » Je me fais l'effet d'un mari fier de sa chère petite femme.

Et le tour est joué. Mes deux carabiniers sourient,

1. L'Anas est la société qui gère le réseau routier italien.

manient avec un soin infini les feuilles vénérables, marquées par le soleil et la pluie, ils peuvent pousser le jeu un peu plus loin. Feindre qu'il s'agit d'un authentique contrôle, que dans ces montagnes de brigands l'État existe et que la « *Statale* » est encore une « *Statale* ». Sur un escarpement, le village de Castelluccio nous domine, avec son millier d'yeux. Dans la vallée, une église retransmet par haut-parleurs la psalmodie d'un prêtre et, de loin, on a l'impression d'entendre l'appel d'un muezzin.

Il passe une voiture tous les quarts d'heure et entre deux véhicules s'abat un silence incommensurable. Je m'aperçois que ce n'est pas seulement la voracité de l'autoroute qui engendre ce vide. C'est aussi l'effet désertifiant des deux côtes balnéaires, bordant les mers Ionienne et Tyrrhénienne, qui sont ici toutes deux très proches. C'est une contiguïté unique. Comme en Dalmatie, au début du voyage, ici aussi la terre des loups est à une portée d'escopette de la mer.

On dit qu'entre Cantanzaro et Cosenza l'ex-*Statale* 19 a mille huit cent soixante-sept virages en moins de cent kilomètres. Quel pays sommes-nous, pour être incapables de tirer parti d'une pareille ressource ? Que font les politiques ? Que fait l'Anas ? En France et en Espagne, on trouverait mille façons de la mettre en valeur, de l'adapter à une mobilité « douce ». Maintenant, ma petite voiture bleue roule, ronronne dans une solitude afghane. L'asphalte est si vide que je pourrais m'amuser à patiner dessus, que dis-je patiner : je pourrais jouer aux boules, au billard, boire un coup d'amer en pestant contre l'usure de la vie moderne, assis dans un fauteuil sur la ligne médiane de la chaussée. Ils n'ont pas besoin de s'en aller en Birmanie ou en Namibie, les Italiens. L'aventure les attend dans les Apennins.

Conduire une voiture sans direction assistée et sans servofrein représente un effort considérable. Je le constate en fin de journée, quand je sens les muscles de mon dos peser comme du plomb et que mes mains calleuses me font l'effet d'être des serres. Cela fait trois mille kilomètres et quarante mille virages que je suis sur la route. C'est comme le Caucase entre la Géorgie, la Tchétchénie et l'Azerbaïdjan. C'est plus que la route du Karakoram qui vous emmène de Peshawar à la mythique Kachgar des caravanes, aux confins du désert du Taklamakan.

Par la capote baissée m'arrive l'odeur du bois, je garde toutes les ouvertures béantes, comme ça je me saoule littéralement d'air et de soleil, et je glisse dans un état d'euphorie hébétée. Un paysan en débardeur, la bêche à la main, reste bouche bée en nous voyant passer, Nerina et moi. Il lève une main, aussi immobile que la statue de la Liberté, foudroyé par la lumière jaune du coucher de soleil. Maintenant, je ne sais vraiment plus où je suis.

La nuit, dans une auberge de Mormanno pleine de photographies de notables démocrates-chrétiens qu'a ensevelis le temps, j'écoute depuis mon grand lit bourbonien le crépitement de la pluie qui recommence et, dans mon demi-sommeil, je m'aperçois que mes rêves, eux aussi, suivent la progression altimétrique du voyage. Ils franchissent des montagnes inaccessibles, glissent sur un grand huit, s'engouffrent dans des précipices, deviennent aussi insondables que les abysses de l'océan. Et, pendant ce temps, des musiques restées en *stand-by* se détachent du fond de ma mémoire, remontent à la surface et puis ne me laissent plus en paix. Ce soir, la voix de Capossela me trotte dans la tête, son ombre rabbinique me suit, avec ses *Canzoni a manovella* (chansons à manivelle) :

« *Con la pio… / con la pio… / con la pioggia che fa / i cani non trovan padroni* » (avec la pluie qui tombe, les chiens ne trouvent pas de maîtres), chante Vinicio, et dehors il pleut pour de bon sur les chiens en déroute, les chiens perdus du Sud.

8

Du Crati au Capo Sud

Roule au milieu et vas-y

Quand on lit la traversée de la Calabre telle que l'a décrite Stanley T. Williams dans son livre *Two in a Topolino*, au début des années 1950, le malaise est palpable. Des montées et des descentes à n'en plus finir, un paysage anxiogène, des auberges tenues par des incapables, des petits déjeuners qui n'arrivent jamais. Dans des endroits pareils, la petite voiture était « notre seule amie », note l'Américain en voyage avec sa femme. « Nous sommes entrés dans Lagonero, Castelluccio, Mormanno et Morano, où les habitants regardaient d'un œil dénué d'enthousiasme notre automobile immatriculée à Rome, et nous en sommes ressortis sans regret. En Calabre, nous étions vraiment des étrangers et je n'aurais pas juré que les habitants éprouvaient à notre égard des sentiments amicaux. »

C'est possible. Moi, les Calabrais me sont déjà sympathiques, ne serait-ce que parce que tant de gens me mettent en garde contre eux. En Campanie, dans les Pouilles et en Basilicate, en apprenant que je me dirigeais vers le détroit de Messine, on m'a littéralement asphyxié à force d'histoires sur la sinistre réputation de la région la plus « arriérée » du Mezzogiorno. En

Calabre, me disait-on, tout est pire, « même les chiens ». Mais l'expérience aidant, j'ai appris à ne tenir aucun compte de tels avertissements. Prends garde aux chiens bulgares, me disaient les Serbes. Tenez à l'œil les chiens de berger afghans, me conseillaient les douaniers à la frontière iranienne. Après quoi, je rencontrais le plus souvent des animaux affables qui faisaient mentir les prédictions. Les chiens traîtres étaient toujours là où personne ne me les avait annoncés.

La traversée de Mormanno, aux portes de la Calabre quand on vient du nord, me confirme dans mon scepticisme envers les lieux communs anti-calabrais. Dans ce gros bourg, désormais grec dans l'âme, la *Statale* 19, déjà enfermée par les montagnes, devient un boyau plein de monde et si étroit, entre les pharmacies, les bars, les magasins d'alimentation et les voitures garées à la va-comme-je-te-pousse, que si jamais des véhicules circulent dans les deux sens, la route devient un véritable piège. En un instant, la Topolino se trouve bloquée, comme les autres, coincée entre le flanc d'un semi-remorque et la porte d'entrée d'une boulangerie, où une patrouille de commères reste en rade pendant cinq bonnes minutes.

Je ne sais pas si les gens d'ici vivent avec la philosophie des Grecs, la patience des bouddhistes, le fatalisme des musulmans ou une mixture qui les englobe tous. Toujours est-il que dans ces Fourches Caudines de la Calabre, personne ne peste contre la circulation. Le passage des voyageurs devient, comme de juste, un spectacle et, dans l'air, je ne discerne aucune trace de l'hostilité ressentie voilà un demi-siècle par le Signor Williams. Je songe plutôt à Luigi Vittorio Bertarelli qui, en 1897, passa par ici à bicyclette et narra ensuite la scène dans son livre. Tout le village était sorti pour le regarder pédaler ; sur le grand muret qui dominait la descente, il y avait une telle foule de spectateurs qu'il put voir, pendant des kilomètres, en se retournant, une ligne noire d'habitants à flanc de montagne.

Alors, si la circulation est déjà un spectacle, je vous laisse imaginer ce que sont les embouteillages. Au cours des cinq minutes où ma portière de droite devient la seule issue de la boulangerie (les commères ne peuvent s'évader qu'en traversant mon habitacle), j'ai tout le temps voulu pour faire causette avec les autochtones postés dans la grand-rue. Une petite scène des années 1950, que mon brave bourricot à quatre cylindres, enfant de la même époque, enregistre en parfaite connaissance de cause.

« Bonjour, vous venez d'où ?

— De Trieste.

— Avec cette voiture ?

— Oui, avec cette voiture.

— Giuseppe ! Regarde un peu, il vient de Trieste, celui-là ! »

Trieste, chère à mon cœur, qui, à bord de mon petit engin, fait figure de cap Nord.

Giuseppe arrive, se fend d'un de ces coups de sifflet qu'on réserve d'ordinaire aux belles filles, se glisse dans les quelques millimètres qui séparent le camion de ma fenêtre, sans se soucier de l'encombrement qui paralyse désormais le village entier. Puis, sans dire un mot, il frotte l'un contre l'autre le pouce et l'index de sa main droite pour mimer la question importante entre toutes. Elle coûte combien ?

Son œil, qui reflète une sympathique forfanterie, sous-entend : « Je te l'achète. Comptant. »

Je comprends que je dois entrer dans son jeu et lui répondre aussi par gestes. Je lève lentement les yeux au ciel, j'ouvre la bouche comme pour pousser un « Aaaaah » prolongé, et d'une main je dessine dans l'air une longue spirale rythmée dont chaque temps fort est en haut de la boucle. Traduction : « Le prix, vous n'en avez même pas idée. » J'attends la réponse et, pendant ce temps, du coin de l'œil, je vois les femmes bloquées dans la boulangerie. Elles nous observent depuis la pénombre, on dirait des poules sur un mur comme dans la comptine.

Pendant ce temps, trois retraités se détachent de l'endroit où ils s'étaient rangés, à côté d'une Fiat 500 rouge brique. L'arrivée de Nerina est un événement qu'il ne faut pas rater. Deux d'entre eux se mêlent au jeu de la discussion du prix de vente. Le troisième, au contraire, garde le silence, l'air troublé, pour ne pas dire malheureux. Peut-être que ma Topolino lui rappelle quelque chose. Je le vois qui cherche à tâtons dans sa mémoire. On dirait Proust exposé à l'odeur du fameux petit gâteau. Elle s'appelait Madeleine, sa friandise. Autre joli nom pour ma compagne montée sur roues.

Ce bref arrêt suffit à me mettre à l'unisson du lieu. Je constate que l'embouteillage, de calamité qu'il était, est devenu spectacle et plaisir pour moi aussi. J'observe les commères, les têtes de mort en bas-relief sur la façade de l'église, la pharmacie bondée, le décor des montagnes, la mimique grecque des hommes âgés. Je remarque que les jeunes filles – de radieuses beautés gainées de noir, comme les filles du même âge à Milan – offrent le plus extraordinaire démenti au vieux poncif du Nord qui voudrait que les Calabraises soient des laiderons plus poilus que des tarentules. Voilà une quantité d'informations que je n'aurais jamais trouvées si j'étais passé par l'autoroute. Sans parler de l'aéroport.

À Morana Calabro, je comprends que dans les centres habités je vais devoir m'adapter à un genre de conduite extrêmement particulier. En Calabre, sur la route comme en politique, il n'existe ni droite ni gauche. Il n'y a qu'un très grand centre. Prenez un sens unique, par exemple. Les Napolitains envahiraient tous les endroits où l'on peut rouler, trottoirs compris. Le Calabrais, pas du tout, il se déplace imperturbable sur la ligne médiane. Il laisse toujours de grands espaces sur les côtés, afin de pouvoir décider au dernier moment de l'endroit où il va se jeter. Résultat : il suffit de peu de véhicules pour créer un embouteillage. Très peu, même, moins que dans n'importe quelle autre région d'Italie. Et pourtant personne ne braille, ne proteste, ne klaxonne rageusement. La « règle du centre » est tacitement partagée et acceptée ; avec en prime le chaos qui s'ensuit. Et quoi qu'il en soit, si on vous coupe la route, il vaut mieux laisser tomber ; il pourrait s'agir d'un gros bonnet.

J'imagine que la raison d'être de la chose, c'est que, en Calabre, le centre – c'est-à-dire le pouvoir – est physiquement étendu à tout le territoire ; il est partout, donc nulle part. En voyageant à travers ce gros doigt aux articulations noueuses, on sent aussitôt que ce dernier morceau de l'Italie n'a pas d'étoile Polaire comme Naples, et encore moins un vice-roi, une icône à vénérer, comme le président de la région Campanie. Entre Sila et l'Aspromonte, le pouvoir est retranché dans mille lieux différents, dispersé comme des taches de léopard entre la Locride, Serra Cosentina, Gioia Tauro. Une myriade de fiefs, tous rivaux, mais tous d'accord pour bloquer la ligne médiane de la politique, tous prêts à tourner à droite ou à gauche au moindre changement de vent.

Il fut un temps où cette région était la terre des extrémismes : celui des ouvriers journaliers, marqué par la misère, celui de la révolte « noire » de Reggio de Calabre, marqué par la violence, celui des guerres ouvrières livrées par les « rouges » de Crotone ou celui de l'université de Cosenza, marqué par la subversion. Aujourd'hui, tout cela est fini. L'électeur ne demande même plus au candidat de prendre position. Le plus souvent, on lui demande seulement de se ranger dans le camp du pouvoir, et le pouvoir – tout le monde le sait – se trouve dans l'intimité de la chambre des « *tràngani* », la petite salle privée où les « hommes forts », le soir, décident comment répartir les votes et se partager le fromage. Il y a six chefs de famille, détenteurs des « *pacchetti* » ou parts, des hommes qui se couchent très tard, dorment jusqu'à midi et reçoivent leurs clients l'après-midi. C'est d'eux que tout dépend, pas des partis. Quel que soit le vainqueur, le résultat ne change jamais : ce sont les vieux squales qui restent aux commandes. Donc, roule au milieu et vas-y.

Des crevettes vertes sur le pare-brise

Une chaleur pour les vipères, un ciel balayé par le sirocco. À Catane, m'annonce mon ami Giuseppe Lorenti, qui veut venir me rejoindre dans l'Aspromonte, on signale quarante-deux degrés à l'ombre et l'Etna ne donne aucune fraîcheur, même la nuit. Entre les trois degrés avec neige fondue du Gran Sasso et ici, on pourrait croire que ma Topolino a traversé un continent entier en une semaine. Dans la fournaise méditerranéenne, le territoire se dilate et l'Aspromonte s'éloigne encore, prend les couleurs désertiques – rose, violet, anthracite – d'un mont Sinaï. Tout spécialement à Castrovillari, où la Calabre se gonfle de façon anormale, devient un coude couvert de forêts, où se succèdent vallées et montagnes.

Dans ce gros bourg, où la circulation est dense, au pied du mont Pollino, on ne croirait jamais qu'on se trouve à l'embranchement des merveilles. Et pourtant c'est là que tout commence. Droit au sud, la *Statale* 19 – ce chef-d'œuvre de route miraculeusement vide – qui file vers Cosenza et le golfe de Sant'Eufemia, zigzaguant sous les pylônes de l'A3. Au sud-est, la masse énorme, ramifiée et obscure du haut plateau de la Sila, un continent à part. À l'ouest, les montagnes les plus sauvages d'Italie, avec les gorges de la Gatta, des fleuves mystérieux tels que le Lao et l'Abatemarco, des bourgs médiévaux isolés comme Papasidero, dont le nom à lui seul vaut le voyage. Des lieux si peu habités que, dans toute la péninsule, il n'y a guère que l'Adamello, dans les Alpes, qui semble pouvoir prétendre à une moindre densité de voies carrossables.

Au sud-ouest part une des plus belles routes de montagne d'Italie : celle qui va à Marina di Belvedere, taillant à mi-côte le mont de La Mula et le Cozzo del Pellegrino – autres noms d'exception – et offrant le seul accès possible à d'autres mystérieuses dames des affaires sacrées : Santa Maria del Monte, la Madonna del Pettoruto. Plus au sud s'allonge la chaîne côtière tyrrhénienne qui fut le nid d'aigle des Lombards, des Normands et des protestants de l'Église vaudoise du Nord. On y trouve des lieux comme San Marco Argentano, le camp de base de Robert Guiscard, mort en 1085, ou Guardia Piemontese, où les partisans de la Réforme subirent de sanglantes persécutions du temps de Luther.

Quelque chose, je ne sais trop quoi – la chaleur, peut-être, ou alors un présage obscur – m'attire comme un aimant dans une autre direction, à l'intérieur de la fournaise qu'est la Sila Greca. À Spezzano Albanese – antique terre d'immigration où sont venus se superposer les arrivages les plus récents –, les enseignes en langue *arbëreshe*, la langue de la minorité ethno-linguistique albanaise d'Italie, me donnent l'impression de voyager sur un radeau de naufragés, de *boat people* venus d'on ne sait où. Dans le paysage, toute espèce d'ordre est en proie à la subversion : à l'anarchie des constructions dans les villages s'oppose la parfaite géométrie des oliveraies, impeccables échiquiers d'argent sur la terre d'un jaune ocré. Tout semble un peu étrange. Je cherche un endroit où manger un *panino*, mais pas un seul bar n'est ouvert. J'achète un melon dans une petite échoppe de fruits et légumes et la vendeuse m'explique doucement que, ici, personne ne va dans les bars. On mange chez soi, un point c'est tout.

C'est dans ce coin que j'ai vu, en 2000, les premières locustes d'Italie, sur les cours d'eau entre Sibari et Metaponto. Elles avaient la taille de grosses crevettes, d'un gris verdâtre. Le soir, à la campagne, elles rôdaient sur l'asphalte et, quand on roulait dessus en voiture, on entendait un bruit d'œuf cassé. Quelques-unes se jetaient contre le pare-brise d'un coup sec, avec férocité ; puis elles restaient là, à me regarder de leurs yeux inexpressifs. Quand j'éteignais le moteur, le soir, j'entendais un autre bruit, plus léger et plus prolongé. C'était la mastication de cette armée de mâchoires dans le blé. Je savais qu'en Afrique, quand on commence à les voir, il est déjà trop tard. Elles se multiplient de façon exponentielle et obscurcissent le ciel, comme le vent du désert.

Très peu de gens, dans le sud de l'Italie, établissaient le rapport entre ces dévoreuses et leur nom biblique et léger. Les premières ambassadrices de la désertification de notre pays étaient arrivées en douce, en 1999. Elles avaient fait leurs nids aux abords du Crati, du Bradano et de l'Agri, autant de cours d'eau aussi brûlants que des oueds sahariens. Les paysans les avaient déjà vues par le passé. Des bestioles indigènes, moitié grillon, moitié criquet : elles avaient toujours été rares et les faucons hobereaux les mangeaient. Mais, pour finir, elles avaient réussi à planer par vols entiers sur les villages, et même jusque sur les places, entre la plaine du Tavoliere et le Monte Pollino. En 2000, on en avait vu moins, me dit-on à Tricarico, parce que le froid de la mi-juillet avait décimé leurs œufs. Mais les crevettes volantes, immobiles et invisibles, somnolaient dans les champs entre l'Agri et le Basento. Elles attendaient le retour de la chaleur africaine.

En 2000, puis en 2003 – l'été de la grande soif –, la guerre de l'eau avait éclaté. Chaque matin, à Montalbano Ionico, les paysans se rendaient à la coopérative agricole pour quémander au service d'amendement de quoi désaltérer leurs terres. Au barrage de Monte Cotugno, il manquait cent millions de mètres cubes d'eau : il fallait se disputer le peu qui restait, comme au Sahel. Les pêches étaient rares et rabougries, les abricots et les oranges ne valaient pas mieux. La vie se desséchait, le grain faisait peine à voir.

Jusqu'au milieu des années 1970, quand il ne pleuvait pas, on se limitait à organiser une procession et à transporter une madone. Aujourd'hui, on déclare l'état d'urgence, la Commission européenne distribue des primes, le désastre est devenu un business. Et si l'on crie au scandale, ce n'est pas à cause des dégâts au territoire, mais contre les habitants des Pouilles qui « gèrent l'eau de la Lucania et s'en servent pour arroser leurs oliveraies et faire marcher leurs hauts-fourneaux des aciéries de Tarente ». Pourtant, on a du mal à croire qu'ici, au milieu de la grande soif, quiconque puisse avoir la hantise de la pluie. Sur ces collines meubles et criblées de grottes, on trouve des villages qui ruissellent d'eau. Par exemple Grottole, sur la crête de la via Appia Antica, entre le Bradano et le Basento. À grand renfort de béton, les géomètres ont bloqué l'écoulement des eaux et solidifié le terrain, si bien que l'argile ne respire plus, l'eau suinte, entre dans les habitations et les maisons s'écroulent. On dit que Sarno, en Campanie, n'aurait pas subi de catastrophe due aux pluies, si elle n'avait pas été solidifiée avec du béton. À Grottole, le village entier descend la pente comme les wagons d'un train. Une maison tire l'autre, parce que souvent, là-haut, les murs porteurs sont mitoyens.

Un monsieur distingué, que j'ai rencontré dans un café de Castrovillari, m'a résumé la situation avec une grande efficacité : « Ici, s'il ne pleut pas c'est un désastre, et s'il pleut, aussi. Et, quoi qu'il advienne, le gouvernement nous vole. » En attendant, à eux deux, le soleil et l'eau font avancer le désert. « Je n'aurais jamais pensé voir des choses pareilles de mon vivant », m'a déclaré à son tour Pietro Laureano, l'architecte qui a mis en route la récupération des Sassi di Matera, après avoir étudié les oasis du Sahara et qui à présent s'emploie à surveiller un monde parcouru par mille signes d'effondrement.

« La Jordanie aussi était verte, quand Moïse la regarda du haut du mont Nébo, explique souvent l'homme du désert. C'était la Terre promise, terre de lait et de miel. Et aujourd'hui, qu'est-elle ? Pierre et sable, un endroit où on est prêt à tuer pour avoir de l'eau. » Pendant des années, Laureano a cherché le secret des jardins dans les terres où règne la sécheresse ; aujourd'hui, le voici occupé à entériner la mort minérale qui avance dans le jardin de sa propre petite patrie ionienne. Il vit en direct un événement biblique, mais il ne peut pas crier trop fort son inquiétude, parce qu'on le prendrait pour un oiseau de mauvais augure.

Les Italiens croient que la désertification, c'est la sécheresse, ils ne savent pas que ce peut être tout le contraire : une pluie diluvienne qui emporte la terre. Ils pensent que le désert n'avance qu'au sud, ils ne s'imaginent pas qu'il arrive aussi au Piémont. Chez nous, quand les paysans voient qu'il y a de l'eau, ils se tranquillisent. Ils ne remarquent pas que, à un mètre des barrages, la pestilence s'étend, de même que s'étendent les zones mortes et les craquelures dans les champs. Et, s'ils le remarquent, ça ne fait rien : c'est l'alibi de la catastrophe, le désastre dont personne n'est responsable. Aussi, l'agression se poursuit. D'ailleurs, l'Europe va même jusqu'à la favoriser. Elle donne de l'argent pour déboiser, les forêts étant rabaissées au rang de « zones improductives » ; de l'argent pour irriguer des terres qui ne peuvent pas l'être ; de l'argent pour dépouiller la plaine du Tavoliere de son bouclier de pierre ; de l'argent pour éliminer les oliviers centenaires et de l'argent pour en planter de nouveaux.

La Topolino va son chemin, elle s'est perdue parmi les cigales, maintenant elle cherche le point de moindre résistance de la pente qui mène aux bois de la Sila. Partout, je suis agressé par une lumière brûlante, sans aucun abri. Dans la vallée du Crati, les fleuves bétonnés n'emportent plus de sable vers la mer Ionienne, laquelle avance à vue d'œil. À certains endroits, on a construit une berge, avec sur le dessus une promenade vers la mer, mais même cela n'a pas suffi. À présent, on a aussi recours à des brise-lames, visiblement en béton. Toutefois, les vagues ont continué à ronger la rive, puis elles ont tout ensablé, si bien qu'aujourd'hui les baigneurs qui empruntent les promenades se tailladent les pieds et finissent aux urgences.

Il vaudrait encore mieux avoir gardé la chère vieille peur. Le respect des bois sacrés et de l'eau, en tant que principes de la vie. De nos jours, cette peur antique et obscure, on la baptise superstition, on en a honte. Les gens ont la mémoire courte : c'est grâce au souvenir de cette peur que notre Méditerranée agitée, hostile, a appris à survivre. Laureano précise : « C'est grâce au souvenir des tremblements de terre qu'on a appris à installer des constructions antisismiques. Aujourd'hui, la casbah d'Alger ou les mosquées d'Istanbul résistent aux secousses mieux que les grands immeubles du troisième millénaire. Si la cathédrale d'Assise n'avait pas été renforcée par une restauration en béton, elle ne se serait pas écroulée lors du dernier tremblement de terre. »

La crainte sacrée n'existe plus. L'assistancialisme a tout anéanti, jusqu'à la perception des dégâts, et derrière ce refoulement se cache le désir d'oublier une triste identité paysanne. C'est la grande maladie italienne, mais alors qu'en Vénétie cette fuite s'est transformée en frénésie de la production, en Calabre et dans la Basilicate elle est devenue frénésie de la consommation. Une perte de mémoire par la faute de laquelle on ne voit même plus l'avenir. Il vous reste en tête un obscur sentiment d'incertitude, auquel on réagit en se gavant jusqu'à l'indigestion de supermarchés, de cartomanciens, de voyants. Pendant ce temps, la vieille peur désavouée en produit une infinité d'autres – les immigrés, la petite criminalité, le terrorisme – tout à fait interchangeables entre elles.

Le miracle de Santa Maria Assunta

Montée en direction de la Sila et du village de San Demetrio, un nom grec qui me promet enfin des boissons, de la fraîcheur et des nappes blanches. Au lieu de quoi il fait encore plus chaud. Devant l'unique bar ouvert, un pan d'ombre riquiqui, mais quand même assez grand pour m'asseoir à une table, enlever, toute honte bue, chaussures et chaussettes, appuyer les pieds sur le garde-boue arrière droit de la Topolino. Le merveilleux bien-être que peuvent procurer des pieds en liberté est incroyable. Mes voyages sont ponctués de tels souvenirs. Des petits gués dans des ruisseaux de montage, le contact des pieds nus sur un marbre froid réparateur, des bas de laine bosniaque brute, enfilés devant le feu, des chaussures enlevées subrepticement sous une table de trattoria, le plaisir de mettre des chaussettes propres après une journée de marche.

La route, déserte, embaume l'origan. L'unique être vivant est une belle factrice brune – aussi résolue qu'une estafette partisane – qui me double à vive allure sur les routes de chez elle ; à chacun de ses arrêts je la dépasse à mon tour, puis elle me repasse devant, à bord de sa voiture de service qui a nom « désir ». Je ne demanderais pas mieux que de lui faire un brin de causette, mais aujourd'hui mon corps n'a qu'un seul rêve : un grand arbre solitaire à l'ombre duquel manger tranquillement le melon que je viens d'acheter. À chaque virage, ce fruit roule à grand bruit entre le changement de vitesse et la portière, et aussitôt ma faim et ma soif augmentent. Dans ce coin de Calabre, il n'y a guère d'endroit où l'on puisse s'abriter du soleil et mon trajet se réduit à une suite de segments entre une ombre et la suivante. Ici un chêne vert, là un pin maritime, plus loin un mur battu en brèche. Face au mirage de l'ombre, il n'y a pas d'abbaye, ni de pont romain qui fassent le poids.

Sur le plateau de la Sila, la fraîcheur est même trop grande. Un délice à n'y pas croire. Des cathédrales de pins, comme dans les Carpates et le Monténégro. Je voyage dans un véritable Roncevaux de chênes, de sapins immenses et de douces prairies. Mais ici aussi, comme au bord du Crati, il y a quelque chose d'étrange. Pas de vaches, ni de chèvres, ni de bergers. Je me retrouve en train de traverser un paradis où il n'existe aucune vie animale ; tout le contraire des Abruzzes qui fourmillent de troupeaux. D'ailleurs, à ce qu'il semble, personne ne travaille. Partout, un climat de village-vacances, de sieste absolue. Dans les bois, les voix de joyeuses confréries d'hommes seuls. Des forestiers – salariés à poste fixe de la première entreprise régionale – qui se paient un maximum de bon temps en attendant la fin de leur journée de travail.

Dans la descente vers les terres torrides de la mer Ionienne, du côté de Crotone, les forêts prennent fin aux environs de mille mètres. Puis les eucalyptus et les mouches annoncent des couches de chaleur africaine, humide et immobile. Le ciel est de nouveau incandescent, il sent le chaume brûlé, la Topolino elle aussi devient un four, elle se met à puer à son tour, elle emprisonne des bouffées nauséabondes de cuir, de caoutchouc brûlé et d'huile minérale. Ensuite, c'est la torture de la capote qui commence. Si je la baisse, je rissole, si je la referme je cuis à l'étouffée. Et les fenêtres, qui ouvrent à l'horizontale, ne permettent pas une ouverture excédant vingt centimètres. C'est pour ainsi dire la ventilation d'une autochenille arrêtée en plein Sahara avec le soleil au zénith. Je passe Savelli, une ville d'une rare beauté, sans presque la remarquer.

Il y a San Giovanni in Fiore, me dis-je in petto, et je rêve d'aller terminer ma journée sur une terrasse couverte. Impossible d'imaginer qu'un endroit ayant un nom aussi radieux, à l'orée des forêts de la Sila, puisse être un inextricable labyrinthe de béton. Et, pourtant, c'est exactement ce qu'est San Giovanni in Fiore : une agglomération métropolitaine, une tumultueuse cascade de bâtiments possédant une cohérence paradoxale et précaire. Depuis le cimetière, tout en haut – un condominium pour défunts que surplombent les immenses pylônes d'une méga-route – jusqu'à l'abbaye, tout en bas, close de toute évidence, dépourvue de signalisation et cachée par un parc d'attractions désaffecté. Le village est un embrouillamini de rues à sens unique, qui montent et descendent, où ma voiture vite surchauffée se perd. Et quand je lève le capot pour lui donner à boire, une dame au volant d'une voiture de sport s'arrête à côté de moi, me demande si j'ai besoin d'aide et, recevant un courtois refus de ma part, s'éloigne en déclarant qu'elle est à ma « disposition ».

Sur la route de Cofronei, j'entends à la radio une déclaration de la présidence régionale. « Nous perdons le contrôle du territoire face à la délinquance organisée. » Une reddition. Je me rends compte que l'Italie ne se retire pas seulement d'Irak et qu'elle doit jouer chez elle des parties autrement rudes. Je descends à pic vers l'est, dans un ciel incolore, entre de beaux villages enrochés et inconnus. Je suis cuit de chaleur et de montagnes, je voudrais juste pouvoir ôter mes chaussures et poser mes pieds sur un frais pavage en pierre. Je voudrais, mais je ne peux pas. L'auto a soif, je dois m'arrêter pour mettre de l'eau dans le radiateur. Au cours de cette étape interminable, elle n'a pas arrêté de boire. La nuit tombe, pour la première fois, j'ai peur de ne pas arriver au bout.

La route file, vertigineuse, vers la région de Crotone, un monde à qui le coucher de soleil est refusé. Dans les terres tournées vers l'est, la fin du jour est un événement caché, qui se joue toujours « dans le dos des gens », derrière les forêts noires de la Sila qui bouchent l'horizon sur le front occidental. Ce qui fait que, dans des lieux tels que Santa Severina

– une surprenante acropole à une dizaine de kilomètres de la mer Ionienne, où je trouve une chambre pour cette première, interminable étape calabraise –, tout laisse filtrer l'attente ou la peur de l'aurore, le feu grec qui arrive à la course sur les prairies marines, porté par le vent du levant. Ce tristement célèbre « *levantazzo* », qu'a décrit Antonio Mallardi.

Je ne ferme pas l'œil de la nuit. Vers une heure du matin, exaspéré par les moustiques, je me lève, je secoue ma petite Nerina à moitié endormie et je m'en vais voir ce qui se passe dans le village. Le vent m'apporte une musique en provenance des murailles du château. De l'autre côté de celles-ci, je constate que tout le village est éveillé pour se promener. À Santa Severina, une heure du matin, c'est l'heure à laquelle la vie commence. Les familles arrivent avec les bébés et les grands-parents pour le rite de l'après-dîner. Et la place, un superbe agencement de balcons entre les tours et les églises baroques, est emplie de petites tables, de jeunes gens sur leur trente-et-un, de vieux concentrés sur leurs parties de cartes, de jeunes filles qui s'ébattent sous les yeux de leurs parents.

Je finis par somnoler sur un banc de pierre devant l'église, les pieds déchaussés appuyés contre le marbre frais de la façade. Alentour, pas plus de téléviseurs que de discothèque ou de braillements grossiers. Rien d'autre qu'un brouhaha rassurant, des tintements de verre et une petite chienne bâtarde qui vient se coucher à côté de moi. Un vent léger s'éveille et tout à coup, parmi la foule, se répand par contagion un bavardage joyeux, mais lancinant, cadencé, presque métrique. C'est l'influence grecque qui s'accentue au fur et à mesure que l'on avance vers le sud. Une fois de plus, la Topolino m'a fait remonter jusqu'aux années 1950. J'ai l'impression d'être dans un village du Pinde, dans le Péloponnèse ou dans une île perdue de la mer Égée.

C'est surtout depuis la mer Ionienne que l'on sent l'appel de la Grèce. Au-delà de Crotone, qui luit vers l'ouest, se trouve – englouti dans cette mer noire – le promontoire du cap Colonna, avec le sanctuaire d'Héra Lacinia, un lieu de rite et de mythe lié à Hercule, dont il ne reste, justement, qu'une seule *colonna*. Le demi-dieu y aurait tué, dit-on, les frères Croton et Lakinos, coupables de lui avoir volé son troupeau. Pour Hannibal, le Carthaginois, cet endroit fut le site du glorieux embarquement vers sa mère patrie après ses aventures italiennes. Pour les Grecs, il représentait l'outre-mer. Après le phare de Santa Maria di Leuca, son feu orienta des générations de navigateurs. C'était la seule et unique flamme vivante avant le foyer de l'Etna, au milieu de la Méditerranée.

Le lendemain, dans cette contrée où il n'y a pas de coucher de soleil, il n'y a pas non plus d'aube. Parmi les oliviers, on voit seulement luire une auréole de lumière d'abord jaune, puis blanche et enfin grise. Aujourd'hui, le soleil ne se lève pas vraiment. Il est étouffé par la brume de la mer Ionienne, avant même de naître. Où suis-je ? La Grèce a disparu ; je suis du côté de Samarcande, ou peut-être à Karachi, dans la région la plus infernale du Pakistan. J'ai les yeux rougis par la poussière, comme un chamelier qui vient de traverser le désert iranien. Après des dizaines de milliers de tournants, je me sens si loin de chez moi qu'en prenant mon petit déjeuner je suis abasourdi d'entendre parler ma langue aux tables voisines.

Je repars sous un ciel blanc, immobile et, après quarante kilomètres de feu, entre la Sila et la mer Ionienne, j'ai la certitude que chaque voyage peut se terminer ainsi, par épuisement, au comptoir du bar-glacier Crazy's Caffé, à Cropani, où j'arrive si déshydraté qu'il me reste tout juste assez de voix pour demander un verre d'eau. Ce n'est qu'un avertissement : le coup de grâce arrive un instant plus tard, devant le guichet automatique qui ne délivre plus d'espèces et qui m'aveugle avec son écran sadiquement orienté à contre-jour.

Je suis lessivé. Mon cerveau est un œuf à la coque, la Calabre un miroir ardent, la nature entière est en apnée. Le radiateur de Nerina boit comme une éponge, désormais je ne distingue plus sa soif de la mienne. Et Capo Sud, épilogue de cette « Topolinéide » démente, paraît s'éloigner plutôt que se rapprocher. Maudit Zénon – oui, le philosophe de la Grande Grèce apennique du Cilento –, cet imposteur qui m'a convaincu que la tortue arrivait avant Achille ! Non, ma tortue à moi n'arrivera nulle part. Elle rendra l'âme au bord de la mer Ionienne.

Au lieu de quoi le miracle a lieu. Je le dois à Santa Maria Assunta, une église dont le portail laisse sortir un torrent inattendu d'air froid. À l'intérieur, les confessionnaux baroques, momentanément écartés des murs en raison des travaux de restauration qui sont en cours, paraissent flotter dans la nef. J'en choisis un. Il est frais et commode, on dirait une petite barque. J'écoute mon corps qui se refroidit et mon esprit qui se remet en marche. Je parviens à exprimer une pensée : les prêtres savaient très bien que le confessionnal était un véritable divan de psychanalyste. Puis, un tout petit bout de mémoire s'éveille, une phrase lue je ne saurais dire où : « Va et souviens-toi de ce que tu vois, autrement le vent le remportera. » J'écris lentement. J'ai du mal à serrer mon stylo dans mon poing.

La vendeuse du magasin de fruits et légumes voisin, où j'achète peu après un melon extrêmement odorant, m'explique que Cropani est le plus bel endroit du monde et qu'elle ne l'échangerait contre aucun autre. Elle s'extasie : « Regardez donc toutes les églises qu'on a. » Outre l'Assunta, il y a San Giovanni, le monastère des Capucins, la très ancienne Santa Caterina, et puis la Madonna della Catena, et aussi la vieille Sant'Anna qui n'est plus consacrée désormais, et puis encore et encore et encore. Cryptes, passages souterrains, campaniles. Et cette situation splendide, surplombant la mer Ionienne avec ses voiles noires et ses pirates.

Dans la bouche du vent

Sans préavis, l'habitacle de la voiture se met à trembler. Le vent ! Soudain et bienvenu. À Roccella – j'ai fini au bord de la mer, faute d'une autre solution – un autre ciel s'ouvre en grand. La Topolino est heureuse ; elle voyage à contre-courant, si elle le pouvait, elle s'élèverait comme un deltaplane. Je suis dans la partie la plus étroite de l'Italie : entre ici et la plaine de Lamezia, sur l'autre mer, il y a trente kilomètres à peine. C'est peut-être pour cette raison qu'entre la Sila et les Serre – avant-garde de l'Aspromonte – le courant d'air est si violent.

« *El vento xe volubile / la donna ancore pèzo / e mi che son in mèzo / no so più cosa far.* » (Le vent est inconstant / la femme est encore pire / et moi qui suis au milieu / je ne sais plus quoi faire.) Mon corps reprend une température humaine, il chante à gorge déployée des chansons de chez lui. Borgia, Girifalco, Cortale. Bois, fontaines, torrents. Tout à coup, la Calabre ruisselle d'eau. Que d'Apennins j'ai rencontrés, de Mormanno jusqu'ici ! Les Carpates (la Sila), les Émirats arabes (Crotone), la Grèce (la côte de Lamezia), les Préalpes françaises (la ligne de partage des eaux, si fraîche, des Serre). Tout cela en une seule journée. Et, d'un bout à l'autre, une inquiétude sismique inscrite dans le paysage.

À Maida, je prends à bord de la Topolino Antonio Milano, professeur de lettres, grande tignasse poivre et sel, emplie de pensées, ébouriffée par le mistral. Il commence par me mettre en boîte : « Mais qu'est-ce que tu es allé foutre au bord de la mer Ionienne ? C'est à mourir. » Puis il m'explique pourquoi, dans ce coin d'Italie, Éole est brusquement si turbulent. « Mon cher ami, tu es dans la bouche du vent. Le détroit de Sant'Eufemia et Squillace, où l'air en provenance de la mer Tyrrhénienne accélère et plane au-dessus de la mer Ionienne, prenant les bateaux par surprise. *'A vucca do vientu...* », *la bocca del vento*. Et il dit « *vientu* », avec l'accent sur le « i », à la grecque, ce qui en redouble l'énergie cinétique.

Antonio me raconte qu'en 414 avant Jésus-Christ une flotte spartiate en guerre contre Athènes fut repoussée – selon Thucydide – par le vent tyrrhénien et obligée de retourner à Tarente. « Impossible, tranchèrent les spécialistes. Quand on navigue en mer Tyrrhénienne, on ne peut pas retourner à Tarente à cause d'une tempête. C'est trop loin. » Ils décidèrent donc qu'il y avait dans le récit du Grec une erreur de transcription. Pauvres rats de bibliothèque : ils ne connaissaient pas la géographie. Ils ne savaient pas que sur l'isthme de Squillace le vent de noroît s'enfile par la faille sismique entre les Serre et la Silla, qu'il accélère, comme le Danube sous le mont Gellért à Budapest, et puis franchit impétueusement la limite pour passer dans l'autre mer.

San Pietro a Maida, Curinga. La voiture roule loin au-dessus de la mer Tyrrhénienne, parsemée d'écume, solide comme une banquise, et déjà le miroir ardent de la mer Ionienne me fait l'effet d'un autre monde. Puis la montagne recommence, la *Statale* 110 passe au bord du Lago dell'Angitola, grimpe à travers une forêt de chênes chevelus, vert sombre, sur un escarpement sauvage. Au-delà d'un col aux environs de huit cents mètres, voilà que nous tombons sur le surprenant Serra San Bruno, un village bâti à l'écart, dans une miraculeuse cuvette de fraîcheur. Il a un aspect subalpin, presque piémontais. Ce n'est pas tant à cause du bois séculaire qui l'entoure, ni de la robuste chartreuse, fondée voilà mille ans par un saint venu du Nord. C'est à cause de ses églises dans le style roman tardif et de son plan orthogonal, redessiné au temps des Lumières après un tremblement de terre meurtrier.

Au dîner, dans la salle à manger de l'hôtel, une seule table est occupée à part la nôtre. La tablée est si bruyante qu'il n'y a pas besoin de tendre l'oreille pour entendre ce qui se dit. Tout est clair. Huit hommes d'une même famille se chargent de descendre publiquement en flammes un absent.

« Ce connard, ce salopard, ce cocu, ce qu'il a pu me casser les couilles !

— Oui, c'est un faux jeton, un ingrat ! »

Les jurons éclatent dans la salle pendant dix minutes, puis vingt. Dans le Nord, le restaurant est devenu l'endroit des petits déjeuners de travail ; dans le Sud, pas du tout, il sert toujours aux réunions de famille. De loin en loin, le gang paraît trouver de nouveaux sujets de discussion, mais ça ne dure pas. La pluie de gros mots reprend de plus belle pendant une autre demi-heure. Il n'y a aucun secret, c'est tout sauf un conclave. Ces insultes sont faites pour être entendues. Pour faire le vide autour de quelqu'un qui a fauté.

Et c'est reparti : « cocu » et « couilles », « couilles » et « cocu ».

Celui qui hurle le plus fort est un vieillard, et quand

c'est lui qui élève la voix, les autres se taisent. C'est le chef de famille, indiscuté et indiscutable. Les serveurs vont et viennent, apportent des montagnes de nourriture, ils restent de marbre. On dirait qu'ils ne voient rien. Notre gêne ne fait que croître, nous ne savons plus où nous mettre. Le chœur grec concernant l'ingratitude de l'absent arrive à son comble ; à présent l'occupation acoustique de la salle est totale. Et même complétée par les petits garçons de cette bruyante tribu, qui ont mangé avant ; ils jouent à cache-cache et hurlent, eux aussi, comme s'ils étaient chez eux.

Notre point d'observation est phénoménal : nous demandons des chambres, mais on nous répond que tout est plein. Ce qui nous paraît étrange, vu que dans la salle à manger il n'y a personne d'autre que nous et la bande de lanceurs d'anathèmes. Une demi-heure plus tard, l'énigme est résolue. Un car arrive, bourré de jeunes qui ont dans les dix-huit ou vingt ans et qui occupent en vociférant le reste de la salle. Une excursion scolaire ? Non, l'école est finie. Alors quoi ? C'est le chauffeur du car qui nous répond. C'est la *maturità* [1] des écoles privées. C'est-à-dire : excursion à la montagne, avec bons résultats garantis, dans la boîte à bac très prisée de Serra San Bruno, légalement sous contrat avec l'État et légalement financée par la loi Berlusconi.

Cette nuit-là, je rêve de Pinocchio et des petits garçons devenus ânes au pays des jouets. Mais je dors comme un roi : nous avons trouvé un chalet en bois, au milieu d'immenses érables, parcourus par une brise alpine, sous les étoiles.

« Dieu vous a donné une nature extraordinaire », dis-je le lendemain matin à un monsieur fort

1. Équivalent du baccalauréat en Italie.

distingué, d'une soixantaine d'années, rencontré près de l'ancienne maison des Jeunesses du Licteur[1], qui appartient aujourd'hui à la région Calabre. C'est la première personne que je rencontre.

« Dieu nous a tout donné, mais les hommes s'en fichent.

— Comment cela ?

— En ce sens que personne ne travaille. Regardez donc la campagne, comme elle est inculte.

— Mais il y en a, du travail ?

— Et comment qu'il y en aurait. Seulement tout le monde veut l'emploi.

— Quel emploi ?

— L'emploi fixe. Et, quand ils l'ont, ils ne font plus rien.

— Ça a toujours été comme ça ?

— Pensez-vous, il y a vingt ans, les gens travaillaient. »

Nous faisons quelques pas en direction d'un impressionnant calvaire en pierre, à la sortie du village. J'interroge mon compagnon sur la mythique chartreuse de San Bruno, dans le bois de hêtres.

Lui : « De nos jours, on ne va plus y entendre la messe. On n'y entre que pour Noël, l'Assomption, Pâques, le Nouvel An et la Saint-Bruno. »

— Elles étaient comment les messes, autrefois ?

— Tout le village y assistait. Sur l'autel, il y avait une cloison ouvragée, derrière laquelle se tenaient les moines, le prieur, les chanteurs, l'encens, mais, depuis le balcon, on pouvait tout voir, c'était superbe.

— Et maintenant, que se passe-t-il dans la chartreuse ?

— Les frères préfèrent avoir la paix et ils ont peut-

1. Les Jeunesses du Licteur fascistes faisaient pendant aux Jeunesses hitlériennes.

être raison, avec le monde qu'il y a. Vous saviez qu'un des pilotes de la bombe de Hiroshima était venu se cacher là ?

— C'est peut-être une légende.

— Noooon, il y était, il y était pour de vrai ! Croyez-moi, je l'ai vu. On dit que c'est le seul endroit où il avait trouvé la paix. »

À peine avons-nous commencé à redescendre vers la mer Ionienne que l'enfer recommence. Mes notes de voyage se résument à des considérations hydriques. Du genre : « Boisson à l'orange. Fontaine dans le tournant. Cours d'eau à sec. » Au bout de trente kilomètres, déjà – à Fabrizia, un village dont on dit qu'il est le plus pauvre d'Italie, mais où nous voyons néanmoins passer de robustes tout-terrain –, nous finissons épuisés au comptoir d'un bar désert. À l'intérieur, il n'y a qu'un bourdonnement de mouches et un ventilateur en marche. La barmaid ne vient pas, nous sommes obligés d'aller la débusquer tout au fond de l'endroit. C'est le portrait craché de la souffrance et elle nous sert un *chinotto* avec une infinie lenteur.

Une fois franchi le col, ou Passo di Croce Ferrata, la route descend entre des promontoires brûlés, en direction du cours d'eau bouleversant qu'est le Turbido, considéré comme la porte de la Locride. On voyage tout en haut de crêtes pierreuses, sans jamais perdre de vue la fournaise de la mer Ionienne, jaune et immobile comme de l'or fondu. À la petite fontaine Cridoni, à sept cent quatre-vingt-dix mètres d'altitude, la Topolino avale un litre et demi. Il y a quelque chose qui ne va pas, il faut que je trouve un mécanicien. Mais à Grotteria, les rues sont désertes. Il n'y a que deux fous de notre acabit qui peuvent être en balade sous ce soleil de plomb. Devant l'église du Crucifix, au cinquante-huitième kilomètre de la *Statale* 501, je prends ce qui est peut-être le plus beau tournant du voyage, un virage digne des Millemiglia[1], sous les montagnes, avec vue sur cette mer Ionienne, embrasée et immobile comme une plaque de zinc.

Mammola aussi est abattue par la chaleur, assourdie par des cigales en furie. Je n'ai pas envie de m'arrêter, mais Antonio Milano chante depuis ce matin les délices du « *stocco* », le stockfisch, ou poisson séché à l'air, avec des pâtes fraîches ou cuit à l'eau avec des pommes de terre. « Ici, on ne mangeait que du *stocco* et des anchois salés, le poisson frais n'existait pas. Avec le *levantazzo*, on risquait de mourir en mer, la pêche était rarissime. » Au Mulino Rosso (Le Moulin rouge), nous sommes les uniques convives, le *stocco* est en effet un régal et le repas s'étire sur deux heures, uniquement pour profiter un peu plus longtemps de la climatisation. Nous parlons bouffe. Antonio explique comment tailler les poivrons verts frais : d'abord en croix, dans le sens de la longueur, puis il faut les émincer en diagonale avec minutie, « en faisant bien attention à ne pas se frotter les yeux ». À la fin, ayant rempli le radiateur à ras-bord, j'accompagne mon ami à la gare la plus proche et je repars tout seul vers les terres de l'Aspromonte. En espérant que le moteur va tenir le coup.

En Italie, une voiture sert à faire savoir combien d'argent on a. Dans le Sud, elle sert en plus à autre chose : à indiquer son contrôle du territoire. Celui qui se gare de travers en occupant la moitié de la chaussée laisse entendre que quelque chose (ou quelqu'un) lui permet de le faire. Comme nous l'avons déjà expliqué, le monsieur en question peut être un « *mammasantissima* », et alors on ne sait jamais : mieux vaut ne pas protester au-delà d'une certaine limite. Ici, le simple

1. Mythique course automobile disputée en Italie sur une distance de mille miles jusqu'en 1957.

fait de revendiquer un droit peut aussi être dangereux. Mais dans un monde sur pneus où le pouvoir comporte une certaine part d'ostentatoire arrogance, la Topolino est un dangereux facteur déstabilisant. Je m'en aperçois à Geraci, encore une superbe acropole à mi-chemin entre la mer et la montagne, où la place du village est occupée par une noce.

Pour profiter du spectacle, je me gare au milieu des grosses cylindrées. Au début, j'attire la sympathie ; il n'y a pas jusqu'aux sinistres habitants de la Locride qui ne s'attendrissent devant ma petite. Un attroupement se forme, le mariage passe momentanément au second plan. Tout à coup, un véhicule tout-terrain arrive, le type au volant voit la foule, s'imagine qu'elle entoure un gros morceau. Au lieu de quoi, il découvre une minuscule Topolino et un étranger en bermuda. Apocalypse dans la hiérarchie. Du coup, il s'approche et après une série de manœuvres qui ne passent pas inaperçues, il se gare devant ma guimbarde, exprès pour m'empêcher de sortir.

Je lui dis : « Mais voyons, je suis sur le point de m'en aller. » Faisant ostensiblement la sourde oreille, il entre dans l'église, sa femme au bras, avec une lenteur délibérée. Je constate que personne ne rit de la réaction disproportionnée de l'arrivant et que l'attroupement se dissipe. Seule une belle femme me sourit en écartant les bras. Des yeux bruns, une peau d'Andalouse, des cheveux gris courts et bouclés, des seins opulents bien effacés et des chevilles fines. L'idéal de la beauté grecque. « Elle est belle, hein ? », lui dis-je en montrant la Topolino. Et elle répond, d'un ton langoureux : « Oui, assez belle. » Je comprends qu'il est temps de repartir. Je cherche à faire ma manœuvre – il y a un trou de souris – mais je mets un siècle. Comme le chauffeur de François-Ferdinand à Sarajevo, qui après s'être trompé de rue mit trop de temps à engager la marche arrière, donnant ainsi au coup fatal le temps de partir.

Je reprends mes pérégrinations, au milieu de rochers faits pour les embuscades, la route franchit le Passo di Ròpola, le Passo del Mercante, le Passo di Càncelo. Dieu seul sait comment il peut y avoir trois cols sur une route qui continue de monter. Mille mètres, à cheval sur les deux mers, avec d'immenses bois de hêtres, des tapis de feuilles sèches d'une régularité anglaise et une cime boisée appelée Aria di Vento. Ombre et mistral, vaches en liberté qui traversent la route. Dans le bois, il fait tellement noir que je suis obligé d'allumer les phares. Cela fait quinze kilomètres que je n'ai rencontré personne. Un cycliste vient à passer, il me demande où je vais.

« Dans l'Aspromonte, lui dis-je.

— Enchanté, Alberto Laganà, de Lamezia. »

Je me présente.

« Mais c'est vous qui avez fait le voyage à bicyclette jusqu'à Istanbul ! »

Je lui dis que si je pouvais, je lui confierais la Topolino et que je continuerais à vélo.

« Il faut le faire, l'Aspromonte est un monde à part.

— Je ne sais pas, dis-je, la Sila m'a déçu.

— La Sila ? Bah, ce n'est rien du tout. Il faut venir ici. L'Aspromonte, c'est autre chose. C'est notre mont Ararat, notre Fujiyama. Un maquis impénétrable, des serpents de sable qui décortiquent la montagne. »

Je lui promets que je reviendrai, à bicyclette.

« Venez et je vous emmènerai avec moi. Nous ferons le cours d'eau qu'on appelle Fiumara del Buonamico. Fabuleux. On a l'impression d'être à mille kilomètres de la mer. »

Je repars, plus seul que jamais, je passe l'embranchement de Plati, l'ombre de la *'ndrangheta*, la mafia calabraise, ne m'effleure même pas ; je me dis seulement que le *Finis Terrae* est tout proche et que ma voiture a écrit, sans le savoir, un traité d'anthropologie italienne. Mais je me trompe de route : au lieu de filer droit sur l'Aspromonte, en direction des Piani di Carmelìa, je descends vers Delianuova. C'est alors que j'entends un coup contre le capot, puis un affreux vacarme dans le moteur, puis un silence à faire peur. Je m'arrête. Je suis absolument seul entre les bois de l'Aspromonte et le ravin qui donne à pic sur Gioia Tauro. J'ouvre le capot, la courroie de transmission est fichue. La poulie s'est cassée, elle s'est transformée en faucille et elle a endommagé le câble.

Je trouve la pièce de rechange dans la caisse d'urgence, sur le siège arrière, mais je n'ai pas la plus faible idée de ce qu'il faut faire. Et, qui plus est, le soleil se couche. Un bouc passe et me regarde de son œil diabolique avant de descendre boire dans une fontaine. Cela fait maintenant vingt minutes que je me suis arrêté et il n'est passé personne. Mon portable ne capte rien du tout. Je ne peux rien faire d'autre que de me recommander à la Madonna di Polsi, qui se trouve là-haut dans les montagnes. Si elle aide les parrains, elle m'aidera bien, moi aussi.

Et figurez-vous que ça marche. Je vois sortir du bois un type en bermuda et sac à dos. Un randonneur. Il me demande si je peux le prendre en stop. « Peut-être, lui dis-je, mais regardez-moi ce bordel. »

Et lui de répondre : « Vous avez de la chance, j'ai passé mon enfance au milieu des moteurs. » Pendant qu'il s'affaire à chercher des clefs anglaises, je remarque qu'il porte une boucle d'oreille. Il est très calé. En un instant, il a démonté l'avant de la voiture, trouvé la poulie de rechange, remplacé la pièce. Je devrais remercier la Madonna di Polsi, mais maintenant je flaire l'Afrique dans l'air. Alors je laisse échapper, histoire de plaisanter, un joyeux « Allah est grand ».

Nous partons ensemble, le moteur chante, réparé et heureux. Le sauveur de la patrie se présente : Diego Festa, guide de montagne. Je lui demande s'il pourrait m'emmener demain au sommet de l'Aspromonte. C'est là qu'il réside et il me pilote vers les Piani di Carmelìa, où se trouve l'unique refuge sous le sommet. Capo Sud est à nos portes, peut-être y serons-nous déjà demain soir. De la montagne au terminus, désormais, c'est tout en descente.

La dernière déesse de pierre

« Le compère Saro me dit une nuit : Qu'entends-tu dans le bois ? Je répondis : *'o ventu sento* (j'entends le vent). Et lui de s'écrier : Nigaud, c'est le bruit de l'eau. Il avait raison, c'était un torrent. Et à l'aube, il était là-bas, au bon endroit, pour pêcher la truite. » Les étoiles sont de sortie et Antonio Barca, propriétaire, constructeur et gérant du refuge de Piani di Carmelìa, à mille deux cent soixante mètres d'altitude, me raconte comment il a appris à connaître la montagne sacrée des Calabrais. L'Aspromonte, aussi haut qu'un transatlantique au milieu de la mer infinie.

Barca : le même nom qu'Hannibal, me dis-je dans un moment de délire généalogique. Le Carthaginois ne m'a plus lâché, de Plaisance jusqu'ici, il est devenu synonyme de résistance. Antonio Barca, lui aussi, est un homme qui résiste. Ici, il a tout fait tout seul. Il a trouvé le terrain et construit le refuge avec plus de vingt lits. Aujourd'hui, il a le dos esquinté par tant d'efforts, mais il ne se plaint pas, il est heureux de vivre à cet endroit. Il a allumé le feu, à table il y a sa femme, Marie-Thérèse, il y a Diego Festa, le guide descendu du ciel, qui a réparé ma Topolino, et mon ami Giuseppe Lorenti, qui m'a rejoint de Catane. Ma petite guimbarde est dehors, au frais, sale et béate.

« Mon père et le compère Saro m'ont appris à connaître la montagne, à me déplacer sans cartes, de nuit, en écoutant le bruit de l'eau, à trouver les tanières des marmottes, à chasser les loirs après la fête des Morts. Ah, les loirs ! C'est un vrai délice, la chair la plus tendre du monde... J'ai tout appris enfant : je voyais des glands par terre et je savais si c'était le loir, la souris, le muscardin ou le geai des chênes qui les avait rongés. C'est ça mon univers, ma vie. »

Le silence se fait, un bref instant. « Mais c'est dur, ici, Paolo. Tu ne peux pas savoir comme c'est dur. Les colombes s'en vont et les corbeaux restent. L'émigration a repris sur une grande échelle. Mais moi, j'ai dit non, je ne suis pas parti, j'ai investi ici tout ce que j'avais. Cette montagne est une ressource fabuleuse pour les jeunes de bonne volonté. Mais personne ne m'aide ou presque. Pense un peu qu'un jour le président du Parlement danois est venu ici, avec ses fils et son sac de couchage. Il est resté foudroyé. Tu vois un peu un politicien italien faire un voyage pareil ? »

La nuit, dans un demi-sommeil, j'entends un cric, cric, cric, lent et régulier comme une horloge à balancier. C'est la voix de la petite vrillette. Je n'arrive pas à fermer l'œil. En bien, comme en mal, la Calabre me semble être la quintessence de l'Italie, c'est-à-dire de cette sélection négative de l'espèce, provoquée par la sainte alliance entre les médiocres et les embusqués. Trop de braves gens oubliés ou obligés d'émigrer.

Je trouve dans mon sac à dos une vieille lettre de Francesca Viscone, de Lamezia Terme, qui m'a écrit au sujet des terres embrasées de la mer Ionienne. Je lis : « J'ai connu une vieille femme de San Luca, en Locride. Elle avait un regard intense, débordant d'interrogations, d'images et d'enchantements. Douée du génie de l'invention, elle avait construit divers instruments étranges. Elle est arrivée avec une enveloppe pleine de ces curieuses trouvailles. Elle nous en a donné une, mais elle ne voulait pas d'argent, c'était simplement un geste d'hospitalité. Les villages comme San Luca regorgent d'intelligences de ce genre... Un génie gaspillé, mal exprimé, mal dirigé... Au village, nous avons des foules de génies transformés en singes, et d'hommes fiers transformés en crétins. D'inventeurs qui n'inventent rien et qui font des cadeaux à des inconnus. »

La vrillette s'est arrêtée de ronger. Un peu de vent dans la forêt. J'envoie un SMS au propriétaire de la Topolino. : « Nerina prête pour le dernier bond. Demain Capo Sud. » Je presse « envoyer » et je tire en direction des étoiles. Mais le sommeil ne vient toujours pas. J'entends des pas dans la cuisine et je vais voir. Je trouve notre gérant en train de consulter le baromètre, il grommelle : « Je n'ai pas peur du mistral, ni de la tramontane. Je n'ai peur que du sirocco. » Et puis, écartant le rideau de la fenêtre qui donne sur l'Aspromonte : « Quand il arrive, il est d'une violence inouïe. Les nuages galopent sur la montagne, et alors je tremble. »

Le lendemain matin, nous montons à pied au-dessus du ravin où coule le torrent qui a nom Ladro, le long d'une pente à la douceur helvétique, utilisée comme pâturage. Il nous suffit de deux petites heures pour atteindre le Monte Cocuzza, le dernier « Pen » des Apennins, la dernière des déesses de pierre qui donnent leur nom à l'échine de l'Italie. Là-haut, un Christ de bronze, apporté en hélicoptère depuis la base aérienne de Sigonella, en Sicile, domine un panorama immense sur les îles Éoliennes, l'Etna et la terre des bronzes de Riace. La différence entre les deux versants, ionien et tyrrhénien, est incroyable. Le premier : aveuglant, dépouillé, battu par des pluies violentes et une sécheresse africaine. Le second : boisé, vert sombre, parcouru de torrents au débit régulier et de petites gorges.

Pour nous impressionner, le guide nous dessine la carte des personnes séquestrées par la*'ndrangheta*. Ça fait partie du jeu. « Tenez, ici, en bas, on a caché Soffiantini. Là, un peu plus à droite, Casella. Et là-bas, au fond, on a trouvé, il y a quatre ans, le squelette d'un photographe qu'on avait fait disparaître dans les années 1980. Alors que là, en dessous, se situe le prétendu métro de Platì, que l'on pourrait qualifier de passage souterrain des fugitifs. » Au sud, en direction de la haute mer, l'endroit où eut lieu le second débarquement de Garibaldi. Au loin, quelque part, les Piani di Marco, où Marcus Licinus Crassus se heurta aux gladiateurs rebelles de Spartacus. La beauté de cette topographie anxiogène est indescriptible.

Vers le nord-est s'ouvre le ravin, avec le sanctuaire de Polsi, caché parmi les escarpements, comme le monastère de Sainte-Catherine sur le mont Sinaï. C'est là, en contrebas, que tous les mois de septembre, pour la madone, on bivouaque, on sacrifie des chevreaux, on danse et on prie. Jusqu'à hier, on tirait aussi des coups de feu en l'air ; les hommes d'honneur de la Locride faisaient « pan pan » comme les Schützen dans le Tyrol du Sud. Je sens que l'Aspromonte a fait ma conquête, avant même de repartir, j'éprouve de la nostalgie. C'est le même frisson qu'avec mes premières découvertes cartographiques de petit garçon, quand je volais à ma guise au-dessus du monde, avec mon atlas, et que j'en devenais le maître. « *Contemplar el mapamundi es como mirar al fondo de uno mismo, el esquema de la historia del hombre.* » Contempler la mappemonde, c'est comme de regarder au fond de soi-même le schéma de l'histoire de l'homme », écrit Martínez Estrada.

Il est l'heure de repartir, je descends avec Giuseppe Lorenti vers l'archipel de pays fantômes du versant sud. Sur la montée qui va de Delianuova à Gambarie, le vide d'un monde oublié est annoncé par une maison cantonnière à peu près en ruine, habitée par des vaches en liberté, en copropriété avec une République autonome de cochons. Les bêtes vont et viennent, broutent et ruminent sur la *Statale* 183, elles n'ont absolument pas peur de nous. C'est justement ici, où s'épanouit avec les Grecs un parfait équilibre entre l'homme et la nature, que se consomme le retour définitif du territoire à l'état sauvage.

Mais le pire vient ensuite, avec les terres nues du côté d'Africo et de Roghudi, dernier vestige d'une glorieuse contrée grecque qui fut grande et qui est aujourd'hui un monument à l'abandon. Là aussi, les bêtes ont pris la place des hommes. Dans le village d'Africo, les porcs, de mèche avec les sangliers, ont occupé l'église vide. À Roghudi, les perdrix bartavelles ont fait leurs nids dans ce qui était jadis le bar de l'endroit. À Pentedattilo, un lieu d'une beauté à couper le souffle, il n'y a plus âme qui vive depuis des décennies.

Dans certains endroits, on a recommencé à célébrer les messes en grec, le père Milo fait le prêtre voyageur, mais il ne sert pas à grand-chose. Tout près de Bivongi, sous les Serre, s'était installé un moine du mont Athos, mais ensuite le saint homme a été rappelé dans sa patrie et les fidèles sont restés encore plus seuls qu'avant. Bova se dépeuple à vue d'œil et à Gallicianò, un grand nombre d'habitants sont partis :

même Kalinera qui prêtait main-forte à son père dans l'unique bar du village. La mythologique Kalinera au nom grec. Belle et brune comme la Vassilissa du film *Mediterraneo*.

« Allez donc voir San Elias di Palmi, me conseille un jeune, arrêté avec son tout-terrain à Sella Entrata, dernier col du voyage, à mille quatre cent huit mètres d'altitude. C'est un sanctuaire très haut, à pic sur la mer, avec un prêtre grec qui dit la messe de temps à autre. » Mais je n'ai plus le temps, Capo Sud m'aspire déjà, le long du cours d'eau incandescent appelé Melito. Je me trouve face à un *Finis Terrae* totalitaire, qui n'admet ni dérogations ni distractions. Le jeune homme escorte un groupe de voyageurs sur les pentes de l'Aspromonte et il me fait remarquer qu'aux environs la toponymie est grecque : Monte Basilicò, Monte San Demetrio, villages de San'Alessio et de San Pantaleone.

Je lui demande où il va.

Il sourit :

« Je travaille avec des dingos qui se proposent de faire du trekking dans l'Aspromonte.

— Mais tous ces zinzins qui viennent, vous les trouvez où ?

— Ce n'est pas facile de vendre des lieux où l'on a séquestré des gens. Mais, d'un autre côté, c'est justement cette mauvaise réputation qui leur donne une visibilité.

— Ça marche ?

— On en profite, qu'est-ce qu'on peut faire d'autre ? Le temps nous donne raison. Les gens viennent, logent dans des maisons privées, découvrent la beauté des lieux, se lient d'amitié. On ravale ses partis pris. Et on tombe amoureux. »

Je me fais donner l'adresse.

« Revenez, vous aussi. Vous verrez des merveilles.

Des fleuves de lumière, des villages abandonnés, des maquis impénétrables, des cascades. Et un beau peuple, trop seul. »

Une bière, une nappe, le ressac

La route qui descend à Capo Sud est celle-là même qu'a parcourue, en sens contraire, Garibaldi, après son second débarquement, au cours de l'été 1862.

L'expédition tourna court, parce que le héros des deux mondes fut blessé, après Gambarie, sous un pin fourchu, qui est aujourd'hui un monument victime d'un abandon total et scandaleux.

La chaleur est bestiale. À Bagaladi, le gérant du bar est retranché derrière son comptoir avec la climatisation au maximum. « Moi, je reste ici », dit-il à Giuseppe, histoire de faire savoir que nous sommes fous d'aller dehors. La *Statale* 183 tranche l'Aspromonte comme une pomme, elle file à midi vers le sud astronomique, impeccablement, pour se terminer, au millimètre près, au point le plus méridional de l'Italie : Melito Porto Salvo, dans la région de Lembo. À huit mètres plus au sud, seulement, que Pelizzi Martina, un tout petit peu avant Capo Spartivento.

Nous dépassons l'embouteillage de la circulation, la voie express, la voie ferrée, les figuiers de Barbarie, le sirocco et voici l'endroit du second débarquement de Garibaldi, signalé par une haute stèle métallique. Impossible que notre homme ait choisi ce lieu par hasard. Garibaldi veillait aux symboles. Il ne pouvait pas ignorer que ce lieu était le troisième point le plus méridional d'Europe, après Gibraltar et le cap Matapan.

La force magnétique de l'endroit est énorme, comme celle du cap Nord en Norvège. Enzo Alampi, un poète d'ici même, a raison : face à l'Afrique, on a l'impression que les gens représentent « mille boussoles de bronze le visage orienté au sud ».

La Casina dei Mille, une petite auberge voisine, est fermée pour travaux. Dans le temps, c'est le gérant d'alors, un certain Mimmo, qui m'y avait reçu. Un homme bon comme le bon pain, qui attendait parfois ses pensionnaires jusqu'à minuit, pour leur préparer des pâtes au poisson, qu'il ne leur facturait jamais, et tailler une petite bavette.

Un peu plus loin, Saline Ioniche, un autre monument à l'abandon, avec une gigantesque usine de bioprotéines et de nourriture pour animaux, qui n'est jamais entrée en fonction. La mer Ionienne est tuméfiée, boursouflée comme un bouclier.

Tout autour, les signes d'une nature violente. Incendies, tremblements de terre, débarquements clandestins, tempêtes.

À Rossano, rien ne rappelle l'époque du Grand Sud, quand l'ermite byzantin, saint Nilus, invitait à disputer avec lui, en Calabre, le docte Shabbetay Donnolo, originaire des Pouilles, maître hassidique, médecin du corps et de l'esprit.

La synagogue de Bova Marina : autre signe d'un âge d'or révolu. D'une complexité méditerranéenne qui n'existe plus.

Capo dell'Armi : enfin une auberge, et un soir violet avec l'Etna, de l'autre côté de l'eau, une bière, une nappe blanche, le ressac, des navires solitaires qui passent.

Le téléviseur du bar annonce que la guerre au Liban pourrait reprendre et me fait savoir que depuis presque un mois j'ai vécu en dehors du temps.

Le voyage est terminé. C'en est fini des bornes, des ronciers, des maisons cantonnières, des petites fontaines dans les virages. Fini des lucioles, des monuments aux morts, des auxiliaires de vie, des chênes et des châtaigniers.

Nerina est garée dans le sous-sol d'un hôtel, demain des employés de chez Fiat viendront la prendre avec un camion, pour l'emporter dans une « clinique » à Maranello, chez Ferrari.

Ce sera bien dur de la laisser partir. Elle a transformé les routes de mon pays en aventure, elle a vu la neige et des températures irakiennes, elle a découvert une Italie propre et sans voix.

Le mistral s'est éveillé, la pointe de l'Italie semble naviguer contre le vent, vers le nord-ouest.

L'Etna, à présent couleur de prune, est un dieu on ne peut plus voisin. Peut-être vient-il de là le nom de notre pays maudit et béni. Quand ils virent le géant embrasé, les navigateurs phéniciens le baptisèrent « Île de la montagne divine », ce qui en langue hébraïque – laquelle est cousine du phénicien – donne « Yi Tel Yah ».

C'est l'heure où la mer Tyrrhénienne se gonfle et passe en force entre Scylla et Charybde, forme un fleuve écumant qui pénètre dans la mer Ionienne.

Le courant est si violent que, de temps à autre, il arrache des profondeurs des poissons monstrueux pour les abandonner sur le rivage.

Une voile passe au large. Elle a la même vitesse que l'écume.

On dirait qu'elle est immobile.

LES APENNINS

DU MÊME AUTEUR

Aux Éditions Hoëbeke

AUX FRONTIÈRES DE L'EUROPE (Folio nº 5410).

L'OMBRE D'HANNIBAL (Folio nº 5581), prix de l'Essai de *L'Express* 2012.

PÔ, LE ROMAN D'UN FLEUVE.

LE PHARE, VOYAGE IMMOBILE (Folio nº 6626), prix Nicolas-Bouvier 2015.

Aux Éditions Arthaud

LA LÉGENDE DES MONTAGNES QUI NAVIGUENT, 2017 (Folio nº 6788).

COMME DES CHEVAUX QUI DORMENT DEBOUT, 2018.

APPIA, 2019.

COLLECTION FOLIO

Dernières parutions

6778. Annie Ernaux	*Hôtel Casanova* et autres textes brefs
6779. Victor Hugo	*Les Fleurs*
6780. Collectif	*Notre-Dame des écrivains. Raconter et rêver la cathédrale du Moyen Âge à demain*
6781. Carole Fives	*Tenir jusqu'à l'aube*
6782. Esi Edugyan	*Washington Black*
6783. J.M.G. Le Clézio	*Alma*. À paraître
6784. Emmanuelle Bayamack-Tam	*Arcadie*
6785. Pierre Guyotat	*Idiotie*
6786. François Garde	*Marcher à Kerguelen*. À paraître
6787. Cédric Gras	*Saisons du voyage*. À paraître
6788. Paolo Rumiz	*La légende des montagnes qui naviguent*. À paraître
6789. Jean-Paul Kauffmann	*Venise à double tour*
6790. Kim Leine	*Les prophètes du fjord de l'Éternité*
6791. Jean-Christophe Rufin	*Les sept mariages d'Edgar et Ludmilla*
6792. Boualem Sansal	*Le train d'Erlingen ou La métamorphose de Dieu*
6793. Lou Andreas-Salomé	*Ce qui découle du fait que ce n'est pas la femme qui a tué le père* et autres textes psychanalytiques
6794. Sénèque	*De la vie heureuse* précédé de *De la brièveté de la vie*
6795. Famille Brontë	*Lettres choisies*

6821. Leïla Bouherrafa	*La dédicace*. À paraître
6822. Philippe Djian	*Les inéquitables*
6823. Carlos Fuentes	*La frontière de verre.* Roman en neuf récits
6824. Carlos Fuentes	*Les années avec Laura Díaz.* Nouvelle édition augmentée
6825. Paula Jacques	*Plutôt la fin du monde qu'une écorchure à mon doigt.* À paraître
6826. Pascal Quignard	*L'enfant d'Ingolstadt. Dernier royaume X*
6827. Raphaël Rupert	*Anatomie de l'amant de ma femme*
6828. Bernhard Schlink	*Olga*
6829. Marie Sizun	*Les sœurs aux yeux bleus*
6830. Graham Swift	*De l'Angleterre et des Anglais*
6831. Alexandre Dumas	*Le Comte de Monte-Cristo*
6832. Villon	*Œuvres complètes*
6833. Vénus Khoury-Ghata	*Marina Tsvétaïéva, mourir à Elabouga*
6834. Élisa Shua Dusapin	*Les billes du Pachinko*
6835. Yannick Haenel	*La solitude Caravage*
6836. Alexis Jenni	*Féroces infirmes*
6837. Isabelle Mayault	*Une longue nuit mexicaine*
6838. Scholastique Mukasonga	*Un si beau diplôme !*
6839. Jean d'Ormesson	*Et moi, je vis toujours*
6840. Orhan Pamuk	*La femme aux cheveux roux*
6841. Joseph Ponthus	*À la ligne. Feuillets d'usine*
6842. Ron Rash	*Un silence brutal*
6843. Ron Rash	*Serena*
6844. Bénédicte Belpois	*Suiza*
6845. Erri De Luca	*Le tour de l'oie*
6846. Arthur H	*Fugues*
6847. Francesca Melandri	*Tous, sauf moi*
6848. Eshkol Nevo	*Trois étages*
6849. Daniel Pennac	*Mon frère*
6850. Maria Pourchet	*Les impatients*

Composition : IGS
Achevé d'imprimer par Grafica Veneta S.p.A.,
à Trebaseleghe, le 04 mars 2021.
Dépôt légal : mars 2021

ISBN : 978-2-07-289255-4/Imprimé en Italie

365702